KB163044

# 이혼해 주세요,
# 황제가 돼야 해서요

### 류주연 장편소설

동아

# 이혼해 주세요, 황제가 돼야 해서요 I

초판 1쇄 인쇄일 | 2021년 9월 10일
초판 1쇄 발행일 | 2021년 9월 17일

지은이 | 류주연
펴낸이 | 박성면
펴낸곳 | (주)동아

출판등록 | 제406 - 3960100251002007000071호
주소 | 경기도 파주시 문발로 115, 세종대학교출판부 206호
전화 | (031)8071 - 5201
팩스 | (031)8071 - 5204
E - mail | bear6370@hanmail.net

정가 | 12,800원

ISBN 979 - 11 - 6302 - 531 - 3 (04810)
　　　979 - 11 - 6302 - 530 - 6 (set)

ZERO NOVEL

# 이혼해 주세요,
# 황제가 돼야 해서요

### 류주연 장편소설

# I

동아

# 목    차

# Chapter 1
# 이혼할 이유가 생겼다

"나, 바이나스 로체 디르한은 그대와의 이혼을 선언한다."

디르한의 국왕, 바이나스 3세가 내뱉었다. 왕비는 국왕의 발밑에 한쪽 무릎을 꿇고 앉아 잠자코 통보를 들었다. 그녀를 내려다보는 그의 시선은 시리도록 차가웠다.

"아르노아 살리에드 카이시온, 그대는 오늘부로 디르한의 왕비가 아니야. 왕궁에 더 이상 그대의 자리는 없다."

바이나스는 직접 쓴 이혼서를 던지듯 건넸다.

따악-!

금박을 두른 두루마리가 아르노아의 정수리를 때리고 바닥으로 떨어졌다. 길게 늘어뜨린 은발이 흔들렸다. 그녀는 미간을 찌푸렸으나 아무 소리도 내지 않았다.

바이나스의 얼굴에 미안한 기색은 조금도 없었다. 냉성한 눈빛을 살 살피면, 그 안에 어린 것은 오히려 약간의 비소였다.

"그대는 제국의 사람이니 고향으로 돌아가."

그가 말했다.

"낡은 마차 하나 정도는 안배해 주지. 황제 폐하께 애걸하면 황궁에 머무를 수는 있을 거야. 싫어도 피 섞인 동생이니까."

그는 비틀린 만족감을 더 이상 숨기지 않았다. 도도하던 왕비이자 고귀한 혈통을 가진 황녀에게 자신이 먼저 결별을 선언했다는 얄팍한 자부심이 그를 즐겁게 만드는 모양이었다.

"작고 낡은 마차로 제국까지 간다니, 라리사는 듣기만 해도 멀미가 날 것 같아요."

어느새 다가온 바이나스의 정부 라리사가 다정하게 팔짱을 꼈다. 바이나스는 사랑스럽다는 듯 그녀를 껴안고 이마에 입을 맞추었다.

아르노아의 시녀였던 그녀의 머리 위에는 바이나스가 선물한 은빛 티아라가 씌워져 있었다. 티아라의 정중앙에는 심해보다 짙고 별빛보다 찬란한 블랙 다이아몬드가 박혀 있었다. 바이나스의 왕관에 박힌 것과 한 쌍을 이루는 보석이자, 아르노아가 결혼 당시 지참금의 일부로 가져왔던 물건이었다.

"……."

아르노아는 고개를 숙인 채 아무 대답도 하지 않았다. 오랫동안 한 자세로 굳어져 있던 그녀의 어깨만 미세하게 경련할 뿐이었다.

한쪽 무릎만 세우고 머리를 조아리는 여자, 그녀를 내려다보며 미소를 주고받는 남녀.

누가 보면 주인 부부와 하녀라고 착각할 듯한 모습이었다. 홀의 양측에 늘어선 시종이며 시녀들은 국왕과 두 여인을 힐끔거리며 자신들끼리 쑥덕거렸다.

"결국 이혼이라니."

"아이고 불쌍하셔라. 혈통으로는 황제 폐하보다 더 고귀하셨던 분 아닌가. 대국의 황녀 전하셨는데."

"대단하다는 황족도 국왕 전하 앞에서 고개 숙이고 있으니 그저 이혼당하는 여인에 불과하군. 오히려 라리사 님이 더 왕비 같아."

"돌아가면 어디 탑에 갇혀서 연명이나 하지 않을까요. 황실에서도 이런 이혼은 수치스러울 텐데."

왕비의 신세가 측은하다며 연민을 보이는 이들이 있는가 하면 새로운 가십거리에 노골적으로 즐거워하는 이들도 있었다.

그 누구도 예측하지 못했다. 제국에서 가장 고귀한 이름을 가진 여인, 아르노아 살리에드 카이시온이 이토록 모욕적인 방식으로 이혼당할 것이라는 사실을.

'이 정도밖에 안 되는 여자인 것을.'

바이나스는 이제 전처가 된 아르노아를 내려다보며 생각했다.

'눈치를 볼 것도 없는데 그랬어.'

국왕이 왕비를 사랑하지 않는다는 것은 공공연한 사실이었으나, 대부분의 사람들은 그가 왕실의 이익을 위해 이혼은 피할 거라 생각했다. 그도 그럴 것이, 아르노아는 대륙의 주인 루시아노 황제의 이복 여동생이자 대륙 남부의 패자라고도 불리는 리켈 공작가의 조카딸이었다.

그녀를 아내로 두는 것은 사실상 제국의 작은 영지나 다름없는 제후국, 디르한의 국왕에게는 꽤 체면이 서는 일이었다. 그렇기에 실제로 바이나스 역시 2년 동안 사랑 없는 정략결혼을 적당히 유지해 온 것 아니겠는가.

그러나 결국 그의 마음은 정부인 라리사에게로 완전히 기울었다. 라리사 또한 더 이상 정부의 자리로 만족하지 못했다.

'미친 여자라는 걸 늦게라도 깨달아서 다행이야.'

물론 쉬운 결정은 아니었다. 그 결심을 확고하게 만드는 데에는 여러 요소가 작용했다. 라리사가 임신했다는 정황, 최근 시작된 왕비의 기행, 아니 악행.

고민하던 바이나스의 결정을 마지막으로 촉진한 것은, 결혼을 파기해도 황제와의 관계가 유지될 거라는 확신이었다.

'루시아노 황제는 동생에게 단 한 톨의 애정도 없는 것이 분명해.'

바이나스는 얼마 전 비밀리에 찾아온 제국의 전령이 자신에게 한 말을 떠올리며 미묘한 웃음을 지었다.

'황제는 디르한 국왕 부부의 이혼에 반대하지 않을 거야.'

그는 한밤중에 바이나스의 앞에 나타나서 말했다.

'제국에 대한 왕국의 마음은 그동안의 행보로 충분히 증명된 거 아니겠나.'

인간보다는, 차갑고 아름다운 조각상을 더 닮은 그 전령은 마법사였다.

평소에는 제 영지에서 조용히 지내는 마법사들은, 황족의 신분에 중요한 변화가 생기는 순간에는 제국의 전령으로 기능했다. 이는 그들이 제국을 위해 수행하는 가장 중요한 일이자 유일한 일이었다. 황실은 그 대가로 마법사들에게 독립적인 영지를 주었다던가.

'황녀의 이혼을 위해 왔구나.'

바이나스의 졸음이 달아났고, 그의 머리가 빠르게 회전했다.

'황녀가 가지고 간 지참금 또한 황실의 부에 비하면 그저 하찮을 뿐, 재물에 얽매여 양국의 관계를 그르치는 것은 어리석은 일일 테지.'

그는 말을 마치고 소리도 없이 사라졌다. 천천히 올라가는 바이나스의 입꼬리를 보지 못한 채.

'……끝이다.'

바이나스는 어둠 속에서 혼자 중얼거렸다. 전령의 말은 즉, 이혼을 하더라도 황제는 굳이 아르노아의 지참금을 돌려내라고 따지지 않겠다는 의미가 아닌가.

'이혼이다. 그 여자와 헤어진다.'

일순간 아쉬움 같은 것이 스쳤으나 이는 복잡한 일이 해결되었다는 안도감에 묻혔다.

'이제는…… 끝낼 시간이 됐어.'

왕국의 번영을 위해 억지로 사랑의 맹세를 하며 아르노아를 비로 맞았던 그였다. 진정한 사랑인 라리사를 옆에 앉힐 날을 얼마나 기다려 왔던가. 바이나스는 마지막이라 생각하며 왕비의 모습을 눈에 담았다.

　'눈치라도 있었다면 이렇게 되지는 않았을 텐데.'

　처음부터 이럴 생각은 아니었다. 아르노아가 그 빌어먹을 도도함을 한 번이라도 꺾었다면.

　신혼 첫날 밤, 고고한 그녀가 자존심을 버리는 모습이 보고 싶어 일부러 라리사를 찾았던 바이나스에게, 아르노아가 한 번이라도 매달리며 사랑을 구걸했다면. 라리사가 하듯 그의 침실에 숨어들어 먼저 교태라도 부렸더라면, 두 사람은 진정한 부부가 되었을지도 모른다.

　하지만 그 진절머리 나게 꼿꼿한 여자는 바이나스를 섬기지 않았다. 정부에게 향하는 그에게 단 한 번도 매달린 적 없었다. 아마 약소국의 수장인 바이나스를 은근히 무시하고 있었을 것이다.

　"다시 얼굴 볼 일 없었으면 좋겠군. 알아서 잘 살아."

　바이나스가 통쾌하다는 듯 아르노아를 내려다보았다. 이혼서를 받고 충격으로 얼어붙은 걸 보면, 아르노아는 지금 이 순간 자신의 건방졌던 언행을 뼈저리게 후회하고 있을 것이다. 이미 늦어 버렸지만.

　"혹시 귀가 막힌 것은 아니겠지?"

　움직이지 않는 아르노아에게 바이나스가 짜증스럽게 비아냥거렸다. 더 이상 시간을 끌고 싶지 않았다.

　"어서 제국으로 돌아가. 기사 한 명을 붙여 주도록 하지."

　길고 험한 여정을 겪으며 그녀는 제 잘못을 반성할 수 있으리라.

　고개를 숙인 채 한참 동안 움직이지 않았던 아르노아가 깊은숨을 내쉬었다. 그녀는 떨리는 손을 뻗어 바이나스가 던지듯 건넨 이혼서를 집어 들었고, 두루마리를 전전히 펴고 삭은 입술을 달싹거리며 그 위에 적힌 내용을 읽어 내려갔다.

얼굴은 잘 보이지 않았지만, 바이나스가 미워했던 푸른 눈동자는 아마 그의 직인을 확인하고 있을 것이다.

"끝까지 고지식한 여자 같으니."

그가 나직하게 욕설을 내뱉었다. 이를 들은 것인지, 아르노아의 어깨와 등이 다시 한번 떨렸다.

아, 설마 이제 와서 울고 있는 건가. 참으로 어리석은 여인이다.

바이나스가 무언가 일갈하려던 순간이었다.

"⋯⋯분명하네. 이혼."

꾹 다물렸던 아르노아의 입술이 열리고 조용한 목소리가 들려왔다.

"⋯⋯당연한 거 아닌가."

바이나스가 냉담하게 대꾸했다. 왠지 그녀가 반말을 한 것 같았지만 아마 그가 잘못 들었을 것이다. 한쪽 무릎을 꿇은 채 이혼을 당하는 아내가 국왕에게 반말이라니. 그는 지금쯤 흐르고 있을 아르노아의 눈물을 확인하기 위해 고개를 숙이려 했다.

"그럼 더 앉아 있을 필요가 없겠네."

그러나 아르노아가 더 빨랐다. 그녀는 꿇었던 왼쪽 무릎을 쭉 펴며 시원하게 일어섰다.

"⋯⋯으응?"

"이제 당신은 남편이 아니니까 말이야."

아르노아는 숙였던 고개를 휙 치켜들며 말했다.

"다, 당신 지금⋯⋯."

바이나스의 눈이 커졌다. 그 옆에 있던 라리사도 마찬가지였다.

"내가 뭐?"

바이나스는 벙 찐 표정을 감추지 못했다. 눈물범벅일 줄 알았던 아르노아의 얼굴은 깨끗했다. 아니⋯⋯.

"이제라도 끝내 줘서 고마워. 2년 동안 정말 많이 참았거든."

그녀는 웃고 있었다. 심지어 비웃음이었다.

"지금…… 상황 파악이 안 되는 건가?"

"상황 파악 안 되는 건 바이나스 국왕 당신이고."

아르노아는 이혼서를 다시 말아 소매에 집어넣으며 말했다. 푸른 눈이 만족스럽게 휘어졌다. 2년 동안 보아 왔던 그의 부인, 아니, 이제는 전 부인이 한 번도 지은 적 없는 표정이었다.

"벨, 나와서 디르한 국왕에게 부고를 전해."

아르노아가 고개를 돌려 문 쪽을 바라보며 말했다. 결혼 기간 대부분 그녀의 얼굴을 덮었던 근심이며 우울함이 순식간에 걷히고, 가려졌던 원래의 시원스러운 이목구비가 드러났다.

'미친 것인가?'

바이나스가 생각했다. 그쪽에는 바이나스의 기사들과 수치스러운 이혼의 증인이 되어 줄 시녀와 시종들밖에 없었다.

"대체 무슨 소리를……."

펑!

그러나 바이나스가 말을 끝내기 전에, 커다란 폭발음과 함께 익숙한 인영이 나타났다.

"……전령?"

눈처럼 새하얀 피부, 칠흑같이 검은 머리, 보는 이를 빨아들일 듯한 은회색 눈동자, 그리고 신이 깎아 만든 듯 완벽한 얼굴. 비밀리에 그에게 찾아왔던 마법사였다.

바이나스가 미간을 찌푸렸다.

"황제 폐하의 전령이 이 자리에 왜……?"

"부르니까 나왔다. 전령인지 심부름꾼인지 모르겠지만."

마법사가 나직하게 내뱉었다.

"새로운 황제 폐하께서 방금 날 부르는 걸 못 들었나, 국왕?"

"뭐, 뭐?"

그는 한심하다는 듯 한숨을 내쉬었다. 아르노아도 마찬가지였다.

"헛소리 말아. 루시아노 황제가 언제 너를……."

"루시아노는 죽었어. 황실의 심부름꾼으로서 부고를 전하는 바다."

마법사가 피식 웃으며 말했다.

"황성에 있는 네 수하들이 내일쯤 같은 소식을 전할 거야."

바이나스는 그 자리에 얼어붙은 채 말을 제대로 하지 못했다.

"루시아노가 죽어……? 그럼 황위는 아리엔에게……."

루시아노 황제에게는 자식이 없었다. 남동생인 아리엔과 이복 여동생 아르노아가 가장 가까운 핏줄이었다.

"아리엔 카이시온도 죽었다. 함께 암살당했으니까."

"뭐라고!"

이번에는 바이나스가 큰 소리로 외쳤다. 한 번도 상상해 본 적 없는, 너무나도 갑작스러운 상황이었다.

'그렇다면 누가 황위를…….'

희게 질린 그의 얼굴에 수만 가지 생각이 스쳤다.

"아리엔도 자식이 없으니 황위는 그다음 순위로 계승되어야겠지. 거기까지는 알고 있을 테고……."

마법사는 귀찮은 티를 내며 간단하게 설명했다. 바이나스 곁에서 그의 팔을 잡은 라리사의 손도 희게 질리고 있었다.

"알다시피 당신의 결혼 계약서에 따르면 부인에게 상속될 모든 작위는 남편에게 귀속되지."

그는 이해하고 있냐는 듯, 바이나스와 라리사를 번갈아 보며 말했다.

"즉, 원래 계승자는 당신이었어."

"허어억……."

바이나스의 입이 쩌억 벌어졌고, 라리사의 손이 잘게 떨리기 시작했다.

두 사람 다 충격으로 입술만 달싹일 뿐 말을 하지는 못했다.

"하루만 더 기다렸으면 당신은 대륙을 가졌을 텐데."

남자가 팔짱을 낀 채 바이나스를 향해 몸을 살짝 숙이자 긴 그림자가 바이나스 위로 드리워졌다.

"황제의 부고가 전해지기 전 두 사람이 이혼했으니 지금의 황제는 다른 사람이야."

"서, 설마……."

"맞아."

그가 아르노아를 슬쩍 보며 말했다.

"대륙의 새 주인, 아르노아 살리에드 카이시온 황제다."

그의 말이 떨어지는 순간 바이나스의 몸이 휘청거렸다.

"내가 당신이라면 머리를 조금 낮출 것 같군."

"그런 말도 안 되는……."

바이나스는 간신히 옆에 놓인 테이블을 붙잡았다. 마찬가지로 힘이 풀린 라리사는 매달리듯 그의 어깨를 붙잡았다.

"들었어? 머리를 낮추래."

어깨를 으쓱하며 아르노아가 미소 지었다. 조금 전 무릎을 꿇을 때까지는 처연해 보였던 눈이 반짝 빛났다.

"그, 그럴 수는 없다. 당신은 방금까지 디르한의 왕비였어!"

"그리고 방금 대륙의 주인이 되었잖아. 왜 자꾸 못 들은 척하지?"

아르노아가 답답하다는 듯 혀를 찼다. 바이나스는 꿈이라도 꾸는 듯한 기분에 연신 고개를 저었다.

"말도, 말도 안……."

"아, 됐어. 인사하기 싫으면 말아. 이 지긋지긋한 왕국을 떠나는 것만 해도 어디야."

그녀가 말했다. 익숙했던 부인의 얼굴엔 이제껏 한 번도 본 적이 없는 싸늘한 표정이 걸려 있었다. 바이나스는 저도 모르게 몸을 떨었다.

"지참금은 황금을 가득 실은 마차 한 대였지. 당장 준비시켜. 당신 말대로 오늘을 넘기기 전에 출발할 거니까."

시간 낭비가 싫다는 듯 빠른 어조였다.

"……뭐?"

"귀가 막혔니?"

아르노아는 바이나스가 조금 전에 했던 말을 그대로 내뱉었다. 다만 그녀의 말투는 훨씬 더 차분하고, 또 냉혹했다. 바이나스의 얼굴에 남아 있던 조금의 핏기마저 사라졌다.

아르노아가 코웃음을 쳤다.

"이혼하면서 지참금을 토해 내지 않을 생각이었어?"

"전령은, 지참금은 사소하니 얽매이지 않는다고……."

"'재물에 얽매여 양국의 관계를 그르치는 것은 어리석다.' 이 말은 국왕 당신에게 해당되는 말이야."

마법사가 바이나스의 말을 자르며 자신이 했던 말을 읊어 주었다.

"머리가 있으면 이혼 후에 토해 낼 것은 토해 내라는 뜻이다. 당연하지 않아?"

그의 입가는 조금 전보다 더욱 노골적인 비웃음을 띠고 있었다.

"그럴 수가……."

바이나스는 조금 전보다 더 크게 휘청거렸다.

"한 시간 주지, 디르한의 국왕. 마차 한 대를 황금으로 가득 채워 놔."

아르노아가 바이나스를 향해 한 걸음 다가서며 명령했다. 사람을 꿰뚫을 것 같은 시선에, 바이나스는 움직이지 못했다.

"당장 국고에 금이 부족하면 왕궁 벽과 지붕의 금칠을 벗겨. 그걸로 부족하면 기사들의 검을 빼앗아 검집의 장식을 녹이고."

"자, 잠깐……."

"황금 왕좌와 선왕의 금관까지 더해도 공간이 남는다면 당신과 라리사의 금발을 잘라서 마차에 실어."

그녀의 말 한 자 한 자가 그의 귀에 치욕스럽게 박혔다.

"아 참, 그리고……."

아르노아는 문득 생각났다는 듯 남자를 향해 몸을 돌렸다.

"관 위에 박힌 것도 잊으면 안 되지."

그녀가 손으로 무언가를 가리키자 마법사가 고개를 끄덕였다. 그는 양손을 바이나스와 라리사의 머리 위로 뻗었다.

스윽-

"꺄, 꺄악!"

"무슨 짓인가!"

두 사람이 고함을 지르거나 말거나, 그의 손은 그들의 머리 위에 놓인 왕관과 티아라를 무심하고 거칠게 벗겨 냈다. 인간이 아닌 사물을 대하는 듯한 태도였다.

투둑-!

언제나 번쩍거렸던 바이나스의 머리 위가 허전해졌다. 핀으로 아름답게 고정했던 라리사의 머리는 아예 수십 가닥이 뜯겨 나갔다.

"아흑!"

"치졸하군. 부인이 지참금으로 가져온 보석을 정부에게 선물하다니."

라리사의 짧은 비명은 무시한 채, 남자는 손에 든 관을 높이 들어 올려 바이나스가 짚고 선 대리석 테이블 위로 강하게 내리쳤다.

쾅! 투두둑-

은빛 관 두 개가 산산이 부서지고, 이를 장식했던 보석들이 후드득 떨어졌다.

"안 돼!"

투둑-

두 사람이 동시에 지른 비명이 홀을 울렸으나 마법사는 들리지도 않는 듯 부서진 은빛 조각들을 바닥에 팽개쳤다. 그런 다음 잔해 안에서 유일하게 제 모습을 유지하고 있는 검은 보석 두 개만을 조심스럽게 주워 손에 쥐었다. 블랙 다이아몬드가 딸각 소리를 내며 그의 긴 손가락 사이에 갇혔다.

저벅. 뒤돌아서 아르노아에게 한 걸음 다가선 그가 그녀를 향해 손을 내밀었다.

"여기."

그가 손바닥을 폈다. 빨려 들어갈 듯 새까만 보석 두 알이 눈부신 빛을 뿜고 있었다. 마법사의 기묘한 은회색 눈동자도 보석의 빛과 어우러져 강하게 반짝였다.

그는 아르노아의 오른손을 잡아 손바닥을 위로 한 채 천천히 들어 올리더니, 손을 포갠 다음 쥐고 있던 블랙 다이아몬드를 부드럽게 놓았다.

"나, 잘했어?"

그는 싱긋 웃으며 아르노아에게 말했다. 보일 듯 말 듯 벌어진 입술 사이로 새하얀 치아가 드러났다. 조금 전 바이나스를 보던 얼굴과는 확연하게 달랐다. 아르노아를 향해 살짝 숙인 머리는, 마치 자신을 쓰다듬어 달라는 듯 애교스럽기까지 했다.

"잘했어."

아르노아는 손을 뻗어 마법사의 머리를 가볍게 쓸었다. 손길이 마음에 들었는지, 그는 눈을 살며시 감았다가 떴다.

"나가자."

멍청하게 그녀를 바라보는 바이나스를 뒤로한 채, 그녀는 마법사의 팔에 손을 얹고 문 쪽을 향해 돌아섰다.

"내가 뭘 상속받았는지 보러 가야겠어."

끝내주게 기분 좋은 날이었다.

"그대를 만난 건 운명이라고 생각해."

디르한 왕국의 국왕 바이나스는 눈앞의 연인에게 달콤하게 속삭였다.

"살면서 그대 외의 여인을 사랑해 본 적이 없어."

그는 희고 부드러운 손을 끌어다 입을 맞추며 속삭였다.

"라리사, 영원히 나만 바라보겠다고 약속해 줘."

"폐하, 라리사는 너무 행복해요."

바이나스와 그의 연인, 라리사는 질리지도 않는 듯 서로의 눈을 들여다보았다.

"오오, 진정한 선남선녀이십니다!"

"부러울 정도예요."

"어쩌면 이렇게 잘 어울리는 한 쌍이 있는지."

마치 연극이나 동화 속의 한 장면 같았다.

그들 주위에 선 사람들이 큰 소리로 두 사람의 사랑을 축복해 주었다. 화려한 불빛과 흥겨운 음악에 둘러싸인 채, 연회장 안의 모든 이가 행복한 듯 웃고 있었다.

단 한 사람만 제외하고.

"……이제 가도 되나요?"

"으응, 당신 아직 거기 있었나?"

등 뒤에서 질문이 들리자, 라리사를 한 팔에 안은 바이나스가 뒤돌아서서 목소리의 주인을 바라보았다.

디르한에 없는 푸르스름한 은발, 그리고 짙은 벽안이 바이나스의 눈에 들어왔다. 고급스러운 의상은 한눈에 보아도 여인이 보통 신분이 아님을 말해 주고 있었다.

"……가지 말라고 하셨으니까요."

애써 침착함을 유지하는 여인의 자색 벨벳 드레스에는 디르한 왕실의 문장이 새겨져 있었다. 바이나스 자신의 의복에도 새겨진 것과 같은 새 문양이었다.

연회에서 자색 옷을 입고 그러한 장식을 달 수 있는, 그리고 달아야 하는 여인은 왕국에 단 한 명뿐이었다.

바이나스의 부인이자 디르한 왕국의 왕비, 시녀인 라리사가 모셔야 할 사람. 아르노아 살리에드 디르한.

"그랬던가?"

보기 좋은 짙은 금발을 흔들며 고개를 갸웃거리는 바이나스의 귀에, 그의 정부 라리사가 붉게 칠한 입술을 바짝 붙이고 속삭였다.

"아이, 전하도 참. 조금 전 전하께서 직접 왕비 전하께 와인 잔을 맡기며 들고 기다리라 하셨잖아요. 첫 춤을 저와 추시겠다고요."

바이나스는 천천히 시선을 내려 아르노아의 손에 들린 두 개의 유리잔과 그 안에 든 투명한 음료를 바라보았다. 하나는 자신의 것, 다른 하나는 라리사의 것이었다.

하녀처럼 두 개의 잔을 들고 연회장 가운데에 꼼짝없이 서 있는 자신의 왕비와 그녀를 구경하며 쑥덕거리는 사람들.

아르노아를 보는 그의 눈이 만족스럽게 빛났다.

"아아…… 그랬지. 깜빡 잊어버렸군."

바이나스가 대수롭지 않게 대답하자, 아르노아가 순간적으로 미간을 찌푸렸다.

"시켰다고 정말로 망부석처럼 잔 두 개를 들고 기다릴 줄이야. 답답하게 융통성이 없는 여자야."

바이나스가 그런 일 따위 하찮다는 듯 툭 내뱉자 라리사가 까르르 웃음을 터뜨렸다. 그러나 두 사람 중 누구도 와인 잔을 받으러 아르노아에게 다가오지 않았다.

아르노아는 여전히 양손에 잔을 든 채 팔을 쉬지 못했다. 주변의 호기심과 동정 어린 시선이 따갑게 꽂혔다.

"하지만 어쩌나."

바이나스는 전혀 급하지 않다는 듯 느릿하게 옆에 있던 시종의 트레이에서 붉은 술과 얼음이 든 잔 두 개를 집어 들어 하나를 라리사에게 건넸다.

"춤을 한바탕 추고 났더니 그건 별로 당기지 않는데."

그가 아르노아를 슬쩍 바라보며 냉담하게 말했다. 라리사가 아르노아를 향해 혀를 쯧쯧 차며 말했다.

"안타까워라. 왕비 전하는 아직도 모르세요? 바이……. 국왕 전하께서는 어린 시절부터 더울 때 미지근한 음료를 드시는 걸 싫어하셨어요."

아르노아가 디르한에 오기 전부터 바이나스의 연인이었던 라리사는, 두 사람의 관계를 자랑하듯 말했다.

디르한의 야심가 에스테아 백작의 딸인 그녀는 바이나스의 첫사랑이자 정부였다. 아르노아와 바이나스가 결혼한 직후, 바이나스는 그녀를 아르노아의 수석 시녀로 만들어 주었다. 자신의 연인을 계속 가까이 두기 위한 명분이었다.

라리사가 중간에 감히 그의 이름을 부를 뻔한 것은 아마 실수가 아니라 그만큼 사석에서 두 사람이 가깝다는 사실을 과시한 것일 터였다.

"거기 든 것은 그냥 당신이 마셔. 들고 기다린 값이라고 생각해."

아르노아의 입술이 살짝 떨렸고, 동시에 라리사가 '어머!' 하는 입 모양을 만들며 손으로 입을 가렸다. 바이나스는 라리사의 허리를 더 가까이 끌어당기며 피식 웃었다.

연회장의 귀족들은 각자 마른침을 꿀꺽 삼키고 국왕 부부의 대화를 지켜보았다.

국왕이 지금 뭐라고 했지? 자신과 정부의 침이 섞인, 먹다 남은 와인을 왕비더러 마셔서 치우라고 했나?

구경꾼 입장에서는 안타까우면서도 한편으로는 재미있는, 이래저래 눈길을 끄는 광경이었다. 정부와의 기념일을 축하하는 연회를 연 것부터, 그 자리에 억지로 왕비를 초대하고 노골적으로 무시하는 일련의 과정은 흥미를 돋울 수밖에 없었다.

"······괜찮습니다."

아르노아는 깊은숨을 내쉬고 술잔을 옆에 있던 시종에게 건넸다. 그녀의 시선이 바이나스와 잠시 마주쳤다. 입꼬리를 슬쩍 비틀어 올리는 바이나스와 달리 아르노아의 얼굴은 굳어 있었다.

"몸이 좋지 않으니 들어가서 쉬겠습니다."

"아쉽군. 라리사는 우리의 기쁜 날을 당신과 함께 즐기고 싶어 했는데."

바이나스의 말에 맞추어, 라리사가 아쉬운 표정을 지었다.

"더 있다 가시지 그러세요, 전하. 저와 국왕 전하는 왕비 전하께서 계셔도 괜찮은데요."

다만, 표정이나 말과 다르게 그녀는 왕비에게만 허락되어야 할 연회장 상석으로 향하고 있었다. 아직 아르노아가 떠나기도 전에 라리사는 당연한 듯 그 자리에 엉덩이를 붙이고 앉더니 앞에 놓여 있던 아르노아의 식기를 옆으로 치워 버렸다.

국왕의 의자 바로 옆의 황금빛 의자는 애초에 라리사의 자리라도 되는 듯, 그녀가 좋아하는 암녹색 천으로 장식되어 있었다. 천에는 라리사의 이니셜까지 수놓아졌고 말이다. 실제로 그 의자를 왕비보다 더 자주 사용하는 것은 그녀였다.

기가 막힐 일이었다. 당장 아르노아가 라리사를 끌어내어 황궁 밖으로 쫓아내도 이상할 것 없는 상황.

그러나 아르노아는 언제나처럼 침묵을 지켰다. 언제나처럼, 그녀는 모든 분노를 숨긴 채 조용히 인사한 후 연회장 문을 열고 복도에 발을 디뎠다.

뚜벅, 뚜벅.

빈 복도에 아르노아의 발소리가 울렸다. 그녀의 표정은 침착했으나, 조금 전 찌푸려졌던 미간은 펴지지 않고 있었다.

"아, 등신 같은 놈."

아르노아가 나직하게 내뱉었다. 바이나스에게는 그녀의 찌푸린 표정이 보였을 것이다. 어쩌면 그 불쾌한 얼굴을 보며 하찮은 자존심을 채웠을지도 모른다.

"등신 같은 이놈의 결혼 생활."

그녀가 다시 말했다. 어차피 복도에는 들을 사람도 없었다.

바이나스가 등신이라는 것은 2년 전, 결혼한 첫날부터 알고 있던 사실이었다. 시녀들이 침실을 떠나자마자 침대에서 일어난 바이나스가 라리사를 찾아갔을 때부터.

'대단하다는 황녀 전하도 벗겨 놓으니 별다를 거 없더군. 상중하 중에서 하일세.'

다음 날, 아침에 있지도 않았던 이야기를 지어내며 친우들에게 가십거리로 던져 주는 모습에서도 그의 인격은 드러났다.

그럼에도 아르노아는 기다렸다. 정신적으로 미숙하나 다름없는 그가 늦게나마 성장할지도 모른다는, 그렇게 되면 서로 무관심하면서 예의는 갖추는 흔한 정략혼 생활을 이어 갈 수 있다는 생각이었다.

그러나 상황은 나아지지 않았다. 오히려 악화되기만 했다.

'왕실의 안살림은 그전과 같이 라리사에게 맡길 거야. 필요한 돈이 있으면 그녀에게 용처를 말하고 승인을 받아.'

이것이, 결혼 후 두 번째 만남에서 바이나스가 했던 말이었다.

'제국의 예법과 디르한의 예법은 달라. 에스테아 백작 부인이 이 분야에 밝으니 그 사람에게 배우도록 해.'

결혼 한 달 후, 바이나스는 아르노아에게 반갑지 않은 예법 선생을 붙여 주었다. 에스테아 백작 부인은 라리사의 어머니였다. 그녀는 새로이 주어진 직업을 무척 기쁘게 수행했다.

왕비의 스승, 이 명예로운 자리는 심심하던 중년 부인에게 즐거운 취미가 되었던 모양이다. 특히 그 딸이 왕비 자리를 탐내고 있는 상황에서는.

'황녀라기에 얼마나 대단한가 했더니, 멀쩡한 머리로 겨우 100명밖에 안 되는 사용인을 다 기억 못 하십니까?'

그녀는 갖은 수단을 동원해 아르노아의 자존심을 꺾었다. 아이에게나 쓸 법한 체벌을 하는 경우가 있을 정도였다. 종종 아르노아가 있어야 할 자리에 딸을 대신 세우기도 했다.

'라리사를 보고 배우세요. 저렇게 잘하니 국왕 전하께서도 좋아하시는 것 아닙니까.'

반년이 지났을 때, 바이나스는 공식 석상에서 아르노아를 세게 밀쳐 넘어뜨렸다.

'당신이 치맛자락을 밟아서 라리사가 휘청거렸잖아! 넘어졌으면 어쩔 뻔했어!'

수십 명의 귀족들 앞에서 벌어진 일이었다.

아르노아는 대단한 충격을 받지는 않았다. 큰오빠인 루시아노 황제에게 받던 냉대에 비하면 그렇게 나쁜 생활도 아니기 때문이었다.

"하아……."

복도를 걷던 아르노아가 깊은 한숨을 뱉었다. 별로 나쁜 짓 한 것도 없는데, 권력자라는 놈들은 왜 하나 같이 그녀를 싫어하는지. 그녀는 황제이자 자신의 이복 오라버니인 루시아노를 떠올렸다.

그는 그녀를 싫어했다. 그녀가 태어난 순간부터. 원래 성격이 예민한 탓도 있겠지만, 주된 이유는 자신보다 탄탄한 그녀의 모계 혈통 때문인 듯했다. 아르노아는 한때 리켈 공작가의 가주까지 지냈던 아나스티아 황후의 딸이었으니까.

외가 쪽에서 지내며 적당히 몸을 낮추려 했건만, 루시아노는 선황이 죽자

마자 그녀를 잡아 와 황궁 내의 작은 탑에 가두어 버렸다.

'보아라, 이곳은 나의 황궁이고 나의 제국이다.'

탑에서 머물던 첫날. 그는 아르노아를 탑 꼭대기로 거칠게 끌고 가, 팔만 붙잡은 채 벽 끝으로 밀어붙였다. 아르노아 몸의 절반이 허공에 걸쳐졌다.

'대륙의 주인인 내가 네 목숨을 움켜쥐고 있다. 그 점을 잊지 말아라, 아르노아.'

아르노아와 비슷하지만 왠지 더 황폐해 보이던 벽안이 난폭하게 번뜩였다.

'역심을 품지 마라. 아니, 황좌에 눈길조차 주지 마. 그런 생각이 들 때면 오늘을 기억해라. 내가 팔을 놓기만 하면 추락해 버릴, 아무 힘도 없는 너 자신을 기억해.'

짧은 순간, 언제나 허약했던 황제는 바이나스는 발끝도 따라가지 못할 만큼 서늘한 살기를 온몸으로 뿜어냈었다.

그는 아르노아가 열여덟이 되자마자 그녀를 디르한 국왕에게 시집보냈다. 동생을 행복하게 해 줄 거라는 기대 때문이 아니었다. 그저 거슬리지 않고 말 잘 듣는 개에게 내리는 포상 같은 것이었다. 실제로 디르한의 초대 국왕은 제국의 신하였으니까.

덕분에 바이나스는 상당한 지참금을 받아 챙기고 주변의 다른 작은 나라들 앞에서 자존심을 세울 수 있었다.

'그래도 결혼 초반까지는 희망적이었는데.'

회상에 잠겼던 아르노아가 다시 한숨을 내쉬었다.

수모를 좀 당하긴 했지만 디르한 왕국에서의 그녀는 비교적 자유로웠다. 식사도 탑에서 먹던 것보다는 낫지 않나.

'바람을 피울 테면 피우라지. 어차피 며칠에 한 번 보는 얼굴인데 작은 모욕쯤이야.'

……라고 생각하며 1년 징도의 결혼 생활을 보냈는데.

'어떤가요? 잘 어울리나요?'

라리사가 아르노아 앞에서 턱을 치켜들며 새 티아라를 자랑하던 날, 아르노아는 처음으로 살의를 느꼈다.

관에 박혀 있던, 정교하게 세공된 블랙 다이아몬드는 아나스티아 황후의 유품이었다. 황후가 젊은 시절 아르노아의 아버지인 선대 황제로부터 선물받은 물건이기도 했기에, 그 보석은 사교계에 알려져 있을 정도로 귀중했다.

아르노아의 지참금 중 일부였고.

옆에서 라리사의 손을 잡은 채 냉소를 짓던 바이나스를 갈아 마시는 상상을 시작한 게 그 무렵이었던가.

분노 후에 찾아온 것은 공포였다.

어쩌면 딸이 왕비가 될 수도 있겠다고 판단한 라리사의 아버지 에스테아 백작이 그날 이후로 몇 번이나 아르노아를 암살하고자 시도했기 때문이었다.

음식 속에 독약, 갑자기 날아온 암기, 창문을 타고 침실로 들어온 살수, 아르노아는 매번 겨우겨우 목숨을 건졌다. 그녀의 침실에 올 이유가 없는 바이나스는 이 사실을 아는지 모르는지, 아무런 조치도 취하지 않았다.

이제 그 모든 것은 그저 일상이었다. 바이나스는 지독하게 아르노아를 괴롭혔고, 백작가는 한두 달에 한 번씩 그녀의 목숨을 노렸다.

"이 짓도 더는 못 해 먹겠군."

복도를 다 지난 그녀가 낮게 중얼거리며 침실 문을 열었다.

끼이이- 쿵.

차갑고 무거운 문이 그녀의 등 뒤에서 닫혔다.

"휴……."

아르노아는 한숨을 폭 내쉬고 고개를 들었다. 너무나 피곤한 하루였다. 이제 벽난로에 장작을 넣고, 크고 폭신한 침대에서 제대로 잠을 한숨…….

"……어?"

침대를 본 그녀의 짙푸른 눈동자가 천천히 커졌다.

"저게…… 뭐야?"

그녀가 떨리는 입술 사이로 간신히 몇 마디를 뱉었다.

침대 위에, 커다란 무언가가 웅크리고 있었다. 낮게 골골거리는 숨을 내쉬며 그녀의 침대에서 졸고 있는 그것은 다름 아닌.

"그르르르릉."

눈처럼 새하얀 한 마리 표범이었다.

"허억."

아르노아는 비명이 나오려는 자신의 입을 막았다. 잠든 표범을 깨우고 싶지 않기 때문이었다. 그녀는 눈을 한 번 질끈 감았다가 떴다. 표범은 여전히 그 자리에 있었다.

'새로운 살수인가?'

지난번의 자객은 어설프게 잠입했다가 아르노아에게 모습을 들켰다. 그녀는 빠르게 방을 다시 빠져나가 경비병을 불렀고. 그래서 이번에는 맹수를 보냈단 말인가? 그러면 안 들킬 것 같아서?

황당함으로 가득 찬 아르노아의 눈이 침대 위의 표범을 찬찬히 훑었다.

"그르르르릉."

녀석은 그녀의 침대가 퍽 좋은 듯, 기분 좋은 소리를 내며 졸고 있었다. 창틈으로 들어오는 달빛에 그 모습이 깨끗하게 드러났다. 평범한 표범이 아니라 설표(雪豹)였다. 보통의 사람은 평생 한 번 마주치기 힘든 맹수이다.

달빛을 받아 반짝이는 털은 눈보다 하얘서 신성해 보일 정도였고, 그 위에는 선명한 검은색 무늬가 보였다. 목에서 등으로, 등에서 허리로 휘어져 내려오는 곡선은 붓으로 그린 듯 매끈했다.

이를 따라 풍성하고 긴 꼬리가 침대 아래까지 늘어져 천천히 흔들리고 있었다. 폭신하고 커다란 두 발 위에 놓인 얼굴은, 두 눈이 감겨 있어서인지 평화로워 보였다.

'아름답다.'

위험한 순간이었지만 아르노아는 한눈에 홀릴 수밖에 없었다. 눈앞에 잠들어 있는 것은 그녀가 태어나서 본 것 중 가장 눈부신 짐승이었다.

'미쳤지.'

그녀는 황급히 머리를 흔들었다. 지금 녀석의 아름다움을 감상할 때가 아니었다. 어서 복도로 나가 누군가를 불러야 했다.

철컥-

그녀가 등 뒤로 손을 뻗어 문고리를 돌린 순간이었다.

"그르르르릉."

고르게 숨을 쉬던 설표가 귀를 쫑긋 움직이더니.

"……안 돼."

번쩍, 하고 눈을 떴다.

* * *

아르노아는 그 자리에 굳은 채 간신히 숨만 쉬었다. 녀석의 시선을 피할 수는 없었다.

이미 둘은 눈을 마주쳐 버렸기 때문에.

그녀를 빤히 바라보는 눈동자는 독특한 은회색이었다. 물기를 머금은 구름 같기도 하고, 피어나는 연기 같기도 하고. 그림으로 봤더라면 아마 퍽 예쁘다고 생각했을 색깔이었다.

"그르르르릉."

그러나 지금 이 상황은 그림도, 연극도 아니었다. 녀석은 언제든 달려들어 아르노아의 목을 물어뜯을 수 있었다.

한동안 그녀를 바라보던 설표는 느릿느릿 침대에서 몸을 일으켰다. 위험한 와중에 그 자태가 말도 안 되게 우아하다는 생각이 그녀의 머리를 스쳤다.

톡―

설표는 그녀로부터 시선을 떼지 않은 채, 사뿐히 카펫 위로 뛰어내려 천천히 그녀를 향해 다가오기 시작했다.

"차, 착하지."

아르노아가 덜덜 떨며 말했다. 등 뒤로 다시 문고리를 잡아 보려 했으나 어디로 갔는지 만져지지 않았다. 설표는 기지개를 한 번 켜더니, 나는 듯한 움직임으로 단번에 아르노아의 한 걸음 앞까지 뛰었다.

"꺅!"

가만히 있어도 뿜어져 나오는 엄청난 기세며 무시무시한 안광에, 아르노아는 작은 비명과 함께 카펫 위로 반쯤 주저앉아 버렸다.

"그르르르릉."

주저앉은 그녀를 본 녀석은 아르노아에게 커다란 머리를 들이밀며 가르릉거렸다. 위협 같기도 하고 웃음소리 같기도 한 기묘한 울음이었다. 아르노아의 눈이 커졌다.

'이렇게 죽나?'

기뻐서 덩실덩실 춤을 출 라리사의 모습이 뇌리를 스쳤다. 죽기 전 떠올리는 마지막 광경이 라리사의 춤이라니, 참으로 비참한 최후였다. 아르노아가 눈을 질끈 감으려던 찰나, 설표의 형상이 흐릿해지면서 그 자리에 다른 형체가 보이기 시작했다.

스스슷

"……어?"

스스스슥

아르노아를 빤히 바라보던 은회색 눈동자는 그대로였다. 다만 그 주인은 더 이상 맹수가 아니었다.

"대체 이게 어떻게……."

한쪽 무릎을 땅에 대고 그녀와 시선을 맞춘 인간 남자였다. 눈처럼 흰 피부와 밤하늘 같은 까만 머리카락이 눈에 들어왔다. 눈을 한 번 더 깜빡이자 날카로운 콧대며 턱선, 그리고 그린 듯한 눈썹도 보였다.

"너야?"

남자가 물었다. 어딘가 위험해 보이지만 한편으로는 사람을 홀리는 것 같은 그 모습은 아까의 설표와 똑같았다.

"대답해. 네가 아르노아 살리에드 카이시온이야?"

남자의 목소리가 다시 한번 귓가에 울렸다. 속삭이듯 낮았지만 주변의 공기까지 가라앉히는 묘한 위압감이 느껴졌다.

"누구……?"

아르노아는 대답을 하면서 빠르게 머리를 굴렸다.

마법사다, 이 남자는.

그것도 '영체'로 변신이 가능한 고급 마법사.

남자는 대답을 기다리는 듯, 고개를 갸웃하며 그녀를 빤히 바라보았다. 아르노아는 자신도 모르게 고개를 끄덕였다. 제 영지에만 박혀 있는 걸로 유명한 종족이 왜 그녀를 찾는지는 알 수 없었다.

"좋아. 이야기가 빠르겠네."

그는 입 속으로 무언가 중얼거리더니 손바닥을 펼쳤다. 황금빛이 작게 반짝이더니 그의 손바닥 위로 작게 말린 종이 한 장이 나타났다.

"자, 편지다."

남자가 말했다.

"편지? 대체 누가……?"

아르노아는 저도 모르게 손을 내밀어 종이를 받았다.

"그놈, 네 친우라던데."

친우?

아르노아가 아는 친우는 세상에 단 한 명이었다. 그녀는 떨리는 손으로 종이를 펼치고 스크롤 아래에 친필로 적힌 이름을 소리 내어 읽었다.

"······아나킨?"

다시 보아도 틀림없었다.

아나킨 윌로. 어린 시절부터 함께 지냈던 그녀의 하나뿐인 친우가 은빛 잉크로 직접 한 서명이었다. 잘난 얼굴만큼이나 화려한 필기체는 다른 사람이 흉내 내기 어려운 것이었다.

"······아나킨이 마법사를 보냈어?"

어색한 물음이었다. 마법사는 애초에 '보낼' 수 없는 것이었으니까. 아주 특별한 상황이 아닌 이상, 황족조차도 함부로 명령을 내릴 수 없었다. 그럼에도 묻는 건, 비마법사 중 유일하게 그들을 스스럼없이 대하는 사람이 한 명 있기 때문이었다.

"그래. 보냈어. 아카데미 때부터 건방졌던 놈이."

남자의 말을 들은 아르노아의 얼굴이 아주 조금 환해졌다.

리쾰 공작가의 가신을 거쳐 젊은 나이에 황제의 보좌관이 된 아나킨은 원래 그런 녀석이었다. 상식을 초월하는 사람.

마력이라고는 쥐뿔도 없는 주제에 타고난 머리 하나로 마법 아카데미에 입학하더니, 교수조차 해석하지 못했던 고대 마법 이론을 줄줄 꿰고 심지어 발전시켜 수석으로 졸업한 천재.

'디르한에서 떠나고 싶어지면 말해. 바이나스에게 저주를 걸어 줄 동기를 찾아볼게.'

이게, 결혼을 앞두고 제국을 떠나는 그녀를 향한 그의 마지막 인사였다. 실행에 옮기지는 않았지만 바이나스의 재수 없는 면상을 볼 때마다 주문처럼 되뇌던, 도움이 되는 말이었다.

'그럼 이 사람은······.'

그럼 눈앞의 남자는 아나킨의 동기인 건가?

'미친 동기, 성격 더러운 동기, 지금 마탑주가 된 동기, 사람 수명 깎아서 영혼석 만들고 다니는 동기, 친구 없는 거 불쌍해서 자기가 돌봐 준 동기,

그 외에 좀 괜찮은 동기들……'

이상하다. 아나킨이 언급한 지인들 중에, 저렇게 잘생긴 동기 이야기는 없었는데.

"읽어."

남자는 습관인 듯한 명령조로 다시 말했다. 아르노아는 편지를 펼쳤다.

첫 두 줄을 읽는 순간, 그녀는 자신이 무엇 때문에 긴장하고 있었는지조차 잊어버렸다.


[노아, 사랑하는 나의 친구에게.
루시아노와 아리엔이 암살당했어.]


그녀가 눈을 한 번 깜빡였다. 몇 번을 읽어 봐도 같은 내용이었다. 편지에 적힌 이름은 두 오라비의 것이었다.

"아, 암살……."

아르노아는 입술을 살짝 떨며 중얼거렸다. 아나킨의 소식이라면 틀릴 리가 없었다. 그는 황제의 가장 가까운 보좌관이었으니까.

그녀는 눈을 지그시 감고 한숨을 토했다.

"안 돼……."

오라비들에게 애정이나 안타까움을 느껴서가 아니었다. 큰 충격을 받은 것도 아니었다. 여러 제후국부터, 지금 제국의 군권을 쥐고 북부 전쟁을 지휘하는 방계 황족 부녀까지, 황제를 암살하려는 자들은 도처에 깔려 있었으니까.

좌절한 이유는 따로 있었다.

"하아, 망했다."

2년 전, 자신의 결혼 계약서에서 보았던 문구가 머리를 스쳤기 때문이었다.

[나, 아르노아 살리에드 카이시온은 디르한 왕국의 왕비가 되어 오직 남편에게 복종할 것이며, 가지고 있는, 그리고 앞으로 갖게 될 모든 작위가 남편에게 귀속됨을 이해하고 동의합니다.]

이는 바이나스가 요청하고 루시아노가 동의했던 내용이었다. 여인에게 작위를 주지 않는다는 디르한 왕국의 오래된, 아무도 따르지 않았지만 아무튼 존재하는 미풍양속이라는 이유였다.

폐기된 지 100년은 넘은 전통임을 뻔히 알면서도, 아르노아는 루시아노의 독촉에 따라 얌전히 계약서에 서명했었다. 그저 바이나스의 알량한 자존심을 채우기 위한 의미 없는 문구였고, 그녀 앞으로 작위가 생길 가능성은 없었으니까.

두 오라비가 살아 있는 한.

아르노아는 입술을 꽉 깨물었다. 죽어 버린 루시아노와 아리엔은 후계가 없다. 그들과 가장 가까운 혈연은 바로 자신이었다. 그 말은 즉.

"그 멍청이가 황제라니."

대륙은커녕 정부와 그 집안 하나 제대로 다스리지 못하는 디르한의 국왕, 지난 2년간 아르노아를 원수라도 되는 듯 찍어 누른 열등감 덩어리인 남편. 그가 제국의 차기 황제라는 것이었다.

"후우……."

아르노아는 한 손을 올려 손가락으로 자신의 이마를 짚었다.

이젠 진짜로 망했네.

"하……. 어떡하지."

복잡해야 할 머릿속에는 의외로 한 가지 생각밖에 없었다. 어떻게든 바이나스의 즉위는 막아야 한다는 것.

지인 하나 없는 타국에서는 모를까, 황실의 모든 사람 앞에서 바이나스의 황후라는 이름으로 묶여 평생을 보내는 것은 그야말로 수치였다. 보나 마나 함께 따라올 라리사는 아나스티아 황후가 남긴 보석뿐 아니라 다른 모든 것을 차지할지도 모른다.

물론 바이나스는 황제로 오래 남지도 못할 것이다. 루시아노와 아리엔을 암살한 세력이 그를 암살하지 못할 이유도 없었다. 그럼 아르노아도 같이 죽게 되겠지.

멍한 그녀에게, 문득 잊고 있었던 시선이 느껴졌다.

"오라비와 친했나?"

은회색의 눈동자 한 쌍이 호기심을 담은 채 그녀를 응시하고 있었다.

"……"

"그런 것치고는 슬프기보다 화가 나 보이는데."

아르노아는 눈썹을 치켜올렸다. 이 남자는 마법사치고는 직관이 좋은 편인 듯했다. 타고난 마법으로 남들이 못하는 온갖 것을 누리는 그 종족은 상식이 좀 부족한 편이었다. 남들의 표정을 읽는다든가, 감정을 헤아리는 것을 잘하지 못한다든가.

"생각이 많은 것뿐이야."

아르노아는 침착하게 대답하고 다시 편지로 눈을 돌렸다. 딱 세 줄이 더 적혀 있었다.


[선물을 보냈어. 너라면 잘 사용할 거라 믿어.

온 마음을 바쳐서 행운을 빌어.

너를 기다리는 아나킨.]


"끝이야?"

아르노아가 눈을 지그시 감으며 중얼거렸다.

이 자식은 마법 아카데미를 다니고 나서부터 점점 말을 수수께끼처럼 하기 시작했다. 여자들이 좋아한다나. 제 미모만 가지고는 부족하다고 느낀 모양이었다. 그 덕분인지 모르겠지만, 아나킨의 주변에는 여자가 끊이지 않았다.

"어딨어?"

여전히 눈을 감은 채 아르노아가 손을 내밀었다.

"……."

아무 대답이 없었다. 답답해진 그녀가 다시 눈을 뜨자 조각상같이 생긴 마법사는 멀뚱멀뚱 그녀를 바라보고 있을 뿐이었다.

"뭐가?"

"선물."

"선물 사 와야 하는 거였나?"

그는 의외라는 듯 물었다.

"위로의 선물, 뭐 그런 거? 오라비가 죽었다고?"

"아니, 그게 아니라……."

"나랑은 상관없는 일 아닌가?"

아르노아는 말하다 말고 다시 이마를 짚었다. 눈앞의 남자는 분명히 아무것도 모른다는 표정이었다. 가지고 온 선물도 없는 듯했다.

"……진짜 없어?"

"어. 없는데."

그는 어깨를 으쓱하며 고개를 저었다. 중간에 떼먹은 사람치고는 너무 당당한데. 아르노아는 편지와 마법사를 번갈아 보면서 미간을 찌푸렸다.

아나킨은 총 다섯 줄짜리 편지에 쓸데없는 말을 넣을 사람이 아니었다. 없는 선물을 있다고 할 사람도 아니고.

"넌, 어쩌다가 온 거야?"

머리가 복잡한 와중에 그녀가 문득 물었다. 아무리 아나킨이라도 그렇지, 고급 마법사에게 편지 배달이나 시킨다는 것이 말이 되는가? 대단한 값이라도 치른 건가.

"……좋은 사람은 친구의 부탁을 들어주는 사람 아니겠어?"

처음 본 순간부터 여유로웠던 마법사의 얼굴이 미세하게 굳었다. 들키기 싫은 무언가를 감추려는 것처럼.

"좋은 사람?"

아르노아가 되물었다.

이건 무슨 개소리야? 마법 아카데미에, 적어도 아나킨의 주변에 그런 착한 친구가 있다는 말은 들어 본 적 없었다. 비마법사가 마법사로부터 무언가를 받으려면 반드시 대가를 지불하거나…….

"사정이 있다. 그런 걸로 알아 둬."

"내기했구나."

아르노아가 멍하게 중얼거렸다. 그녀의 말에 마법사가 흠칫 몸을 떨었다.

"맞네."

흐렸던 머릿속에 한 줄기 빛이 들어온 느낌이었다. 아르노아는 그를 똑바로 들여다보았다.

마법사의 내기.

누군가가 마법사의 온전한 이름을 부르며 내기를 청하면, 불린 이는 승낙해야 한다는 그것. 마법사들의 놀이이자, 처음 마력을 세상에 뿌린 신이 만든 일종의 규칙이었다.

이는 드문 일이었다. 마법사의 온전한 이름은 길고, 복잡하고, 비밀스러운 데다, 일반인은 물론이고 같은 마법사조차도 알아내기 어려웠으니까. 게다가 조건을 뚫고 내기를 걸어 온 대부분의 사람들은 내기에서 졌다. 그 결과 죽거나 소중한 무언가를 빼앗겼고.

아나킨은 그 대부분에 해당할 사람이 아니었다.

"무슨 내기를 한 거야?"

그녀는 심란함도 잊고 물었다.

고급 마법사와 아나킨의 대결이라면, 분명히 어마어마하게 위험한 마법과

값비싼 아티팩트의 치열하고 현란한 다툼이…….

"오목."

"응?"

"쉬워 보였는데, 세 판 중 한 판도 이기지 못했다. 돌 다섯 개를 연결하는 건 어려운 일이더군."

아.

오목이구나. 마법사를 부리려면 오목을 잘 두면 되는구나.

마법사는 자신의 패배가 진심으로 수치스럽다는 듯 머리를 짚었다. 쓸데없는 수치심이었다. 아르노아 자신을 포함해서, 머리로 하는 게임에서 아나킨을 이길 사람은 세상에 거의 없었으니까.

"아나킨은 가진 것도 많은데, 왜 굳이 내기를 걸었지?"

아르노아는 다시 생각에 잠겼다.

"글쎄, 왜일까."

마법사는 빙긋 웃으며 모호하게 대답했다.

그녀의 친구는 시중에 나온 온갖 마정석이며 아티팩트를 쓸어 담는 걸로 유명했다. 셀 수 없이 많은 가명으로 사업을 벌였기에 가진 돈도 상당히 많았다. 거래가 아닌 내기로 끌어들여야만 하는 사람은, 그녀가 알기로 아카데미에 한 명뿐이었다.

"너……."

아르노아는 마법사를 똑바로 보며 중얼거렸다.

"너 마탑주구나."

미친 동기, 성격 더러운 동기, 지금 마탑주가 된 동기, 사람 수명 깎아서 영혼석 만들고 다니는 사이코, 친구 없는 거 불쌍해서 자기가 돌봐준 동기…….

그녀의 기억이 맞다면 이 모든 수식어는 한 사람에 대한 것이었다. 타고난 마력이 너무 강해서, 값비싼 아티팩트로 거래하는 것이 의미 없는 자.

날카로웠던 눈이 커졌다.

"똑똑하다더니, 진짜였네."

순간 놀란 듯했던 그는 금세 여유를 회복하더니 씩 웃었다.

"맞아. 당연한 거 아니겠어?"

그가 말했다.

"황제가 죽었으니 전령 노릇은 해야 할 거 아니야."

아르노아는 그의 말을 바로 이해했다. 잠시 당황해서 놓쳤지만, 황제의 교체는 제국에서 일어날 수 있는 가장 중대한 일이었다.

오래전 제국을 세운 황제의 결정으로, 황족의 신분에 중대한 변화가 있음을 알리는 것은 마법사의 역할이었다. 황제의 교체를 알리는 역할을 하는 것은 그중에서도 마탑주였고. 그 일을 충실하게 하는 것을 대가로 마법사들은 제국 내에 자신들만의 영지를 가질 수 있었던 것이다.

"말하자면, 난 지나가는 길에 겸사겸사 들른 거야. 아나킨이 그렇게 해 달래서."

그가 천천히 다리를 펴고 일어서며 말했다.

"다음 황제인 바이나스 어쩌고 하는 놈이 어딨는지 알려 주면 좋겠군. 영지 값은 해야 하니까."

마법사를 전령으로 삼는 것은, 반역을 방지하기 위한 제도였다. 다른 귀족은 몰라도, 마탑주는 황위를 욕심내지 않을 테니까.

생각에 잠긴 그녀에게 그가 물었다.

"이봐?"

"……아나킨이, 바이나스보다 나를 먼저 만나라고 했어?"

아르노아가 그에게 말했다. 마법사가 누군지 밝혀진 지금, 그녀는 아나킨의 편지를 다시 떠올리고 있었다.

선물을 보냈어. 너라면 잘 사용할 거라 믿어. 온 마음을 바쳐서 행운을 빌어.

"그래."

마법사가 고개를 끄덕였다. 아르노아는 헛웃음을 지었다.

선물, 행운을 빈다. 이제야 편지의 내용을 이해할 수 있었다. 그녀가 무엇을 해야 하는지도. 아르노아는 마른침을 한 번 삼켰다.

'황좌에 눈길조차 주지 마. 그런 생각이 들 때면 오늘을 기억해라. 내가 팔을 놓기만 하면 추락해 버릴, 아무 힘도 없는 너 자신을 기억해.'

형형하게 빛나던 루시아노의 눈빛이 순간 머릿속을 스쳤다. 하지만 이제 어떡할 건데? 죽은 자는 말이 없다. 더 이상 이 대륙도, 제국도, 황궁도 그의 것이 아니었다.

"……너."

아르노아는 다시 입을 열었다. 머릿속에서 맴도는 것조차 피하려 했던 생각인데, 입 밖에 내려고 하니 긴장감으로 몸이 잘게 떨렸다.

"……너, 내가 뭐 부탁하면 안 들어줄 거지?"

그녀가 불쑥 묻자 마법사는 픽 웃어 버렸다.

"당연한 거 아니야? 마법사 부리는 게 그렇게 만만했으면 우린 진작 황족의 노예였겠지."

"그럼 내기해야겠네."

바닥에 앉아 있던 아르노아는 몸을 일으키며 말했다.

"뭐, 내기?"

그는 어이없다는 듯 되물었다.

"그게 쉬울 것 같아?"

저벅, 한 걸음 다가온 그의 얼굴이 달빛을 받아 더 아름다워 보였다. 약간은 오만해 보일 정도의 당당함이 그를 더 완벽해 보이게 만들었다. 그가 한쪽 입꼬리를 올리며 말을 꺼냈다.

"마법사, 아니 마탑주의 이름을 네가 어떻게……."

"벨카리아나스 디안 아스갈 루펠레티온 페르헨 네르디."

당당했던 얼굴이, 눈앞에서 간식을 빼앗긴 고양이처럼 멍해졌다.

"……뭐?"

"맞잖아. 벨카리아나스 디안 아스갈 루펠레티온 페르헨 네르디."

"너…… 대체 어떻게……."

"'어떻게'라니, 내 친구가 누구인지 못 들었어?"

그녀는 싱겁다는 듯 어깨를 으쓱했다. 그럼 아나킨이 온갖 고서를 뒤지고 측근에게 뇌물을 줘 가면서 어렵게 알아낸 비밀을 혼자 간직할 줄 알았나? 아나킨은 모든 이에게 의리가 넘치는 이는 아니었다. 마법사를 두려워하지도 않았고.

"줄여서 '벨'이라고만 부른다며."

당황한 마법사에게, 아르노아가 쐐기를 박았다.

"하……. 치사한 놈."

마법사, 아니 벨은 숨을 깊이 들이쉬며 팔짱을 끼었다. 아르노아는 조금 미안한 마음이 들었다. 나름대로 소중한 비밀이었나 본데, 너무 대뜸 말했나.

"마탑주 벨카리…… 벨."

하지만 지금은 시간 낭비나 하고 있을 때가 아니었다.

"나랑 내기하자."

아르노아가 작은 미소를 띠고 정식으로 요청했다.

그녀는 눈앞의 남자를 다시 한번 바라보았다.

아나킨의 동기, 지난 100년간 그런 재능은 없었다고 일컬어지는 천재적인 마법사.

아나킨이 그녀에게 준 진짜 선물은 그였다.

"……원하는 게 뭔데?"

"바이나스가 황위에 앉는 게 싫어."

보일 듯 말 듯 한 호기심을 담고 묻는, 고양이 같은 얼굴을 보며 그녀가 말했다.

"그러니까 내가 이기면."

"……이기면?"

아르노아는 조용히 숨을 들이쉬었다. 아나킨이 무엇을 권유하고 있는지 아르노아는 잘 알았다. 두 사람은 상대방의 영혼까지 꿰뚫어 볼 만큼 서로를 잘 알았으니까.

"……이혼하고."

그녀가 조용히 말했다.

"내가 황제 할래."

벨의 아름다운 은회색 눈이 아까보다 더욱 커지는 것이 보였다. 아르노아는 작은 웃음을 토했다.

생각할 것도 없었다. 다른 방법이 없지 않은가. 아니, 다른 방법이 있어도 왜 그래야 하지? 루시아노가 황제가 되는 동안, 또 그녀를 가두고 핍박하다가 유배나 다름없는 결혼을 시키는 동안 입을 꾹 다물고 있다가 지금 이 꼴이 났는데.

오라비라는 작자는 나라 운영은커녕 제 목숨조차 보전하지 못했다. 후계자도 낳지 않고 죽어 버린 그 때문에, 아르노아는 물론 제국의 미래까지도 흔들릴 판이었다.

지금껏 겪었던 온갖 고초가 아르노아의 머리를 스쳤다.

작은 탑 안에서 그녀를 돌봤던 하녀들이 하나둘씩 반역죄로 끌려가 사라질 때의 공포.

루시아노의 끊임없는 신경질과 악담, 아리엔의 무시.

바이나스의 조롱, 에스테아 백작의 암살 시도.

그리고 이대로 가만히 있으면 바이나스 곁에서 이름뿐인 황후가 될 그녀가 새로이 겪게 될 모멸.

아르노아의 시련은 끝나지 않을 것이다.

직접 권력을 손에 쥐기 전에는.

진작 깨달았어야 했는데, 무엇 때문에 이렇게 오래 걸렸을까.

"제국의 전령인 네가, 나를 황제로 인정해 줘."

아르노아의 말이 끝나자 무거운 침묵이 방 안을 가득 채웠다. 눈이 동그랗게 커진 벨을 보는 아르노아의 미소가 짙어졌다.

새삼 아나킨이 얼마나 소중한지 느껴졌다. 진퇴양난에 빠진 친구가 어떤 결정을 할지 예상하고, 세상에서 가장 강한 아군 하나를 곁으로 보내 준 것이다.


[너를 기다리는 아나킨.]


한 마디로, 황제가 되어 돌아오라 이 말 아니겠는가.


* * *


"별 황당한 제안이로군."

벨은 어이없다는 표정으로 아르노아를 바라보았다. 아나킨의 친구라더니, 보기에는 멀쩡한 이 여자의 머릿속은 정상이 아니었다. 황위를 노려서가 아니었다.

"내가 뭘 원할 줄 알고 감히 내기를 걸지?"

낮게 깔린 목소리를 따라, 은빛 안광이 위험하게 아르노아를 향했다.

벨카리아나스 디안 아스갈 루펠레티온 페르헨 네르디.

어쩌면 역사상 가장 강한 마력을 보유한 채 태어난, 제26대 마탑주 대마법사 아마릴리스의 아들.

그는 제28대 마탑주, 그리고 페르헨 영지의 주인이었다. 명목상으로는 제국의 봉신이고 영주이나, 마탑주는 카이시온 제국의 황제조차 함부로 대할 수 없는 독립적인 힘과 자격을 가졌다.

마법사의 땅인 페르헨의 영지는 황제도, 그의 병사들도 함부로 접근할 수 없는 지역이었다.

그 경계에는 강한 마법이 걸려 있었고, 이를 침범하는 자는 지위 고하를 막론하고 마탑주의 손에 사지가 찢어져 죽었다. 명예로운 공작이자 장군이었던 아르노아의 숙부가 좋은 예였다. 아들의 죽음 이후로 선선대 황제는 대륙에 자신들이 완전히 지배할 수 없는 지역이 있다는 점을 겸허하게 받아들였다던가.

마법사들은 평소에 모습을 잘 드러내지 않았다. 세금도 내지 않았고, 오직 고대부터 전해지는 계약에 따른 '전령'의 역할에만 충실했다. 확인되지 않은 무서운 소문들이 그들을 수식할 뿐이었다.

'한 분야에 빠져드는 괴짜들이 많대.'

'그중에서도 마탑주들은 성격이 더럽대.'

'화를 못 이기고 단명한다며?'

더러운 성격으로 인과응보를 받은 것인지, 아니면 강력한 저주가 걸려 있어서인지, 역대 수많은 마탑주들이 전부 원인 모를 병으로 단명했다는 것 정도가 알려진 소문의 끝이었다.

한편 28대 마탑주인 벨은 역대 마탑주 중에서도 재능 있고 악랄하기로 이름난 자였다. 남들과 같은 15세에 아카데미에 입학해서 다음 해에 모든 과목의 이수를 끝낸 천재.

다만, 졸업을 하지는 못했다. 영원히.

'마력을 흡수해서 동기를 폐인으로 만들었다고 했나?'

생각에 잠긴 아르노아가 기억을 더듬었다.

아나킨의 말에 따르면, 그는 소년 시절 아카데미를 휩쓸며 기강을 흐리는 데 몰두했다. 학생들에게 내기를 제안해 재물을 빼앗고, 아티팩트를 빼앗고, 어느 학생에게서는 마력까지 쭉쭉 빼앗아 마법사로 살기 어렵게 만들고 말았다.

그러다가 어느 순간 퇴학을 당하고 어디론가 잠적했고. 다음 해에 돌아와 27대 마탑주와 결투를 벌이더니 기어이 제 손으로 마탑을 차지했다. 손속의 정은 없고 욕망만 가득한, 마력이라는 마력은 혼자 독점하고자 동족상잔도 마다하지 않는 악질, 그것이 벨이었다.

"원하는 걸 말하면 내기가 성립하는 거지?"

아르노아가 물었다.

처음 설표를 본 순간과 달리 그녀는 떨고 있지 않았다. 뒤로 물러나지도 않았다. 벽난로 옆, 카펫 위에 풀썩 앉은 채, 그녀는 벨의 은회색 눈동자를 또렷하게 마주 보고 있었다.

"……내 영혼석."

벨은 순간적으로 모든 움직임을 멈추었다.

"……영혼석?"

"그래. 중요한 마법의 재료가 된다며."

"황족의, 카이시온의 영혼석이라……."

짧은 순간 무언가에 홀린 듯, 그의 얼굴에 강한 욕망이 스쳤다.

"원해?"

벨은 원했다. 타고난 마력 덕분에 필요한 게 많지 않은 그가 탐내는 몇 안 되는 물건이었다.

억지로 빼앗을 수 없는, 주인이 자유로운 의지로 승낙해야 받을 수 있는, 황족의 영혼석.

"그걸 어떻게 만드는 건지는 알고 있는 건가?"

"그래. 내 수명의 절반을 깎아서 예쁜 보석으로 만드는 거잖아."

그녀가 아무렇지 않다는 듯 말했다.

예쁜 게 문제가 아니었다. 모든 이의 영혼석에는 미약하게나마 마력이 있었다. 유독 그 힘이 강한 것이 황족의 영혼석이었고.

"마법사들은 그걸 마력으로 사용한다며?"

아르노아가 피식 웃으며 덧붙였다. 벨은 덤덤해 보이는 그녀의 얼굴을 빤히 바라보았다.

"알고 있군. 용처도, 그 대가도."

그런데 왜 아무렇지 않은 것인가? 수명이 아깝지도 않나?

한참 동안 그녀를 응시하던 벨은 천천히 고개를 저었다. 거절해야 할 일 이었지만 예상치 못했던 아쉬움이 몰려왔다.

"바이나스를 죽이고 너를 황제로 만드는 건 불가능해."

"……."

"건국대제가 얼간이인 줄 알아? 나에게도 주술은 걸려 있어. 황제의 부고를 전하는 전령은 차기 황제를 죽일 수도, 마법으로 해를 입히거나 거짓말을 할 수도 없다."

그가 단호하게 말했다.

"좋은 것을 걸었지만 들어줄 수 없는 내기다. 대가를 지불할 수 없는 내기는 성립하지 않아."

아르노아는 대답 없이 물끄러미 그를 바라보았다.

"그럼 이건 어때?"

그녀가 차분하게 덧붙이는 말에 벨의 귀가 쫑긋하고 움직였다.

"황제의 부고를, 다음 황제에게 언제까지 알려야 하는지에 대한 제한은 없다고 알고 있어."

"사실이다. 전령은 귀찮으니 빨리 해치우는 것일 뿐."

벨은 부연했다.

"물론 늦어도 한 달 이상 끌게 되면 차기 황제가 다른 곳에서 소식을 듣게 되겠지. 그럼 체면이 안 설 거 아닌가."

"그럼 한 달만 줘."

아르노아가 기다렸다는 듯 그의 말을 받았다.

"딱 한 달 동안만 바이나스에게 루시아노의 부고를 전하지 말아 줘."

"왜 그래야 하지?"

"그사이에 알아서 이혼하게."

대수롭지 않다는 어투였다.

"……알아서 이혼한다?"

"그래. 그게 내기야. 내가 알아서 이혼하고 황제의 자격을 얻을 수 있는가."

"……한 달 내에 이혼하면, 네가 나와의 내기에서 이긴다는 건가?"

"그래. 못 하면 내 수명의 절반은 너 줄게."

벨은 눈썹을 찌푸렸지만 아르노아는 개의치 않은 듯했다.

"이기면 내가 차기 황제인 거니까, 어차피 네가 황제라고 선언할 사람은 나야. 내기에서 진다한들 넌 할 일을 하면 되는 거야."

"그럼 너에게는 의미가 없지 않나?"

마탑주를 상대로 내기까지 걸어 놓고 사실상 아무것도 바라지 않겠다는 뜻이 아닌가. 묘한 억울함이 치밀었다. 자존심이 상하는 것이 이런 기분인가.

"의미 있어."

아르노아는 작게 고개를 저었다.

"내기가 온전히 이행되려면, 네가 부고를 전하는 걸 미뤄 줘야 하니까."

벨은 처음으로 아르노아의 얼굴을 제대로 보았다. 새파란 눈동자 속에 어떤 확신이 엿보였다.

"게다가 내 영혼석이 가지고 싶으면, 그때까지 내가 살아 있도록 도와주겠지."

그녀의 입가에 작은 미소가 떠올랐다.

"내가 무슨 미친 짓을 하더라도 말이야."

시리도록 푸른 눈동자에는 난로 속의 붉은 불꽃이 담겨 특별한 분위기를 자아냈다.

"……별 희한한 계획에 걸려들었군."

벨이 나직하게 중얼거렸다.

"내기를 건 이유가, 결국 내 도움을 유도하기 위함이었다?"

그녀는 당당하게 고개를 끄덕였다. 벨은 눈을 지그시 감았다가 떴다.

그녀의 말이 다 맞았다. 아르노아의 제안을 듣는 순간부터 벨은 이 여자의 영혼석을 원했고, 이를 위해 어떻게든 내기의 끝을 보고 싶었다. 이를 위해서 부고는 한 달을 기다려야 한다. 그리고 아르노아가 죽어서도 안 된다.

"마법사를 부려 먹을 방법을 잘도 떠올렸군."

그가 헛웃음을 지었다.

눈앞의 여인은 정말로 무언가 엄청난 일을 저지르려는 듯했다.

하긴, 갑자기 황제가 되겠다는 것도, 마탑주에게 내기를 청하는 것도, 어찌 보면 다 미친 짓이었다. 인생이 걸린 일을, 이렇게 담담한 표정으로 결정하는 사람이 다 있다니. 황당했다. 하지만······.

조금 전까지 불만스러웠던 그의 얼굴이, 이제 미묘한 미소를 띠고 있었다. 재미있는 여자였다.

'오라비와는 다르군.'

패기도 있고, 침착함도 있고, 계획도 있다. 예민함으로 무장한 채, 깨어 나서 잠들기 직전까지 걱정에 휩싸여 어떤 도전도 회피하던 루시아노와 달랐다.

모를 일이다. 그 담담한 표정 아래에 불덩이같이 타오르는 야심이 숨겨져 있을지도. 게다가 어떻게 구워삶은 것인지 그 콧대 높은 아나킨 윌로가 이 여자를 아낀다.

아니, 따르는 건가?

그의 마음속에서 작은 파동이 일었다. 그저 아르노아의 영혼석을 향한 탐욕인지, 그녀를 지켜보고 싶다는 호기심인지, 아니면 다른 어떤 이유가 있는지는 그 자신도 알 수 없었다. 하지만 아르노아의 모든 것이 벨의 흥미를 자극하고 있었다.

벨의 미소가 한결 짙어졌다. 아르노아에게 고정된 시선은 떨어지지 않았다.

"좋아. 부고를 전하는 건 한 달 뒤로 미루어 주지."

벨이 툭 내뱉듯 말했다. 아르노아의 얼굴이 환하게 밝아졌다. 분명한 승낙이었다.

"제국과 이곳은 거리가 있으니 그 안에 다른 이가 부고를 전할 수도 없을 거다."

그는 진작 마음을 정했다. 어쩌면 이 계획을 지켜보는 것이, 영지에서 낮잠이나 자는 것보다 즐거울지도 모른다는, 벨에게는 조금 낯선 생각이 마음속 깊은 곳에서 고개를 들었다.

아르노아가 눈을 한 번 지그시 감았다가 떴다.

"그럼, 첫 번째 계획부터 시작할까?"

그녀의 목소리는 전에 없이 쾌활했다. 불을 향했던 시선이 이제는 벨을 향했다. 그녀는 그를 똑바로 마주 보았다. 벨은 그런 시선에 익숙하지 않았다. 그가 기억하기로, 마탑주인 그를 이렇게 대등한 시선으로 바라볼 수 있었던 것은 아나킨 한 명뿐이었다.

"한 달……."

아르노아는 작은 숨을 내뱉었다. 앞으로 한 달이다.

그녀는 그 안에 바이나스를 머리부터 발끝까지 탈탈 털어 줄 생각이었다. 이런 악처와는 도저히 살 수 없다고 생각하도록.

* * *

"네 이년! 감히 전하께 꼬리를 쳐? 바라만 보아도 눈부신 그분의 옆자리에 앉을 사람은 천하에 오직 이 이르니아뿐이다!"

짜악-!

매서운 표정의 은발 여인이 손을 휘두른다. 치켜 올라간 눈매에 짙고 붉은 눈 화장, 입술 화장까지 한 그녀는 마녀처럼 표독스럽다.

"꺄아악! 손을 거둬 주세요, 왕비 전하!"

청초한 금발 미녀가 비명을 지르며 픽 쓰러진다. 커다란 두 눈에 눈물이 그렁그렁하다. 그 순간, 화려한 문양의 자색 망토를 걸친 미남자가 쓰러진 미녀 앞으로 휙 뛰어든다.

"아앗! 나니사!"

"어흐흑, 전하! 모든 것은 제 잘못이어요. 하지만 배 속의 아기님만은……."

"나니사! 더 말하지 말거라!"

연인을 부르던 미남자는 천천히 은발 마녀를 향해 고개를 돌린다. 아름다운 눈동자를 채웠던 애틋함은 한순간에 이글거리는 분노로 바뀌었다.

"전하, 신첩의 말을 들어 주십시오. 신첩은 오직 전하를 사랑하는……."

"닥쳐, 이르니아."

그는 무섭도록 싸늘하게 여인의 말을 자르고는 성큼성큼 그녀의 앞으로 간다.

"전하! 제발 한 번만 용서를……."

쉬이익!

그녀는 말을 끝맺지 못한다. 남자가 번개같이 꺼내든 검이 여인의 몸을 스쳤기 때문에. 붉은 무언가가 그녀로부터 쏟아져 나오고, 여인은 무너지듯 쓰러진다.

"사, 사랑했어요……."

은발의 여인이 마지막 고백과 함께 숨을 거두고, 남은 두 남녀는 서로를 감싸 안고 사랑의 아리아를 부른다.


"우오오오! 설삭이군요!"

"흐흐흑! 너무 감동적이었어요."

에스테아 백작을 필두로, 공연을 지켜보던 귀족들이 기립 박수를 쳤다. 감상에 젖어 눈물을 훔치는 이도 있고, 휘파람을 부는 이도 있었다.

'가관이다, 아주 가관이야.'

바이나스 국왕의 옆자리, 그러니까 제일 좋은 객석에서 억지로 공연을 보아야 했던 아르노아는 혀를 쯧쯧 찼다.

디르한의 공연계는 미래가 암담했다. 오프닝 공연을 마친 이 연극의 제목은 〈사랑과 배신〉. 젊은 국왕과 그의 첫사랑, 그리고 두 사람의 장애물인 악랄한 왕비의 삼각관계를 다룬 치정극이었다.

아르노아의 기준으로 봤을 때, 업계 실력자들이 달라붙어 만들었다는 이 연극은 뻔하고 형편없었다.

딱히 갈라놓은 사람도 없는데 '우리를 갈라놓은 저주스러운 운명!'이라고 울부짖으며 얼굴을 찌푸러뜨리는 남자 주인공.

처음부터 끝까지 울면서 호소만 하는 여자 주인공.

'가질 수 없다면 부숴 버리겠어!' 하고 소리치는 미친 악녀.

근 2년간 유행한 왕실 삼각관계물을 그대로 따라간 안일한 전개 아닌가.

'이 유행은 끝나지도 않나.'

이번 연극에서 각본가가 그나마 한 신선한 시도라는 건, 악녀 이르니아가 사실 왕을 사랑했다는 설정이었다. 원래 이런 삼각관계에서 사랑의 장애물인 왕비는 권력욕 빼면 시체인 무정한 여자로 그려졌으니까.

'입체적 악역이 인기라더니.'

다만 아르노아로서는 그 부분이 가장 재수 없었다. 자기가 청혼해서 결혼해 놓고 부인을 장애물 취급하는 남자를 뭐 예쁘다고 사랑하겠나. 바이나스를 슬쩍 보자, 그는 부드러운 미소를 띠고 고개를 끄덕이고 있었다. 연극이 썩 마음에 든 모양이었다.

"에…… 본 연극은 모두 창작의 산물이며 실제 사건과 무관하고……."

배우들과 함께 인사하던 연출가가 웃으며 못 박았다. 당연히 눈 가리고 아웅이다. 등장인물의 이름들이 바나스, 나니사, 그리고 이르니아라는 점만 보아도 누가 각 역할의 모델이 되었는지는 알 수 있었다.

최근에 흥행한 공연들은 다 이런 식이었다.

'망할 에스테아 백작.'

아르노아가 천천히 박수를 따라 치며 생각했다.

공연 업계가 이 꼴이 된 건 7할은 에스테아 백작의 탓이었다. 예술 사업계의 큰손인 그는 2년 전부터 자금을 쏟아부어 비슷비슷한 내용의 소설, 연극, 오페라 등을 유행시켰다.

막대한 자본을 투입하니 그 중 상당수가 흥행했고, 이는 은연중에 '현실 속 국왕 첫사랑'인 백작의 딸, 라리사 에스테아의 인기를 높이는 데 일조했다. 백작의 노림수가 성공한 셈이었다.

덕분에 공연계에는 비슷비슷한 삼류 치정극만 판치며 천천히 망하는 중이었지만.

'그나마 디르한에서 봐줄 만한 것이 예술 분야였는데.'

아르노아가 속으로 생각했다.

그녀는 국왕의 명령으로 공연장에 끌려오다시피 한 참이었다. 아르노아를 모욕하는 내용의 공연을 그녀에게 보여 주는 것, 그리고 억지로 갈채를 보내게 만드는 것, 이 모든 것이 바이나스의 악취미였다.

처음 당했을 때는 가슴 속에서 불이 올라오는 기분이었지만 이제는 그저 평온했다.

요즘 그녀는 디르한의 예술계를 걱정할 여유까지 생겼다.

"배우를 앞으로 불러라."

바이나스가 입을 열었다. 박수 소리가 조금 잦아들었다. 남자 주인공 역할을 한 배우가 대표로 걸어 나와 정중히 인사하자 바이나스는 그에게 근엄하게 고개를 끄덕여 보였다.

"저 남자 배우가 요즘 그렇게 유명하다면서요?"

"릭 타비엔이잖아요! 요즘 잘 나가는 공연은 다 주연을 꿰찼다더니!"

등 뒤에서, 두 명의 부인이 수군거렸다. 아르노아가 눈을 굴렸다. 릭 타비엔의 얼굴은 그녀도 잘 알고 있었다. 떠오르는 연극계의 신성이라는 이 배우는 에스테아 백작가의 먼 방계 가문 사생아였다.

반반한 얼굴과 잘 잡은 연줄로, 그는 최근 온갖 치정극의 주인공을 도맡아 하고 있었다.

악처와 진정한 사랑 사이에서 갈등하는 국왕, 못된 약혼녀와 첫사랑 사이에서 흔들리는 공작, 흉포한 타국 왕녀의 구애를 뿌리치고 연인과 도피하는 어느 기사.

말하자면, 공연계의 바이나스인 셈이었다.

"인상적인 연기였다."

바이나스의 목소리가 공연장을 울렸다. 모두가 쥐 죽은 듯 조용한 가운데, 릭이 감격스럽게 몸을 떨었다. 국왕의 칭찬을 받을 때면 그는 항상 그랬다.

"눈빛이 좋더군."

"가, 감사합니다. 국왕 전하!"

국왕의 입에서 직접 칭찬을 듣는 것은 배우가 얻을 수 있는 가장 큰 영광이었다. 그는 눈을 반짝반짝 빛내며 연신 고개를 숙였다.

"왕비, 연극에서 가장 마음에 들었던 대사가 무엇이오?"

바이나스가 냉소를 지으며 아르노아를 보았다. 순간 호기심 어린 시선들이 그녀에게 집중되었다.

"극 중 왕비의 대사를 그대가 한 줄만 따라 해 보면 어떨까? 재미있을 것 같군."

킥킥거리는 소리가 여기저기서 들려왔고, 아르노아는 습관처럼 입술을 살짝 깨물었다.

바이나스의 말을 못 알아듣는 이는 없었다. 스스로를 모욕하는 대사를 읊음으로써, 광대가 되어 자신을 즐겁게 해 달라는 의미였다. 남을 괴롭히는 수단이 더럽고 치사한 것이, 바이나스다웠다. 이것만큼은 몇 번을 당해도 익숙해지지 않았다.

그는 아마 그녀가 원하는 것을 들어줄 때까지 극장을 떠나지 않고 버틸 것이다. 마지못해 한 마디 읊으면 그 대사는 전국에서 유행이 되었다.

"그럴까요?"

그러나 아르노아는 당황하지 않았다. 오늘만큼은 이 순간을 기다렸다. 계획의 첫 단계였으니까.

바이나스가 하찮은 제 자존심을 세우기 위해 아르노아를 왕비로 둔 거라면, 그녀는 지금부터 자신이 그의 체면에 얼마나 깊은 흠집을 내 줄 수 있는지 보여 주리라.

"오, 적극적이군."

바이나스가 화색을 띠고 말했다.

"그렇다면 전하."

아르노아는 빙긋 웃으며 다시 입을 열었다.

"주인공 배우와 합을 맞추어도 되겠습니까?"

평소와 다른 그녀의 태도를 전혀 눈치채지 못한 바이나스가 크게 웃으며 고개를 끄덕였다.

"오늘 연극이 왕비의 마음에 쏙 들었나 보군!"

승낙이었다. 어디 한번 보자는 듯 팔짱을 끼고 몸을 뒤로 젖힌 그의 옆에서, 라리사가 의심스러운 표정으로 그녀를 노려보았다.

그나마 이쪽이 눈치가 빠르네.

"가까이 오게."

아르노아는 따스한 미소와 함께 릭을 불렀다. 그 또한 미끈미끈한 웃음으로 그녀를 보았다. 뻔뻔함 하나는 인정해야 했나. 아르노아를 모욕하면서 커리어를 쌓았으면서 이런 태도라니.

연극 속에서 그는 몇 번이나 아르노아를 죽였다. 오늘은 검으로, 저번에는 사형 선고로, 그전에는 절벽에서 뿌리침으로써. 그때마다 관객은 환호했다. 아르노아의 평판과 릭의 유명세는 맞교환 되었다고 보아도 과언이 아니었다.

"전하를 뵙습니다."

그가 싱긋 웃으며 절했다. 그녀와 마주치며 웃는 눈에는 조롱이 담긴 듯했다.

"더."

아르노아가 짧게 말했다. 릭이 고개를 들고 눈을 깜빡였다.

"……예?"

"더 가까이 와."

아르노아는 릭에게 손가락을 까딱거렸다. 손짓에도, 눈빛에도, 전에는 없던 여유가 담겨 있었다. 릭은 조금 당황한 듯 주춤거리며 그녀 앞까지 갔다. 명배우를 보는 그녀의 얼굴에는 보기 드문 환한 미소가 어렸다. 순간 바이나스의 눈썹이 꿈틀거렸다.

마침내 손을 뻗으면 닿을 거리까지 다가선 릭은 짙은 금발에 연푸른 눈동자를 가진 청년이었다. 어딘가 비아나스와 비슷한 느낌이었으나 나이가 더 어린 만큼 선이 고왔다.

아르노아는 다른 사람이 된 듯 순진하게 웃고는 입을 열었다. 연극을 보면서 속으로 준비했던 순간이었다.

"디르한 최고의 미남자라더니 사실이로군요."

그녀가 달콤하게 속삭였다.

"예, 예?"

갑작스러운 한마디에 릭의 눈이 커졌다. 바이나스도 황당한 표정으로 그녀를 바라보았다.

"오랫동안 그렸던 모습 그대로랍니다."

"아……."

릭은 무언가 깨달은 듯 중얼거렸다. 그녀가 읊은 것은 극 중 대사였다. 다만, 바이나스의 기대처럼 죽어 가는 악녀가 발악하는 장면이 아니라 그녀가 남자 주인공과 처음 만나 사랑에 빠지는 장면이었다.

바이나스가 눈살을 찌푸렸다.

디르한 최고 미남자라니.

시킨 거라고는 해도, 남편 앞에서 다른 남자와 연출하기에 부적절한 말이 아닌가?

주변에서도 술렁이는 소리가 들렸다. 하지만 애정이 가득한 아르노아의 시선은 릭에서 떨어지지 않았다.

"……고맙소."

릭이 떠밀리듯 자신의 대사를 했다.

"군왕다운 자태입니다. 여기 있는 모두가 그대에게 머리를 조아리는 것이 마땅해요."

그녀는 진심으로 사랑에 빠진 듯, 뺨을 발그레하게 물들이고 말했다. 순간 객석이 싸해졌다. 연출이라고는 하나, 일국의 왕비가 외간 남자를 군왕답다고 치켜세우며 머리를 조아렸다.

장난으로 받아들이기 어려운 일이었다. 특히 옆에 국왕이 있는 상황에서는.

곁에 앉았던 귀부인들은 토끼 눈을 뜨고 아르노아를 바라보았고, 바이나스의 얼굴은 싸늘해졌다.

"걸치고 있는 진보랏빛 망토가 무척 잘 어울려요."

아르노아는 아랑곳하지 않고 대사를 이었다.

"그대보다 그 색이 더 어울리는 사람은, 디르한에서 본 적이 없는 듯합니다."

그녀는 잠시 말을 끊었다가 다시 입을 열었다.

"섞어노…… 아르노아는 못 봤어요."

릭의 입이 쩍 벌어졌고, 누군가가 헉 하는 소리를 냈다.

"어머, 이름을 헷갈렸습니다, 전하. '이르니아는'이라고 했어야 했는데."

아르노아는 바이나스를 힐끗 보며 아무것도 모른다는 듯 웃었다.

"그럼, 여기까지만 하겠습니다."

주변은 찬물을 끼얹은 듯 조용했다. 숨소리 하나 들리지 않을 정도였다.

진보라색은 디르한 왕실의 상징이었다. 엄밀히 말하면 연극에서 사용이 지양되는 색이었다.

그러나 공연의 실질적인 주인공이 바이나스와 라리사인 만큼, 에스테아 백작은 일부러 그 색의 의상을 릭에게 입혔다. 릭은 공연계의 바이나스였다. 배우로서 그를 대신 빛내 주는 것이 그의 역할이었던 것이다.

보랏빛 망토를 바이나스보다 더 잘 소화하는 것은 릭의 임무가 아니었다. 절대로 그래서는 안 되었다. 그런 그가 진보랏빛이 누구보다도 잘 어울린다는 말을 들었다. 그것도 바이나스 국왕 본인 앞에서. 같은 진보랏빛 의상을 입은 그의 왕비로부터.

더 큰 문제는, 그 말을 하는 왕비가 너무 진심 가득한 표정이었다는 사실이었다.

왕 앞에서는 보인 적 없는, 마치 첫사랑을 앓는 소녀 같은 얼굴이며 목소리가 아니었던가.

왕의 자존심을 긁어도 정도가 있지.

귀족들은 언제나 조용했던 그녀가 갑자기 미치기라도 한 것이냐며 경악한 표정이었고, 바이나스의 입술은 미세하게 떨렸다. 참으려는 듯하지만 그의 얼굴은 일그러졌다.

"왕비……."

"도와준 배우에게 선물을 하고 싶군요. 그건 괜찮죠?"

바이나스가 낮게 으르렁거렸으나 아르노아는 듣지 못한 듯 맑게 웃었다.

"예의상 해 왔던 거니까요."

그녀의 말은 사실이었다. 기존대로라면, 연극을 관람한 후에 그녀는 떠밀리듯 배우에게 선물까지 내려야 했다. 바이나스는 딱딱하게 굳은 얼굴로 고개를 끄덕였다. 아르노아는 평소처럼 금화 주머니를 꺼내는 대신 손가락에서 반지 하나를 빼냈다.

"특별한 선물을 주고 싶군."

그녀가 조금 전처럼 달콤하게 말했다. 릭은 여전히 입을 쩍 벌린 채였다. 그는 이 상황이 이해가 가지 않았다.

그와 아르노아는 초면이 아니었다. 전 작품에서도 에스테아 백작은 국왕 부부를 초대했었고, 공연이 끝나고 국왕이 왕비의 평을 요구하면 그녀는 떨떠름한 표정으로 '잘 봤다' 정도의 말을 했었다.

그러나 지금의 왕비는 그가 감히 들어서는 안 되는 극찬을 하고 있었다. 고의로 그러는 건가, 순간 의심이 들었으나 그녀의 환한 표정에는 나쁜 의도가 조금도 보이지 않았다. 더욱 이해가 가지 않았다.

'……갑자기 나한테 반했나?'

설마 이 젊은 왕비가 순간적으로 그에게 빠져서 할 말 못 할 말 가리지 못한 것인가? 너무 멍청해서 그의 연기가 자신에 대한 모욕이라는 걸 잊었나?

"마, 망극하……."

릭은 어정쩡하게 웃으며 한쪽 무릎을 꿇었다.

"그대에게는 사파이어가 어울릴 거라고 생각해."

서슬 퍼런 바이나스의 시선을 의식한 릭이 사양해야 하나 고민하는 찰나, 아르노아의 차가운 손가락이 릭의 손목에 감겼다. 그녀는 누가 말릴 틈도 없이 그의 손에 반지를 떨어뜨리고, 벌어진 손가락을 닫아 반지를 쥐게 만들었다.

'헉.'

여린 여인의 손이었지만 그녀는 릭이 뿌리치기 쉽지 않을 만큼 단단하게 힘을 주고 있었다. 놀란 그가 고개를 들었다.

'……어?'

아르노아의 표정은 미세하게 달라져 있었다. 입가에는 여전히 미소를 띠었으나 그 시선에는 전에 없던 싸늘한 예기가 서려 있었다. 릭이 태어나서 느껴 본 적 없는, 뼛속까지 서늘해지는 차가움이었다.

릭은 순간적으로 몸을 떨었다. 아르노아의 손에 붙잡힌 손목부터 시작해, 전신이 얼어붙는 느낌이었다.

"이 좋은 날의 기억이, 영원히 그대와 함께하기를."

"……가, 가, 감사합니다. 전하."

릭이 인사하고 손을 빼려 했으나, 아르노아는 그를 놔주지 않고 빤히 바라보았다.

"……전하?"

생소한 분위기에 압도당한 그가 모기만 한 목소리로 말하며 다시 아르노아를 올려다보았다. 눈빛의 서늘한 예기는 여전했다.

'……서, 선물을 쥐고만 있어서?'

예상치 못한 그녀의 태도를, 릭은 반지를 제 손에 끼라는 무언의 압박으로 받아들였다. 장내는 여전히 싸늘했다. 예상치 못한 아르노아의 행동에 모든 귀족들은 이쪽을 바라보고 있었으나 그 누구도 쉽게 나서지 않았다.

국왕이 나서지 않는 이상 누구도 끼어들 수는 없었고, 자존심이 상한 바이나스는 가만히 둘을 노려보고만 있었기 때문이었다.

'푸른 사파이어라면야…….'

따지고 보면 흔한 선물이었다. 릭이 열심히 머릿속을 정리했다. 왕족이 마음에 드는 배우에게 반지를 내리는 게 이상한 일은 아니었다. 받은 자는 받은 순간 그 물건을 착용하는 것이 옳았다.

일단 반지를 끼자.

그래야 이 어색한 순간을 빨리 벗어난다.

혼란스러운 정신 줄을 가까스로 붙잡은 그가 목청을 가다듬어 대답했다.

"가, 가보로 여기겠습니다, 전하!"

그는 손에 쥐었던 반지를 다른 손에 끼웠다. 아르노아의 눈매가 살짝 풀렸고, 동시에 그를 잡은 손에서도 힘이 풀리는 것이 느껴졌다. 다음 순간, 그녀의 환했던 미소가 돌아왔다.

긴장이 풀린 릭은 안도의 한숨을 내쉬었다. 쓸데없이 긴장했다. 왕비는 그저 여느 귀족처럼 좋아하는 배우에게 선물을 내린 것뿐이었다. 그는 순발력이 좋은 사람이었다. 이렇게 된 거, 아예 너스레를 떨어서 분위기를 전환해 볼 생각이었다.

"보는 눈이 좋으십니다!"

그는 농담을 덧붙이며 반지를 낀 손을 높이 들어 보였다. 어두운 객석에서, 큼직한 보석이 푸르스름하게 빛났다. 그러나 릭이 다시 무대 위로 올라간 순간, 그는 무언가 잘못되었다는 사실을 깨달았다.

동료 배우들, 각본가, 연출가는 물론 멀리 있는 에스테아 백작, 왕의 정부이자 친척 누이인 라리사 에스테아까지 모두가 경악한 표정으로 그의 검지를 바라보고 있기 때문이었다.

'응……?'

릭은 천천히 반지로 시선을 주었다.

'허어어어억.'

심장이 쿵 하고 떨어지는 느낌이었다. 그의 등줄기에 다시 한번 소름이 돋았다. 어두운 객석에서는 푸르스름해 보였던 반지는, 무대 조명을 받으니 선명한 보랏빛으로 빛나고 있었다.

그가 받은 것은 자색 사파이어 반지였다.

자색 사파이어, 디르한 왕족의 상징물.

소유는 허락되나, 평민이 함부로 착용했다가는 왕족 사칭으로 처벌될 수도 있는 물건.

"주, 주, 죽여 주십시오, 전하!"

릭이 울부짖으며 바이나스 앞에 무릎 꿇었다.

대형 사고였다.

왕비가 과하게 배우를 칭찬한 것까지는 배우의 잘못이 아니었다. 왕비가 극 중 대사를 읊은 것도, 표정이 왕의 마음에 안 들었던 것도 배우를 탓하기는 어려운 일이었고. 자색 망토를 소품으로 사용한 것 또한 라리사가 있으니 넘어갈 만했는데.

그러나 릭은 바이나스의 빈정이 상한 그 순간에 착용이 금지된 물건을 덥석 받아 제 손가락에 끼웠다.

"왕비 말대로 퍽 어울리는구나. 군왕을 상징하는 그 자색이 말이야."

바이나스가 싸늘하게 입꼬리를 올리며 말했다. 특유의 비아냥거림이었다.

"그냥 간직하라는 뜻이었는데⋯⋯."

아르노아가 난처한 표정으로 중얼거렸다. 릭의 안색이 더욱 흐려졌다. 반박하거나 탓할 말이 생각나지 않았다. 왕실의 일원이 자색 사파이어를 하사한다는 것은 사실 무척이나 정상적인 일이었으니까.

착용은 금지더라도 자랑할 수는 있었다.

거래할 수도 있고, 후대 국왕에게 다시 선물하면 더 큰 하사품이 내려올 그런 보물이었다.

그러나 릭은 반지를 손가락에 끼워 버렸다. 그것도 왕비로부터 자색 망토가 어울리네 어쩌네 하는 칭찬을 들은 직후에. '그래, 자색이 잘 어울리는 나는 역시 왕족 같지!'라고 말하는 것처럼 보일 만한 행동이었다.

아르노아가 직접 손에 쥐여 주고 눈빛으로 압박했기에 보석을 제대로 볼 틈이 없었다는 변명은 소용없었다.

"저, 전하! 실수입니다. 당장 빼겠습니다!"

릭은 손가락을 뽑을 기세로 반지를 비틀었지만 이상하게 잘 빠지지 않았다. 끼끼거리며 손가락을 붙들고 진땀을 흘리는 그의 얼굴이 점점 죽어 가고 있었다.

"전하! 조명이 어두워서 안 보였을 겁니다."

라리사가 나서 보았으나 바이나스의 얼굴은 차가웠다.

"자, 작은 실수 때문에 유망한 배우의 미래를……."

"듣기 싫다."

처음 보는 냉정한 시선에 흠칫 놀란 그녀는 더 이상 친척 동생을 비호하지 못하고 입을 다물었다.

"……저것을 내 눈앞에서 치워라."

그가 명령했다. 대기하던 근위병이 순식간에 무대로 뛰어 올라가 릭을 끌고 갔다.

"저, 전하! 잘못했습니다, 전하!"

누구도 근위병을 말리지 못했다. 무대 위의 배우들도, 아래의 에스테아 백작도 마른침만 삼키며 떨었다.

"오늘은 이만 돌아가지."

행사는 다 끝나지도 않았는데 바이나스가 벌떡 몸을 일으켰다.

"저, 전하! 라리사를 데려가 주세요!"

라리사를 비롯해, 주변의 시종이며 시녀들이 황망하게 그 뒤를 따랐다. 시녀 중 몇 명은 마지막 순간에 아르노아를 향해 눈을 부릅떴다. 분위기 못 읽는 미친 여자 하나 때문에 좋은 자리가 이 꼴이 났다는 의미인 듯했다.

아르노아는 빙긋 웃었다. 어쩌면 이토록 예상대로 흘러가는지.

'첫사랑이면 뭐 하나.'

라리사는 바이나스가 무엇을 사랑하는지는 알지만 정작 중요한 것은 몰랐다.

어린아이 같은 그는 다른 이가 자신보다 주목받는 것을 극도로 꺼린다. 그런 자가 나타날까 봐 전전긍긍한다. 루시아노처럼 처음부터 자신보다 강자로 생각되는 이에게는 기꺼이 굽힌다. 그러나 디르한 왕국 내에 그런 자는 없어야만 했다. 혈통이 고귀한 아르노아를 괴롭히는 것도 그래서였겠고.

떠오르는 신성 배우라고 어디 예외였겠는가.

이름뿐이라도 왕비의 자리에 앉아 있는 아르노아가, 배우에게 빠져들다 못해 그와 바이나스를 비교 되게 만들었다. 그것은 바이나스의 자존심을 제대로 건드리는 일이었다.

릭이 법을 어긴 것이 문제가 아니었다. 자신의 왕비로부터 달콤한 눈빛을 받은 것이 짜증 난 와중에, 자신에게만 허락되어야 할 반지를 일개 배우가 끼고 흔드는 모습이 싫었던 것이다. 그 모습을 많은 사람이 보았다는 사실이 더 짜증 났을 테고, 라리사까지 그의 편을 드는 것은 불에 기름을 끼얹는 것과 같았다.

"이런…… 마음에 드는 공연이었는데."

아르노아가 진심으로 아쉽다는 듯 한숨을 내쉬며 말했다.

"아무래도 오늘이 마지막 공연이려나?"

앞에 서 있던 몇몇 배우들의 얼굴이 잿빛이 되었다. 에스테아 백작은 여전히 제대로 호흡을 하지 못했다.

"그, 그것 말고는 하실 말씀이 없으십니까?"

직원 중 한 명이 울먹였다. 반쯤은 혼잣말이고, 반쯤은 아르노아에게 책임을 지라는 뜻인 듯했다. 당신 때문에 망했으니 돈이라도 보상을 해 달라, 뭐 이런 말.

"아. 인사는 해야지."

극장을 나서려던 아르노아가 멈칫하더니 뒤를 돌았다. 다만 직원의 기대와 달리 그녀는 금화를 꺼내지는 않았다.

"즐거웠네."

그저 싱긋 웃으며 짝 하고 박수를 칠 뿐이었다. 아까의 당황한 표정은 어디론가 사라지고 없었다.

"훌륭한 배우들의 마지막 모습을 보다니, 나는 운이 참 좋군."

마지막 모습.

언뜻 평범한 인사 같은 그 말은, 그들이 다시는 공연계에 발을 붙이지 못할 거라는 불길한 예언처럼 들렸다. 배우와 직원들의 등에 식은땀이 죽 흘렀다.

"그럼."

그 사실을 아는지 모르는지, 아르노아는 멍해진 관객들을 뒤로한 채 공연장을 빠져나갔다.

\* \* \*

공연은 예상대로 한 회만에 폐지되었다. 당일 내려진 조치였다.

바이나스가 굳은 표정으로 극장을 나가자, 당일 공연에 참석해 환호했던 평론가들은 태도가 돌변해 혹평만을 써냈다. 극장 측에서는 공연히 불똥을 맞을 수는 없다며 〈사랑과 배신〉의 추가 상연을 거부했다. 국왕의 미움을 사면 자신들도 망할 테니 당연한 일이었다.

공연에 참여했던 각본가, 연출가, 배우들 모두 업계에 발붙이기 어려워졌다. 국왕이 등을 돌린 자들을 굳이 써 줄 극단은 없었다. 그나마 에스테아 백작은 라리사의 체면을 보아 처벌을 받지는 않았다. 다만 자신이 거금을 투자한 공연이 한 회 만에 엎질러지는 바람에 손해를 잔뜩 보았을 뿐.

바이나스는 모두에게 화가 났다. 라리사조차도 그의 눈치를 보느라 진땀을 빼야 할 정도였다. 물론 그가 가장 분노하는 대상은 아르노아였지만.

"왜 그런 짓을 했지?"

바이나스의 노기 서린 눈동자가 그녀를 쏘아보았다.

"뭘요?"

아르노아가 되물었다. 평소보다 짧은 대답에 바이나스의 표정이 더욱 굳었다.

"어제 일 말이야."

빨리 이혼당하고 싶어서.

솔직한 대답은 머릿속으로만 한 채, 아르노아는 고개를 갸웃거렸다. 일견 순수하지만 자세히 보면 얄미운 표정이었다.

"디르한 최고의 미남자다, 진보라색이 어울린다, 군왕 같다…… 이게 제정신으로 할 수 있는 이야기라고 생각하나? 일국의 왕비라는 사람이?"

바이나스는 아르노아를 잡아먹을 듯 바라보았다.

"귀족들은 벌써 왕비가 일개 배우를 마음에 두었다고 떠들고 있어. 그게 내 체면에 어떤 영향을 주는지 당신은 알지도 못하겠지?"

그가 으르렁거렸다.

"하긴 온실 속 화초처럼 자란 황녀가 뭘 알겠어! 부부로서 기본적인 예의가 뭔지는 신경도 안 쓰고 살았겠지!"

탕-

바이나스가 테이블을 내리치자 찻잔이 위태롭게 흔들렸다. 그는 부글부글 끓는 얼굴로 독설을 쏟아냈지만 아르노아는 헛웃음만 나왔다. 배우자의 지참금을 다른 여인에게 선물하는 남자의 입에서 나올 소리가 아니지 않은가.

"대사였는걸요."

아르노아는 빙긋 웃으며 말했다.

그녀는 서재로 오는 사이에 어떻게 하면 바이나스를 더 자극할 수 있을지 이미 생각하고 있었다. 그의 호감을 얻는 것은 아르노아가 해낼 수 없는 일이었으나, 그의 미움을 사는 것은 너무나도 쉬웠다.

"당신도 릭을 칭찬하셨잖아요?"

"……릭?"

아르노아의 입에서 지나치게 친근한 호칭이 나오자 바이나스가 눈썹을 찌푸렸다.

"릭……이라고?"

"떠오르는 신성, 천 개의 얼굴, 천계에서 떨어진 왕자님, 신이 빚은 얼굴…… 아, 너무 잘 어울렸어요."

붉으락푸르락하는 바이나스의 얼굴을 보며, 아르노아가 기름을 붓듯 말을 이었다.

사실 릭에 대한 그녀의 칭찬은 과장이었다. 연기는 맡은 역할에 어울릴 정도로만 소화했고 얼굴도 그 정도면 멀끔했으나 아르노아가 감탄할 정도는 아니었다. 남자의 외모를 보는 그녀의 기준은 무척 높았으니까.

성격이 까다로워서가 아니었다. 어린 시절의 일부를 함께 보낸 아나킨이 제국의 한 떨기 백합이라 불리는 화려한 꽃미남이었던 탓이었다. 예쁜 것을 계속 보면 눈은 그쪽에 익숙해지지 않겠는가.

타앙-!

바이나스는 그녀의 말이 끝나기 무섭게 다시 한번 손바닥으로 책상을 쳤다. 아르노아는 토끼 눈을 뜨고 그를 바라보았다.

"한낱 광대에게 왕비라는 사람이…… 남편 앞에서 그게 무슨 천박한 품행이야?"

씩씩거리는 바이나스에게, 아르노아는 아무런 대답을 하지 않았다. 두 사람은 한동안 눈을 마주친 채 그대로 있었다. 붉어진 바이나스의 얼굴과 달리 아르노아는 담담했다.

"……갑자기 머리가 고장 난 모양인데, 제발 왕비의 자리가 어떤 의미를 갖는지 생각하고 행동해."

바이나스는 긴 한숨을 쉬고는 그렇게 결론 내렸다. 아직까지는 아르노아의 행동이, 현명치 못한 여자의 한순간 실수라 여긴 모양이었다.

"왕비의 자리가 어떤 건지는 항상 기억하고 있답니다."

그녀는 그 판단을 바꾸어 줄 생각이었다.

"어찌 잊겠어요."

아르노아는 웃으며 말했다. 그리고 바이나스가 고개를 끄덕이기 전에 재빨리 덧붙였다.

"겨우 그거 하나 갖겠다고, 라리사 에스테아가 눈을 뒤집고 달려드는데."

바이나스는 순간 멍해진 표정으로 말을 잇지 못했다. 거침없이 정곡을 찌르는 왕비의 말에 얼어붙은 듯는 모습이었다.

"뭐…… 당신 지금 나한테 뭐라고……."

아르노아는 처음 듣는 말을 소화하느라 벙 찐 바이나스를 남겨 두고 그의 서재에서 나왔다.

채앵-!

한참 후, 찻잔이 벽에 부딪쳐 깨지는 소리가 들려왔지만 그녀는 굳이 돌아보지 않았다.

'왕비에 어울리지 않는 품행이라.'

투자에 비해 나쁘지 않은 성과였다. 투자라 해 봤자 흠집투성이에 팔지도 못할, 한 번 끼면 잘 빠지지도 않는 불량품 사파이어 반지 하나였으니까. 하지만 그녀는 아직 갈 길이 멀었다.

'2년간 많이도 참았다.'

그녀는 새삼 과거를 떠올렸다. 너무 참아 줘서인지 바이나스는 그녀가 그저 때리면 맞고, 차면 차이는 만만한 부인이라 생각했다.

저항하지 못하는 이를 때리고 차는 것은 즐겁기에, 그리고 그와 라리사의 사이를 방해하는 것이 없기에 그는 아직 이혼을 고려조차 하지 않고 있었다. 사유가 없음은 물론이었다.

그러니 아르노아는 앞으로 바이나스가 그녀와 이혼해야만 하는 이유를 제공할 생각이었다.

'시간이 많이 없네.'

그러기 위해서 당장 만나야 할 사람이 있었다.


아르노아는 걸음을 빨리 해 침실로 돌아왔다. 들어오기 전 시녀를 통해 누군가를 호출한 상태였다.

끼이익- 철컥.

문을 닫고 침대에 쓰러지려던 순간.

"가르릉."

익숙한 울음소리가 귀에 들렸다.

"벨?"

침대 위에는 커다랗고 익숙한 짐승의 신형 하나가 길게 늘어져 있었다. 하얗게 빛나는 털에 검은 문양, 피곤했는지 반쯤 감긴 은회색 눈, 두꺼워서 폭신해 보이는 꼬리. 숨 막히게 아름다운 새하얀 표범이었다.

"일찍 왔네?"

아르노아의 얼굴이 밝아졌다. 그녀는 반가운 마음에 침대에 걸터앉아 표범을 마주 보았다.

"야옹."

아르노아가 무심코 손을 뻗어 녀석의 귀에 가져다 대자 설표는 눈을 감았다. 고양잇과 동물들은 귀 뒤를 만져 주는 것을 좋아한다더니, 본능적인 반응인 것 같았다. 정체를 알아서인지, 처음 만났을 때의 위압감은 사라지고 없었다.

"……고양이 같아."

귀엽다는 생각이 들어 한마디 하자 녀석은 갑자기 다시 눈을 뜨고 몇 번 깜빡였다.

"그르르릉."

그는 머리를 한 번 흔들고는 태도를 바꿔 불만스럽게 가르릉거렸다. 그러고는 훅 하고 몸을 일으켰다. 설표의 머리가 순식간에 아르노아의 코앞으로 다가왔다.

한 뼘도 채 떨어지지 않은 거리에서, 살짝 벌어진 입 사이로 하얗고 커다란 송곳니 두 개가 보였다.

"헉."

아르노아가 순간적으로 놀라 숨을 들이켜자 은회색 눈은 사람처럼 사르르

접히며 웃었다. 동시에 설표의 신형은 그녀가 기억하는 마법사의 모습으로 돌아와 있었다.

"대담하군."

벨은 그녀의 반응이 만족스러운 듯 씩 웃으며 물었다.

"감히 마탑주의 머리를 쓰다듬어?"

부담스럽게 잘생긴 얼굴은 여전히 그녀와 지나치게 가까웠다.

'철 안 든 애새끼라더니.'

아르노아는 황당한 표정으로 아나킨의 말을 떠올렸다. 이내 놀란 표정을 정리하고는 말을 건넸다.

"너도 좋아했잖아."

"헛소리. 나는 그런 유치한 접촉을 반기지 않는다."

"아, 그러세요?"

천재 마법사니 마탑주니 하더니, 소문과 달리 이 녀석은 완전히 아이나 다름없었다. 남들이 자신을 두려워하는 건 좋고, 귀여워하는 것은 못 견디는 게 가관이었다.

"맹수의 본능도 있으니 함부로 손대면 위험해."

그가 조금 더 진지해진 얼굴로 말했다. 완전히 거짓은 아닌 듯했다.

"영체가 흰 표범이라……."

아르노아는 혼잣말처럼 중얼거렸다.

마법사들은 특별한 영혼을 가졌기에, 그 모습은 한 가지 동물로 형상화가 된다고 했다. 능력이 좋은 이들은 실제로 그 모습으로 변할 수 있다고도 했고. 영혼이 맹수라면, 나름대로 맹수의 본능이 있다는 말이 사실일지도 몰랐다.

"영체…… 그렇지. 맞아."

벨이 작게 말했다. 순간 시선을 피하는 느낌이 들었지만 아르노아는 착각으로 치부했다. 영체니까 변신을 하지. 아무리 마탑주라도 신이 아닌 인간이었다. 한 사람이 여러 짐승으로 모습을 바꿀 능력이 있다는 말은 들어 보지 못했다.

"26대 마탑주는 맹수를 좋아했나 봐."

그녀가 다시 말했다.

영체는 반쯤 타고나는 것, 그리고 반쯤은 부모의 영향으로 정해진다. 벨의 어머니는 26대 마탑주이자 대마법사였으니 아들을 좋아하는 모습으로 만들었지 않겠는가.

"뭐……. 보다시피."

벨은 다시 눈을 슬쩍 피하며 천장까지 닿아 있는 침대 기둥에 권태롭게 몸을 기대며 말했다. 그 늘어진 자세는 조금 전 보았던 표범의 모습과 크게 다르지 않았다.

"그나저나 전령의 발을 묶어 뒀어. 마물의 숲에서 길을 잃게 했으니 한 달 안에는 디르한에 도착 못 해."

그가 화제를 전환했다.

"빠른데?"

이틀쯤 걸린다더니, 그는 하루 반 만에 필요한 일을 해치우고 돌아왔다.

"……나 이제 뭐 해?"

아르노아가 고개를 끄덕이자 벨이 다시 물었다.

"아직 손님이 오려면 멀었으니까……."

이미 침대에 편안하게 기댄 벨을 보며 아르노아는 궁금하던 걸 꺼내기로 마음먹었다. 어차피 들을 거, 지금 묻는 게 좋을 듯했다.

"루시아노와 아리엔이 어떻게 죽었는지 말해 줘."

나른하게 풀렸던 벨의 눈이 다시 또렷해졌다. 그로서는 예상하지 못한 질문이었다.

"……그 얘기가 궁금한가?"

"조금. 그냥 확인 차원에서만?"

그녀의 표정에는 별 변화가 없어 보였다. 유난히 짙은 푸른색 눈동자만 날카롭게 빛나고 있었다.

"확실히 알 수는 없다는군."

벨이 짧게 대답했다. 아르노아가 고개를 끄덕였다. 예상했던 일이었다.

루시아노의 죽음을 원할 수 있는 자는 여럿이었다. 그와 하룻밤을 보내고 다음 날 내쳐진 여인들이나 그 가족들, 제국에 불만을 품은 속국들, 그의 정책에 불만을 가진 귀족들.

다만 아르노아는 그중 누가 실제 암살을 실행한 건지 마음속으로 어느 정도 짐작하고 있었다.

대륙 북부 케스만에서 제국군을 통솔하여 전쟁을 이끌고 있는 아실리에르 대공. 루시아노를 죽일 동기가 가장 강한 것도, 실제로 그럴 능력이 되는 것도 그자였다.

황실 방계인 아실리에르 대공, 그리고 그 딸이자 부관인 록산느 아실리에르는 오랫동안 루시아노를 죽이고 허수아비를 내세워 황권을 장악하고 싶어 했으니까.

"케스만 전쟁에서 뭘 어떻게 하고 있길래 여유가 그렇게 넘치는 건지……. 멀리서 암살을 다 계획했네."

"전쟁?"

아르노아가 헛웃음을 짓자 벨이 의아한 듯 물었다.

"별거 아니야."

아르노아는 고개를 젓고 다시 암살 사건에 집중했다. 다만 이상한 것은, 계승 서열 1순위인 아르노아의 둘째 오라비 아리엔이 함께 죽었다는 사실이었다. 아리엔을 요약하면 다음과 같았다.

나약하고 멍청한 군주.

우유부단해서 자기 점심 메뉴 외에 아무것도 결정 못 하는 얼간이.

황좌 위의 허수아비 노릇을 하기에 그는 나무랄 데 없는 인재이거늘.

황실의 적이라면 모두가 원하는 차기 황제상이 아닌가. 그가 있었기에, 아르노아는 한 번도 자신이나 바이나스가 황제로 고려될 수 있다는 생각은 해 보지 못했었는데.

"……아리엔도 같은 방식으로 죽은 거야?"

그녀가 다시 벨에게 다시 물었다. 슬픈 모습이 아니었다. 그저 납득이 가지 않는 표정이었다.

벨은 새삼 아르노아를 다시 훑어보았다. 전부터 생각했지만 묘한 사람이다. 잔인한 왕에게 고통받는 왕비라더니, 생각보다 너무 차분하다.

"……약으로 위장한 독이었는데, 아리엔 황자가 한 입 먹었다던가."

"답다, 다워."

아르노아가 혀를 차며 말했다. 이제 말이 좀 된다. 암살자는 아리엔을 죽이려던 것이 아니었다. 그냥 그가 어디까지 멍청한 건지 짐작하지 못했을 뿐.

"……형의 약을 훔쳐 먹을 만큼 식탐이 넘치는 바보는 그 녀석밖에 없겠군."

아르노아가 냉소하자 벨은 눈썹을 들어올렸다.

"오라비에 대한 애정은 별로 없나 보군."

"나한테 준 방이 마음에 안 들었거든."

"방을 두고 다퉜다면…… 흔한 형제간의 다툼이 아닌가? 어디를 쓰라고 한 거지?"

"황궁 외탑 꼭대기 층."

벨이 눈썹을 찌푸렸다.

"황궁 외탑이라면……."

"죄를 지은 황족을 가두는 곳이지."

아르노아가 픽 웃으며 말했다.

"반역 혐의가 있었어. 황제의 이복동생에게는 흔한 일이야."

"아나킨과 함께 자라지 않았던가?"

"알고 있네? 하지만 그건 아버지가 살아 계셨을 때야."

그녀가 고개를 가로저으며 말했다.

"루시아노에게 미움받지 말라는 의미로 외가에 보내 놓으셨는데, 즉위 후에는 얄짤 없었지 뭐."

"그래도 지낼 만했던 건가? 아무렇지 않아 보이는 걸 보면."

"아…… 며칠이나 더 살아 있을 수 있을지 짐작이 안 갔다는 점만 빼면."

"협박을 당했어?"

황궁 외탑의 의미를 정확히 몰랐던 벨이 눈썹을 찌푸렸다.

"그리고 내 하녀들이 아마도 끌려가 죽은 것 같다는 점만 빼면……."

"측근들이 죽어?"

"뭐…… 경치는 좋았어. 창이 좀 작았지만."

지난 일이라는 듯 어깨를 으쓱하며 이야기하는 그녀의 가벼운 말투에 벨은 순간 말을 잃었다.

솔직한 듯하면서도 감정을 덮는 데 익숙한 여자였다. 처음 만난 날 눈 속에 얼핏 보였던 결연함이나, 더 희미하게나마 보였던 분노는 이제 감추어져서 보이지 않았다.

"한 가지는 이해가 가는군."

그가 조용히 입을 열었다. 아르노아는 무슨 말이냐는 듯 눈을 동그랗게 떴다.

"말도 안 되는 결혼 생활을, 네가 어떻게 참았는지 말이야."

그가 말을 이었다.

"남편이 아니라 방패막이였던 거야."

"……."

"권한도 뭣도 없는 디르한의 왕비로 있으면, 루시아노가 너를 건드리지 않으니까."

가지고 있던 궁금증 하나가 풀린 느낌이었다.

그는 지난 이틀 사이에 디르한의 상황을 대충 파악한 상태였다.

"그런 멸시를 겪으니 남편을 죽여 버리는 게 나았을 텐데, 그렇게 되면 위험해질 거라는 판단이었나 보군."

"……암살이 그렇게 쉬운 것도 아니고 말이야."

아르노아는 부정하지 않고 고개를 끄덕였다. 그녀는 의아하다는 듯 벨을 바라보며 덧붙였다.

"마법사는 다 눈치가 없다더니, 파악이 빠르네?"

"……."

벨도 그 사실이 신기했다. 태어난 순간부터 마력으로 웬만한 것을 해결했던 그는, 그런 능력이 없는 타인의 감정 따위를 잘 이해하는 편이 아니었다. 그러나 아르노아를 만난 순간부터, 유독 그녀가 처한 상황, 그녀의 사고에는 집중이 됐다. 그냥 만나 본 적 없는 유형의 사람이라 그런 것인지, 다른 이유가 있는지 알 수 없었다.

"마법사치고 좀 희한한 거지?"

그가 신기하다는 듯 아르노아를 관찰하는 동안, 아르노아도 비슷한 얼굴로 그를 관찰했다.

똑똑.

몇 초간 흐른 정적을 깨뜨린 것은 바깥에서 들려온 노크 소리였다.

"전하. 손님입니다."

평소에 코빼기도 비추지 않던 시녀였다.

"이런, 일찍 와 버렸네."

아르노아는 얼굴을 굳히고 황급히 방 안을 둘러보았다.

"기다리는 사람이 있었나?"

벨의 물음에 그녀는 고개를 끄덕였다.

"중요한 손님. 널 어디 좀 숨겨야겠는데."

"뭣…… 나더러 도둑이라도 되는 것처럼 몸을 숨기라고?"

아르노아는 벨의 반응을 무시한 채 다시 한번 방을 샅샅이 살폈다.

이놈의 나라, 아니 재정을 관리하는 라리사는 왕비의 침실에 가구 하나 제대로 놓아 주지 않았다. 커다란 사람 하나가 숨을 곳 따위는 보이지 않았다.

"벨, 변신해."

그녀가 다급히 말했다. 아무리 그녀가 이혼을 원해도 벨과 함께 있는 모습을 보일 수는 없었다. 당장 왕비의 침실에 외간 남자가, 그것도 바이나스보다 잘생긴 외간 남자가 들어와 있다는 소문이 퍼지면 이혼은 지나치게 지저분해질 터였다.

"변신? 지금?"

벨의 얼굴이 미세하게 떨렸다.

"어려워?"

그녀가 고개를 갸웃했다. 영체로의 변신은 한 번 익히면 몸에 완전히 배서 숨 쉬듯 쉬워진다고 들었는데.

"아니, 영체로의 변신은 간단한데……."

"그럼 해 줘. 빨리! 안 그러면 난 바람난 왕비로 사형당할 수도 있어."

아르노아가 다시 한번 그를 다그쳤다. 설표가 방 한가운데 앉아 있는 모습도 의심스럽긴 했지만 외간 남자보다는 나았다. 누가 날 해치려고 맹수를 들여보냈다고 하지 뭐.

"하아…… 사형이라."

아르노아의 급한 독촉에, 벨은 콧잔등을 찡그리고는 입술을 깨물었다. 무척 하기 싫은 일을 하려는 사람의 모습이었다.

"전하, 궁의가 왔습니다. 들여보내겠습니다."

벨이 다시 뭐라고 말하려던 찰나, 밖에서 다시 한번 인기척이 나더니 문이 열렸다.

"젠장."

펑-!

아르노아가 문 쪽으로 고개를 돌림과 동시에, 벨이 있었던 자리에서 욕설에 이어 작고 경쾌한 폭발음 같은 것이 들렸다.

변신이구나.

그녀는 벨이 어떤 형태로 있는지 확인할 틈도 없이 찾아온 손님을 맞았다. 그녀가 기다리던 사람이었다.

"루데스 박사."

"왕비 전하를 뵙습니다."

20대 후반으로 보이는, 편안하게 묶은 갈색 머리에 흰 가운을 입은 여자가 들어서서 그녀에게 무릎을 굽혀 인사했다.

"머리가 아프시다고 들었…… 응?"

인사를 마치고 고개를 드는 여자의 눈이 동그래졌다. 아, 침대에 있는 설표를 발견한 건가. 아르노아는 변명할 준비를 마치고 침을 꿀꺽 삼켰다.

"무릎에…… 그건 무엇입니까?"

"무릎……?"

침대에 맹수가 있는데 무릎이 왜? 아르노아는 얼떨결에 박사의 손가락이 가리키는 곳을 바라보았다. 그녀가 가리키는 곳, 즉 아르노아의 무릎 위에는 처음 보는 하얀 점박이 고양이가 배를 드러내고 누워 있었다.

"야옹."

보송한 털에도 불구하고 늘씬한 몸에 고리 모양의 검은 점, 고양이치고 길고 폭신한 꼬리. 얼떨결에 한 변신에 스스로도 당황해서 깜빡이는 은회색 눈. 왠지 어떤 마법사를 연상시키는 녀석이었다.

왜?

아르노아의 눈동자가 강하게 떨렸다. 영체로 변한다며. 왜 고양이인 건데.

"……새 애완동물인가요?"

아르노아가 깊이 생각할 틈도 없이 루데스 박사가 눈을 빛내며 물었다. 그녀는 작은 동물을 좋아하는 편이었다.

"하악!"

"맞아. 내가 키우는 아이야."

'애완동물'이라는 단어에 벨이 싫은 티를 잔뜩 냈으나 아르노아는 억지로 그를 붙잡아 배를 쓰다듬었다. 새하얀 배가 보기보다 더 보드라웠다. 그녀의 손은 처음 의도했던 것보다 더 오랫동안 고양이의 배에 머물렀다.

"독특한 품종이로군요. 흰색 뱅갈 고양이에 뭔가 섞인 건지…… 이름을 여쭤봐도 되겠습니까?"

"이름?"

아르노아가 당황해서 벨을 바라보았다.

고양이다운 이름이 뭐가 있지?

아르노아의 머리가 순간 하얘졌다. 동물 이름 짓는 일에 밝지 못한 그녀의 머리가 생각해 낸 것이라고는 흔하디흔한 애완동물의 호칭이었다.

"……흰둥이."

손 아래에서 고양이가 몸을 비트는 것이 느껴졌다.

"안녕, 흰둥아. 아주 귀엽게 생겼구나."

루데스 박사는 방긋 웃으며 벨의 귀 뒤를 긁어 주었다. 녀석은 순간적으로 눈을 감을 뻔했다가 다시 하악거리며 그녀를 노려보았다. 이리저리 버둥거리는 그를, 루데스 박사는 한참 동안 쓰다듬고 나서야 아르노아를 향해 고개를 들었다.

"왕비 전하의 안색은 평안해 보이십니다만……."

"라리사의 일로 불렀네."

아르노아의 대답을 듣는 순간 루데스 박사의 얼굴이 진지해졌다. 그녀는 빠르게 침실 안과 창밖을 살폈다.

"듣는 귀는 없겠죠?"

박사가 나직하게 물었다. 아르노아는 작게 고개를 끄덕였다. 벨의 버둥거림이 멈추고, 그의 귀가 쫑긋하고 움직이는 모습이 보였다. 아르노아가 박사에게 의자를 권했고, 그녀는 조용히 자리에 앉았다.

"별문제는 없겠지?"

루데스 박사는 침을 꿀꺽 삼키고 입을 열었다.

"예. 항상 그랬던 것처럼 오늘도 라리사 님의 탕약에 피임약 성분을 넣었습니다."

그녀가 말했다.

"……전하께서 명하신 대로요."

아르노아가 다시 한번 고개를 끄덕였다. 루데스 박사의 일 처리엔 조금의 하자도 없었다. 2년간 가진 재물을 다 쏟아 박사를 제 사람으로 만든 보람이 있었다.

아르노아는 어머니, 아나스티아 황후가 남긴 유언을 떠올렸다.

'기억하렴, 노아. 사용인의 마음을 살 때는 한 명만 골라서 모든 걸 쏟아야 한다.'

'네?'

황후를 걱정하며 울던 아르노아가 멍하게 되물었다. 황후는 답답하다는 듯 말을 안 듣는 몸을 억지로 일으키며 딸의 정신을 집중시켰다.

'너 어른이니?'

'아니요.'

'권력자니? 너 작위 있어?'

'아니요.'

'그럼, 돈 많니? 네 외숙이나 아버지처럼? 아니면 엄마처럼?'

'그건 아닌데…….'

아르노아는 풀이 죽어 대답했다. 엄마처럼 돈 많은 사람이 세상에 몇 명이나 된다고.

'난 너한테 가진 거 다 물려줄 생각 없다. 갖고 있어도 어디 안 뺏길 만큼만 주고 나머지는 네 외가로 갈 거야.'

아나스티아 황후는 딱 잘라 말했다.

'대신 중요한 걸 가르쳐 줄 테니 잘 들어.'

딸을 직접, 꽤 엄하게 가르쳤던 그녀는 죽기 직전이라고 해서 교육의 기회를 포기하는 사람이 아니었다.

'어리고, 힘도 없고, 재력도 한계가 있는 네가 아랫사람의 마음을 전부 살 방법은 어차피 없단다.'

강직한 태도와 달리 목소리에 힘을 잃어 가던 황후는 숨을 몰아쉬며 말했다.

'어설픈 솜씨로 자잘한 뇌물을 평등하게 나눠 주면 이용당하기 딱 좋아.'

'……'

'다른 이들도 받는 물건에 고마워하는 자는 없고, 어쩌다가 못 받으면 너를 미워할 거다.'

말투는 무뚝뚝해도 그녀의 목소리에는 너무 일찍 병상에 누워 아르노아를 충분히 키우지 못한 것에 대한 안타까움이 느껴졌다. 예민한 황태자 루시아노가 아르노아를 못마땅해했기에 더더욱.

'어딜 가든 단 한 명, 네게 가장 도움이 될 것 같은 사람을 고르렴.'

'한 명이요?'

'그래, 제일 똑똑한 놈을 고르란 말이야.'

아르노아가 쓸데없이 우는 대신 대화에 집중하자 속이 조금 편해진 건지, 황후는 길게 숨을 내쉬며 덧붙였다.

'그리고 그 사람에게 모든 것을 쏟아부어서 네게 목숨도 바칠 수 있게 만들어. 약한 자가 제 편을 갖는 방법은 그뿐이란다.'

'……명심할게요.'

'그래. 안 우니까 귀엽구나.'

황후가 거칠게 웃음을 뱉으며 말했다.

'엄마도 안 우니까 우린 서로 지금 모습으로 기억하자꾸나.'

아나스티아 황후는 다음 날 사망했다.

몇 가지 보석과 황금을 그녀 앞으로 남기고, 갖은 영지며 작위는 남동생에게 주겠다는 유언장을 남긴 채.

그날의 대화는 어머니가 아르노아에게 직접 남긴 단 하나의 유언이었다. 아르노아는 그녀의 말을 뼈에 새겼다.

'제일 똑똑한 놈을 고르란 말이야.'

그녀가 처음 고른 이는 아나킨. 기가 막힌 선택이었다. 루시아노의 눈총 때문에 황제가 그녀를 외가인 리켈 공작가로 보냈을 때, 그녀는 가신의 아들을 선택해 공들여 키웠다.

아르노아는 아나킨 같은 천재가 아니었으나 천재를 알아보는 눈은 있었으니까.

아르노아는 당시 그녀가 가졌던 모든 자금을 탈탈 털어 그를 도와주었다. 비마법사로서는 전무후무하게 마법 아카데미 시험을 보게 만들고. 부황에게 어려운 부탁까지 해 가며 책이며 정보를 구해 아나킨에게 떠먹였고. 나중에는 그의 학비까지 후원했다.

결과는 대성공이었다. 그는 아카데미에서 돌아와 곧바로 황실 보좌관이 되었으니까. 물론 그 무렵 아르노아는 결혼을 하느라 아나킨의 성공을 함께 누리지는 못했다.

"전하?"

박사가 회상에 잠긴 아르노아를 불렀다.

"박사……. 내가 자네한테 명령을 내리기 시작한 게 언제였더라?"

"정확히 1년 6개월 전입니다."

"맞아. 꽤 일찍 친해졌지 우리."

아르노아는 그녀를 처음 만났던 때를 떠올렸다.

디르한에 도착했을 때 아르노아는 다시 한번 선택해야 했다. 어떤 사용인을 사로잡을 것인가?

그녀는 고민하지 않았다. 그녀에게 필요한 것은 궁의였다. 독살을 피하게 해 주고, 안위를 지켜 주고, 때로는 적을 견제하는 데도 도움이 되는 사람. 적이 많은 타국에서 이는 최소한의 생존 전략이었다.

결혼 직후부터 눈에 불을 켜고 적당한 인물을 찾던 중 그녀의 눈에 들어온 것이 루데스 박사였다.

당시 왕과 왕비의 주치의로 있었던 오스테르 박사는 충성심이 강했기에 제외하고, 그 제자인 수련의 중에서 제일 똑똑한 사람. 가난한 평민에 딸린 식구가 많고, 무엇보다 약학 연구에 있어서는 오스테르 박사를 넘어서는 예리함을 갖춘 인재였다.

아르노아는 정식 지참금 외에 직접 가지고 갔던 보석과 현금의 절반을 털어 그녀를 지원했다.

동생들의 학비, 열 식구의 생활비, 불치병에 걸려 괴로워하는 어머니의 간호 비용까지. 그녀와 딸린 식솔들의 모든 의식주 비용은 아르노아의 손에서 나왔다.

"다 전하 덕분 아니겠어요."

박사도 당시를 생각하며 픽 웃었다. 그녀는 바보가 아니었다. 아르노아의 손에서 거금을 받는 순간부터 그녀는 그 돈의 대가가 자신의 충심인 것을 알았다.

'전하께서 분부하시는 일은 뭐든 할 거예요.'

병으로 수십 년 괴로워했던 어머니를 아르노아가 마련해 준 묘지에 안장하던 날, 루데스 박사는 아르노아에게 충성을 약속했다.

'뭐든? 정말?'

'독살이라도 할 수 있으니 말씀만 하세요.'

알고 보니 그녀는 의사치고 좀 무서운 사람이었다. 무심한 국왕이나 냉정한 상사보다 당장 그녀의 위기를 해결해 주는 아르노아를 따르는 것은 당연했을 테지만.

'수련의의 권한에는 제한이 있는 것이 아쉽네요.'

'나도 그렇게 생각해.'

아르노아는 곧이어 남은 자금 대부분을 털어 왕실 주치의 오스테르 박사에게 건넸다. 뇌물이 아닌 은퇴 자금이었다. 그간 돌봐 주어 감사하다는 의미라고 적당히 포장했다.

'휴양지에서 여생을 보내고 싶었던 제 마음을 어찌 알고! 감사합니다. 왕비 전하!'

이해관계의 충돌이 없었기에 그는 기꺼이 아르노아의 선의를 받았다. 우여곡절 끝에, 제자 중 가장 뛰어난 루데스 박사가 그의 자리를 대신했다.

'내 말이 있기 전까지, 라리사가 임신하는 일이 없도록 해.'

결혼한 지 반년 만에, 아르노아는 처음으로 루데스 박사에게 명령을 내렸다. 딱 표독스럽고 질투 가득한 황후가 내릴 법한 명령이었다.

예를 들면 〈사랑과 배신〉의 악녀 이르니아라든가.

물론 아르노아는 바이나스를 사랑했다거나 라리사를 질투한 것이 아니었다. 그저 일종의 보험이었다.

결혼 전, 그리고 결혼 후 6개월까지도 바이나스는 고의로 라리사의 임신을 피했다. 카이시온 제국의 부마라는 귀한 자리를 손에서 놓칠까 걱정하는 마음이었을 것이다.

그러나 아르노아와의 결혼이 취소되거나 무효가 될 여지가 전혀 없다고 확신한 순간부터 그는 라리사에게 피임약 복용을 중단하라고 지시했다. 사생아라도 일단 후사를 보고 싶다는 의미였다.

그 무렵 아르노아는 이미 바이나스에게 정이 떨어질 만큼 떨어졌지만, 그렇다고 라리사에게 아이가 생기는 것은 원하지 않았다.

'사랑이고 나발이고, 정부에게 아이는 무기야.'

아이는 아르노아가 그나마 가진 입지를 완전히 약화시킬 수 있었다. 자식 사랑에 취한 바이나스가 라리사를 왕비 자리에 올리고자 아르노아를 암살할지도 모를 일.

장기적으로 보자면 두 사람 사이에 아이가 생겨 라리사의 권력이 더해지는 것보다는 바이나스가 다른 정부에게서 후계를 보는 것이 나을 터였다.

'맡겨 두세요. 아무 부작용 없이 아이만 막을 수 있어요.'

루데스 박사는 흔쾌히 고개를 끄덕였다.

부작용이 생기는 건 상관없고, 기왕이면 바이나스에게도 같이 생기면 좋겠는데. 아르노아는 잠시 고민하다가 마지막 말은 일단 참기로 했다.

결과적으로 라리사와 에스테아 백작이 갖은 약이며 민간요법, 주술까지 동원했음에도 아이는 생기지 않았다.

"라리사의 피임약 복용은 중단해도 좋아."

아르노아가 박사에게 말했다.

품속의 고양이는 어느새 귀를 쫑긋쫑긋 움직이며 대화를 듣고 있었다.

"어머, 이제는 임신이 돼도 상관없으신 거예요?"

루데스 박사가 눈을 크게 뜨며 묻자 아르노아가 고개를 끄덕였다.

"임신하면 좋고……."

그녀가 손으로 턱을 괴며 중얼거렸다. 후계의 잉태, 특히 아르노아가 있는 한 사생아로 남을 수밖에 없을 후계의 잉태는 바이나스가 이혼을 선택할 강력한 동기가 되어 줄 것이다.

"아니면 임신했다고 믿기만 해도 좋아."

아르노아는 서늘하게 덧붙였다.

어차피 남은 기간은 한 달.

한 달이 끝나는 순간 바이나스가 라리사의 임신 사실을 믿고 있으면 그만이다. 그다음에 아이가 멀쩡히 태어나든, 도중에 사라지든, 애초에 없었다는 사실이 밝혀지든 아르노아가 알 바는 아니었다.

"······당장 말씀이세요?"

박사가 물었다. 아르노아는 미소 지었다. 그녀가 루데스 박사를 좋아하는 이유 중 하나는 그녀가 명령에 대한 이유를 묻지 않는다는 것이었다.

"3주 후 임신 진단을 내려 줘. 할 수 있지?"

그녀가 박사를 내려다보며 물었다. 루데스 박사는 망설이지 않고 고개를 끄덕였다.

"달거리 날짜를 고려하면 그럴싸한 시기네요."

"아주 좋아."

아르노아가 대답했다. 앞으로 바이나스와의 전개가 잘 흘러가면, 라리사의 아이는 강력한 한 방이 되어 줄지도 몰랐다.

"참, 전하께서는 불편한 구석이 없으신가요? 머리를 심하게 다치셨다는 소문을 들은 것도 같은데······."

비밀스러운 대화를 마치자 박사가 한결 편안해진 목소리로 물었다.

"시녀들이 바이나스가 한 말을 옮겼나 보군."

"아하, 그럼 정신이 이상해지셨다는 말도······."

"그래. 신경 쓰지 마."

아르노아는 손을 내저으며 말했다. 그녀에게 해가 되는 소문은 원래 빨리 퍼졌다. 조금 전 바이나스가 서재에서 '머리가 고장 났다'고 한 말이 벌써 이렇게 전해지다니.

"흰둥이는 예방 접종이 다 된 건가요?"

짐을 챙기던 박사는 문득 벨을 가리키며 물었다.

"예······방?"

아르노아는 멍하게 벨을 바라보다가 고개를 저었다. 마법사인 그가 고양이 질병 예방 접종을 받지는 않았을 것 같은데. 예상 못 했던 상황에, 벨은 몸이 딱딱하게 굳은 채 눈만 깜빡거렸다.

"접종하지 않은 길짐승에게 물리면 큰 병에 걸릴 수 있어요, 전하."

루데스 박사는 심각한 표정으로 말했다.

"혹시 모르니 주사를 맞히는 것이 좋아요."

"하아아악!"

무릎에 누워 있던 벨이 튕기듯 일어나서 하악질을 했다. 그러나 박사의 손은 이미 그의 목덜미를 쥐고 주삿바늘을 꺼내고 있었다.

"이런 일은 예방이 제일인지라…… 마침 주사제를 가지고 있답니다."

벨에게는 안타깝게도, 디르한에서 수의학은 독자적인 전문 분야가 아니었다. 동물을 사랑하는 의사들이 추가적인 연구를 진행하거나, 아니면 농부들이 직접 의학 지식을 공부하는 경우가 많았다.

하필 농장에서 자라나 동물을 사랑하는 루데스 박사는 이 분야에 지식이 많은 편이었다. 게다가 주사기를 들고 다니며 길고양이를 비롯한 동물들의 접종을 해 주는 상냥한 취미를 가지고 있었다.

"카아아아앙!"

"박사, 잠깐만……!"

"이노옴, 얌전히 있어."

버둥거리는 벨, 미처 말리지 못하는 아르노아.

그 사이에서 박사는 야무지게 벨을 잡아 다리 사이에 끼웠고, 울부짖는 그의 엉덩이에 주사를 놓았다.

"냐아아아아앙."

"자, 됐습니다. 이제 안전할 거예요."

주사는 순식간에 끝났다. 박사를 노려보는 벨을, 그녀는 언제나처럼 상냥한 표정으로 쓰다듬었다.

"그럼, 명하신 일은 잘 처리하겠습니다."

루데스 박사는 뿌듯하게 웃으며 방문을 나갔다.

아르노아의 손에는 갑자기 당한 봉변에 몸이 얼어 버린 흰 고양이 한 마리가 남아 있었다.

"감히…… 감히 내 몸에 무슨 짓을……."

다시 인간의 형태로 돌아온 벨이 이를 으드득 갈았다.

"……많이 아팠어?"

아르노아가 조심스럽게 물었다. 박사가 사용한 것은 잘 보이지도 않는 작은 바늘이었지만 고양이에게는 아팠을지도 모를 일이었다.

"아픈 것이 중요한 게 아니야. 내…… 내 몸에 허락도 없이……."

그가 입술을 잘게 떨며 중얼거렸다. 충격으로 얼어 있던 그의 눈매가 한순간 매서워졌다.

"그 건방진 것을 당장 잡아 죽여 버릴……."

"안 돼."

아르노아가 딱 잘라 말했다. 조금 전까지 약간의 웃음기가 뱄던 표정은 진지해져 있었다. 짧은 순간이었지만 벨의 눈에 정말로 살기가 보였기 때문이었다.

"……안 돼?"

벨의 콧잔등에 미세한 주름이 잡혔다가 사라졌다. 그는 금방이라도 으르렁 소리를 낼 것 같은 표정으로 그녀를 바라보았다. 벨은 인간일 때에도 묘하게 고양잇과 동물 같은 느낌을 주었다. 우아한 신체며 동작, 표정, 그리고…….

"정말로 안 돼."

그리고 짐승처럼 서늘한 안광도.

"약속했잖아. 나를 도와주기로. 박사는 나한테 소중한 사람이야."

아르노아가 다시 한번 강조했다. 벨은 몇 초간 움직이지 않고 그녀를 빤히 노려보았다. 잠시 후, 그가 눈을 한 번 깜빡이자 눈빛에 서렸던 살기는 옅어져 있었다.

"……벨, 어떻게 고양이로 변한 거야!"

한결 안심한 아르노아가 호기심을 누르지 않고 물었다. 마법사가 영체

아닌 다른 짐승으로 변신하기도 한다는 것은 책에서도 보지 못한 사실이었다. 게다가 고양이 취급받는 게 즐겁지도 않은 것 같은 사람이.

대체 왜? 어떻게?

아르노아의 질문을 들은 벨의 얼굴 근육이 작게 경련했다. 그는 대답하기 정말 싫다는 표정으로 한참을 가만히 있다가 겨우 입을 열었다.

"……그게 영체니까."

"표범이 아니라?"

아르노아가 믿을 수 없다는 듯한 목소리로 되물었다.

"악랄한 마탑주의 영체가 흰 고양이야?"

"내 탓이 아니야!"

그가 으르렁거렸다. 물론, 고양이의 모습을 본 뒤여서인지 그저 귀여운 가르릉 소리처럼 들렸지만.

"어머니가 잠시 미쳤던 탓이다. 하고 많은 짐승 중에 고양이라니……."

"고양이 좋아하셨구나."

아르노아는 무거운 비밀을 깨달았다.

26대 마탑주, 영지를 침범하는 이를 잔혹하게 찢어 죽인 대마법사 아마릴리스는 애묘인이었다는 사실을.

"그럼 설표로 변하는 건……."

"노력의 산물이다."

"노력?"

그게 노력으로 돼?

영체 외의 짐승으로 변신하는 마법사에 대해서는 들어 본 적이 없었다. 감탄을 넘어 황당함에 가까운 표정을 한 아르노아에게, 벨은 별거 아니라는 듯 말했다.

"그래. 시간이 필요한 게 문제지만."

벨이 고개를 돌려 그녀의 시선을 피하며 말했다.

그러니까, 그의 마력은 정말로 비정상이었다. 남들은 영체로도 변하기 어려운데, 그는 영체의 변형인 설표로 변신하는 방법까지 터득한 듯했다. 급할 때는 영체로의 변신이 빠른 모양이었지만, 평소에는 맹수의 형상으로 사람들의 눈을 속이는 거고.

"······고양이 귀여운데."

아르노아가 무심코 말하자 벨이 그녀를 죽일 것처럼 쏘아보았다.

"······다시는 보지 못할 거다."

아, 아쉬워라.

아르노아가 작게 한숨을 쉬었다. 배에 난 부드러운 털의 감촉이 아직도 손에 남아 있었다.

"나갔다 올 거야."

벨은 한 마디 더 남기더니 창문을 열고 휙 뛰어 아르노아의 시야에서 사라졌다.

## Chapter 2
## 막 나가면 편해진다

자정이 지났고, 왕궁의 대부분 방에 불이 꺼졌다.

"……아프군."

벨이 중얼거렸다. 조금 전 아르노아 앞에서는 차마 인정하지 못했지만 주사를 맞은 둔부가 아직 얼얼했다.

천인공노할 일이었다.

마탑주가, 그것도 벌건 대낮에 낯모르는 여자에게 독극물인지도 모를 무언가를 주입당하다니. 당장 범인을 잡아 죽여야 마땅했으나 아르노아의 '안 돼.'라는 말 한 마디가 그를 가로막았다.

어찌어찌 분노를 사그라뜨렸으나, 지나고 보니 그 또한 황당한 일이었다.

'누가 보면 정말 애완동물인 줄 알겠군.'

아직 황제도 아니면서, 아니 황제라도 그러면 안 되는데 감히 마탑주의 머리를 쓰다듬는가 하면, 이래라저래라 명령까지 내리다니.

'그 여자가 나를 하찮게 보고 있다.'

벨은 주먹을 꽉 쥐었다. 그런 것이 허락되는 이는 세상에 없었다. 없어야 했다. 일반인은 물론 마법사들도 그를 두려워했다.

루시아노 황제는 그를 처음 본 순간 새하얗게 질린 채 움직이지도 못했었다. 아나킨이 조금 불손하기는 하나, 그조차도 벨에게 뭐가 되네 안 되네 명령하지는 않았었다.

한동안 분노를 가라앉히고 호흡을 고르던 그는 슥 하고 주변을 둘러보았다.

그는 왕궁 뒤뜰 어느 거목 아래에서 누군가를 기다리고 있었다. 사람들 눈에 잘 띄지 않으면서도 아르노아의 방 창문이 잘 보이는 자리였다.

"루카 이 자식은 느려 터져 가지고……."

낮의 일로 불편해진 마음을, 그는 제자의 욕을 하며 풀었다. 마탑주의 몸에 바늘이 꽂히는데 현장에 있지 않았다는 사실은 제자로서 치명적인 하자였다.

"호르르륵!"

벨이 다시 무언가 중얼거리려던 찰나, 오른편 수풀 속에서 익숙한 울음소리가 들렸다. 벨의 눈동자에 옅은 이채가 서렸다.

부스럭.

몇 초 뒤, 수풀 속에서 작은 형체가 튀어나왔다. 풍성한 줄무늬 꼬리며 통통한 몸, 눈가의 검은 털이, 야생동물치고는 꽤 귀여워 보이는 녀석이었다. 그것은 주변을 휙 하고 둘러보더니 곧장 벨에게 뛰어왔다.

펑!

벨의 발치에 도착한 순간, 녀석은 작은 폭발음 함께 형체를 바꾸었다. 연갈색의 머리칼에 귀여운 외모를 가진 청년이 환한 미소를 띠고 벨의 눈앞에 서 있었다.

"밤에 마법을 쓸 때는 소리를 죽이라고 말했을 텐데, 루카."

"너무하십니다. 오랜만에 만나서 처음 하시는 말씀이 잔소리라뇨. 안 반가우십니까?"

루카라 불린 마법사는 상처받은 듯 입을 꾹 다물었다. 벨이 눈썹을 살짝 찌푸렸다.

"마지막으로 본 지 이틀도 안 됐다."

"제 인생에서 가장 긴 이틀이었습니다."

감성이 풍부한 루카는 벨의 하나뿐인 제자이자 수하였다. 그는 벨이 자리를 비운 이틀가량 디르한에 남아 아르노아를 지켜볼 임무를 받은 상황이었다.

동그스름하고 선해 보이는 얼굴, 축 처진 눈꼬리와 마른 체형, 해맑은 표정은 그를 20대의 나이보다 훨씬 어려 보이게 만들었다. 제자를 받기 귀찮다는 벨을 눈물과 우기기와 떼쓰기로 설득해 마탑에 들어온 귀한 이력을 가진 마법사였다.

"보고해."

벨은 포옹하려는 루카의 팔을 쳐 내고 짧게 말했다. 루카는 울상이 된 채 입을 열었다.

"……우선 페르헨에서 서신이 왔습니다. 로펜가의 사내아이에게 증상이 있다고요."

벨의 눈매가 순간 날카로워졌다. 루카는 어깨를 움츠리며 입술을 깨물었다.

"……오는 길에 들었다. 다른 소식을 전해라."

벨은 짧게 말했다. 목소리가 다소 차가웠으나 루카는 그나마 다행이라는 듯 안도의 한숨을 쉬었다.

"왕비의 소식 말씀이시라면…… 안 계신 사이에 극단 하나를 거하게 말아 드셨습니다."

루카가 다시 입을 열었다. 벨이 눈썹을 치켜올렸다.

"극단을 말아먹어? 이틀 사이에?"

"네. 경비병 하나가 절 귀여워해서 직접 볼 수 있었습니다. 보기보다 무서운 사람이던데요."

루카가 어깨를 으쓱하며 대답했다.

"엘키브에 담았나?"

"있지만 흐릿합니다. 아시다시피 질 좋은 아티팩트는 풀리는 순간 아나킨 윌로가 쓸어 가서요."

그는 주머니에서 작고 푸른 구슬 하나를 꺼내 벨에게 건넸다. 벨이 그것을 가져가 한쪽 눈에 갖다 대자, 흐릿하지만 어느 정도 구분이 가는 환영이 펼쳐졌다.

벨의 눈이 가늘어졌다.

그의 눈에 들어온 것은 그다지 편안한 광경이 아니었다. 왕비를 악당으로 묘사해 수치를 주는 연극, 그 죽음에 기뻐하는 관객들, 그리고 맨 앞줄에 앉아 눈 한 번 피하지 않고 익숙하게 그 모든 것을 지켜보는 아르노아.

그녀는 흐트러지지 않고 연극을 끝까지 보고 있었다. 그리고 모든 것이 끝난 후, 간단한 말 몇 마디와 선물로 극단의 미래를 무너뜨리고는 돌아섰다.

"대단하지 않습니까? 저는 무대 아래 구석에서 다 봤는데요, 보니까 왕비가 뭘 몰라서 저런 게 아니라 아예 계획적으로……."

루카가 주절거리며 보충 설명을 했다. 벨의 입꼬리가 미세하게 올라갔다. 그를 애완동물 취급한다는 단점은 있지만 아르노아 카이시온, 아니 아르노아 디르한은 확실히 특별했다. 처음 만난 날부터 해 왔던 생각이었다.

겉으로는 국왕과 라리사의 괴롭힘에 속수무책으로 무너지고만 있는 것 같아도 속은 강철이었다. 아무것도 모르는 척 궁의를 교사해 라리사에게 피임약을 먹인 것만 보아도 어느 정도 알 수 있었다.

'황제라…… 루시아노보다는 어울릴지도.'

그가 마음속으로 중얼거렸다.

"저, 벨카리아나스 님, 궁금한 게 있는데요."

루카가 조심스럽게 그의 사념을 방해했다.

벨이 눈썹을 찌푸렸다.

"뭐냐?"

"저더러 왕비를 지켜보라는 말, 지금도 유효한 건가요?"

"그게 무슨 이상한 소리……."

루카는 대답 대신 벨의 등 뒤쪽에서 더 위, 아르노아의 방으로 향하는 창문을 가리켰다.

"방금 저기로……."

그가 눈치를 보며 소심하게 말했다.

"암복 입은 사람 네 명이 들어갔는데요."

챙-

벨의 손에 들려 있던 구슬이 깨졌다. 그 조각이 땅에 닿기 전에, 벨은 이미 왕궁 벽을 타고 몸을 날리고 있었다.

\* \* \*

"백작은 참 돈도 많아."

아르노아는 침대에서 몸을 일으키며 한숨을 푹푹 내쉬었다. 살수들이 한 걸음 더 다가왔다.

"어디 보석 광산이라도 감춰 두고 있는 거야?"

그게 아니라면, 에스테아 가문은 지금쯤 기둥뿌리가 뽑혀 나가고 있을 터였다. 공연 업계에서의 무리한 투자, 라리사와 그 측근 시녀들에게 매월 들어가는 보석이며 의상 비용, 거기다가 독약이며 살수 고용까지.

그의 암살 시도는 자주 실패했기에 비용은 계속 더해졌다.

독살은 루데스 박사가 막아 주었고, 멀리서 던지는 암기는 아무래도 한 번에 명줄을 끊기가 쉽지 않았다. 지난번에 보낸 살수는 아르노아를 놓쳤다. 그녀가 소리쳐 부른 경비병의 손에 잡히기까지 했으니 빼내는 데 돈을 더 썼을 것이다.

무(武)보다는 문(文)과 예(藝)에 능한 디르한에는 원래 실력 좋은 살수가 드물었다. 백작이 더더욱 아르노아의 암살에 집착하는 이유였다. 라리사가 왕비 자리에 앉지 않으면 그간 쓴 비용을 회수할 수 없다.

"2천…… 아니 이번에는 경비 한 명 한 명 뇌물을 줬을 테니 합치면 2천 5백 골드는 되겠군."

"쓸데없는 소리 그만하고 목을 내놓으시지."

살수 한 명이 으르렁거렸다. 그와 다른 동료 한 명은 이미 방을 가로질러 방문을 지키고 있었고, 나머지 두 명은 칼을 뽑은 채 아르노아를 향해 다가 오고 있었다.

아르노아는 비아냥거리는 것을 멈추고 심호흡을 했다. 하필 벨이 곁에 없을 때 오다니, 이번에는 정말로 목숨이 위험할지 몰랐다. 물론, 쉽게 죽어 줄 생각은 없었지만.

"자, 이번에는 실수 없……."

푹!

창문과 가까이 선 살수가 단단히 다짐하며 칼을 드는 순간, 아르노아는 베개 밑에 숨겨 뒀던 단검을 뽑아 그의 팔에 꽂아 넣었다.

"아윽!"

상대가 무기를 들고 공격할 거라는 예상은 하지 못했는지, 그는 칼을 떨 어뜨리며 비명을 질렀다. 아르노아는 단검을 다시 뽑아 그의 다리에 꽂으며 침대에서 빠져나왔다.

푸욱!

"아악!"

"잡아라!"

또 다른 한 명이 그녀를 향해 몸을 날렸다. 그녀는 급한 대로 베개를 잡아 그의 얼굴에 던졌다.

퍽!

"아오! 이 계집이……."

두 번째 살수의 시야가 가려진 사이, 아르노아는 남은 베개 하나도 그에게 던지고는 힐끗 방 안을 둘러보았다.

지난번 시도 때 아르노아가 방문을 열고 복도로 도망쳐서인지, 문을 지키는 두 명은 흠칫 놀라긴 해도 자리에서 움직이지 않았다. 지키고 있다가 그녀가 도망치려 하면 벨 생각인 듯했다.

아르노아는 창문을 향해 움직였다.

"제발…… 제발 다리만 안 부러져라."

지난번 암살 시도 후로 그녀는 창 아래에 화단을 만들어 두라고 지시했었다. 땅은 아직 폭신할 테니 3층에서 뛰어내려도 어쩌면 무사할지도 모른다.

쉬익!

날카로운 무언가가 그녀의 등을 스쳤다. 아마 베개로 얻어맞은 살수가 휘두른 검일 터였다. 아픔을 느낄 새도 없이 그녀는 창으로 몸을 날렸다. 차가운 바람, 그리고 몇 초 뒤에 느껴질 고통과 충격을 각오한 그녀는 눈을 질끈 감았다.

휘익- 덥석.

'……덥석?'

그러나 아르노아에게 닿은 감촉은 바람도, 땅도 아니었다. 몸은 분명히 바닥에서 떠 있는데, 그 순간 그녀를 감싼 것은 단단하면서도 따뜻한, 숨 쉬는 커다란 무언가였다.

아르노아를 안정적으로 잡은 팔, 넓은 가슴, 근육질의 몸. 이건 그러니까…….

아르노아가 감았던 눈을 뜨고 그녀를 안고 있는 사람의 얼굴을 보았다.

"……벨?"

활짝 열린 창으로 들어온 달빛 덕분에 그의 얼굴은 선명하게 드러났다.

달빛을 받아 도자기처럼 하얗게 빛나는 피부, 강하지만 섬세한 선들이 완벽한 비율로 조화된 얼굴. 그리고…….

"……하찮은 벌레 새끼들이 겁도 없구나."

방 안의 모두를 찢어 죽일 듯 위험하게 뿜어져 나오는 안광까지.

예고도 없이 창문을 타고 들어온 벨에게 안긴 채, 아르노아는 눈을 크게 떴다.

마주 보는 이를 얼릴 것처럼 싸늘한 시선이 방 안의 사람들 한 명 한 명을 향해 번뜩였다. 루데스 박사를 불쾌해하던 때와는 결이 달랐다. 이를 드러내며 아르노아에게 으르렁거리던 것과도 전혀 다른 종류의 날카로운 살기가 느껴졌다.

"너, 너는 또 누구야!"

아르노아를 향해 검을 치켜들었던 살수가 허공에 멈췄던 팔을 그대로 내리그었다. 여러 살수의 사이에서 움직이던 벨의 시선이 그의 얼굴에 고정되었다. 그는 아르노아를 안은 채 움직이지 않았다. 그저 보일 듯 말 듯 입을 열 뿐이었다.

두두두둑-

벨이 입 속으로 무언가 중얼거린 순간 살수의 팔과 다리가 기괴한 각도로 꺾였다.

"아아아악!"

그는 검을 떨어뜨리고는 그대로 바닥에 쓰러져 경련했다.

"뭐, 뭐야! 저놈을 먼저 잡아!"

방문을 지키던 자들 중 하나가 명령을 내리자 나머지 한 명이 벨을 향해 돌진했다.

콰앙-

벨이 다시 무언가를 중얼거리자 그의 몸은 종이 인형처럼 날아가 침실 벽에 부딪쳤다.

우두둑

무언가 으스러지는 소리가 들렸고, 얼굴이 피투성이가 된 살수는 바닥으로 떨어져 축 늘어졌다.

숨이 끊어진 듯했다.

"히…… 히익!"

방문 근처에 남아 지시를 내리던 한 명이 비명을 지르며 몸을 돌렸다. 임무보다는 목숨 보전이 시급하다는 사실을 깨달은 것이었다. 벨의 시선은 그를 놓치지 않았다.

"커억, 컥!"

도망치려던 살수는 갑자기 제 목을 죄며 버둥거렸다. 겨우 몇 초 만에 몸부림이 멎었고, 그는 앞선 동료와 마찬가지로 바닥에 축 늘어졌다. 그의 텅 빈 동공이 천장을 향했다.

"제, 제, 제발 목숨만은……."

조용해진 방 안에 한 사람의 애원이 들렸다. 그는 아르노아가 팔다리에 단검을 박았던, 유일하게 의식이 남아 있는 한 명이었다.

"이 벌레는 아직 살아 있었네."

벨의 목소리가 음산하게 방 안을 울렸다. 살수는 더 이상 애원조차 하지 못하고 덜덜 떨기만 했다.

"……한 명은 놔줘."

그가 입 속으로 중얼거리려던 순간 아르노아가 끼어들었다. 벨이 시선을 휙 돌려 그녀를 바라보았다.

"시체 치울 사람 부르는 게 너무 번거로워."

벨은 눈썹을 찌푸렸다. 그는 아르노아의 의견이 마음에 들지 않는다는 듯 아무 말도 하지 않았다.

"내가 얘네를 다 죽였다고 설명하기도 어렵고…… 알아서 나가 주는 게 편하단 말이야."

아르노아가 다시 말했다.

이는 사실이었다. 한 명은 숨이 붙어 있는 듯했지만 어쨌든 덩치 큰 세 명의 남자가 축 늘어진 상태였다. 경비병을 불러서 치워 달라고 하면, 단검 하나로 살수 넷을 상대한 그녀는 마녀 취급을 받을 것이다.

벨은 잠시 고민하다가 고개를 끄덕였다.

"저것들을 가지고 왔던 길로 나가라."

그가 여전히 불만스러운 표정으로 지시했다.

"그리고 너희 우두머리에게 전해. 다시 같은 짓을 하면 그놈의 사지부터 찢겨 나갈 거라고."

그의 말과 동시에 늘어졌던 세 개의 몸뚱이가 떠올라 창문 밖으로 내던져졌다. 남은 한 명의 살수 또한 연신 고개만 주억거리다가 떨리는 다리를 이끌고 창밖으로 빠져나갔다.

"……고마워. 내려 줘도 돼."

한참이 지나도 벨이 움직이지 않자 아르노아가 말했다. 그녀의 다리는 여전히 허공에 있었고, 두 사람의 몸은 지나치게 밀착되어 있었다. 스르륵 하고 그의 팔에 힘이 풀렸다.

"아흑……."

다리가 바닥에 닿는 순간 아르노아의 등 위쪽이 벨의 팔에 쓸렸다. 긴장해서인지 잊고 있던 고통이 몰려와 그녀는 짧은 신음을 냈다.

"왜 그러지?"

벨의 눈이 조금 커졌다. 아르노아를 부축했던 자신의 팔을 내려다보자 선명한 핏자국이 보였다. 그의 콧잔등에 작은 주름이 잡혔다.

"……검에 맞았었나?"

"아까 검이 살짝 스쳐서 그래. 뼈가 다친 건 아니고……."

벨의 이가 갈리는 소리가 들렸다. 순간 아르노아는 그가 이미 빠져나간 살수 한 명을 다시 공격할지도 모른다고 생각했다. 그러나 벨은 창밖을 다시 내다보지 않았다. 대신 아르노아의 어깨를 잡아 자신을 향해 조심스럽게 끌어당겼다.

"돌아서."

"……뭐?"

벨은 답을 기다리지 않고 아르노아를 돌려세웠다. 천천히 손을 들어 아르노아의 상처를 짚었다. 순간적인 쓰라림에 아르노아는 흠칫 몸을 떨었다.

"아……."

흘러나온 신음에 벨은 입술을 다시 한번 꽉 깨물었다. 잠깐 나간 사이에 이런 일이 생길 거라고는 예상하지 못했다. 상처는 깊지 않았지만 꽤 길었다. 베는 순간 고통이 적지 않았을 것이다.

이런 줄 알았다면 아까 검을 들었던 그놈의 몸을 더 괴롭게 비틀어 줬을 텐데.

그는 머릿속으로 때늦은 후회를 했다.

더욱 짜증 나는 것은 아르노아의 반응이었다. 대체 이런 일이 몇 번이나 일어났던 것인지, 그녀는 소리 한 번 지르지 않고 차분한 모습이었다.

"뭐 이런.……."

벨이 으르렁거렸다.

아르노아는 처음부터 다 알고 있었을 것이다. 그건 명확하게 보였다. 단검을 준비한 것으로 보나, 망설임 없이 3층 창문에서 뛰어내리려던 걸로 보나, 그녀는 오늘 밤 경비병이 제 할 일을 다 하지 않을 것이라는 사실을 짐작했던 것이다.

이게 무슨 왕비인가.

알고는 있었지만 볼수록 놀라운 대우였다. 고귀한 혈통을 가진 황녀 출신의 왕비라면 더더욱 견디기 힘들.

"이거…… 처치하고 아침에 루데스 박사를 부르면……."

"가만히 있어."

그는 다시 돌아서려는 아르노아를 붙잡았다. 그리고 상처가 난 부위에 자신의 손바닥을 덮은 채 무언가 중얼거렸다.

"……됐어. 대충 봉합이 됐으니 내일 박사에게 보이면 된다."

아르노아는 눈을 동그랗게 떴다. 몇 초 사이에 피가 멎은 것은 물론, 고통도 거의 사라져 있었다. 벨의 말대로 상처는 거의 나은 듯했다.

"치유 마법도 해?"

"필요한 만큼은."

돌아서서 묻는 그녀에게 벨이 짧게 대답했다.

"에스테아의 짓인가? 딸을 왕비로 만들겠다고?"

그가 물었다. 눈매는 여전히 살수를 봤을 때처럼 매서웠다. 아르노아는 고개를 끄덕였다.

"……국왕을 죽이면 제일 간단하지 않아?"

"뭐?"

당연한 듯한 벨의 목소리에 아르노아가 그를 바라보며 되물었다.

"국왕이 살아 있으니 문제가 복잡한 것 아닌가. 루시아노나 아리엔처럼 국왕도 죽어 버리면 그대의 문제는 다 해결될 것 같은데."

그는 상체를 살짝 숙여 얼굴을 아르노아 가까이로 가져갔다. 달빛을 받아 선명한 그의 그림자가 그녀의 몸 위에 드리워졌다.

"내가 못 해 준다고 했기 때문인가?"

"아니야."

"루데스 박사를 통하면 가능할 듯한데."

"아니라니까."

집요한 물음에 아르노아가 대답했다. 벨이 눈썹을 치켜올렸다.

"설마 그것도 남편이라고 걱정을……."

"지금은 상속권이 바이나스의 조카에게 있어서 그래."

아르노아가 어이없다는 표정으로 그의 말을 잘랐다.

"조카?"

"그래. 이혼 안 하고 죽으면 난 영영 디르한의 선왕비 신세야."

그녀는 의아해하는 벨에게 설명했다.

"버르장머리 없이 소리나 질러 대는 열 살짜리가 황제를 하면 대륙 꼴이 아주 볼 만하겠지."

"……."

"그 외척은 견제 목적으로 당장 나부터 죽이려 들 거고."

예상치 못한 이야기에 벨이 입을 꾹 다물었다. 그는 비마법사들의 정치에 무관심한 편이었다.

"그럼 그 열 살짜리를 먼저……."

"루데스 박사도, 바이나스도, 그 조카도, 내가 말하지 않는 이상 건드리면 안 돼. 알아들었어?"

아르노아가 다시 입을 열었다.

벨이 가진 힘은 너무나 위험하고, 성격으로 보나 지위로 보나 벨은 그녀가 완전히 통제하기 어려웠다. 그렇다면 기회가 있을 때 두 사람의 상황을 확실하게 정리해야 했다.

"함부로 사람을 죽이면 내기를 방해하는 걸로 칠 거야. 영혼석 못 줘."

벨이 얼굴을 찌푸렸다. 순간 그는 자신이 내기와 아르노아의 영혼석에 대해 잊고 있었다는 사실이 떠올랐다.

그는 살면서 단 한 번도 내기의 조건을 어긴 적이 없었다. 그야 98%는 이겼으니까. 마법사로 태어난 이상, 한번 승낙한 내기의 조건을 어기는 것은 세상의 규칙을 벗어나는 일이었다. 어기는 자들은 빠짐없이 신의 저주를 받았다.

"그건……."

"내 방식대로 해."

그녀는 여전히 사나운 기운이 사라지지 않은 은회색 눈동자를 바라보며 마지막으로 쐐기를 박았다.

"……좋아."

벨이 마지못해 대답했다.

"하지만 이쪽도 요구 사항이 있다."

"……뭔데?"

그는 아르노아를 한참 노려보더니, 작게 한숨을 쉬고는 주머니에서 작은 목걸이를 하나를 꺼냈다. 검고 얇은 가죽 줄 끝에 손톱만 한 크기의 암청색 보석이 달려 있는 것이었다. 일견 평범해 보이는 목걸이였으나 이를 본 아르노아의 눈이 가늘어졌다.

"……묘안석?"

동그란 보석의 정중앙에는, 보석을 세로로 가로지르는 은회색 선이 보였다. 몇몇 보석에서 드물게 발견되는 형태로서, 그런 모양의 보석은 마치 고양이 눈과 같다고 해서 묘안석이라 불렸다.

"알레산드라이트 묘안석이다."

벨의 말에 아르노아의 눈이 커졌다.

알레산드라이트.

자연광에서는 푸르스름한 빛을, 등불 아래에서는 자색을 띠는 독특한 보석으로, 다이아몬드 이상의 가치를 지닌 희귀한 물건.

흠집 하나 없는 상급 알레산드라이트, 그중에서도 '묘안'을 가진 것이라니, 이는 황녀인 아르노아도 개념적으로만 알고 있던 희귀품 중의 희귀품이었다.

"……이걸 왜 나에게 주는 거야?"

"그 물건은 내가 만든 아티팩트야. 묘안석에만 걸 수 있는 마법이 있거든."

"아티팩트?"

"당신이 그걸 걸고 다녀야 내 일도 쉬울 것 같군."

벨이 대수롭지 않은 듯 대답했다. 꺼낸 물건에 어느 정도의 가치가 있는지 관심도 없다는 태도였다. 아르노아는 문득, 전전 마탑주의 재산이 타의 추종을 불허하는 규모였다는 오래된 소문을 떠올렸다.

과거 아르노아의 숙부는 26대 마탑주 재산을 욕심내어 페르헨 영지에 함부로 들어섰다가 그녀의 손에 목숨을 잃은 전적이 있었다. 그 재산은 아마 벨이 고스란히 물려받았을 것이다.

'부럽다.'

아르노아는 속으로 한숨을 쉬었다.

재산을 자식에게 온전히 물려주는 어머니에, 그걸 어디 빼앗기지도 않을 능력이라니. 자신도 그랬더라면 인생이 조금 달랐을까 하는 생각이 머리를 스쳤다.

"한 쌍으로 된 물건이다. 누군가 한쪽을 걸고 있으면 나머지 한쪽을 가진 자는 멀리서도 그 사람이 보고 겪는 일을 함께 볼 수 있어. 목에서 빼지 않도록 해."

벨은 천천히 손을 올려 목걸이를 아르노아의 목에 걸어 주었다. 고양이 눈을 닮은 푸르스름한 보석은 아르노아의 쇄골 즈음에서 보기 좋게 반짝였다.

선물을 거절하는 것은 의미가 없을 것 같기에, 아르노아는 목걸이를 만지작거리며 순순히 대답했다.

"……고마워."

"……."

벨은 딱딱한 시선으로 그녀를 보며 고개를 끄덕였다. 조금 전까지 있었던 소름 끼치는 살기는 거두어졌다.

"도움이 될 것 같아."

그녀는 다시 말했다. 이는 진심이었다. 아르노아를 위협할 적이 언제 어디서 나타날지는 예측하기 어려운 일이었으니까.

＊＊＊

대륙 북부 케스만 왕국의 경계 부근에서는 새벽이 밝아 오고 있었다.

채앵-

날카로운 쇳소리가 록산느 아실리에르의 잠을 깨웠다.

카앙! 캉-

열 개, 어쩌면 그 이상의 검들이 치열하게 부딪치고 있었다. 간간이 베고 베이는 이들의 비명도 섞여서 들려왔다. 록산느의 미간에 옅은 골이 팼다. 군인 신분으로 매일 같은 시간에 자고 같은 시간에 깨는 그녀는 잠을 방해하는 것들을 싫어했다.

케스만 왕의 누이와 그 일가족을 죽이고 빼앗은 이 성이 마음에 들었던 이유 중 하나는 부사령관의 침실이 성탑 높은 곳에 있다는 사실이었다. 내려다보이는 경치가 좋음은 물론이고, 명령을 하달하기 좋으면서도 소음이 잘 들어오지 않는 공간이었으니까.

하지만 오늘만큼은 아니었다.

검날이 부딪치는 소리는 바로 그녀가 자는 침실 옆, 성벽 위에서 들려오고 있었다.

"부, 부사령관님! 케스만에서 자객이 침입했습니다!"

더 잘 수 없다고 판단한 록산느가 옷을 갖춰 입자마자 병사 한 명이 급하게 그녀의 침실로 뛰어들며 보고했다. 록산느는 대답하지 않았다. 병사를 향해 날카로운 시선을 던질 뿐이었다. 그러나 매섭게 빛나는 자색의 눈동자는 병사의 오금을 저리게 하기에 충분했다.

"죄, 죄송합니다. 너무나 급작스러운 상황인지라……."

병사는 한쪽 무릎을 꿇고 말했다.

"여덟 녕의 사색이 침입해 성밥을 올랐습니나! 문시기가 간자었딘 모양입니다. 문제는……."

록산느는 가만히 선 채 아무 답도 하지 않았지만 그는 꿋꿋하게 보고를 계속했다.

"그들이 로메온 경을 사로잡았습니다! 당장 부사령관님을 모셔 오지 않으면 성벽에서 던져 버리겠다며 협박하고 있습니다."

병사의 마지막 말을 들은 록산느가 눈썹을 치켜올렸다. 병사는 덜덜 떨며 그녀의 명령을 기다렸지만 아무 답도 들려오지 않았다.

"부, 부사령관님……?"

그녀는 대답 대신 병사를 스쳐 지나갔다. 그리고 방문을 나서면서 그 앞에 기대져 있던 여러 개의 활 중 가장 무거운 검은 활을 집어 들었다.

휙-

방문 앞에 걸어 두었던 두꺼운 천을 젖히자 강한 바람이 느껴졌다. 드물게 풀어 내려진 록산느의 짙은 붉은색 머리칼이 마구잡이로 휘날렸다. 성탑 끝에는 이미 수십 명의 병사들이 모여 있었다. 그들이 들이댄 창끝에는 피투성이가 된 여덟 명의 자객들이 등을 맞대고 버티는 중이었다.

"부사령관님!"

창을 든 병사 중 한 명이 그녀를 발견했다. 대치 중이던 자들의 시선이 록산느에게 모였고, 그녀는 자객들 틈에 가려져 있었던 한 남자를 발견할 수 있었다.

"부, 부사령관님……."

자객 중 한 명에게 목덜미를 붙잡혀 성벽 끝에 간신히 버티고 선 청년이 힘없이 록산느를 불렀다. 인질이 된, 제국군 제1부대를 이끄는 아치 로메온이었다.

그는 겨우 여덟 명밖에 안 되는 자객이 적진 한가운데에서 붙잡히지 않을 수 있었던 이유였다. 로메온 경의 약혼녀가 제국군 부사령관이자 유일무이한 대공녀인 록산느이기 때문이었다. 그러니 그가 인질로 잡힌 이상 병사들은 자객들을 마음 편히 공격할 수 없었다.

그들은 10분가량 서로 대책 없이 대치하던 중이었다. 적들의 손아귀에 붙잡힌 약혼자의 모습을 본 록산느는 그 자리에 멈춰 섰다. 그의 목을 쥐고 있던 자객이 회심의 미소를 지었다.

활을 쥔 록산느의 손에 힘이 들어갔다.

"제국군의 부사령관은 잘 들으시오."

암살자가 말했다.

"케스만의 요구는 대단한 것이 아니오. 그대의 약혼자를 죽이고 싶지도 않소."

그는 바람 소리를 이기기 위해 한 단어 한 단어 힘을 주어 말했다.

"케스만이 제시했던 평화 협정 조건을 다시 한번 고려하라는 것, 그뿐이오."

그는 계속해서 말을 이었다. 그러나 록산느의 얼굴은 별 감흥이 없어 보였다. 약간의 불쾌함 외에 어떤 감정도 드러내지 않았다.

"이 의미 없는 전쟁을, 수천, 수만 명의 목숨만 앗아 가는 싸움을 우리는 더 이상 지속하고 싶지가…… 자, 잠깐! 지금 뭐 하는……."

요구를 이어나가던 자객이 눈을 동그랗게 떴다. 그의 시선은 록산느의 팔에 닿아 있었다.

록산느는 왼손으로 천천히 검은 활을 들어 올리며, 오른손으로는 화살 하나를 꺼냈다.

"다, 당장 멈추시오!"

그녀는 자객의 말이 들리지 않는다는 듯 활시위에 화살을 메겨 정면을 향해 겨누었다.

"멈추지 않으면 그대의 약혼자는……!"

인질을 잡은 자객의 손에 힘이 들어갔고, 로메온 경의 얼굴이 흙빛으로 변했다. 그는 떨리는 입술을 열어 약혼자를 불렀다.

"부, 부사령관님…… 커헉."

록산느는 움직임을 멈추지 않았다. 검은 화살은 자객들이 모여 있는 성탑 끝을 향해 겨누어졌다.

"부사령관님, 제발……."

로메온 경이 다시 한번 말했다. 로메온 경의 목을 쥔 자객은 눈을 부릅뜨고 그를 아슬아슬한 성탑 끄트머리까지 잡아 밀었다. 여차하면 인질을 떨어뜨리겠다는 것이었다.

"히익……!"

로메온 경이 신음하는 동안에도 록산느의 오른손은 화살 끝을 잡아서 시위를 팽팽하게 당기고 있었다. 공포에 질린 그의 눈에 눈물이 고였다. 그의 입에서 애절한 외침이 새어 나왔다.

"록산느…… 나를 살려 줘, 록산느. 나를!"

애절하게 그녀의 이름을 외치는 약혼자를 바라보는 록산느가 그제야 입을 열었다.

"……지랄 염병."

그녀의 목소리는 북부의 칼바람보다 싸늘했다. 눈썹 하나 까딱하지 않은 채, 그녀는 손가락 끝에 잡혔던 화살을 놓았다. 단단한 검은 화살은 거친 바람을 타고 정면으로 날아갔다.

피이잉-!

성탑 중앙부터 끝까지, 화살은 완벽한 곡선을 그리며 날아 한 치의 오차도 없이 목표물을 꿰뚫었다.

퍼억!

로메온 경의 목 정중앙을.

"컥!"

불안하게 움직이던 그의 눈동자는 단말마의 비명과 함께 텅 빈 모양으로 굳었다. 아슬아슬하게 성탑 끝에 걸쳐져 있던 그의 몸이 천천히 성벽 아래로 추락했다.

자객들은 그 자리에 얼어붙은 채 움직이지 못했다. 그들은 방금 본 광경을 믿을 수가 없었다.

"부, 부사령관, 이게 대체 무슨……."

"전부 죽여라."

록산느가 차갑게 명령했다. 멍하게 그녀를 바라보던 병사들이 그제야 정신을 차렸다.

"예! 부사령관님!"

피와 시체로 물들어 가는 성탑 끝을 바라보며, 록산느 아실리에르는 조금 전 잠에서 깼을 때와 똑같은 표정으로 가만히 서 있었다.

"부사령관님! 전부 처리했습니다."

몇 분 후 병사들이 보고했다. 록산느의 시선은 그다지 따스해지지 않았다.

"바로 처리하지 못한 1부대는 자결해라."

그녀는 잔인한 한 마디를 남기고 몸을 돌려 성안으로 들어갔다. 등 뒤에서 십수 명의 비명이 들렸으나 그녀는 걸음을 멈추지 않았다.


철컥-

부사령관실의 문이 열리고 아실리에르 대공이 들어섰다. 딸을 보는 그의 표정에는 약간의 걱정이 서려 있었다. 성 안쪽에서 기거하는 그는 로메온 경의 죽음에 대해 막 보고를 들은 참이었다.

"록산느, 새벽의 일은 들었다. 평화 협정 따위의 제안을 우리가 받아들일 거라고 생각했다니……."

아실리에르 대공은 딸의 안색을 살피며 물었다.

"너는 괜찮으냐?"

"괜찮습니다. 다만……."

록산느가 대답했다.

"다만, 다음에는 아치 로메온보다 멀쩡한 약혼자를 부탁드려요, 아버지."

그녀의 건조한 대답에, 대공은 잠시 입을 다물었다.

"쓸 만한……."

딸의 말을 제대로 이해한 순간, 그는 광소를 터뜨렸다.

"크하하하하핫! 그래야지! 우리 딸이 어떤 사람인데! 암, 더 좋은 놈을 찾고말고."

몸을 들썩이며 껄껄거리는 아버지를, 록산느는 감흥 없는 표정으로 응시했다. 그녀의 관심사는 이미 다른 데에 있었다.

"황제의 암살은 어떻게 되었습니까? 아직 소식이 없는 건가요?"

그녀의 물음에 대공은 웃음을 멈추고 자세를 바로 했다.

"안 그래도 그 이야기를 하려고 왔다. 흠!"

그는 헛기침을 두어 번 한 뒤 말을 이었다.

"계획에 차질이 있었다. 루시아노는 죽었지만……."

록산느가 눈썹을 치켜올렸다. 대공의 표정은 다소 어두워져 있었다.

"아리엔도 죽어 버렸다. 불의의 사고였어."

"그게 무슨 말씀이십니까?"

약혼자의 죽음 앞에서도 반응하지 않던 록산느가 눈을 크게 떴다.

"말한 대로다. 멍청한 아리엔을 황제로 세우고 황권을 아예 가져오려던 계획에 차질이 생겼어. 이제 형제가 둘 다 시체가 되어 버렸구나."

대공이 주먹을 꽉 쥐며 말했다. 록산느의 눈이 위험하게 빛났다.

"대체 얼마나 멍청한 실패를 하면 아리엔이 같이 죽을 수가 있습니까? 황족 중 제일 대가리 나쁜 것을 살려 두는 것이 그리 어려우셨습니까?"

그녀는 이를 꽉 깨물며 말했다. 소리를 지른 것은 아니나 낮게 깔린 목소리에 분노가 묻어 나오고 있었다. 대공은 작게 한숨을 쉬며 딸을 타일렀다.

"사고였다고 하지 않았느냐. 걱정 말아라. 작은 차질일 뿐이니 우리의 계획은 끝난 것이 아니야."

그는 딸의 어깨에 손을 얹고 그녀와 눈을 맞추었다.

"기억해라. 너는 나의 딸, 나의 핏줄, 제국에서 가장 우월한 인재이자 미래의 황제야."

그는 록산느가 어렸던 시절부터 주문처럼 해 왔던 말을 다시 한번 읊었다.

록산느가 열여섯의 나이에 제국 사냥제며 검술 토너먼트를 전부 휩쓸었을 때에도, 부사령관으로 임명되어 첫 승리를 거두었을 때에도, 그는 자신의 이 주문이 효과를 발휘한 거라 믿었다.

"나는 가질 수 없었던 황위를, 너에게는 꼭 갖게 해 줄 거다."

그가 말을 이었다.

"직계가 무엇이 대수더냐, 우리 아실리에르의 핏줄은 원래 황실 직계보다 우월한 것이었다."

대공은 계속해서 힘주어 다짐했다.

"아리엔도 언젠가는 죽여 버릴 생각이었으니 잘 됐다. 그 자리에 앉는 허수아비가 바뀌었을 뿐이니 걱정할 것 없어."

록산느의 자색 눈동자에 치밀던 분노가 조금 가라앉았다. 대신 그녀의 안광은 서늘하게 바뀌어 있었다.

"……황위는 디르한의 국왕에게 가겠군요."

"그렇다. 아르노아 황녀는 2년 전 모든 권한을 포기했으니까."

대공이 고개를 끄덕였다.

"황녀는 이제 황후가 되겠지. 너와는 비할 수 없이 평범하고 나약한 여자이지."

"아르노아 황녀……."

록산느는 오래전 스치듯 만났던 소녀의 얼굴을 흐릿하게 떠올렸다. 그녀가 평범하고 나약했던가? 묘하게 반대의 인상을 받았던 것 같은 기억이 나는 듯한데.

'아니.'

록산느는 고개를 저었다. 어린 시절의 기억이 무슨 의미가 있는가. 그녀는 결혼과 동시에 황위 계승권을 포기했다. 미련하고 나약한 선택임이 틀림없었다. 즉, 록산느가 신경 쓸 필요 없는 사람이라는 뜻이었다.

그녀는 잡생각을 떨쳤다. 머릿속은 빠르게 움직이고 있었다. 죽은 자는 어쩔 수 없고. 일이 이렇게 된 이상, 차기 황제가 그녀와 아실리에르 대공을 두려워하도록 만들면 그만이었다.

즉위 초기의 루시아노가 그랬고, 아리엔도 그랬던 것처럼.

군권을 손에 쥐고 귀족의 지지를 등에 업은 채 전쟁터의 상황을 쥐락펴락할 수 있는 대공 부녀에게, 황제를 주무르는 것은 어려운 일이 아니었다.

"마탑주는 빠르니, 디르한의 국왕은 늦어도 며칠 내로 이 소식을 듣게 되겠죠."

"그렇다. 이미 알고 있을지도 모르지."

"그 자리를 감당하기가 얼마나 어려운지 상상도 못 할 작자가 말입니다."

록산느가 경멸 가득한 눈빛으로 말했다. 그럴수록 그녀를 바라보는 대공의 시선은 오히려 뿌듯해 보였다.

딸을 잘 키웠다, 하는 눈빛이었다.

"……너는 어떻게 하는 것이 좋겠느냐?"

대공이 딸에게 묻자 그녀는 한층 음산해진 목소리로 말했다.

"간단한 메시지를 하나 전할까 합니다."

"어떻게?"

"직접 수도로 돌아갈 수는 없으니, 여기서 몇 가지 조치를 취해야겠죠."

록산느의 나직한 목소리가 방 안을 울렸다. 평범한 말이었으나 어딘가 살기가 흐르는 듯했다.

"국왕과 황제가 어떻게 다른 건지, 누가 제국의 진짜 힘을 쥐고 있는지, 디르한의 얼간이에게 알려 주겠습니다."

* * *

"데이나 영애, 그게 정말인가요?"

개나리처럼 노란 옷을 입은 여자가 찻잔을 내려놓으며 고개를 갸웃거렸다. 온실 속, 화려하게 장식된 테이블에 둘러앉은 여인들 중 몇 명이 그쪽을 바라보았다. 데이나라 불린 여자는 과장된 동작으로 고개를 끄덕거렸다.

"그렇다니까요, 에드나 영애. 정말 민망해서 시선 둘 곳이 없었어요."

"아무리 그래도 왕비 전하께서……? 평소에 그런 분은 아니셨는데."

"속고만 살았어요? 나도 그 자리에 있었다고요!"

레타가 다시 묻자 반대편의 한 부인이 재빨리 끼어들었다. 가십을 좋아하는 그녀는 온갖 티파티에 참석해 남의 험담을 옮기는 것이 취미였다.

"항상 도도하던 얼굴에 얼마나 애정이 가득하던지…… 분명 릭 타비엔에게 홀딱 반했던 거야."

"하지만 릭 타비엔을 처음 본 것도 아니잖아요? 게다가 연극 내용상 전하께서 좋아할 그런 건……."

"릭이 최근에 머리를 좀 길렀거든요. 바뀐 스타일이 마음에 쏙 들어서 연극 내용은 눈에 들어오지도 않았나 보죠, 뭐."

에드나가 다시 의문을 제기하자 데이나가 질세라 덧붙였다.

"그 잘난 외모로 고초를 겪고 이제 배우 일을 하지도 못하게 됐다니……. 아까워서 어떡해요."

릭 타비엔을 입에 담는 그녀의 눈에 서러움이 어렸다. 공연을 좋아하는 데이나는 릭 타비엔의 팬이었고, 기대했던 〈사랑과 배신〉의 공연이 망하고 릭의 밥줄이 끊겼다는 사실에 누구보다 분노했었다.

"다 그 여자 때문이야!"

그녀가 작은 소리로 내뱉었다.

"릭이 누구를 풍자하는지도 모르는 바보 같은……."

"그만해요, 데이나."

테이블 가장 안쪽, 주인의 자리를 차지한 이가 조용히 말했다.

"데이나도, 저도 왕비 전하의 시녀라는 걸 잊었어요?"

라리사였다. 그녀의 말에 그 자리에 있던 일곱 명의 여인들이 머쓱한 표정으로 서로의 눈치를 살폈다.

"하지만 라리사 님…… 이제 와서 진짜로 시녀 노릇을 하라는 말씀이세요? 전 그 여자 시중들기 싫은데……."

데이나가 입을 삐죽거렸다. 명분상 라리사와 함께 아르노아의 시녀인 그녀는 사실 직무를 핑계로 왕궁에서 거주하고 있을 뿐이었다. 사실 그 점은 라리사도 마찬가지였다. 아니, 아르노아의 시녀 명부에 올라 있는 대여섯 명의 귀족 여인들 중 진지하게 시녀의 업무를 하는 사람은 한 명도 없었다.

"그럼요."

하지만 라리사는 우아한 미소를 띠며 대답했다. 다음 순간 그 미소는 싸늘한 냉소로 바뀌었지만.

"알다시피 시녀의 일이라는 건 여러 가지가 있죠. 안 그래요, 여러분?"

라리사가 미묘한 웃음을 띠며 말하자 몇몇 여인들이 비슷한 얼굴로 고개를 끄덕였다. 티파티가 열렸다는 소식을 들은 순간부터 라리사의 의중을 대충 짐작했기 때문이었다.

"이 디르한에서 처신을 잘못하면 어떤 일을 당하는지 보여 드리는 것도 시녀의 본분이겠죠."

라리사가 상냥한 목소리로 덧붙이자 데이나의 입가에도 심술궂은 미소가 떠올랐다.

"역시, 라리사 님은 항상 한 수 앞서 나가시는군요."

그녀가 말했다.

"왕비 전하께서 빨리 오셔야 할 텐데, 대체 뭐 하느라……."

벌컥-

그녀의 말이 끝나기도 전에 온실의 문이 휙 열렸다. 라리사가 미간을 찌푸렸다. 바이나스가 그녀에게 하사한, 왕궁에서 가장 정성스레 꾸며진 이 공간에 인사도 없이 침입해도 되는 이는 없었다.

"누가 감히 내 온실에 함부로……."

라리사가 앙칼지게 쏘아붙이려던 순간이었다.

"나."

귀를 의심할 정도로 짧은 대답이 온실을 울렸다. 일곱 여인들의 시선이 한 곳에 집중되었다. 그곳에 서 있는 사람은 아르노아 디르한, 라리사의 티 파티에 초대된 마지막 손님이었다.

"왕비 전하를 뵙습니다!"

자리에 있던 손님들이 예를 취했지만 라리사는 그대로 자리에 앉아 있었다.

"……오셨군요, 전하."

그녀는 인사 대신 고개만 까딱하며 말했다.

"초대를 받고 왔는데, 문을 닫아 놓으니 열 수밖에."

"그럼 아랫사람을 시키셨어야지요."

라리사는 눈을 피하거나 사과하는 대신, 눈썹을 치켜올리며 대꾸했다.

"품위를 지키지 않으셨다가 또 어머니께 혼이 나면 어쩌시려고요."

그녀는 주인인 아르노아를 무서워한 적이 없었다. 두 사람의 승부는, 신혼 첫날 밤 바이나스가 라리사를 찾아온 순간 끝난 거 아니었던가.

"그럴까 했는데, 아랫사람이 여기서 티파티를 열고 있지 뭐야."

아랫사람? 설마 자신을 말하는 건가.

라리사의 미간이 다시 한번 꿈틀했다. 벙어리 아닌가 싶을 정도로 조용했던 왕비의 말투가 오늘따라 이상하다.

"흠, 공지 드린 시간에 열었을 뿐이에요."

라리사는 스스로가 예민한 거라 생각하며 말을 돌렸다.

"전하께서 또 늦으실 줄은 몰랐지 뭐예요."

그녀는 일어나지도 않은 채 아르노아의 앞에 있는 의자를 가리켰다. 자리를 권하는 시녀치고 불손한 태도였지만 그 사실을 지적하는 이는 없었다.

털썩.

아르노아는 말없이 자리에 앉았다. 속으로는 한숨을 내쉬면서 말이다.

그녀가 라리사의 티파티에 참석하는 것은 처음이 아니었다. 가고 싶어서 간 건 아니고, 아르노아의 하루 시간표를 결정할 권한이 수석 시녀인 라리사와 예법 스승인 에스테아 백작 부인에게 있기 때문이었다.

'같은 레퍼토리만 반복하는 건 백작을 닮아서 그런가.'

에스테아 백작이 주관하는 연극처럼, 티파티를 여는 라리사의 머릿속도 매번 비슷비슷했다.

조용하고 친구 없는 아르노아를 챙겨 주는 것처럼 행동하면서, 실제로는 제 친구들 앞에서 그녀를 당혹스럽게 만드는 것이 라리사의 취미였다.

몇 시간 동안 아르노아를 쏙 빼놓고 신나게 담소를 나눈다거나.

듣도 보도 못한 차를 대접하면서, 그것을 처음 접한다는 아르노아의 교양이 부족한 듯 취급한다거나.

아르노아에게만 소금을 잔뜩 뿌린 요리를 대접한다거나.

"그나저나 전하, 제가 골라 드린 옷을 입지 않으셨군요."

……일부러 리본이 덕지덕지 달린 촌스러운 옷을 골라 입혀 놓고, 다른 손님들과 함께 그녀를 비웃는다거나.

"성의껏 골라 드린 건데, 마음에 안 드셨나요?"

라리사는 순진하면서 얄미운 표정으로 물었다.

평소 아르노아는 되도록 라리사와의 마찰을 피했다. 어차피 의미 없는 자리에 참석하는 이상, 의상 따위는 아무래도 상관없으니 그녀의 뜻에 따른 적도 많았다. 따르지 않을 때에는 형식적으로나마 사과도 했었다.

물론 그건 멀쩡한 왕비 노릇을 하던 시절의 이야기였다.

"응. 입기 싫게 생겼던데."

아르노아는 툭 하고 대답했다. 따뜻했던 온실이 순식간에 싸늘하게 가라앉았다. 라리사의 입술이 순간적으로 떨렸다.

"전하! 어쩜 그런 말씀을…… 제 안목이 문제라는 말씀이신가요?"

"바로 그거야. 전부터 생각했지만 네 안목은 별로야."

아르노아는 경악한 여자들의 표정이 보이지 않는다는 듯 대답했다.

"나한테 못난 드레스를 골라 준 건 의도였다고 쳐도, 사실 네가 걸친 것도 과하게 화려해서 촌스럽단다."

"뭐, 뭐라고……."

"그럼, 어디 오늘은 무슨 쓰레기를 대접하는지 볼까?"

아르노아가 의자에 몸을 기대며 말했다. 입가에는 의도치 않은 미소가 떠올랐다.

'이거 좀 재미있는데?'

마음속에 있는 말을 다 털어놓는 것이 이렇게 후련할 줄은 몰랐다. 그냥 성격이 좀 더러워졌다는 소문을 내려던 것뿐인데, 쉬운 건 둘째 치고 재미있었다. 진작 좀 솔직하게 살아 볼 걸 그랬나. 왠지 건강에도 좋았을 것 같은 느낌이었다.

"어디."

아르노아는 앞에 놓인 찻잔을 검지로 툭툭 쳤다.

"아랫사람이 차도 안 따르고 뭐 하고 있지?"

타앙-!

찻잔을 내려놓는 라리사의 손이 부들부들 떨렸다. 그녀는 매섭게 치켜뜬 눈으로 아르노아를 노려보았다. 다른 여자들은 꿈꾸는 듯한 표정으로 두 사람을 번갈아 보고 있었다. 더 이상 커질 수 없을 것 같은 그들의 동공에는 한 가지 생각만 가득 찬 듯했다.

왕비가 드디어 미쳐 버렸다.

"흑, 흐흠! 전하, 제가 따라 드리겠어요."

그나마 정신을 차린 데이나가 자리에서 일어섰다.

"저도 전하의 시녀이니까요."

조금 전까지 아르노아를 '그 여자'라고 부르던 데이나는 꽤 적극적인 모습으로 찻주전자를 집어 들었다.

"그러렴."

아르노아가 거만하게 찻잔을 가리키는 순간 데이나와 라리사는 은밀한 시선을 주고받았다.

라리사가 보일 듯 말 듯 고개를 끄덕였고, 데이나는 그 모습이 어떤 사인이라도 되는 듯 찻주전자를 기울여 안에 들었던 분홍빛 액체를 아르노아의 잔에 넘치도록 부었다.

"전하, 아무래도 심기가 불편하신 것 같은데……."

그녀가 다정하게 말했다.

"향긋한 차를 죽 드시면 기분이 좋아지실 거예요."

"……그래?"

아르노아는 눈앞에서 방긋방긋 웃는 여자를 빤히 바라보았다.

얘가 내 시녀였나?

언젠가 인사를 받았던 것도 같은데, 그 후로 얼굴 한 번 비추지 않아서인지 기억도 제대로 나지 않았다. 그렇다고 누군지 모르는 건 아니고.

지난번 〈사랑과 배신〉을 보면서 과몰입을 한 나머지 극 중 악녀 이르니아를 향해 욕설을 지껄이다가 마지막 장면에서 펑펑 울었던 여자가 이 사람인 듯했다.

"데이나였나……. 참 살가운 시녀였구나."

아르노아가 말했다. 당연히 거짓말이었다. 흔들리는 눈동자 하며, 억지로 웃는 표정 하며, 보기에는 멀쩡한 차 속에 뭐가 들었기에 라리사와 티가 다 나도록 눈을 맞추는지.

"잘 마실게."

아르노아는 찻잔을 들어 올렸다. 향은 멀쩡했으나, 예쁜 분홍빛 액체는 조금 전에 봤던 모습보다 진하게 변해 있었다.

'찻잔에 뭘 발랐구나.'

아르노아는 피식 웃고는 잔을 입에 살짝 가져다 댔다.

"읍……."

다음 순간 그녀는 반사적으로 찻잔을 입에서 뗐다.

'매워.'

딱 한 방울을 입에 댔을 뿐인데, 순간 숨이 쉬어지지 않을 정도로 맵고 불쾌한 기운이 발끝까지 퍼졌다.

'오늘은 이를 갈았네.'

평소처럼 소금을 한 숟가락 넣는 정도의 장난이 아니었다. 한 모금을 다 마셨다면 분명 정신을 못 차리고 눈물부터 쏟았을 것이다.

"어머, 차가 마음에 안 드시나요?"

아니나 다를까, 곁눈으로 본 라리사는 노골적으로 아깝다는 표정을 짓고 있었다.

"그러지 말고 한 모금만 쭉 드세요, 전하."

그녀가 말했다.

"첫맛이 쓰지만 뒷맛은 달콤한 게 특징이랍니다."

"맞아요, 저희도 다 같은 차를 마시고 있는걸요."

데이나가 라리사를 거들며 보란 듯이 주전자의 차를 자신의 잔에 따르고는 잔을 쭉 비웠다. 아르노아는 쓴웃음이 나왔다.

독특한 차, 그 차와 상호작용을 하는, 찻잔 속의 투명한 약.

티파티에서 그녀를 욕보이는 일에 이렇게까지 열심일 필요가 있단 말인가. 아무래도 지난번 연극에서 있었던 일이 라리사의 가슴 속에 난난히 맺힌 모양이었다. 릭 타비엔에게 반쯤 미쳐 있던 데이나는 말할 것도 없고.

"……그래?"

그녀는 찻잔 속, 짙은 갈색으로 변한 액체를 바라보며 말했다.

"내게는 형편없는 차가 너희 입에는 잘 맞는다면, 아무래도 내 입맛이 이상한 모양이야."

차가워진 목소리를 의식한 사람은 아직 아무도 없었다.

"아시는군요."

라리사는 그녀를 똑바로 바라보며 말했다.

"그건 적응해야 하는 문제랍니다. 고급 차니까 더 드셔야만 해요."

"……."

"국왕 전하께서는 안목 좋은 여자를 사랑하시거든요."

그녀는 아르노아가 굴복할 때까지 절대로 물러서지 않을 것처럼 강하게 밀어붙였다. 바이나스를 언급하는 입가에는 승리자의 여유로운 미소마저 어려 있었다.

슥

아르노아는 한 손에 잔을 든 채 자리에서 일어났다.

"나를 생각해 줘서 고맙구나, 라리사."

그녀는 찻물이 넘실거리는 잔을 그대로 들고 천천히 라리사의 앞까지 다가갔다. 편하게 앉아 있던 라리사는 고개를 들어 아르노아를 올려다보았다. 시종일관 여유롭던 라리사의 눈동자에 순간 당혹감이 스쳤다. 왕비의 얼굴이 순간 낯설게 느껴진 탓이었다.

"왜…… 그러시죠, 전하?"

"소중한 시녀에게 선물을 하는 중이지."

아르노아는 천천히 찻잔을 라리사의 입가에 가져갔다.

"마셔. 수석 시녀에게 내리는 상이다."

그녀가 말했다.

"마침 네 입맛에 잘 맞는다니, 끝까지 다 마시렴."

짧은 순간 방 안에는 정적이 가득했다. 참석자들은 무슨 일이 벌어지고 있는지 미처 파악이 안 된다는 듯 두 사람을 번갈아 바라보았다.

"싫어요."

라리사가 불쾌하다는 듯 고개를 저었다.

"무슨 무례인지 모르겠군요, 전하."

그녀가 조금 붉어진 얼굴로 일갈했다.

"전하께 올린 차를 제가 왜 마시나요?"

그녀는 손으로 잔을 밀어 내며 코웃음을 쳤다.

"어머니를 부르겠어요. 아무래도 전하께서는 디르한의 예법을 더 배우셔야 할 것 같군요. 다짜고짜 먹다 남은 차를 마시라고 하다니……."

"라리사."

아르노아의 목소리가 그녀의 말을 끊었다.

"좋게 말할 때 마셔."

그 속에 깊이 밴 한기를, 이번에는 방 안의 모두가 느낄 수 있었다.

"저, 전하……?"

처음에는 호기심 어린 시선으로 구경만 하던 한 부인이 불안하게 입을 열었다. 그녀는 라리사의 먼 친척으로, 에스테아 백작으로부터 라리사를 보필하라는 명을 받은 사람이었다.

"호, 혹시 화가 나셨다면 조금 진정하시는 것이 어떠세요?"

그녀는 데이나에게 눈짓하며 말했다. 상황이 심상치 않음을 깨달은 탓이었다. 데이나는 바로 이해한 듯 부리나케 누군가를 찾으러 온실을 빠져나갔다.

"그럴 수도 있겠죠, 노르만 부인."

아르노아는 대수롭지 않게 대답했다.

"하지만 싫어요."

덥석-

아르노아는 말을 끝냄과 동시에 한 손으로 라리사의 양쪽 뺨을 잡아 입을 벌렸다.

"우으으으윽?"

억지로 고개를 치켜든 라리사의 눈이 동그랗게 커졌다. 입도 같은 모양으로 벌어졌다. 헉 하는 소리가 온실에 울려 퍼졌다. 지켜보던 모든 이의 안색이 창백해졌지만 누구도 아르노아를 말리지는 못했다.

왕비를 조롱할 수는 있어도, 말로 진정시킬 수는 있어도, 몸으로 뜯어말릴 수는 없는 노릇 아니겠는가.

"어, 언아…… 우은 짓……?"

라리사는 버둥거리며 벗어나려 했지만 앉은 상태에서 얼굴이 위로 들리자 몸이 잘 움직여지지 않았다.

"향긋한 차를 쭉 마시면 기분이 얼마나 좋아지는지 보자꾸나."

주르륵—

잔에서 넘실거리던 갈색 액체가 속절없이 라리사의 목구멍 안으로 부어졌다.

"으읍!"

라리사가 저항했지만 아르노아는 손에 더욱 힘을 주어 그녀의 입을 열었다.

"안목을 키워야 할 거 아니니."

"으브브븝!"

찻물은 콸콸 소리까지 내며 마지막 한 방울까지 버둥거리는 라리사의 입 속으로 들어갔다. 아르노아는 그제야 잡았던 뺨을 놓아 주었다.

"커허헉! 켁! 콜록!"

라리사는 자유가 됨과 동시에 라리사가 몸을 앞으로 접으며 기침을 토해 냈다.

"컥! 콜록, 콜록! 허어어억! 매워! 매워어어!"

주체할 수 없이 기침하던 그녀는 눈물에 콧물까지 주룩주룩 쏟으며 테이블을 더듬었다.

"물!"

척. 눈물로 시야가 흐려진 사이 누군가가 그녀에게 잔 하나를 쥐여 주었다.

"꿀꺽…… 콜록!"

그녀의 손에 들어온 것은, 아르노아가 손수 다시 따라 준 차였다.

"아아아악! 퉤!"

라리사는 입으로 불을 뿜을 것처럼 소리치더니 다시 눈물을 쏟아 내며 가슴을 퍽퍽 쳤다. 앉아 있던 모든 이의 입이 쩍 벌어졌다. 눈앞에서 벌어진 일을 믿을 수가 없었다.

참을성 많던 왕비가 화를 내는 것도 희한한데. 남편과 바람난 시녀를 응징하는 것까지는 그렇다 쳐도, 이렇게까지 직접적이고 무식한 방법을 쓰는 사람은 아무도 본 적이 없었던 탓이었다.

"저, 전하……."

누군가 애써 충격에서 벗어나 정적을 깨려던 참이었다.

벌컥-!

그날 두 번째로 온실의 문이 불쑥 열렸고, 화려하게 치장한 귀부인 한 명이 다급하게 뛰어 들어왔다.

"라리사!"

무서운 기세로 쳐들어온 그녀는 테이블에 얼굴을 박고 기침하는 라리사를 본 순간 찢어질 듯 비명을 질렀다.

"라리사, 내 딸아!"

귀부인은 라리사의 어머니이자 아르노아의 예법 스승인 에스테아 백작부인이었다.

"얘, 이 어미의 얼굴을 보거라! 감히 누가, 누가 너를 이 꼴로 만들었단 말이야!"

백작 부인은 옆에 누가 있는지 아랑곳하지 않고 라리사의 등을 두드렸다.

"어, 어머니…… 콜록!"

라리사가 겨우겨우 눈물과 콧물을 닦아 내며 말했다.

"불쌍한 내 딸, 누가 그랬느냐?"

라리사의 떨리는 손가락이 아르노아를 가리키자 백작 부인은 매섭게 고개를 돌렸다. 그녀의 시선이 아르노아의 손에 들린 빈 찻잔으로 향했다.

"이게 대체 무슨 짓입니까!"

백작 부인은 귀청이 떨어질 듯한 목소리로 고함을 쳤다.

"보면 모르나요?"

아르노아가 퉁명스럽게 대답했다.

"라리사가 내게 준 찻물이 이상해서, 내가 그걸 라리사의 입에 넣어 줬답니다."

백작 부인이 몰라서 물은 것이 아님을 알면서도 아르노아는 또박또박 대답했다. 뭐 어때. 좋은 말로 한다고 친절해질 사람도 아니고.

"반응을 보니 내가 안 마시길 참 잘했군요."

"야만스러워요! 어쩜 그렇게 폭력적인 대처를 할 수가!"

부인은 분노로 이글거리는 눈으로 한 손에 들려 있던 부채를 들어 올렸다.

"교육의 부실입니다. 벌을 내리겠어요, 왕비 전하."

바이나스가 직접 하사한 그녀의 부채는 평범해 보였지만 자세히 보면 아니었다. 양 끝이 검고 묵직한 나무로 되어 있어서 반들거렸고, 접으면 무척 단단하고 무거웠다.

뼈마디를 맞으면 부어오를 정도로.

"손등을 이리 내세요."

그녀가 꼿꼿한 자세로 말했다.

"세 대를 때리겠습니다."

처음 있는 일이 아니었다. 그녀는 엄격한 스승의 이름으로, 왕비가 어리고 미숙하다는 핑계를 대 아르노아에게 체벌을 가했었다.

"어서요."

바이나스가 눈감아 줄 것을 알기에 하는 행동이었다.

"부인과 라리사는 참 많이 닮았군요. 쓸데없을 정도로 말입니다."

아르노아는 속마음을 그대로 입 밖에 내며 순순히 손등을 내밀었다. 말뜻을 정확히 이해하지 못한 백작 부인은 고개를 갸웃했으나, 곧 쭉 내민 아르노아의 손등을 보고 부채를 높이 들었다.

"하나!"

그녀는 근엄하게 기합을 넣으며 부채를 밑으로 내리쳤다.

슉

접힌 부채의 한쪽 면이 손에 닿기 직전, 아르노아는 내밀었던 손을 제 앞으로 쏙 회수했다.

이거, 꼭 한번 해 보고 싶었는데.

따아아악!

"아아악!"

부서질 수 없는 딱딱한 부채가 더 딱딱한 대리석 테이블과 만나는 순간, 꺾인 것은 백작 부인의 손목이었다.

"아파!"

그녀는 조금 전 딸이 그랬듯 비명을 지르며 제 손목을 움켜잡았다. 헉 하는 소리가 온실 한구석에서 들렸다. 차 한잔하며 가십이나 주고받으러 왔던 여인들의 얼굴이 하얗게 질려 있었다.

"어머, 조심 좀 하시 그랬나요. 힘 조절이 안 되었던 모양이군요."

아르노아는 백작 부인의 덜덜 떨리는 손목을 힐끗 보며 건성으로 말했다.

"빨개지긴 했어도 안 부러졌네."

뭐, 부러진들 대단히 미안하지는 않았겠지만.

"흐읍…… 이게 대체 무슨 짓입니까!"

"아무 짓도 안 했어요. 매를 맞으려던 순간 손이 가려웠던 것뿐인데."

그녀가 말했다.

"누가 무식하게 대리석 테이블을 부채로 내려치라 하던가요."

뭐, 틀린 말은 아니지 않은가. 직접 손목을 잡아 비튼 것도 아니고.

"전하께서 일부러 손을 빼는 걸 내 눈으로 봤는데 말도 안 되는 소리!"

"아, 봤나요?"

"정말 지난 2년 동안 아무것도 못 배우셨군요!"

찌릿한 통증을 참으며 백작 부인이 윽박을 지르자 아르노아는 태연히 고개를 끄덕였다.

"부인의 말이 맞습니다."

"뭐, 뭐라고요?"

"부인의 말처럼 저는 부인에게서 아무것도, 정말 아무것도 못 배웠답니다."

아르노아는 조금의 부끄러움도 없는 듯한 얼굴로 대답했다.

"다만 황궁 예법 딱 하나는 기억이 나네요."

그녀가 무언가 떠올리는 표정으로 말을 이었다.

"왕실 살림은 원래 왕비의 책임이라면서요? 고용인을 고용하고 자르는 걸 포함해서."

아르노아의 말에 에스테아 백작 부인이 찌푸려진 얼굴에 더욱 인상을 썼다.

"대체 무슨 말도 안 되는 소립니까! 내 당장 국왕 전하께……."

"뭐긴요."

아르노아의 눈빛이 순간 상대를 얼릴 듯 싸늘하게 변했다. 순간적으로 에스테아 백작 부인의 몸이 굳었다.

"당신은 해고예요, 에스테아 백작 부인."

그녀가 또박또박 말했다. 테이블 반대편에서 눈을 동그랗게 뜨고 앉아 있는 여인들의 귀에도 확실히 박히도록.

"무, 무슨…… 무슨 근거로……."

백작 부인은 자신이 들은 말을 믿지 못하겠다는 듯 고개를 저었다.

"근거는 무능이에요. 비싼 급료 받아 가면서 2년 동안 아무것도 못 가르치다니, 쯧."

그녀는 정말로 실망이라는 듯 고개를 절레절레 저었다.

"그, 그건 다 왕비 전하 탓이 아닙니까! 배운 사람이 전하이시면서……."

백작 부인이 씩씩거리며 소리쳤다.

"그러니까, 내가 이렇게 폭력적인 사람이 안 되도록 잘 가르치지 않고 뭐 했느냐는 말이에요. 제자를 잘 이끄는 것이 스승의 역할 아닌가요?"

"그, 그건……."

그녀의 얼굴이 심하게 뒤틀렸다. 고통 때문인지, 약이 올라서인지 구분이 잘 가지 않았지만 이는 중요하지 않았다.

"아, 그리고. 이제 방해할 명분도 사라졌으니 하던 일을 마저 해야겠군."

아르노아가 옆에 있던 라리사를 향해 고개를 휙 돌렸다. 두 모녀는 대꾸조차 못 하고 벙 찐 상태였지만 딱히 봐줄 생각이 들지는 않았다.

"라리사."

그녀는 말과 동시에 테이블에 남아 있던 찻주전자를 통째로 들어 올렸다. 아직 안에는 액체가 조금 남아 있었다. 아르노아는 빙긋 미소 지었다.

주르륵-

그녀는 겨우 진정된 라리사의 머리 위로 주전자 속에 남은 모든 것을 쏟았다.

"까아아아아악!"

라리사가 귀청이 떨어질 듯 큰소리로 비명을 질렀다.

"이게 대체 무슨 미친 짓이야!"

찻물을 뒤집어쓴 상태라서인지 그녀는 더욱 처절해 보였다.

"매운 차를 부어 주면 다시 정신을 차릴까 싶어서. 아니라면 됐다."

딸각.

아르노아는 찻주전자를 테이블에 도로 내려놓았다.

"미쳤어! 당신은 미쳤어요! 내게 이런 짓을 해도 되는 줄 알아요?"

"목청까지 닮았군."

펄펄 뛰는 라리사의 윽박에 아르노아가 귀를 막는 시늉을 하며 말했다. 헝클어지고 젖은 채 흘러내려 눈을 다 가려 버린 머리칼 사이로 그녀의 눈이 흉흉하게 번뜩였지만 그다지 섬뜩하다는 생각은 들지 않았다.

"라리사."

아르노아는 여느 때보다도 더 밝은 목소리로 시녀에게 다시 말을 걸었다.

"……."

"너도 잘리고 싶지 않다면 실직한 에스테아 백작 부인을 집으로 돌려보내렴."

그녀는 입술을 잘근잘근 씹으며 자신을 노려보는 시녀에게 태연하게 명령했다.

"파티가 엉망이 됐군요."

아르노아는 손님들에게 시선을 돌리며 말했다. 한 명도 빠짐없이 토끼 눈이 되어 있던 그들이었지만, 그중 일부는 상황을 마무리하려는 아르노아의 모습에 고개를 끄덕이고 있었다. 잠깐 왕비의 머리가 어떻게 됐었지만, 이제는 나름대로 해명을 할 모양이었다.

"제가 오기 전까지는 꽤 즐거우셨던 모양인데 말이죠."

"아…… 예, 뭐."

사과할 것 같은 왕비의 모습에 몇몇 여인들이 자세를 바로 했다. 누군가는 열심히 눈을 굴리며 아르노아의 뜻을 헤아리려 애쓰는 듯도 했다.

고생 끝에 드디어 각성한 왕비가, 시녀를 타도하고 그녀의 추종자들을 자신의 세력으로 흡수해 중용한다. 충격받은 와중에도 이런 시나리오를 상상한 듯, 그들 중 몇은 아르노아를 향해 눈을 빛내기도 했다.

"하지만, 솔직히 별로 안 미안하답니다."

아르노아는 그들의 기대를 산산이 부수며 말했다.

"이딴 파티에 참석하는 사람들한테는 진작 정이 떨어져서 말이지."

참석자들의 얼굴이 다 함께 멍해진 순간, 아르노아는 몸을 휙 돌렸다.

저벅, 저벅.

여전히 기침을 뱉어 내는 라리사, 그리고 손목을 부여잡고 씩씩거리는 에스테아 백작 부인을 두고 그녀는 온실 문을 나섰다. 왔을 때와 마찬가지로 혼자였지만 표정은 홀가분하게 바뀌어 있었다.

아, 시원해.

아르노아는 나가는 길에 손을 뻗어 장미 한 송이를 꺾었다. 기분이 좋아지자 보기 싫던 온실 속 꽃들마저 예쁘게 보였던 까닭이었다. 그녀는 참지 않고 씩 웃었다.

되갚아 주는 것이 이렇게 재밌을 줄 알았다면 진작 복수했을 텐데.

\* \* \*

"크하하하하하핫!"

뱀은 걸터앉은 나무를 쾅쾅 치며 웃음을 터뜨렸다. 루카가 그를 정신 나간 사람 보듯 보면서 얼굴을 찌푸렸다.

"자제 좀 하십쇼, 스승님. 여기 왕궁 안이에요."

"아 뭐 어때, 안 보일 텐데."

"제 은신술은 한계가 있단 말입니다. 소리는 완벽하게 차단이 안 된다고요."

루카가 투덜거렸다. 은신술은 그가 뱀에게서 전수받은 마법 중에도 자신이 가장 뛰어나게 구사하는 마법이었다. 그럼에도 루카의 이마에는 땀이 송골송골 맺혀 있었다.

"도와주지도 않으면서……"

체력 소모가 심한 마법이어서인지, 아니면 그냥 귀찮아서인지 벨은 조금의 힘도 보태지 않고 있었다.

"훈련이 싫으면 언제든지 말해라."

"아니, 아니야, 그건 아니고요!"

웃음을 멈추고 협박 섞인 눈으로 자신을 보는 벨에게 루카가 양손을 내저었다.

"하아…… 티파티가 뭐가 그렇게 웃기다고."

"넌 안 봐서 모르겠지."

벨이 약 올리듯 말했다.

"스승님이 안 보여 주셨잖습니까. 저도 보고 싶었는데요."

"어. 나만 볼 거다. 억울하면 너도 묘안석 하나 구해 오든가."

벨은 손에 턱을 괴고 아까의 순간을 다시 떠올렸다. 알레산드라이트 묘안 석으로 만든 아티팩트는 또 다른 눈과 같았기에, 그는 아르노아가 티파티에서 무슨 짓을 했는지 전부 볼 수 있었다.

찻물을 뒤집어쓴 라리사, 약이 올라 부들부들 떨던 그 어머니.

충격으로 질려 버린 참석자들의 얼굴들.

모두 진귀한 구경거리였다.

"보는 재미가 있는 여자야."

하지만 그가 가장 마음에 들었던 것은 그런 것이 아니었다.

"그 성격에 어떻게 그렇게 오래 참았었는지."

충격을 받아 흔들리는 라리사의 눈동자, 그 안에 비친 아르노아의 얼굴이 마음에 들었다. 평생 억눌렀던 분노를, 처음으로 참지 않고 전부 터뜨리는 모습이.

"왜, 이제 안 참겠대요?"

"그래. 믿기 어려울 정도로 솔직해졌더군."

"대책 없는 솔직함은 비마법사에게는 독이던데요. 다 그렇게 죽던데."

"누가 대책 없다고 그래. 그 여자는 다 계획이 있다."

그가 편들듯 말하자 루카가 어깨를 으쓱했다. 하지만 벨은 사실만 말하고 있었다.

아르노아가 재미있는 이유 중 하나는, 그 응축됐던 화를 터뜨리면서 한 순간도 이성을 놓지 않았다는 사실이었다. 그녀의 분노는 독했지만, 한편으로는 그 안에 어떤 우아함 같은 것이 있었다. 끝까지 지켜보고 싶은 묘한 사람이었다.

"계획이 있으면 안 좋은 거 아닙니까?"

루카가 눈치 없이 또 끼어들었다.

"내기하셨다면서요? 그 여자가 제대로 이혼을 못 해야 영혼석을 얻는다면서요?"

"너 좀 시끄러워졌구나. 저리 떨어져라."

벨이 루카의 등을 툭 밀어 그를 나무에서 떨어뜨렸다.

"악! 무슨 짓입니까! 이 악당!"

그는 계속해서 시끄럽게 종알거리면서도 재빨리 무언가로 변신해 나무 기둥에 달라붙었다.

"아무튼…… 계속 지켜볼 거니까 그렇게 알아."

벨이 중얼거렸다. 그의 시선은 이제 아르노아의 손에 들린 장미에 향하고 있었다. 검붉다고 할 정도로 새빨갛고 열정적인 그 색은 아르노아와 완벽히 어울리지 않았다.

장미가 조금만 더 차가웠다면, 우아했다면…… 아르노아를 닮았더라면 아름답겠다 싶은 생각이 들었다.

* * *

"으흐흐흐흑!"

라리사가 침대에 엎드린 채 울음을 토해 냈다.

"흐흐흐흐흐흑!"

바이나스는 그녀의 등을 쓸어 주며 한숨을 쉬었다.

"라리사, 그만 울거라."

"전하께서는 화도 안 나십니까?"

그녀가 말했다. 베개에 뭉개져서 바이나스의 귀에 뚜렷하게 들리지는
않았지만 대충 그런 뜻인 듯했다.

"왕비 전하가 제게 무슨 짓을 했는지 듣고도요?"

"당연히 화가 나지!"

바이나스가 격하게 고개를 끄덕이며 말했다.

"그럼 왜 그 여자를 당장 쫓아내지 않으시는 겁니까? 라리사를 향한 애
정이 식으신 건가요?"

"아니, 그럴 리가 있느냐!"

그가 다급하게 외쳤다.

"어려서부터 말하지 않았느냐! 너는 내 첫사랑이자 마지막 사랑이야!"

그 말에 라리사는 겨우 몸을 일으켰다. 침대에 걸터앉은 두 사람은 갑
작스럽게 서로를 꽉 껴안았다. 누가 보면 웃을 정도로 극적인, 닭살 돋는
모양새였지만 두 사람은 허구한 날 하는 짓이었다.

"안타깝구나. 운명이란 어찌 우리에게 이리도 가혹할까."

바이나스가 심각하기 짝이 없는 표정으로 말했다. 두 사람밖에 없는 공간
에서 쓰기에는 조금 큰 목소리로.

"신께서 우리를 질투하는 것이 분명해요! 아아, 왜 우리를 갈라놓으려
할까."

라리사가 과장되게 흐느끼며 그의 말을 받았다. 연극을 너무 많이 봐서인
지, 두 사람은 종종 연극 대사 같은 대화를 주고받았다. 너무 극적이라 부
자연스럽고, 다른 이가 들으면 손발이 오그라들 그런 말투. 물론 두 사람은

자신들의 대화가 이상하다는 사실을 눈치채지는 못했다.

"전하, 왕비 전하가 어떻게 제게 그런 짓을 할 수 있죠?"

여전히 흥분한 상태로, 라리사가 말했다.

"맵고 역한 냄새가 몸에서 빠지지 않는단 말이에요."

"안 그래도 요즘 좀 미친 것 같더구나."

바이나스가 눈썹에 힘을 주고 말했다.

"내가 있는데 다른 남자를 잘생겼다고 극찬하지 않나……."

"전하! 지금 질투하시는 거예요?"

라리사가 소리를 빽 질렀다.

"왕비 전하를 진짜 부인으로 대한 적 없다면서요. 다른 남자를 칭찬하는 게 뭐 어떻다고 지금까지 그 말씀을 하세요?"

"그런 게 아니라."

바이나스가 그녀를 달래듯 바라보았다.

"정신이 나간 짓 같아서 하는 말 아니겠느냐. 사실도 아니고."

그가 슬쩍 벽에 걸린 거울을 보며 말했다.

릭 타비엔이 디르한 최고 미남이라니, 그 여자는 정신만 이상한 게 아니라 눈도 이상했다.

라리사는 눈을 한 번 굴리고는 다시 그의 소매를 잡아당겼다.

"전하, 그럼 왜 벌을 주지 않으시는 건가요?"

"그게…… 줄 수 있는 벌은 나도 줬다. 하녀의 수를 줄이고, 먹을 것도 좋은 것을 주지 않고."

"아무 변화가 없던데요?"

"타격이 없는 건 나도 어쩔 수 없다. 그 여자는 원래부터 하녀들이 관심을 두지 않는 춥고 낡은 방에서 좋지 않은 음식을 먹으며 살고 있지 않느냐."

바이나스는 치켜뜬 라리사의 눈을 보고 당황한 듯 말했다.

"게다가 차에 문제가 있었던 것 자체는 사실이라서……."

"실수였잖아요!"

"물론 실수였지. 하지만 왕비의 음식을 가지고 실수한 시녀를 벌한 건 그렇게까지 문제 삼기가……."

"왕비가 미친 언행으로 왕실의 품위를 추락시켜서 이혼당한 사례가 있다 면서요."

라리사는 포기하지 않고 바이나스를 몰아붙였다. 이혼을 입에 담는 그녀의 눈동자가 번뜩였다.

"그건 다른 남자의 아이를 낳아 버려서 그런 거야."

바이나스는 여전히 어렵다는 표정으로 고개를 저었다.

"안타깝지만 겨우 한 번의 잘못으로 결혼을 깰 수는 없다."

"하지만 예법서에는……."

"왕국 예법서를 착실히 따르자면 왕비에게 무례한 시녀가 오히려 큰 벌을 받아야 해."

바이나스는 안타깝다는 듯 말했다.

"네 어머니도 마찬가지다. 스스로 무능을 인정해 버렸으니 해고를 막을 방법도 없었어."

설명을 겨우 마친 바이나스가 작게 한숨을 쉬었다. 솔직히 말하면 그는 아직 이혼 생각이 없었다. 대륙을 지배하는 것은 카이시온 제국이었고, 디 르한은 수십 개나 되는 제후국 중 하나였다.

디르한을 비롯한 대부분 제후국의 왕족은 오래전 제국 황제의 명령으로 오지에 파견되었던 신하의 후손들이었다. 즉, 그들의 권력은 다 제국 황실 에서 나온 셈이었다.

그가 제국의 사위 자리를 차지하려고 루시아노 황제에게 얼마나 알랑 거렸는데. 게다가 아르노아를 박대하면서도 곁에 두는 것은 바이나스에게 묘한 만족감을 주었다.

황제보다 더 대단한 피를 타고났다는 그녀가 자신의 한 마디에 쩔쩔맨다는 사실을 확인할 때마다 얼마나 자신감이 생겼던가. 라리사를 사랑하긴 했지만, 아직 그 자리를 놓아 버릴 만큼은 아니었다.

"너를 보호하려는 내 마음을 모르겠느냐?"

그가 라리사를 꽉 껴안으며 말했다.

"그럼 행동으로 보여 주셔야죠!"

그녀는 바이나스를 밀어 내며 말했다.

"그 여자를 가만히 두면……."

"가만히는 안 둘 거다."

그가 비틀린 미소를 지으며 속삭였다.

"암, 가만둘 수야 없지. 나의 라리사를 울린 여자를 말이야."

라리사의 얼굴에 화색이 돌았다.

"그 말씀은, 그럼……."

"다가올 영혼들의 축제에서 똑똑히 보여 주겠다. 너를 건드리는 게, 나를 거스르는 게 얼마나 큰 실수였는지 말이야."

그가 음산하게 웃었다.

머릿속은 벌써 아르노아를 망신 줄 생각으로 즐거웠다. 오만한 그녀가 결국 바이나스의 앞에서 무너지는 모습이 보고 싶었다.

"기억에 남을 구경거리를 보여 줄 테니 잘 봐 두거라."

그가 라리사의 귀에 무언가를 더 중얼거렸다.

\* \* \*

아르노아는 벽에 걸려 있던 새빨간 벨벳 드레스를 입고 거울에 비친 자신의 모습을 보았다.

"하아…… 잘도 골랐네."

보기 싫고 안 어울렸다. 색깔이야 그냥 아르노아에게 안 어울리는 정도였지만, 디자인은 작정하고 만든 것처럼 못났다. 덕지덕지 100개쯤 달린 커다란 리본에 레이스에, 박음질은 마치 아이가 한 것처럼 지저분했다. 치맛단에 기어코 단 보라색 진주알 같은 장식은 또 뭔가. 싼 티가 흘렀지만, 한편으로는 돈 주고도 못 구할 정도로 희한해 보였다.

아르노아는 타고난 외모가 상당히 아름다운 편이었지만 거울 속의 여자는 여러 시대의 촌스러움을 다 합쳐 놓은 이상한 사람으로만 보였다.

"나쁠 것도 없지."

그녀가 혼잣말을 중얼거리며 옷을 벗으려던 순간이었다.

휘익- 드륵.

잠가 두었던 창문이 벌컥 열리고 고양이 한 마리가 뛰어 들어왔다.

"야옹."

하얀 털에 동그란 점박이 무늬가 있는 그 녀석은 무언가 불쾌한 상황이 있는 듯, 아르노아의 침대 위로 뛰어올라 시끄럽게 울었다.

"벨?"

그녀가 손을 뻗어 머리를 쓰다듬자 잠시 눈을 꾹 감았던 녀석은 다음 순간 펑 하는 소리와 함께 형체를 바꾸었다.

"함부로 맹수를 쓰다듬으면 위험하다고 하지 않았나?"

벨은 침대에 걸터앉은 채로 물었다. 날카로운 은회색 눈이 그녀를 올려다보고 있었다. 다만 그녀의 손이 여전히 벨의 머리 위에 있어서인지, 그는 전처럼 매서워 보이지는 않았다.

"맹수가 아니라 고양이인데."

"고양이도 맹수다!"

그가 으르렁거렸다.

"크기가 작아서 귀여워 보일 뿐. 새나 곤충, 작은 쥐 같은 짐승들 사이에서는 사신과도 같은 두려운 존재지."

"그 사실이 정말 뿌듯한 모양이네."

"그리고 내가 표범으로 오겠다고 했잖아."

아르노아가 그다지 겁을 먹지 않은 듯하자 벨은 조용히 덧붙였다.

"안 돼. 그러면 내가 이상한 의심을 받을 거란 말이야."

벨은 할 말이 없는 듯 입을 꾹 다물고 그녀를 빤히 바라보았다. 아르노아는 무심코 벨의 머리 위에 올려져 있는 손가락을 다시 한번 흔들었다.

"……머리 함부로 쓰다듬지 말라니까."

"그럼 만져 줄 때마다 눈을 감지 않으면 되잖아."

벨은 막 감기려는 눈을 부릅뜨고 머리를 흔들어 아르노아의 손을 뿌리쳤다. 그의 얼굴은 불만으로 가득 차 있었다.

"뭐가 문제야?"

"목걸이. 빼지 말라고 했을 텐데."

"아……."

아르노아는 화장대 위에 놓인 묘안석 목걸이를 바라보았다.

얘 혹시 고양이가 아니라 개과 아닌가?

겨우 몇 분 안 보였다고 득달같이 쫓아와서 뭐라고 하는 거 봐.

"내기가 끝날 때까지 너를 살려 놓으려면, 매 순간 내 시선이 닿아 있어야……."

"거울 앞에서 옷 갈아입으려고 그랬는데."

아르노아가 간단하게 대답했다.

"옷 갈아입는 것도 꼭 봐야 해?"

눈처럼 하얗다고 생각했던 벨의 얼굴이 확 붉어졌다.

"옷……을 갈아입어?"

그의 동공이 거세게 흔들리고 미간이 찌푸려졌다. 왠지 기분이 상한 게 아니라 다른 감정을 티 내지 않기 위해 억지로 만든 듯한 표정 같아 보였다.

"내가 변태도 아니고, 그런 걸 왜 보고 싶어 해?"

"변태 아닌 것 같아서 빼 놨지."

아르노아는 늦게나마 다시 목걸이를 걸었다.

인기도 많았다더니, 뭐 저렇게 순진해?

농담 한마디에 목부터 귀 끝까지 붉어진 저 얼굴이 악명 자자한 마탑주라니.

"됐어? 그렇게 중요하면 앞으로는 안 빼 놓으면 되잖아."

"해괴한 소리. 옷 갈아입을 때는 빼도록 해."

벨은 여전히 붉은 얼굴로 반박했다.

"……그리고 대체 뭘 입고 있는 거지?"

그가 가리킨 것은 아르노아의 드레스였다.

"뭐긴, 사랑하고 존경하는 남편께서 내게 하사한 사랑의 표시이자, 앞으로 내가 목숨처럼 소중히 여겨야 할 보물이지."

"못생겼는데."

"나도 그렇게 생각해. 그리고 싸구려야."

아르노아는 한숨을 내쉬며 말했다. 비마법사들과 달리, 마법사들은 억지로 가식을 떨지 않아도 누가 잘 건드리지 못해서인지 원래 말을 투박하게 던지는 경향이 있었다. 그러니까, 어찌 보면 아주 믿을 만한 평가인 셈이었다.

"영혼들의 축제에 입을 의상이야. 100년 전에 죽은 왕실 대고모와 같은 모습으로 분장해 달라더군."

"무슨 축제?"

"영혼…… 영혼들이 돌아다닌다고 알려진 축제야. 그 사이에서 누가 인간인지 구분하지 못하도록, 가면을 쓰거나 평소와 다른 복장을 하는 날이지."

그녀는 대륙 전역에서 유행하는 축제를 간단하게 요약해 설명했다.

실제로 영혼들이 나온다고 믿어서라기보다는 가볍게 즐기기 좋은 날이었다. 연인들에게도 즐거운 날이라서 라리사가 유독 좋아하기도 했고.

벨은 별것이 다 있다는 듯한 표정이었다.

"꼭 그걸 입어야 하나? 다른 옷이 없어?"

"말했잖아. 바이나스가 특별히 줬다고. 그건 오늘 밤 연회에 꼭 이 옷을 입어야만 한다는 뜻이야."

아르노아는 거울을 한 번 더 들여다보며 냉소를 지었다.

아까 한 말은 일종의 비아냥거림이었지만, 사실 옷 선물이 바이나스의 사랑의 증표인 건 틀린 말도 아니었다.

사랑의 대상이 라리사였을 뿐.

아르노아가 몇 번 이상한 행동을 했다고 화가 단단히 난 그는 라리사에게 보여 주기 위해서라도 아르노아에게 망신을 주려는 심산이었다. 딱 라리사가 좋아하는 방식으로.

성장기에 무슨 일을 겪었는지 모르겠지만 참으로 비뚤어진 성격들이었다. 그래서 바퀴벌레 한 쌍처럼 어울리는 것일 테지만.

"걱정 마. 미친 왕비가 옷을 너무 예쁘게 입으면 그것도 안 어울리거든. 이거면 내 복장으로 괜찮아."

아르노아가 익숙하다는 듯 웃자 벨의 얼굴이 더 찌푸려졌다. 이번에는 억지로 그런 게 아니라 진짜 불쾌한 구석이 있어 보였다.

"그대는…… 미치지 않았는데 계속 미쳤다고 하는군."

"응?"

"시녀가 주인을 모욕해서 벌을 준 것이 미친 짓인가?"

"그건 아니지만……."

아르노아는 의아한 표정으로 눈을 몇 번 깜빡였다. 어쨌든 미쳤다는 소리를 듣기 위해 하는 행동이니 그렇게 말한 것 아닌가. 벨이 왜 그 부분에 불만을 갖는지 도무지 이해가 가지 않았다.

"그럼, 온 나라 사람의 찬양을 받는 배우가 잘생겼다고 한마디 하는 게 미친 짓인가? 국왕은 정부를 끼고 사는데."

"……아니."

"스승 같지도 않은 스승을, 절차대로 쫓아낸 것도 미친 짓은 아니지."

"그건 그런데……."

아르노아는 조금씩 할 말이 없어지는 것을 느꼈다. 벨의 말은 틀리지 않았다. 그 행동들은 사실 꽤 상식에 맞는 것이었으니까. 그저, 오랫동안 억눌러 왔다 보니 감정을 드러내기만 해도 수월하게 미친 사람 취급을 받았을 뿐.

"의도는 알겠어. 여기서는 그대가 그 정도의 행동만 해도 미친 사람 취급을 받는다는 것도."

벨이 몸을 슥 일으키며 말했다. 이제는 아르노아가 그를 올려다봐야 했다. 예고도 없이 성큼 다가와 있는 벨을.

"하지만 혼자 있을 때까지 스스로를 그렇게 부르는 건 쓸데없어 보이는군."

그는 팔짱을 낀 채 아르노아를 빤히 쳐다보았다.

"……왜 안 돼?"

아르노아의 물음에 그는 고개를 살짝 기울이며 대답했다.

"말하면서 스스로도 화가 치밀지 않나?"

그는 왜 그 당연한 사실을 굳이 말로 해야 하는지 모르겠다는 듯 말했다.

"인간인 이상, 그대 안에도 억울함이라는 게 있을 거 아닌가."

말을 마친 그는 여전히 물러서지 않은 채 그녀를 바라보고 있었다. 아르노아도 눈을 동그랗게 뜬 채 그 시선을 피하지 않았다.

신기했다. 마법사는 감정에 둔하다며.

'마법이 없었으면 그들은 사람 기분 못 살피고 솔직한 소리만 늘어놓다가 진작 두들겨 맞아 인류에서 사라졌을 거야.'

……가, 그들에 대한 아나킨의 분석이었다.

말하자면, 신이 그들을 불쌍히 여겨 나쁜 눈치에도 불구하고 살아남을 수 있도록 능력을 주었다는 것이었다. 하지만 눈앞의 이 남자는 다른 누구도 짐작하지 못했던 아르노아의 속마음을 짚었다.

　맞다. 그녀는 사실 조금 억울했다. 아직은 한 것도 별로 없는데, 미친 사람 소리를 듣는 것이 이렇게 수월하다는 것이. 애초에 황실 출신의 왕비 자리는 그런 것이었음을 진작 깨달았지만 억울한 마음은 그 자리에 있었다.

　"……그래, 알았어."

　그녀가 작게 대답했다.

　"이제 안 할게. 난 안 미쳤으니까."

　말을 뱉는 순간 마음이 한층 편해졌다. 그 사실을 눈치챘는지, 아니면 그냥 아르노아가 자신의 말을 듣는 것이 만족스러웠는지, 벨은 믿을 수 없을 만큼 예쁘게 웃었다.

　"오늘 밤이 연회라고 했지?"

　"맞아. 바퀴벌레 한 쌍이 무슨 짓을 벌이든 다 각오했으니 너무 걱정은 마. 목걸이 하고 있을 테니 너도 볼 수 있을 거야."

　"……초대장은 작위를 가진 귀족들에게만 전달되나?"

　벨이 뜬금없는 질문을 했다.

　이제 그의 행동을 예상하는 것이 의미 없다고 판단한 아르노아는 놀라는 대신 그냥 고개를 끄덕였다.

　"그래. 작위를 가졌거나, 그런 사람의 먼 친인척이라도 되거나, 아니면 왕실의 사용인이거나. 그렇지 않으면 들어올 수 없는 연회야."

　벨은 고개를 끄덕였다. 하지만 돌아서서 나가지는 않았다. 대신 무언가 원하는 것이 있는 듯 방 한구석으로 시선을 옮겼다.

　"……왜?"

　그의 시선을 따라가자, 그곳에는 전에 라리사의 온실에서 꺾어 온 붉은 장미가 꽂혀 있었다.

"저거 나 줘."

벨이 툭 하고 내뱉었다.

"……꽃을 달라고?"

"응."

아르노아는 황당하다는 표정으로 그와 장미꽃을 번갈아 보았다. 어쩌면 이 남자는 자기와 안 어울리는 말만 할까.

"장미가 가지고 싶으면 아무 데서나 꺾으면 되는 거 아니야?"

"싫어. 난 그대가 꺾은 것이 가지고 싶어."

그는 하찮은 새 깃털을 잡겠다고 떼를 쓰는 고양이 같은 얼굴로 그녀를 바라보았다.

"저 꽃. 그대가 가진 것. 저기 있는 장미를 줘."

"……너 애야?"

아르노아는 투덜거리면서도 화병에서 장미를 뽑아 그에게 건넸다. 벌써 시들시들해진 걸 가져가서 뭐 어쩌겠다고. 하지만 벨은 흰 치아가 드러나도록 씩 웃으며 꽃을 받아 들었다.

"예뻐."

그가 장미를 한 손에 든 채, 상체를 살짝 숙여 아르노아를 보며 말했다. 은회색의 눈동자가 정확하게 그녀의 눈을 바라보고 있는 바람에, 한순간 착각할 뻔했다.

'예쁘다'는 대상이, 장미가 아니라 아르노아라고.

* * *

연회는 여느 때보다 성대했다. 연회장이 아닌 넓은 정원에서 진행되는 그 파티에는 가까운 손님부터 멀리 변방에서 온 손님들까지 도착해 발 디딜 틈이 없었다.

정원을 포함한 왕궁 모든 곳이 진보라색으로 장식되어 있었다. 평소 무겁게 여겨지던 왕실의 상징색도 이날만큼은 축제에 맞춰 금실을 섞어 밝아 보였다. 하객들도 화려했다. 그들은 모두 눈에 확 띄는 차림을 하고 있었다.

이날만을 기다리며 준비한 듯, 날개를 단 요정 같은 영애며, 전설 속 기사의 모습을 한 청년들이 서로를 힐끗힐끗 훔쳐보고는 했다. 그리고 이 중요한 순간, 모두의 시선을 사로잡은 것은 그 누구도 아닌 아르노아였다.

"원래 좀…… 감이 없으셨죠?"

"원래 축제에 관심은 없으셨으니까, 뭐…….."

"아니, 저건 이상한 방향으로 관심이 많아 보이는데……."

왕실의 사정을 잘 모르는 이들은 자신들끼리 엇나간 추측을 해 대며 떠들었고.

"이번에는 국왕 전하께서 단단히 화가 난 모양이죠?"

"맞아요. 라리사 님이 아니라 전하의 이름으로 내려진 옷이래요."

"와, 100년 전에 유행하던 모습 그대로네요, 안타까워라."

사정을 아는 이들은 대부분 국왕의 눈 밖에 나다 못해 미운털이 제대로 박힌 아르노아를 불쌍해하거나 조롱했다. 그런가 하면, 그 안에는 함부로 떠드는 이들을 말리는 사람도 있었다.

"들리면 어쩌려고 그러세요, 말조심들 하세요."

"뭐 어떻습니까, 영애. 영애도 티파티에서 보셨다면서요."

그녀와 함께 있던 남자가 픽 웃으며 말했다.

"왕비 전하께서 억지로 라리사 님의 입을 벌려 독이 든 차를 부었다면서요."

"뭐…… 그건 그랬죠."

대화에 끼어든 그녀도 티파티에서 아르노아를 본 것이 맞았다.

"라리사 님의 장난이 좀 심했던 것도 맞지만…… 뭔가 사람이 완전히 바뀌어 버린 느낌이었달까요."

각자의 생각은 달라도 하나같이 웅성거리는 사람들 사이로, 아르노아는 태연하게 지나갔다. 평소였다면 이런 가십들이 불편하게 느껴졌을 터였지만 오늘은 아니었다. 오늘만큼은 이 입 싼 작자들이 소문에 더욱 불을 붙이기를 바랐다.

"첫 곡이 끝났습니다! 모두에게 박수를!"

그녀가 연회장으로 들어선 지 얼마 되지 않아 연주되던 음악이 멈추고 박수가 쏟아졌다.

짝짝짝짝!

"와아! 모두 멋져요!"

연회장에서 이미 춤을 추기 시작했던 남녀들은 상기된 얼굴로 서로에게 인사를 했다. 그 정중앙에 보이는 것은 다정하게 이마를 맞댄 한 커플이었다.

갈수록 보기 싫어지는, 다시 봐도 서로 어울리는 재수 없는 한 쌍.

"그대는 역시 나와 운명인가 봐. 어쩌면 춤도 이렇게 잘 맞는지."

태양신과 비슷해 보이게, 새하얗고 하늘거리는 옷을 입은 바이나스.

"전하께서 옛날부터 잘 가르쳐 준 덕분이어요."

그리고 전설 속 그의 연인답게 월계수 관을 쓴 라리사.

"국왕 전하를 뵙습니다."

천천히 발을 옮겨 두 사람 가까이로 다가간 아르노아는 예법에 맞추어 무릎을 반쯤 접어 인사했다.

"왔군."

"오셨군요, 왕비 전하."

분명히 인사를 한 대상은 바이나스 한 명인데, 그와 라리사는 동시에 고개만 까딱하며 그녀의 인사를 받았다. 지난번 차 사건이 잊히지 않아서인지, 표정은 딱딱하게 굳은 채였다.

"전하께서 오라시니 왔습니다."

평소와 다른 듯 비슷한 아르노아의 인사에 바이나스가 고개를 갸웃했다.

"조금 늦었군. 나는 파트너를 이미 정했으니 어쩌나."

바이나스가 곤란한 척 턱을 쓸며 말했다.

"옷은 아주 잘 아울리는군. 일국의 왕비다워. 아주 근엄해."

그가 아르노아를 위아래로 훑어보며 덧붙였다.

"답답하고 무거워 보이는 것이, 딱딱하던 우리 대고모님과 완전히 똑같군."

라리사도 그제야 미소를 흘리며 그녀를 훑었다.

"진보랏빛 가짜 진주가 잘 어울리세요, 전하."

아르노아는 쓴웃음을 삼켰다. 극장에서의 일에 대한 복수인지 뭔지, 라리사의 허리에는 보랏빛 띠가 둘려 있었다. 진보랏빛이라기에는 조금 애매한, 미묘하게 밝은 톤이기에 죄는 되지 않을 터였지만 의도는 분명했다. 디르한 왕실의 색이 둘 중 누구에게 더 어울리는지 보여 주겠다는 것이었다.

"파트너가 정해졌으면 뭐 어쩌겠습니까, 둘이서 잘 노세요."

아르노아가 어깨를 으쓱하며 바이나스에게 말했다. 바이나스가 인상을 썼다. 딱 짚어 말하기 어렵지만 어딘가 불순하게 들리는 말투가 거슬린 탓이었다.

"그럴 수야 없지. 소중한 나의 왕비인데."

그가 말했다. 비열한 미소가 그의 입을 스치는 순간, 아르노아는 그가 자신에게 아주 정성스러운 엿을 먹이려 한다는 사실을 알 수 있었다.

"그대가 심심할 것을 대비해, 나를 대신할 파트너를 찾아 놓았어."

바이나스는 중지와 엄지를 높이 들어 딱 하고 소리를 냈다.

"어서 이리 나오게."

그 말이 신호였는지, 연회장 한구석에서 남자 한 명이 저벅저벅 걸어 나왔다.

"부르셨습니까, 국왕 전하."

"인사하지. 두 사람은 오늘 밤을 새워 춤을 출 사이거든."

새로 분장하기 위해서인지 몸 여기저기를 깃털로 장식한 남자는 히죽 웃으며 고개를 숙였다. 아르노아는 얼핏 그 얼굴이 기억났다.

결혼식 때 한 번 보았던 바이나스의 먼 친척.

"2년 전에는 소녀 같았는데, 그새 매력적인 여인이 되셨습니다, 전하."

그는 아르노아를 느끼하게 위아래로 훑으며 느물거렸다.

"너무 성숙해서 반할 뻔했습니다."

"……데인 후작."

한 번 눈에 담은 여인은 어떤 더러운 수를 써서라도 품고야 만다는 최악의 난봉꾼, 로베르트 데인 후작이었다.

'하아…… 하필 이런 놈이.'

아르노아가 한숨을 쉬었다. 데인 후작과 엮였던 모든 여인들은 그 후로 한동안 사교계에서 조롱을 당했었다. 후작은 여인들을 돕기는커녕 조롱에 적극적으로 앞장섰고.

한 마디로 쓰레기 같은 인간이었다.

"파트너가 되어 영광입니다, 왕비 전하."

"나는 그다지 반갑지 않은데."

아르노아가 한 걸음 물러서며 말하자 바이나스와 후작이 동시에 조소했다.

"데인 후작은 내게 형이나 마찬가지야. 내 성의를 무시하지 말았으면 싶군."

"성의껏 마련한 것이 이 사람이면 그건 능력이 부족한 것 아닙니까, 전하."

아르노아가 말했다. 이제 솔직함은 습관이 된 모양이었다. 딱히 의도하지 않아도 속마음이 막 튀어나왔다.

"뭣……!"

"혹시 왕비 전하께서는 춤을 못 추시는지요?"

버럭 소리를 지르려는 바이나스 옆에서, 데인 후작이 매끄럽게 끼어들었다.

"파티 때마다 나무토막처럼 서 계시다 보니 춤추는 법을 잊으신 모양이군요."

후작이 재미있다는 듯 빙글빙글 웃으며 그녀를 바라보았다.

"너무 뻣뻣하니 국왕 전하께서 부드럽고 다정한 라리사 님을 찾는 거 아니겠습니까?"

그는 아르노아를 향해 몸을 살짝 숙이며 덧붙였다.

"제가 다듬어 드리지요."

정원 여기저기에서 헉 하는 소리가 들려왔다. 아무리 국왕의 눈 밖에 난 왕비, 찬밥 신세인 이방인이라 해도, 이렇게 노골적으로 아르노아를 희롱한 귀족은 없었다.

세상에.

아르노아는 속으로 혀를 내둘렀다.

그새 등신짓 하는 수준이 몇 단계 올라간 거 봐.

데인 후작의 언행 자체가 놀라운 것이 아니었다. 과거 그가 희롱했던 여인들 중에는 신분 높은 귀부인들도 있었으니까.

놀라운 건 바이나스의 지질함이었다. 제 체면을 그렇게 차리는 인간이, 사람들 앞에서 부인이 다른 남자에게 희롱당하게 두다니. 그것도 제 기분 상하게 한 복수랍시고.

"흠! 으흠!"

바이나스는 헛기침만 하면서 끼어들지 않았다. 눈을 보니 상황에 만족한 듯싶었다. 앞으로 이런 기분 나쁜 일을 당하기 싫으면 얌전히 왕비 노릇을 잘하라, 뭐 이런 메시지인 듯했다. 그게 '나는 등신이오' 하고 만천하에 공표하는 거랑 뭐가 다른지는 알 수 없었다.

"그의 말을 듣지, 왕비."

하지만 바이나스는 자신의 등신짓을 깨닫지 못한 듯 비열하게 웃으며 아르노아의 등을 떠밀었다. 데인 후작이 때맞춰 손을 내미는 바람에 그녀는 그와 손을 맞잡은 상태가 되었다.

"춤 한번 추는 게 어려운 것도 아니고."

바이나스는 말을 끝냄과 동시에 악사들에게 눈짓했고, 아르노아가 빠져나가기 전에 음악은 시작되고 말았다. 후작의 리드에 따라, 두 사람은 이미 음악에 맞춰 움직이고 있었다.

"오오, 생각보다 잘 추시지 않습니까!"

후작이 흥미롭다는 듯 눈을 반짝였다.

"글쎄요. 저는 모르겠습니다."

"파트너인 제가 이렇게 즐거우니 전하께서 춤을 잘 추시는 거지요."

"그런 논리라면 후작은 자신감에 비해 실력이 크게 떨어지는군요."

아르노아가 퉁명스럽게 말했다.

"저는 재미가 없어서 말입니다."

후작은 기분 나쁜 티를 내는 대신 낄낄거리며 웃음을 터뜨렸다.

"듣던 것보다 훨씬 매력적이십니다."

그가 쓸데없이 몸을 붙이며 속삭였다.

"제 취향에 딱이군요."

"아, 아무도 관심 없는 정보로군요."

아르노아가 다시 한 발 물러서며 그와 거리를 벌렸다. 그러나 후작은 여전히 기분이 나빠 보이지 않았다.

"그럼 전하께서는 어떤 사내를 좋아하십니까?"

아르노아는 노골적으로 미간을 찌푸렸다. 좋아하는 사내 따위 없다고 솔직하게 답한들, 이 남자는 그녀가 순진하다고 비웃을 터였다.

"미남을 좋아합니다."

그녀가 말했다.

"후작처럼 느끼한 타입 말고, 부담스럽지 않으면서도 귀티가 흐르는, 그리고 열 살쯤 더 젊은 미남요."

이번에는 너무 노골적이었는지 후작도 순간 이마를 찌푸렸다. 그러나 그는 곧 노련하게 미소를 지으며 정원 한구석을 턱으로 가리켰다.

"여인들이란 다 비슷비슷합니다."

그가 말했다.

"미스터리한 가면으로 반쯤 얼굴을 가린, 하지만 드러난 얼굴은 조각 같은 미남이 왔다고 아까부터 부인들이 난리더군요."

그의 턱이 가리킨 방향을 힐끗 살피자 이쪽에 등을 돌리고 선, 새까만 제복과 새까만 망토를 두른 키 큰 남자가 눈에 들어왔다. 얼굴은 보이지 않지만, 키와 자태만으로도 여인들의 눈길을 끌 법한 손님이었다.

"……그럼 그 사람이 제 파트너였으면 좋았을 텐데요."

그녀는 반쯤 진심으로 말했다. 후작이 파트너인 것보다는 뭐든 나으니까.

"여인들은 자신들이 정말 원하는 것이 뭔지도 모릅니다."

후작은 아르노아의 말을 무시했다.

"꽃미남을 원한다고 생각하지만, 저와 같은 진짜 남자를 만나면 절대로 뿌리치지 못합니다."

그는 아르노아를 빙글 돌리더니 허리를 과할 정도로 강하게 끌어당겼다. 그는 아르노아가 미처 뭐라고 하기도 전에 상체를 숙여, 순간적으로 그녀의 뺨 가까이로 입을 가져다 대려 했다.

미친놈.

후작은 미친놈이었다. 하지만 그보다 더 확실한 사실은 바이나스가 심각한 멍청이라는 것이었다. 곁눈으로 슬쩍 본 그는 헉 하고 입을 벌리고 멀리서 눈을 동그랗게 뜬 채 이쪽을 바라보고 있었다.

뻔했다. 이 상황이 잠깐의 장난으로 끝날 거라 멋대로 생각했다가, 그게 아닌가 싶어 놀란 것이다. 망나니 사촌 형의 손에 왕비를 맡겨 놓고서 망나니짓을 예상 못 하다니.

"바로 지금의 왕비 전하처럼, 꼼짝을 못…… 응?"

그녀의 불쾌감이나 바이나스의 반응은 신경도 쓰이지 않는 듯, 후작이 아르노아 가까이로 몸을 붙이는 순간이었다.

"어억?"

그의 얼굴이 뒤로 휙 젖혀지며 입이 벌어졌다.

"방심한 상대를 꼼짝 못 하게 하는 게 뭐가 어려울까요."

아르노아의 목소리가 조용히 울렸다.

"진짜 남자 아니어도 다 한답니다."

아르노아는 손에 힘을 꽉 주었다. 후작의 머리 뒤로 높이 들린 그녀의 손에는 그의 뒷머리가 한 움큼 쥐여 있었다.

"아, 아오…… 이거 놓으십시오! 내 머리!"

남자라고는 하나, 야무지게 머리채를 잡힌 상태에서 무인도 아닌 자의 반응이 빠를 수는 없었다.

"미안한데."

아르노아가 손에 힘을 더 주며 말했다.

"요즘 이 왕궁의 망나니는 나라서요."

후작이 힘을 주어 그녀를 뿌리치려는 순간, 아르노아는 그의 머리채를 놓으며 오른발을 높이 들었다. 드레스에 어울리는, 그러나 쓸데없이 무겁고 촌스럽고 딱딱하고 불편한 구두가 허공으로 들렸다가 빠르게 떨어졌다.

후작의 발등을 향해서.

빠직-

"아아아아아악!"

뒷굽이 후작의 발등을 정확하게 내리찍고, 무언가에 금이 가는 소리가 나자 후작은 짐승처럼 울부짖었다.

"아악! 이 미친 여자가!"

그는 자신이 있는 곳이 어딘지도 잊은 듯, 한쪽 발을 잡고 펄쩍펄쩍 뛰며 절규했다.

"데인 후작!"

바이나스가 뒤늦게 달려와 그를 살폈다. 조금 전 후작의 무례는 잊은 듯, 바이나스는 되레 아르노아에게 싸늘한 시선을 보냈다.

"내 손님에게 무슨 짓이야!"

"무슨 짓은요, 먼저 시비를 건 게 누군데."

"누가 봐도 장난이었어. 설령 아니라 한들 이렇게……. 대응 방법이 이것밖에 없었나?"

그는 시종을 불러 비틀거리는 데인 후작을 부축해 가게 했다.

"당신은 정말로 정상이 아니군."

그가 아르노아를 노려보며 진지하게 말했다. 아르노아는 그 표정을 알았다. 그는 데인 후작이 정말로 걱정돼서 이러는 것이 아니었다. 아르노아의 기를 꺾으려던 계획이 틀어져서, 그리고 손님들 앞에서 자신의 체면이 상한 듯해서 심기가 불편한 것이었다. 뒤에 선 라리사의 표정이 좋지 않기에 더욱.

"그럼 벌이라도 주시지요."

아르노아가 대꾸했다.

"얼마 전에는 제 방의 하녀를 철수시켰다 들었습니다. 시끄럽게 수다나 떨던 이들이 사라지니 쾌적하고 좋더군요."

"……그런 생각이었나?"

아르노아가 비아냥거리자 바이나스는 이제 알겠다는 듯 고개를 끄덕였다.

"어떤 벌에도 충격을 받지 않을 테니, 작정하고 막 나가겠다, 뭐 이런 거야?"

들켰군.

아르노아는 내심 당황했다. 바이나스는 이를 긍정으로 이해하고 얼굴을 있는 힘껏 일그러뜨렸다.

"내가 우스운가 보군."

맞아. 조금은.

아르노아는 오랜만에 속마음을 삼켰다. 잘못하면 정말로 목숨이 위험할 수 있었다. 벨이 지켜보겠다고 했지만, 마법사도 가끔 잠은 자야 할 거 아닌가.

"잊었나 본데, 난 이 나라의 국왕이야."

바이나스는 순간 목소리를 낮추어 말했다.

"친정을 믿고 이런 짓을 하나 본데 사람을 무너뜨리는 방법은 많아."

희미하게 올라가는 입꼬리와 함께, 그의 눈이 순간적으로 아르노아의 머리 위쪽을 쳐다보았다.

"과연 계속 꼿꼿할 수 있는지, 한번 보도록 하지."

그는 말을 마침과 동시에 뒤에 서 있던 라리사를 감싸며 아르노아로부터 한 걸음 멀어졌다. 아르노아는 무언가를 느끼고 그의 시선이 향했던 곳으로 고개를 돌렸다.

그녀가 서 있던 곳은 하녀들의 방에 작게 나 있는 발코니 바로 아래였다.

"빨리!"

불이 꺼져 있던 발코니에서 소곤거리는 소리와 물이 출렁거리는 소리가 들렸고, 커다랗고 둥근 무언가를 들고 어른거리는 실루엣이 슥 하고 움직였다.

"하나, 둘……."

아르노아는 무슨 일이 일어나고 있는지 단번에 알 수 있었다.

"빨리, 지나가기 전에 엎어!"

소곤거리는 목소리는 바이나스와 라리사의 친우들, 둥근 것은 물통, 그 안에 출렁거리는 것은 하녀들이 걸레를 빨고 놓아 둔 물. 그리고 그 물이 쏟아질 곳은 아르노아의 머리 위였다.

망할.

유치하기 이를 데 없는 수작이었지만 이번에는 정말로 피할 곳이 없었다.

그래, 마음대로 해라.

그녀는 체념했다. 애초에 라리사의 목구멍으로 찻물을 들이부을 때부터 이 정도는 각오했었다.

"지금!"

누군가 키득거리는가 싶더니 쏴 하는 소리가 들렸다. 아르노아는 머리 위로 오물을 잔뜩 맞을 각오를 하며 주먹을 꽉 쥐었다.

휙-

하지만 오물이 머리에 닿기 직전 그녀의 몸은 어딘가로 빠르게 끌어당겨졌다.

촤아아악-

"아이고, 저런!"

"어머머머!"

오물은 그대로 쏟아졌고, 정원 여기저기에서 비명이 들려왔다.

"……어?"

아르노아는 멍한 표정으로 자신의 머리를 디듬었다. 평소처럼 말끔하고 부드러웠다. 오물을 맞아 젖은 느낌이 아니었다. 그제야 다시 위를 올려다본 그녀의 눈에, 자신의 머리 위로 천막처럼 펼쳐진 새까만 망토 자락이 들어왔다.

오물로 젖은 망토를 그녀 머리 위로 펼치고 있는 남자도.

"……뷀?"

하얀 가면으로 얼굴을 반쯤 가렸지만 익숙한 얼굴이었다. 가면 아래로 드러난 반듯한 턱선만 봐도 알 수 있었다.

"괜찮은가?"

평소보다 한 톤 낮은 음성이 귓가에서 울렸다.

"여기서 뭐 하는 거……."

"대체 누구냐?"

아르노아의 질문은 바이나스의 짜증스러운 목소리에 묻혀 버렸다. 그녀와 벨이 동시에 고개를 돌리자, 몇 걸음 떨어진 자리에서 두 사람을 노려보는 남편의 얼굴이 들어왔다.

유치하다 못해 유아적인 함정에도 나름대로 정성을 들였던 건지, 그의 얼굴을 썩을 대로 썩어 있었다.

"갑자기 튀어나와 왕비의 몸에 손을 대다니, 무례한 자로구나."

그가 성큼 다가오며 말했다. 몇몇 사람들이 크고 작은 한숨을 쉬었다. 국왕의 심술과 뻔뻔함에 아직 익숙해지지 않은 몇 명이었다.

"너는 어느 가문의 누구냐? 이름을 밝혀라."

그가 말했다.

"……."

벨은 대답하지 않고 가만히 있었다. 아르노아가 곁눈으로 올려다본 얼굴에는 전에 딱 한 번 본 적 있는 강한 경멸이 어려 있었다. 아르노아의 침실로 잠입한 살수들을 봤던 그때.

"내 말이 들리지 않……."

"잠깐."

벨은 바이나스의 말을 끊었다.

"더 중요한 일이 있어서."

그는 입 속으로 무언가 중얼거리며 망토를 휙 하고 털어 냈다. 망토를 덮었던 갈색 액체는 그 순간 완벽하게 사라졌다. 그제야 아르노아는 망토 위로 떨어졌던 오물이 자신의 팔로 흐를 뻔했다는 사실을 깨달았다.

"국왕의 질문에 대답하라."

마법이 일어났다는 사실까지는 눈치채지 못했는지, 바이나스가 노한 얼굴로 말했다. 벨은 그제야 그를 똑바로 마주 보았다.

"갑자기 튀어나온 남자를 걱정하는 것보다 부인의 안위를 먼저 확인하는 것이 순서일 텐데."

그가 말했다. 짧은 순간 가면 뒤에서 빛난 안광이 너무 날카로워서, 마치 당장이라도 바이나스를 물어뜯을 것만 같았다.

"그녀는 나의 아내다."

바이나스의 얼굴이 심술궂게 일그러졌다.

"안위를 챙기든, 상처를 내든 내가 알아서 할 일이니 주제넘은 참견 말아."

아르노아는 마른침을 삼키고 벨의 팔을 잡았다. 짧고 반사적인 떨림이 느껴진 탓이었다.

"잠깐……."

아르노아가 속삭였다. 순간 그녀와 눈이 마주친 가면 속 벨의 눈이 아주 작게 웃었다.

"……국왕 전하를 뵙습니다."

아르노아가 그를 말리려던 순간, 벨은 아주 예상 밖의 일을 했다. 예법에 맞게 고개를 숙여 바이나스에게 인사한 것이었다.

"어느 가문의 누구인가?"

"루이르크 영지의 루이르크 백작입니다."

물 흐르듯 인사하는 그는 조금도 당황하지 않았다. 마치 방금 말한 이름이 정말 자기 신분인 것처럼.

"……침입자로군."

문제는, 그의 대답을 믿는 이가 아무도 없다는 사실이었다.

"내가 루이르크 백작의 얼굴을 모를 거라 생각했나? 그는 어린 시절부터 왕궁에서 나와 함께 교육을 받았던 자다."

아르노아는 한숨을 쉬었다. 그렇게 뻔한 거짓말을 할 거였다면 차라리 고양이 모습으로 오는 게 나았을 텐데.

바이나스의 말이 맞았다. 루이르크 백작은 한때 사교계에서 이름 좀 날렸던 젊은 백작이었다. 지금은 도박으로 가산을 거의 탕진하고 영지에 틀어

박혔다는 소문이 있었지만, 그를 모르는 이는 왕궁에 거의 없을 터였다.

"다들 뭐 하는 거지? 불청객을 쫓아내라."

"그쪽은 자국 영지들의 주인을 제대로 모르는군요."

벨은 반말인지 존댓말인지 애매한 말투로 말하며 품속에서 두루마리 종이 한 장을 꺼냈다.

"아직 안 버렸으니 궁금하면 보시든가."

벨이 그 종이를 던지자 바이나스는 반사적으로 이를 받아 펼쳤다.

"대체 이게 무슨 추태인지 모르겠군. 미친 사람이라면…… 뭐야?"

종이를 훑어보던 그가 눈살을 찌푸렸다.

아, 들켰나 보네.

족보라도 위조해 가져왔겠거니 생각한 아르노아가 입술을 꽉 깨물었다. 당연히 들키지. 가짜 족보 같은 건 마법으로 쉽게 위조 못 하는 인장을 증거로 하고 있었다.

그녀가 벨을 아무도 보지 못하게 가려 주고 고양이로 변신하라고 조언하려던 순간, 바이나스가 다시 입을 열었다.

"영지와 작위를…… 매수했어?"

그는 믿을 수 없다는 표정으로 종이를 반복해 읽었다.

"매수?"

아르노아가 속삭이듯 벨에게 물었지만 그는 입꼬리를 살짝 올릴 뿐 대답하지 않았다.

"봤으면 돌려주시오, 내 영지."

쏙―

벨은 말과 함께 종이를 쏙 하고 바이나스의 손에서 빼내 다시 품속에 넣었다.

"디르한에서 네 번째로 규모 있는 곳이…… 팔린다는 소문도 없었는데 어떻게 갑자기……."

그가 혼란스러운 표정으로 말을 이었다.

"그 정도의 자금을 갑자기 댈 거부가…… 있었단 말인가."

바이나스의 옆에 서 있던 라리사도 놀란 듯 토끼눈을 하고 있었다.

"놀라는 거 보면 저 인간은 황위가 참 안 어울리긴 하겠군."

벨이 거의 들리지 않을 정도로 작게 중얼거리듯 말했다. 아르노아에게만 들리도록.

"의심 많으신 전하."

벨이 다시 싸늘해진 눈으로 바이나스를 보며 말했다.

"초대장은 들어오면서 보여 주었고, 작위며 영지 문서까지 확인시켜 드렸으니 더 찾을 게 있으면 알아서 하시고."

"뭐, 뭣……."

"말씀처럼 비싼 돈을 냈으니 난 이제 연회를 좀 즐겨야겠습니다."

벨은 말을 마침과 동시에 아르노아를 향해 완전히 돌아섰다.

"나는 파트너가 없고, 왕비 전하는 파트너는 못 쓰게 됐군요."

여태껏 바닥에 누워 있던 데인 후작을 바라보며, 그가 목소리를 낮춰서 말했다. 바이나스를 대할 때보다 한결 부드러운 말투였다.

"에스코트하겠습니다."

그는 아까 바이나스에게 했던 것보다 훨씬 정중하게 허리를 숙이며 손을 내밀었다. 망나니 같은 마법사에게서 그런 부드러운 말투가 나올 수 있다는 것을 믿기 어려웠다.

아르노아는 멍하게 그에게 손을 건넸다. 시선이 마주친 순간, 벨이 조금 전보다 훨씬 환하게 웃었다. 마치 아르노아를 에스코트하는 것이 대단히 즐거운 일이기라도 한 듯.

"그리고 이건 선물."

벨은 한 손으로 그녀의 손을 잡고, 다른 한 손을 등 뒤로 가져갔다가 다시 내밀었다.

"이거 설마……?"

그의 손에 들린 것은 한 송이 장미였다. 이파리가 유독 많이 달린 모습이 눈에 익은.

"내가 준 거야?"

그녀가 속삭이듯 물었다. 그 장미는 분명 벨이 아르노아에게 막무가내로 달라고 했던 그것이었다. 다만 기억하던 모양과 아주 큰 차이가 하나 있었다. 검붉은 색에 가깝던 그 장미는 이제 청량한 푸른빛을 띠고 있었다.

"글쎄. 같은 물건이라면 같은 물건인데."

벨은 무언가를 예고하듯 씩 웃었다.

"그게 무슨 말…… 어?"

장미는 아르노아의 손에 닿는 순간 희미하게 빛났다. 아르노아가 본 것은 그뿐이었다. 다음 순간, 그녀를 지켜보던 모든 이가 입을 쩍 벌렸다.

"어머! 왕비 전하의 옷!"

누군가가 먼저 소리치자 다른 이들의 시선도 아르노아를 향했다.

"이게 어떻게 된 거야? 아까까지 붉은 벨벳 아니었던가?"

"오오, 완전히 다른 모습 아닙니까. 아주 잘 어울리는군요."

감탄, 경악, 혼란, 많은 감정이 섞인 눈빛과 목소리가 정원을 가득 채웠다.

"저런 모습은 처음 봐요. 아까는 촌스럽기 그지없었는데!"

"세상에, 완전히 다른 사람 같아."

아르노아는 그제야 눈을 아래로 깔아 사람들의 눈이 향한 곳을 보았다. 짧은 순간 그녀의 눈이 커졌다. 조금 전까지 무겁고 불편하고 괴상하기까지 했던 그 옷은 우아한 드레스로 바뀌어 있었다.

그녀의 눈동자를 두드러지게 해 주는 푸른색 천, 그 위에 놓인 금빛 자수. 짙은 보랏빛 구슬이 있던 자리에는 흰 진주가 박혀 있었고, 그것들은 그녀가 움직일 때마다 다른 조명을 받아 금빛으로도, 또 은빛으로도 반짝였다.

"……미쳤어?"

그녀가 다시 속삭이듯 묻자 벨은 치아를 드러내고 입꼬리를 올리며 되물었다.

"마음에 안 들어?"

"그게 아니라……."

당연히 마음에 들었다. 디르한에서 보았던 어떤 옷보다도 화려하고 예뻤다. 근데 그게 문제가 아니잖아.

"대놓고 마법을 쓰면 어떡해!"

"대놓고 쓴 거 아닌데."

벨이 얄밉게 웃으며 그녀의 손을 가리켰다.

아까까지 있던 푸른 장미는 사라지고 없었다.

"아티팩트야. 힘을 발휘하면 녹아 버리는 종류."

"장미를 아티팩트로 만든 게 누군데?"

"나."

"어떻게 만들었는데?"

"마법으로."

그는 무척 당당해 보였다. 아티팩트를 만들 때만 마법을 썼으니, 그 발동을 시킨 조금 전에는 아무 잘못을 한 것이 없다는 의미였다. 아르노아는 기가 찼다. 실용도가 높은 것도 아니고, 옷을 갈아입혀 주는 아티팩트가 있는지 어떤지 일반 사람들이 어떻게 알아?

"아티팩트나 마법이나, 그걸 누가 구분해? 당장 여기서 빠져……."

"고가의 아티팩트 중에 저런 효과를 내는 것이 있다고 했어요!"

"나도 들었소! 내가 얼마나 가지고 싶었는데!"

하지만 그녀의 목소리는 다른 이들의 외침에 묻히고 말았다.

"저거 어디서 사는 거요?"

"마법사들만 만들 수 있는 물건이라 디르한에는 안 들어온 줄 알았는데……."

사람들이 끊임없이 떠들어 댔다. 눈을 즐겁게 하는 기술에 대한 사람들의 관심도는 의외로 무척 높았다.

"그걸 내 눈으로 보게 될 줄이야……."

"그게 꽃이에요? 그럼 저 남자는 대체 누굽니까? 어쩜 저런 선물을……."

사람들이 계속 술렁이는 사이, 벨은 아르노아의 손을 자기 몸 가까이로 잡아끌었다.

"……왜?"

"말했잖아."

그가 묘하게 진지한 표정으로 말했다.

"에스코트한다고."

아르노아는 입을 벌렸지만 아무런 대답도 하지 못했다. 그 틈에 벨은 아르노아를 데리고 정원을 가로질렀다. 입이 쩍 벌어진 채, 내적 분노가 넘치는 듯 눈을 부릅뜨고 부들부들 떨고 있는 바이나스로부터 최대한 멀리 떨어뜨리려는 것처럼.

"춤을 출 줄은 아는 거야?"

"안 배웠지만 난 잘할 거다."

아르노아의 물음에 벨은 태연하게 답했다.

당당하다. 어쩜 저렇게 당당할까. 이 녀석은 아마 영원히 주눅 드는 경험은 못 해 볼 것이다.

"춤은 쉴래."

그녀는 고개를 저으며 벨의 팔을 잡아끌었다. 그가 여기서 더 주목을 받으면 위험할 수도 있을 것 같았다.

음악이 다시 시작될 무렵, 아르노아는 정원 한가운데로 향하는 대신 그나마 사람들의 눈에 안 띄는 분수대 뒤로 가서 앉았다. 벨은 입을 꾹 다물고 고개를 살짝 기울이더니, 그녀의 결정에 수긍한다는 듯 옆자리에 앉았다.

딱 고양이인데, 가끔 맹수 같은 표정은 어떻게 나오는 걸까.

생각에 잠긴 그녀를 바라보던 그가 물었다.

"무슨 생각을 하지?"

"……루이르크 백작은 뭐야?"

아르노아가 문득 생각나서 물었다.

"갑자기 그런 문서는 어디서 훔쳤어?"

"훔치다니."

"위조한 거야?"

귀족 가문의 인장 같은 것은 마법으로도 쉽게 위조되는 것이 아니었다. 마탑주라면 좀 다를 수도 있나?

"아까 말했잖아. 내가 그 술주정뱅이 주인에게서 샀어."

아르노아는 앞을 보던 얼굴을 휙 하고 벨을 향해 돌렸다.

"……사?"

벨은 고개를 끄덕였다. 고개를 끄덕일 때마다 밤하늘 같은 까만 머리카락이 살랑거렸다. 이는 새하얀 가면과 대조되어 더 반짝이는 것처럼 보였다.

"사지 않으면 가질 수 없잖아. 얼마 안 하던데?"

그는 스스로가 얼마나 재수 없는지 모르는 듯 말했다. 루이르크 백작위에 그 영지, 그것은 '얼마 안 하는' 게 아니었다.

"왜…… 왜 그런 걸 샀어? 어디다 쓰려고?"

갑자기 그 돈을 툭 낼 수 있는 사람이 대륙 전체에 없지는 않았지만…….

"초대장은 작위 있는 사람한테만 간다며. 여기 오고 싶어서 샀는데."

초대장 한 장 받으려고 영지를 사는 사람은, 단언컨대 세상에 이 미친놈 한 명뿐이다.

"왜 여기 오고 싶었는데?"

아르노아는 끊임없이 물었다. 이해할 수 없는 것투성이였다. 호기심이라면 그냥 영체로 변신해서 드나들 수도 있을 문제였다.

"그리고 왜…… 아까는 왜 나를 도와줬어?"

"당신이 그랬잖아."

벨은 순순히 대답해 줄 생각이 없는 듯, 얼굴을 아르노아 가까이로 가져가며 되물었다.

"지켜 달라며."

"……오물을 맞는다고 죽지는 않아."

"……."

벨은 대답 대신 눈을 천천히 깜빡였다. 날카로웠던 눈매가 묘하게 부드러워 보였다.

"이혼을 방해하러 왔어?"

아르노아는 다시 물었다. 아주 말이 안 되는 건 아니었다. 굳이 비교하자면, 아름다운 모습을 한 지금의 그녀보다는 오물을 뒤집어쓴 상태가 이혼당하기 쉽다고 볼 수도 있으니까.

"마음대로 생각해."

벨이 툭 내뱉었다. 아르노아는 이를 수긍으로 받아들이기로 했다. 그것 외에는 말이 되는 설명이 없었다. 가면 속에서 쉬지 않고 그녀를 응시하는 은회색 눈동자가 원하는 것은, 결국 그녀의 생명을 깎아 만드는 영혼석일 터였다.

\* \* \*

"하! 미쳤군. 아주 대단히 미쳐 버렸어."

바이나스는 서재에서 끊임없이 중얼거렸다.

"말해라. 어제 왕비가 어땠다고 생각하지?"

그가 안절부절못하는 보좌관에게 물었다.

"그…… 아름다우셨습니다."

"멍청이! 그런 말을 듣고 싶은 게 아니다!"

바이나스는 벌떡 일어나 잡히는 대로 보좌관에게 서류를 집어 던졌다.

"행실 말이다! 남편 앞에서 다른 사내의 에스코트를 받다니, 그게 왕비로서 할 수 있는 행동이더냐!"

"하지만 데인 후작은 전하의 명령으로……."

"데인 후작이 아니라! 가면을 쓴 사내를 말하는 거다!"

"아, 그 잘생긴 남자 말씀이시군요."

휘리릭-

서류 몇 장이 다시 보좌관을 향해 날아왔다. 이번에는 정통으로 그의 얼굴을 맞혔다.

"윽!"

안타깝게도 발령을 받은 지 얼마 되지 않아 국왕의 눈치를 보는 법을 제대로 배우지 못한 보좌관은 코를 움켜잡았다.

"못생겼으니 얼굴을 가렸겠지!"

"그, 그렇습니다! 당연히 맞는 말씀입니다!"

말도 안 되는 억지였으나 보좌관이 열심히 고개를 끄덕였다. 바이나스는 숨을 크게 들이쉬고는 다시 자리에 앉았다.

"……일부러 그러는 거라고 생각하느냐?"

"왕비 전하께서요? 왜 그런 말씀을……."

"질투."

바이나스가 진지한 표정으로 대답했다.

"질투를 유발하려는 것이 분명하다. 라리사를 괴롭히는 것은 더 이상 어려우니 다른 방법을 쓰는 거겠지."

"……."

"지난번 릭 타비…… 그 전직 배우 놈을 봤을 때도 그랬던 게 분명해. 이제야 이해가 되는군. 한심한 여자 같으니."

"어, 그게 제 눈에는 그냥 왕비님께서 얼굴을 많이 보시는……."

보좌관이 솔직함과 새로이 배워 가는 처세술 사이에서 갈등하는 사이, 서재의 문이 벌컥 열렸다.

"전하!"

급히 들어온 이는 바이나스와 오래 함께했던 상급 보좌관이었다.

"무슨 일이냐?"

바이나스가 언짢은 듯 물었다.

"허락도 없이 문을 벌컥벌컥……."

"죄송합니다. 하지만 당장 전할 소식이 있어서."

그는 숨을 크게 들이쉬더니 다시 말을 이었다.

"케스만에서 전서구가 왔습니다."

"케스만?"

바이나스는 얼굴을 찌푸렸다.

"제국군과 케스만 사이의 전쟁에 저희 디르한의 병사들도 가 있지 않습니까."

보좌관의 말에 바이나스는 고개를 끄덕였다.

"그렇다. 황제 폐하의 명령으로 제국군에 합류했지."

대가로 받은 은이 꽤 짤짤했었는데.

"아실리에르 대공이 디르한 출신의 병사들만을 차출해 특수 부대를 조직하려 한다고 합니다."

"뭐야?"

좋은 소식이 아니었다.

아실리에르 대공이 조직하는 특수 부대는 위험한 작전에만 투입되기로 유명했으나 공로는 인정받지 못했다. 이름만 특수 부대이지, 실질적으로는 총사령관인 대공의 눈에 거슬리는 자들을 치워 버리는 수단으로 알려져 있었다.

"폐하의 뜻인가?"

"아직 알 수 없습니다."

바이나스의 안색이 살짝 흐려졌다. 진심으로 병사들을 걱정하는 것은 아니었다. 다만 그 안에는 일부 디르한 귀족 가문의 자식들도 포함되어 있었기에, 여러 가문에서 알게 되면 상당히 귀찮아질 수 있는 상황이었다.

무엇보다, 그는 혹시 자신이 루시아노 황제에게 밉보인 것은 아닌지 우려하고 있었다.

"……왕비 때문일까?"

그가 혼잣말처럼 물었다.

"배제할 수 없는 가능성입니다. 아니, 그것 말고는 아실리에르 대공이 저희 병사를 특별히 취급할 이유가 없습니다. 제국에서 어떤 무언의 협박을 하고 있는 것이 확실합니다."

나이 든 보좌관이 심각하게 고개를 끄덕였다.

"협박이라…… 다른 이유는 없으니 틀림없이 왕비 때문이겠군."

"사이는 안 좋아도 어쨌든 남매가 아닙니까. 결혼한 지 2년이 되도록 전하의 사랑을 받지 못한다는 사실이 신경 쓰이실지도요."

"젠장."

바이나스가 낮게 내뱉었다.

아르노아와의 관계가 이렇게까지 되는 것은 처음 계획과는 달랐다.

그는 라리사를 사랑했지만, 평생 그녀 한 명에게 헌신하겠다는 맹세를 한 적은 없었다. 실제로 그사이 다른 여자들을 만나기도 했었으니까. 사근사근하지 못한 그 성격이 좀 꺾이도록 먼저 다스리고자 했던 것이 생각보다 오래 지속돼 버린 것이었다.

"요즘 행실이 이상하더라니, 냉랭한 나와의 관계를 참지 못하고 황제에게 편지라도 쓴 건가?"

"그런 거라면 큰일입니다."

상급 보좌관과 바이나스는 잠시 각자 생각에 잠겼다. 이윽고 입을 연 것은 바이나스였다.

"······알겠네. 이 지경이 되었으니 더 미루고 어쩌고 할 것도 없지."

"전하, 그렇다면······."

"돌아가게. 내가 해결할 테니."

상급 보좌관의 얼굴이 밝아졌다.

"예, 전하! 현명하신 판단입니다! 준비를 하라 이르겠습니다."

그는 재빨리 신입을 데리고 서재에서 사라졌다.

멍청하게 서 있던 신입은 그사이 처세술이 늘어, 이번 한 번은 하고 싶은 말을 잘 참아 냈다. 왕비가 바이나스에게 그렇게 관심이 있어 보이진 않는다는 것을.

\* \* \*

"······이게 다 뭐지?"

아르노아는 미간을 잔뜩 찌푸린 채, 억지로 밀려들어 온 목욕통 안에서 물었다.

"향기롭지 않으세요?"

평소에는 코빼기도 비추지 않던 하녀가 호들갑을 떨며 바구니 하나를 더 비웠다.

후두두둑-

"퉷!"

빨간 장미꽃잎이 아르노아의 머리 위로 쏟아지자 그녀는 입에 들어간 몇 개를 바로 뱉어 냈다.

"꽃잎 목욕이 여자 피부에 얼마나 좋은데요, 라리사 님은 매일 받으신답니다."

미간을 잔뜩 찌푸린 아르노아 옆에서, 하녀는 디르한의 사용인답게 눈치 없이 떠들었다.

"가만히 계세요. 제가 다 씻겨 드릴게요."

"그걸 물은 게 아니야, 왜 이런 짓을 하냐는 거야."

"국왕 전하의 명령이라니까요."

아르노아는 한숨을 푹푹 쉬었다. 바이나스가 드디어 정신이 나가 버린 것이 분명했다.

연회에서의 일에 대한 그의 반응은 아르노아가 상상한 무엇과도 달랐다.

"국왕 전하가…… 내게 사치스러운 목욕을 시켜 주라고 했단 말이냐?"

하녀는 고개를 끄덕였고, 아르노아는 눈을 지그시 감았다. 다시 생각해 보니 그는 생각보다 현명한 것 같기도 했다. 추운 방, 하찮은 음식 같은 걸로는 그녀를 괴롭힐 수가 없으니, 이제는 고문 방법을 바꾼 것이다.

"라리사 님이 쓰시는 향수를 뿌려 드릴게요. 전하께서 좋아하시는 향이랍니다."

눈치는 밥 말아 먹은 하녀의 목욕 시중을 받게 하는 것으로.

"……이름이 뭐라고 했지?"

"레인이라고 한답니다!"

"레인, 그 향을 내 몸에 닿게 하면 네 손을 잘라 버릴 거야."

누군가의 손을 자르겠다는 협박을 하는 것은 아주 오랜만의 일인지라, 아르노아는 그 말이 그럴싸하게 들리는지 확신하기 어려웠다. 다행히 최근 그녀가 라리사에게 한 짓이 널리 퍼진 덕분인지 하녀는 드디어 움찔하고 손을 거두었다.

"그, 그럼 다른 향을 쓸게요."

아르노아는 남이 목욕을 시켜 주는 것이 불편했다. 황후가 살아 있던 시절에야 항상 누군가의 시중을 받았었지만 그건 어린 시절의 일이었다. 외가인 리켈 공작가에선 이미 웬만한 일을 스스로 했고, 루시아노 즉위 후에는 아예 독방에서 감옥살이를 한 수준이었다.

"자아! 됐습니다."

억겁과 같은 시간이 흐르고 아르노아의 목욕이 드디어 끝났다.

"드디어 끝인가."

침대에 누울 생각을 하며 욕실에서 나온 순간, 눈에 보인 것은 수십 개의 붉고 어두운 촛불이었다.

"……이젠 방화로 죽이려는 건가 봐."

아르노아는 긴장한 표정으로 탈출구부터 찾았다. 하지만 그녀의 눈에 들어온 것은 익숙한 얼굴의 남자였다.

"오래 걸렸군."

금발에, 잘생긴 편이지만 볼 때마다 재수가 없어지는 얼굴.

"꺄아아아아악!"

바이나스의 얼굴을 본 아르노아는 반사적으로 비명을 지를 수밖에 없었다.

"왜 내 침대에 있어! 그리고 대체 뭘 걸친 거야!"

그녀가 소리쳤다. 스스로의 말투를 점검할 시간 같은 건 없었다.

"가운을 입은 것이 뭐가 어때서 그러지?"

와인 한 잔을 손에 들고 가슴을 풀어헤친 채, 어디서 온지 모를 꽃잎이 잔뜩 뿌려진 침대에 비스듬히 누워 있던 그가 뻔뻔하게 말했다.

"가슴이 보이잖아! 흉물스럽……아니, 예법에 안 맞습니다."

아르노아는 반쯤 나가려던 정신을 가까스로 붙잡고 대답했다.

누운 채 움직이지 않는 모습이 여전히 흉했지만, 상황을 정확히 알아야 벗어날 수도 있는 거 아니겠는가. 누워 있는 바이나스는 마치 누군가를 유혹하려는 것처럼 보였다.

"후…… 알았다, 알았어."

아르노아는 천천히 심호흡했다. 술에 취해 방을 잘못 찾은 것이 분명했다.

오랜 정부인 라리사 외에도, 그는 간혹 하녀에게 눈이 돌아가서 또 다른 외도를 할 때가 있었다.

"길 잃었나 본데, 나가세요. 하녀들 방은 저쪽이에요."

바이나스는 움직이지 않았다.

"아니, 잘못 찾은 게 아니야."

그가 와인을 한 모금 홀짝이며 말했다. 목소리가 부자연스럽게 나직했다.

"나도 이곳을 찾는 것이 이렇게 늦어질 줄은 몰랐군."

아르노아의 등골이 서늘해졌다. 살짝 풀린 눈으로 그녀를 응시하는 바이나스의 모습이, 음흉한 미소가, 둘 중 하나의 가능성을 시사했다. 약을 잘못 먹었거나, 그녀를 당장 직접 죽일 생각을 하고 있거나.

전자라면 잘 됐지만 후자라면 위험했다. 지금은 벨도 없고, 목걸이도 빼놓은 상태였으니까.

"와서 앉아."

바이나스가 자신이 누운 곳의 옆자리를 툭툭 치며 말했다.

"오래 기다렸겠지. 그 마음을 알고 있어."

"……알고 있어요?"

대체 뭘?

아르노아는 묻고 싶었지만 바이나스는 고개를 끄덕이기만 했다. 심지어는 못된 손으로 제 가운을 은근슬쩍 더 열어젖히기까지 했다.

"앉지 않을 건가? 그럼 내가 가지."

아르노아가 굳어 있는 사이 바이나스는 주섬주섬 몸을 일으켜 아르노아를 마주 보았다. 여전히 풀린 그 눈에서, 아르노아는 순간 낯선 끈적함 같은 것을 느꼈다.

착각이겠지.

애써 마음을 가다듬는 동안 바이나스는 코앞까지 와 있었다.

"뭐, 어두운 곳에서 보니 당신도 봐 줄 만은 하군. 어차피 할 일, 빨리 해치우도록 하지.”

“……뭐?”

“뭐긴 뭐야. 당신이 그렇게 목말라 했던 일이지.”

바이나스는 들고 있던 와인을 쭉 비웠다.

“나와 뜨거운 밤을 보내고 싶어 하지 않았나.”

휘청-

아르노아는 순간 몸을 지탱하기가 어려웠다.

“무슨…… 무슨 헛소리야?”

“그 난리를 쳐 놓고 모른 척할 건가?”

그의 눈빛에 가벼운 경멸 같은 것이 어렸다.

“내가 둔한 줄 알았나 보군. 당신, 라리사를 질투하잖아.”

어느새 그는 코앞까지 다가와 있었다. 그녀는 한 걸음 뒤로 물렀다.

대체 내가 언제?

“라리사를 괴롭히고, 다른 사내와 보란 듯 연회를 즐기고, 아마 사전에
당신이 준비시킨 거겠지.”

그는 아르노아쯤은 제 손바닥에 있다는 듯 말을 이었다.

“독수공방을 견디다 보면 정신이 좀 이상해질 수 있지, 물론 당신의 행동은
그 수준을 넘어섰지만…….”

그는 혀를 쯧쯧 차며 고개를 젓다가 다시 그녀를 향해 시선을 고정했다.

“오늘, 당신이 그렇게 원하던 것을 내가 들어주도록 하지.”

“그러니까…… 지금 제게 주겠다는 게…….”

“그래. 내 몸을 가져도 좋아.”

아르노아는 몇 초 동안 굳어 버렸다. 쓰레기를 나한테 왜 줘?

“별로…… 안 가지고 싶은데요.”

“아예 오늘 후계까지…… 뭐?”

그녀가 가까스로 말했지만 바이나스는 코웃음을 쳤다.

"도도한 척하기에는 늦었어. 이미 다 들켰으니까."

헛소리를 하는 사람의 표정이 어쩜 저렇게 진지할까. 그는 마치 고귀한 희생을 앞둔 것처럼 결연해 보였다.

"마음껏 나를 탐해."

그는 아르노아의 말이 안 들린다는 듯 말했다.

"아이도 갖게 해 주지. 대신 앞으로 라리사도, 디르한의 병사들도 건드리지 마."

그는 말을 마친 후 양손을 올려 아르노아의 얼굴을 잡으려 했다.

"잠깐만."

"난 빼는 여자는 안 좋아해."

다시 뒤로 물러서려 했지만 그녀의 등은 이제 벽에 부딪쳐 있었다.

"싫다고 했어."

"말도 안 되는 소리."

바이나스의 손이 아르노아의 머리카락에 닿고, 아르노아의 몸에 소름이 쫙 올라오는 순간이었다.

휙–

작고 하얀 무언가가 바이나스의 등 뒤에서 휙 뛰어오르며 모습을 드러냈다.

"아옹."

"뭐야?"

갑작스러운 울음소리에 바이나스가 고개를 돌렸고, 그 순간 하얀 물체는 그의 얼굴 위로 착지하고 말았다.

"야앙!"

발톱을 완전히 세운 채로.

"아아아아아아악!"

바이나스가 얼굴을 부여잡고 울부짖었다.

"비켜! 이 괴물!"

그는 양손으로 하얀 털 뭉치, 아니 고양이를 붙잡아 떼어 내려 안간힘을 썼다. 하지만 고양이는 그의 머리칼을 양 발톱으로 움켜쥐고 놓아주지 않았다. 그사이 뒷발은 열심히 움직여 바이나스의 양팔을 쫙쫙 그었다.

"아으윽! 이 짐승 새끼가!"

휘청-

고양이와 실랑이를 벌이던 그는 스스로 발이 꼬여 바닥으로 넘어졌다. 하필 그곳에, 그가 준비해 둔 양초가 두어 개가 세워져 있었다.

투둑-

한참을 타던 초가 넘어졌다. 다행히 불이 붙지는 않았지만 문제는 촛농이었다. 뜨겁게 흐르던 촛농은 그의 벌어진 가슴팍이며, 방금 긁힌 팔뚝에까지 달라붙어 버렸다.

"아흐흐흐흑! 뜨거!"

바이나스가 제 몸을 감싸고 신음하자, 고양이의 눈이 더 형형하게 빛났다. 녀석은 아예 눈앞의 남자를 죽여 버리겠다는 듯 더 거세게 달려들었다.

"야옹!"

"흰둥이, 그만."

보다 못한 아르노아가 말하자 고양이는 발길질을 멈추고 그녀를 향해 고개를 돌렸다.

"이리 와."

녀석은 잠깐 고민하는 듯 입을 꾹 다물었다가 휙 뛰어서 그녀에게 안겼다.

"으……."

볼썽사납게 바닥을 구르던 바이나스가 겨우 몸을 반쯤 일으켰다. 가운은 여기저기 그을려 있었고, 머리는 헝클어진 데다가 온몸에 촛농과 발톱 자국이 있는 모습이 불쌍할 정도였다.

"디르한의 국왕 전하, 잘 들어요."

아르노아는 고양이를 안은 채 바이나스를 내려다보며 말했다. 이 심각한 오해는 당장 풀어야만 했다. 안 그러면 앞으로도 같은 일이 반복될 터였다.

"나는 당신이 싫어. 몸에 닿는 게 끔찍해. 참고로 당신 자세히 보면 못생겼어."

"뭐……라고?"

바이나스가 멍한 표정으로 되물었다. 살면서 처음 듣는 독설에 충격이 심한 듯했다.

"흉물스러운 몰골을 다시 보여 주면, 당신도 데인 후작과 비슷한 꼴을 당할지도 몰라."

아르노아의 차가운 목소리가 계속해서 그의 귀에 꽂혔다.

"발등이…… 부러진다는 건가?"

간신히 되묻는 그의 목소리가 떨렸다.

"글쎄."

아르노아가 잔인하게 말했다.

"발등일지, 원하는 후계를 만드는 데 필요한 다른 곳일지 궁금하면 시도해 보든가."

그녀의 대답을 듣는 바이나스의 눈에 진심 어린 공포가 스쳤다.

"미쳤어……."

바이나스는 더듬거리며 주섬주섬 일어났다.

"당신은 미친 여자야."

그는 창백해진 얼굴로 휙 몸을 돌려 방에서 나가 버렸다.

쿵.

문이 닫히고 잠깐의 정적이 흘렀다. 갑자기 겪은 일련의 사태에 아르노아는 한동안 움직이지 못했다.

"야앙."

하얀 점박이 솜뭉치 같은 것이 몸을 뒤틀기 시작하고 나서야 그녀는 녀석의 존재를 기억해 냈다.

"아, 미안."

그녀는 흰둥이에게 말했다.

"다시 사람으로 돌아와. 이제 한동안은 아무도 안 올 거야."

몸을 이리저리 뒤집던 녀석은 그녀를 빤히 보며 눈을 몇 번 깜빡였다. 무언가 망설여지는 듯한 모습이었다.

"괜찮다니까."

"야옹."

녀석은 인간처럼 어깨를 으쓱하더니 입 속으로 무언가 중얼거렸다.

펑-!

작은 폭발음이 터졌고, 팔에 안겼던 고양이는 사라졌고, 그 자리에 사람이 나타났다. 허리가 아르노아의 팔에 감긴 채로.

"으응?"

아르노아가 놀라서 고개를 드는 순간 그녀는 자신을 내려다보는 벨과 눈이 마주쳤다. 무표정인 척하고 있지만, 자세히 보면 한쪽 입꼬리가 아주 조금 올라가 있었다.

"그래서 내가 일단 놓으라고 했었잖아. 아까."

"아까?"

'야옹'에 나름대로 뜻이 있었단 말인가.

아르노아가 팔을 풀자 벨은 조금 더 크게 웃으며 딱 한 걸음 물러섰다.

"왜 그랬어?"

"뭐가?"

"방금 바이나스를 공격한 거."

아르노아가 말했다.

"제국의 전령으로서, 차기 황제를 죽이거나 해치면 안 된다고 했잖아."

"죽이면 안 되고, '마법을 사용해서' 해치면 안 된다고 했지."

벨이 말했다.

"발톱으로 긁는 건 상관없어."

"그렇다고 해도…… 왜?"

아르노아는 여전히 이해가 가지 않았다. 지난번 일은 그렇다고 쳐도, 그녀와 뜬금없는 첫날밤을 보내려는 바이나스를 벨이 왜 굳이 나서서 방해한단 말인가? 굳이 끼어든다면 이혼을 막는 방향으로 애를 써야 맞지 않나?

"……영혼석을 원하지 않아?"

그녀가 다시 물었다.

"마탑주는 변덕스럽다는 말을 못 들었나?"

벨이 말했다.

"내가 원하는 건 자주 바뀌어."

"바뀌다니."

"그때는 카이시온의 영혼석이 탐나서 내기를 받아들였고, 방금은 그저 국왕을 물어뜯고 싶은 생각이 들어서 그대로 했을 뿐이다."

평생 하고 싶은 대로 하고 살아온 자만 가질 수 있는 확신이 온몸에서 느껴졌다.

"참으면 되잖아."

"참아?"

벨이 낮게 웃음을 터뜨렸다.

"마탑주는 화를 참지 않아."

그는 그 발상이 말도 안 된다는 듯 말했다.

"마법사와 황족 사이의 계약이, 그에 따른 주술이 없었다면 난 그를 죽여 버렸을 거야."

그가 아르노아의 눈을 똑바로 들여다보며 말했다. 지나가듯 여상한 말투였지만 아르노아는 그의 말에 한 치의 거짓도 없다는 사실을 알 수 있었다. 그녀는 벨이 왜 바이나스에게 화가 났었는지 물으려다가 입을 다물었다.

과거 아나킨이 했던 말이 옳았다. 마법사들을 완전히 파악하는 것은 어차피 불가능했다. 그중에서도 마탑주는 더더욱.

\* \* \*

"전하, 저쪽입니다. 조용히 활을 당기시고······."

"이번에는 꼭 잡을 수 있을 겁니다. 꼬리 말고 몸통을 겨냥하십시오."

"입 닥쳐. 나도 사냥은 할 줄 안단 말이다."

바이나스는 보좌관들에게 짜증을 내며 활시위를 놓았다.

핑-

화살은 그가 원했던 표적을 향해 힘차게 날아갔다. 하지만.

"켕?"

타다다다닥.

녀석은 또 한발 빠르게 화살을 감지하더니, 방향을 틀어 휙 도망쳐 버렸다.

"괜찮습니다, 전하! 저런 사나운 짐승을 어찌 사람의 힘으로 쉽게 잡는단 말입니까."

"그럼요, 멧돼지, 곰보다도 더 잡기 어려운 천상의 사냥감이 아니겠습니까. 혹시 잡는다면 이는 나라의 영예······."

"닥쳐!"

바이나스가 빽 소리를 지르자 위로하던 보좌관들이 어깨를 움찔하며 입을 다물었다.

"아, 전하. 아까 그 머리에 연갈색 털 난 너구리를 결국 또 놓치셨군요."

멀리 있다가 다가온 신입 보좌관 한 명이 입을 열었다. 눈치 없기로 소문난 그놈에게, 모든 이의 시선이 쏠렸다.

"아이고, 아까도 놓치시고 그전에도 놓치시더니, 벌써 화살 한 통을 쓰셨네요."

해맑게 그의 화살통을 교체해 주는 그를 보며, 바이나스는 부들부들 떨었지만 뭐라고 대꾸하지 못했다.

"다른 사냥감 다 포기하고 그놈만 쫓았는데. 한나절 동안 아무것도 못 잡고 고생만 하시고, 쯧쯧."

다가와서 이마의 땀을 닦아 주는 그놈의 말이 다 사실이기 때문이었다.

"저는 너구리 세 마리 잡았는데, 하나 드릴까요?"

"시끄럽다!"

바이나스가 주먹을 휘두르며 그를 쫓아내려 하자 다른 보좌관들이 달려와 신입을 그로부터 떼 놓았다.

그는 훅훅 숨을 몰아쉬었다. 짜증이 치밀었다. 근 보름 동안 계속해서 기분이 좋지 않았다. 오랜만에 나온 사냥에서, 말도 안 되게 재빠른 너구리가 자꾸 그의 음식을 훔쳐 달아났다는 것은 이유 중 일부에 불과했다.

며칠 전 그를 죽일 뻔했던 고양이를 잡지 못한 것도 마찬가지로 일부였다. 녀석을 잡기 위해 현상 수배를 하자는 제안에 찬성하는 보좌관이 한 명도 없었다는 것도.

"전하, 라리사 님이 찾으십니다."

"나중에 가겠다고 해."

기분이 좋지 않은 중요한 이유 중 하나는 라리사였다. 최근 그녀는 부쩍 짜증이 심해졌다. 며칠 전 아르노아의 침실에 갔었다는 사실을 알게 된 그녀는 엉엉 울며 며칠 동안 앓아누워 버렸다.

결국 궁의인 루데스 박사를 시켜 그녀가 먹던 보양식이며 약을 두 배로 늘리게 했다. 결과적으로 다시 조금 건강해진 라리사는 그 기운으로 바이나스에게 더욱 짜증을 냈기에, 상황은 그다지 나아지지 않았다.

하지만 더 큰 고민은 아르노아 때문이었다. 바이나스는 그날 밤 그녀가 자신에게 했던 말을 떠올렸다.

'나는 당신이 싫어. 몸에 닿는 게 끔찍해. 참고로 당신 자세히 보면 못생겼어.'

"흡."

바이나스는 입술을 떨며 몸서리쳤다. 살면서 그에게 그렇게 잔인한 말을 하는 사람은 없었다. 더 큰 문제는 그다음에 한 말이었다.

'흉물스러운 몰골을 다시 보여 주면, 당신도 데인 후작과 비슷한 꼴을 당할지도 몰라.'

'발등일지, 원하는 후계를 만드는 데 필요한 다른 곳일지 궁금하면 시도해 보든가.'

"……진짜일까?"

아무리 거짓말이라고 스스로를 다독여 봐도, 그날 자신을 내려다보던 아르노아의 시선은 시리도록 차가웠다.

그를 원하기는커녕, 후계자를 만들지도 못하게 해 주겠다니.

어느 정도는 그저 협박이라고 쳐도, 어쨌든 그의 후계자를 낳아 줄 생각은 없다는 말이 아닌가.

"아이, 아이라……."

은근히 후계를 보고 싶었던 바이나스에게는 예상치 못한 난항이었다.

"기왕이면 황족 피가 섞인 후계를 가지고 싶었는데."

그가 중얼거렸다.

자연히 다른 여인, 즉 라리사에게 생각이 미친 그는 눈썹을 더욱 찡그렸다. 라리사도 아이 소식이 없다는 사실이 떠올랐기 때문이었다.

결혼 초반에는 라리사가 임신하는 일이 없도록 조심했지만, 그 후에는 은근히 자식을 기대했었는데. 그 와중에 가끔씩 안았던 다른 여인들 중에도 아이를 낳은 사람이 없다는 사실이 떠올랐다.

"설마…… 내 문제?"

바이나스는 말을 내뱉고 나서 세차게 고개를 저었다.

그럴 리가 없었다. 그는 디르한의 위대한 국왕이 아니던가.

그는 마음을 가다듬기 위해 말안장에 달린 술을 찾았다. 한 모금 마시고 나서 다시 사냥을 할 생각이었다.

"어?"

아무것도 만져지지 않았다.

"술…… 어딨지?"

"호르르륵!"

다섯 걸음쯤 떨어진 곳에서 울음소리가 들렸다. 고개를 돌리자 머리에 연갈색 털이 있는 너구리 한 마리가 멀뚱멀뚱 서 있었다. 앞발에 고급 술 부대를 든 채로.

"이 망할 놈의 짐승 새끼!"

바이나스가 고함을 치며 화살을 찾는 사이, 녀석은 여유롭게 몸을 돌려 손을 한 번 흔들고는 사라져 버렸다.

## Chapter 3
## 질척이는 남편과 헤어지는 방법

"왕비 전하께서는 사냥이 처음이신가요?"

라리사가 간드러진 목소리로 물었다. 막사 앞, 간이 의자에 앉아 있던 아르노아는 눈을 굴리며 그다음 말을 기다렸다.

"저는 국왕 전하와 자주 같이 오거든요."

이거지. 이 말이 하고 싶었겠지.

"황성에서, 그리고 리켈 공작가에서 가 본 적이 있어."

"어머!"

라리사가 몰랐다는 듯 두 손으로 입을 가렸다. 티파티 사건 후로 한동안 아르노아를 피해 다니던 그녀는 겨우 며칠 만에 다시 기가 살아났다. 아니, 전보다 더 적극적으로 아르노아를 괴롭힐 방식을 찾는 중이었다.

"그럼 활을 쏴 보셨나요?"

아르노아는 이번에도 바로 대답하지 않았다.

"저는 국왕 전하께 배웠었거든요. 왕비 전하께서 디르한에 오시기도 전에."

예측과 똑같은 대답에 아르노아가 다시 한번 눈을 굴렸다. 바이나스와 자신의 친밀함이며 오래 이어져 온 인연을 자랑하는 것은 라리사의 취미였다. 요즘 그 주기가 빨라진 건 아마 지난번에 바이나스가 아르노아의 침실을 찾았다는 소문 때문일 거고.

"다른 스승이 없었다면 실력을 알 만하군."

아르노아가 내뱉었다. 전 같으면 속으로만 말했겠지만 지금은 아니었다.

"뭐라고요? 비아냥거리는 건가요? 전하께서는 디르한 최고의 용사예요!"

"최고의 용사가 너구리 한 마리에 화살 한 통을 다 비웠다면 국운이 다한 것 아닌가 싶은데."

"이……!"

라리사는 말을 잇지 못하고 입술을 꽉 깨물었다. 시중을 들기 위해 주변을 서성이던 시종들과 기사들이 그녀의 눈치를 보며 숨을 헉 하고 들이마셨다.

"흥! 그럼 왕비 전하께서는 활쏘기 실력이 아주 대단하신가 보죠? 관심 없던 사냥을 따라 나온 걸 보니, 갑자기 실력 자랑이 하고 싶으셨나 봐요?"

"글쎄."

아르노아는 시큰둥하게 말하면서도 속으로 미소 지었다. 대화의 흐름은 예상과 비슷했다.

"그렇게 잘 쏘신다면, 저와 대결을 해 보시겠어요?"

라리사가 이런 제안을 할 거라는 것도.

대단한 추측이 아니었다. 사실 왕궁 사람 대부분이 짐작하고 있었을 일이었다. 라리사는 최근 활쏘기에 취미를 붙여 왕궁 안에서도 다른 이들과 게임을 즐겼다.

"참고로 전 근위대와 대결해서 이긴 적도 있어요."

바이나스의 사랑을 독차지하는 그녀를 이겨 먹으려는 자는 없었기 때문에 자신의 실력이 상당하다고 착각하고 있었고.

"재미있는 제안이긴 한데."

아르노아는 의자에서 몸을 일으키며 말했다.

"과녁도 없이 뭘 가지고 하지?"

"여기는 사냥터이니, 하루 동안 누가 사냥감을 많이 잡았는지를 기준으로 해야 하지 않겠어요? 그런 식의 승부는 무를 숭상하는 디르한의 오랜 전통이랍니다."

거짓말.

디르한은 무예를 못 하는 걸로 유명했다. 아까부터 자꾸 너구리를 놓치던 바이나스는 사실 디르한의 기준으로 보면 꽤 멀쩡한 용사가 맞았다.

"저…… 영애, 곧 철수할 시간인데요."

두 사람을 호위하던 기사 한 명이 말했다. 실제로 숲속 깊이 들어갔던 대부분의 사람들은 사냥감을 들고 막사로 돌아오는 중이었다.

"어머머, 내 정신 좀 봐! 곧 해가 저물면 지금부터 사냥을 오래 하기도 어렵겠네요."

라리사는 몰랐다는 듯 호들갑스럽게 주변을 둘러보며 말했다.

"저는 아까 기사들을 따라가서 토끼 한 마리를 잡았지만, 왕비 전하께서는 막사에만 가만히 계셨었죠?"

그녀는 안타깝다는 듯 아르노아를 보며 말했다.

"남이 놓은 덫에 걸린 토끼를 맞춘 것도 사냥으로 치는 줄은 몰랐구나, 라리사."

아르노아가 픽 웃으며 말을 받았다.

"심지어 숨통을 바로 끊지도 못해서 다른 기사가 도와줬다고 들었는데."

"그, 그건……."

"네 화살 때문에 가죽은 못 쓰게 됐고 고기는 사냥개에게 먹인다더구나."

"그게 뭐 어때서요!"

라리사가 소리쳤다.

"화살 한 발이라도 얼마나 도움이 된다고요."

그녀는 팔짱을 끼고 아르노아를 노려보며 말을 이었다.

"정말 실력이 대단하다면 한번 보여 주시든가요. 토끼보다 큰 동물에게 화살 한 발이라도 꽂는다면 왕비 전하의 실력을 인정하겠어요."

"네 인정이 내게 무슨 가치가 있지?"

아르노아가 입가에 작은 조소를 흘리며 물었다. 라리사가 주먹을 꾹 쥐었다. 순간 할 말이 떠오르지 않은 듯했다.

"지난 무례를 사과라도 하겠다는 말일까?"

"하! 사과? 사아과?"

그녀는 과장되게 코웃음을 쳤다. '별 볼 일 없는 왕비에게 내가 왜?'라고, 얼굴에 쓰여 있었다. 애초에 라리사는 신분을 제외한 모든 면에서 아르노아가 자신의 아래라고 생각하고 있었다. 하지만 아르노아가 다른 반응을 보이지 않자, 라리사는 결국 고개를 끄덕였다.

"……좋아요."

활이라고는 아마 만져 본 적도 없을 아르노아가, 설령 있다 해도 2년째 방 안에 틀어박혀 사느라 감도 떨어졌을 그녀가 자신을 이길 리 없다고 판단한 듯했다.

"대신, 제가 이기면 왕비 전하께서도 똑같이 하세요. 저와 제 어머니에게 했던 짓을 사과하시라고요."

라리사의 말을 들은 아르노아의 얼굴에 미소가 번졌다. 대충 활을 들어 볼 계기 정도나 마련될까 싶었는데, 이 정도면 라리사가 판을 다 깔아 준 셈 아닌가. 이대로 진행되면, 왕궁에 돌아간 이후의 일은 루데스 박사에게 맡기면 될 터였다.

"토끼보다 큰 동물에게 화살 한 발이라."

아르노아는 안절부절못하며 두 사람을 지켜보던 기사들 중 한 명에게 손짓해 활을 가져오게 했다.

"제안이 좀 멍청하다고 생각하지 않니?"

"뭐라고요?"

"숨통을 끊는 것도 아니고 화살 한 발을 맞추는 게 목표라면, 작은 짐승보다 큰 짐승이 더 쉬울 텐데 말이야."

아르노아의 말에 라리사의 얼굴이 일그러졌다.

그녀는 원래 말을 뱉어 놓고 나중에 생각하는 경향이 있었다.

"빠, 빨리 숲에 가서 잡기나 하시라니까요!"

라리사가 말했다.

어차피 사냥은 끝났다.

아르노아 혼자서 깊은 숲으로 들어갈 리 없었고, 만약 들어간다면 그야말로 행운이었다. 혹시 몰라서 에스테아 백작이 암살자들을 숲속에 주둔시켜 두지 않았던가.

"여, 영애, 다음 달에 다시 사냥을 나오면 겨루시는 것이 어떻겠습니까?"

늦은 시간에 왕비를 호위해 숲으로 들어가고 싶지 않던 기사 한 명이 조심스레 말했다.

"걱정 마세요, 경. 왕비 전하께서는 용감하시니 숲에 혼자 들어가실 거예요."

라리사는 코웃음을 치며 아르노아를 바라보았다.

"자, 말에 오르세요, 전하. 대단한 걸 잡아 오려면 지금 출발하셔야죠."

그녀는 숲을 가리켰다. 땅거미가 내린 그곳은 대낮과 다르게 음산한 느낌이었다.

"못 하겠으면 패배를 인정하시든가요."

라리사는 턱을 높이 치켜들고 아르노아에게 마지막 압박을 가했다.

"뭐, 왕비 전하께서 제게 진다는 게 새로운 건 아니군요."

아르노아가 깊게 한숨을 쉬었다. 라리사는 바이나스가 제 곁에 있다며 아르노아를 조롱하고 있었다. 그 얼간이를 곁에 두었다는 사실이 그렇게 자랑스러울 수 있다는 게 신기할 지경이었다.

"못 하다니, 그럴 리가."

아르노아는 기사가 가져다준 활에 태연하게 화살을 메겼다.

"다만 모두의 시간을 낭비할 필요는 없잖니."

기세등등하던 라리사의 표정이 살짝 흐려졌다.

"잠깐, 지금 뭐 하는 거예요?"

"뭐긴, 토끼보다 큰 동물을 찾는 중이지."

아르노아는 화살을 단단히 고정 시킨 채 천천히 활을 들어 올렸다.

"가까이에도 보이는데?"

라리사의 낯이 창백해졌고, 분주하게 움직이던 시종들이 헉 소리를 내며 그 자리에 멈추었다. 아르노아의 화살은, 정확히 라리사의 이마를 겨냥하고 있었다.

"뭐…… 뭐 하는 거예요, 지금?"

"뭐긴, 큰 동물을 겨냥하고 있지."

아르노아가 빙긋 웃으며 말했다.

"숨도 쉬고, 소리도 내는데, 동물이 아니고 뭐란 말이야."

"서, 설마……."

라리사의 입술이 바들바들 떨렸고, 그녀의 호흡이 가빠졌다.

"나, 나를 건드리면 국왕 전하께서 가만있지 않을 거예요."

"그래?"

아르노아는 라리사의 협박이 하찮다는 듯 눈썹만 들어 올렸다.

"가만 안 있으면 어쩔 건지 궁금하구나."

"……!"

말이 통하지 않는 아르노아를 앞에 둔 라리사의 눈 속에 공포가 스쳤다. 티파티에서 억지로 차 몇 모금 먹었던 때와는 차원이 다른 깊은 공포였다.

"전하, 잠깐만요⋯⋯."

"무인도 아니고 기사도 아닌 내가 무슨 수로 혼자 숲에 들어가 사냥을 하겠니."

아르노아는 날씨 이야기라도 하듯 태연한 목소리로 말했다.

"멀리 있는 짐승을 잡지 못하면, 가까이 있는 것을 쏠 수밖에. 겨우 몇 걸음 앞에 있으니 승산은 내게 있지 않겠니?"

"저, 전하, 고정하십시오."

"왕비 전하⋯⋯ 자, 장난이 지나치시지 않습니까."

당황한 시종들과 기사들이 하나둘 나섰지만 아르노아의 손은 움직이지 않았다.

누구도 그녀에게 손을 대지는 못했다. 실수로 화살이 그녀의 손을 떠나 라리사의 이마를 맞추면 정말로 큰일이기 때문이었다.

"쏜다."

"흐, 흐ㅇㅇㅇㅇ흑⋯⋯."

사시나무처럼 덜덜 떠는 라리사를 바라보며, 아르노아는 끝내 잡고 있던 화살을 놓아 버렸다.

피잉-

"꺄아아아아아아악!"

"안 돼!"

라리사의 울음 섞인 비명과 지켜보던 이들의 탄식이 섞인 가운데, 화살은 거침없이 날아갔다.

쉬익- 퍽!

"끼이이익!"

"꺄아아아⋯⋯악?"

눈을 질끈 감았던 라리사는 아무것도 고통도 느끼지 못한 채 다시 눈을 떴다. 방금 뒤쪽에 있던 무언가가 자신과 비슷한 비명을 질렀던 것 같은 느낌이 들었다.

"무, 무슨 일이 일어난 거죠?"

라리사가 눈물범벅이 된 채 소리가 들린 방향으로 고개를 돌렸다. 그녀로부터 열 걸음도 채 떨어지지 않은 곳에, 막 잡은 멧돼지 한 마리를 막대에 묶어 들고 가던 네 명의 기사들이 서 있었다.

벙 찐 표정으로, 마치 그 자리에 얼어붙은 것처럼.

"끼이이……꽥."

화살이 박혔지만 목숨은 붙은 채 막대에 매달려 있던 멧돼지가 마지막 숨을 거두었다. 녀석의 목에는, 조금 전까지 아르노아의 손에 있던 화살이 수직으로 꽂혀 있었다.

"됐지? 토끼보다 큰 것."

아르노아가 말했다. 라리사는 다시 그녀를 향해 고개를 돌렸다. 눈에 담긴 혼란스러움은 여전했고, 몸도 아직 떨고 있었다.

"이게…… 이게 대체 무슨 짓이에요!"

"뭐긴 뭐야. 내가 이긴 거지."

아르노아는 아무 일 없었다는 표정으로 시종에게 활을 건넸다.

"알았으면 약속을 지켜."

라리사를 보는 새파란 눈동자가 순간 싸늘해졌다.

"무례를 사과하렴."

한층 낮게 깔리는 목소리가 평소와 전혀 다르게 느껴졌다. 조금 전의 공포가 아직 남아 있어서인지, 그녀의 호흡은 주체 못 할 만큼 가빠졌다. 몸 상태가 이상했다. 이 상황에서 벗어나지 않으면 숨이 안 쉬어질 것만 같았다.

"잘못, 잘못했……."

머리로는 당장 달려가 아르노아의 머리채를 뜯어 버리고 싶었지만, 입은 이미 굴욕스러운 말을 뱉고 있었다.

"잘못했습니······다······아."

털썩.

말을 가까스로 끝마친 순간 라리사는 바닥으로 쓰러져 기절해 버렸다.

* * *

"대체······ 대체 이게 어떻게 된 거야!"

침대에 걸터앉은 바이나스가 고함쳤다.

"라리사가 왜 정신을 잃었느냔 말이다!"

"그게······ 왕비 전하께서."

라리사의 침대를 둘러싼 사람이 바글바글한 가운데, 시종 한 명이 조심스레 입을 열었다. 다만 그는 함부로 말을 끝내지 못했다. 평소 같으면 바로 고자질했겠지만, 몇 시간 전 사냥터에서의 서슬 시퍼런 모습이 떠오른 탓이었다.

"왕비?"

바이나스는 이맛살을 찌푸렸다. 라리사가 쓰러졌다는 말을 듣고 바로 왕궁으로 돌아온 상황이라, 그는 사냥터에서 무슨 일이 벌어졌는지는 전혀 모르는 상황이었다.

"왕비가 또 왜!"

"으흑······."

시종이 뭐라고 대답하려던 순간 누워 있던 라리사가 울음을 토해 냈다.

"라리사, 왕비가 또 무슨 짓을 했느냐?"

바이나스가 묻자 그녀는 더욱 서럽게 울었다.

"왕비 전하께서······ 제게 활을 겨누시고······ 저를 쏘겠다며 협박을······."

"뭣? 그게 사실이야?"

바이나스의 말에 시종 몇 명이 고개를 끄덕였다. 물론 그다지 정확한 사실은 아니었지만, 그들은 디르한의 왕궁에서 누구 목소리가 큰지는 잘 아는 사람들이었다.

"걱정 마라, 라리사. 그 여자도 말뿐이지 직접 너를 쏘지는 못할 것이다."

"그게 중요해요? 내가 기절까지 했다는데…… 그 여자를 아직도 왕비라고 부를 수가 있어요?"

라리사는 다시 울음을 토했고, 바이나스는 머리를 쥐어뜯으며 한숨을 푹푹 쉬었다.

왕의 정부, 아니 상대가 누구든 화살을 들이대며 죽일 듯 협박하는 것은 잘못이었다. 하지만 그걸로 어떻게 왕비를 쫓아낸다는 말인가. 그녀의 존재는 루시아노 황제와 자신을 이어 주는 끈이 아니었던가.

"하…… 그 여자 정말."

바이나스가 욕설 몇 마디를 지껄였다. 지금까지 조용히 잘 있었던 왕비가 요즘 왜 이러는지 도무지 알 수가 없었다.

"저……."

그때까지 라리사의 상태를 살피던 루데스 박사가 조용히 입을 열었다.

"무슨 일이냐? 라리사는 안 다쳤다면서."

바이나스가 묻자 루데스 박사는 잠시 입을 다물고 생각에 잠겼다.

"왜 그러는 거야? 낫지 않는 건가?"

"그건 아니옵고……."

"환자에게 기운이 없으면 약을 처방해라. 안 들으면 약을 두 배로 먹이면 빨리 회복되지 않겠어?"

"라리사 님, 혹시 마지막 월경일이 언제였는지요?"

그녀는 바이나스의 헛소리를 무시하고, 시종들에게는 들리지 않을 정도의 목소리로 라리사에게 물었다.

"……보름 정도 님기긴 했는데, 그게 왜?"

"최근에 속이 메스꺼운 적이 있으셨고요?"

“맞아. 그리고 현기증도 좀……."

라리사가 대답하자 박사는 잠시 눈을 감고 무언가 계산하더니 다시 바이나스를 바라보았다.

“경하드립니다, 전하.”

“뭐가 말이냐?”

“라리사 님이 회임하셨습니다.”

“뭐라고?”

바이나스와 라리사, 그리고 방 안에 있던 모든 이의 눈이 커졌다.

“그, 그게 사실이야?”

바이나스가 떨리는 목소리로 물었다.

“라리사가 내 아이를 가졌단 말인가?”

“예, 절대적으로 안정을 취하셔야 합니다.”

루데스 박사는 언제나처럼 무뚝뚝한 목소리로 보고했다.

“전하!”

조금 전까지 죽는시늉을 하던 라리사가 몸을 휙 일으키더니 바이나스에게 안겼다.

“아이래요! 제가 전하의, 디르한 왕실의 아이를 가졌어요.”

바이나스는 멍하게 그녀를 껴안았다.

자식. 사생아기는 하나 그가 원한다면 후계로 만들 수도 있을 아이.

독설을 퍼붓던 아르노아 때문에 잠시 영영 아이를 못 갖는 것은 아닌가 생각했는데. 아니었다. 그의 씨는 멀쩡했고, 그 증거가 라리사의 몸에 있었다.

“너무너무 기쁘…… 으흑!”

라리사는 웃다 말고 무언가 생각난 듯 다시 울음을 터뜨렸다.

“왜 그러느냐?”

“아까 무서웠던 생각이 나서…… 왕비 전하 때문에, 아이를 잃을 뻔했다고 생각하니……."

바이나스가 눈을 부릅떴다.

생각해 보니 라리사의 말이 맞았다. 실제로 쏠 생각이 있었든 없었든, 라리사는 아르노아 때문에 기절까지 하지 않았나.

"그 여자가 감히……."

처음에는 그를 못생겼다고 모욕하더니, 그다음에는 후계를 못 보게 하겠다고 협박을 하고. 이제는 겨우 생긴 자식을 해칠 뻔했다.

그는 양손으로 주먹을 꽉 쥐었다. 이번에야말로 용서해 줄 수 없었다.

"왕비의 악행을 그냥 두고 볼 수가 없구나."

그가 노기 가득한 목소리로 말했다.

"왕비를 방에 감금해라. 내 명령이 있기 전까지는 누구도 왕비를 만나서는 안 돼."

"예, 전하."

"그것으로는 부족하다. 밥 한 끼, 물 한 모금도 주지 말아라. 뼈와 가죽이 들러붙을 때까지 그대로 두겠다."

"예, 전하!"

"굶어 죽기 직전이 되면 그 여자도 반성하지 않고는 못 배기겠지."

몇 분 뒤, 아르노아의 방에는 묵직한 자물쇠가 세 겹으로 채워졌다.

* * *

"이렇게 많이 갖다줄 필요는 없었는데."

아르노아는 부드러운 흰 빵을 더 부드러운 크림수프에 찍으며 말했다.

"작은 빵 하나 정도만 가져다 달라고 했는데."

그녀가 앉은 테이블 위에는 온갖 음식이 그득히 놓여 있었다.

신선한 샐러드, 통째로 구운 칠면조 한 마리, 다섯 가지가 넘는 종류의 빵에 디르한에서 구경조차 못 해 본 열대 과일까지.

"굶어 죽으면 안 되잖아."

벨은 대수롭지 않다는 듯 손뼉을 한 번 쳤다. 테이블 위에는 조금 전까지 없었던, 육즙이 철철 흘러나오는 스테이크 한 접시가 추가되었다.

"혼자서 이걸 어떻게 먹어?"

"다 먹으면 디저트도 먹어. 여자들은 그걸 더 좋아한다며."

아르노아는 고개를 갸웃했다.

"여자들이 뭘 좋아하는지 관심이 있어?"

아나킨이 말해 준 바에 따르면, 벨은 여자든 남자든 친구 자체가 별로 없는 사람이었는데.

"응. 지금은."

벨이 짧게 대답했다.

언제나처럼, 충분한 설명은 해 주지 않은 채로.

벨에게 음식을 부탁하는 것은 쉬웠다. 쪽지에 필요한 메시지를 써서 거울 앞에 비추기만 하면 됐으니까.

생존을 위해서는 음식이 필요하고, 굶어서 건강이 상하면 남은 생명도 팍 깎여서 영혼석도 조그맣게 나오지 않겠느냐는 반협박을 섞은 것도 효과가 있던 모양이었다. 한 시간도 지나지 않은 지금, 그녀는 디르한에서 먹어 본 적 없는 진수성찬을 눈앞에 두고 있었으니까.

"이것도 잘 먹을게."

아르노아는 더 이상 묻지 않고 스테이크를 한 입 먹었다.

기가 막혔다.

완벽한 양념에 적당한 부드러움과 굽기. 어디서 구해 온 건지 몰라도 천상의 맛이었다.

"누가 보면 내가 임신한 줄 알겠네. 라리사도 이 정도 대접을 못 받고 있을 텐데."

그녀가 말했다. 벨은 어이없다는 듯 헛웃음을 지었다.

"그쪽도 가짜 임신이라며."

"물론이지. 너도 아는 루데스 박사 작품이야."

"……그 괘씸한 여자."

벨의 눈가에 살기가 스쳤다. 고양이의 몸으로 겪었던, 엉덩이 주사의 수치를 떨치지 못한 것 같았다.

"유능한 여자지."

아르노아가 정정해 주었지만 벨의 표정은 변하지 않았다. 아르노아는 눈을 한 번 굴리고는 식사에 집중했다. 벨이 뭐라고 항의하든, 루데스 박사가 유능하다는 것은 절대적인 사실이었다.

라리사에게 주는 약에 무슨 성분을 넣은 건지, 그녀는 임신 초기의 증상을 그대로 겪고 있었다. 끊어진 월경에, 가벼운 입덧에, 간혹 느끼는 피곤함까지도.

'그냥 월경이나 멈추고 대충 임신했다고 거짓말해 달라는 뜻이었는데.'

아르노아는 박사의 치밀함에 혀를 내둘렀다. 현기증이며 감정 기복까지 느끼게 할 거라고는 생각지도 못했었다.

화살을 겨누어 겁을 줄 때도 기절시킬 계획은 없었다. 그저 바이나스가 너구리를 쫓는 데 정신이 팔린 틈을 타 라리사를 위협하고, 직후에 임신 사실이 알려지게 하려 했다.

이혼의 명분을 아주 제대로 심어 주기 위해서.

물론 라리사가 불쌍한 건 아니었다. 박사의 치밀함에 아르노아는 아주 만족한 상태였다.

덕분에 바이나스가 더 화나게 됐으니까.

"참."

어느새 제멋대로 침대에 드러누운 벨이 아르노아에게 말했다.

"이 방은 당분간 잠글 거라고 했지?"

아르노아가 고개를 끄덕였다.

"그럼 들킬 걱정은 없겠군."

아르노아는 씹던 빵을 꿀꺽 삼키며 눈을 크게 떴다.

"들켜?"

뭐가?

"누가 올 거라서. 신경 쓰지 말고 먹어."

벨이 기지개를 켜면서 아무렇지 않게 대답했다. 아르노아가 그 말을 곧이곧대로 들을 수 있을 리가 없었다.

"삼중 자물쇠가 채워져 있는데 어떻게 와?"

"벽을 잘 타는 놈이니 걱정 마."

"벽을 타……?"

벨이 고개를 끄덕이자 아르노아는 그제야 그가 일반적인 사람에 대한 이야기를 하고 있지 않다는 사실을 깨달았다.

정확히 3초 뒤.

톡톡톡-

작은 손 하나가, 소심하고 예의 바르게 창문을 두드리기 시작했다.

"저거 설마……?"

아니, 자세히 보니 손이 아니라 작고 검은 발이었다.

"열어 놨으니 들어와."

벨이 말하자 창문이 스르륵 열렸고, 오동통한 동물 하나가 뒤뚱거리며 창틀을 넘어 바닥으로 통 떨어졌다.

"호르륵……."

소심한 발이 인사하듯 허공에서 움직였다. 줄무늬가 그어진 풍성한 꼬리도 살랑살랑 흔들리고 있었다.

"너구리……?"

상상도 못 한 정체였다.

"이게 네 제자야?"

영체라는 건 알겠는데, 왜 하필 너구리인가. 벨이 점박이 고양이인 것만큼이나 충격적이었다.

마법사의 영체는 다 늑대나 표범, 사자, 이런 거 아니었어?

"호르르르륵."

데구르르 구르다가 간신히 중심을 잡은 녀석은 한 번 울더니 벨을 향해 반갑게 뛰어갔다.

"저리 가, 루카."

벨이 발로 그를 밀어 내려는 사이 아르노아는 눈을 가늘게 뜨고 너구리의 모습을 살폈다. 머리 위에 난 몇 가닥의 연갈색 털이 눈에 띄었다.

"호르르르륵?"

너구리는 살며시 손을 올려 아르노아를 향해 흔들었다.

"너…… 사냥터에서 봤던 그 녀석이구나?"

아르노아가 말했다.

확실했다. 흰둥이에 이어, 바이너스가 철천지원수로 삼겠다고 맹세한 두 번째 동물. 너구리는 고개를 획 돌려 아르노아를 바라보더니 꼬리를 살랑살랑 흔들었다.

"헛짓거리 말고 보고나 해."

벨이 손가락으로 녀석을 꾹 찔렀다.

펑-

작은 폭발음과 함께, 너구리는 순식간에 형체가 변했다.

"안녕, 왕비 전하."

연갈색 머리칼, 새까만 눈동자에 생기 넘치는 얼굴을 가진 그는 아까 그 너구리의 모습을 그대로 닮아 있었다.

"이렇게 만나니 반가워요."

그는 애교 넘치게 웃으며 아르노아를 포옹하려 했다.

퍽-

"악!"

아르노아의 반대편에서 뻗어져 나온 긴 다리에 뒤꿈치를 차이기 전까지.

"소식이 있다며, 그거나 전해."

벨이 싸늘하게 그를 노려보며 말했지만 루카는 아무 타격 없다는 듯 헤실 헤실 웃었다.

"케스만에서 몇 가지 들은 이야기가 있긴 하죠."

"케스만?"

아르노아가 미간을 찌푸렸다. 케스만은 대륙 최북단. 아실리에르 대공과 그 딸이 제국군을 이끌고 전쟁을 치르는 곳이었다.

"케스만 소식을…… 왜 내게 전해 줘?"

"궁금하다며."

벨이 뭐가 문제냐는 듯 대답했다.

"저번에 그랬잖아. 전쟁을 어쩌고 있기에 암살까지 계획하느냐고."

"그건 혼잣말이었는데."

그걸 기억하고 있었단 말인가?

아니, 기억은 둘째 치고, 제자를 멀리 보내 가면서 궁금증을 해소해 주는 친절함을 어떻게 해석해야 할지 알기 어려웠다. 아르노아는 이해할 수 없었지만 벨은 다시 입을 다물어 버렸다. 오직 루카만 재밌다는 듯 두 사람을 번갈아 보면서 호기심 어린 눈을 빛냈다.

"그래서, 끝이 보인대?"

아르노아가 마침내 루카에게 물었다.

케스만과 제국군의 병력은 비교가 되지 않았다. 끝나도 진작 끝났어야 할 전쟁이었다.

"아니요. 끝날 기미도 없다던데요."

루카는 그녀의 관심이 반가운 듯 쾌활하게 대답했다.

"그렇다고 케스만이 강한 건 아니고……"

"대공 쪽에서 전쟁을 일부러 질질 끈다?"

아르노아가 그럴 줄 알았다는 듯 말하자 루카의 눈이 조금 커졌다.

"아시네요?"

"뻔하지. 전쟁이 있어야 황실에서 대공에게 계속 돈을 지원할 테니까."

진작부터 추측했던 일이었다. 대공과 대공녀는 지난 1년 동안 전쟁 자금을 더 내놓으라고 황실을 압박하고 있었으니까.

"가만 보면 황실이 디르한 왕실보다 더 문제라니까."

아르노아에게는 잔혹한 편이었지만, 루시아노는 대공이 달라는 건 다 내주는 유약한 황제였다. 물론, 결국 죽어 버린 걸 보면 그것도 대공 기준에는 뻣뻣했던 모양이었지만.

"그게 다야?"

아르노아가 다시 물었다. 벨은 두 사람의 대화에 끼지 않고 조용히 앉아 아르노아를 빤히 바라보고만 있었다.

"들은 이야기가 있다며."

그녀가 루카에게 말했다.

"아, 맞아. 사실 그 얘기를 하러 온 거였는데."

그가 고개를 끄덕이며 다시 입을 열었다.

"얼마 전에 제국군 총사령관이 특수 부대를 만들었는데……."

"특수 부대? 갑자기?"

아르노아가 고개를 갸웃했다. 대공의 특수 부대는 사형수들의 부대나 마찬가지였다. 마음에 안 드는 자들이 있을 때 그들을 처벌하는 용도로 결성하고는 했다.

"그 안에 누가 들었는데?"

"직위도 다양하고, 딱히 대공에게 잘못한 건 없는 이들인데……. 한 가지 공통점은 있다던데요."

"공통점?"

“그 안에 포함된 스무 명 전부가 디르한 출신의 병사들이라네요.”

루카가 자기도 이유를 모르겠다는 듯 양손을 펴고 어깨를 으쓱했다. 아르노아의 눈이 커졌다. 이건 절대로 우연이 아니었다. 애초에 제국군 안에는 디르한의 병사들이 몇 명 없었으니까.

“⋯⋯부고를 들었구나.”

그녀가 중얼거렸다.

“루시아노를 죽이고 아리엔을 살려 두려는 게 계획이었을 테고, 그 와중에 아리엔까지 죽었다는 부고를 들은 거야. 그래서⋯⋯.”

아르노아는 어린 시절 스치듯 보았던 대공의 잔인함을 떠올렸다.

‘적의 목을 뚫지 못하는 팔은 쓸모가 없다.’

황실 기마전에서 패한 기사의 팔을 자르며 그가 한 말이었다. 전쟁 경험이 많고 유능한 편이었으나 부관이나 병사들을 장기말 정도로 삼는 것으로 알려진 자였다.

“다음 황제의 기를 초장부터 꺾어 주겠다, 이건가.”

그녀가 씁쓸하게 말했다.

아리엔을 허수아비 황제로 세우지 못하게 된 지금, 대공과 그 딸의 생각은 뻔했다. 차기 황제를 휘둘러서 아리엔을 대신하는 허수아비 황제를 만들겠다는 것.

“그게 언제였지?”

아르노아가 루카에게 물었다.

“열흘 전이요.”

그가 말했다.

“열흘이면 벌써⋯⋯.”

“맞아요.”

루카는 아까와 다를 거 없는 표정으로 대답했다.

“특수 부대는 며칠 전 위험한 작전에 투입됐다가 전부 죽었다네요.”

"……."

"케스만에서도 제국군에게 맺힌 게 있어서 성벽에 효시까지 했다던데……."

참혹한 이야기를 하면서도 루카는 표정 하나 바뀌지 않았다.

새삼 마법사들이 비마법사의 삶과 죽음에 대해 얼마나 무감각한지 깨달았다.

"바이나스를 향한 경고를 그쪽에서 대신 해 준 셈이 됐군."

아르노아가 쓴웃음을 지었다.

잔인하면서도 현명한 방법이었다. 바이나스 따위는 안중에도 없으며, 황제가 된 후에도 수틀리면 군권을 이용해 디르한을 압박할 수 있다는 메시지.

"복잡하지 않은가? 그냥 직접 죽이면 쉬울 것을."

"직접 죽이면 책임을 져야 하잖아. 이 정도면 단순한 거야."

아르노아는 어린 시절 아나스티아 황후가 가르쳐 준 복잡한 정쟁의 역사에 대해 떠올리며 말했다.

"문제는 바이나스가 그 단순한 것도 못 알아들을 수 있다는 거지."

그녀는 포도 한 알을 씹으며 덧붙였다.

바이나스는 평생 디르한에서만 나고 자라, 제국의 정치에 대해서는 전혀 아는 것이 없었다. 그는 아실리에르 대공과 루시아노가 실제로 어떤 사이인지, 누가 갑이고 누가 을인지도 명확히 파악하지 못했다. 게다가 루시아노가 죽었다는 사실조차 아직 모르고 있었고.

"……어쩌면."

아르노아가 천천히 다시 입을 열었다.

"어쩌면, 내게는 잘된 일일지도."

서서히 그녀의 얼굴에 웃음이 놓았다. 벨의 얼굴에도 희미한 미소가 번졌다. 언제부턴가, 그는 아르노아가 웃을 때마다 그렇게 따라서 웃는 듯했다.

* * *

"하…… 독한 여자 같으니."

바이나스가 머리를 쥐어뜯으며 내뱉었다.

"사과 한마디를 안 해?"

아르노아를 가둔 지 벌써 3일이 지났다.

그동안 분명 누구도 왕비의 방에 들어가지 못한 것이 분명한데. 지금쯤 울음소리, 애원하는 소리, 살려만 주면 다시 얌전했던 옛날로 돌아가겠다는 항복 선언이 들려올까 싶어 하녀들을 문 앞까지 보내 보았지만 소용없었다.

'울음소리 같은 것은 없었습니다.'

그들은 하나같이 말했다.

'너무 조용한가 싶어 말을 걸어 보니, 전하께서는 잘 지내고 있다고만 하셨습니다.'

'목소리는? 죽어 가던가?'

'아뇨.'

눈치 없는 그들은 얄밉게 대답했다.

'전보다 기운 넘치시던데요.'

쾅-!

"……그게 말이 돼?"

바이나스가 주먹으로 벽을 내리치며 말했다.

마녀도 아니고, 3일 동안 물도 음식도 없이 음침한 방에 갇혀 지냈는데 어떻게 쾌활할 수가 있단 말인가. 게다가 아르노아는 원래도 키에 비해 마른 체구였다. 며칠 음식을 먹지 않으면 쓰러질 수밖에 없다고 생각했는데.

그는 초조해지기 시작했다. 그 명랑함이 왕비의 객기라면, 지금쯤 그녀는 위험한 상황일 것이다. 음식을 주지 않으면 당장 죽을 수도 있는, 그런 상태일 가능성이 컸다.

"죽어 버리면 곤란한데……."

그냥 병사면 모를까, 제 손으로 왕비를 굶겨 죽였다는 소문이 황제의 귀에 들어가면 큰일이었다. 남매의 정이 깊지는 않다고 하나, 디르한의 국왕이 정부 때문에 황족을 굶겨 죽였다는 소문이 전해지면 황실에서 가만히 있을 수는 없을 터였다.

"그렇다고 지금 놔 주면 기고만장해져서는……."

"국왕 전하! 큰일입니다!"

한창 고민하던 중, 바이나스의 서재 문이 쿵 하고 열렸다.

"또 무엇이냐?"

그가 보좌관에게 짜증스레 물었다.

"케, 케스만 쪽에서 전언이 왔습니다."

보좌관은 지난번에 비해 훨씬 심각한 얼굴이었다.

"케스만? 왜?"

"지난번 만들어졌던 특수 부대가……."

바이나스는 그제야 디르한의 사람들이 다수 소속된 아실리에르 대공의 특수 부대를 떠올렸다. 그리고 그 후에 자신이 얼마나 이타적인 결정을 해 아르노아를 찾아갔었는지도.

그럼 끝난 거 아닌가?

아르노아는 그를 거절했다지만 두 사람이 어찌어찌 밤을 보냈다는 소문은 이미 퍼져 있었다. 여동생의 독수공방이 청산된 이상, 루시아노 황제가 그를 미워할 이유가 없지 않은가.

"그게…… 특수 부대는 적진 깊숙이 파고들다가 전부 잡혀 사형당했다고 합니다."

"뭐, 뭐야?"

"그중 일부는 효시되었는데 몰골이 비참하다고……."

바이나스의 입이 떡 벌어졌다.

이게 대체 무슨 일인가. 디르한의 병사들, 심지어는 일부 귀족 청년들까지 소속된 병력이 비참하게 죽어 버리다니.

"내, 내가 왜……."

그의 목소리가 미세하게 떨렸다.

"내가 왜 이런 짓을 당해야 하지?"

그가 테이블을 쾅 하고 내리치며 말했다. 죽은 이의 가족들이 자신의 잡으러 달려오는 모습이 바이나스의 눈에 선했다. 귀족들이니 그가 쉽게 무시할 수도 없을 터였다.

"폐하께서 왕비를 그렇게 신경 쓰신단 말인가."

그가 중얼거렸다. 며칠 전 아르노아를 가두었다는 소문이 혹시 제국까지 퍼진 것이 아닌가 하는 의심이 들었다.

물리적으로 불가능하지만, 제국에 소속된 페르헨 영지에는 마법사들이 살지 않은가? 가끔 황실의 전령 노릇인가 뭔가를 해 준다는 소문도 있었으니 그런 사실이 빠르게 전달되는 것이 그리 말도 안 되는 것은 아니었다.

한숨이 푹푹 나왔다.

잘한 결혼이라 생각했었는데, 왕비 자리에 황녀를 앉혀 두고 정부를 곁에 두는 것이 그리도 자랑스러울 수가 없었는데.

"요즘은…… 마음대로 되는 것이 없구나."

그가 짜증스럽게 말하자 보좌관이 머리를 조아리며 말했다.

"전하, 대신들이 이미 접견실에서 기다리고 있습니다."

"벌써?"

"죽은 이들 가운데 에스테아 백작과 친분이 있던 가신도 있었던 모양입니다."

바이나스는 숨을 한 번 들이켜고 자리에서 일어났다.

"왕비를 풀어 주어라."

그가 이를 으득 갈며 말했다.

"나를 끌어 주는 혼사인 줄 알았더니…… 이젠 내 발목을 잡고 있군."

그가 입속말로 욕설을 지껄이며 접견실로 향했다.

* * *

"전하! 이건 말도 안 됩니다!"

접견실에서 기다리던 열두어 명의 귀족들이 한목소리로 외쳤다.

"디르한에서 내준 병력 중 스무 명이 의미 없는 개죽음을 당했습니다."

젊은 남작 한 명이 말했다.

"황실에서 대체 왜……."

"황제 폐하께서 어쩌면 이러신단 말입니까."

"디르한은 항상 폐하께 충성스러웠는데……."

모여 있는 사람들 중 누구도 루시아노 황제의 죽음에 대해서 알지 못했다. 그저 갑자기 돌변한 황제의 태도에 당황할 뿐이었다.

"황제 폐하의 매부라는 이 자리가, 알고 보니 족쇄나 마찬가지였구나."

바이나스가 이를 꽉 깨물며 말했다. 그의 분노는 아르노아를 향하고 있었다.

"하지만 결혼은 이미 엎질러진 물이니 이제 어쩐다."

"전하."

대신들 한 가운데에 서 있던 에스테아 백작이 입을 열었다. 지난번 연극 사건으로 바이나스의 화를 샀지만, 라리사의 임신 덕분에 지위를 완벽하게 회복한 그였다.

"……이혼을 고려하는 것이 어떻겠습니까?"

왁자지껄하던 접견실에 무거운 침묵이 흘렀다.

"이혼."

바이나스가 내뱉었다.

"그렇습니다. 더 이상 왕비 전하와의 결혼 생활이 디르한에 가져오는 이익이 없지 않습니까?"

"이혼이 내 마음대로 된다는 말인가? 폐하께서는……."

"황제 폐하께서는 합리적인 분이실 테지요."

백작이 다시 말했다.

"두 분 전하께서 잘 합의하신다면, 그리고 이혼할 명분이 충분하다는 것을 폐하께서 이해할 수만 있다면 불가능한 일도 아닙니다."

"……."

"그리고 지금처럼 왕비 전하께 벌을 줌으로써 황제 폐하의 기분을 상하게 할 일도 없을 테지요."

몇몇 대신들이 고개를 끄덕였다. 바이나스가 눈을 지그시 감으며 미간을 찌푸렸다.

"이혼하면, 왕비가 가져온 지참금은……."

아르노아가 가져온 지참금은 디르한의 입장에서는 어마어마한 거금이었다.

"나라 안의 모든 학자를 불러 법률을 뒤져 보겠습니다, 전하. 지참금을 돌려주지 않을 방법은 분명히 있을 겁니다."

백작은 물러서지 않고 말했다. 사실 그는 왕비가 가져온 지참금이 정확히 얼마인지 알지 못했다. 설령 좀 비싸더라도, 지참금을 토하는 것보다는 자신의 딸이 왕비의 자리에 오르는 게 중요했다.

"어쨌든 지금은 전하와 라리사의 아이를 지키는 것이 중요한 때가 아니겠습니까."

백작의 눈짓에, 둘러섰던 이들 중 몇몇이 한 마디씩 보태기 시작했다.

"일단은 제국에 공물이라도 보내 전하의 충심을 증명하고 황제 폐하의 마음을 달래 드리지요. 그다음에 조용히 이혼할 방법을 찾는 것이 좋겠습니다."

바이나스는 혼란스러운 표정으로 여러 대신들의 얼굴을 바라보았다. 그들 모두가 백작의 의견에 동의하는 듯 고개를 끄덕이고 있었다.

"……경들의 말을 숙고해 보겠소."

바이나스가 말했다.

대신들이 썰물처럼 빠져나간 접견실에서, 그는 손바닥에 얼굴을 파묻고 생각에 잠겼다.

이혼.

생각해 본 적 없는 선택지가 머리를 맴돌았다.

'나는 당신이 싫어. 몸에 닿는 게 끔찍해. 참고로 당신 자세히 보면 못생겼어.'

아르노아가 사정없이 내뱉었던 말들이 다시 떠올랐다. 손목을 내려다보자 희미해진 고양이 발톱 자국이 끔찍한 기억을 되살려 주었다. 바이나스의 이마에 다시 한번 식은땀이 흘렀다.

그런 잔인한 일을 겪게 만드는 왕비를 어찌 곁에 둔단 말인가. 정말 다른 수가 없다면…….

"이혼…… 해야 하나."

그가 혼잣말을 내뱉었다.

\* \* \*

"어머나, 라리사 님, 너무나 아름다운 드레스예요."

데이나가 호들갑을 떨며 라리사의 소매를 만지작거렸다.

"호호, 국왕 전하께서 또 이런 선물을 주셨답니다."

딸의 몸조리를 위해 다시 입궁한 에스테아 백작 부인이 입을 귀까지 찢으며 말했다.

"아까워서 정원을 산책할 때는 다른 걸 입으라고 했는데, 세상에 라리사가 가진 모든 옷이 다 국왕 전하의 선물이지 뭐예요."

"어머니, 그런 말씀 마세요."

라리사는 다소곳이 고개를 숙이며 대답했다.

"드레스 열 벌을 새로 받은 게 무슨 대수라고요."

"어머나, 열 벌!"

데이나가 손뼉을 짝 치며 말을 받았다. 주변에서 함께 정원 산책을 하던 다른 여인들도 눈을 동그랗게 뜨며 감탄사를 토했다.

"아이, 별거 아니라니까요."

라리사가 은근히 흡족한 표정으로 다시 고개를 저었다. 그러면서도 그녀는 목걸이가 더욱 잘 보이도록 목을 빳빳하게 들었다.

"이 루비 목걸이면 모를까, 드레스가 무슨 대수라고요."

"맞아, 루비 목걸이도 받으셨죠!"

데이나는 라리사를 띄워 줄 모든 기회를 놓치지 않고 붙잡았다.

"역시 두 분의 사랑은 운명이라니까요."

"지난번에는 다른 것도 아니고 블랙 다이아몬드를 내리시더니."

"제가 봤던 목걸이 중 가장 우아하군요."

여기저기서 찬사가 터졌고, 그때마다 라리사의 입꼬리는 조금씩 하늘로 올라갔다. 몇 걸음 앞에서, 혼자 정원을 거닐던 또 다른 여인을 발견하기 전까지는.

"라리사."

"······왕비 전하."

인공 연못을 가로지르는 작은 다리 위에 혼자 서 있는 것은 아르노아였다. 햇빛 아래에서 그녀의 은발이 유난히 반짝거렸다.

"왕비 전하를 뵙습니다."

"저, 전하를 뵙습니다."

라리사를 따라다니던 여인들이 서로 눈치를 보며 아르노아에게 고개를 숙였다. 원래 그녀를 예의를 차리는 대상으로 보지 않았었지만, 최근 라리사에게 닥친 일을 보고 너도 나도 조금씩은 겁을 먹은 참이었다. 아르노아를 존경하게 되었다기보다는, 미친 여자와의 싸움은 일단 피하고 보자는 태도였다.

"······한 명은 인사를 안 하네?"

아르노아가 잔잔한 미소를 띠며 눈썹을 치켜올렸다.

"에스테아 백작 부인, 왕궁에서 좀 떨어져 지냈더니 예법을 다 잊었나 봐요?"

뻣뻣하게 치켜들었던 에스테아 백작 부인의 목이 부들부들 떨렸다. 그녀는 여전히 티파티 때의 굴욕을 잊지 못하고 있었다.

"흠, 전하를 뵙습니다."

그녀는 먼 곳을 바라보며 한참 동안 시선을 피하고 나서야 마지못해 아르노아에게 가벼운 묵례를 했다.

"손목은 괜찮고? 그때 아주 아팠던 것 같은데."

아르노아가 말했다.

"항상 침착한 부인이 그렇게 흥분하는 모습을 보였으니 말이야."

걱정하는 듯한 아르노아의 말에 부인의 얼굴이 한층 붉어졌다.

"물론입니다."

부인이 이를 으드득 갈며 대답했다.

"전하께서는 잘 지내고 계셨는지요?"

"나?"

"망아지처럼 날뛰다가 국왕 전하께 감금당하셨다는 말은 들었습니다."

마지막 말을 쏘아붙인 부인의 입가에 회심의 미소가 어렸다.

"3일 동안 물도 음식도 없이, 방 안에만 틀어박혀 계셨다면서요?"

"아······."

"마침내 방에서 나오셨을 때는, 몰골이 사람 같지도 않았다고······ 응?"

부인은 여기저기서 들려온 소문을 떠들며 아르노아의 얼굴을 마주 보다가 말을 멈추었다.

자세히 보니 뭔가 이상했다. 분명히 3일 동안 먹을 것도 없이 갇혀 있다가 겨우 나왔다고 들었는데. 홀쭉해야 할 아르노아의 양 볼은 이상하게 전보다 살이 오른 듯했고, 혈색은 눈에 띄게 좋아져 있었다.

"국왕 전하께서 그렇게 모질리가."

아르노아는 빙긋 웃으며 대답했다.

"난 아주 잘 지냈네. 라리사로부터 과거 무례했던 것에 대한 사과도 받았고 말이야."

"뭐, 뭐예요?"

라리사가 양 주먹을 꽉 쥐며 소리쳤다.

"임신한 제게 화살을 겨누고 협박해 놓고서, 그런 말이 나와요?"

"멧돼지 한 마리에게 활을 겨눴던 기억만 나는데 무슨 소리지?"

"내, 내가 멧돼지라는 말이에요?"

"비명이 비슷하긴 하더구나."

라리사는 부들부들 떨며 아르노아가 서 있는 다리 위로 한 걸음 내디뎠다.

"지금까지 전하가 불쌍해서 예의를 갖췄었는데, 이제 그런 건 꿈도 꾸지 마세요."

"그래, 네 예절은 꽤 괜찮았단다. 백작 부인이 가르친 것치고는."

아르노아는 준비라도 해 온 듯 거침없이 말을 받아쳤다. 2년 동안, 무슨 짓을 해도 다 당하고만 살던 그 여자가 맞는지 의심이 갈 정도였다.

"더 상대하고 싶지 않군요. 비키세요."

어느새 다리 위 아르노아의 코앞까지 온 라리사가 말했다.

"네가 비키거라."

당연히 바로 비킬 거라 생각했던 아르노아가 툭 하고 내뱉었다. 라리사가 눈썹을 찌푸렸다.

"뭐요?"

"좁은 다리 위에 내가 있는 걸 보고도 올라온 게 누군데?"

아르노아는 다리 정중앙에 그대로 서서 움직이지 않았다. 라리사의 미간에 주름이 잡혔다.

법대로 하자면 당연히 시녀인 그녀가 비켜야 했다. 아니, 애초에 그녀는 아르노아가 산책을 할 때 곁에서 시중을 들어 줘야 할 책무가 있었다. 하지만 상대는 아르노아고, 자신은 국왕의 첫사랑이자 아끼는 정부 아니었던가.

두 사람이 좁은 길에서 마주칠 때면, 비키는 쪽은 항상 아르노아였다.

"전하."

라리사가 화를 삼키는 듯한 목소리로 말했다.

"제 은색 왕관에 박힌 블랙 다이아를 아시지요?"

아르노아의 안색이 미세하게 흐려졌다. 이를 보는 라리사의 표정은 눈에 띄게 즐거워 보였다.

"국왕 전하께서는, 그런 예쁜 물건은 라리사의 머리 위에 있어야 반짝인다 하시며 제게 관을 씌워 주셨답니다."

"……"

"제가 국왕 전하의 결혼반지가 예쁘다고 했더니, 국왕 전하께서는 그것을 녹여서 제 귀걸이를 만들어 주셨어요."

"……그랬었지."

라리사는 드디어 말문이 막힌 아르노아를 보고 씩 웃었다.

"그게 전하와 저의 위치예요. 전하께서 어떤 발악을 해도 바뀌지 않을 거랍니다."

"……"

"황족의 핏줄 따위는, 국왕 전하의 사랑에 비하면 아무 의미 없는 거니까요."

"……그렇게 생각하니?"

"그럼요. 오늘도 국왕 전하께서는 제게 이 루비 목걸이를 걸어 주셨어요. 아름답지 않나요?"

라리사는 아르노아가 잘 볼 수 있게 목걸이를 쥐고 흔들며 그녀를 조롱했다.

"저는 왕비 전하로부터 무엇이든 빼앗을 수 있어요. 물론 사랑받지 못하는 전하께는 이제 빼앗을 만한 것이 남아 있지도 않지만……."

말을 잇던 라리사의 눈에 순간 의아함이 스쳤다.

"……그건 뭐죠?"

그녀가 하던 말을 멈추고 물었다.

가는 손가락은 아르노아의 목을 가리키고 있었다.

"그거……?"

아르노아는 자신의 목에 손을 가져갔다. 익숙해져서 잊고 있었던, 차가운 돌 하나가 만져졌다. 그녀의 입가에 작은 미소가 떠올랐다. 금족령이 풀리고 오랜만에 혼자 산책을 나왔다가 재수 없는 얼굴들을 봤다고 생각했는데. 의외로 라리사를 한 번 더 약 올릴 기회가 생긴 듯했다.

이혼에 도움이 될지 어떨지는 알 수 없는 일이었으나, 쌓인 스트레스를 풀 수 있는 것은 확실했다.

"묘안석을 처음 보나 봐?"

"처, 처음이라니!"

라리사가 말을 더듬었다. 자존심이 상했을 때의 버릇이었다.

아. 못 봤구나.

"대체…… 어디서 그런 것을 얻은 거죠?"

"라리사."

아르노아가 나직하게 말했다. 웃음기 있던 눈동자가 차갑게 식어 있었다.

"세상에는 욕심내서는 안 되는 것도 있어."

그녀는 다른 이들의 귀에는 잘 들리지 않을 목소리로 말했다.

"더 험한 꼴 보기 싫으면, 적당한 선에서 받아들이렴."

"흥!"

라리사는 얼굴을 붉히며 소리쳤다.

"2년 동안 어디 서랍에 꼭꼭 감춰 두셨던 모양이네요."

그녀의 눈은 아르노아의 목걸이를 떠나지 않았다.

"라리사, 길을 비켜."

아르노아가 한결 엄한 목소리로 말했지만 라리사의 시선은 흔들리지 않았다.

"……주시면 비킬게요."

"뭐?"

"목걸이 말이에요. 그거 저 주세요."

아르노아가 노골적으로 냉소했다. 미친 왕비 소리를 들으려고 그렇게 노력했는데, 알고 보니 롤 모델이 여기 있었네?

"멧돼지가 아니라 산적 같구나."

"말 돌리지 말아요."

라리사는 그녀를 비켜서 지나가려는 아르노아를 막아섰다. 불과 얼마 전, 아르노아의 화살 앞에서 자신이 울음을 터트렸다는 사실을 이미 잊어버린 듯한 모습이었다.

그녀 뒤에는 이미 백작 부인과 몇몇 시녀들이 따라와 다리를 막고 있었다.

"어차피 빼앗길 거, 곱게 주시면 좋잖아요? 지금까지 항상 그래서 놓고 새삼 뭘 거절하세요?"

"하……."

생각해 보니 사실이었다. 아르노아는 지금껏 라리사가 은근슬쩍 달라고 했던 것들을 다 양보해 주었었다.

"비키라고 했을 텐데, 라리사."

"주면 비켜 드릴게요."

라리사는 팔짱을 단단히 끼고 말했다.

"하지만 주지 않으면…… 저는 연못에 빠져 버릴지도 몰라요."

"뭐?"

이건 또 무슨 헛소리래?

"연못에 빠지고, 전하가 밀었다고 할 거라고요."

라리사가 또박또박 말했다.

"제 몸속에 어떤 아이가 자라고 있는지는 아시겠죠? 제게 무슨 일이 생기면 국왕 전하께서 왕비 전하를 가만두지 않을 거예요."

아르노아는 순간적으로 미간을 찌푸렸다. 라리사의 한심함에 마음속 깊이 감탄이 나왔다. 원래도 철없었던 그녀는, 루데스 박사로부터 임신 통보를 받은 이후로 완전히 유아로 퇴행해 버린 모양이었다.

"협박을 할 거면 그럴싸한 협박을 하렴."

임신 후로 먹는 것, 마시는 것 하나하나를 극히 조심했던 라리사가 목걸이 하나에 눈이 멀어 연못으로 몸을 던질 리 없었다. 제 인생이 배 속의 아이에게 달렸다고 생각하니 당연한 일이었다.

하지만 라리사는 자신의 거짓말이 꽤 설득력 있을 거라고 착각하는 듯했다.

"생각해 보세요. 전하, 사람들이 뭐라고 할지."

라리사가 말을 이었다.

"남편의 아이를 가진 여자를 연못에 밀어 버린 본처. '불타는 왕궁' 속 악녀가 딱 그러지 않았던가요?"

라리사는 작년에 유행했던 연극 이름을 대며 협박을 이어 갔다.

"전하께서도 그 악녀처럼 이혼당하고 싶으세요? 저를 질투해서 죽이려 했다는 악명을 원하시냐고요?"

"……!"

아르노아의 눈이 번쩍 빛났다. 천재. 라리사는 천재였다.

왜 그 생각을 못 했지?

"대답해 보세요, 전하. 정말 그걸 원해요?"

"응."

아르노아가 라리사에게 성큼 다가서며 말했다.

"뭐, 뭐라고요?"

"네가 말한 그대로야. 내가 그 소문이 나도록 도와주마."

아르노아는 안색이 새파래진 라리사의 한쪽 팔을 붙잡았다. 촌스러운 3류 연극이 그녀의 인생에 도움 될 날이 올 줄이야.

"자, 잠깐만, 전하……?"

"헤엄은 칠 줄 알겠지? 못 치면 할 수 없고."

아르노아는 멍해진 라리사를 연못을 향해 돌려세웠다.

"잘 가. 잉어 떼를 조심하렴. 뭐든 먹으려고 하거든."

말을 마친 아르노아는, 더 망설이지 않고 양손에 힘을 주었다.

"아, 안 돼! 이거 놔요!"

낮은 난간 위로 이미 반쯤 나와 있던 라리사의 몸은 얼마 버티지 못하고 그대로 넘어갔다.

"까아아아아아악!"

풍덩-

누가 말릴 새도 없이, 뒤에 있던 에스테아 부인이 잡아 줄 새도 없이, 라리사의 몸은 첨벙 소리를 내며 연못으로 빠져 버렸다.

"어머머머!"

"라리사!"

"어떡해요! 라리사 님이…….",

뒤에서 두 사람의 다툼을 지켜보던 이들이 한 마디씩 소리쳤다.

"아아악! 어푸! 사람 살려!"

"잠깐만 기다려라, 라리사!"

"어머, 라리사 님, 잉어 조심하세요!"

비명을 지르는 에스테아 백작 부인과 시녀들, 허우적거리는 라리사, 그녀를 구하러 달려오는 근위병들을 내려다보며, 아르노아는 환하게 웃어 주었다.

* * *

"아아아아악!"

라리사의 고함이 베개를 뚫고 나와 침실을 쩌렁쩌렁 울렸다.

"라리사, 진정해라!"

"어떻게 진정을 해요! 그 여자가 나를 물속으로 밀었다니까!"

"하아…… 정말로 그랬느냐?"

바이나스가 망설이며 묻자 라리사가 눈을 뒤집으며 따졌다.

"저를 의심하는 거예요? 전하의 아이를 품고 있는 저를? 전하께 모든 걸 다 바친 저를?"

"아니, 그게 아니라……."

바이나스가 말을 더듬었다.

그래, 중요한 건 진짜로 밀었는지 안 밀었는지가 아니었다. 어차피 미친 여자인데.

라리사를 달래는 것이 급하다고 판단한 바이나스는 그녀의 어깨에 팔을 둘렀다.

"제가 죽을 뻔했다고요!"

"그래, 그래. 나의 라리사가 너무나도 끔찍한 일을 겪었구나."

"음, 전하, 사실 연못은 사람이 죽을 만큼 깊지는 않습니다."

바이나스의 표정이 순간적으로 굳었다. 라리사도 마찬가지였다.

"……신입, 네놈은 오늘도 여기 있구나."

그가 이를 악물고 고개를 돌려 자신의 보좌관을 바라보았다.

"다른 놈들은 다 아주 바쁜가 봐?"

"케스만 건 뒤처리 때문에 말입니다. 심부름 시킬 거 있으면 제게 시키시라고……."

신입이 머리를 긁적이며 말했다.

"아무튼 걱정 안 하셔도 됩니다, 라리사 님. 연못은 라리사 님 턱까지밖에 안 오거든요."

그는 분위기를 전환시켜 보려는 듯 말을 이었다. 물론 점점 찌푸려지는 바이나스와 라리사의 표정까지는 읽지 못하고 있었다.

"조금만 발버둥을 덜 치고 차분하게 계셨더라면 연못 물을 그렇게 많이 마시지 않았을 텐데……."

이놈의 쓸데없이 솔직한, 딴에는 노력해도 눈치가 늘지 않는 보좌관은 중얼중얼 계속해서 지껄였다.

"나가! 쓸모없는 놈아!"

퍼억-

바이나스가 집어던진 베개에 얼굴을 맞은 보좌관은 침실에서 냅다 뛰어나갔다.

"저놈 말은 신경 쓰지 말아라, 라리사."

바이나스가 라리사의 어깨에 손을 올리며 말했다.

"너와 아이가 잘못되지 않아서 내가 신께 얼마나 감사한지 모를 거다."

"흑…… 하지만 다음번에는 어떡하나요?"

라리사가 훌쩍이며 물었다.

"다음번이라……."

"왕비 전하께서 저를 죽이려 한 게 벌써 몇 번인데요! 당연히 다음번이 있겠죠!"

그녀가 빽 소리를 지르자 바이나스도 안색이 흐려졌다. 라리사의 말은 틀리지 않았다. 아르노아는 이제 질투에 눈이 먼 악처가 하는 짓은 다 하고 있었다.

"이혼 안 하시는 거예요?"

다만, 이혼은 어려웠다.

"라리사, 말했지 않느냐."

바이나스가 이마를 짚으며 말했다.

"법률가를 다 모아 놓고 물어봤지만…… 방법이 없어."

"왜 없어요? 저를 죽이려 한 게 이혼 사유가 안 돼요?"

바이나스는 고개를 저었다.

"사유는 차고 넘친다. 셀 수도 없이 많아."

불경스럽게 다른 남자와 붙어 있지 않나, 국왕더러 못생겼다고 일갈하지 않나…… 물론 왕의 정부와 아이를 위협한 것도 큰 죄였다.

"하지만 이혼하면 마차 가득 황금을 실어 그 여자에게 돌려줘야만 해. 빠져나갈 방법이 없다."

"방법이 없다니……."

라리사가 입술을 잘근잘근 씹으며 말했다.

"그냥 돌려주면 안 되는 거예요? 돈이 저보다 소중한 건가요?"

"……그럴 리가."

바이나스는 잠시 망설이다가 정해진 답을 말했다.

"하지만 지참금의 절반 이상을 이미 다 써 버린 걸 어떡하느냐?"

그랬다. 아르노아가 가져온 지참금 중 일부는 왕궁 기둥을 세우는 데 썼고, 또 없던 정원을 만들었으며, 상당 부분은 라리사의 옷과 장신구로 변했다.

생각해 보니 오늘 라리사가 빠졌던 연못도 그 돈으로 팠던 것 같은데.

"……이혼을 하면, 지참금을 돌려줘야 한다는 거죠?"

라리사가 숨을 식식거리며 물었다.

"그럼…… 다른 방식으로 떠나면 문제가 안 되겠군요."

일그러진 미소가 그녀의 얼굴에 번졌다.

"다른 방식?"

"그래요, 나의 전하."

그녀가 고개를 끄덕였다.

"맡겨 두세요. 두 분을 헤어지게 할 기막힌 술수가, 에스테아 백작가에 다 있으니까요."

라리사가 자신에 차서 말했다.

* * *

"에스테아 백작가의 술수는 꾸준히 형편없군."

벨이 옷자락에 손을 닦으며 말했다.

"암살자를 다섯 배로 늘린다고 뭐가 될 거라 생각했단 말인가."

그는 막 아르노아를 해치러 온 또 다른 자들을 창밖으로 내던진 참이었다. 일부는 죽고 일부는 산 것 같은데 이제는 아르노아도 그런 것에 하나하나 신경을 쓰지 못했다.

"나름대로 독살도 시도하는 것 같던데."

"그렇겠지. 아까 그 살수에게 네 음식을 먹였더니 바로 피를 토하더군."

"아, 나 그 빵 먹으려고 놔둔 거였는데 버려야겠네."

몸을 작게 웅크린 채 침대에 앉아 있던 아르노아가 한숨을 쉬며 말했다.

사실 그녀는 별로 지금 상황이 기쁘지 않았다.

실력도 형편없는 살수들을 자꾸 고용하느라 백작가 재산이 거덜 날 위기에 있어도, 그 암살 시도가 벨 덕분에 계속 실패해도, 요 며칠은 라리사가 그녀를 보면서 슬금슬금 피해 다니고 있어도.

결과적으로 바이나스는 이혼을 선언하지 않았다.

"그놈의 지참금."

아르노아가 투덜거렸다.

"조금만 가져올걸."

그녀는 2년 전, 아나스티아 황후가 자신에게 남겼던 재산 전부를 지참금으로 가져왔었다. 자의는 아니고 루시아노가 마음대로 정한 것이었지만.

그중 대부분을 바이나스가 덥석 써 버렸고, 남은 약간의 현금으로는 루데스 박사를 도왔다. 마음 같아서는 그 황금 따위, 바이나스에게 다 줘 버리고 싶었다. 하지만 이제 와서 그렇게 한들 바이나스의 마음을 움직이지는 못할 것이다.

결국 그가 무서워하는 것은 아르노아가 아닌 루시아노 황제였으니까.

황제의 동생과 이혼하는 마당에 지참금까지 돌려주지 못한다면 황제의 눈 밖에 난다고 생각할 것이 뻔했다. 그러느니 결혼을 조금 더 유지하고 싶을지도 몰랐고.

"이제 3일 남았네, 내기 끝나는 날까지."

벨에게서 부고를 들은 것이 벌써 27일 전이었다. 즉, 3일 안에 이혼하지 못하면 바이나스는 루시아노 황제의 죽음에 대해 전해 듣게 된다는 의미였다.

그리고…… 결국 바이나스는 황제가 되겠지.

제국에 뭐가 있는지, 지금 제국의 정세가 어떤지, 경계해야 할 암살자가 누군지 아무것도 모르는, 머리가 텅텅 빈 그가 말이다.

두 달로 잡을걸.

그녀는 고개를 저으며 쓸데없는 생각을 털어 버렸다.

두 달이면 뭐 하나.

3일이 지나면, 벨이 발목을 붙잡아 두었던 디르한의 전령들도 하나둘씩 도착해 바이나스에게 소식을 전하게 될 것이다. 황성이 디르한에서 아무리 멀어도, 아나킨과 벨의 도움이 있어도, 황제의 죽음이라는 엄청난 일을 제후국의 왕에게 오래 감출 수는 없었다.

"벨."

아르노아가 제 이름을 부르자, 피곤하다며 의자 위에 액체처럼 널브러졌던 벨이 귀를 쫑긋했다.

"축하해, 네가 이긴 것 같아."

그녀의 말에 벨이 천천히 몸을 바로 세웠다. 그는 그다지 신나 보이지 않았다. 그저 입을 꾹 다문 채 아르노아를 빤히 쳐다볼 뿐이었다.

"내 영혼석을 되도록 예쁘게 다듬어 줘."

그녀가 벽에 몸을 기대며 유언처럼 말했다.

"그거 막 어둠의 마법, 이런 거에 써서 남 해치면 안 돼. 치유력으로 죽은 마왕을 살리고 이래도 안 돼."

그녀는 자신이 하는 말의 의미도 정확히 모른 채 중얼거렸다.

생명의 절반이라. 막상 잃게 되니 좀 아까웠다.

물론, 남은 생은 바이너스의 황후로 지내야 한다고 생각하니 아깝다는 생각이 다시 사라졌지만.

"벨."

"……."

"벨, 기쁘지 않아? 네가 이겼다니까."

아르노아가 의아하다는 표정으로 물었다. 황족의 영혼석씩이나 바치겠다는데, 아까부터 반응이 왜 이렇게 시원찮아?

"……별로."

"뭐?"

"별로 안 기쁜데."

어두운 밤이라서인지, 그녀를 응시하는 은회색 눈동자는 유독 또렷하게 반짝이고 있었다.

"……낳이 원한다고 했었잖아."

그녀는 처음 만났던 날, 영혼석이라는 말을 들은 벨의 눈빛을 떠올렸다.

신비로운 그 눈동자에 분명하게 보였던 것은 강한 욕망이었다. 의심의 여지가 없었다.

"내가 말했잖아."

벨은 한쪽 입꼬리를 씩 올리며 고개를 저었다.

"나는 원하는 게 자주 바뀐다니까."

아르노아는 몇 초 동안 아무 말도 하지 않고 그의 눈을 마주 보았다. 그의 시선에는 조금의 흔들림도 없었다. 거짓 같지 않았다.

"그럼…… 뭘 원하는데, 지금은?"

아르노아가 물었다. 황족의 영혼석이 되게 대단한 거라고 들었었는데, 지금 보니 그보다 가치 있는 건 많은 모양이었다. 쓸데없이 의기소침해지는 밤이었다.

벨은 동그랗게 커진 아르노아의 눈을 계속해서 응시했다.

그의 머릿속은 복잡했다. 한 번도 그렇게 복잡했던 적이 없었다. 솔직하게 말하면, 아르노아의 영혼석 따위는 머릿속에서 사라진 지 오래였다.

뭘 원하느냐.

그는 아르노아가 이기는 모습이 보고 싶었다.

정확한 이유는 그 자신도 알지 못했다. 최근 한 달 동안, 그의 감정은 줄곧 이상했다. 재미있다가, 신경 쓰이다가, 때로는 심지어 혼란스러웠다. 처음 만난 날, 황당할 정도로 과감한, 인생을 뒤집는 결단을 내리면서도 그저 담담했던 아르노아의 눈을 들여다본 순간부터였나.

언뜻 잔잔해 보이는 새파란 눈동자는, 자세히 보면 불길처럼 타오르는 것 같기도 했다. 그게 그저 흥미롭다는 생각이었는데. 그 이후로 아르노아는 그의 머릿속에 뿌리라도 내린 듯 깊숙하게 자리 잡았다.

감정의 실체도, 이름도 벨은 정확히 알지 못했다.

확실한 것은 하나였다. 아르노아가 원하는 것이 황위라면, 그는 아르노아를 황제로 만들고 싶었다.

우아한 모습 그대로 황좌에 앉아 모든 이를 내려다보는 것이 보고 싶었다. 자신도 그 사람들과 함께 그녀를 올려다보고 싶었다. 제국의 차기 황제는 아르노아라고 선언하고, 기뻐하는 그녀의 머리에 황제의 관을 씌워 주고 싶었다.

주술이고 뭐고, 바이나스를 죽여 버리고 싶었다. 가운만 입고 아르노아의 방에 쳐들어왔던 그날 이후부터 항상.

"난."

벨은 그 모든 말을 속으로 삼켰다. 감정을 참는다는 것은 마법사에게, 특히 마탑주에게는 아주 드문 일이었다.

"바이나스가 황좌에 오르는 꼴이 보기 싫군. 루시아노보다 무능한 황제의 전령이 되는 것은 마탑주의 수치야."

그가 말했다. 거짓말은 아니었다.

"카이시온의 영혼석은 귀하지만, 그런 꼴을 봐야 할 만큼 가치가 있지는 않지."

"뭐?"

"아니, 솔직히 말하면 내 마력은 충분하다 못해 흘러넘쳐서 그대의 영혼석은 그저 장식에 불과하다. 딱 내기 걸기 적당한 정도였다고나 할까."

그는 아무 말이나 이어갔다. 아르노아의 얼굴에 희미한 화색이 돌았다. 절반은 의심, 절반은 납득하는 듯 애매한 표정이었지만 분명 조금 전보다 기뻐 보였다.

아름다웠다.

그 모습을 보는 벨의 얼굴에도 미소가 떠올랐다.

"어떤 의미야?"

그녀가 확인하듯 물었다.

"비마법사와의 내기에서 이기든 지든, 나에게는 일시적인 흥미일 뿐이라는 이야기야. 그보다는 멍청한 황제를 계속 보느냐 안 보느냐가 너 중요할 것 같군."

"나를…… 계속 도와주는 거야? 내기와 상관없이 나를 돕고 싶어?"

벨은 고개를 끄덕였다. 그러자 바다처럼 깊고 별보다 시릴 것 같은 푸른 눈이 웃었다. 벨의 가슴 한구석에 찌릿한 감정이 느껴졌다.

"도울 수 있다면."

그가 말했다. 그리고 스스로에게 걸린 제약을 억지로 떠올렸다.

"난 여전히 마법으로 그를 다치게 할 수 없고, 그의 생명을 취할 수 없고, 그에게 거짓말을 할 수도 없어. 새로운 황제를 선언할 때까지는 변하지 않을 사실이야."

사실 그를 죽일 수 있는지 없는지는 한 번 시험해 볼 가치가 있다고 생각했지만, 벨은 입을 다물기로 했다.

"……어때, 도움이 돼?"

그가 물었다. 최대한 아무렇지 않은 듯 보이려 했지만 마음속에는 스스로 통제하기 어려운 간절함이 있었다.

도움을 주고 싶었다.

그녀의 운명을 바꾸는 데 큰 역할을 하고 싶었다.

"응."

마침내 아르노아가 고개를 끄덕였다.

"……정말?"

벨이 되물었다.

그는 아르노아가 무슨 생각을 하는 건지 알 수 없었다.

"네 도움이 있으면 가능할 것 같아."

그녀는 확신에 찬 목소리로 다시 말했다.

"3일 안에, 이혼장을 손에 넣을 수 있어."

벨은 흰 치아를 다 드러내며 다시 한번 웃었다.

그녀의 말 한마디가 그를 얼마나 기쁘게 했는지, 세상은 절대로 모를 것이다.

* * *

불청객이 그의 방에 나타났을 때, 바이나스는 한참 깊은 잠에 빠져 있었다. 작고 하얀 물체가 창문 틈으로 들어왔다. 그는 방 안에 아무도 없는 것을 확인하더니 소리 없이 제 형체를 바꾸었다.

스슥

"잘도 자는군."

잠든 바이나스를 내려다보며, 벨이 싸늘하게 말했다.

'깨워서 할 말만 하고 나오라고 했었지.'

그는 아르노아의 지시를 떠올렸다. 어차피 벨이 바이나스를 해칠 수 없다는 것을 알면서도, 아르노아는 자꾸 의심의 눈초리를 보내며 그에게 쓸데없는 짓은 하지 말라고 당부했었다.

쿨-

깊이 잠든 바이나스에게, 벨이 성큼 다가섰다. 새하얀 치아가 어둠 속에서 빛났다. 아르노아는 깨워서 할 말을 하라고만 했지, 어떻게 깨워야 하는지 정해 주지는 않았었다. 즉, 그 부분은 벨의 마음이라는 의미였다.

휘익- 짜아악!

벨의 손바닥이 바이나스의 뺨에 작렬했다.

원래 깊이 잠든 사람은 때려서 깨우는 법 아니겠는가.

"아아아악!"

바이나스가 화들짝 놀라며 몸을 벌떡 일으켜 세웠다.

"뭐, 뭐야! 자객인가?"

벨을 발견한 그가 반사적으로 팔을 움직여 침대 옆 설렁줄을 당기려 했다.

짝!

"악!"

다시 한번 그의 뺨을 때리고 벨은 싱긋 웃었다. 금방 부풀어 오르는 뺨을 감싸 쥔 채 바이나스가 눈을 크게 떴다. 벨은 만족스러웠다.

뭐 어때? 정신 제대로 차리라고 때린 건데.

"여, 여봐라, 거기⋯⋯."

"깼으면 입 다물고 똑똑히 듣지. 나는 제국의 전령이다."

벨이 말했다. 바이나스는 순간 멍한 표정으로 눈을 끔뻑거렸다.

"들어 본 적 있겠지? 나는 페르헨 영지의 사람이다."

바이나스는 천천히 고개를 끄덕였다.

"마법사⋯⋯인가."

그도 마법사들의 영지가 뭐라고 불리는지 정도는 알고 있었다.

"전령이 대체 이곳에는 왜⋯⋯ 아."

바이나스의 얼굴이 갑자기 흐려졌다.

"폐하께서 그대를 보내신 건가? 왕비와의 일 때문에?"

벨은 아무 대답도 하지 않았다.

이제부터는 거짓말을 섞지 않은 채로 할 말을 다 하는 것이 중요했다.

"마법사들은 황족의 신분에 중대한 변화가 있을 때 제국의 전령이 되지."

그가 말하자 바이나스는 이를 긍정으로 이해한 듯했다. 틀린 말은 아니었다. 그저 황자, 황녀의 이혼 같은 사소한 문제에는 마법사들을 동원하지 않은 지 오래됐을 뿐.

"이혼을 걱정하는 거라면⋯⋯ 폐하께 전해도 좋네. 비록 왕비의 행실에 문제가 있기는 하나, 디르한은 황실과의 의리를 지킬 것이라고."

바이나스가 이마에서 식은땀을 흘리며 말했다.

"왕비가 이혼녀의 신분으로 황궁으로 돌아갈 일은 없을 거라고 말이야."

"그런 것이 아니야."

벨이 말했다.

"내가 그대에게 하고 싶은 말은 다음과 같다."

그는 아르노아가 말해 준, 자연스러움을 위해 루카의 앞에서 몇 번 연습하기까지 한 말을 그대로 바이나스에게 읊어 주었다.

"황제는 디르한 국왕 부부의 이혼에 반대하지 않을 거야."

벨은 다시 한번 거짓이 아닌 말을 했다.

죽은 황제는 말이 없었고, 벨의 선언이 있기 전까지 공식적으로 황위는 공석이었으니까.

없는 사람이 반대를 할 수는 없지 않은가.

"반대를…… 안 한다?"

전혀 예상 밖의 말이었는지, 바이나스의 얼굴이 충격으로 얼어붙었다.

"제국에 대한 왕국의 마음은 그동안의 행보로 충분히 증명된 거 아니겠나."

벨이 말을 이었다. 당연한 소리였다. 다만 그 행보를 지켜본 사람이 아르노아고, 그 행보가 바이나스 자신의 생각에 비해 쓰레기 같았을 뿐.

"하, 하지만……."

바이나스가 웅얼거렸다.

"지참금은…… 지금 디르한의 사정으로는 도저히 지참금을 전부 토해 낼 수가……."

벨은 바이나스의 말을 자르며, 아르노아가 일러 준 마지막 말을 시작했다.

"황녀가 가지고 간 지참금 또한 황실의 부에 비하면 그저 하찮을 뿐."

"……."

"재물에 얽매여 양국의 관계를 그르치는 것은 어리석은 일일 테지."

말을 마치자 긴 정적이 침실을 채웠다. 바이나스는 멍하게 앉아, 무언가를 깊이 생각하는 표정으로 허공을 응시했다.

"내 말, 이해했나?"

"……이해했네."

바이나스가 천천히 고개를 끄덕였고, 벨의 입가에는 아까 그의 뺨을 때렸을 때와 비슷한 미소가 그려졌다.

성공이었다.

아르노아의 메시지는 완벽하게 전달되었다.

"그럼. 알아서 결정하도록."

벨은 말을 마치고 창문을 넘어 휙 사라졌다. 바이나스의 침실에는 다시 길고 긴 정적이 흘렀다.

"……끝이다."

고요한 어둠 속에서, 마침내 오래 참은 한마디 말이 작게 울렸다.

"이제…… 끝낼 때가 됐어."


* * *


"오, 어떻게 하신 거예요?"

루카가 검은 눈동자를 이쪽저쪽으로 움직이며 물었다.

아르노아의 방은 텅 비어 있었다. 그나마 있던 드레스며 장신구를 비롯해 모든 짐이 비워졌다. 남은 것은 탁자, 그 위에 놓인 약간의 음식과 물컵 정도였다.

디르한 국왕이 그녀와의 이혼을 준비하는 데에는 단 하루밖에 걸리지 않았다.

"좀 아슬아슬했지."

그녀가 탁자에 남아 있던 포도 한 송이를 루카에게 건네며 말했다. 그는 양손을 쭉 뻗어 포도송이를 받더니, 작은 물컵 속에 한 알씩 정성스레 씻어서 입에 넣었다.

너구리는 음식을 다 물에 씻어서 먹는다더니. 본체는 인간이고 너구리는 영체인데, 인간화된 몸이 왜 너구리 닮은 짓을 하는지는 알 수 없었다. 아마 자주 변신을 하다 보니 그 습관이 몸에 밴 것이겠지만.

"아슬아슬한데 어떻게 한 거예요?"

루카가 다시 물었다. 벨이 그만 좀 몰아붙이라고 눈짓했지만 루카는 스승의 눈치를 가볍게 무시했다. 궁금한 것이 당연했다. 하루 만에 이혼 절차가 진행되다니.

왕의 이혼은 그렇게 간단한 것이 아니었다. 설령 충분한 사유가 있어도 서류를 준비하는 데에만 열흘씩 걸리는 것이 일반적이었다.

"루데스 박사가 한 번 더 도와줬어."

그녀가 빙긋 웃었다. 그리 어렵지는 않았다. 루데스 박사는 왕궁 내에서 라리사를 두려워하지 않는 거의 유일한 사람이었으니까.

'오진이었습니다. 라리사 님은 임신을 하신 것이 아닙니다.'

그녀는 하얗게 질린 라리사 앞에서 태연하게 인정했다.

'오, 오진?'

'종종 있는 일인데 어쩌겠습니까.'

루데스 박사가 대답했다. 잘못했다고 사과할 생각은 눈곱만큼도 없는 태도로.

'오진이라고? 내가 임신을 안 했다고?'

'중요한 사안이니 바로 전하께 말씀드리겠습니다.'

잘못을 빌기는커녕 라리사를 더욱 질리게 만드는 말만 하며, 박사는 일어나려 했다.

'……아, 안 돼.'

한참 동안 입술을 잘근잘근 씹던 라리사가 협박하듯 말했다.

'알려지면 나는 일부러 거짓말을 했다고 전하의 의심을 사게 될 거야.'

'그럼 어쩝니까?'

한동안 실랑이를 하다가, 루데스 박사는 딱 3일만 여유를 주겠다고 일렀다. 3일 후에 바이나스는 라리사의 배 속에 그의 후계 따위가 없다는 사실을 알게 될 것이라고. 그게 루데스 박사 자신의 처벌이나 해고로 이어진들 별 상관없다고.

그 순간부터, 라리사는 바이나스에게 착 붙어 매달리며 그를 조르기 시작한 것이다. 이제 이혼할 수 있게 됐으니, 어린 시절 약속했던 대로 자신을 왕비로 만들어 달라고.

"참 간절도 했나 보군."

"간절할 수밖에. 에스테아 백작의 저택이 압류당하기 일보 직전인데."

빈정거리는 벨에게 아르노아가 말했다.

"나로서는 아주 잘된 일이고."

그녀는 빙긋 웃으며 다른 포도송이 하나를 루카에게 던져 주었다.

"이제 가 봐야 해."

그녀가 두 사람에게 말했다. 벨이 빙긋 웃으며 그녀와 눈을 맞추었다.

"조금 있으면 보겠군."

"그래."

그녀가 말했다.

"고마워, 벨."

"뭐가?"

"내기에서 져 줘서."

벨의 입가에 번지는 미소를 보며, 아르노아는 빙긋 웃으며 자리에서 일어났다. 밖에서는 벌써 누군가가 그녀를 독촉하듯 문을 두드리고 있었다.

"그럼, 조금 있다가 시간 맞춰서 나타나야 해."

그녀가 말했다.

"내 소원 들어주려면."

\* \* \*

홀에는 꽤 많은 사람들이 모여 있었다. 평소 연회장으로 사용하는 그곳은, 구경꾼들을 초대해 놓고 황실 출신 왕비의 굴욕적인 이혼을 진행하기에 딱 좋은 환경이었다.

"곧 시작하면 되겠군."

결혼식 때와 똑같은 흰 제복에 진보랏빛의 긴 망토를 갖춰 입은 바이나스가 홀 정중앙에 서서 중얼거렸다.

"왕비는 어디 있지?"

더 이상 기다리기 싫어진 그가 짜증스레 묻는 순간, 닫혔던 홀의 문이 열렸다. 양쪽으로 늘어선 사람들의 웅성거림만으로도 그는 알 수 있었다. 족쇄 같았던 그의 왕비, 아르노아가 나타난 것이었다.

'많이도 모였네.'

아르노아가 속으로 생각했다.

그녀는 제국에서부터 입고 왔던 수수한 드레스를 그대로 입고 이혼을 위한 자리에 나타났다. 증인이랍시고 모인 귀족이며 시종들이 양쪽으로 쫙 갈라지며 그녀에게 길을 터 주었다. 디르한에서 이런 공경을 받는 것은 처음인 듯해, 아르노아의 입가에 헛웃음이 지어졌다.

"안타깝군요, 전하."

양쪽으로 늘어섰던 이들 사이에서 익숙한 목소리가 들렸다.

"에스테아 백작 부인."

"뭐, 이런 날이 올 줄 알고는 있었지만 말입니다. 호홋."

그녀는 더 이상 고고한 시늉을 하려 노력하지도 않았다.

"라리사의 결혼식도 보고 가시겠지요? 아니, 초대를 못 받으셨으니 바로 떠나야 하시려나?"

그녀는 속이 다 시원하다는 듯 웃어젖혔다. 내심 아르노아에게 쌓인 것이 많았던 모양이었다.

해맑다, 해맑아.

아르노아는 속으로 혀를 찼다.

잠깐이라도 달콤한 꿈을 꾸게 내버려 둘까, 아니면 지금 그 장밋빛 미래를 조금이라도 흐리게 만들어 줄까?

아르노아는 후자를 택했다. 사실은 그녀도 에스테아 백작 부인에게 쌓인 게 없지 않았으니까.

"부인. 그래도 한때 스승이었으니, 사위 될 사람에 대해 한 가지만 말해 줄까?"

아르노아가 안타깝다는 표정으로 말했다.

"뭐…… 무슨 말씀이십니까."

"저기 서 있는 신부 들러리들, 그러니까 에스테아 백작가의 방계들 말인데."

아르노아가 라리사 곁에 있는 대여섯 명의 영애들을 가리켰다.

"저 중에 두 명이 몇 달 전 라리사가 아파서 왕궁을 떠난 사이에 바이 나스의 침실에 드나들었었지, 아마."

그녀가 백작 부인의 귀에만 들릴 정도로 조용히 말했다. 백작 부인의 입매가 굳고, 입술이 바르르 떨리기 시작했다.

"누군지는 알아서 알아보도록 해. 그럼."

부인이 미처 대꾸하기 전에 아르노아는 홀 중앙으로 발걸음을 옮겼다. 기분이 한결 상쾌했다. 부인은 아마 그 두 사람을 찾아내겠다고 한동안 바쁘게 지내야 할 것이다. 뭐 어때, 사실일 수도 있는데.

아르노아는 드디어 바이나스를 마주하고 섰다.

"왔군."

"국왕 전하를 뵙습니다."

차가운 눈으로 그녀를 내려다보는 바이나스에게, 아르노아는 정중하게 머리를 숙여 인사했다.

"꿇어."

그의 명령에 아르노아는 조금의 망설임도 없이 그대로 따랐다.

한쪽 무릎을 꿇은 아르노아, 그녀를 내려다보는 바이나스.

그 모습을 구경하는 사람들.

출생이 고귀했기에 더욱 비참하게 보일 이혼이었다.

"그대는 들어라."

"듣겠습니다."

"나, 바이나스 로체 디르한은 그대와의 이혼을 선언한다."

바이나스가 내뱉었다. 아르노아는 슬쩍 곁눈질했다. 라리사는 입이 찢어지도록 웃고 있었다. 물론, 속마음이 아르노아만큼 기쁠 수는 없겠지만.

"아르노아 살리에드 카이시온, 그대는 오늘부로 디르한의 왕비가 아니야. 왕궁에 더 이상 그대의 자리는 없다."

획-

바이나스는 직접 쓴 이혼서를 던지듯 건넸다.

따악-

금박을 두른 두루마리가 아르노아의 정수리를 때리고 바닥으로 떨어졌다. 길게 늘어뜨린 은발이 흔들렸다. 아르노아는 비로소 안도의 한숨을 내쉬었다.

드디어, 드디어 끝이다. 그녀는 자유였다.

"그대는 제국의 사람이니 고향으로 돌아가."

그래, 갈 거야.

"낡은 마차 하나 정도는 안배해 주지."

너나 가져.

"황제 폐하께 애걸하면 황궁에 머무를 수는 있을 거야. 싫어도 피 섞인 동생이니까."

"작고 낡은 마차로 제국까지 간다니, 라리사는 듣기만 해도 멀미가 날 것 같아요."

라리사가 간드러진 목소리로 말하며 바이나스의 팔짱을 꼈다. 주변에서 뭔가 웅성거리는 듯했지만 들리지 않았다. 아르노아의 눈에 보이는 것은 오직 하나, 눈앞에 떨어진 이혼서였다.

아르노아는 천천히 손을 뻗어 땅에서 구르는 두루마리를 집었다.

'이혼.'

세상에서 가장 아름다운 단어가 분명하게 새겨져 있었다.

'아르노아 살리에드 카이시온.'

별로 애정이 없는 줄 알았는데, 되찾고 나니 그렇게 소중할 수가 없는 옛날의 성도.

아르노아의 어깨가 환희로 떨리기 시작했다. 세상을 다 가진 기분이었다. 아니, 그녀는 세상을 다 가진 게 맞았다.

"혹시 귀가 막힌 건 아니겠지?"

바이나스가 재촉하듯 묻더니 짜증스럽게 몇 마디 더 중얼거렸다.

"……분명하네. 이혼."

꾹 다물렸던 아르노아의 입술이 열렸다.

"……당연한 거 아닌가."

"그럼 더 앉아 있을 필요가 없겠네."

그녀는 꿇었던 왼쪽 무릎을 쭉 펴며 시원하게 일어섰다.

"……으응?"

"이제 당신은 남편이 아니니까 말이야."

아르노아는 숙였던 고개를 휙 치켜들며 싱긋 웃었다.

"다, 당신 지금……."

바이나스의 눈이 커졌다. 그 옆에 있던 라리사도 마찬가지였다.

"내가 뭐?"

바이나스가 멍청하게 물었다.

"이제라도 끝내 줘서 고마워. 2년 동안 정말 많이 참았거든."

아르노아는 솔직하게 말했다. 정말 많이 참았었다. 속병이 안 난 것이 신기할 정도로.

"지금…… 상황 파악이 안 되는 건가?"

"상황 파악 안 되는 건 바이나스 국왕 당신이고."

아르노아는 이혼서를 다시 말아 소매에 집어넣으며 말했다. 소중한 걸 잃어버리면 큰일이니까. 그녀의 푸른 눈이 만족스럽게 휘어졌다.

마탑주와의 내기에서 이겼으니, 이제 소원이 이루어질 시간이었다.

"벨, 나와서 디르한 국왕에게 부고를 전해."

펑-!

커다란 폭발음이 울렸고, 아무것도 없던 홀에는 기다란 남자의 형상이 나타났다. 그냥 문 열고 오라는 뜻이었는데, 이런 건 언제 준비한 거야?

벨은 그녀의 표정을 보지 못한 듯, 긴 다리로 성큼성큼 걸어와 그녀의 앞에 섰다.

"……전령?"

바이나스가 미간을 찌푸렸다.

"황제 폐하의 전령이 이 자리에 왜……?"

"부르니까 나왔다. 전령인지 심부름꾼인지 모르겠지만."

벨이 노골적으로 조소하며 말했다.

"새로운 황제 폐하께서 방금 날 부르는 걸 못 들었나, 국왕?"

그 말이 아르노아의 귓가에 아름답게 울렸다. 그녀는 비로소 자신이 황위를 얼마나 원했는지 깨달았다.

그냥 자유 말고, 황위를, 권력을 원했다.

"헛소리 말아. 루시아노 황제가 언제 너를……."

"루시아노는 죽었어. 황실의 심부름꾼으로서 부고를 전하는 바다."

벨은 이어서 아리엔의 죽음을 알렸다.

"뭐, 뭐라고……?"

휘청이는 몸을 가누지 못하는 바이나스에게, 아르노아와의 이혼이 어떤 결과를 가져왔는지도 알려 주었다.

"하루만 더 기다렸으면 당신은 제국을 가졌을 텐데."

"……."

숨을 헐떡이는 바이나스를 앞에 두고, 벨과 아르노아의 눈이 마주쳤다. 날카로웠던 눈매가 아름답게 휘었다.

"대륙의 새 주인, 아르노아 살리에드 카이시온 황제다."

아르노아는 천천히 눈을 감았다가 떴다. 벨은 약속을 지켰다. 아니, 그 이상을 해 주었다.

그 덕분에 결국, 그녀는 대륙의 새 주인이 되었으니까.

"내가 당신이라면 머리를 조금 낮출 것 같군."

벨이 휘청거리는 바이나스에게, 그리고 비슷한 상태에 있는 라리사에게도 말했다.

"들었어? 머리를 낮추래."

아르노아가 어깨를 으쓱하며 미소 지었다.

"그, 그럴 수는 없다. 당신은 방금까지 디르한의 왕비였어!"

아, 이해력 한번 느리네.

"그리고 방금 대륙의 주인이 되었잖아. 왜 자꾸 못 들은 척하지?"

"말도, 말도 안……."

"아, 됐어. 인사하기 싫으면 말아. 이 지긋지긋한 왕국을 떠나는 것만 해도 어디야."

그래, 중요한 건 인사 따위가 아니었다.

"지참금은 황금을 가득 실은 마차 한 대였지. 당장 준비시켜. 당신 말대로 오늘을 넘기기 전에 출발할 거니까."

돈이 더 중요하지.

그녀에게는 더 이상 큰돈이 아니었지만 그렇다고 바이나스에게 줄 수는 없었다.

"……뭐?"

"귀가 막혔니?"

아르노아는 바이나스가 조금 전에 했던 말을 그대로 내뱉었다. 다만 그녀의 말투는 훨씬 더 차분하고, 또 냉혹했다. 바이나스의 얼굴에 남아 있던 조금의 핏기마저 사라졌다.

"이혼하면서 지참금을 토해 내지 않을 생각이었어?"

바이나스와 라리사가 그녀의 지참금으로 누린 사치가 눈앞을 스쳤다. 라리사가 입고 두른 모든 것이 거기서 온 것이라 생각하니, 더더욱 쓴웃음이 나왔다.

"전령은, 지참금은 사소하니 얽매이지 않는다고⋯⋯."

"'재물에 얽매여 양국의 관계를 그르치는 것은 어리석다.' 이 말은 국왕 당신에게 해당되는 말이야."

벨이 설명했다.

"머리가 있으면 이혼 후에 토해 낼 것은 토해 내라는 뜻이다. 당연하지 않아?"

그의 입가는 조금 전보다 더욱 노골적인 비웃음을 띠고 있었다.

"한 시간 주지, 디르한의 국왕. 마차 한 대를 황금으로 가득 채워 놔."

아르노아가 바이나스를 향해 한 걸음 다가서며 명령했다.

"당장 국고에 금이 부족하면 왕궁 벽과 지붕의 금칠을 벗겨. 그걸로 부족하면 기사들의 검을 빼앗아 검집의 장식을 녹이고."

"자, 잠깐⋯⋯."

"황금 왕좌와 선왕의 금관까지 더해도 공간이 남는다면 당신과 라리사의 금발을 잘라서 마차에 실어."

라리사가 제 머리를 팔로 감싸며 몸을 떨었다.

"아 참, 그리고⋯⋯."

아르노아는 문득 생각났다는 듯 말했다.

"관 위에 박힌 것도 잊으면 안 되지."

오기 전에, 벨은 친절하게도 가장 중요한 것을 회수하는 데 도움을 주기로 했었다.

"꺄, 꺄악!"

"무슨 짓인가!"

곧, 홀 전체에 두 사람의 비명이 울려 퍼졌다. 머리카락 좀 뜯긴다고,
엄살도 심해.

"치졸하군. 부인이 지참금으로 가져온 보석을 정부에게 선물하다니."

벨이 말했다. 아르노아는 의아한 표정으로 그를 바라보았다. 생각할수록
알 수 없는 사람이었다. 도덕 같은 건 무시하고 살 것 같은데, 바이나스에
게는 왜 유독 분노하는 건지 이상할 정도였다.

그런 그녀의 생각은, 두 개의 관이 부서지는 소리며 다시 들려온 바이나
스와 라리사의 비명에 묻혀 버렸다.

쾅앙! 투두둑―

"안 돼!"

벨은 천천히 몸을 굽혀, 영롱하게 빛나는 블랙 다이아몬드 두 알을 딸각,
하고 제 손 안에 가두었다.

"여기."

그가 손바닥을 폈다. 빨려 들어갈 듯 새까만 보석 두 알은 이제 아르노아를
향해 빛나고 있었다.

아나스티아 황후가 선대 황제로부터 받았던 물건이었다. 검은색을 좋아
하던 그녀가, 가진 보석 중 가장 아꼈던 아름다운 유산. 바이나스와 라리
사의 관 위에서 번쩍거릴 때마다 아르노아의 살기를 자극하던 그것들은 이
제 다시 그녀의 것이었다.

벨의 은회색 눈동자가 보석의 빛과 어우러진 채 강하게 반짝였다. 새삼
아름다웠다. 블랙 다이아몬드보다 더.

그는 아르노아의 오른손을 잡아 손바닥을 위로 한 채 천천히 들어 올리
더니, 손을 포갠 다음 쥐고 있던 블랙 다이아몬드를 부드럽게 놓았다.

"나, 잘했어?"

벨이 싱긋 웃으며 아르노아에게 말했다. 보일 듯 말 듯 벌어진 입술 사이로 새하얀 치아가 드러났다.

"……무슨 말이 듣고 싶은 건데?"

그녀가 작은 소리로 되물었다.

당연히 잘했지 그럼. 경위야 어떻든, 생각이야 어떻든, 결국 그는 아르노아에게 황위를 준 셈이었다. 설마 이제 와서 대가를 바라는 건가?

아르노아는 갑자기 자신의 영혼석이 아깝다는 생각이 들었다. 생명의 절반은 좀 많은데. 하지만 벨은 말없이 그녀를 향해 머리를 살짝 숙일 뿐이었다. 마치 자신을 쓰다듬어 달라는 듯.

부드러운 머리칼 때문인지, 흰둥이와 똑같은 미소 때문인지, 아르노아는 홀린 듯 손을 뻗어 새까만 머리 위에 얹었다.

"……잘했어."

기겁하며 뿌리쳐도 놀라지 않을 것 같았는데, 벨은 오히려 기분 좋은 듯 눈을 살며시 감았다가 떴다.

"나가자."

멍청하게 그녀를 바라보는 바이나스를 뒤로한 채, 그녀는 벨과 함께 몸을 돌렸다.

"내가 뭘 상속받았는지 보러 가야겠어."

끝내주게 기분 좋은 날이었다.

＊ ＊ ＊

아르노아는 곧바로 출발하지 못했다. 질척거리는 바이나스가 주된 원인이었다.

"왕…… 아니, 폐하를 위해 준비한 연회입니다. 바로 떠나지 말고 무디더 있다가……."

"치우시게."

"며칠 더 쉬다가 가시지요. 디르한 이곳저곳 구경도 좀 하고……."

한때 남편이었던 이가 울상을 지으며 그녀의 소매를 붙잡고 늘어졌다.

"꼴 보기 싫어."

아르노아가 눈썹을 한 번 까딱하자 그는 흠칫 놀라더니 손을 휙 치웠다.

"폐하, 제발!"

"하아……."

가겠다고 하면 주저앉아 엉엉 울 판이라 아르노아는 다시 자리에 앉았다.

항상 앉았던 왕비의 자리가 아니었다. 바이나스는, 그녀가 요청한 적도 없는 국왕의 의자를 아르노아에게 양보하고 그 옆자리에 자신이 앉았다.

"디르한 최고의 요리사들과 무희들과 악사들을 다 모았습니다."

다시 앉은 아르노아에게 바이나스가 사람 좋은 웃음을 흘리며 말했다. 멍청한 줄만 알았더니 계산을 할 줄은 아는 모양이었다. 제국과의 관계가 악화되면 디르한이 대륙의 다른 왕국에게 먹히는 것은 순식간일 터였다.

"특히 요리사는 대대로 왕족 전속으로 일했던 가문이라……."

"신기하군. 내가 디르한 왕족이었을 때는 거의 못 먹어 봤는데."

"그, 그건……."

"왕족끼리나 많이 드시오. 아, 라리사랑 이제 결혼한다고 했던가?"

"오해입니다! 큰 오해가 있었단 말입니다."

바이나스의 얼굴이 확 붉어졌다. 아르노아는 오히려 그 반응이 황당하다는 표정이었다.

"오해?"

"그러니까, 전 그 여인이 제 아이를 임신한 줄 알고…… 남자가 책임은 져야 한다고 생각해서……."

그가 더듬거렸다.

벨이 아르노아를 황제라고 선언한 후 이틀 동안, 바이나스는 벌써 세

차례나 기절했다가 깨어났다.

자신이 황제가 될 뻔했었다는 사실을 몇 번이나 확인한 후에 충격을 못이기고 한 번.

토해 낼 지참금이 정확히 얼마만큼인지 확인하고 한 번.

그리고 라리사가 사실은 임신하지 않았었다는 사실을 들은 후, 아르노아와의 이혼이 불필요했었다는 깨달음을 얻으면서 한 번.

'그 사이에 출발했어야 했는데.'

아르노아가 속으로 혀를 찼지만 때는 늦어 있었다. 빌어먹을 낡은 마차가 부서지는 바람에 그녀의 발이 묶였던 것이 문제였다.

세 번째 기절에서 깨어난 다음부터, 바이나스는 아르노아의 바짓가랑이를 잡다시피 하며 조금만 출발을 미뤄 달라, 오해를 풀고 가라며 애원하고 있었다.

"국왕은 항상 정부에 대한 책임감이 대단했지."

아르노아가 혼잣말처럼 말했다.

"나와 결혼을 할 때도 그랬으면 좋았을 텐데."

"폐하, 저는 속은 겁니다."

바이나스가 갑자기 분노로 활활 타오르는 눈으로 말했다.

"속아?"

아르노아의 눈이 조금 커졌다.

속인 걸 어떻게 알았지?

조금 찔리려는 찰나 바이나스는 자신의 감이 완전히 틀렸다는 사실을 입증해 보였다.

"라리사와 궁의가 짜고 제게 거짓으로 임신 사실을 알린 거 아니겠습니까?"

그가 테이블을 쿵 치며 언성을 높였다. 아르노아는 쓴웃음이 나왔다. 정부에 대해 책임감이 있다는 말도 이제는 취소다. 그는 정말로 비겁했다.

"그 두 사람만 아니었다면 저와 폐하가 이렇게까지 되지 않았을 겁니다."

그의 눈이 연회장 안을 날카롭게 두리번거렸다.

"누굴 찾는 건가?"

"누구라니요, 일을 이렇게 만든 장본인을 찾아 폐하께 사과하도록 만들겠습니다."

엄해진 그의 시선에 먼저 들어온 것은 연회장 한구석에 서서 눈치를 살피던 라리사였다. 그녀 옆에는 비슷한 표정을 한 에스테아 백작 부인이 있었다.

바이나스의 매서운 눈짓에 라리사는 주춤거리며 앞으로 걸어 나왔다. 며칠 음식을 먹지 못했는지 그녀는 초췌해 보였다. 왕비가 될 것을 기대했던 날 모두의 앞에서 머리채만 잡아 뜯긴 모멸감 때문인지, 아니면 암담해진 앞날을 걱정해서인지는 알 수 없었다.

"폐하께 돌이킬 수 없는 잘못을 한 여자입니다."

며칠 전까지만 해도 사랑이 뚝뚝 떨어졌던 눈빛은 상당히 냉정해져 있었다.

"무엇 하고 있지? 무릎을 꿇지 않고."

바이나스가 차갑게 지시하자 라리사는 새파란 안색으로 입술을 달싹거리다가 아르노아의 앞에 털썩 무릎을 꿇었다.

"폐, 폐하. 라리사가 잘못했습니다."

와, 치사해.

아르노아는 혀를 내둘렀다. 세기의 사랑꾼인 것처럼 별 행세를 다 하더니 이제는 정부를, 첫사랑을 그녀 앞에 제물처럼 바치고 있다.

라리사는 사색이 된 채 아르노아의 시선을 피하며 떨고 있었다.

"귀찮으니 저리 좀…… 아니지."

됐다고 일어나게 하려던 아르노아는 잠시 말을 멈추고 생각에 잠겼다. 생각해 보니 바이나스의 말이 아주 틀린 것은 아니었다. 라리사는 그녀에게 잘못한 것이 많았다. 최근에 물에 좀 빠뜨리고 망신을 좀 줬다고 해서 그게 다 없던 일이 되는 건 아니지 않은가.

"라리사."

익숙하지 않은 자세 때문에 벌써 좀이 쑤시기 시작한 라리사에게 아르노아가 말을 걸었다.

"……예?"

혹시나 일어나라고 하려나 하는 한 줄기 희망이 그녀의 눈을 스쳤다.

"계속 그대로 있어. 보기 편하긴 하군."

그녀가 말했다.

아르노아의 성격이 꼬인 탓만은 아니었다. 제 손으로, 작정하고 쌓아도 다 쌓지 못할 정도의 업보를 남긴 것을 어쩐단 말인가.

"들었느냐 라리사, 그대로 있거라."

바이나스의 서슬 퍼런 외침에 그녀는 몸을 똑바로 펴고 그 자리에 앉았다. 바이나스가 술을 한 잔 쭉 마시더니 한층 나직해진 목소리로 말을 붙였다.

"폐하, 저 여인이 없었더라면…… 저와 폐하는 지금쯤 어떻게 되었을까요?"

"어떻게 되다니?"

"이틀 전, 마탑주와 서로를 바라보며 다정하게 웃는 폐하의 모습을 보고 깨달은 것이 있습니다."

"깨달아?"

아르노아는 영문을 모르겠다는 표정으로 물었다. 그 와중에 생각해 본 적 없는 한 마디가 귀에 걸렸다.

뻴과 그녀가 다정하게 보였나?

그러거나 말거나, 바이나스는 그리운 과거를 회상하듯 아련한 표정으로 아르노아를 바라보았다.

"폐하, 저는 말입니다."

"국왕, 어디 아픈가?"

"사실은 폐하를 연모했습니다."

"푸흡!"

전혀 예상 못 했던 소리에 아르노아는 머금었던 술을 다시 뱉어 냈다. 정신을 차리자 눈앞에는 얼굴이 푹 젖은 바이나스가, 여전히 아련한 표정으로 그녀를 바라보고 있었다.

"세 번 기절하더니 이제 정말로 미쳐 버렸군."

"폐하께서는 제 아내였지 않습니까?"

"실질적으로는 전혀 아니었다는 사실을 그대가 가장 잘 알지 않나?"

단호한 대답에도 바이나스는 포기하지 않았다. 오히려 자리에서 일어나 아르노아의 코앞까지 다가왔다.

"폐하, 다시 생각해 주십시오."

그녀가 미처 말리기도 전, 그는 한쪽 무릎을 꿇고 그녀의 오른손 끝을 잡았다.

"폐하, 아니, 사랑하는 아르노아 디르한, 다시 한번 나와 결혼하……."

"싫어."

아르노아는 돌아 오르는 소름을 가라앉히는 데 집중하며 말했다.

"한번 잘 생각해 보십시오, 폐하."

그는 끈질기게 설득했다.

"폐하께서는 아무런 통치 경험이 없으시지 않습니까."

"……뭐?"

"딱 주변에서 이용하기 좋은 사람입니다. 이 살벌한 정치판에서 폐하처럼 현숙하고 순진한 분은 순식간에 남의 농간에 넘어가서 가진 걸 다 빼앗길 겁니다."

"현숙하고 순진……?"

이틀 전까지는 미친 왕비라며.

"반면 저는 몇 년 동안 국왕의 자리에 있었지 않습니까."

"그랬지. 그것은 나의 비극이자 디르한 전체의 비극이었네."

"경력이 오래되면 사람 얼굴만 봐도 그 생각을 다 꿰뚫어 볼 수 있습니다. 폐하 곁에는 저와 같은 사람이 필요합니다."

아르노아의 말을 못 들은 듯, 그는 한참 연습한 듯한 말을 술술 이어 갔다.

"오해를 풀고, 그간 쌓인 서운함을 가라앉히면 폐하께서도 알 수 있을 겁니다."

기가 찬 아르노아의 얼굴을 보지 못한 듯, 그가 꿋꿋하게 말했다.

"폐하를, 제국을 위해서는 저와 같은 사람이 필요하다는 것을 말입니다. 감정에 휘둘려서 일을 그르쳐서는 안 됩니다, 폐하."

올려다보는 그의 눈이 너무나 똘망똘망해서, 모르는 사람이 보았다면 믿을 수 있었을 일장 연설이었다. 물론, 바이나스를 아는 입장에서는 그냥 웃겼다.

"감정에 휘둘린다라…… 자기소개 잘 들었네, 국왕."

그녀가 바이나스에게 잡혔던 손을 슥 빼내 냅킨에 문지르며 말했다.

"사람을 꿰뚫어 보는 사람치고, 국왕은 방금 전에도 자신을 속인 자들에게 분노하고 있지 않았던가? 라리사와 궁의였지?"

"그건……."

바이나스가 엉거주춤 제자리로 돌아가며 얼굴을 붉혔다.

"의사의 말을 어찌 의심하겠습니까? 저와 폐하는 모두 속았단 말입니다!"

그가 표정을 구기며 언성을 높였다.

"루데스 박사가 아니었다면 저와 폐하가 이렇게까지 되지는 않았을 겁니다."

"그런가?"

"이런 걸로 마음이 풀리실지 모르겠지만, 문제를 이렇게 만든 루데스 박사에게서 궁의의 직위를 박탈했습니다."

그는 마치 칭찬이라도 해 달라는 듯 아르노아의 눈치를 보았다. 2년 만에 처음으로, 그녀는 바이나스와 의견이 맞는 느낌이었다.

"아주 잘했네."

아르노아는 싱긋 웃으며 그에게 대답해 주었다. 바이나스가 희망을 가지려던 찰나, 그녀가 덧붙였다.

"루데스 박사는 내가 제국으로 데려가기로 했거든."

"예, 예에?"

"순진한 내 곁에 사람이 필요한 건 사실이라서 말이야."

그녀는 자신이 박사의 배후에 있었다고 말해 줄까 고민했으나 그것까지는 하지 않기로 했다. 복잡해서 바이나스가 이해를 하지 못할 수도 있다고 판단했기 때문이었다.

"현명한 국왕을 속였다면 아주 똑똑한 사람이 분명해. 그러니까 국왕."

바이나스를 부르는 그녀의 목소리가 한층 싸늘해졌다.

"이제 그만하고 내 지참금이나 내놔."

그녀는 단호했다. 이제 더는 한 치의 희망도 허용하지 않겠다는 단호함이었다.

바이나스는 사색이 된 채 아르노아를 바라보았다. 아르노아가 어째서 루데스 박사를 데리고 제국에 가겠다는 것인지 이유를 생각할 틈도 없었다.

"그, 그게…… 사실은…… 없습니다."

그가 떨리는 목소리로 털어놓았다.

"금박을 벗기고 왕좌를 더해도…… 도저히 이미 써 버린 돈을 채울 수가……."

"……그래?"

아르노아의 목소리에서 옅은 살기가 느껴졌고, 이제 소름이 돋은 곳은 바이나스의 등골이었다.

"국왕, 디르한의 초대 국왕은 카이시온 제국의 봉신이었지."

그녀가 나직하게 말했다. 일상적인 말투이지만 어딘가 협박처럼 들렸다.

"멀고 험준한 디르한을 황실에서 직접 지배하기는 어려우니, 초대 국왕을 보내 황실의 눈이 되어 달라고 했었어."

"그, 그렇습니다. 디르한은 오랫동안 제국의 오른팔로서 충실하게 그 역할을 수행했습니다."

"그렇다면 국왕 또한 카이시온의 황제를 주군으로 인정하고 있다는 의미가 되겠지?"

"물론입니다!"

아르노아는 싱긋 웃었다. 그 말은 그녀가 더 이상 바이나스의 체면을 고려해 줄 필요가 없다는 의미였다.

"그럼 교대해."

"예? 누구와 무엇을……?"

"라리사와 교대하라고."

아르노아가 바이나스를 똑바로 보며 명령했다.

"주군의 돈을 쓰고 못 갚게 생겼으면, 일단 벌이라도 받으라고."

바이나스는 멍하게 얼어붙었다. 붉어진 얼굴로 보아 자존심과 현실 사이에서 갈등하는 듯했다.

"하, 한때 남편이었던 저를 이렇게……."

"지금."

더듬거리다가 아르노아와 눈이 마주치는 순간, 그는 자신에게 자존심을 챙길 여유가 없다는 사실을 완전히 깨달았다.

"자, 잘못했습니다, 폐하."

바이나스는 라리사의 옆으로 내려가 얌전히 무릎을 꿇었다.

"부디 조금만 여유를 주십시오."

당해 본 적 없는 수모에 몸이 떨리는 것이 보였다. 악사들은 연주를 멈추었고, 연회장 안에 춤을 추는 사람은 이제 없었다. 디르한의 관습상, 국왕이 바닥에 꿇어앉은 상황에서 다른 이들이 서 있을 수는 없는 노릇이었다.

"폐하, 저희도 벌을 받겠습니다."

"잘못했습니다, 폐하."

순식간에, 바이나스가 초대한 손님 모두가 바닥에 앉아 손을 모았다. 라리사는 눈치껏 혼자 일어나려다가 다리에 쥐가 나 휘청하고 다시 쓰러졌다. 결국 죽고 못 살던 두 사람은 나란히 앉아 아르노아에게 머리를 숙인 꼴이 되었다. 뒤에 수십 명의 사람들과 함께.

아, 이럴 줄은 몰랐는데.

쓸데없이 협동심을 발휘하는 이들을 보는 아르노아에게 피로감이 몰려왔다. 물론 그 자리에 있는 인간들 하나하나가 한때는 그녀를 조롱했던 이들이기에 안타까운 마음까지는 없었지만.

"그래, 다들 그 자리가 편하면 알아서 해."

그녀는 말리는 것을 포기하고 술을 한 모금 마셨다. 재수 없게 굴던 사람들을 내려다보는 기분이 그리 나쁘지만은 않았다.

"국왕, 그대에게서 빚을 탕감해 줄 생각 같은 건 없어."

그녀가 잔을 내려놓으며 말했다.

"당장 못 받는다면 이자까지 쳐서 다 받아 낼 거야."

아르노아가 딱 자르자 바이나스의 표정이 흐려졌다.

"하지만 누구 돈을 가져다가 빚을 줄일 수 있는지 조언은 해 주도록 하지."

바이나스의 눈이 반짝 빛났고, 아르노아의 시선이 연회장 한구석에 꽂혔다. 그녀의 눈을 애써서 피하고 있는, 중년이 넘은 남자였다.

"디르한의 왕은 중죄를 저지른 귀족의 재산을 몰수할 수 있었지?"

"그렇습니다만…… 아무 핑계나 대고 그런 짓을 하기에는…….."

"누가 아무 핑계를 대랬나?"

아르노아는 한숨을 쉬었다.

어쩜 머리가 당연하게 그쪽으로 굴러가는 건지.

"죄인 한 명을 알려 주려는 거야. 그것도 왕족을 암살하려 시도했었던."

"예……?"

바이나스가 두 눈을 껌뻑거렸고, 라리사의 안색이 백지장처럼 창백해졌다.

"놀랄 건 뭔가. 아주 몰랐던 것도 아니면서. 에스테아 백작이 나를 암살하려고 시도한 게 몇 번인데."

그녀의 말에 바이나스의 눈이 커졌다. 놀라서가 아니라, 진짜로 그녀의 의견이 기발하다고 생각해서.

"그런 악독한 인간!"

그가 손뼉을 짝 하고 쳤다. 그리고는 눈을 돌려 에스테아 백작을 노려보았다.

"에스테아 백작을 당장 감금해."

그가 살길을 찾았다는 듯 말했다. 뒤쪽에서 꿇어앉았던 병사 몇 명이 곧바로 일어나 백작에게 향했다.

"저, 전하……."

라리사의 몸이 휘청거렸지만 바이나스는 잡아 줄 생각이 없어 보였다. 저 멀리 뒤편에서, 에스테아 백작 부인으로 보이는 여인도 휘청하고는 바닥으로 쓰러지는 모습이 보였다.

"폐하를 살해하려 했던 죄로 작위를 박탈하고 전 재산을 몰수한다."

"전하, 어떻게 아버지에게 그러실 수 있어요!"

그녀가 소리쳤지만 바이나스는 더 듣지 않았다.

"백작가를 샅샅이 뒤져서 조그마한 단서라도 찾아내라! 암살 시도에 조금이라도 관여한 자들은 모두 처벌해!"

"전하! 제발……!"

"전하! 오해입니다! 저는 그저 전하를 위해서……."

그야말로 아수라장이었다. 한 푼이라도 더 모으려고 체념을 나 버리고 눈에 불을 켠 바이나스나, 갑작스러운 날벼락으로 우는 백작가의 사람들이나.

그 모습을 내려다보며, 아르노아는 쓴웃음을 지었다.

그러게, 내가 일찍 간다고 했잖아.

\* \* \*

깊은 밤, 커다란 마차 세 대는 들판을 가로질러 달렸다.

"국왕 전용 마차라더니, 넓고 좋은데?"

첫 번째 것에 탄 아르노아가 벨에게 말했다.

"황금 대신 받기를 잘했어."

그녀가 탄 마차는, 에스테아 백작으로부터 전 재산을 압수하고, 국고를 털고, 보기 좋았던 왕궁 벽에서 금박을 다 벗겨 내고도 황금을 다 채우지 못한 바이나스가 울며 겨자 먹기로 넘겨준 물건이었다.

'폐하, 진짜 가져가십니까? 진짜로?'

조금 초라해진 차림으로, 절반으로 줄어든 호위를 데리고 아르노아를 배웅 나온 바이나스는 끝까지 훌쩍이며 묻고 또 물었다. 마차 세 대 중 한 대에 꾸역꾸역 타고 배웅을 나왔던데, 돌아가는 길에는 걸어갔는지 어떻게 갔는지는 알 수 없었다.

"아주 폭신해. 황궁에 가서도 쓸 거야. 뒤에 루데스 박사가 탄 것도 그러려나?"

그녀는 마차 창문을 열고 밤바람을 느끼며 말했다.

아무런 말도 하지 않은 채 그녀를 바라보던 벨이 입을 열었다.

"……백작은 죽이지 않기로 했다며."

벨이 못마땅한 듯 말하자 아르노아는 뭐 어떠냐는 듯 피식 웃었다.

"무슨 상관이야, 이제 내 눈앞에 없는데."

"화가 나지 않는 건가? 국왕이 정부에게 마음이 약해진 걸지도 모르는데."

"응. 둘이 결혼해도 돼."

아르노아가 솔직하게 말했다.

사실 그녀는 두 사람이 꽤 어울리는 한 쌍이라고 생각하고 있었다. 멍청한 정도가 비슷하다고 해야 하나. 어쨌든 서로의 하자가 얼마나 심각한지 모른다는 것은 큰 장점이 아니겠는가.

"속도 좋군."

벨이 어깨를 으쓱하며 눈을 지그시 감았다.

"벨."

"왜?"

아르노아의 부름에 그가 가늘게 눈을 떴다. 귀가 살짝 움직이는 모양이 고양이를 연상시켰다.

"제국에 가면 네 일은 끝나는 거야?"

"그렇다고 봐야지. 황제는 정해졌으니까."

그가 말했다.

"넌 마탑으로 돌아가고?"

그녀가 다시 묻자 벨은 완전하게 눈을 뜨고 아르노아를 빤히 바라보았다. 살짝 말려 올라간 입매에 웃음을 머금은 듯했다.

"황궁으로 와."

웃는 듯한 그를 바라보며, 그녀가 단도직입적으로 말했다.

"황궁?"

벨이 처음 듣는 단어라는 듯 되물었다. 당연한 일이었다. 황성에서 사는 마법사라니, 기존에 들어 본 적도 없었던 이야기였다.

"내가 왜 황성으로 가지?"

"페르헨의 영주니까. 귀족 회의에 참석하면 되지."

"……왜?"

"페르헨 바깥의 사람들은 마법사를 배척하는 경향이 심하니까."

아르노아가 대답했다. 이건 득이 될 만한 제안이었다.

"네가 중간에 버티고 있으면, 귀족들이 멋대로 단합해서 나를 귀찮게 하지 못할 거 아냐."

물론 벨이 아닌 아르노아에게.

벨이 흥미롭다는 듯 눈을 깜빡였다. 이것은 그녀가 황제로서 처음으로 한 정치적인 제안이었다.

"황제에게는 좋겠지만 난 귀찮아."

씨알도 안 먹힐 소리였지만.

"싫으면 할 수 없지."

아르노아는 그럴 줄 알았다는 듯 작은 한숨을 내쉬었다.

내기와 같은 특수한 상황이 아닌 이상, 마법사를 움직일 수 있을 거라는 기대는 없었다. 혹시나 싶어 슬쩍 말해 본 것이었는데 역시 소용없었다.

"……정치를 배웠나?"

그녀를 빤히 관찰하던 벨이 의아한 표정으로 물었다.

"어머니 때문에 조금. 이유는 모르겠지만."

아르노아가 짧게 대답했다.

아나스티아 황후는 그녀에게 쓸데없을 만큼 많은 것을 가르쳤었다. 제왕학까지 가르쳤다가 나중에 아르노아가 루시아노의 견제를 얼마나 당했었는지.

외가인 리켈 공작가에 상주하던 스승들은 그녀가 기존에 배웠던 과목을 그대로 이어서 가르쳐 주었고, 덕분에 아르노아는 작위 하나 없던 황녀치고는 정치에 밝은 편이었다.

"……난 황성에서 상주할 수는 없어."

잠깐의 침묵 후 벨이 말했다.

"영지에, 마탑에 가야 해."

"영지에 무슨 일이 있는……."

아르노아가 무심코 물었다가 다시 입을 닫았다. 마법사들의 영지에서 일어나는 일은 황제라도 함부로 간섭할 수 없다는 것이 제국의 불문율이었다.

'마탑주들은 원래 성격이 더럽다는 사실을 유념하렴.'

아나스티아 황후의 가르침도 있었는데. 벨과 한동안 붙어 있다 보니 잊었던 모양이었다.

"위험한 것을 묻는군."

벨이 씩 웃자 희고 가지런한 치아가 반짝 빛났다.

"처음 봤을 때는 무서워했으면서."

건너편에 앉아 있던 그는, 어느새 아르노아 가까이로 몸을 기울이고 있었다. 아르노아는 피식 웃었다. 처음에 무서웠던 건 그가 무섭게 생겨서 그랬고.

"미안. 이제 흰둥이랑 겹쳐 보여."

그녀의 말에 벨의 콧잔등에 주름이 잡혔다. 거슬리는 일이 있을 때의 습관인 듯했다.

"……대외적으로는 설표라고 해 줬으면 좋겠군. 내 영체가 뭔지는 아나킨조차도 몰라."

"마법사들의 영체는 다 무서워야 하는 거야?"

그녀는 여러 뜬소문을 떠올려 보았다. 어디서 무슨 마법사가 독수리로 변했다더라, 재규어라더라, 날개 달린 호랑이라더라 하는 소문을 들은 기억이 났다.

"실제로는 고양이랑 너구리인데?"

이를 꽉 깨무는 벨을 보며, 그녀는 어쩌면 마법사들에 대한 무서운 소문을 퍼뜨리는 장본인이 마탑주일지도 모른다는 생각이 들었다.

"어머니는 용이었다."

몇 초의 시간이 흐르고 그가 짧게 대답했다.

"……용?"

아르노아의 눈이 조금 커졌다.

"그래. 누구도 접근할 수 없는 화룡이었지. 원래 마탑주는 그런 것이다."

"아아, 그랬구나."

대마법사 아마릴리스는 용이었구나.

하지만 다음 순간 그녀는 다시 빙긋 웃었다. 아들의 영체로는 고양이를 원했던 대마법사의 심리를 알 것만 같았기 때문이었다.

"고양이가 더 귀엽긴 해."

아니, 심리가 어디 있어. 고양이는 그냥 보들보들 귀여운 거지.

벨은 이번에는 화를 내지 않았다. 대신 빤한 시선으로 그녀를 바라보았다.

"……귀엽다?"

"응. 안고 있으면 따뜻하고."

빤히 그녀를 바라보던 그의 입꼬리가 천천히 양쪽으로 올라갔다.

"안고 있으면?"

펑-

다음 순간. 아르노아의 눈 앞에는 새하얀 털에 독특한 점이 박힌 고양이가 앉아 있었다.

"냥."

빤히 그녀를 바라보는 은회색 눈동자는 일종의 도발처럼 보였다.

"……."

순간, 아르노아의 머릿속에 바이나스가 찾아왔던 밤의 기억이 떠올랐다. 고양이를 안았더니 사람이 되어 버렸던 그 날.

아, 속으면 안 돼.

그녀는 고개를 휙휙 저으며 생각했다.

저건 사람이다. 귀여워도 안으면 안 돼.

"냐앙."

고양이는 폴짝 뛰어 그녀 옆자리로 옮기더니 아르노아의 손등에 머리를 가져다 댔다. 홀릴 것 같은 눈동자에 우아한 몸선, 세상 무엇보다 보드라운 털이 그녀를 움직이려 했다.

"⋯⋯언제는 귀여워하는 걸 그렇게 질색하더니."

원하는 게 자주 바뀐다더니 정말 제멋대로였다.

지금의 그는, 고양이로서의 자신의 매력을 깨닫고 이를 쓸데없는 곳에 활용하고 있었다.

"내가 쓰다듬는 게 왜 필요해? 박사가 할 때는 싫어했잖아."

"냥."

"⋯⋯알았어, 알았어."

아르노아는 결국 새하얀 고양이를 들어 올려 무릎 위에 놓았다. 녀석은 자신이 이겼다는 듯 만족한 표정으로 그녀를 올려다보며 웃었다.

"하⋯⋯."

황당해서 한숨이 나왔다.

'마탑주들은 성격이 더러우니 조심하렴.'

'그 자식은 철 덜 든 애새끼야.'

아나스티아 황후와 아나킨이 각각 해 주었던 조언들이 머리를 맴돌았다. 부드러운 털 뭉치의 유혹을 조심하라는 조언은 둘 중 누구도 해 주지 않았었다.

# Chapter 4
## 만만치 않은 개판

"그나저나 오늘은 오시는 건지 모르겠군요."

귀족 회의를 마치고 일어나며, 벤트 남작이 우려 깊은 얼굴로 말했다.

"황제 폐하께서 승하하셨다는 말을 들은 지 벌써 몇 주가 지났는데 새로운 폐하께서는 감감무소식 아니오. 디르한에서 무슨 소식 들은 거 없습니까?"

"글쎄, 그게 참 이상하더군."

옆자리에 있던 두베르테 후작이 그의 말을 받았다.

"아나킨 윌로가 전령을 보낸 게 한 달 전인데, 이상할 정도로 소식이 없소. 이쪽은 준비가 다 끝났는데."

그가 의심스러운 얼굴로 말했다.

"누구 따로 디르한 왕실에 전갈을 넣은 사람 없소? 국왕이 제국의 황제가 됐다는데 왜 이리 잠잠한 건지……."

그가 주변을 둘러보며 물었지만 귀족들 대부분이 고개를 저었다.

디르한은 가는 길이 너무 멀고 험했다. 전령이 간다는데 굳이 자기 사람을 따로 보낼 생각을 하는 사람이 드문 것이 당연했다.

"내가 넣었지요."

물론 예외도 있었지만.

말을 꺼낸 사람은 헤르만 백작이었다. 모두의 시선이 그녀를 향했지만 백작 또한 의아하다는 표정으로 고개를 젓고 있었다.

"아니, 넣어 보려고 했었달까?"

"무슨 말씀입니까?"

"이상하게 도착했는지 확인이 안 되더군요. 기다리던 소식도 안 들리고."

"무슨 전갈을 넣으셨기에……?"

벤트 남작이 묻자 그녀는 당연한 것도 모르냐는 듯 눈썹을 치켜올렸다.

"뭐긴 뭐요. 조카의 초상화겠지."

후작이 픽 웃으며 말하자 백작은 보일 듯 말 듯 고개를 끄덕였다.

"대단하시군. 아직 도착도 안 한 폐하께 정부를 들이밀다니."

"대단은 무슨. 원래 젊은 황제는 아무것도 모를 때 휘어잡아야 하는 법인 것을."

그녀가 당연하다는 듯 말했다. 나이가 일흔이 넘은 헤르만 백작은 사업 수완도 좋은 편이었으나, 무엇보다 고위 귀족을 혼담이나 연인 관계로 엮어 가문의 이익을 챙기는 데 능한 사람이었다.

그녀는 부지런했다. 기침이 부쩍 심해진 요즘도 쉴 새 없이 가문의 이득을 챙겼다. 루시아노 황제가 죽던 날도, 그녀는 그와 자신의 다른 조카의 혼사를 열심히 추진하던 중이었다.

"휘어잡는다니, 누가 들으면 큰일 날 말을 하시는군요."

벤트 남작이 불만스러운 말투로 중얼거렸다. 얼마 전 아버지의 뒤를 이어 기사 가문의 새로운 가주가 된 그는, 제국에서 보기 드물게 강직한 성품을 가진 자로, 헤르만 백작 같은 꼼수를 좋아하지 않았다.

"그런 수작에 휘둘리는 황제 폐하라면 저는 그냥 사직하고 영지로 내려가렵니다."

"답답한 소리, 아무것도 모르는 황제는 누군가에게 휘둘릴 수밖에. 나와 헤르만 백작 외에도 다들 뇌물을 준비하고 있을걸?"

두베르테 후작이 큭큭거리며 주변을 둘러보자 다수의 귀족들이 고개를 끄덕이며 긍정을 표했다. 남작은 다시 한번 얼굴을 찌푸렸다.

"다만, 정부보다 더 효과적인 건 돈이지."

제국에서 가장 부유한 귀족 중 하나인 두베르테 후작이 자신의 반지를 쓰다듬으며 거들먹거렸다.

"난 이미 폐하께 드릴 보석을 잔뜩 준비해 뒀소. 도착하면 볼 수 있도록 온 황궁을 디르한의 색으로 장식하기까지 했지."

그가 눈을 찡긋하며 말을 이었다.

"정부 따위가 힘이나 쓰는지 봅시다."

"호호호, 후작께서 퍼 주신 돈, 정부가 될 제 조카가 잘 쓰도록 하겠소."

백작이 깔깔거리며 말하자 후작이 코웃음을 치며 고개를 저었다.

"아무것도 모르는 사람 같으니!"

"뭘 말하는 거요?"

"새로운 황제 폐하, 그러니까 디르한의 국왕에게 이미 애첩이 있다는 사실을 모르시오? 백작이 누구를 들이밀든 안 될 거요."

"흐음…… 정부라."

백작이 손으로 턱을 쓰다듬으며 중얼거렸다. 그녀의 목소리가 한층 나직해졌다.

"그럼 죽여 버려야 하나."

백작의 표정은 진지했으나 주변의 누구도 놀란 사람은 없었다.

"뭐, 그건 나쁜 생각이 아니군."

후작은 맞장구를 쳤다.

"그 배에서 아이라도 태어나면 문제가 더 복잡해질 테니까."

그 자리에 있는 귀족들은 저마다 제 이해관계를 따지고 있었다. 새로 올 황제를 진심으로 반기는 사람도 없었고, 이미 귀족들이 장악한 제국에서 황제가 제대로 입지를 다질 수 있을 거라고 기대하는 이도 없었다.

"뭐, 뭘로 매수하든 별 상관없을 거요. 아실리에르 대공께서 돌아오시면 황위에 누가 앉든 별 의미를 갖지 못할 터."

두베르테 후작이 말하자 이번에는 헤르만 백작도 고개를 끄덕였다.

"우리야 그전까지 챙길 걸 챙기면 되는 거지. 안 그렇소?"

"간만에 맞는 말을 하시는군."

주거니 받거니 말을 하던 그들 뒤에서, 중년의 귀족 한 명이 유독 조용하게 생각에 잠겨 있었다.

두베르테 후작이 뒤늦게 그를 발견하고 말을 붙였다.

"리켈 공작께서는 좋으시겠습니다."

"……내가 뭐가 말이오?"

"조카딸이 황후가 되었으니까요."

리켈 공작이 쓴웃음을 지었다.

"좋은 거 아닙니까, 거의 잊히다시피 했던 황녀 전하께서, 결국 어머니의 뒤를 이어 황후의 자리에 앉는다…… 이제 외탑에 갇힐 일은 없으시겠군요."

리켈 공작은 후작의 은근한 말에 미간을 찌푸리면서도 대답은 하지 않았다. 후작의 말이 틀렸다고 생각하지 않은 탓이었다.

아르노아는 리켈 공작가에서조차도 한동안 챙기지 않았던 조카였다. 타국의 외로운 왕비로 인생을 마감할 줄 알았는데 황후가 됐다면 성공이라고 봐야 하나.

"……뭐, 후작 말대로지요."

공작이 툭 내뱉었다.

"아실리에르 대공이 버티고 있는 한, 다 의미 없는 거 아니겠습니까."

그는 새 황제나 황후에게 기대하는 것이 없었다.

제국의 정세는 어찌 보면 난장판이었다.

황실에서는 힘도 쓰지 못하고, 실권을 장악한 건 먼 방계 황족인 아실리에르 대공이고, 귀족들 중 누구도 황제가 이 상황을 뒤집을 수 있을 거라고 기대하지는 않았다.

공작으로서는, 전처럼 리켈 공작령이 중앙의 지배를 벗어나 남부에서의 독립적인 지위를 유지할 수 있는 것이 최선이었다. 호시탐탐 남부까지 노리고 있는 대공과 대항하려 해 봤자, 디르한의 국왕에게도 눌려 사는 아르노아가 무슨 도움이 된다는 말인가.

"그럼, 다음에 뵙도록 하겠소."

귀족들은 회의실을 벗어나 중앙 홀로 향하는 문을 열었다. 쓰이지 않고 있는 홀을 가로질러 건물에서 나갈 생각이었다.

끼익-

무거운 문이 양쪽으로 열리고, 넓은 홀이 눈에 들어왔을 때만 해도, 그들은 뭔가 달라졌다는 사실을 눈치채지 못했다. 항상 비어 있던 황좌에, 한 여자가 편안하게 기대어 앉아 있다는 사실, 그리고 그 옆에 로브를 덮어쓴 키 큰 마법사 한 명이 서 있다는 사실을 그들이 발견하기까지는 몇 초의 시간이 걸렸다.

"……늦었군."

그녀가 입을 열자 수십 명의 귀족들은 동시에 눈을 동그랗게 떴다. 시종들이 날마다 정성스레 닦아 놓는 그 황좌에, 아무도 감히 건드리지 못하는 자리에, 여인은 마치 당연하다는 듯 털썩 앉아 그들을 내려다보고 있었다.

"누구……신지?"

두베르테 후작이 더듬거리며 입을 열었다.

눈을 가늘게 뜨고 살피자, 여인의 모습이 이상하게 익숙해 보였다. 반짝이는 독특한 은발과 새파란 눈이 왠지 루시아노 황제와 비슷하고, 얼굴의 그 또렷한 이목구비도 분명히 처음 보는 모습이 아닌 것 같은데…….

"그래도 어릴 적에 몇 번 만났는데, 후작은 나를 아예 잊으셨나 보오?"

"예에?"

그녀는 섭섭하다는 듯 혀를 차며 말했다. 후작은 더욱 혼란스러운 표정으로 머리를 긁적였다.

"그게…… 어디서 본 얼굴이기는 한데…… 아니, 그게 중요한 게 아니라."

후작이 헛기침을 했다.

"어디 외부 손님인가 싶은데, 황위에 그렇게 함부로 앉으면 안 되는 법이지."

그가 근엄한 표정으로 훈계했다.

"시종들을 잡아다가 족쳐야겠군. 뒤에 있는 그자는 또 누구인가? 끌려 나가기 전에 당장 비키게."

귀족들이 여기저기서 고개를 끄덕였다. 후작의 의견에 동의한다는 의미였다. 다만 가운데에 서 있는 리켈 공작만큼은 동그랗게 뜬 눈을 여자에게서 떼지 못하고 있었다.

여자는 움직이지 않고 빙긋 웃었다.

"어허! 어서 내려오래도! 그 자리는 새로 오실 황제 폐하를 위한 자리야!"

후작이 다시 재촉했다.

"그 진보랏빛 벨벳 깔개를 구하려고 내가 얼마나 애썼는데 감히 깔고 앉아?"

"아, 후작이었군."

여자가 쓴웃음을 지으며 말했다.

"벽이며 샹들리에가 진보랏빛으로 장식된 것도 후작의 소행이겠어?"

"당연한 이야기! 몰랐겠지만 그건 디르한 왕실의 상징색이네. 새로 오신 폐하께서 편안하시라는 의미로…… 뭐 하는 거야?"

여자는 아무렇지 않게 깔개를 들어 올려서 바닥에 휙 던졌다.

"내가 진보라색을 좀 싫어해. 자색 사파이어, 이런 거 눈에 좀 안 보이면 좋겠어."

그녀가 손을 내저으며 말했다. 리켈 공작의 눈은 여전히 그녀를 떠나지 않고 있었다.

"감히! 그대는 대체 누구인가! 다시는 황궁에 출입하지 못하도록 내가……."

"벨, 네가 말해 줘."

여자가 후작의 말을 끊었다. 그녀 뒤에 서 있던 남자가 천천히 걸어 나와서 머리까지 덮었던 로브를 벗었다.

"……어?"

"저, 저 사람은 초상화에서 본 적이 있는데……."

여기저기서 술렁이는 소리가 들렸다.

"마탑주이자 페르헨의 영주, 벨카리아누스다. 제국의 전령으로서 임무를 수행하고 지금 돌아왔지."

그가 씨익 웃으며 말했다.

"저 버르장머리 없는 말투! 분명히 마탑주가 맞는군."

헤르만 백작이 부채로 입을 가리며 외쳤다. 벨은 개의치 않는 듯, 손바닥을 펼쳐 위로 향하게 했다.

"초대 황제와 초대 마탑주는 주술로서, 황위가 비었을 때는 황제의 관을 마탑주가 맡도록 정해 두었지."

그의 말과 동시에, 손바닥에서 황금빛이 반짝였다. 비어 있던 그 자리에는 어느새 화려한 왕관이 생겨나 있었다.

"무, 무슨…… 그러면 황제 폐하께서 오셨단 말인가!"

후작이 외쳤다. 다른 귀족들도 영문을 모르겠다는 표정으로 홀을 두리번거렸다.

"어디, 어디에 계신 건가?"

"눈치들이 좀 없는 편이군. 그냥 해."

아르노아가 중얼거렸다. 그녀가 손짓하자 벨은 어깨를 으쓱하더니 관을 두 손으로 잡아 그녀의 머리에 씌웠다.

"아르노아 살리에드 카이시온 황제다."

그가 말했다.

"새 황제를 데려왔으니 다음 일은 당신네들이 알아서 해."

수십 쌍의 눈이 멍하게 두 사람을 바라보았다.

"새…… 황제?"

그중 몇몇 사람들이 중얼거렸다. 나머지 귀족들은 아직도 자신의 귀를 의심하는 중인 듯했다.

"아르노아 카이시온이라면, 화, 황녀 전하이십니까?"

두베르테 후작이 눈을 껌뻑이며 물었다. 그제야 사람들은 아르노아의 얼굴을 다시 한번 뜯어보았다.

"황녀 전하가 맞는군!"

"리켈 공작가로 가신 후에 만난 적이 없어서 몰랐네."

"자세히 보니 어릴 때 그대로네요."

아르노아는 빙긋 웃으며 그들을 내려다보고만 있었다.

후작이 도저히 모르겠다는 얼굴로 고개를 갸웃거렸다.

"아니, 그러니까 황녀 전하께서 돌아오신 건 알겠는데…… 그 자리는 황제 폐하, 그러니까 부군의 자리란 말입니다."

그가 꿋꿋하게 말했다.

"어서 비켜 주시지요. 황제 폐하께서 오시면 인사를 드리고, 그다음에 두 분께 같이 인사를……."

"후작, 황제는 이미 왔소. 그리고 내 부군은 없어."

아르노아가 또박또박 말해 주었다. 이 설명을 한 번 더 하고 싶지는 않았다.

"예? 없다고요? 분명 두 분 결혼 계약서에는 전하의 작위를 그분이……."

"며칠 전 이혼했어. 그런 계약서는 이제 없고."

아르노아가 그에게 말했다.

"루시아노, 아리엔이 죽었으니 다음 황제는 나. 이제 됐소?"

"서, 설마……."

귀족들이 벙 찐 표정으로 벨의 눈치를 살폈으나 그는 아르노아의 말이 다 맞는다는 듯 가만히 있었다.

"한다던 인사나 받도록 하지. 빨리 끝내도록."

아르노아가 쐐기를 박듯 말했다. 너무 명확해서 이제는 오해의 여지조차 없었다. 멍하게 그녀를 바라보던 귀족들을 향해, 아르노아는 다시 한번 눈에 힘을 주었다.

"다들 뭐 해? 거기 끝에 서 있는 남작부터 시작하는 게 어떤가?"

그녀는 한쪽 구석을 가리키며 말했다.

"화, 황제 폐하 만세?"

지목당한 귀족은 화들짝 놀라 얼떨결에 말했다.

"그래. 다음."

"아, 아르노아 살리에드 카이시온 황제 만세."

두 번째는 조금 더 정신을 차린 듯한 모습이었다. 천천히, 귀족들 한 명 한 명이 고개를 숙이기 시작했다.

"황제 폐하 만세."

"황제 폐하 만세."

아르노아는 고개를 끄덕이며 황좌에 몸을 기댔다. 그녀가 기억하는 한, 제국의 귀족들은 대부분 그녀를 반가워하지 않았었다.

그들의 시선은 보통 둘 중 하나였다.

그냥 무시하거나, 아니면 한때 사랑받던 아이가 어머니의 죽음으로 황실에서 쫓겨나다시피 했다며 고소해하거나.

'높은 곳에서 내려다보는 귀족들의 모습은 이렇게 다르구나.'

아르노아가 쓴웃음을 지었다. 처음부터 원했던 자리는 아니었지만, 막상 올라 보니 그다지 나쁘지 않았다.

"……황제 폐하."

모두가 고개를 숙이고 나서야 상황을 다 받아들인 두베르테 후작이 고개를 푹 숙였다.

"마, 만세."

아르노아의 명령으로 예를 갖추는 스스로를 발견하면서, 귀족들은 지금의 상황을 완전하게 깨달았다.

새 황제가 즉위했다.

그리고 그를 맞이하기 위해 했었던 정성스러운 준비는 별 쓸데기가 없었다.

\* \* \*

아르노아는 천천히 황제의 침실로 들어섰다.

"……여기는 생각보다 안 바뀌었네."

어린 시절 자주 드나들었지만 10년이 넘도록 접근이 허락되지 않았던 방.

"생각보다 좋잖아? 하나도 안 음침하고."

루시아노가 죽었던 장소이기도 했다.

지금 이곳에 루시아노를 떠올리게 하는 물건은 하나도 없었다. 침구며 책상도 깔끔한 새 것인 데다 아르노아가 지금껏 누려 본 것 중 가장 편안하고 사치스러웠다.

중간중간에 포인트랍시고 진보랏빛 휘장 같은 것이 있어서 거슬렸지만, 그런 것쯤은 시종을 시켜서 불태우면 될 일이었다.

"죽은 사람들이 썼던 침실이 좋으면 뭐가 얼마나 좋다고…… 폭신하군."

벨은 디르한에서 그랬던 것처럼 아르노아의 침대에 걸터앉았다가 폭신한 거위 털 이불에 홀린 듯 멍해졌다. 당장 고양이로 변해서 낮잠을 잘까 말까 고민하는 듯, 그가 눈을 지그시 감았다.

똑똑.

노크 소리에, 책상에 앉았던 아르노아가 몸을 휙 일으켰다. 푸른 눈동자에 보기 드문 이채가 어렸다. 황제의 침실에 접근해서, 시종의 소개도 없이 직접 노크부터 할 법한 신분은 황실에 하나뿐이었다.

황제의 가까운 보좌관.

"들어와."

아르노아의 말이 떨어지자마자 침실 문이 열렸다. 그녀의 얼굴에 환한 미소가 떠올랐다. 바이나스와 이혼한 순간에도 이 정도로 환하게 웃지는 않았을 것이다.

"……오랜만이야, 노아."

문을 열고 들어온 남자가 아르노아의 앞에 서서 그녀를 불렀다.

남자치고는 긴, 한 올 한 올이 부드러운 금실 같은 올려 묶은 백금발, 머리색과 비슷하지만 더 달콤해 보이는 벌꿀색 금안, 붓으로 그린 듯 선이 고운 얼굴에 나른한 눈매.

언젠가 미모로 제국을 무너뜨릴지도 모른다는, 한 폭의 명화처럼 아름다운 아나킨 윌로.

그는 그녀가 가장 아끼는 친우였다.

"아나킨!"

"노아!"

두 사람은 누가 먼저랄 것도 없이 서로를 꽉 껴안았다.

"……미친놈아, 편지 내용이 그게 뭐야?"

긴 포옹 끝에 아르노아의 입에서 나온 첫 마디는 그것이었다.

"……보고 싶었다고 말해 주면 안 되는 거야?"

아나킨이 아직도 그녀를 안은 채 부드럽게 속삭였다.

두 사람의 관계는 원래 그랬다.

평소 다른 이들 앞에서 험한 말을 하지 않는 아르노아는 유독 아나킨 앞에서만 할 말 못 할 말 가리지 않았고.

"나는 매일 네 생각 했는데."

겉은 청초한 백합 같지만 입에는 칼을 물었다고 알려진 독설가 아나킨은, 아르노아에게는 항상 말이 부드러웠다.

"그나저나……."

아르노아는 아나킨의 품에 안긴 채 입을 열었다.

"황제가 되라는 말을 누가 그런 식으로 전해?"

잊고 있었던 억울함이 떠올랐다.

제대로 써 놓지 않아서 한참이나 머리를 굴려야 무슨 소리인지 알아들을 수가 있었던 짤막한 편지.

"배달하는 녀석이 혹시 먼저 열어볼까 싶어서 말이지. 최소한의 장치 같은 거였어."

아나킨이 말했다.

"어쨌든 알아들었잖아. 황제도 됐고. 내 옆으로 돌아왔고."

그는 여전히 반갑기만 하다는 듯, 팔에서 힘을 빼지 않았다.

"……놔 봐."

아르노아가 말했다.

"싫어. 오랜만이잖아. 나 안 보고 싶었어?"

아나킨은 그녀를 꼭 껴안은 손을 쉽게 풀지 않았다.

"보고 싶긴 했는데……."

아르노아가 뭐라고 덧붙이려던 순간, 아나킨의 몸이 휙 하고 뒤로 물러났나. 아니, 물러났나기보다는 누군가의 힘에 의해 억지로 끌려갔다고 해야 하나.

"비키라잖아."

그의 옷깃을 잡아당긴 것은, 무척 불만스럽게 찌푸려진 얼굴을 한 벨이었다.

"……오랜만이네, 벨."

아나킨이 아름답지만 묘하게 비뚤어진 미소를 띠며 그에게 말했다.

"너도 안아 줘?"

"됐으니까 꺼져."

아까까지만 해도 침대의 폭신함에 행복해 보였던 벨은 이유 없이 짜증이 난 듯했다.

"둘이 친구가 맞긴 해?"

아르노아가 물었다.

"응."

"아니."

아나킨은 웃으며 고개를 끄덕였고, 벨은 굳은 표정으로 고개를 저었다.

"혼자가 편하니 거절했지만 이 녀석이 달라붙었다."

"성격 파탄자라 친구가 없던 이 녀석이 불쌍해서, 아카데미에서 같이 어울렸었지."

아르노아는 고개를 끄덕였다.

아나킨은 원래 남들이 어울리지 못하는 이들과 쉽게 친해지는 방법을 알았다.

"아나킨, 난 곧 귀족들 하나하나와 독대하러 나가 봐야 해."

아르노아가 말했다.

"시간이 없으니 안부는 나중에 묻고, 지금은 다른 게 급해."

진지해진 아르노아의 목소리에 아나킨도 미소를 지우고 고개를 끄덕였다.

"……할 얘기가 있으면 해, 노아."

"첫째, 아나킨 윌로, 너는 앞으로 내 정식 보좌관이야. 이건 임명이다."

아르노아가 그와 눈을 맞추며 말했다. 제국에 도착하면 가장 먼저 하겠다고 결심했던 일이었다. 아나킨 같은 인재, 아르노아의 인재가 하루라도 '선황의 보좌관'이라고 불리는 것은 싫었다.

그녀의 말에 아나킨의 황금색 눈동자가 조금 커졌다.

"여기서, 이렇게?"

"급하다니까. 지금 안 하면 넌 다음부터 여기 마음대로 못 들어와. 싫으면 말아."

"그럴 리가."

아나킨은 특유의 매혹적인 미소를 짓더니 아르노아의 한쪽 손을 가져가 손등을 자신의 이마에 댔다.

"아나킨은 오직 폐하께 충성할 것을 맹세합니다."

그가 잠시 망설이다가 덧붙였다.

"……옛날에 이미 맹세했었지만."

선물도, 칙서도 없는 약식 임명이었지만, 두 사람은 신경 쓰지 않았다.

"……전에 루시아노 황제에게도 같은 맹세를 했겠군."

물론, 방 안에는 신경 쓰는 사람도 한 명 있었다. 아나킨은 머리를 아르노아의 손에서 떼고 벨을 돌아보았다.

"그때는 무릎을 꿇고 고개를 숙였었지. 눈을 안 맞추고 했으니까 무효야."

아나킨은 아무렇지 않게 눈웃음을 흘리며 대답했다.

"황제, 저 자식 믿지 마."

벨이 투덜거렸다.

"아카데미에서 이 사람 저 사람에게 사기를 쳤던 놈이다."

"오목에서 널 이긴 건 사기가 아니라 그냥 내가 더 잘한 거야."

"남녀 가리지 않고 이용해 먹고 고리대금업까지 했었던 악질이다."

"이 사람 저 사람 마력을 빨아들이고 영혼석 수집하던 마탑주가 할 말은 아니지."

"······둘 다 파란만장한 학창 시절을 보낸 건 알겠어."

아르노아가 두 사람의 말을 잘랐다.

"벨, 잠깐만 시간을 줘."

그녀가 벨에게 말했다. 항의할 거라 생각했던 벨은 의외로 순순히 물러나 다시 침대에 걸터앉았다.

아르노아는 심호흡했다. 그녀는 아직 할 일이 많았다. 특히 아나킨과 나누어야 할 대화는 많다는 말론 부족했다.

"아나킨, 지금 황실 상황이 어때?"

그녀의 말에 아나킨은 다시 눈매를 사르르 접으며 웃었다.

"어떻긴. 개판이지."

"어떤 모양의 개판인데?"

"병약한 루시아노가 침실에만 있는 사이에 실권은 귀족들이 많이 장악했고····· 그러다 보니 새 황제에게도 제대로 복종할 생각들은 없을 거고."

"실권을 장악한 게 주로 아실리에르 대공이고?"

아르노아가 물었다.

조금 전 홀에서 분위기를 주도하던 건 두베르테 후작이었고, 그가 아실리에르 대공의 하수인이나 다름없다는 것은 알려진 사실이었다.

아나킨은 고개를 끄덕였다.

"대공, 그리고 그 딸."

"록산느 아실리에르."

아르노아는 제국인이라면 누구나 아는 여자의 이름을 읊조렸다.

아실리에르 대공가, 제국의 실질적인 권력자.

황실의 방계인 그들은 아르노아의 아버지 대, 아니 그 이전부터 제국 전체를 쥐락펴락했다고 알려져 있었다. 아실리에르 대공은 한때 아르노아의 아버지를 제치고 직접 황위에 오르려 했었던 전적도 있었다.

반역은 성공하지 못했지만 대공은 아무런 처벌도 받지 않았다. 그저 페르헨의 마법사들에게, 대공을 황제의 후보에서 영원히 제외한다는 황족 원로 회의 통지가 갔을 뿐. 대공 일가는 계속해서 권세를 유지했다.

"어떤 사람이야?"

아르노아가 아나킨에게 물었다.

"전쟁터에 있지만 시선은 황위를 향해 있다고 해야 하나……."

아나킨이 팔짱을 끼고 벽에 등을 기대며 말했다. 그녀는 고개를 끄덕였다. 아실리에르의 야심은 놔둔다고 사라지는 성질의 것이 아니었다.

"예전에 황궁에서 한 번 봤었지?"

"……봤지."

아르노아는 여덟 살 무렵의 기억을 어렵게 떠올렸다. 타는 듯한 붉은 머리, 그리고 손에 묻어 있던, 같은 색의 피.

"아버지는 창술 시합에서 전승을 거두지 못했다고 병사를 벴고, 딸은 승마 시합에서 2등을 했다는 이유로 자기 말을 벴지."

아르노아는 그때를 회상했다. 그녀가 아직 황궁에 있던 때였다.

'말이 두려워하잖아.'

그게, 그녀가 록산느 아실리에르에게 했던 유일한 말이었다.

'비켜, 꼬마.'

어린 나이에 어울리지 않는 비릿한 웃음을 흘리며, 록산느는 말의 목덜미 대신 등허리에 칼을 꽂았다.

'히히힝–!'

'고통스러운 거 보여?'

그녀가 아르노아를 내려다보며 말했다.

'네가 나를 막아서서 그래.'

"지금은 대공녀도 사람을 베. 지기 싫어하는 건 여전하거든."

아나킨이 그녀의 회상을 깨며 고개를 절레절레 저었다.

"그럼 승전하고 돌아올 것이지 케스만에는 왜 눌러앉은 건데?"

"전쟁만큼 황실 자금 빼내기 쉬운 핑계가 없으니까. 아마 케스만이 피가 말라 가고 있을걸."

그는 간단하게 대답했다. 아르노아는 쓴웃음을 지었다. 생각한 것과 별 차이가 없었다.

"……어렸을 때는, 커서 제국의 꽃이 되리라는 소리를 들었었던가?"

그녀가 기억하는 록산느는 외모도 화려한 편이었다.

"제국의 꽃은 나야. 록산느 아실리에르는 제국의 검이 됐지."

아나킨이 그녀의 말을 받았다. 스스로를 꽃으로 칭하는 그에게는 어떤 위화감도 없었다.

"그 끝이 자꾸 주인을 찌르려 하니까 문제지만."

"……소식을 들으면 날 죽이려 들겠네."

아나킨은 고개를 끄덕였다.

아리엔을 앉힐 생각이었을 황위에, 전혀 생각 못 했던 사람이 앉아 있다는 사실을 알게 된 대공 부녀는 어떻게 반응할까.

질색할 것이다. 아르노아가 기억하는 록산느는 자신의 예상을 빗나가는 일이 생기는 것 자체를 무척 싫어했다. 어쩌면 그들도 암살자를 보낼지 몰랐다.

에스테아 백작의 어설픈 수하들과는 비교도 안 되게 솜씨 좋은 이들을.

"그래. 어차피 외국인인 디르한 국왕보다는 네가 황위에 있는 게 더 거슬리겠지. 넌 아리엔처럼 길들여진 꼭두각시도 아니니까."

그가 말했다.

"그러니까 오기 전에 정리를 좀 해야 하는 거고."

"정리라……."

아르노아는 조금 전 홀에서 보았던 귀족들의 얼굴을 하나하나 떠올려 보았다.

모두가 자기 이해관계에 철저한 사람들이었다.

그 말은 즉, 대공이 아무리 군권을 장악했다고 해도 모든 귀족들이 그에게 진심으로 충성하는 것은 아니라는 의미일 것이고.

"……귀족들 사이의 관계는 어때?"

"말했잖아. 개판이라고. 서로 견제하고 싫어해. 황실을 무시하면서 한편으로는 그 안에 자기 가문 출신의 보좌관을 심고 싶어 안달이지."

서로 견제한다라.

"네가 이간질했구나."

"당연하지."

달콤한 말로 호감을 샀다가 등 뒤에 칼을 꽂는 건 아나킨의 주특기였다.

"전부를 보좌관으로 쓸 것처럼 말했다가 안 뽑아 주니까 자연스럽게 서로 탓하던걸."

그는 간단하다는 듯 그 비결을 털어놓았다.

"……하지만 시간은 별로 없어. 네가 견제할 만하다고 인식하면, 그다음부터는 일시적으로라도 단합하는 게 귀족들의 특성이야."

"그러니까 그 전에 한 명이라도 내 편으로 만들어라?"

아르노아가 물었다.

다른 사람은 몰라도, 그녀는 아나킨의 사고방식을 잘 알았다. 게임을 하든, 정치를 하든, 상대가 분열된 틈을 타 도움 되는 것을 취한다는 것이 그의 지론이었다.

아르노아가 자신의 생각을 읽는다는 것이 기쁜 듯, 아나킨은 싱긋 웃었다.

"그럼 말해 줘."

아르노아가 말했다.

"대공을 견제할 만큼 힘이 있는데 내 편이 돼 줄 법한 사람이 누구야?"

"너도 알 텐데. 한 가문밖에 없는 거."

"……."

"리켈 공작가."

몇 초의 정적이 흘렀다. 아나킨의 대답을 들은 아르노아의 표정이 어두워졌다.

"……거기 빼고."

"빼면 없어."

"잘 생각해 봐."

아르노아의 말에도 아나킨은 눈웃음을 치며 설득했다.

"북부의 대공을 견제할 사람이 남부의 패자 말고 누가 있을 거라고 생각해?"

"벤트 남작가라든가……."

아르노아는 억지로 가문 하나를 떠올리며 말했다. 남부의 패자는 피하고 싶었다.

"탄탄하지만 작은 가문이야. 충성스러운 편이지만, 충심 때문에 가문을 몰락시킬 생각까지는 없겠지. 벤트 남작은 다른 방법으로 활용해야 해."

"헤르만 백작가……."

"손해 보는 걸 제일 싫어하는 사람이 헤르만 백작이야. 사업 잘하는 건 이유가 있어."

"……너 결혼해서 애 안 낳고 뭐 했니?"

아르노아가 투덜거렸다.

"그랬으면 가문 하나 생기는 셈인데."

"윌로 가문은 원래 리켈가의 가신이잖아. 누구 덕분에 나만 내놓은 자식이 된 거고."

아나킨이 웃음을 터뜨렸다.

"하아……."

아르노아는 한숨을 푹 쉬었다. 이런 식으로 외숙, 그러니까 지금의 리켈 공작과 만나는 것을 원한 건 아니었는데.

"……독대할 거야. 다른 사람들보다 길게. 네가 공작에게 그렇게 전해 줘."

아르노아가 마침내 결정했다. 어차피 한 번은 이야기해야 할 일이었다.

"분부하신 대로."

아나킨이 반쯤 장난스럽게 아르노아에게 인사했다.

"그럼, 조금 있다가 또 봐."

그는 더 기다리지 않고 들어왔던 문으로 다시 사라졌다.

"넌 할 일 다 했으면 빨리 집에 가지."

물론, 나가는 길에 벨에게 가벼운 시비를 거는 것을 잊지는 않았지만.

"……자리를 찾은 것 같군, 황제."

아르노아와 아나킨이 대화하는 동안 복잡한 표정으로 두 사람을 관찰하던 벨이 말했다. 은회색 눈동자가 그녀를 빤히 들여다보고 있었다.

"마차에서도 귀족들의 단합을 막기 위해 강한 세력을 원한다고 하더니, 그게 공작가인 거야?"

아르노아는 빙긋 웃으며 벨에게 말했다.

"네가 싫다고 했으니까 어쩔 수 없잖아."

"……선택할 수 있다면 나라는 의미야?"

언제나 눈웃음을 치고 있는 아나킨과 달리, 벨은 진심으로 그녀에게 묻는 듯했다.

"……남아 있을래?"

아르노아는 다시 한번 물었다. 마탑주와 리켈 공작가는 둘 다 강한 세력이었지만 그 결이 달랐다. 마탑주를 곁에 둔 황제는 역사상 없었으니까.

"아니. 아나킨의 말대로, 할 일이 끝났으니 난 갈 거야."

예상했던 대로 벨은 고개를 저었다.

"아쉽네."

"하지만."

그는 긴 다리를 펴고 일어서서 아르노아 가까이로 왔다. 아직 책상에 걸터앉은 상태였던 그녀가 고개를 들어 그를 올려다봐야 할 정도로 가까이.

"하지만 늦지 않게 돌아올까 해."

벨이 나직하게 속삭이듯 말했다.

"황성이 생각보다 재미있거든."

아르노아를 내려다보던 벨의 양쪽 입꼬리가 위를 향했다. 아나킨과는 전혀 다른 류의 미소였다.

남들의 눈에 비친 자신의 모습을 너무나 잘 알고 항상 이용하기 위해 미소 짓는 것이 아나킨이었다. 그에 반해 벨은 남들이 자신에 대해 뭐라고 생각하든 상관없고, 그저 자신이 재미있으면 웃겠다는 태도였고.

평생 강자로 살아온 이만 갖는 그 거침없음은 그의 온몸에, 몸짓에 배 있었다.

"만나서 아주 즐거웠어, 황제."

벨이 말했다. 여전히 그녀를 내려다보는 눈이 강하게 빛났다. 섬세하게 빚은 조각 같은 뚜렷한 얼굴선이 다시 눈에 들어왔다. 선이 부드러운 아나킨과는 또 다른 아름다움이었지만, 묘하게 더 눈을 떼기 어려웠다.

벨이 머리를 살짝 숙였다. 순간 아르노아는 홀린 듯 그의 머리를 쓰다듬을 뻔했다.

펑.

하지만 그녀의 손이 그의 머리에 닿기 직전, 벨의 형체는 더 이상 보이지 않았다.

* * *

"제국의 태양을 뵙습니다."

"오랜만이오, 리켈 공작."

아르노아는 몇 년 만에 보는 공작의 얼굴을 자세히 살폈다. 숱 많고 짙은 갈색 머리에 잘생긴 얼굴은 늙지도 않고 그대로였다. 두 사람은 눈 한 번 깜빡이지 않고 서로를 마주 보다가 결국 동시에 입을 열었다.

"옛날 일은 용서하겠소."

"과거의 일은 다 잊도록 하겠습니다."

"뭐라고?"

"뭐라고요?"

두 사람은 황당하다는 표정으로 다시 서로를 노려보았다.

"용서라니요. 저희 가문은 폐하께 아무런 잘못도 한 것이 없는데!"

"루시아노가 달라고 했다고 냉큼 나를 잡아다가 바쳐 놓고 미안한 마음이 하나도 안 든단 말인가?"

공작이 따지자 아르노아가 물었다.

그녀가 말하는 것은 3년 전쯤, 루시아노가 즉위한 직후의 일이었다. 그때까지 아르노아를 애매한 객식구 정도로 생각하며 조심스레 데리고 있었던 리켈 공작은, 그녀를 반역 혐의로 신문하겠다는 황제의 명령이 떨어지자마자 아르노아를 덥석 황성으로 넘겨주었다.

"아무리 리켈 성이 없다고 해도, 같이 살던 조카를 그렇게 사지로 몰아넣는 사람이 어디 있소?"

"폐하를 사지로 몰아넣은 것은 제가 아니라 선황 폐하셨지요."

공작이 강하게 받아쳤다.

"그래도 저는 최선을 다했습니다."

"최선?"

"제가 탑을 지키는 문지기에게 뇌물도 쓰고, 만에 하나라도 사형을 당하시게 된다면 고통 없이 가실 수 있도록 제국 최고의 망나니를 물색해 두었단 말입니다."

그는 정말로 억울한 듯 항변했다.

"하……."

아르노아가 한숨을 쉬었다. 공작은 비아냥거리는 것이 아니라 진심이었다.

그는 사실 드물게 솔직한 사람이었다.

"······그래, 그렇긴 했지."

아르노아도 속으로는 알고 있었다. 공작의 소행은 대단한 앙금이라기에는 어려운 일이었다. 권력자라고는 해도 황제의 말을 딱 잘라 거부할 수는 없었을 테고, 자칫 잘못했다가 아르노아 한 명 때문에 리켈 가문 전체가 위험해질 수도 있는 상황이었으니까.

공작은 그녀에게 개인적인 악의가 없었다. 그저 그녀를 딸처럼 사랑하지 않을 뿐이었다. 리켈 가문에서 지내는 동안 공작이 그녀를 함부로 대한 적 없다는 것도, 그렇다고 진짜 가족으로 대하지도 않았다는 것도 아르노아 자신이 제일 잘 알았다.

즉, 그는 그녀에 대해 최소한의 의무는 다한 셈이었다.

"그래도 내가 어디로 끌려갈지 미리 말은 해 줄 수 있지 않았소?"

"선황께서 막으셨지요. 말씀드렸다시피 저는 최선을 다했습니다."

"아니면 어디로 좀 빼돌리고 죽었다고 거짓말을······."

"그렇게까지 해 가면서 가문을 위험하게 할 수는 없었습니다."

입 발린 소리라도 좀 할 것이지. 공작은 너무나도 솔직하게 자신의 입장을 털어놓았다. 기분이야 나빴지만 그의 말 중 틀린 말은 없었고.

"그래······ 뭐 그건 그렇다고 치겠소."

결국 아르노아가 말했다. 대충 잊어 주겠다는 의미였다.

"그런데 그쪽이야말로 뭘 잘했다고 용서를 입에 담는 것이오?"

"뭐냐니요!"

공작이 소리치자 그의 이마에 핏줄 한 줄기가 꿈틀거렸다.

"가신의 아들 중 가장 출중했던 아나킨 윌로를 날름 데려가지 않으셨습니까!"

그가 외치다시피 말했다.

"가신으로 성장할 줄 알았던 그놈이 황실 보좌관이 된 게 폐하 때문인 줄

제가 몰랐을 것 같습니까?"

"아나킨은 내가 데려간 셈인 게 맞긴 한데……."

아, 그거 알고 있었구나.

아르노아는 순간 당황했으나 그 감정을 얼굴로 드러내지는 않았다.

"가주인 제게 말씀도 안 하시고……."

"말을 꼭 해야 하나? 납치한 것도 아닌데."

아르노아가 되물었다. 그녀의 태도에 공작은 더욱 숨이 거칠어졌다.

"가문에서 가장 가치 있는 것을, 제국 최고의 천재를 빼돌리셨으면서 제가
괜찮을 줄 아셨습니까?"

"……."

"제가 윌로 가문에 지원한 게 얼마나 많은데요. 폐하가 아니었다면 아나
킨은 제 보좌관으로 있었을 겁니다. 리켈 가문이 가장 중시하는 것이 인재
라는 사실을 모르지 않으실 텐데요."

그가 씩씩거리며 말했다.

아아, 맞다.

아르노아는 잊었던 사실 하나를 깨달았다. 사실은 그녀도 리켈 공작가를
특별히 자기 가문이라고 생각하지는 않았었다는 것.

아나킨을 자신의 편으로 섭외하면서, 아르노아는 단 한 번도 리켈 공작가
에게 미안하다는 생각을 하지 않았었다. 그녀는 미래를 위해 귀한 자원을
채가는 데 서슴지 않았고, 그 결과는 성공적이었던 것이다.

아나킨이라는 훌륭한 인재를 기다렸던 공작가에서는 화가 날 법도 할 만
한 일이었다.

"……그렇군."

아르노아가 공작을 찬찬히 들여다보았다. 두 사람은 애초부터 서로 서운
해할 수 있는 관계가 아니었던 것이다.

굳이 따지자면 아르노아가 한 짓이 더 심했을지도 몰랐다. 어쨌든 그녀는

살아서 돌아왔고, 아나킨은 루시아노 황제의 보좌관이 된 후부터 쭉, 한때 주인이었던 리켈 공작을 남 대하듯 했으니까.

"뭐, 공작 자신을 탓해야지 어쩌겠나."

아르노아가 어깨를 으쓱하며 말했다.

"인재를 진작 알아봤어야지."

"알아보고 자시고 할 틈이 없었단 말입니다! 그때 그 애가 겨우 몇 살이었는데요."

공작은 잠시 심호흡을 하며 숨을 고르더니 다 필요 없다는 듯 고개를 끄덕였다.

"뭐, 저도 잊겠습니다. 다 지난 일이니까요."

"맞아, 지난 일이지."

억지스럽기는 했으나, 두 사람은 애써서 한결 부드러운 표정을 하고 서로를 다시 마주 보았다. 이번에 먼저 입을 연 것은 공작이었다.

"폐하께서 왜 저를 보자고 하셨는지 압니다."

"그렇소?"

아르노아가 눈썹을 치켜올렸다.

"폐하의 오른팔이 되어 대공을 견제해 달라, 이 말씀이 아닙니까?"

예전이나 지금이나, 공작은 말을 빙빙 돌리는 것을 싫어했다. 아르노아는 어쩌면 그것이 그의 장점일지도 모른다고 생각하며 고개를 끄덕였다.

"잘 아는군. 그렇게 하겠소?"

"위험해서 어렵습니다."

그가 딱 잘라 말하며 고개를 저었다.

"그때나 지금이나, 공작은 조심성이 많군."

"대공은 위험한 사람이니까요. 저는 가문에 대한 책임이 있습니다."

"이대로 쭉 가다가 내가 죽으면, 그래서 대공이나 대공녀가 황위에라도 오르면 그건 괜찮고?"

아르노아가 다시 물었다.

이는 먼 이야기가 아니었다. 아리엔이 죽지 않았다면 그는 이미 대공의 손바닥 위 꼭두각시가 되어 있었을 터. 황성을 포함해 제국 곳곳에 세력이 있는 대공이 원했다면, 몇 년 안에 리켈 공작가에게 반역죄라도 덮어씌우는 건 일도 아니었을 것이다.

"안 괜찮습니다. 하지만 지금 당장 대공과 정면으로 척을 졌다가, 오히려 폐하께서 그의 편으로 돌아서시면 어떡합니까?"

그가 물었다.

"내가…… 대공의 편으로 돌아선다?"

"아니면 암살을 당할 수도 있지요."

아르노아는 가만히 공작의 말에 귀를 기울였다. 신중하고 진지한 그의 표정을 보면 그는 억지를 쓰고 있는 것이 아니었다.

"선황께서는 미련한 분이 아니었습니다."

그가 말을 이었다.

"그분도 대공을 좋아하지 않았지만 결국 대처할 방법을 찾지 못했지 않습니까?"

"……."

"아리엔 황자는 아예 처음부터 대공의 수하나 다름없었습니다."

"그건 맞는 말이오."

아르노아는 수긍했다.

공작의 우려는 당연한 것이었다. 그의 입장에서는, 아무런 보장도 없는 상황에서, 가진 패를 다 내놓으며 제국을 손에 쥔 자와 대척점에 서는 것은 비합리적이고 위험한 행동이었다.

하지만 그녀는 곧바로 자리를 파하지는 않았다. 대화가 이렇게 흐를 것을 예상하지 못한 것은 아니었으니까.

"……그래서?"

아르노아가 잠깐의 침묵 끝에 다시 물었다. 예상대로 공작은 하고 싶은 말이 더 있는 듯 입술을 달싹거렸다. 아르노아는 속으로 미소 지었다.

공작은 바로 그녀의 제안을 거절한 것이 아니었다. 이유를 구구절절 설명하는 것은, 결국 '보장'을 해 달라는 것 아니겠는가. 그는, 그녀의 편에 설 수 있는 믿음을 원한다는 말이었다. 중요한 이야기는 아직 남아 있었다.

"그래서 말입니다."

자신을 바라보는 아르노아의 시선에 입을 열었다가 닫았다 하던 공작이 다시 말을 시작했다.

아르노아는 참을성 있게 고개를 끄덕였다.

"리켈 가문은 가문의 사람을 배신하지 않습니다, 폐하."

"……알고 있소."

아르노아가 씁쓸하게 말했다.

몇 년 전 그녀가 루시아노의 탑에 갇혔던 것은 아르노아가 리켈 가문의 '가족'이 아니기 때문이었다. 그녀는 카이시온의 성을 가진 황족이었다. 다른 가문에서 태어난 조카면 모를까, 황실의 사람은 그저 황족이었다.

한때 리켈 가문의 가주까지 맡았던 아나스티아 황후가 살아 있었다면 이야기는 또 달랐을 것이다. 하지만 그녀가 죽은 이상 아르노아와 리켈 공작가는 그저 서로 조금 불편한 정도의 사이였다.

그런데 지금 그 얘기를 왜 하는 건가?

"그러니, 만약 폐하께서 리켈가의 가족이 되어 주신다면……."

그가 말을 이었다.

"저희는 기필코 폐하를 지켜 드리겠습니다. 제가 드릴 말씀은 그것입니다."

공작이 마침내 준비해 온 말을 다 뱉었다는 듯 입을 다물었다. 아르노아는 눈썹을 치켜올린 채 그를 빤히 바라보았다.

"……가족이 되어라?"

설마.

그녀는 자신의 짐작이 틀렸기를 바라며 말했다.

"설마…… 청혼을 하는 것이오?"

공작은 굳건하게 고개를 끄덕였다.

"그렇습니다. 제 둘째를 부군으로 삼아 주십시오."

"리켈 가문의 둘째?"

아르노아는 독대를 시작한 후 처음으로 노골적인 불쾌감을 표했다. 쓸데없이 결혼 이야기를 꺼내서라기보다, 공작가의 둘째 아들이 너무 등신 같은 인물이라서. 딱 바이나스와 쌍벽을 이룰 정도의 등신이었다.

일그러지는 그녀의 표정에 공작이 당황한 듯 입을 열었다.

"발란이 어디가 어때서 그러십니까?"

"양심에 손을 얹고 말해 보시오, 공작."

아르노아가 진지한 얼굴로 말했다.

"발란 리켈이 인물이 좋소?"

"그게…… 어릴 때는 예쁜 아이였는데……."

"나도 어릴 때 그를 봤으니 거짓말은 하지 말고."

공작은 한숨을 쉬며 고개를 저었다. 역시 솔직한 것이 그의 장점이었다.

"그럼 인격이 훌륭하오?"

"아니, 막 성인 같지는 않고……."

"성인 같지 않은 정도가 아니라 야비한 놈이오."

아르노아가 정정해 주었다.

"그것도 아니면 무예나 학문이 뛰어난가?"

"그, 그건 아닙니다만……."

공작이 손수건을 꺼내 땀을 닦았다. 아르노아는 할 말이 덜 끝난 듯, 그를 계속해서 노려보았다.

"첫째인 데미안도 아니고, 발란?"

"……."

"공작과 부인이 전생에 쌓은 업보가 인간의 형상으로 태어난 것 같은 발란?"

"아니, 그, 첫째는 제 후계자이지 않습니까!"

"그럼 아들이 둘뿐인 게 잘못이겠지."

공작이 상처받은 표정으로 변명했다.

"황실과 귀족의 관계를 가장 단단히 하는 것이 혼사 아닙니까."

그는 표정이며 목소리를 가다듬고 다시 그녀를 설득했다.

"결혼만 하고, 정부를 데리고 살면 되는 것 아닙니까? 제가 헤르만 백작을 통해 적당한 이를 소개라도……."

"치우시오. 정부라면 진절머리가 나니까."

아르노아가 굳은 표정으로 말하자 공작이 움찔하고 물러섰다.

"그리고 못난 아들 그런 식으로 치우는 거 아니오."

아르노아가 타이르듯 말했다. 완전한 거절이었다.

"그건 저도 압니다만……."

공작은 실패를 받아들이기로 한 듯 한숨을 내쉬었다.

"하지만 다른 방법은 없습니다, 폐하."

그가 말했다. 더 진지해진 표정이었다.

"저도 도와드리고 싶으나, 혼사처럼 단단한 연결고리가 없다면 저는 폐하의 제안을 받아들일 수 없습니다."

말을 마친 그는 정중히 인사하고 몸을 돌려 나가려 했다.

"잠깐."

아르노아의 목소리가 그의 걸음을 멈추게 했다.

"내 말도 들어야지 않겠나."

"하지만……."

공작은 주춤거리며 다시 그녀를 돌아보았다. 아르노아의 얼굴은, 그가 생각한 것처럼 실망으로 젖어 있지 않았다. 오히려 여유롭게 웃으며 그를 마주 보고 있었다.

"공작에게는 다른 자식 한 명이 있었지?"

그녀가 물었다.

리켈 공작은 영문을 모르겠다는 표정으로 고개를 끄덕였다.

"그렇긴 한데…… 그 애는 딸입니다."

"사촌 동생의 성별은 나도 잘 알아. 페넬로페가 올해 열여덟이던가?"

"그렇습니다."

"그 애를 내 시녀로 데려오겠네."

"예?"

"내게는 시녀가 한 명도 없으니, 그 애는 내가 들이는 첫 번째 시녀이자 가장 가까운 시녀가 될 거야."

"……."

"가족은 혼사로만 맺어지는 게 아니야. 공작도 잘 알고 있을 테지."

아르노아가 말했다.

"페넬로페가 내 측근으로 있는 한 리켈 공작가와 나 사이의 끈은 단단하다고 믿어도 좋소."

그녀는 고민하는 공작의 표정을 읽으며 말을 이었다.

"설령 내가 일찍 죽어 버린다 한들 그 애가 해를 입을 가능성도 크지 않을 거고."

공작은 깊은 생각에 잠긴 듯 얼굴을 찌푸렸다.

"……역시 충분하지 않습니다, 폐하."

그가 결국 고개를 저었다.

"그렇게 생각하시오?"

아르노아가 속으로 작은 한숨을 쉬었다. 공작을 설득하는 것이 쉬울 거라 생각하지는 않았지만 답답함은 어쩔 수 없었다.

"그럼 다른 요구는 일단 하지 않도록 하지."

그녀가 선선히 말하자 공작의 눈이 조금 커졌다.

"하지만 공작가에서 나를 돕든 말든, 페넬로페는 시녀로 보내 줬으면 좋겠군."

"저, 정말입니까?"

이번에는 리켈 공작의 얼굴에 화색이 돌았다.

"어렵지 않은 일입니다! 아니, 리켈 가문의 영광입니다."

그는 기쁨을 숨기지 않았다.

당연한 일이었다. 황후도 아닌 황제의 시녀라는 자리는, 경우에 따라 제국에서 가장 영향력 있는 자리가 되기도 했다. 아르노아가 다른 대가를 바라는 것이 아니라면, 가문은 물론, 페넬로페 본인의 앞날에 크나큰 도움이 될 만한 제안이었다.

"공작, 오해 말고 들으시오."

아르노아가 한층 차분하게 말했다.

"나는 공작을 통해 대공에게 대항하는 것을 포기하겠다는 말이 아니오."

"그럼……."

아르노아는 그녀의 외숙을 향해 부드럽게 미소를 지었다.

"페넬로페를 통해 설득하면, 공작의 마음이 달라질지도 모르지 않겠소?"

"그럴 일은 없을 겁니다, 폐하."

그가 딱 잘라 말했다.

"혼인으로 묶이는 관계가 아니라면, 리켈 공작가와 폐하가 하나가 되기는 어려울 것입니다."

"뭐, 그렇게 생각하든가."

아르노아는 한쪽 팔에 턱을 괴며 그에게 작별 인사를 고했다.

"진짭니다."

"알겠다니까."

공작은 속셈을 숨긴 듯한 아르노아의 태도에 떨떠름한 표정이었다. 그럼에도 그는 당장의 상황에 만족한 듯, 정중한 인사를 하고 홀에서 나갔다. 끝까지 예의를 지키는 그의 태도는, 리켈 가문과 아르노아 사이에 선을 그으려는 의지인 듯했다.

"좋아."

공작이 나간 후 아르노아가 혼잣말로 중얼거렸다. 공작의 말이 맞는지는, 두고 보면 알 일이었다.

"오랜만에 페넬로페를 보겠네."

그녀가 작게 미소 지었다.

* * *

찰박.

욕조 안에서 아르노아는 몸을 뒤로 기대고 눈을 감았다.

"하아…… 목욕은 좋은 거였구나."

그녀가 중얼거렸다.

수영도 할 수 있을 정도로 넓은 대리석 욕조, 그 가운데에 세워진 화려한 황금 조각과 분수, 은은한 향, 적당한 수온, 모든 것이 좋았다. 물론 곁에서 그녀를 씻겨 주겠다며 재잘거리는 하녀가 없다는 것이 가장 좋았다.

황제의 목욕 시중을 들겠다는 이들도 있었지만, 그녀가 한 번 손을 내젓자 얌전하게 물러났다.

"돈이 좋긴 좋아."

카이시온 제국과 디르한의 재력 차이는 이렇게 컸다. 먹는 것, 입는 것, 방의 크기며 마시는 물까지도 전과 달랐다. 아르노아는 지금 인생 최고의 사치를 누리며 살고 있었고, 그녀는 그것이 싫지 않았다.

"아니, 황제가 좋은 건가?"

아무려면 어떤가.

그녀는 다시 한번 자신과 이혼해 준 바이나스에게 감사하며 욕조에서 나왔다.

"기다리고 있었습니다, 폐하."

편한 옷으로 갈아입고 침실로 나가자 익숙한 목소리가 들렸다.

"아나킨?"

아르노아가 미간을 찌푸렸다. 아나킨의 말투나 목소리가 평소와 다르게 느껴진 탓이었다.

"누가 왔어?"

"폐하."

그가 숙였던 고개를 살짝 들며 눈인사를 했다.

"페넬로페 리켈 공녀가 왔습니다."

"아……."

그날이었다. 그녀의 첫 번째 시녀가 도착하는 날.

"들어오라고 해."

아르노아가 침대에 걸터앉아 고개를 끄덕이자 아나킨은 침실과 이어진 접견실을 향해 손짓했다. 누군가의 조심스러운 발소리가 들리더니, 갈색에 가까운 짙은 금발 머리의 여자 한 명이 방에 들어섰다.

"제국의 태양을 뵙습니다. 페넬로페 리켈입니다."

아르노아의 입가에 작은 미소가 떠올랐다.

"……3년 만이려나? 반갑구나, 페넬로페."

"……."

"고개를 들어 보렴."

천천히 얼굴을 드는 그녀는 아르노아의 기억 속 모습과 비슷했다. 짙은 금발에 청록색 눈동자, 얼굴은 공작과 많이 닮은, 얌전해 보이는 고전적 미인. 어떻게 보면 아나스티아 황후나 아르노아 자신과도 조금 닮은 모습이었다.

"……왜 가만히 있지?"

아르노아가 묻자 페넬로페의 눈동자가 당황한 듯 흔들렸다.

"예? 폐하, 제가 무슨 잘못이라도……."

"페넬로페."

아르노아가 고개를 갸웃하며 그녀를 불렀다.

"나 안 보고 싶었니?"

두 사람은 서로 눈을 마주친 채 몇 초 동안 가만히 있었다.

"……흑."

페넬로페가 입술을 꽉 깨물었다.

참았다가 터뜨리는 모습이 어릴 때랑 똑같네.

아르노아는 피식 웃으며 다시 그녀를 불렀다.

"페넬로페."

"노아 언…… 폐하!"

연습을 많이 한 듯 다소곳하게 고개를 숙이고 있던 페넬로페는 갑자기 휙 일어나더니 아르노아를 세게 포옹했다.

"보고 싶었어……요, 폐하."

그녀는 거의 울먹이며 말했다.

"그때 그렇게 가 버리고 내가 아버지한테 얼마나 난리를 쳤는데…… 집 안의 화병이랑 접시는 내가 다 깨 버렸는데……."

"그거 고맙구나."

"아버지의 서재에 불을 지를 뻔했다가 큰오빠한테 들켜서 그건 못했지 만……."

"마음고생이 많았구나, 페넬로페."

아르노아가 그녀의 등을 두드리며 말했다. 잊고 있었던 페넬로페의 불같은 성격이 다시 생각났다. 진짜로 고생한 건 어쩌면 공작이었을지도 모른다는 생각이 머리를 스쳤다.

"나도 보고 싶었단다."

겨우 진정한 페넬로페에게 아르노아가 다시 말했다. 그것은 진심이었다.

페넬로페는 리켈 공작이나 두 아들과는 조금 달랐다. 말하자면 아르노아에게 정말로 동생 비슷한 아이였다. 정중하지만 차가운 공작가에서 유독 페넬로페만은 귀찮을 정도로 아르노아를 따라다녔다.

'페니랑 놀아 줘, 언니.'

'나 황녀야, 황녀 전하라고 불러야 돼.'

'페니랑 놀아 줘, 황녀 전하.'

'아니, 그게 아니라……'

'빨리, 황녀 전하.'

어린아이 때부터 막무가내였던 그녀는 10대가 되고 나서도 아르노아를 좋아했었다. 그녀가 강제로 황궁으로 보내지기 전까지 계속.

"폐하께서 불러 주셔서 얼마나 좋았는지 몰라요."

그녀가 눈물을 닦으며 말했다.

"둘이 있을 때는 언니라고 불러도 된단다."

페넬로페는 고개를 저었다.

"그러면 안 된다고 아버지께 교육받는걸요."

아르노아의 미소가 조금 짙어졌다. 막무가내였던 성격은 어느새 공작을 닮아 조심스러워진 모양이었다.

"좋아, 시녀로서는 좋은 태도로구나."

아르노아는 더 설득하지 않고 수긍했다.

"시녀……요."

페넬로페가 머뭇머뭇 입을 뗐다.

"싫으니? 억지로 온 거라면 돌아가도 된단다."

"아니에요!"

아르노아의 말에 그녀가 당황한 표정으로 손을 내저었다.

"폐하, 저는 폐하의 시녀로 있는 게 좋은데……"

그녀가 말했다.

"좋은데?"

"아버지의 마음을 돌리기 위한 거라면, 어려울지도 몰라요."

그녀는 진심으로 걱정된다는 듯 아르노아를 바라보았다.

"그러니까, 혹시라도 다른 귀족 가문과 연대를 하는 것이 더 좋다면……."

"그건 네가 신경 쓸 필요 없단다."

아르노아는 페넬로페의 머리를 가볍게 쓰다듬었다. 그녀는 사실 스스로 고른 시녀에 무척 만족하고 있었다. 애초에 아르노아가 누구와 연대를 할 수 있는지 걱정해 주는 시녀를 찾는 것이 어디 흔한 일이던가?

2년 동안 얼굴을 보지 못했다고 해도, 아르노아에게 있어서 페넬로페만큼 신뢰할 만한 귀족 여인은 없었다. 물론, 공작과의 일에서도 아직 상황이 끝난 것은 아니었고.

"그런 것보다는 네 미래에 집중해도 좋아. 다른 시녀였다면 이미 그러고 있을 거다."

아르노아가 말했다.

"미래에요?"

"그래."

아르노아가 말했다.

"미래에 원하는 게 있니?"

"……."

"결혼? 아니면 작위를 받고 싶을까? 황제의 시녀는 둘 다에게 유리한 자리지."

그녀는 오랫동안 만나지 못했던 사촌의 생각이 진심으로 궁금했다. 어렸을 때는 꽤 욕심이 많아 보였기에 더더욱.

"둘 다 별생각 없어요, 폐하."

페넬로페는 단호하게 고개를 저었다.

"둘 다 싫다…… 헤르만 백작처럼 사업을 하고자 하는 거니?"

"아뇨."

그녀는 무언가 정해 둔 것이 있는 듯 대답했다. 사업도, 작위도 싫다니, 예상했던 것과는 다른 반응이었다. 하고 싶은 거 많고 욕심도 많은 아이였는데. 그새 사람이 달라졌나?

"……그럼?"

"사교계의 중심에 있고 싶어요."

페넬로페의 눈이 반짝 빛났다. 진심이 아닐 수 없는 표정이었다.

"사교계의 중심이라……."

"아나스티아 선황후 폐하가 그랬던 것처럼요."

"어머니를 목표로 한다?"

아르노아의 눈이 커졌다. 욕심이 없어진 게 아니라, 생각했던 목표가 높은 것이었다.

아나스티아 황후는 한때 '제국의 보물'이라 불렸었다. 그녀는 사교계의 여왕이자 여신이었다. 가졌던 권력이며 재력도 어마어마했었지만, 그 화술과 매력은 사후에도 회자될 정도로 대단했다고 했다.

다른 힘을 동원하지 않고, 그저 화술만 가지고 큰 전쟁을 막은 적도 있다고 했던가.

페넬로페는 겸손한 척하지 않고 고개를 끄덕였다.

"아직 데뷔탕트도 마치지 않았으니 먼일이지만요."

그녀가 말했다. 아르노아는 페넬로페를 보며 천천히 입을 열었다. 어쩌면, 페넬로페의 그 목표는 아르노아에게 하나의 기회가 될지도 몰랐다.

"페넬로페."

"예, 폐하."

"내가 네게 아주 화려한 데뷔탕트를 열어 주마."

"……정말요?"

"그래. 바로 이 황궁에서 말이야."

흐릿한 그림 정도만 있었던 머릿속에, 훨씬 구체화된 계획 하나가 떠올랐다.

"첫 번째 시녀에 대한 내 애정을, 네 아버지에게도 보여 주도록 하자."

그녀가 말했다.

그놈의 쓸데없는 혼사나 추진하려는 리켈 공작에게, 혼사로는 절대 얻을 수 없는 영광을 보여 줄 생각이었다.

* * *

"빌어먹을."

케스만과의 경계에 있는 성탑에서 한 여자의 목소리가 울렸다. 제국군의 눈동자가 불안하게 떨렸다. 성탑에 서 있는 것은 제국군의 부사령관, 록산느 아실리에르였다.

그녀는 평소 성탑을 좋아했다. 높은 곳에서 다른 이들을 보면, 우월한 자신과 그녀보다 못한 이들의 차이가 명확하게 드러나는 기분이기 때문이었다.

록산느는 다른 이들보다 뛰어났다. 그녀보다 높은 곳에서 그녀를 내려다볼 이는 세상에 없어야 했다. 그렇기에 성탑 꼭대기에 있는 록산느는 대부분 기분이 좋은 편이었는데.

"빌어먹을!"

쾅-

그녀는 검 손잡이로 성벽 한쪽을 쳤다. 부서진 곳은 없어도 소리가 크게 울려, 제국군 전원을 긴장하게 만들었다.

오늘, 그녀는 기분이 좋지 않았다. 제국군 목덜미의 털이 쭈뼛 섰다.

"쉿……."

성벽에서 보초를 서던 이들은 되도록 그녀의 눈에 띄지 않기 위해 이를 악물었다. 부사령관의 기분이 좋지 않을 때면 최소한 세 명, 많으면 수십 명의 목이 날아갔다.

"요즘 농사철이라 잠잠했는데 왜 또……."

병사 한 명이 악다문 이 사이로 작게 중얼거렸다.

최근 케스만의 경계에서는 전투가 거의 없었다. 농사철이니 최소한의 노동력은 보장해 달라는 국왕의 청을, 놀랍게도 대공 쪽에서 받아들였기 때문이었다.

물론 측근들은 대공과 대공녀가 무엇을 원하는지 정확히 알았다. 케스만이 최소한의 인력을 오래 유지하는 것. 그래야 전쟁의 필요성도 계속 지속될 터였고, 전쟁 영웅으로 칭해지는 대공 일가가 계속해서 명성과 권력, 그리고 황실에서 꾸준히 나오는 수입을 유지할 터였다.

"농사철이니 더 큰 일이지…… 적군에게 분풀이가 안 되면……."

다른 이가 이 사이로 말을 삼켰다. 보초를 서던 병사들 전원이 침을 꿀꺽 삼켰다.

그가 삼킨 말은 뻔했다.

수틀리면, 대공녀의 손에 죽어 나갈 사람은 제국군 내에 발생하리란 것.

탈영, 불복 같은 것은 생각해 본 적 없었다. 그저 살육의 대상에 자신은 포함되지 않기를 바랄 수밖에 없었다.

뚜벅.

"부사령관님, 진정하십시오."

록산느는 성벽에 화풀이를 끝내고 다시 안채로 들어갔다. 그녀와 대공에게 소식을 전하러 온 병사가 그녀 앞에 무릎을 꿇었다.

"진정?"

그녀의 자색 눈동자가 섬뜩하게 번뜩이는 순간 병사는 후회했다. 록산느의 휘하로 들어온 지 얼마 되지 않았던 그는, 부사령관과 마주할 때에는 되도록 말을 아끼라던 동료들의 조언을 잠시 잊고 있었다.

"아, 아니, 진정이 아니고…….'

"디르한 출신 병사들을 차출해 특수 임무를 주고 케스만 왕실에 잡히게 한다는 그 계획으로 내가 밤을 새웠는데…… 그게 다 힘만 빼는 헛수고였다는 말을 듣고, 진정?"

그녀는 어이없다는 듯 머리칼을 헝클어뜨렸다.

"황위는 엉뚱한 사람이 가져갔다고?"

"혀, 혈통에 따라서, 아르노아 살리에드 카이시온 황녀 전하께서 황위에 오르셨습니다."

"하! 망할 혈통이 차라리 끊어졌다면 좋았을 것을."

그녀가 계속해서 욕설을 중얼거렸다.

"록산느, 그 정도면 됐다."

그녀의 뒤쪽에서 무거운 목소리가 울렸다.

록산느가 고개를 돌렸다.

"지금 와서 흥분한들 무엇이 달라지겠느냐."

"흥분을 안 하게 생겼습니까, 아버지?"

록산느의 눈매가 날카롭게 치켜 올라가자, 위엄 있게 자리를 지키던 대공의 몸이 움찔하고 떨렸다. 직접 키운 딸이지만, 그 성격은 대공도 감당하기 쉽지 않았다.

"제가 쓸데없는 일로 흥분했다는 말씀이 하고 싶은 겁니까?"

"아니, 딸아, 그런 게 아니고…….'

그는 어쩔 수 없이 총사령관의 위엄을 조금 포기하고 말을 더듬었다.

"루시아노가 죽은 지 한 달이 훌쩍 넘었습니다."

록산느가 말을 이었다.

"전하의 진정한 주인이라는 아실리에르 대공가에서, 차기 황제가 누구인지를 지금에서야 겨우 파악했다는 것이 말이 된다고 생각하세요?"

"안 되지."

"자존심도 안 상하세요?"

"상하지."

"문제가 있지 않습니까?"

"그렇지."

대공이 얌전하게 대답했다. 전쟁터의 살인귀, 죽음의 신 어쩌고 하는 별명이 붙은 그였으나 언제부턴가 딸 앞에서는 작아지기 시작한 탓이었다. 그를 쏘아보는 록산느의 눈빛은 변함없이 매서웠다.

"어떻게 된 겁니까?"

그녀는 대공의 책임을 묻기라도 하듯 말했다.

"뒤늦은 즉위는 뭐고, 그 직전의 이혼은 뭡니까?"

"우리 쪽의 탓이 아니다. 디르한의 국왕이 머저리였던 거지."

그는 고개를 절레절레 저었다.

"정부와 있겠다고 황녀와의 결혼을 집어치웠다더구나. 자기가 즉위할 수 있다는 사실도 모른 채 말이야."

"무슨 그런……."

록산느는 진심으로 충격받은 듯한 표정으로 대공을 바라보았다.

"그런 새대가리가 세상에 존재한다는 말을, 저더러 믿으라는 말씀이세요?"

"그래. 나도 믿기 어려웠다."

대공이 헛웃음을 지으며 말했다. 딸의 입이 거친 것은 이미 알고 있기에 그다지 거슬리지 않았다.

"심지어 제 왕비가 가져왔던 지참금을 토해 냈다지. 아나스티아 황후의 보석을 포함해서."

그도 몇 번이나 의심했던 소식이었다.

대공으로서는 평생 노렸던 황좌였다.

젊은 시절 한 번의 실수로 다시 노릴 수 없게 돼 버린 자리. 그래서 때가 오면, 자신의 분신 같은 딸을 올려놓고 말겠다고 결심했던 자리. 그런 자리를 쉽게 거머쥘 뻔했던 자가 있다는 것도 신기한데, 아니, 조금 억울한데.

그 얼간이는 신이 준 기회를 헛발질 한 방으로 날려 버렸단다. 그 와중에 2년 동안 탕진한 지참금을 채워 넣느라 군대까지 줄였고.

한참 동안 그를 바라보던 록산느가 다시 내뱉었다.

"어떤 자입니까?"

"네 입으로 말하지 않았느냐, 새대가리라고."

"말고, 황제요."

록산느가 내뱉었다. 제국군의 부사령관이 절대로 써서는 안 될 불순한 말투였지만 대공도, 병사도 놀라지 않았다. 그녀는 원래 모든 인간의 자리는 자신의 발아래라고 생각하는 사람이었다. 황제도, 아버지도 예외는 아니었다.

아니, 황제는 본디 그녀가 앉아야 어울릴 자리를 대신 차지하고 있는 자였다.

"무엇을 파악하셨습니까?"

"파악할 것이 많지 않더구나."

대공이 냉소를 지으며 말했다.

"뻔하고 쉬운 여자다."

"그게 무엇입니까?"

"황실에서 태어났으나 금방 어미를 잃어 교육도 제대로 못 받은 아이."

대공은 자신이 들은 바를 정리하기 시작했다.

"루시아노 같은 자에게 벌벌 떨던 계집."

록산느의 입가에도 비슷한 조소가 번지기 시작했다.

"디르한의 얼간이와 그 정부에게 멍청하게 당하기만 했던 여자, 태어나서 겪었던 가장 힘든 일이 겨우 이혼인 그런 여자이지."

"……디르한의 새대가리뿐 아니라 그 정부에게도 당하기만 했다? 그런 사람이 황제가 됐단 말입니까."

아나스티아 황후의 딸이 그렇게 컸나?

어린 시절, 아르노아 황녀를 만났던 것 같은데, 록산느는 정확한 기억이 나지 않았다. 대공은 고개를 끄덕였다.

"한 마디로 이렇게 정리할 수 있겠지."

그가 말했다.

"아리엔보다 쉽게 요리할 수 있는 허수아비 말이다."

록산느는 잠시 고심하다가 다시 입을 열었다.

"……아나킨 윌로는 어디 있습니까?"

대공이 얼굴을 찌푸리자 그녀는 말을 이었다.

"여전히 황궁에 있답니까?"

"그렇다더구나. 원래 리켈 공작가 가신 가문 출신이니 새로운 황제와도 안면이 있는 게지."

"……."

그녀가 불쾌한 듯 인상을 찌푸렸다.

"걱정 말거라, 록산느. 아나킨 윌로는 누구에게도 충성하지 않는 자니까."

대공이 그녀의 마음을 안다는 듯 말했다.

"내 제안을 거절했던 걸 보면 이는 분명하다. 그저 황실에서 몸 편하게 살며 여자나 만나는 게 행복한 게야."

록산느가 입술을 닫고 생각에 잠겼다. 대공도 마찬가지였다.

대공은 과거에 그녀와 아나킨의 혼사를 생각했던 적이 있었다.

머리는 좋지만 헤실헤실 웃는 낯이 그저 순해 보였고, 가문은 한미했기에 록산느를 보좌하기에 적당하다는 생각이었다. 물론, 알고 보니 전혀 틀린 생각이었다.

양측의 관계는 금방 파국을 맞았다.

예의 바르게 대공의 제안을 거절하던 아나킨에게 대공이 은근한 압박을 가했을 때만 해도 성사가 될 줄 알았는데. 앞에서는 순진한 듯 고개를 끄덕

끄덕하던 아나킨은 바로 다음 날 황실 연회에서 헤르만 가문의 한 영애와 진하게 놀아났다.

이로써 대공은 록산느의 자존심을 위해서라도 다시는 그런 제안을 하지 못하게 되었다.

"혹여라도 속상해 말거라. 너와의 결혼을 거절한 건 그놈의 인생에서……."

"루시아노 밑에서의 행보가 은근히 거슬렸던 자입니다, 아버지."

록산느는 그의 말을 자르며 건조하게 말했다. 아나킨과의 혼담이 있었다는 사실은 기억도 안 난다는 듯한 태도였다.

그랬다. 아나킨이 록산느에게 관심이 없었듯, 록산느도 아나킨에게 호감이 없었다. 혼담 이후로는 서로를 조금씩 거슬려 하는 사이, 그 이상도 이하도 아니었다.

무심한 두 사람 사이에서 혼자 괜한 고생을 했었던 아픈 기억이 대공의 가슴을 찔렀다. 하지만 록산느는 그 사실을 전혀 모르는 듯 말을 계속했다.

"유약하던 그자가 두어 번 반항도 하지 않았습니까? 윌로가 보좌관으로 들어간 후에 말입니다."

"은근슬쩍 대공령의 요구를 거절할 핑계를 만들어 줬던 건 사실이다만, 결국 제 무덤을 판 건 루시아노다."

대공은 다시 고개를 저었다. 여우 같은 아나킨은 겨우 루시아노 황제 같은 자를 위해 대공을 거스를 사람은 아니었다. 그저 황제의 비위를 잘 맞추어 자신의 이익을 챙겼을 터였다.

"루시아노는 죽었다. 지금의 황제는 그만한 인물도 못 돼. 보좌관이 누구든 의미 없는 일이다."

그가 잘라 말했다. 잠시 생각에 잠겼던 록산느가 고개를 들었다.

"그럼 그 점을 확실히 하면 되겠군요."

그녀가 말했다.

"무슨 계획이냐?"

대공이 물었다.

"디르한의 새대가리에게 했던 것보다 더 직접적인 경고를 보내면 될 거 아닙니까."

"……."

"황제는 아실리에르 대공가에게 엎드려야 할 겁니다."

그녀가 말을 이었다.

"선대가 어쩌다가 죽었는지 보좌관을 통해 들었다면 쉬운 일이겠지요."

록산느는 대공의 대답을 기다리지 않고, 소식을 전해 온 병사를 향해 돌아섰다.

"황실에 자금을 요청하라고 전해라."

그녀가 내뱉듯이 말했다.

불편하게 대기 중이던 병사의 눈이 커졌다.

"자, 자금 말입니까? 지난번에 받은 것이 아직 부족하지 않은데…… 황실에서도 곤란해할 겁니다."

"자금이 부족한데, 마침 황실에는 남는 돈이 있으니 이리 보내라고 전해."

록산느가 그의 말을 뚝 잘랐다. 병사는 이해하지 못하고 눈을 껌뻑였다.

"남는 돈이라니요?"

"그렇다."

록산느는 조금의 동요도 없이 말했다.

"황제가 받아 온 지참금 말이다."

"예에?"

병사는 경악했다.

결혼할 때 가져갔던 지참금은 아무도 건드릴 수 없고 건드려서도 안 되는 황제의 개인 재산이었다. 남편조차도 이혼할 때에는 돌려줘야 하는, 사적인 재물.

이를 내놓으라는 것은, 공개적으로 황제에게 모욕을 주겠다는 뜻이나 다름 없었다.

"아나스티아 황후가 남긴 유산이 포함되어 있다고 하니, 군사령관인 아버지에게 내려서 군의 사기를 높이라고. 그렇게 전갈을 보내라."

록산느는 당혹스러운 병사의 얼굴이 보이지 않는 듯 말을 이었다.

"부, 부사령관님, 다시 생각해 보십시오."

병사가 애원하듯 말했다. 상관의 명령이라고는 하나 전령으로서 차마 전하기 어려웠다.

록산느의 요구는 대놓고 황제의 머리 꼭대기에 서겠다는 말이나 다름없었다. 황제가 자진해서 내려도 거절해야 할 물건을 내놓으라는 요구라니.

"부사령관의 말을 들어라."

머뭇거리는 병사에게 대공이 말했다.

그는 딸의 생각이 꽤 마음에 드는 듯했다.

"토씨 하나 틀리지 않고 그대로 보내라고 전해라. 록산느의 뜻은 곧 나의 뜻이다."

록산느의 뜻은 곧 나의 뜻.

대공은 습관처럼 달고 사는 말을 병사에게 남기고 먼저 자리를 떴다.

"아…… 알겠습니다."

퍼런 서슬에 움츠러든 병사 또한, 여전히 믿기 어렵다는 표정으로 록산느의 전언을 외우며 사라졌다. 사라지는 그의 뒷모습을 보던 록산느가 천천히 문밖으로 걸음을 옮겼다.

"라야."

그녀가 나직하게 이름 하나를 불렀다.

"대공녀님."

아무도 없는 듯했던 그녀의 문 앞에, 검은 옷을 입은 남자 한 명이 미끄러지듯 나타나 고개를 숙였다.

"제국의 전령이 디르한의 국왕을 만나기까지 한 달이 걸렸다더구나."

그녀가 말했다. 대공은 이를 그저 우연한 일, 또는 마탑주의 게으름이라고 생각한 듯했지만 그녀는 회의적이었다.

"그가…… 황제를 도왔을 수도 있을까? 마법사가 그럴 수 있느냐?"

'라야'라 불린 남자가 고개를 획 들었다. 황록색에 가까운, 유독 밝은 눈동자가 흥미롭게 빛났다. 세로로 가늘어진 홍채는 마치 먹잇감을 노리는 짐승 같았다.

"마탑주가 황제를 돕는다…… 마법사의 본성에 반하는 일입니다."

그가 말했다.

"뭐, 마법사들 중에도 별종은 있는 법이지만 말입니다. 타고난 신체뿐 아니라 정신머리도 희한한 놈이었던 모양이군요."

"만난 적이 있었더냐?"

"저야 어렸을 때 떠나 왔으니…… 기억나지 않는군요."

그는 재미있다는 듯 빙긋 웃었다.

"자세히 알아보기를 원하십니까?"

록산느가 고개를 끄덕였다.

"그럴 수 있느냐?"

"방법이야 찾으면 어찌 없겠습니까? 저도 좀 궁금하던 참이었습니다."

그는 무언가 재미있는 생각을 하는 듯 큭큭거리며 대답했다. 록산느는 그런 반응이 신경 쓰이지도 않는 듯 무심하게 다시 입을 열었다.

"그리고 한 가지 더."

그녀의 목소리가 순간 음산하게 깔렸다. 라야의 눈이 더욱 재미있다는 듯 빛났다.

"케스만은 지금 농사철이라고 했던가?"

그녀가 물었다.

"그렇습니다. 노동력을 유지해야 하니 전투는 중지하기로 약정하셨죠."

"라야, 가서 1부대에게 전해."

록산느가 차갑게 말했다.

"북쪽 들판으로 가서, 눈에 띄는 케스만인을 죽이라고. 기습의 좋은 기회다."

"……진심이십니까? 약정을 깨신다고요?"

라야는 느른한 태도로 고개를 갸웃거렸다. 록산느의 눈짓 한 번에 소스라치는 일반 병사들과는 조금 다른 모습이었다.

"약정을 깨긴."

록산느가 차갑게 웃으며 말했다.

"노동력을 유지하는 것이 관건 아니냐."

"그렇습니다."

"그럼 노약자만 찾아서 처리하면 될 일이 아니냐."

서늘한 목소리가 내리깔렸다.

"큭."

라야는 재미있다는 듯 웃었다.

"대공녀님의 전략은 항상 허를 찌릅니다. 재미있군요."

그는 죽어 갈 이들에 대해 조금의 안타까움도 보이지 않으며 말했다.

"그렇게 전하겠습니다."

"마지막으로 하나만."

록산느의 눈에 밴 살기는 아직 가시지 않은 채였다.

"아까 병사를 통해 전한 명령이 전달됐다면……."

"아, 그건 이미 압니다."

라야는 황록색의 눈을 찡긋했다.

"대공 전하와 대공녀님의 이야기를 쓸데없이 많이 들었으니 죽여라, 이거 아닙니까."

록산느는 변화 없는 표정으로 고개를 끄덕였다.

"서둘러라, 라야. 그 병사의 얼굴을 다시 보고 싶지 않아."

그녀가 말했다. 듣기 싫은 소식을 전한 자는 죽는 것이 당연했다. 오늘은, 그녀의 기분이 좋지 않은 날이었으니까.

* * *

"그러니까, 황녀…… 아니 황제 폐하께서 이혼을 하고 돌아오셨다고?"

"그렇다니까요. 원래 정부와 죽고 못 살던 디르한의 국왕이, 마침 딱 선황께서 돌아가실 무렵에 폐하와의 이혼을 선언했대요."

"정말 그렇다면 역사상 가장 멍청한 행동 아닌가? 대륙 전체를 가질 기회를, 정부 한 명 때문에 날려 버렸다고?"

"모르고 그랬겠지요. 지금은 땅을 치다 못해 앓아누웠다는군요."

"세상에, 그런 멍청한 자가 대륙에 있었다니."

귀족회의 회의장은 여느 때보다 시끄러웠다.

몇 명은 며칠 전 황궁으로 돌아온 아르노아를 봤던 이들이었고, 나머지 몇 명은 새 황제에 대한 소문만을 들은 사람들이었다. 그들 모두, 새로운 황제에 대한 관심이 뜨거운 편이었다.

"그러면 우리 새로운 황제 폐하는, 그냥 이혼을 당하는 바람에 황제까지 되어 버리신 건가?"

머리를 열심히 굴려 상황을 정리한 누군가가 결론을 내렸다.

"그러게. 3남매 중 막내인 데다 어린 시절 황후께서 돌아가셨으니 뭐 아무것도 아는 것이 없으실 텐데……."

"당황스러우시겠군. 그럼 결국 귀족들의 말에 의지하실 수밖에 없는데……."

"역시 보좌관 자리에 가문의 누군가를 넣어 봐야겠습니다."

또 다른 이가 작은 비웃음을 흘리며 말했다.

가까이에 측근을 심어 놓기만 하면 황제를 주무르는 것은 일도 아니라고 판단한 듯했다.

"글쎄…… 어딘가 그런 분위기가 아니긴 했는데."

"아니긴. 당장 아나킨 윌로에게 뇌물을 더 넣어야겠소."

모두가 웅성거리는 가운데, 문을 지키던 시종이 목청을 가다듬었다.

"황제 폐하께서 오셨습니다."

한참을 시끄럽게 떠들던 이들은, 문이 열림과 동시에 조용해졌다.

"제국의 태양을 뵙습니다!"

회의장 안에 있던 귀족들이 일제히 일어나 예를 갖추었다.

"환영 고맙군. 다들 앉으시오."

아르노아가 말했다.

제국을 상징하는 황금색의 자수가 있는 흰 드레스에 작은 관을 쓴 모습이었다. 아직은 조금 어리고 경험도 없는 황제는, 눈빛만큼은 꽤나 진지해 보였다. 편하게 떠들던 귀족들도 조금은 긴장이 되었는지 꿀꺽 하고 마른침을 삼켰다.

"지금껏 불안한 제국을 지탱해 준 경들에게 고맙게 생각하고 있소."

그녀의 말에 몇몇 귀족들이 겸양의 표시로 고개를 숙였다. 물론 대부분 사람들은 머릿속으로는 어떻게 하면 황제가 없던 때처럼 편안하게 사안을 결정할까 고민 중이었지만.

"그럼 시작하지. 케스만의 전쟁 건으로 할 이야기가 있다고 한 사람이 두 베르테 후작인가?"

아르노아가 대뜸 물었다. 두베르테 후작이 당황한 듯 눈을 동그랗게 떴다.

"아…… 이렇게 갑자기 전쟁 이야기를 말입니까."

"갑자기라니, 그대가 준비했다고 들었는데."

"그, 그렇습니다. 에헴!"

두베르테 후작은 몇 차례 헛기침을 하더니 말을 시작했다.

"케스만 왕국과의 전쟁에서 치열한 접전이 펼쳐지고 있고…… 얼마 전 총사령관 아실리에르 대공이 조직한 특수 부대가 적군에게 몰살당하는 비극도 있었지요."

"아, 그 디르한 출신의 부대."

아르노아가 말했다.

두베르테 후작의 눈이 커졌다. 말은 안 했지만, 얼굴은 분명 그걸 어떻게 아느냐는 말을 하고 있었다.

"그래서?"

"그래서…… 힘들 때는 결국 자금이 필요한 것 아니겠습니까?"

그가 눈을 찡긋했다.

"대공이 황실에서 또 자금을 요청했소?"

"뭐, 말하자면 그렇습니다."

"기록을 보니 올해 들어 세 번째라더군."

"그만큼 힘든 전쟁이니 당연한 일입니다. 감히 제국의 경계를 침범한 나라이니 물러설 수는 없는 노릇 아니겠습니까?"

"병사들의 수만 해도 열 배가 많은 제국군이 고전이라…… 케스만의 군대는 아주 대단한가 보오."

두베르테가 흠칫 놀란 표정으로 아르노아를 바라보았다. 착각인지 진짜인지, 아르노아의 목소리에서 옅은 비아냥거림이 느껴졌기 때문이었다.

"워낙 험준한 지역인지라…… 아무래도 그 주인에게 유리한 법이지요."

당황한 표정을 애써 감추며 후작이 말을 이었다.

"황실의 군사 자금이 떨어졌다는 것을 모르지 않을 텐데. 준비한들 시간이 오래 걸릴 것 아니오."

아르노아는 전혀 설득이 되지 않았다는 표정이었다.

"흠!"

두베르테 후작이 큰소리로 헛기침을 했다.

"사실 대공 전하와 대공녀께서 요청하신 자금은 그렇게 많거나 대단한 것이 아닙니다."

그가 양손을 슬쩍 모아 비비며 아르노아의 눈치를 보았다.

"어디서 자금을 대면 되는지도 정확하게 짚어서 요청하셨습니다."

"……그래?"

아르노아가 눈썹을 치켜올렸고, 회의장 안의 몇몇 귀족들도 낮게 술렁이기 시작했다. 자금을 요구하는 건 그렇다 쳐도, 그 출처를 지정하는 것은 군사령관의 권한을 멀리 벗어나는 일이었다.

"어디서 찾을까?"

아르노아가 고개를 갸웃하며 물었다. 두베르테 후작은 기다렸다는 듯 기름진 웃음을 흘렸다.

"바로, 황제 폐하께서 이혼하며 돌려받으신 지참금이지요. 마차 한 대만큼의 황금에, 블랙 다이아몬드 한 쌍 아닙니까?"

후작의 말이 끝나자 회의장 안에 정적이 감돌았다.

황제가 이혼으로 돌려받은 지참금을 당장 군자금으로 내놓아라.

군사령관의 지시는, 황제에게 복종을 요구하는 거나 마찬가지였다.

몇몇은 입을 가리고 경악한 표정이었고, 대공의 측근에 해당하는 몇몇은 올 것이 왔다는 듯 고개를 끄덕였다.

"폐하, 황금이 중요한 것이 아닙니다. 큰 그림을 보셔야지요."

두베르테 후작은 천연덕스럽게 말을 이었다.

"대공 전하와 대공녀께서 북부를 수호하지 않으셨다면 제국은 이미 멸망했을지도 모릅니다. 제국에는 그만한 군사령관이 없으니까요."

그가 다시 한번 아르노아를 압박하며 말했다.

"……그래. 선황은 그런 쪽으로 뛰어난 사람은 아니었지."

그녀는 무표정한 얼굴로 수긍했다. 병약하고 예민한 루시아노는 무예나 병법과는 거리가 멀었다. 전쟁에 대해서는 듣는 것조차 싫어했고, 그렇기 때문에 싫어도 대공의 말을 들어줄 수밖에 없었던 것이다.

"바로 그겁니다! 폐하께서는 이해가 빠르시군요."

후작이 손뼉을 쳤다.

어리고 경험 없는 황제가, 어쩌면 상황을 제대로 파악하기도 전에 설득될지 모른다는 희망이 그의 눈을 스쳤다.

"전쟁의 심각성을 아셨다면, 대공 전하의 요구도 들어주실 수 있을 거라고 믿습니다, 폐하."

그는 싱글벙글하며 말을 이었다.

"그럼, 일단 폐하의 개인 자금에서 마차 한 대만큼의 황금, 그리고 보석을 보내는 것으로……."

"누구 반대하는 사람은 없소?"

후작이 후다닥 상황을 정리하려 할 때쯤, 아르노아가 회의장을 슥 둘러보며 물었다.

"반대……라고요?"

"자금도, 인력도 너무 많이 들어가니까 하는 이야기요."

그녀는 지참금에 대해서 언급하지 않은 채 말했다.

"언제 끝날지 모를 전쟁을 계속하는 것보다는 평화 협정이 낫지 않은가?"

그녀가 물었다. 이는 대단한 통찰력이 필요한 문제가 아니었다. 황금의 출처를 떠나서도 대공 부녀의 요구는 불합리했다. 제국은 1년째 어마어마한 자금을 들여가며, 진작 끝났어야 할 전쟁을 질질 끌고 있었다.

대공이, 그리고 그를 지지하는 두베르테 후작이 자금을 요구하는 근거는 항상 비슷했다. 제국의 경계에 위치한 몇몇 왕국이 얼마나 제국에게 큰 위험 요소인지 계속해서 늘어놓는 것이었다.

그 요구가 합리적이라고 생각하는 이는 없었다. 그 돈이 대공의 주머니로 흘러 들어간다는 사실을 모르는 이도 없었다.

그럼에도 루시아노는 계속해서 대공이 달라는 대로 돈을 내놓았었다.

대공을 대신해서 군권을 맡을 만한 이도, 대공과 대립해 가면서 황제의 편을 들어줄 이도 없기 때문이었다. 물론 가장 큰 문제는 루시아노에게 대공과 맞설 능력이 없다는 것이었고.

"……그렇게 생각하는 이가 없어?"

아르노아가 다시 물었다. 짧은 순간, 멀리 앉은 리켈 공작의 시선이 그녀와 마주쳤다.

"흠!"

그는 헛기침을 몇 번 하더니 그대로 그녀의 시선을 피해 버렸다.

'……아직은 그렇게 나오시겠다?'

아르노아는 쓴웃음을 지었다. 예상을 벗어나는 일은 아니었다. 다만, 대공 부녀 쪽에서 황후가 남겼던 유산까지 요구하는 마당인지라 혹시나 하는 마음이 들었을 뿐이었다.

"폐하께서는 제국의 상황에 대해 아무것도 모르십니다."

두베르테 후작과 자주 같이 다니는 젊은 백작 한 명이 말했다.

"노르 경이군."

아르노아가 그의 이름을 부르자 백작은 정중한 척 고개를 숙였다. 말투는 사람을 무시하듯 하면서 인사는 정중하게 하는 것이, 딱 봐도 마음에 들지 않았다.

"지금껏 대공 전하와 대공녀께서는 제국을 존망의 위기에서 수차례 구해 내셨습니다."

"존망의 위기라……."

아르노아는 낮게 중얼거렸다. 아무리 제국 내부가 썩었어도, 제국은 대륙 전체를 지배한다고 보아도 과언이 아닐 정도로 압도적인 나라였다. 외세에 의해 망할 위기는 앞으로 100년간은 있을 수 없었다.

그렇기에 그 많은 전쟁들이 더 이상했던 것이다. 내부에서 반역이 일어나면 모를까.

"백작의 말이 맞습니다, 폐하. 설마 몸을 바쳐 나라에 충성하는 대공 일가를 의심하시는 것은 아니겠지요?"

두베르테 후작이 목소리를 높였다.

"그렇습니다! 심지어 최근에는 대공녀님의 약혼자가 적군과의 전투에서 사망했습니다."

백작이 다시 말했다.

"그에 대한 위로도 충분한 보상이 있어야 할 것입니다. 사실 이 정도 금액으로는 부족합니다."

"그만하시오."

아르노아가 한 손을 들어 그들의 입을 막았다.

"경들의 입장은 알겠으니까."

"그렇다면 역시 저희 말대로……."

순간 두 사람의 얼굴이 기대감으로 가득 찼다.

"아니."

아르노아는 곧 고개를 저어 그 기대를 꺾었다.

"경들의 말대로, 나는 아직 아무것도 모르겠지 뭐요."

"모른다면 저희 말을 들으면 되지 않습니까!"

"아니, 일단은 유보하도록 하겠네. 경들 말대로, 제국의 위기가 너무 깊어서 상황을 가볍게 다루면 안 될 것 같거든."

귀족들의 압박에도 아르노아는 평온해 보였다.

"그렇다고 만사 제쳐 놓고 이 일만 할 수는 없으니……."

그녀는 자리에서 일어나며 말을 이었다.

"다음 회의 때 결정하도록 하겠소."

아르노아의 목소리가 회의장을 낮게 울렸다. 결정했으니 토 달지 말라는 듯한 말투였다.

"그때까지, 모두가 잘 생각해 보았으면 좋겠군."

말을 마치고 먼저 자리를 비우는 그녀의 시선이 마지막으로 고정된 곳은 리켈 공작의 얼굴이었다.

"평안히 돌아가십시오, 폐하!"

"……평안히 가십시오, 폐하."

공작은, 다른 이들의 목소리에 묻힌 인사를 읊조리며 다시 한번 그녀의 시선을 슬쩍 피해 버렸다. 그래서 그는 보지 못했다. 아르노아의 입가에 띤 미묘한 미소를.

오래전, 공작의 누이가 공작을 속여서 뭔가 얻어낼 계획을 짤 때마다 짓던 바로 그 표정이었다.

* * *

아르노아는 자신의 말을 지켰다.

만사 제쳐 놓고 전쟁에 대한 일만 처리하지 않겠다는 말을. 대신 그녀는, 오랫동안 황궁에서 열리지 않았다던 연회를 열기로 했다.

"연회의 주제를 잘못 잡으신 거 아닙니까, 폐하?"

아나킨이 지나가듯 물었다. 페넬로페가 입궁한 후로 그는 아르노아에게 존대하기 시작했다. 다른 이들이 없을 때는 평소처럼 말해도 좋다는 그녀의 허락이 있었으나 아나킨은 듣지 않았다.

'헷갈려서 못 해 먹겠습니다.'

그게 그의 대답이었다. 항상 헤실헤실 웃어서 실속 없어 보였지만 보좌관 이라는 자신의 지위는 진지하게 받아들인다는 의미일지도 몰랐다.

"즉위를 하셨으면 그걸 축하하는 연회를 열어야 하는데, 그건 까먹으셨습 니까?"

……라고 생각하기에는, 그의 말투가 과하게 장난스러웠지만.

"아무려면 어때. 사람들이 모이면 됐지."

"즉위 후 처음 여는 연회가 페넬로페 리켈 영애의 데뷔탕트라…… 이 정도면 각하도 감동하려나요."

아나킨이 피식 웃으며 말했다.

말은 그렇게 했지만, 그도, 아르노아도 이 정도로 공작의 마음이 그녀를 향할 거라는 생각은 하지 않았다.

"아나킨, 이 연회는 내가 정말로 페넬로페를 위해 열어 주고 싶은 거야."

"……."

그는 대답 없이 빤히 아르노아를 쳐다보았다. 황금색 눈동자를 피하지 않던 아르노아가 결국 입을 열었다.

"……왜?"

"연회는 공녀를 위해 열고, 실익은 누가 취합니까?"

"내가."

두 사람은 마주 보며 동시에 미소 지었다. 서로의 생각을 낱낱이 읽는 사람이 곁에 있다는 것은 반가운 일이었다.

"성공할 거라고 생각하십니까?"

아나킨이 묻자 아르노아는 고개를 끄덕였다.

"네가 같이 생각해 낸 계획이니까. 안 될 거라고 생각하지는 않아."

장미처럼 붉은 아나킨의 입술이 아름다운 호선을 그렸다.

"안 되면요?"

"안 되면, 어쩔 수 없지."

아르노아가 할 수 없다는 듯 말했다.

"사랑하는 사촌에게 선물 하나 주고 마는 거지."

* * *

연회장은 눈부시게 화려했다.

숨이 막힐 정도의 사치스러움도, 눈이 휘둥그레질 정도의 규모도, 제국의 그 어떤 곳과도 비교되지 않을 만큼 압도적이었다. 그 정중앙에서, 페넬로페는 눈부시게 새하얀 드레스를 입고 잘생긴 파트너와 춤을 추며 모두의 시선을 끌고 있었다.

"황궁에서 열리는 데뷔탕트라니! 부러워요, 정말."

"선선대에는 이런 행사가 가끔 있었다면서요?"

"저도 들었어요. 선황께서 너무 병약하시지만 않았다면 이런 연회가 자주 있었을지도 모르는데!"

몇몇 영애들이 부러움과 감탄, 호기심이 섞인 얼굴로 재잘거리며 떠들었다.

"다들 화려한 모습이군요. 페넬로페 리켈 영애는 말할 것도 없고……."

"주인공도 그렇지만, 아나킨 님 새하얀 제복 입으신 거 보셨어요?"

"어쩜 그렇게 아름다우신지! 여러모로 눈이 즐겁긴 하네요."

그들은 아르노아의 곁에 서 있는 아나킨을 곁눈질하며 눈웃음을 쳤다.

"성대하군요."

근처에 서 있던 젊은 남자 몇 명도 그들 가까이로 와서 여인들의 대화에 끼어들었다.

"리켈 가문의 후광이 대단하긴 한가 봅니다."

그중 한 명이 말했다.

"황제 폐하께서는 사촌을 아끼는 마음으로 이런 연회를 열어 주신 것이 겠지요."

"글쎄, 모르는 말씀이에요, 로날드 영식."

붉은 드레스를 입은 영애 한 명이 오만한 표정으로 고개를 저었다.

"아직 황궁에 자기 사람이 없으신 황제 폐하께서, 유일한 시녀를 얼마나 잘 대접해 주는지 사람들에게 보여 주기 위한 수단일 거라고 저희 어머니께서 그러시던걸요."

"오, 그럴싸한 생각입니다, 루이제 영애."

로날드라는 이름을 가진, 처음 끼어든 남자가 맞장구를 쳤다.

"리켈 가문을 폐하의 편으로 완전히 묶으려는 생각일지도 모르겠군요."

"맞아요. 하지만 좀 우스운 생각이죠."

루이제라고 불린 여자가 부채로 입을 가리며 웃자, 로날드가 물었다.

"우스운 생각이라니요?"

"화려한 연회며 값비싼 드레스 같은 것이 뭐 얼마나 대단한 의미를 가지겠어요?"

그녀는 뻔하다는 듯 말했다.

"그런 물량 공세는 리켈 공작님에게 통하지 않아요. 공작가에는 넘치는 게 재물이고 밟히는 게 보석이라는데요."

루이제가 코웃음을 치자 로날드를 비롯한 주변의 사람들이 소리 죽여 웃었다.

"그래도 숙질간이 아닙니까? 아나스티아 황후 폐하와 지금의 리켈 공작은 사이가 나쁘지 않았던 것으로 아는데요."

"하지만 돌아가신 지 오래죠. 지금은 잊혔고요."

그녀가 말했다.

"제국이 사랑했고 리켈 공작가도 사랑했던 분이니 황제 폐하께서는 어떻게든 그분의 기억을 되살리려 하시겠지만……."

"오오, 그럴싸한 분석이군요."

다른 남자 한 명이 말했다.

"하지만 기억을 되살린다…… 그걸 어떻게 한단 말입니까?"

"뻔하죠. 그분께서 입으셨던 옷, 그분이 쓰셨던 장신구, 말투며 표정까지 아나스티아 황후 폐하와 비슷하게 따라 하는 거예요. 향수를 자극한다고 해야 하나…… 말하자면 제2의 아나스티아 황후 폐하가 되려는 생각이랄까요."

그녀는 그런 것쯤 특별할 거 없다는 듯 다시 한번 코웃음을 쳤다.

"황실은 물론 여러 왕실에서 유구하게 쓰였던 방법이에요. 뭐 새로울 것도 없죠. 리켈 공작께서 그런 것에 반응할 정도로 감정적이지 않다는 게 문제지."

"그럼, 영애는 이 모든 노력이 별 쓸모가 없을 거라고 보시는군요?"

"맞아요. 이런 말 하면 안 되지만……."

그녀가 목소리를 낮추며 주변을 힐끗 살폈다.

"황제 폐하께서는 소국의 왕비 신분으로 너무 오래 계셨어요."

"그게 무슨 말씀이십니까?"

"제국이 얼마나 큰지, 제국의 정치가 얼마나 복잡한지에 대한 감이 없다는 말이에요."

그녀가 답답하다는 듯 내뱉었다.

"남부의 패자에게 내주는 것이 겨우 사치스러운 연회라니, 딱 디르한의 국왕 정도의 사람이나 할 생각이랄까요?"

"하하! 맞는 말씀입니다."

그녀에게 은근히 추파를 던지던 다른 남자가 신나게 맞장구를 쳤다.

"오래전 디르한의 국왕과 사냥을 나갔던 적이 있는데, 딱 영애의 말씀처럼 시야가 좁은 사내였더군요."

루이제는 말을 계속했다.

"그런 남자와 살다가 이혼을 당…… 아니, 헤어지고 온 분의 생각도 뭐, 크게 다르지는 않겠죠."

그녀는 말을 마치고 연회장의 한쪽 끝을 바라보았다.

시선 끝에는 화려하고 높은 황좌가 있었다.

그 위에 홀로 앉은 은발의 황제에게, 모여 있던 젊은이들은 모두 정중하게 고개를 숙였다. 그러면서도 서로 눈짓을 주고받으며 조소를 흘리는 것을 잊지는 않았다.


"아나킨, 페넬로페 정말 예쁘지 않아?"

아르노아는 연회장의 중심에서 빙글빙글 돌고 있는 페넬로페를 보며 말했다.

"……행복해 보입니다."

아나킨은 떨떠름한 표정으로 말했다.

페넬로페와 아나킨은 어린 시절부터 리켈 가문에서 함께 자랐지만 그다지 친분이 두터운 사이는 아니었다. 어떤 상황에서도 미소와 우아함, 침착함을 잃지 않는 아나킨과, 수틀리면 공작의 방으로 쳐들어가서 불같이 화를 내는 페넬로페는 본능적으로 서로를 멀리했다.

"뭐…… 폐하께서 꾸며 주신 덕분에 평소보다 반짝거리기는 합니다. 데뷔탕트가 좋긴 좋군요."

그가 마지못해 덧붙였다. 아나킨의 표정을 보며 아르노아가 피식 웃었다. 아르노아의 곁에서 며칠째 함께 있으면서도, 두 사람은 고집스럽게 친해지기를 거부했다.

"……그래, 데뷔탕트 주인공은 즐거워야지."

제국의 귀족 여자들은 열여덟 살이 되면 데뷔탕트를 치렀다. 어느 가문에서 한꺼번에 하기도 했고, 아니면 각자의 저택에서 성대하게 연회를 열기도 했었다.

"폐하는 아쉬우십니까?"

아나킨이 물었다.

부드러운 목소리로 허를 찌르는, 아나킨 특유의 말투였다.

"뭐가?"

"데뷔탕트를 치르지 못하셨으니까요."

그는 페넬로페를 지켜보던 시선을 아르노아에게 옮기며 말했다.

"리켈 영애가 받은 선물들이 부러우십니까?"

멀리 보이는 테이블에는 사람들이 페넬로페를 위해 가져온 선물들이 가득가득 쌓여 있었다. 보석, 옷가지, 귀한 책이며 장식품들. 무엇하나 정성이 들어

가지 않은 것이 없었다. 비슷한 나이에 탑에 갇혀 있다가 원하지 않았던 결혼을 한 아르노아와는 조금 달랐다.

"열여덟부터는 생일 선물도 못 받으셨을 텐데요."

"……받았어."

아르노아는 몇 년 전을 회상하며 말했다.

"아나킨 네가 줬잖아."

하녀들은 어디론가 끌려가고 혼자 탑에 남겨진 아르노아에게, 아나킨은 어찌어찌 황금이 든 주머니 하나를 전달하는 데 성공했었다. 덕분에 아르노아는 이를 뇌물로 사용해 일주일이나마 편안한 생활을 할 수 있었고.

"현금은 선물이 아닙니다, 폐하."

아나킨이 픽 웃으며 그녀에게 말했다.

"뭐, 좋았다면 다행이고요."

그는 묘한 미소를 띨 뿐, 더 이상 이 주제로 이야기를 이어 가지 않고 이곳저곳의 귀족들을 눈에 담았다.

"……늙은 사람들이나, 젊은 사람들이나, 분위기는 비슷비슷하군."

아르노아가 연회장 중간에 모여 수다 떠는 젊은이들을 바라보며 반쯤 혼잣말로 중얼거렸다.

"연회는 좋아하면서도 이 연회를 연 나를 비웃고 있으니까 말이야."

"말씀드렸잖습니까, 개판이라고."

아나킨이 빙긋 웃으며 그녀의 말을 받았다.

"그래도 겉으로는 다들 친절하던데. 자꾸 나한테 사람을 소개하려고 해."

아르노아는 여기저기 모여 있는 귀족 무리를 보며 말했다.

"그랬죠. 보좌관 추천, 시녀 추천, 시종에 마부 추천까지. 아무나 곁에 붙여 놓으면 폐하의 의사는 그냥 마음대로 할 수 있다고 생각하는 작자들입니다."

아나킨이 작게 냉소하며 말했다.

"아까 너 없을 때 헤르만 백작은 남자 조카를 다섯 명이나 데리고 와서 인사시켰어."

"그 집은 셋째가 잘 생겼습니다. 인기도 많지요."

"싫어."

"왜요?"

"눈매가 쓸데없이 에스테아 백작을 닮았더군."

아르노아는 멀리서 자신에게 눈웃음을 치는 백작가 청년을 보며 몸서리 쳤다.

"……리켈 공작은 반응이 어때?"

아르노아가 잠시 연회장을 훑다가 물었다.

그녀와 멀리 떨어진 한쪽 구석에서, 리켈 공작은 경계심 어린 표정으로 자신의 딸과 아르노아를 번갈아 바라보고 있었다. 그 옆에 서 있는 그의 장남 데미안도 아버지와 똑같은 표정으로 황좌와 거리를 두고 있었다.

"폐하의 외숙은 야심보다는 조심성이 더 큰 인물입니다."

아나킨이 그쪽을 바라보자 두 사람은 동시에 고개를 돌려 버렸다.

"가주의 조카가 황위에 올랐으니 다른 가문 같았으면 먼저 달라붙어 핏줄을 강조했을 테지만……."

"리켈 공작은 반대지. 나랑 잘못 엮였다가 무슨 일을 당할지 모른다는 거니까. 나에게서든, 대공에게서든."

아르노아가 그의 말을 받았다.

공작의 그러한 성격, 그리고 멀어진 공작과 아르노아의 상황은 다른 귀족들도 잘 알고 있었다.

두베르테 후작이나 다른 능글맞은 이들이 리켈 공작에게 조카가 높은 자리에 가서 좋겠다는 말을 흘린다고는 하나, 이는 오히려 비아냥거림이었다. 황제가 된 아르노아와 리켈 공작의 사이가 이미 멀어져 버렸다고 판단한 그들이 농담처럼 하는 말이었던 것이다.

"영주로서는 훌륭합니다. 제국에서 아실리에르 대공의 영향력을 거의 받지 않는 영지는 리켈 공작령이 사실상 유일하니까요."

아나킨이 말했다. 그의 말대로, 최근 몇 년 사이에 커진 아실리에르 대공의 영향력은 제국의 무역, 군사력, 외교 등 모든 면에서 커지고 있었다. 리켈 공작령도 호시탐탐 노리고 있다는 것을 모르는 이는 없었으나, 공작은 아직까지 그와 맞서지 않으면서 영지를 지키고 있는 상황이었다.

"나름대로 현명하다고 볼 수도 있겠죠."

아나킨이 덧붙였다.

"폐하를 완전히 믿을 수 있다는 보장이 없는 이상, 대공을 적대시하는 것은 무모합니다. 물론……."

아나킨이 그녀를 돌아보며 빙긋 웃었다.

"영원히 맞서지 않으면, 결국 대공은 남부에도 야금야금 손을 뻗겠지만요."

"그럼 더 기다릴 거 없겠네."

아르노아도 그를 따라 웃었다.

"보장을 해 주면 되지."

그녀가 한쪽 손을 들어 올리자 악사들은 순식간에 음악 연주를 멈추었다. 주변에 있던 모든 이의 시선이 아르노아를 향했다.

"사랑하는 페넬로페, 나의 동생아."

아르노아의 목소리가 연회장을 울렸다. 춤을 추느라 양쪽 뺨이 상기된 페넬로페가 그녀를 바라보고 있었다.

"폐하."

페넬로페는 화사하게 웃으며 아르노아에게 인사했다.

아르노아는 손짓으로 그녀를 가까이 불렀다.

"연회가 마음에 드니?"

"폐하께서 저를 위해 열어 주셨는데, 마음에 들지 않을 리가요."

그녀는 공작에게 배웠을, 시녀로서 지켜야 할 정확한 예법으로 아르노아에게 다시 한번 인사하려 했다. 눈빛으로는 당장이라도 달려와 아르노아를 껴안을 것 같았지만 공식적인 자리에서는 가문의 가르침을 따르는 그녀였다.

"시녀로서 성심을 다하겠습니다."

"아니지, 페넬로페."

아르노아는 다시 한번 손을 들어 그녀를 멈추게 했다.

"……예?"

영문을 모르고 주춤거리는 페넬로페에게, 아르노아는 화사하게 웃으며 말했다.

"황제로서가 아니라, 네 언니로서 해 준 일이란다."

"그 말씀은……."

"그러니 오늘은 시녀의 예를 생략하도록 하렴."

아르노아가 말을 이었다.

"동생이 행복한 모습을 보고 싶구나."

아르노아의 말은 연회장 모두의 귀에 또렷하게 전해졌다. 모든 하객들의 눈이 동그래지고, 그들의 얼굴에 호기심이 번졌다. 리켈 공작의 동공만이 불안하게 흔들리고 있었다.

"……감사합니다, 폐하."

황제의 말을 잘 듣는 페넬로페는 절을 하는 대신 아르노아와 눈을 맞추며 말했다.

"네게 선물을 주마."

아르노아는 준비시켜 두었던 시종에게 손짓하며 말했다. 지켜보던 이들의 눈동자가 반짝거렸다.

"오오, 황제 폐하의 선물이라, 아까부터 뭘 하사하실까 궁금하던 참이었습니다."

"그러게요. 황실 보고에 있는 자수정이나, 아니면 에메랄드 머리 장식이 아닐까요?"

"리켈 공작가의 호의를 사기 위해 작정하고 준비하신 거라면 분명히 화려한 물건일 겁니다. 안 그렇습니까, 영애?"

연회 시작 무렵 아르노아의 의도에 대해 떠들던 남자 한 명이 물었다.

"궁금하긴 하군요."

은근슬쩍 아르노아를 비웃었던 붉은 옷 입은 여자도 목을 길게 빼고 두 사람을 지켜보았다.

"그래 봤자 장신구 정도로 리켈 공작의 마음이 바뀔 일은 없겠지만요."

그들의 말 중 일부는 아르노아의 귀에도 들렸으나 그녀는 아무런 기색도 보이지 않았다.

짙은 푸른색의 눈동자는, 그저 사촌이 사랑스럽다는 듯 페넬로페의 얼굴에 꽂혀 있었다. 어느새 그녀의 손에는 시종이 가지고 나온 작은 보석함 하나가 들려 있었다.

"페넬로페, 너의 앞날을 축복한다."

그녀는 달칵 하고 상자를 열어 그 안으로 손을 넣었다.

"제국의 보물이 될 너에게, 내가 가진 가장 아름다운 것을 주고 싶구나."

아르노아의 손에 들린 물건이 드러난 순간, 연회장에 있던 모든 사람의 얼굴에 있던 호기심은 충격으로 바뀌었다.

"저건…… 목걸이로군요."

"마, 맞긴 한데 그 위에 박힌 것이……."

그것은 한눈에 보아도 무척 화려한 목걸이였다. 수십 개의 투명한 다이아몬드를 엮어 만든 목걸이 줄은, 장인이 누군가의 눈을 멀게 하려 작정한 듯 눈이 부셨다.

다만 사람들의 눈이 향한 곳은 목걸이 정중앙이었다.

깊은 밤의 바다를, 또 별이 박힌 우주를 담은 듯 오묘하게 반짝이는 검은 보석.

"저거 설마…… 아나스티아 황후 폐하의 유품일까요?"

황실의 보석과 그것들의 역사를 줄줄 꿰고 있는 한 노부인이 말했다. 아나스티아 황후의 이름이 나오자 연회장은 크게 술렁이기 시작했다.

"마, 맞습니다."

그녀 곁에 서 있던 남자가 고개를 얼른 끄덕였다.

"저 빛깔, 크기, 모양…… 아나스티아 황후 폐하께서 남기신 한 쌍의 블랙 다이아몬드 중 하나입니다."

그가 큰 소리로 말하자 노부인이 눈썹을 들어 올렸다.

"아까…… 폐하께서 뭐라고 하셨었죠?"

그녀가 물었다.

연회장 다른 곳에서도 비슷한 질문들이 나오고 있었다.

"제국의 보물이 될 너에게, 내가 가진 가장 아름다운 것을 주고 싶다고……."

"세상에."

누군가가 말해 주자 노부인은 손으로 입을 가렸다.

"그 말은, 선선대 황제 폐하께서 아나스티아 황후 폐하께 저 보석을 선물하시며 하셨던 말씀이에요."

"아니 그러고 보니!"

"나도 그때 그 자리에 있었소! 기억이 나는군."

하객들의 입이 벌어졌다.

선선대 황제, 즉 아르노아의 아버지 갈레안 팔레아스 카이시온 황제는, 두 번째 황후 아나스티아에게 청혼하면서 한 쌍의 블랙 다이아몬드를 선물했다. 피처럼 붉은 루비에도, 녹음을 담은 에메랄드에도 관심이 없었던 그녀가 유독 검은색으로 반짝이는 보석을 좋아한다는 이유에서였다.

유명한 일화였다. 이 사건을 계기로 제국 전체에 검은 보석이 대유행을 했을 정도로.

당시 황후는 이미 현란한 화술과 매력으로 사교계를 휘어잡고 있었다.

'제국의 보물'이라는 별명은 언제부터인지 몰라도 항상 그녀에게 따라붙었고.

"지참금으로 디르한까지 가져가셨던 물건 아닌가요? 저는 당연히 그것을 폐하께서 직접 착용하실 거라 생각했는데……."

"그러게 말입니다. 정이 있든 없든, 돌아가신 황후 폐하께서 누리셨던 명성을 그대로 가져오려면 그래야 하는 것 아닙니까?"

"그 명성을 리켈 영애에게 줘여 주시다니……."

아르노아가 페넬로페에게 하사한 것은 단순히 값비싼 보석이 아니었다.

아나스티아 황후의 유산, 그녀가 불렸던 별명은 물론, 간접적으로는 그녀가 누렸던 황제의 사랑까지 그대로 페넬로페에게 전수해 준 것이었다.

'제2의 아나스티아 리켈'

그것은 아르노아가 아니라 페넬로페였다.

"어머니의 유산을 사촌에게 준다……. 친자매 그 이상이로군요."

어느새 리켈 공작 가까이로 다가온 헤르만 백작이 혼잣말처럼 말했다. 리켈 공작의 얼굴은 멍하게 굳어, 눈을 깜빡이는 것도 간신히 하고 있었다. 제국 최고의 눈치를 가진 헤르만 백작이 그를 보며 싱긋 웃었다.

"축하드립니다, 공작."

그녀가 이번에는 명확하게 공작을 바라보며 말했다.

"원하든 원치 않든, 공작의 딸은 이제 아나스티아 황후 폐하의 이름을 물려받았어요. 황제 폐하와 리켈 공작가는 이제 하나로군요."

"……그런 것이오?"

"당연한 거 아닙니까?"

그녀는 부채로 입을 가리며 깔깔 웃었다.

"'제국의 보물'이라는 별칭, 돌아가신 황후 폐하의 상징 같은 그 이름이 영애를 따라다니는 이상, 황제 폐하와 공작가를 분리해서 생각할 사람은 없어요. 그건 황제 폐하께서도 돌이킬 수 없는 일입니다."

공작은 입술을 꾹 다문 채 백작의 말을 들었다.

"······그렇군."

"그나저나 놀랍군요."

헤르만 백작은 아르노아를 힐끗 바라보며 덧붙였다.

"손바닥만 한 왕국에서도 이리 치이고 저리 치였다던 황제 폐하께서 저런 수를 내실 줄이야······."

작은 가십, 황족의 눈길 하나에도 예민한 그녀의 얼굴에는 작은 경탄이 서려 있었다.

"이번 한 번은 우연일지 모르지만······ 어쩌면 선대 황제 폐하와는 조금 다른 분이 오신 걸지도 모르겠군요."

공작은 지그시 눈을 감았다.

전혀 예상 못 한 상황이었다.

페넬로페를 위해 화려한 데뷔탕트를 열어 그의 환심을 얻겠다는 얄은 수인 줄 알았더니, 그가 눈 깜짝할 틈도 없이 아르노아는 리켈 공작가의 이름을 그녀와 묶어 버렸다. 다시 눈을 뜬 그는 멀리 황좌를 올려다보았다.

"감사합니다, 폐하. 너무나 아름다워요."

아직 어린 페넬로페는 그저 해맑게 웃으며 아르노아가 걸어 준 목걸이를 바라보고 있었다.

황제와 거리를 두라고 그렇게 당부했는데, 사촌이 아닌 시녀로서의 예법을 그렇게 엄격하게 가르쳤는데. 부루퉁한 표정으로 그를 노려보는 딸에게 억지로 세뇌했던 것들은 이미 페넬로페의 머리에서 빠져나간 것이 틀림없었다.

머릿속이 복잡해진다 싶을 때, 아르노아가 고개를 돌려 공작을 똑바로 바라보았다. 넓은 연회장을 사이에 두고 두 사람의 시선이 마주친 순간. 아르노아의 입술이 호선을 그리고, 짙푸른 눈동자가 반짝 빛났다.

"하아······."

공작은 심호흡을 했다.

그녀의 의도를 인지하지도 못 한 사이, 아르노아는 공작을 상대로 승리해 버렸다. 혼사를 통하지 않고도 그녀와 가족이라는 이름으로 단단히 묶여 버린 그의 가문은, 이제 대공과의 대립에서 벗어날 수 없게 되었다.

"……얄밉군."

그가 옆에 붙어 선 큰아들, 데미안에게만 들릴 정도의 목소리로 중얼거렸다.

"예?"

"어쩌면, 어쩌면 저렇게……."

그가 다시 눈을 감으며 이마를 짚었다.

"하는 짓이 누님을 닮은 건지."

* * *

"기뻐요, 폐하."

페넬로페는 자신의 목 끝에 걸린 영롱한 보석에서 눈을 떼지 못하며 말했다. 그녀 또래의 귀족 남녀들도 경탄과 부러움, 약간의 질투가 섞인 시선으로 같은 곳을 바라보고 있었다.

"페넬로페, 다음 춤을 출 파트너가 정해져 있느냐?"

그렇게 묻자 페넬로페는 고개를 저었다. 아르노아는 빙긋 웃었다. 사교계에서 가장 화제가 돼야 할 여인에게 필요한 장식은 목걸이만 있는 게 아니었다.

"아나킨, 페넬로페와 춤을 춰."

누구나 동경할 만한 남자, 그것이야말로 페넬로페의 지위를 굳혀 주지 않겠는가.

"예?"

"예?"

아르노아의 말에 두 사람의 눈이 동시에 커졌다.

"저쪽 남자들이 페넬로페의 다음 상대가 되려고 눈에 불을 켠 거 보여?"

"보이는데……."

아나킨이 대답했다. 곤란한 상황을 어떻게든 빠져나오고 싶다는 표정이었다.

"잘생긴 사람을 골라 줄 테니, 영애는 그중 한 명과 춤을 추면 어떨까요?"

"그거 아주 좋은 생각이에요, 폐하!"

그의 말에 페넬로페가 맞장구를 쳤다. 누가 보면 뜻이 맞는 절친한 친구라고 착각할 듯한 협동심이었다. 아르노아는 고개를 저었다.

"이렇게 주목을 받는 때 상대를 잘못 고르면, 사람들은 페넬로페가 고른 파트너도 내 사람이라고 착각할 거 아냐. 오늘은, 적어도 지금은 안 돼."

"그건……."

아나킨은 다시 입을 열었다가 닫았다. 그도 사실은 아르노아와 생각이 비슷했던 까닭이었다.

"하아…… 알겠습니다, 폐하. 하지만."

아나킨이 한숨을 내쉬며 페넬로페에게 손을 내밀었다.

사교계의 귀공자, 한 떨기 꽃이라 불리는 그에게는 조금 굴욕적이게도, 페넬로페는 상당히 꺼려진다는 표정으로 그의 손가락 끝만 살짝 잡았다.

"돌아오면, 폐하께서도 저와 춤을 추겠다고 약속해 주십시오."

페넬로페와 함께 플로어로 나가려던 아나킨이 순간 아르노아를 돌아보며 달콤하게 웃었다.

"그러든가."

아르노아의 건성건성 한 대답을 듣고 나서야 아나킨은 페넬로페를 데리고 연회장 한가운데로 나갔다.

"시종장."

아르노아가 뿌듯한 표정으로 둘을 보다가 말했다.

"예, 폐하."

"정원에서 산책 좀 할 테니, 악사들은 알아서 연주하라고 해."

아름답고 화려하지만 불편한 황좌에 오래 앉아 있었더니 좀이 쑤셨던 그녀는, 시종장의 대답을 제대로 듣지도 않은 채 연회장을 빠져나갔다.

* * *

"예쁘다."

텅 빈 정원, 거대하고 화려한 분수대에 걸터앉은 아르노아가 중얼거렸다. 그녀의 시선은 분수 한가운데의 황금상을 향해 있었다. 진짜 말과 똑같은 크기의 말 모양의 황금상이, 마치 물 위를 달리는 듯 역동적인 모양이었다.

바이나스에게 이런 게 하나 있었으면 지참금을 토해 내고도 남았을 텐데.

내부는 조금 혼란스러웠지만, 그간 부패로 새는 돈도 많았지만, 제국의 부는 여전히 그녀를 놀라게 할 때가 있었다.

"감상할 사람도 없는데 화려하네."

모든 이들이 연회장 안에 있었기에 정원은 조용했다. 정성스럽게 손질된 나무와 꽃 하나하나, 반짝이는 분수, 모든 것이 아까울 정도였다.

'폐하는 아쉬우십니까?'

조금 전 아나킨이 스치듯 했던 말이 다시 귀를 울렸다.

'데뷔탕트를 치르지 못하셨으니까요.'

아르노아는 연회장의 광경을 돌이켜 보았다.

아름답고 밝은 공간, 행복하게 웃는 페넬로페, 경계심으로 가득 찼지만 딸을 볼 때는 어쩔 수 없이 미소 짓는 공작.

황후가 오래 살았더라면, 그녀 또한 당연하게 누렸을 것들이었다.

"아, 쓸데없어."

그녀는 쓴웃음을 지었다.

데뷔탕트 같은 것을 아쉬워하는 것은 황제란 자리에도, 그녀 자신에게도 어울리지 않았다. 아나킨이 이상한 소리를 한 게 문제였다. 마주치면 한 소리 해야겠다는 생각을 하며, 아르노아가 다시 들어가기 위해 일어서려던 순간이었다.

"냥."

수풀 속에서, 익숙한 짐승의 울음소리가 들려왔다.

"……고양이?"

아르노아의 눈이 커졌다. 단순히 고양이라서가 아니었다. 그녀를 부르는 듯, 뒤를 길게 끄는 그 소리가 묘하게 익숙하기 때문이었다.

"냐앙."

조금 더 가까운 곳에서 다시 한번 목소리가 들렸다.

아르노아의 시선이 이쪽저쪽으로 빠르게 움직였다.

"냥!"

마침내 하얗고 검은 무언가가 수풀 속에서 휙 뛰어나왔다. 아르노아의 얼굴에 반가운 미소가 서렸다.

"흰둥아."

그녀는 다른 생각을 할 틈도 없이, 빙긋 웃으며 발치까지 다가온 고양이를 들어 올렸다.

"냥."

새하얗고 보드라운 털, 독특한 원형의 점, 신비로운 은회색 눈, 다른 고양이들보다 조금 더 풍성한 꼬리까지.

예뻤다. 그 정체를 알고 있어도 녀석을 보는 순간 홀릴 정도로.

"더 예뻐졌네."

펑!

순간 작은 폭발음이 울렸다.

키가 크고 몸이 단단한, 고양이와 비슷한 눈빛의 남자가 아르노아의 앞에 서 있었다. 그녀의 손에 양쪽 허리가 잡힌 채로.

"……이젠 아주 대놓고 만지네?"

벨이 고개를 비스듬히 기울이며 말했다.

"남의 허리를 말이야."

"내가 만진 건 흰둥이야. 그리고 네가 왔잖아."

아르노아는 억울한 표정으로 그의 허리에서 손을 뗐다.

누가 단단한 성인 남자 허리를 만지고 싶다고 했나, 몽실몽실한 고양이 털을 만지겠다고 했지.

"……얼굴 보니 잘 있었나 보군."

"덕분에."

"황제의 자리가 적성에 맞아?"

"왕비보다는 그런 것 같아."

아르노아는 싱긋 웃으며 벨을 올려다보았다.

틀린 말은 아니지 않은가.

리켈 공작의 당한 듯한 표정을 봤을 때, 남부의 패자를 그녀의 편으로 만든다는 계획은 이미 성공이었으니까.

"……그럴 거라 생각했지."

그가 말했다.

문득, 아르노아는 지금의 상황이 익숙하게 느껴졌다. 주르륵 흐르는 분수 소리, 악사들의 연주, 잔디가 깔린 정원, 연회. 그리고 그녀 앞에 있는 이 부담스럽게 잘생긴 남자.

"……보기보다 연회를 좋아하나 보지?"

아르노아가 물었다.

"디르한에서는 영지 하나를 사서 초대장을 받더니 말이야."

그녀는 얼마 전, 디르한에서 있었던 연회를 떠올리고 있었다.

바이나스가 작정하고 그녀를 망신 주려 했던 날, 그리고 예상 못 한 순간에 벨이 나타나 그녀의 파트너가 되었던 날.

"글쎄. 좋아한다기보다."

그가 말했다.

"그때는 못 했던 게 있어서."

그녀를 내려다보던 벨은 살짝 몸을 숙이며 손을 내밀었다.

"이게 뭐 하는 거야?"

"……이게 아닌가?"

조금 전까지 여유 넘치던 그는 눈썹을 찌푸리며 말했다. 자세는 움직이지 않은 채였다.

"춤은 이렇게 신청하는 거라고 들었었는데."

"……춤?"

아르노아가 눈을 동그랗게 떴다.

"넌…… 춤은 못 춘다며."

"못하는 게 없다고 했었지. 배웠더니 쉽더군."

벨은 그녀의 손을 잡아서 자신의 몸 쪽으로 당겼다. 소리 없이 씩 웃는, 익숙한 미소가 시야에 담겼다. 연회장 안에서 울리는 연주는 정원까지도 또렷하게 들려왔다.

벨은 매끄럽게 그녀를 리드했다. 초보라고는 생각하기 어려울 정도로.

"……잘하네?"

"당연하지."

"대체 누가 가르쳐 준 거야?"

마탑주에게 이런 것을 가르칠 만한 사람이 있었던가?

"루카. 그놈은 비마법사들에게도 관심이 많거든."

"아."

아르노아는 전에 만난 통통한 너구리를 떠올리며 빙긋 웃었다.

"설마 나랑 추려고 연습한 거야?"

말을 하면서도 말이 안 된다고 느껴졌지만 상대는 원래 이상한 사람이었다. 아나킨과 오목을 두면서 진지하게 이기려 했으니, 춤을 잘 춘다는 것을 증명하려는 마음도 진심일지 몰랐다.

벨이 지그시 그녀를 바라보다가 대답했다.

"데뷔탕트에는 춤을 춰야 한다고 들었지."

그는 부정하지 않았다.

"데뷔탕트?"

아르노아가 고개를 갸웃하며 그를 바라보았다.

"내 데뷔탕트가 아닌데?"

"……아냐?"

그가 다시 한번 눈썹을 찌푸렸다.

"황제의 데뷔탕트가 아니라면 대체 뭐 때문에 이 난리인 거지?"

아, 진짜로 몰랐구나.

아르노아는 작게 한숨을 내쉬고 그에게 사실을 알려 주었다. 이 파티 주인공은 따로 있고, 아르노아는 이미 데뷔탕트를 치를 나이가 지났다고.

"상관없어. 난 황제 때문에 왔으니까."

벨은 남들이 무엇 때문에 모였든 자신과는 아무런 상관이 없다는 표정으로 어깨를 으쓱했다.

"내가 그렇게 생각하고 왔으니, 황제의 데뷔탕트는 지금인 셈이지."

아르노아는 그에게 안 보일 정도로 빠르게 눈을 굴렸다. 매번 느끼지만 참으로 대단한 자신감이었다.

"나와 춤추는 게 즐겁지 않아?"

그가 설마 그럴 리 없다는 듯 물었다. 아르노아는 고개를 저었다. 사실 싫지 않았다.

놔두기 아까울 정도로 아름다운 정원에서 잠시 시간을 보내는 것도.

정원보다 더 아름다운, 흰둥이를 닮은 남자의 얼굴을 감상하는 것도.

실제 그녀의 데뷔탕트가 이런 식이었다면 나쁘지 않았을 거라는 생각이 들었다.

어느새 음악이 멈추었고, 정원 한가운데에서 두 사람의 움직임도 멎었다.

"루카가 다른 것도 알려 주더군."

벨이 여전히 그녀의 손을 잡은 채 말했다. 아르노아는 의심스러운 표정으로 그의 다음 말을 기다렸다.

루카가 멍청하게 보이지는 않았으나, 아무래도 귀족들의 관례에 대한 마법사들의 인식은 제한적인 듯했다. 데뷔탕트 참석을 준비시키면서, 그게 누구를 위해서 열리는지도 파악을 못 했다니.

"데뷔탕트의 주인공에게는 어울리는 꽃을 선물하는 거라고."

"틀린 말은 아니야."

실제로 사교계에 데뷔하는 여인들은 자신에게 어울리는 꽃을 선물 받았다. 페넬로페의 탄생화는 데이지였기에, 연회장의 테이블은 전부가 가지각색의 데이지로 장식되어 있었다.

"하지만 아까도 말했듯이 난……."

"황제에게는 푸른색이 어울려."

벨은 한 손으로는 여전히 아르노아의 손을 잡은 채, 다른 한 손을 펼쳐 손바닥이 하늘을 향하게 했다.

"하지만 그렇다고 수수하지는 않지."

그는 입 속으로 무언가 중얼거렸다.

스스슥

아무것도 없던 허공에 푸르스름한 형체가 생겨났다. 아르노아가 눈을 크게 떴다. 조금 전까지 비어 있던 벨의 손에는 풍성한 꽃다발 하나가 들려 있었다.

"……장미?"

꽃다발을 이룬 것은 푸른색의 장미였다. 그녀가 태어나서 단 한 번밖에 보지 못한 꽃.

"그때도 어울렸거든."

벨이 꽃을 내밀며 그렇게 말했다. 묻지 않아도 그가 언제를 말하는지 알 수 있었다. 바이나스가 그녀를 모욕하던 날도 벨은 한 송이의 푸른 장미를 가져왔다. 그것으로 아르노아의 의상을 바꾸어 놓지 않았던가.

"……고마워."

아르노아는 잠시 망설이다가 그의 손에서 꽃다발을 받았다. 어떻게 존재하는지 모르겠지만 그것은 아름다웠다. 서늘하고, 또 한편으로는 화려하게 피어 있는 모습이.

"즐거웠기를 바라, 황제."

벨이 아쉬운 듯 그녀의 손을 놓으며 말했다.

"……연회장에는 들어가지 않을 거야?"

"말했잖아. 나는 황제 때문에 왔다고."

벨이 나직하게 중얼거렸다.

"다른 건 관심 없어."

그는 흰 치아를 드러내며 웃더니 다시 어둠 속으로 사라져 버렸다.

\* \* \*

"오, 다녀오셨군요."

복숭아를 물에 담가 씻고 있던 루카가 반갑게 인사했다.

"12시에는 포털이 닫히니 일찍 오시라고 말씀드렸는데…… 아슬아슬하셨군요."

그는 물속에서 몇 번이나 박박 닦은 복숭아를 한 입 베어 물며 말했다.

"루카, 몇 번이나 말하지 않았느냐."

벨이 눈썹을 찌푸리며 말했다.

"마법으로 키운 과일은 안 씻어도 깨끗하다고."

"모름지기 모든 음식은 먹기 전에 물에 담가서 씻어야 합니다!"

루카는 양 볼 가득 복숭아를 물고 세차게 고개를 저으며 말했다.

"안 그러면 더럽다고요."

"영체의 영향을 너만큼 강하게 받은 마법사는 없을 거다."

벨이 말했다.

영체를 닮은 정도나 방식은 마법사마다 달랐다. 독수리에 해당하는 이들은 하늘을 나는 능력을 갖기도 했고, 사슴이나 가젤을 영체로 가진 이들은 보통 몸이 날랜 편이었다. 호랑이나 하이에나 같은 맹수가 영체라면 성격이 포악한 경우가 많았다. 하지만 식습관이 제 영체와 똑같은 자는, 벨이 알기로 루카가 유일했다.

"그러는 마탑주님도 높은 곳에 올라가는 걸 좋아하시면서……."

"시끄러워."

벨이 루카의 말을 자르며 털썩 주저앉았다. 아무것도 없던 공간에 의자가 생겨나 그의 뒤를 받쳐 주었다.

마탑의 내부는 그저 하얗고 넓은 공간이었다. 아니, 넓다는 말도 애매했다. 그 공간에는 끝이 아예 없었으니까. 텅텅 빈 하얀 공간 속에서, 필요한 가구는 벨이나 루카가 원할 때 재깍재깍 허공에서 나타나고는 했다.

"무도회는 즐거우셨습니까?"

루카도 벨의 맞은편에 나타난 의자에 앉으며 말했다. 그가 상냥하게 웃으며 복숭아를 내밀었지만 벨은 콧잔등을 찌푸리며 거절했다.

"……그래, 즐거웠다."

그러면서도 솔직하게 말했다. 모든 것이 마음에 들었었다.

조금씩 부는 바람, 듣기 좋은 음악, 넓은 정원, 그 정원에 아르노아와 자신을 제외하면 아무도 없었다는 사실.

그리고 그를 다시 만난 순간 웃었던 아르노아.

"제 가르침이 빛을 발했군요."

루카가 감격한 얼굴로 말했다.

"마탑주님께 춤을 가르쳐 드리려고 황성 교습소 한구석에 숨어 들어간 보람이 있었습니다."

"그냥 인간의 형태로 돈을 내면 당당하게 배울 수 있었겠지. 어쨌든 도움은 됐다."

"뿌듯하군요."

스승의 말은 듣지 못했다는 듯, 루카는 빙긋 웃으며 자신이 배웠던 스텝을 다시 밟아 보였다.

루카를 바라보던 벨의 표정이 묘해졌다.

"……너, 지금 보니 잘 못 추는구나."

벨이 문득 깨달은 듯 말했다.

"예?"

"황제는 그보다 자세가 곧았다."

그는 정원에서 자신과 손을 맞잡았던 아르노아의 모습을 떠올리며 말했다.

"휘청거리지도 않았고 말이야."

"하지만……."

항상 웃는 상이던 루카의 양쪽 눈썹이 아래로 쳐졌다.

"너무하십니다."

벨은 익숙한 듯 아무런 반응이 없었다.

"황제의 소꿉친구는 아나킨 윌로였잖습니까."

루카가 툴툴거리며 말했다.

"그는 제국에서 가장 우아한 스텝을 밟는 남자입니다."

"……아나킨이?"

"마법 아카데미 시절에 몇몇 여마법사들에게 춤을 가르쳐 주며 꼬시기도 했었죠."

루카가 고개를 끄덕이며 항변을 계속했다.

"안 넘어간 사람이 없었는데 모르셨나 보군요."

벨은 심경이 불편한 듯 콧잔등을 찌푸렸다.

"나보다 뛰어나?"

"당연하죠. 비교하면 아나킨에게 미안할 정도입니다."

루카가 혀를 쏙 내밀며 말했다.

"우아한데 또 한 번씩 현란하다니까요. 그가 마법사였다면 영체는 백조나 공작새였을 겁니다. 겨우 기본을 배운 마탑주님과는 차원이 다르······."

"시끄러워."

말을 하다 보니 신이 나 재잘거리는 루카에게 벨이 으르렁거렸다.

"아, 뭐······ 마탑주님도 쉽게 따라 하셨으니 된 거 아닙니까."

루카가 목을 움츠리며 그의 눈치를 살폈다.

"······쉽지 않았다."

"예?"

"힘들었다고."

벨이 내뱉었다. 정원에서, 그는 즐거웠지만 편하지는 않았었다.

"······춤을 출 때 심장 박동이 빨라진다는 정보는 왜 주지 않았지?"

그가 차갑게 물었다. 정확히는 춤을 시작할 무렵부터, 아니 아르노아를 다시 본 순간부터 그랬던 것 같지만 어쨌든 다 움직임과 상관이 있는 거 아니겠는가.

"신체에 무리가 가는 운동이라면 미리 말을 해 줬어야 할 거 아니냐."

"그럴 리가 없는데요."

루카가 고개를 갸우뚱하며 대답했다.

"독을 먹어도 멀쩡한 사람이 춤을 춘다고 숨이 차요? 마왕이 걸어 놨던 신체 강화 마법이 다 풀린 겁니까?"

그는 진지하게 벨을 걱정하는 듯했다.

"그런 건 안 풀린다."

벨이 퉁명스럽게 대답했다.

"그리고 어머니를 마왕이라고 부르는 것 좀 그만해."

"그때는 그렇게 불렸다고 들었는데…… 그럼 식인 용이라고 할까요?"

"그냥 입을 다물어라."

루카는 입술을 꾹 붙이더니, 1초가 지나기도 전에 다시 입을 열었다.

"마탑주님."

"또 뭐?"

"……적당한 때에 말씀드리려고 했는데, 레이튼 가문의 다섯째가 발작하고 있답니다."

"……"

벨의 얼굴이 확연히 어두워졌다.

"……올해 다섯 번째로군."

"똑같이 하실 건가요?"

"그래."

벨이 자리에서 일어나며 말했다.

"치료법이 없으면 그럴 수밖에. 부모도 그걸 바랄 거다."

"……치료법이 하나 있을지도 모른다고 하셨는데요."

루카가 머뭇거리며 덧붙이자 벨의 눈매가 날카롭게 변했다.

"루카."

그가 경고하듯 말했으나 루카는 이번에도 제때 입을 다물지 못했다.

"황족의 영혼석이라면 가능할지도 모른다고, 전에 아스칼라우스가 그랬잖습니까?"

그는 유용한 정보가 떠오르기라도 한 듯 말했다.

"지금 황족 중에서 마탑주님이 접근할 만한 사람은 황제인데, 다시 그쪽을 노리는 건 어떻습니까?"

루카는 제 입술을 톡톡 두드리며 말을 이었다. 고의로 누군가를 해치고 싶어 하는 것이 아니었다. 마법사들이 흔히 그렇듯, 그는 페르헨 영지민 이외의 사람의 생명에 대해서는 별 아쉬움이 없을 뿐이었다. 만난 적이 있다거나, 그 한 번의 만남에서 서로 좋은 인상을 주고받았더라도 마찬가지였다.

"자기 영혼석을 내기에 걸 정도라면 삶에 대한 의지가 강한 것도 아니겠죠, 그렇죠?"

"……."

"황제와의 내기는 끝났다고 해도, 어떻게든 구슬려서 다시 생명의 절반을 포기하게 만들면……."

터엉-

루카가 미처 말을 끝내기도 전에 벨이 그의 옷깃을 쥐고 거칠게 뒤로 밀쳤다. 그의 등 뒤로 직전까지 없었던 벽이 생겨났고, 등이 벽에 부딪친 루카의 호흡이 거칠어졌다.

"……마탑주님?"

"경고하는데, 루카."

벨의 목소리가 시리도록 차갑게 가라앉았다. 루카가 한 번도 들어 본 적 없는 소리였다.

"황제에 대해 한 번 더 그런 소리를 하면."

그가 낮게 으르렁거렸다.

"네 가죽을 벗겨서 황제의 깔개를 만들어 줄 거야. 고기는 들개에게 던져 줄 거다."

"헉……."

은회색 안광이 칼날처럼 날카로웠다. 루카의 얼굴에서 핏기가 조금 빠져 나갔다.

"……이해했습니다."

그는 온몸에 돋은 소름을 가라앉히려 애쓰며 말했다. 당장이라도 루카의 목을 물어뜯을 것 같은 얼굴이라니. 그에게는 생소한 모습이었다.

"황제의 영혼석은…… 배제하는 것으로 알죠."

벨의 말뜻을 완전히 알아들은 루카가 침을 꿀꺽 삼키고 진지하게 대답했다.

"레이튼가로 가자."

벨이 툭 하고 루카의 옷깃을 놓으며 말했다. 루카의 등이 닿았던 벽은 다시 슥 하고 사라졌다.

"이번에는 어떤 놈의 소행인지 단서라도 잡힐지, 가서 보면 알겠지."

죄였던 목을 쓰다듬는 루카를 두고, 벨은 먼저 몸을 돌려 출발했다.

* * *

"넌 천재야, 아나킨."

아르노아가 침대에 쓰러지며 말했다.

"천재라니요, 리켈 영애를 제2의 아나스티아 황후 폐하로 만드는 것은 폐하의 생각이었는데."

아나킨이 아르노아의 옆에 걸터앉아 그녀의 구두 한 짝을 벗겨 주며 말했다.

"아버지가 어머니에게 했던 말을 그대로 하자는 생각을 한 건 너였고."

아르노아가 남은 한 짝의 구두를 벗어서 떨어뜨렸다.

"그게 무슨 말이었는지 알아낸 것도, 레예몬 가문의 노부인을 하객들 틈에 심어 놓고 그 얘기를 퍼뜨리게 한 것도 다."

아나킨은 평소처럼 예쁜 눈웃음을 흘릴 뿐, 더 부정하지 않았다.

"리켈 공작이 돌아가기 전에 뭐라고 말한 게 있어?"

"아뇨. 연회가 끝나고 곧 돌아갔습니다."

그가 고개를 저었다.

"하지만 데미안 소공작과는 잠시 마주쳤죠."

"그래?"

"말은 당황했다고 하면서도 페넬로페 영애를 자랑스럽게 생각하는 눈치더군요."

"그래야지."

"연회 시작 때는 굳어 있더니, 끝나고 나서는 폐하께 안부를 전해 달라고 말했습니다."

아르노아는 빙긋 웃었다. 외모나 성격이나, 공작을 빼다 박은 그의 장남이 그런 반응을 보였다면 가능성은 충분했다.

"……할 일은 다 했네."

아르노아가 중얼거렸다.

"다 하시다니요."

아나킨은 고개를 휙 돌려 누워 있는 그녀와 눈을 맞추었다. 뭐 잊은 거 없냐는 듯 그녀를 들여다보았다.

"뭐?"

"……저와 춤을 안 추셨잖습니까."

그가 말했다.

언제나 그렇듯, 반쯤은 농담인 듯, 반쯤은 진심으로 아쉬워하는 듯한 표정으로. 아르노아는 누운 상태에서 한쪽 손으로 제 이마를 짚었다.

"……미안. 정원에 나갔다가 잊어버렸어."

"섭섭합니다. 누구는 폐하를 기다리면서 억지로 리켈 영애와 세 번이나 춤을 췄는데."

"페넬로페는 좋아했어?"

"저를 좋아한 건 아닙니다. 아시다시피."

아나킨이 딱 잘라 말했다.

"하지만 어느 순간부터 부러워하는 시선은 즐긴 것 같더군요."

"……많이 컸네."

아르노아가 피식 웃었다.

페넬로페는 주관이 뚜렷하지만 한편으로는 타인의 관심을 즐기는 사람이었다. 어렸을 때 아르노아의 관심을 끌기 위해 하루가 멀다 하고 찾아와 귀찮게 굴었던 것만 봐도 알 수 있는 사실이었다.

"어찌 보면 사교계에 적합한 사람입니다."

아르노아는 그의 말에 다시 한번 작게 웃었다.

사교적이면서 동시에 남들의 시선에 휩쓸리지 않는 페넬로페의 자질에 대해서는 그녀도 같은 생각을 하고 있었다. 가식이 부족한 게 단점이라면 단점이겠지만.

"……폐하께서는 즐거우셨습니까? 저를 그렇게 장기말처럼 이용해 놓고?"

"……벨을 만났어."

약간의 죄책감을 느낀 아르노아가 살짝 말을 돌렸다.

"압니다. 돌아오는 길에 말씀하셨죠. 제가 춰야 할 춤을 그놈이 대신했다고요."

아나킨이 툴툴대며 말을 받았다.

"말했잖습니까. 사악하기가 이루 말할 수 없다고요. 남의 것을 그렇게 탁탁 채 가는 치사한 성격 하고는……."

"이상한 사람이기는 해."

아르노아는 아나킨의 말을 흘리며 대답했다.

"초대도 안 했는데 나타나 놓고, 남아 있으라고 하면 가 버리는 게, 마치……."

아르노아는 사신의 말 마지막에 올 단어를 찾으며 말끝을 흐렸다.

딱 하나 그런 동물이 떠오르기는 했는데, 입 밖으로 내면 벨이 갑자기 벌컥

화를 내며 나타날 것만 같았다.

"고양이 같죠."

아나킨은 그런 것 따위 상관없다는 듯 거침없이 말했다.

"영체는 표범이라는 녀석이……."

아나킨은 어이가 없다는 듯 중얼거렸다. 아르노아는 문득 그가 벨의 실제 영체를 모른다는 사실을 기억해 냈다.

"……맞아."

그녀는 굳이 벨의 비밀을 언급하지 않고 대답했다.

벨은 정말로 고양이 같았다.

그 예쁘고 신비한 외모, 우아하고 유려한 동작, 간혹 귀를 쫑긋거리는 습관까지.

"영체는 설표인데 말입니다."

아나킨은 조금 미심쩍다는 듯 고개를 갸웃거리며 덧붙였다.

……잘도 숨겼구나, 벨.

아르노아는 입을 꾹 다물었다. 무서운 마탑주의 이미지를 유지하기 위해 벨이 얼마나 애쓰는지 갑자기 알 것만 같았다.

"폐하."

아르노아가 생각에 잠겨 있을 때, 아나킨이 다시 한번 그녀를 불렀다. 웃음기 섞인 평소의 목소리보다 한층 진지하게 들렸다. 아르노아는 고개를 들었다. 가벼운 미소가 사라진 얼굴은 눈 한 번 깜빡이지 않고 그녀를 빤히 바라보고 있었다.

"왜 그래?"

"마탑주에 대해서는 깊게 생각하지 마십시오."

"……깊게?"

"그는 파악할 수 없는 자입니다."

그가 나직하게 말했다.

"잘 다루지 못하면 큰 위험이 될 수 있는 자입니다."

"……알아."

아르노아가 말했다.

어떻게 모르겠는가? 그녀의 눈앞에서 눈 하나 깜짝 안 하고 사람의 목을 꺾은 것이 여러 번이었다.

"하지만 아예 생각하지 않을 수는 없잖아. 페르헨의 영주이자 마탑주인데."

아르노아가 말을 이었다.

"엄밀히 말하면 그도 귀족 회의에 한 자리를 차지해야 할 사람이지. 대공과 나 사이에서 한쪽을 골라 지지할 수도 있는."

"형식적인 겁니다. 그 자리는 제국의 역사가 시작됐던 순간부터 사실상 비워져 있었으니까요."

아나킨은 물러서지 않고 말했다. 평소의 그와 달리 단호했다.

"마법사를 적으로 돌리지 않으면 된 겁니다. 지나치게 가까워지면 위험할 수도 있는 자입니다."

"……."

아르노아는 마지못해 고개를 끄덕였다. 처음 만났던 날, 영혼석을 내주겠다는 그녀의 말에 번뜩였던 그의 눈빛을 그녀는 기억하고 있었다.

"그래."

그녀가 대답했다.

"어차피 앞으로는 볼 일이 많지도 않을 사람이니까."

아르노아는 침대에 널브러졌던 몸을 일으키며 다시 아나킨을 마주 보았다.

"내일 회의 준비 할래."

그녀가 말했다.

"어떻게 해야 효과적으로 두베르테 후작의 입을 다물게 할지 생각이나 해 줘."

아르노아는 아나킨과 함께 짜 둔 계획을 점검하며 말했다.

"리켈 공작의 반응이 생각보다 별로면 어떻게 할지도, 그리고 네가 추천한 그자가 내 말에 어떻게 반응할지도."

그녀의 요청이 마음에 반갑다는 듯, 아나킨이 다시 유유한 웃음을 띠었다.

"기다리고 있었습니다."

후작과 그 측근들, 그 외 다른 귀족들에 대한 이야기를 하면서, 아르노아는 벨에 대한 생각을 떨쳐 버렸다. 중요한 것은 리켈 공작이었다.

귀족 회의에 나타나지도 않을 마탑주가 아니라.

## Chapter 5
## 황제는 할 일이 많다

"에헴. 더는 미룰 수가 없습니다."

두베르테 후작이 목청을 가다듬으며 말했다.

"전에도 말씀드렸다시피, 케스만 전쟁에는 자금이 더 많이 필요합니다."

회의장은 고요했다. 중요한 회의인 만큼, 모여야 할 사람은 다 모여 있었다. 방을 가득 채울 정도로 큰 테이블에서, 공석이라고는 페르헨 영주의 자리 하나뿐이었다.

그 자리는 사실상 제국의 시작부터 항상 비어 있었던 것이나 마찬가지인 점을 감안하면, 회의장은 만석이었다. 자리가 빌 때는 간혹 함께 회의장을 들어오고는 하는 아나킨도 오늘은 바깥에서 대기할 수밖에 없었다.

수많은 시선들이 이쪽저쪽으로 움직였지만 후작의 의견에 명시적으로 반박하는 이는 없었다.

"폐하께서 기긴 지침금 중 가장 가치 있는 것 하나를 저분해 버리셨으니 다른 곳에서 그만큼을 채워야 할 터, 과거 로이트만 2세가 가졌던 오팔 반지로 이를 대신하는 것은 어떻겠습니까?"

그가 거들먹거리며 떠들었다. 자신이 아실리에르 대공의 뜻을 전하고 있는 이상, 회의장을 지배하는 것도 그 자신이라는 듯한 태도였다.

"다른 의견은 없소?"

아르노아는 표정에 아무런 변화를 보이지 않은 채 조용하게 물었다.

"모두가 찬성하는 것인가?"

"……제국을 위해서는 빨리 끝나야 할 전쟁입니다."

회의장 한구석에서 벤트 남작이 입을 열었다. 아르노아가 눈썹을 치켜 올렸다.

"나와 생각이 같군. 그래서?"

"그러니……."

남작은 눈을 지그시 감고 한숨을 뱉었다. 타고난 성품이 강직한 편이었고, 두베르테 후작이나 대공의 행보에 동의하지는 않았다. 다만 그는 자신이 뭐라고 하든, 어차피 결론은 달라지지 않을 거라 생각하는 표정이었다.

"군대의 수를 늘리기보다는, 지금 있는 이들을 유지하되 평화 협정을 적극적으로 시도하는 것이 합리적이라고 생각합니다."

"허어, 남작은 아무것도 모르면서 그러시오."

아르노아가 뭐라고 하기도 전에 두베르테 후작은 귀찮게 왜 이러냐는 듯 눈을 굴렸다.

"최전선에 있는 대공 전하와 대공녀께서 그것도 모를 거라 생각하시오? 그래도 기사 가문의 가주라는 사람이……."

그가 답답하다는 듯 테이블을 탕탕 치며 말했다.

"해 봤는데 케스만 군대가 너무 험악하니까 소용이 없었겠지요."

"하지만……."

"제국을 지키는 데 그깟 황금이 중요합니까? 보석이 더 중요하단 말입니다."

후작이 아르노아를 힐끗 바라보며 목소리에 힘을 주었다.

"북방을 수호하는 이들은 밤낮도 없이 목숨을 바치고 있는데, 황성에서는 필요한 지원을 하는 것도 머뭇거린다고 하면 사기가 어떻게 되겠습니까?"

벤트 남작이 입을 꾹 다물었다. 두 사람의 대화를 듣던 아르노아가 후작을 바라보며 말했다.

"대공과 대공녀는 후작을 통해 황실에 대한 요청 사항을 전달하고 있었던가?"

"그렇습니다, 폐하."

후작이 자부심 가득한 얼굴로 대답했다.

"케스만의 군대는 막강하다는 것이 대공 전하의 전언입니다."

후작이 말을 이었다.

"지금 더 압박하고 밀어붙이지 않으면, 자칫 그들이 제국군을 피해 황성을 공격하는 수도 있다는 것입니다."

그는 대공이 가진 힘을 자랑하기라도 하듯, 아르노아를 향해 턱을 치켜들었다.

"이해가 안 가는군."

아르노아가 한쪽 팔로 턱을 괴며 말했다.

"그걸 피하라고 보내 놓은 군대가 아니었소? 선대 황제께서 댄 자금으로 보면 케스만에 황궁 열 개를 짓고도 남았겠던데."

후작의 얼굴이 조금 붉어졌다. 그는 다시 헛기침을 하더니 그녀를 매섭게 쏘아보았다.

"폐하, 아직 황위에 오르신 지 오래되지 않아 모르시는군요. 지금은 그런 것을 따질 때가 아닙니다."

후작은 아이를 가르치는 듯한 말투로 말했다.

"이니라고?"

"전쟁을 빨리 끝내기 위해서라도 대공 전하의 뜻에는 따라야 합니다."

그의 언성이 조금 높아졌다.

"대공 전하의 청을 들어주지 않았다가 전쟁이 더 길어지고 제국군이 계속해서 돌아오지 못하게 되면……."

그가 음산한 표정으로 좌중을 쓱 둘러보더니 말을 이었다.

"그러다가 다른 왕국에서 군대를 일으키기라도 하면, 누가 돌아와서 황성을 지키겠습니까?"

회의장에 있던 모두의 표정이 흐려졌다. 대공이, 두베르테 후작이 귀족들과 황실을 압박해 오던 카드가 바로 이것이었다.

대공을 제외하면 그 정도 규모의 군대를 모을 사람도, 통솔할 사람도 없다는 것. 그러니 대공의 말에 따르지 않으면 가장 중요한 순간에 황성이 위험에 빠지도록 내버려 둘 수도 있다는 은근한 협박이었다.

이미 군대가 그의 손에 있는 이상 말을 들어주지 않기는 힘들었다. 외세의 손에서 제국을 지킬 만한 다른 사람도, 남은 군대도 거의 없기 때문이었다. 이렇게 전쟁을 끌어온 것이 4년이었다.

"대공 전하의 말을 들으시지요, 폐하."

후작의 옆에 착 붙어서 앉아 있던, 인상이 어딘가 그를 닮은 젊은 남작 한 명이 그를 거들었다.

"……루벨린 남작."

"그렇습니다, 폐하."

네브론 루벨린 남작은 두베르테 후작의 조카이자 대공가의 또 다른 측근이었다.

"황실을 오랫동안 지켜 온 분이십니다."

그가 힘주어 말했다.

"선대 황제 폐하께서는 그분의 의견에 따르지 않았던 적이 거의 없었습니다."

"선대의 행보는 나도 잘 알고 있소."

아르노아가 쓴웃음을 흘리며 말했다. 그녀는 할 말이 더 남은 듯한 두베르테 후작으로부터 고개를 돌려 버렸다.

"……병력이 다 북부로 동원된 지금, 황성을 누가 지키느냐."

아르노아가 혼잣말처럼 작게 중얼거렸다.

"다른 방법이 없겠소?"

특정인을 지칭하지 않은 채, 그녀의 눈이 회의장을 훑었다.

귀족들의 표정은 다양했다.

두베르테 후작의 의견을 지지하는 이들이 상당수였고, 벤트 남작처럼 불만을 품었지만 말로 표현하지 못하는 듯한 이들도 몇 명은 있었다.

물론 헤르만 백작을 필두로, 전쟁 같은 거 모르겠으니 황제와 후작의 기싸움을 구경이나 하겠다는 듯 얼굴에 노골적인 호기심을 보이며 그들을 관찰하는 이들이 대부분이었다.

그들 중 누구도 입을 열지 않았다. 모두가 숨을 죽이고 상황을 관조하고 있었다. 아르노아의 시선이 테이블 끝에 멈추는 순간이었다.

"……저희가 하겠습니다."

회의가 시작한 이후로 한 번도 들리지 않았던 목소리가 나직하게 울렸다.

"리켈 공작?"

두베르테 후작의 눈이 튀어나올 듯 커졌고, 수십 명의 시선이 순식간에 그에게 집중되었다.

"방금 뭐라고 하셨습니까?"

"들으신 대로요."

후작의 거듭된 물음에 리켈 공작이 말을 이었다.

"병력이든 사령관이든, 폐하께서 필요하다고 하시면 저희 가문이 힘을 보태겠습니다. 장남인 데미안을 책임자로 지정하고 필요한 만큼의 사병을 보내도록 하지요."

무언가 결심한 듯한 공작의 시선은 아르노아에게 고정되어 있었다. 평온한 듯 결연한 그의 눈빛은 흔들리지 않았다. 억지로 떠밀린 것이 아니라, 고심 끝에 중요한 결정을 한 사람의 표정이었다.

조금 전까지 아무런 감정을 드러내지 않았던 아르노아의 입가에 작은 미소가 감돌았다.

"……정말이오?"

"예, 폐하."

"확실해?"

"예, 폐하."

"나중에 치사하게 딴소리하기 없소."

"예, 폐하."

"배신도 안 되오."

"제가 언제 치사하게 배신을 한 적이 있다고 그러십니까."

입가에서 시작되었던 미소는 아르노아의 얼굴 전체로 번졌다.

"공작."

"또 왜 그러십니까?"

그가 긴장한 듯 되물었다.

"……그대의 결정이 내게 얼마나 큰 힘이 되는지 모를 거요."

아르노아가 안도의 한숨을 내쉬며 말했다. 반쯤 혼잣말처럼 한 말이었으나 사실이었다. 그 짧은 한 마디가, 회의를 시작하고 나서 그녀가 처음 내보인 진심이었다. 이를 감지한 공작의 눈동자가 순간 흔들렸다.

"……방금 무슨 일이 일어난 겁니까?"

테이블 이곳저곳이 작게 술렁이기 시작했다.

"리켈 공작가에서…… 남부의 패자가 황성을 지키겠다고 나선 거요?"

"10년이 넘도록 한 번도 이런 일에 나선 적이 없었잖소. 정해진 세금만 내고 복잡한 문제는 쳐다보지도 않았는데…….

"남부가 독립하려 한다는 말까지 있어서 정말 그런가 했더니 아닌가 보오?"

"리켈 공작가가 나선다면 후작의 말씀은 다 의미 없는 거 아니겠소?"

슬쩍슬쩍 눈치를 보면서도, 그들은 쉽게 입을 다물지 않았다.

"하긴…… 어찌 보면 이렇게 될 수밖에 없었던 것을."

눈으로 아르노아와 두베르테 후작, 그리고 리켈 공작 사이를 바쁘게 좇던 헤르만 백작이 중얼거렸다.

"무슨 말씀이십니까?"

그녀 옆에 붙어 앉은 자작 한 명이 슬쩍 물었다.

"페넬로페 리켈 영애의 데뷔탕트를 못 보셨소?"

그녀는 한심하다는 듯 말을 설명했다.

"선대 황후 폐하의 유산을 페넬로페 리켈 영애가 이어받은 걸 모르시오?"

"아, 그러고 보니……!"

자작은 납득이 간다는 듯 말했다.

"오랫동안 정치에서 발을 빼긴 했지만 이제는 완전히 황실의 편으로 돌아선 게로군요."

자작을 포함한 여러 귀족들이 고개를 끄덕였다. 헤르만 백작도 흥미롭다는 듯, 계속해서 두 사람을 번갈아 바라보았다.

"무, 무슨 소리요!"

짧은 순간 여러 사람들의 머릿속에서 잊혀 버린 두베르테 후작이 책상을 탕 하고 내리쳤다.

"절대로 안 됩니다, 폐하."

"또 왜 안 되는 거요?"

"황성을 수호하는 중대한 일을 이렇게 갑자기, 누가 지원한다고 후다닥 결정해 버리다니요."

"후작님의 말이 맞습니다."

루밸린 님직도 비슷하게 흥분한 모습으로 수창했다.

"남부의 리켈 가문은 근 10년 동안 황성에 거의 발을 들이지도 않았습니다.

제국의 안위를 맡기기에는 부족합니다. 무엇보다……."

그는 리켈 공작을 슬쩍 바라보더니 말을 이었다.

"아무리 폐하의 외숙이라고는 하나, 가문 하나에게 황실의 안전을 맡길 수는 없는 노릇입니다. 만약 다른 마음이라도 품는다면……."

"말이 심하군, 루벨린 남작."

조용하던 공작이 그를 싸늘하게 노려보며 말했다. 두베르테 후작과 루벨린 남작은 동시에 흠칫 놀라면서도 자신의 말을 취소하지는 않았다.

"아, 아무튼 이 문제는 물러설 수 없습니다, 폐하."

후작이 주먹을 꽉 쥐고 아르노아를 노려보며 말했다.

"리켈 가문을 견제할 다른 세력이 함께 그 직무를 책임지겠다고 약속한다면 모를까…… 지금 이대로라면, 리켈 공작가 외세와 결탁해서 황성을 장악할지 누가 안단 말입니까."

그가 으름장을 놓았다. 아르노아는 입술을 꾹 깨물었다. 다른 이에게는 보이지 않을 정도의 반응이었다.

하, 빡빡한 사람들.

아니, 뻔뻔하다고 해야 할까.

지금 상황에서 군자금이 더 필요하지 않다는 것을 모르는 이는 없음에도, 그들은 꽤 조직적으로 의견을 모았다. 짜증은 났지만, 두 사람의 말에 반박을 하는 것은 꽤 까다로웠다. 리켈 공작가와 손을 잡기로 한 것도, 그를 완전히 믿는 것도 아르노아의 사정이었으니까.

객관적으로 보면 리켈 공작가가 도움을 준다 해도 황성이 위태로운 것은 여전했다. 제국군 대부분이 북부로 차출되어 황실 자체의 힘이 달리는 상황에서는 어쩔 수 없었다.

하지만 리켈 공작가와 균형을 이룰 또 다른 세력이라니, 지금의 아르노아 곁에 그런 것이 어디 있단 말인가. 아니, 애초에 아실리에르 대공을 제외하고 그럴 만한 세력이 제국에 어디 있다고.

"폐하, 하나의 힘 있는 가문에게 수도를 다 맡겼다가 나라 전체가 휘청거렸던 왕국들도 있습니다."

분위기가 유리하다 싶었는지, 후작이 은근슬쩍 밀어붙였다.

"……알고 있소."

아르노아가 대답했다.

그게 바로 제국이잖아. 그 가문이 아실리에르 대공 일가고.

회의장의 귀족들 중 상당수는 다시 두베르테 후작의 말에 고개를 끄덕이고 있었다.

리켈 공작가의 행보가 흥미롭기는 했으나, 아직 자리조차 잡지 못한 황제를 돕겠다고 대공의 심기를 거스를 생각은 들지 않았던 것이다. 회의장 전체를 보던 아르노아의 눈빛이 순간 비어 있는 페르헨 영주의 자리를 향했다.

찰나의 순간 그녀의 머릿속에 벨의 얼굴에 떠올랐다. 이런 머리 아픈 눈치 싸움 따위는 평생 한 번도 하지 않았을 것 같은 사람. 그가 이 자리에 있었다면 도움이 되었을까?

'아, 쓸데없어. 자리에도 없는 사람을.'

아르노아는 빠르게 머리를 흔들어 잡생각을 떨치고 다시 회의에 집중했다.

"흠, 그럼 결론이 난 듯하군요."

후작이 만족한 듯 웃고 있었다.

"후작."

아르노아가 경고하듯 그를 불렀지만 후작은 능글능글한 웃음을 흘리며 빠르게 말을 계속했다. 그를 막을 틈을 주지 않겠다는 듯한 태도였다.

"다른 가문에서는 나서지 않는 듯하니 리켈 공작가의 제안은 참고만 하고 케스만과의 전쟁에 모든 힘을 쏟도록 자금을……."

쿵.

"응?"

후작이 말을 계속하는 사이, 누군가 회의장 문을 두드리는 소리가 울렸다.

쿵-

아니, 두드린다기보다는 후려치는 듯한 소리였다.

"뭐, 뭡니까? 지금 참석할 사람은 다 참석했는데……."

후작이 반쯤 겁을 먹고 반쯤 거슬린다는 듯 말했다.

콰앙-

회의실 문이 활짝 열렸고, 후작과 아르노아를 포함한 모든 사람들의 시선이 그 건너편으로 쏠렸다.

"허억?"

"저, 저게 대체 뭐죠? 황궁에 갑자기 웬 맹수가……."

"이, 이곳은 자격이 있는 자가 아니면 아무도 들어올 수 없게 되어 있는데 어찌 짐승이……."

아르노아의 눈동자도 다른 이들만큼이나 커졌다. 다만 다른 귀족들의 눈에 서린 것이 공포심이라면, 아르노아의 눈 속에는 작은 반가움 같은 것이 있었다.

"으릉."

어느 고양이, 아니 마법사를 닮은 설표는 주변의 사람들을 보며 한번 입맛을 다시더니 아르노아를 향해 씩 웃었다.

펑-

다음 순간 녀석은 사라졌다. 그 자리에는 평소의 로브 차림보다 조금 더 격식을 갖춘 듯한 모습의 마탑주가 서 있었다.

"아직 안 끝났네?"

벨의 웃음 섞인 목소리가 회의장을 울렸다.

"늦어서 미안하군. 실례하겠소."

그는 나름대로 정중하게 하려고 최대한 노력한 듯한 말투로 그 자리에 모인 귀족들에게 인사를 건넸다.

객관적으로 보면 상당히 무례한 등장에 무례한 태도였다. 하지만 벨은 그런 것 따위 모른다는 듯, 자연스럽게 회의장을 가로질러 자신의 자리를 찾았다.

털썩.

수백 년간 비어 있던, 귀족 회의 페르헨 영주의 자리에 벨이 앉은 순간, 연회장은 다시 한번 시끄러워졌다.

"……웬 놈이오, 저게?"

"저, 저게 바로 마탑주입니다. 지난번에 홀에서 폐하께 관을 씌워 준 것도 저자예요."

"마탑주가 귀족 회의에 왔다고? 아니 왜?"

"고급 마법사들에게는 짐승으로서의 형태도 있다고 하더니…… 그게 흰 표범인 게로군."

"세상에, 건드릴 수 없이 포악하다더니 역시 맹수였어요."

아르노아는 수군거리는 소리를 들으며 속으로 황당한 미소를 지었다. 귀여운 고양이를 놔두고 왜 꾸역꾸역 설표의 모습을 가지고 있나 했더니, 이런 효과가 있었구나.

문득 자신이 설표의 모습을 한 벨을 처음 만났던 순간이 생각났다. 그래. 생각해 보니 조금 무섭기는 했었다. 지금은 거의 잊어버렸지만.

회의장에 있던 이들은 벨의 갑작스러운 등장에 불쾌한 듯하면서도 한편으로는 감탄하고, 또 한편으로는 조금 두려운 듯한 표정이었다. 그 경외심 어린 시선을 안다는 듯, 벨이 아르노아를 보며 씩 웃었다.

"……이게 무슨 무례요! 다 끝난 회의장에 축생의 모습으로 난입하다니!"

설표를 처음 보고는 놀라 입만 벌리고 있던 두베르테 후작은 이내 정신을 차리고 눈을 부릅뜨며 소리쳤다.

"페르헨의 영주면 다인 줄 아시오? 회의에 참석하려면 처음부터 왔어야지…… 이제 와서 다시 시작하라는 말 같은 건 생각도 하지 마시오."

그는 일부러 언성을 높였지만 눈동자 속에는 접해 보지 못한 것에 대한 두려움이 가득했다. 이를 온전히 인지한 듯, 벨의 미소가 더욱 짙어졌다.

"생각 안 했소."

"뭐, 뭐요?"

"이미 다 들었거든. 북방의 대공이 내세운 같잖은 조건도, 리켈 공작가의 대답도, 그리고 그에 대한 당신의 말도 안 되는 요구도."

"말도 안 된다고?"

후작이 붉어진 얼굴로 씩씩거리며 말했다.

"응."

벨은 뭐 잘못됐냐는 듯 고개를 끄덕였다. 화가 난 후작 따위 안중에도 없다는 듯, 그는 직설을 이어 갔다.

"듣자 하니 황실의 군대를 전부 북부로 보내자고 주장한 사람도 후작이었다는데, 그때는 언급도 안 하던 황성 안위를 이제 와서 따지는 게 말이 안 되는 거 아니오."

"닥치시오! 진중한 회의장에 장난치듯 들이닥쳐서 이게 무슨……."

후작이 주먹을 꽉 쥐고 소리쳤지만 벨은 한 손을 들어 그의 말을 끊었다.

"장난이어서 다행이라고 해야겠지."

건성건성 말대답을 하던 그의 안광이 순간 뼈를 얼릴 정도로 매서워졌다.

"안 그러면 누군가 잡아먹혔을지도 모르는데."

"허, 허억……."

후작이 저도 모르게 목을 움츠렸다. 그 모습을 놓치지 않은 벨이 사악하게 입꼬리를 끌어올렸다.

"그만하시오, 마탑주."

벨이 뭔가 더 말하려던 순간 아르노아가 입을 열었다.

"갑자기 회의장에 난입한 건 사실이니까."

"그렇군요. 다음에는 시작하는 시간을 미리 알고 오겠습니다."

벨과 아르노아의 시선이 마주쳤다. 때와 장소를 다 잊은 듯, 누군가 한 명 죽일 것처럼 매섭던 눈매가 다시 살짝 휘었다. 반가운 와중에도 형식적으로 한 마디 더 잔소리를 하려던 아르노아는 피식 웃어 버렸다.

"다음에 또 오다니, 마탑주는 정말 이상해진 거요? 애초에 제국의 안위에 아무런 관심도 없는 사람이……."

두베르테 후작이 버럭 소리 질렀다. 벨은 다시 그를 향해 고개를 돌렸다. 후작은 그러거나 말거나 말을 쏟아 냈다.

"페르헨 영지에만 처박혀서 제국에 무슨 일이 벌어지든 상관도 안 하던 주제에 무슨 자격으로 말을 보태겠다는 거……."

"바로 그거요, 이름 모를 덩치 큰 사람."

벨이 말을 끊자 후작의 얼굴이 더욱 시뻘겋게 변했다. 하지만 벨은 그런 사실에 개의치 않았다. 눈치조차 채지 못했다.

"전령 노릇을 했더니 재미가 붙어서, 아예 제국을 위해 뭐 하나 더 해 줄까 하고."

그가 여유롭게 말을 이었다. 그 자리에 있던 모두가 마른침을 삼켰다.

오늘 무슨 날 아닌가?

회의장에서는 희귀한 사건이 연달아 일어나고 있었다. 중립적이고 조용하던 리켈 공작이 황제의 손을 잡더니, 이제는 마탑주마저 나타나 정치에 한 마디 얹으려 했다.

이제 그들은 모두 호기심 어린 눈으로 황제를 바라보고 있었다.

"제국에 뭘, 뭘 해 준다는 거요, 대체?"

단 한 사람, 얼굴이 시뻘게진 채 소리를 지르는 후작을 빼고.

"리켈 가문을 견제할 세력이 하나 더 필요하다고 했지 않나?"

벨이 어깨를 으쓱하며 물었다.

"내가 하지, 그거."

"뭐, 뭐요?"

"뭐라고?"

후작과 아르노아가 동시에 눈을 동그랗게 떴다. 그 대화를 듣던 다른 이들도 모두 마찬가지였다.

"페르헨에 그런 규모의 사병이 어디 있다고!"

루벨린 남작이 후작과 비슷한 표정으로 벌떡 일어섰다.

"사병?"

벨은 재미있다는 듯 코웃음을 쳤다.

"그런 건 없소."

"그럼 뭘 하겠다는 거요?"

"말했잖소. 그 역할을 한다고."

그는 평온하게 말했다.

"내가 군대 대신이라고. 부르면 내가 오겠다고."

긴 정적이 회의장을 채웠다. 귀족들 모두가 그의 말뜻을 이해하고 멍해지는 데에는 오래 걸리지 않았다.

홀몸으로 군대를 대신한다니.

자신감이 과하다고 말하고 싶은 이들이 많았으나 누구도 입을 열지 못했다. 벨의 말에 일리가 있기 때문이었다.

마탑주가 가진 파괴력은 타의 추종을 불허했다. 23대 마탑주는 날씨를 마음대로 조종했다고 했고, 마왕이라고도 불렸던 26대 마탑주는 입김 한 번을 불어 남작령 하나를 잿더미로 만들었다고 하지 않았던가.

벨카리아나스는 역대 마탑주들과 비교해도 기괴할 만큼 강한 마력을 가졌다고 알려진 자였다. 태어난 순간 어머니의 힘을 흡수했기에 그녀가 일찍 죽었다는 소문도 있을 정도였다.

그 사실에 생각이 미친 순간, 회의장에 있는 모든 사람의 머릿속에는 한 가지 생각만 떠올랐다.

'재수 없다.'

몇 초 동안은 아르노아도 예외가 아니었다.

곧 벨 덕분에 상황이 자신에게 유리해졌음을 깨달은 것이 다행이었다.

그녀는 회의장이 제집 안방인 양 편안하게 정 중앙의 의자에 기대고 앉아 눈까지 반쯤 감은 벨을 바라보았다.

'왜?'

그녀가 눈빛으로 물었지만 벨은 살며시 고개를 저을 뿐 아무런 대답도 하지 않았다. 하긴, 뭘 기대하는가. 대답 같은 것을 똑바로 해 주지 않는 사람인 것은 진작부터 알았는데.

아르노아는 다른 생각을 접어 두고 상황을 단순하게 바라보기로 했다. 그냥, 주어진 것을 이용하면 될 거 아닌가.

"그럼…… 후작의 우려는 해소가 된 건가?"

그녀가 두베르테 후작에게 물었다.

"남부의 패자, 그리고 페르헨의 영주, 그 정도의 세력이라면 황성은 아주 든든하지 않소."

"폐하! 어찌 그런 말씀을 하십니까!"

"맞잖소. 다른 세력이 힘을 더하면 인정한다며."

아르노아의 말에 후작이 꽉 쥔 두 주먹을 부르르 떨었다.

"그건……."

"케스만을 더 몰아붙일 수 있도록 황금을 지원하라는 대공과 대공녀의 요청은 거절하겠소."

아르노아가 말했다.

윽박지르는 것은 아니나, 단호한 말투에서 절대로 되돌리지 않을 결정이라는 사실을 알 수 있었다.

후작이 다시 한번 테이블을 탕 쳤다.

"기어이 북부에서 추위와 맞서 가며 제국을 지키는 대공 전하를 이대로 버리시겠다는 말씀이십니까, 전하?"

그는 씩씩대며 아르노아를 노려보았다.

"영웅을 이리 홀대해도 된다는 말씀이십니까? 제국민이 가만히 있지 않을……."

"그럴 리가."

아르노아가 다시 후작에게 시선을 돌렸다. 공작을 향했을 때, 그리고 벨을 바라보았을 때 순간적으로 따뜻해 보였던 짙은 벽안은 다시 차갑게 돌아와 있었다.

"나는 북부에 지원을 할 예정이오."

후작의 얼굴이 어정쩡하게 밝아졌다.

"그, 그렇군요. 그럼 그렇지……."

"대공과 대공녀의 수고가 너무나도 많으니, 그들을 대신해서 케스만과의 협상을 진행할 황실의 대리인을 파견할 생각이지."

"뭐, 뭐라고요?"

"뭐라고 하셨습니까?"

후작, 그리고 한동안 충격으로 말을 더하지 못했던 루벨린 남작이 동시에 입을 쩍 벌렸다.

"폐하, 전쟁의 책임자를 바꾸신단 말씀이십니까?"

루벨린 남작이 윽박지르듯 말했다.

"대공 전하 외의 사람이, 케스만과의 대화를 이끌어 나갈 수 있다고 여기신단 말입니까? 설마……."

그는 팔짱을 낀 채 흥미롭다는 듯 이 상황을 지켜보는 벨을 손가락으로 가리켰다.

"설마 그 책임자가 페르헨의 영주는 아니겠지요?"

"절대로 안 될 말씀입니다!"

조금 더 정신을 차린 후작이 그의 말을 받았다.

"페르헨의 영지민들에게는 충성심도, 제국을 위하는 마음도 없습니다.

그들은 제국인이라고 하기에도 애매한 자들입니다."

"그렇습니다. 수백 년 동안 제국이 전쟁, 반란, 전염병을 비롯한 재난을 겪을 때에도 한 번도 도와준 적 없는 이들입니다."

루벨린 남작이 숨도 쉬지 않고 말을 이었다.

"수십 년에 한 번씩 전령 노릇을 하는 걸 제외하면 제국에 아무런 도움도 주지 않았던 자를, 대공 전하께서 이끌어 오던 전쟁의 선두에……."

"흥분하지 마시오. 난 그런 소리 안 했으니까."

아르노아가 눈을 굴리며 두 사람에게 앉으라고 신호했다.

성격도 급해.

두 사람이 마법사였다면, 그들의 영체는 멧돼지나 그 비슷한 류였을 것이다. 상대를 제대로 보지 않고 돌진하는 모습이 딱 그렇게 보였다. 라리사가 딱 저렇었는데.

"경들이 말한 그대로요. 그동안 제국을 위해 헌신한 적 없는 이에게 그런 중책을 맡길 수는 없는 법이지. 그러니 나는 다른 사람을 원해."

아르노아는 차분하게 말을 이었다. 그녀의 눈동자는 조금 전부터 벨이 아닌, 그렇다고 리켈 공작도 아닌 다른 곳을 바라보고 있었다.

"……벤트 남작."

그녀의 입에서 나온 것은 누구도 예상치 못한 이름이었다.

"예, 예?"

이 모든 상황이 당황스럽다는 듯 가만히 앉아 있던 벤트 남작이 얼떨떨한 표정으로 그녀를 바라보았다.

"제국을 위해서는 전쟁을 빨리 끝내야 한다고 주장했던 것이 바로 경이었소."

"그건 그렇습니다만……."

"그럼 됐소. 난 남작에게 이 협상의 전권을 줄 생각이니까."

아르노아의 말이 끝났지만 한동안 회의장 안의 누구도 입을 열지 않았다.

벨이 등장한 순간부터 혼란의 도가니에 빠진 듯 흔들리는 수십 쌍의 눈동자들은, 하나둘씩 천천히 벤트 남작을 돌아보기 시작했다. 그 안에는 충격과 분노로 화르륵 타오르는 두베르테 후작의 시선도 있었다.

"말도 안······."

"남작, 다른 건 다 무시하시오."

아르노아가 짧게 말했다. 의도는 없어 보였지만 마침 두베르테 후작의 말을 자르는 바람에 그의 얼굴이 더욱 찌푸려졌다.

"케스만이 제국과의 평화를 원한다고 생각하는 거, 맞소?"

"······맞습니다."

남작이 조용히 대답했다. 황성의 회의에서 오랫동안 배제되다시피 했던 그는, 누군가 자신에게 맞장구 이상을 기대하고 이러한 질문을 한다는 것 자체가 얼떨떨한 듯했다. 게다가 그 상대가 황제라니.

"그 조건이 까다로울 거라고 생각하시오?"

아르노아가 다시 물었다.

꿀꺽. 그는 마른침을 삼켰다. 두베르테 후작을 비롯해 아실리에르 대공의 측근들이 지켜보는 듯한 느낌에 뒤통수가 따가웠다.

"······그렇지 않습니다."

남작은 결국 솔직하게 대답했다. 그에 아르노아는 활짝 웃었다. 조금 전, 리켈 공작가가 나서서 황성에 지원을 하겠다고 했을 때와 비슷한 미소였다.

"그럼 됐소. 나머지는 경이 알아서 해."

"폐하!"

"안 됩니다!"

후작과 루벨린 남작이 뭐라고 반박했지만 아르노아는 이미 자리에서 일어나고 있었다. 그녀의 머릿속에서 아나킨의 마지막 조언이 울리고 있었다.

'후작을 승복시킬 여지는 없으니, 목적을 다 달성했으면 그냥 무시하고 나가 버리십시오.'

그의 말대로, 그녀가 일어서자 다른 귀족들이 적당히 눈치를 보며 하나둘 자리에서 엉덩이를 떼기 시작했다.

'벤트 남작은 보기 드물게 강직하면서도 격려에 반응하는 자이니 마지막에 인사를 잊지 마십시오.'

아르노아는 몸을 휙 돌려 회의장을 빠져나오기 직전, 다시 벤트 남작을 바라보며 눈인사를 했다. 조금 전까지 완전히 넋이 나간 듯했던 그의 눈동자에 어떤 결연한 의지 같은 것이 엿보였다.

'폐하, 북부의 전쟁은 곧 끝날 겁니다.'

끝없이 술렁이는 이들을 두고 복도를 걷는 그녀의 머릿속에 다시 아나킨의 목소리가 들려왔다.

'쉽게 끝나야 할 것을 질질 끌었다는 거지?'

'맞습니다.'

'남작은 어떤 사람인데 협상을 맡겨?'

'대공의 말에 휩쓸리지 않을 원칙주의자.'

몇 년 동안 황성의 상황을 지켜봐 온 아나킨이 확신을 가지고 말했다.

'벤트 남작을 보내면 한 달도 안 걸려서 결과를 낼 테니까요.'

'쉽네. 난 뭐 할 일도 없겠어.'

'글쎄요, 폐하.'

반쯤 농담으로 그의 말을 받는 아르노아에게, 그는 특유의 유려한 미소를 지으며 말했다.

'북부에 간 이들을 불러오는 건, 개판 정리의 시작에 불과합니다.'

그녀는 쓴웃음을 지었다. 아나킨의 말이 너무나도 정확해서.

다만, 아르노아의 생각 속 한구석에는, 그녀도 아나킨도 예상 못 했던 요소 하나가 깊이 자리 잡을 수밖에 없었다.

벨.

무엇을 위해 그녀의 곁을 오고 가는지 이제는 알 수도 없는 사람.

그가 이 개판에 일조를 할지, 아니면 정리를 해 줄지는, 아직 누구도 알 수 없었다.

* * *

"무슨 생각이지?"

아르노아의 침실 문이 닫히는 순간 아나킨이 날카롭게 물었다. 질문의 대상은 당연히 벨이었다.

"넌 고맙다는 말을 이상하게 하는군."

그는 이해가 안 간다는 표정으로 대답하더니 자연스럽게 아르노아의 침대로 향했다.

"앉지 마. 네 자리가 아니야."

"여기가 폭신하단 말이야."

벨은 아나킨의 말을 무시하고 침대 끝에 걸터앉았다.

"내버려 둬."

제 침실에 가장 늦게 따라 들어온 아르노아가 해탈한 듯 말했다.

쟤는 딱딱한 곳에 잘 못 앉더라.

"……황궁은 그렇다 치고, 귀족 회의장은 그렇게 함부로 오갈 수 없는 곳이야."

아나킨은 침대에서 벨을 일으키는 것을 포기하고 다시 말했다. 평소보다 한층 진지한 모습이었다.

"포털이 그렇게 생겨 먹은 걸 어떡해."

벨은 여전히 태평해 보였다.

"황궁에 포털을 설치하는 것 자체가 문제다."

아나킨은 어린아이에게 설명하듯 말했다.

"방어 주술이 걸려 있는데 그걸 왜 뚫어 가지고……."

"그냥 뚫린 거야."

불만스러운 표정으로 한숨을 쉬던 아나킨은 그 말에 고개를 번쩍 들었다.

"너…… 여기 침실에도 함부로 들어올 수 있는 거냐?"

그가 가라앉은 목소리로 다시 물었다. 언제나 웃음기를 머금고 있던, 머리칼과 비슷한 황금색 눈동자는 어느새 차가워져서 벨을 노려보고 있었다.

"글쎄?"

벨은 아나킨의 불편한 심기를 모르는 듯 되물었다.

"그럴지도 모르지."

그가 말했다.

"별거 아니잖아. 디르한에서는 황제의 침실에 자주 드나들었는데."

"말조심해."

아나킨의 손이 휙 날아와 벨의 입을 틀어막았다.

"하녀라도 엿들으면 네가 책임질 거야? 일반 제국민들이, 특히 귀족들이 마법사를 꺼리는 걸 몰라?"

아나킨이 빠르게 말했다. 언제나 냉정한 그로서는 흔치 않은 반응이었다.

"아무리 너라도 지킬 건 지켜. 황제의 침실을 함부로 오가는 건 사형감이다. 당장 나부터 그대로 둘 수 없어."

그가 벨의 입에서 손을 떼며 나직하게 말했다. 벨의 눈썹이 꿈틀 하고 움직였다.

"지킬 걸 지키라니, 참 귀찮은 요구 사항이군."

그가 침대 발치의 기둥에 느른하게 몸을 기대며 말했다.

"그런 걸 다 기억하는 것도 힘든 일 아닌가?"

대답 없는 아나킨에게 벨이 씩 웃어 보였다. 그를 노려보던 아나킨이 재차 벨에게 말했다.

"황궁에서는 다 지키는 것들이야. 어려운 게 아니다."

"너야 항상 규칙을 지켰지, 아나킨."

벨이 어깨를 으쓱하며 말했다.

"아카데미에 입학하면서부터 그랬다. 규칙을 익히고, 그 안에서 허점을 찾고, 그걸 너에게 유리하게 해석하고 이용하고."

"당연한 일이다."

"규칙을 가지고 하는 게임에 능숙하지. 예를 들면 오목이라든가."

벨은 여전히 과거의 패배를 잊지 못한 듯 아쉬움 섞인 목소리로 말했다.

"하지만 말이야, 세상에는 그냥 규칙을 안 따라도 멀쩡히 사는 사람도 있어. 그게 나야."

그가 말했다. 한 치의 부끄러움도 없는 벨의 눈빛은 당당하게 반짝거리고 있었다. 언제나 평온을 유지하는 아나킨의 황금안이 미세하게 진동했다. 아르노아만 알아볼 정도로.

"그러니 잔소리 그만해. 그런 건 제자 한 명으로 충분하다."

무심한 어조였다.

"경고하는데, 벨."

아나킨이 천천히 눈을 감았다가 뜨며 단언했다.

"난 가진 아티팩트를 다 동원해서 마법사의 접근을 막아 놓을 거야."

그는 장난스러움이라고는 찾아볼 수 없는 목소리로 말을 이었다.

"다음번에 네가 걸리면 네 전신이 저릿해지게 될 거다."

"기대되는군."

"추가로 네 제자, 루카 펠레스의 가죽을 벗겨서 목도리를 만들어 버릴 거고."

아나킨은 물러서지 않겠다는 듯, 음산하게 말을 끝냈다.

"패기가 넘치는군, 아나킨 윌로."

벨은 조금도 무섭지 않다는 듯 받아쳤다.

"면전에서 내게 그런 협박을 하는 사람은 제국에 너밖에 없을 거다."

목소리 한구석에서 옅은 한기가 느껴졌다.

아르노아는 작게 한숨을 쉬었다.

이 둘의 사이는 도무지 종잡기가 어려웠다. 불편한 사이인가, 싶으면 오목 같은 귀여운 걸로 승부를 내려 하고. 친한가 싶으면 쓸데없는 걸로 말다툼을 했다. 바로 지금처럼.

벨의 안광은 여전히 매서웠다. 새삼, 벨은 원하기만 하면 누구의 목이든 비틀어 버릴 수 있는 인물이라는 사실이 아르노아의 머릿속에 떠올랐다.

"이 마탑주에게, 제국의 누구도 이 정도로 불순한……."

"폐하! 무뢰배가 침입했다면서요!"

그가 뭐라고 낮게 중얼거리려던 순간, 닫혔던 침실 문이 벌컥 열리고 누군가가 불쑥 뛰어 들어왔다.

"무뢰배라니, 그게 누구……."

"너로구나! 이 나쁜 녀석!"

촤아악-

벨이 상황을 파악하기도 전에, 그는 머리부터 발끝까지 찬물로 흠뻑 젖어 있었다.

"이게…… 이게 대체 무슨……."

"……페넬로페."

처음 당한 일에 눈이 휘둥그레진 벨을 그대로 세워 둔 채, 아르노아가 범인의 이름을 불렀다.

"하녀들이 떠드는 말을 바로 믿으면 안 된다고 말하지 않았었니."

"하지만 폐하, 오늘 황궁에 나타난 무뢰배가 지금 폐하의 침실에 들어가 있다고 해서…… 저는 몰래 숨어들었다는 뜻인 줄 알았어요."

페넬로페는 억울하다는 듯 큰 눈을 깜빡였다.

"걱정됐단 말이에요."

"잘하셨습니다, 리켈 영애. 오늘따라 아름다우시군요."

옷깃에 물 몇 방울만 튀었을 뿐 멀쩡한 아나킨이 웃으며 그녀를 칭찬했다.

페넬로페를 향해 이렇게 웃을 수도 있다는 사실이 안 믿길 정도로 부드럽고 달콤한 눈빛이었다.

"이런 분이 폐하를 모신다니, 이 보좌관은 마음이 아주 든든합니다."

"……닥쳐, 아나킨."

벨이 낮게 으르렁거렸다.

"생각해 보니 아티팩트가 필요 없었군. 그러게 누가 황궁을 함부로 오가라고 했나."

아나킨은 웃음을 거두지 않았다. 두 사람은 잠시 서로를 마주 보며 아무 말도 하지 않았다. 마치 누가 오랫동안 눈을 깜빡이지 않는지 대결이라도 하는 모양새였다.

"그만."

결국 둘을 갈라놓은 것은 아르노아였다.

"아나킨, 일단 나가 있어. 지금은 잠시 벨과 이야기할 거야. 페넬로페도 마찬가지야."

"폐하."

"폐하!"

"아까 도움을 받은 건 사실이니까 그래."

불만을 제기하는 두 사람에게 아르노아가 다시 말했다.

"곧 나갈 테니 잠시만 바깥에서 기다려 줘."

그녀가 강하게 말하자 결국 두 사람은 조금 억울한 표정으로 방문을 나섰다.

철컥-

방문이 닫히고 아르노아가 다시 몸을 돌렸다. 벨은 여전히 침대에 앉은 채 그녀를 응시하고 있었다. 새까만 머리칼에서 물이 뚝뚝 흘러내렸다. 불쾌해 보이는 표정은 지난번 루데스 박사에게 주사를 맞았던 때와 똑같았다.

"괜······찮아?"

아르노아가 묻는 순간, 벨은 머리와 몸을 잘게 흔들어 물을 털었다.

푸르르르-

질색하는 눈빛, 푹 젖은 머리에 그 몸짓까지. 물에 젖은 고양이가 따로 없었다.

"괜찮다니."

그가 이를 꽉 물며 말했다.

"네 주변에 위험한 이들이 너무 많은 거 아닌가? 지난번 그 여자는 독극물을 내 몸에 주입하려 했었는데."

그는 언제든 루데스 박사가 튀어나오기라도 할 것처럼 경계심 어린 눈빛으로 주변을 휙휙 둘러보았다. 아르노아는 다시금 한숨을 쉬었다.

"기별도 없이 황궁에 쳐들어와서 할 소리야, 그게?"

여기서 지금 제일 위험한 사람이 누군데. 심지어 표범의 모습으로 찾아온 녀석이.

"······안 반가워?"

남은 물기를 털어 내던 벨이 갑자기 고개를 들어 아르노아를 물끄러미 바라보았다.

"고양이 모습으로 왔을 때는 반가워했었는데."

조금 전까지 사나웠던 눈매는 상처라도 받은 듯 순해 보였다.

"반가워."

아르노아가 솔직하게 대답했다.

벨은 그야말로 적절한 때에 등장해 주었다. 케스만 전쟁 건으로 두베르테 후작과의 교착이 더 오래 갔다면 한층 피곤할 뻔했다.

그녀의 대답에 벨의 입꼬리가 만족스럽게 올라갔다. 아르노아는 그가 더 뻔뻔해지기 진에 힐 밀을 나 하사는 생각으로 다시 입을 열었다.

"그렇다고 그렇게 갑자기 오면······."

"황제가 바랐잖아."

"뭐?"

아르노아가 눈을 몇 번 깜빡였다. 내가 언제?

"회의 전에."

벨은 그녀의 목을 가리키며 대답했다.

"묘안석 목걸이를 걸고 거울을 보면 표정이 보여."

"뭐?"

아르노아가 당황해서 소리쳤다. 몇 초. 겨우 몇 초 목에 걸었었는데, 그걸 또 봤어?

그녀는 제국으로 돌아오고 나서 묘안석 목걸이를 자주 착용하지 않았었다. 바이나스의 위험에서는 벗어난 지 오래였고, 그녀가 아나킨이나 페넬로페와 나누는 대화를 벨에게 전부 보여 줄 의무는 없었으니까.

아침에 목걸이를 한번 걸어 본 건 그저 그 독특한 물건이 아직 잘 있는지 확인하는 차원이었는데.

"걱정하는 게 보여서."

벨이 다시 말했다. 아르노아는 미간을 살짝 찌푸렸다.

"……그게 보여?"

어떻게 알았지?

그녀가 긴장했던 것은 사실이었다. 중요한 회의였고, 리켈 공작의 태도가 어떨지 확신할 수 없었고, 후작의 반발이 만만치 않을 것도 알고 있었으니까. 아나킨은 이를 알고 아침부터 식사를 조심하게 했다. 하지만 눈치 없기로 소문난 마법사가 얼굴 잠깐 보고 그걸 어떻게 안단 말인가?

"황제는 보여."

벨이 짧게 대답했다.

"……이제는 말이지."

자신도 흥미롭다는 듯, 벨의 눈이 반짝였다.

말도 안 되게 솔직하지만, 동시에 이해할 수 없는 사람.

그를 보는 아르노아의 얼굴이 더욱 혼란스러워졌다.

"……제국에서 너만큼 내키는 대로 사는 사람은 없을 거야."

그녀는 잠시 생각한 끝에 중얼거렸다.

"신기한 말이군. 내키는 대로 살지 않으면 어떻게 살아야 하지?"

벨은 부정하는 대신 그녀에게 되물었다.

"남들은 다 한 번씩 아쉬운 소리도 하고, 부탁도 하고……."

아르노아는 고개를 절레절레 흔들며 대답했다. 평범한 사람들의 삶을 어찌 눈앞의 이자에게 납득을 시킨단 말인가.

"부탁. 그 말을 들으니 생각났군."

벨은 갑자기 침대에서 몸을 일으키며 말했다.

"회의에 참석하고 나니 황제에게 부탁할 게 생겼어."

"뭐?"

아르노아가 고개를 갸웃했다. 부탁이라니. 마탑주와는 조금도 어울리지 않는 단어를, 그는 자연스럽게도 내뱉었다.

"말한 그대로야. 부탁."

벨이 다시 한번 말했다. 조금 전까지 느른하게 들렸던 목소리는 한층 진지해져 있었다.

"페르헨의 영주로서, 황제에게 청할 것이 생겼어."

벨은 아무렇지 않게 말을 이었다. 황제에게 부탁하는 것 치고는 자신의 말투가 건방지다는 사실을 모르는 듯했다.

"벤트 남작과 함께 케스만의 성으로 들어갈 수 있도록 해 줘."

벨이 말했다.

"케스만으로?"

아르노아의 눈이 커졌다.

진짜 일을 하겠다는 말처럼 들리잖아?

그녀가 알았던 벨, 아니 마법사 전체의 이미지는 공무와 거리가 멀었다.

영지에 눌러앉는다. 최대한 많이 놀고 되도록 일은 안 한다. 짧은 인생 그저 편하게 산다.

……가, 마법사들의 공통된 지향점이라고 생각했는데.

그게 꽤나 그럴싸하게 들렸기에, 어렸을 때는 마법사들을 부러워하기도 했었는데.

물론, 그 안에도 간혹 돌연변이는 있었다. 비마법사들까지 사용할 수 있는 아티팩트를 연구한다든가, 그걸 팔며 사업을 한다든가.

하지만 공무는 아니었다. 마법사들은 황실과 엮이는 것 자체를 그다지 좋아하지 않았고, 황실에서도 가진 힘이 지나치게 큰 마법사들을 견제하는 편이었다.

"이유가 있어?"

아르노아가 묻자 벨은 고개를 끄덕였다.

"뭔데?"

"……찾고 있는 자가 있다."

그가 애매하게 대답했다.

"정확히는 말하기 어렵지만…… 아주 오랫동안 쫓았던 흔적이지."

말을 하는 벨의 콧잔등이 살짝 찌푸려졌다. 본능적으로, 아르노아는 그가 그 무언가를 뒤쫓는 이유가 그렇게 긍정적인 것은 아닐 거라는 사실을 직감했다.

"그 사람…… 마법사야?"

벨은 다시 고개를 끄덕였다.

"케스만에 있어?"

이번에는 고개를 저었다.

"정확히 알 수는 없다. 그는 흔적이 워낙 잘 느껴지지가 않아서. 제국의 여러 곳을 가 봤지만 찾지 못했지. 그런데……."

그는 집중하듯 눈썹을 찌푸렸다.

"아까 회의 때, 희미하지만 찾았다고 생각했어."

아르노아의 눈이 커졌다.

"마법사들의 마력에도 특유의 느낌 같은 게 있어. 체취처럼 모두 다르기 때문에 조심하지 않으면 흔적이 남기도 하지."

벨이 설명했다.

"그자의 흔적은 아주 미세해서 찾기가 어려운데, 얼마 전 루카가 황성에서 그 마력을 느꼈다고 하더군."

"……."

"잘못 안 거라고 생각했지만…… 아까 두베르테 후작, 아니, 그가 가지고 있던 북부의 서찰에서, 특유의 마력이 느껴졌다."

"대공의 이름으로 온 것 말하는 거야?"

아르노아는 회의 마지막에 두베르테 후작을 뚫어지게 바라보던 벨을 떠올렸다. 다시 생각해 보면, 그는 후작이 아니라 그가 들고 있던 서찰을 보고 있었던 모양이었다.

"케스만에 있는 제국군 중에 마법사가 있다……?"

아르노아가 이해할 수 없다는 표정으로 물었다. 페르헨 영지 바깥의 마법사들은 그 숫자부터 손에 꼽도록 적었다. 그런 자가 제국군에 있었다면 알려지지 않았을 수가 없는 노릇이었다.

"서찰은 여러 사람의 손을 탔을 테니 아직 알 수 있는 건 없어."

벨이 말을 이었다.

"케스만에 가고 싶은 건 그래서야."

그가 말을 이었다.

"굳이 명령이 필요해?"

아르노아가 그를 올려다보며 물었다. 황궁에는 건방지게 불쑥불쑥 들어오면서, 전쟁터라고 못 가는 것은 말이 안 되지 않나.

"가는 데는 필요 없지."

그는 1초도 망설이지 않고 대답했다. 아르노아가 작게 한숨을 쉬었다.

분명히 알고 있었던 사실을 말하는 건데, 왜 건방지게 느껴지는 거지?

"하지만 사람을 만나야만 정확히 알 수 있는 것들도 있어. 황제의 허락이 필요한 건 그래서야."

벨이 말을 끝내고 아르노아를 바라보았다. 아르노아는 천천히 미소 지었다.

"……황위 계승이 끝난 마당에 황제의 전령을 계속한다? 마탑주가 자발적으로?"

거의 유례가 없는 상황이었다. 믿을 수 없는 마탑주에게 제국의 운명을 맡기네 어쩌네 하며 반발할 두베르테 후작의 얼굴이 그려졌다.

"페르헨의 영지민들은 그런 문제에 반발이 없나 보지?"

그녀가 물었다.

제국 안에서, 마법 아티팩트는 쓰임새가 있었지만 마법사와 그 외의 사람들은 서로 교류하는 것을 그다지 좋아하지 않았다. 비마법사들은 마법사들을 두려워했고, 마법사들은 비마법사들을 답답해했다. 과거 이 문제는 상당한 분쟁을 낳기도 했었다.

벨은 그녀의 말을 듣고 빙긋 웃었다.

"반발이라."

그가 말했다.

"어머니가 죽고 난 이후로는, 누군가가 내 말에 반대한다는 건 생각해 본 적이 없어서 모르겠군."

그는 대답을 마친 후, 됐냐는 듯 고개를 비스듬히 기울이고 다시 그녀를 내려다보았다.

"……좋아."

아르노아가 생각 끝에 대답했다.

거절할 이유가 없었다. 회의 때 벨이 해 준 일을 생각하면 이 정도의 요청은 들어주는 것이 당연했다. 두베르테 후작이 뭐라고 욕을 하든, 연대할 귀족이 아직 부족한 지금, 벨이 공무에 쥐꼬리만 한 관심이라도 갖는다는 것은 환영할 일이었으니까.

"세 가지만 확실히 해 두기로 해."

벨은 대답 대신 어디 말해 보라는 듯 눈썹을 치켜올렸다.

"첫 번째, 케스만 국왕과의 협상은 전부 벤트 남작에게 맡길 것. 넌 그냥 따라가는 거야."

"당연한 이야기로군."

"일종의 들러리지."

"좋아."

벨은 전혀 자존심이 상하지 않는다는 듯 쉽게 고개를 끄덕였다. 아실리에르 대공이 제국을 말아먹든 말든, 애초에 그런 귀찮은 일을 맡을 생각은 없었다는 눈치였다.

그래서 두 번째 조건을 넣은 건데.

"둘째, 벤트 남작이 요청하면 도울 것."

"……."

그는 이번에는 눈썹을 살짝 찌푸렸다. 아르노아는 시선을 피하지 않고 그를 계속 마주 보았다.

이 귀찮음에 양심까지 팔 것 같은 사람이.

부탁이라고까지 했으면서. 그럼 아무것도 안 해 주려고 그랬나?

"……좋아. '요청'하면."

그가 힘을 주어 말했다. 살짝 웃는 모습이 뭔가 계획을 꾸미는 듯했지만, 아르노아는 일단 따지지 않기로 했다.

"셋째, 그럴 일 없겠지만, 내가 필요하다고 하면 바로 황성으로 와야 해. 회의장에서 네가 한 말은 어길 수 없어."

그녀는 가장 중요한, 그리고 가장 당연한 조건을 다시 설명했다. 안 그래도 귀족들의 여론이 분분할 판에, 마탑주가 약속을 안 지키면 역효과만 날 터였다.

"황제가 나를 부르면."

귀찮아할 거라 예상했던 것과는 반대로, 벨은 피식 웃으며 아르노아를 향해 한 걸음 다가섰다.

"오지 않을 리가 없잖아."

그가 속삭이듯 말했다.

가까이에서 본 그는 왠지 더 반짝이는 것만 같았다. 덜 마른 머리칼의 물 몇 방울이 아르노아의 뺨으로 떨어지자, 그녀는 문득 두 사람의 거리가 지나치게 가깝다는 사실을 깨달았다. 은회색 눈동자는 마치 주술이라도 걸린 듯 사람을 빨아들였다.

"……안전하게 다녀와."

그녀는 애써 시선을 돌리며 말했다. 벨의 입꼬리가 씩 하고 올라갔다.

"독특한 인사를 하는군."

그가 말했다. 아르노아가 피하려던 빤한 시선은 여전히 그녀에게 고정되어 있었다.

"내게 안전을 빌어 준 사람은 황제가 처음이야."

오만한 인사를 남기고, 벨은 곧바로 사라졌다.

\* \* \*

예상대로, 벨과 벤트 남작을 함께 케스만으로 보내는 문제에는 약간의 반발이 따랐다.

"전령이라니요! 황위의 계승은 진작 끝났는데 무슨 마법사를 또 전령으로 보냅니까!"

두베르테 후작이 이런 말을 했고.

"제국의 존망이 걸린 위험한 상황이거늘, 협상을 왜 마탑주한테 시킵니까!"

이런 류의 반박도 있었다.

이에 대해 아나킨은 간단한 대처 방법을 찾아냈다. 건국 황제가 직접 쓴, 마법사들과의 협정을 꺼내 든 것이었다.

"여기 있네요."

그가 반대하는 귀족들을 모아 놓고 말했다.

"있긴 뭐가!"

"황족의 신분과 관련된 일에는 마법사가 전령이 된다는 것 아닙니까."

"그게 무슨 상관이오!"

"황실이 망하면 황족의 신분에 변화가 생기지 않겠습니까? 제국의 존망이 걸렸다면서요. 그만큼 중요한 문제라면 마땅히 마탑주를 보내야겠지요."

당연히 억지였다. 말꼬리 잡기였고.

애초에 협약의 취지는 그게 아니었으니까.

다만 아나킨의 궤변은 짧은 순간 모두의 입을 다물게 하기 충분했고, 그 틈을 타서 벤트 남작과 벨은 출발해 버렸다.

물론 그 이후에도 약간의 투덜거림은 있었다. 두베르테 후작과 그 지인들, 군인으로서 대공과 대공녀에게 남다른 충성심이 있는 기사들, 회의장의 모습을 제대로 보지 못한 젊은 귀족들.

그러니 아나킨은, 그중 일부에게 아르노아를 각인시키기로 했다.

* * *

"폐하, 저희는 폐하께 모든 것을 걸었습니다."

한 무리의 귀족 남녀가 주먹을 꽉 쥐고 말했다.

"아니, 저희는 이미 폐하의 반대편에 걸었어요!"

다른 한 편에서도 비슷한 숫자의 남녀가 외쳤다.

"훗, 폐하가 모든 것을 가지실 겁니다."

"아니야! 잃으실 거라고요."

아르노아는 한숨을 내쉬고 건너편에 앉은 아나킨을 바라보았다.

"아나킨, 구경꾼이 이렇게 많을 필요가 있었나?"

네 장의 카드 너머로 벌꿀 같은 눈동자를 드러낸 아나킨이 빙긋 웃었다.

"어쩌겠습니다. 다들 제가 포커에서 지는 걸 처음 봤다는데요."

그가 말했다.

"귀한 구경거리에는 사람이 몰리기 마련입니다."

"그럴 만하군."

아르노아는 자신의 카드를 살피며 말했다.

느른한 오후, 두 사람은 황제의 투왈렛 룸에서 한 시간 가까이 게임을 하고 있었다. 체스는 아르노아의 전패. 주사위 게임도 전패였지만 포커만큼은 몇 판을 거쳐도 따고 잃은 돈이 비슷비슷했다.

그 결과.

"두고 보세요, 우리 폐하께서 아나킨 님을 무패의 왕좌에서 끌어내리실 겁니다."

루이제였나, 페넬로페의 데뷔탕트 때만 해도 그녀를 무시하듯 인사도 제대로 안 했던 어느 영애가 아르노아를 영웅으로 떠받들고 있었고,

"역사에 길이 남을 명승부를 펼치지만 오늘은 아나킨 님의 승리일 겁니다! 폐하께서 절치부심하셔서 돌아오면 그때야말로 극적인 승리를 하실지도 모르죠."

또 다른 어린 귀부인은 두 사람의 승부로 소설이라도 한 편 쓸 판이었다.

"폐하께서는 타고난 승리자입니다. 한 번 졌다가 돌아오고 그런 거 없어요."

그들의 중심에 앉아 있던 페넬로페가 나직하게 중얼거렸다. 차분한 목소리였지만 그녀의 눈 또한 흥분으로 불타오르고 있었다.

방 안의 남녀 대부분은 모두 두 사람의 게임을 주목했다. 투왈렛 룸은 원래부터 사교 장소로 쓰였던 방이니만큼 그곳에는 젊은 남녀가 많았다. 황제와 그 주변인을 위한 공간이라고는 하나 아르노아는 원래 관심을 갖지 않았던 장소였는데, 그녀를 데려온 건 아나킨이었다.

"젊은 귀족들에게 폐하의 위대함을 알리는 가장 빠른 방법이었습니다."

카드를 한 장 더 집어 든 그가 다른 사람은 안 들릴 작은 소리로 말했다.

"효과 좋군."

아르노아도 천천히 고개를 끄덕였다.

처음 방으로 들어왔을 때만 해도 아르노아에게 예의 바르게 인사할 뿐 가까이 오지는 않았었던 그들은, 지금 콧김이 닿을 정도로 바짝 다가앉아 바쁘게 눈을 움직이고 있었다.

"폐하, 이번 판에 사활을 거셔야 합니다. 꼭, 꼬오옥 승리하셔야만 합니다."

루이제의 옆에 앉은 한 영식이 말했다. 루이제와 마찬가지로 원래는 아르노아를 미심쩍은 눈으로 보던 그는 이제 눈을 반짝반짝 빛내며 그녀를 존경한다고 선언하고 있었다.

"엘리엇 경, 내가 포커에서 아나킨을 몇 번 이긴 것이 그렇게 좋은가?"

"물론입니다!"

그가 콧김을 뿜으며 외쳤다. 엘리엇은 포커 게임이 시작되면서 심심풀이 내기로 아르노아가 이긴다는 데 푼돈을 걸었다가 그 열 배를 따고 신이 난 상태였다.

"아까 체스며, 주사위 게임에서는 내가 계속 졌는데."

"그럴 수도 있지요! 포커에서만 이기셔도 폐하께서는 전설이십니다."

듣지 않고 싱글벙글 웃는 것을 보면, 아까는 내기를 하지 않았던 모양이다. 아르노아는 시선을 돌려 사신의 앞에 있는 아나킨을 바라보았다, 아나킨도 웃으며 그녀를 마주 보고 있었다.

두 사람의 승부는 조작이 아니라 진짜였다. 아나킨도 아르노아도 진심으로 임하고 있기에 더더욱 아슬아슬한 승부였다.

"절대로 마음을 읽히지 않는 아나킨 님이 어떻게……."

또 다른 여인이 안타까운 듯 중얼거렸다. 그녀가 전전긍긍하는 이유는 단순히 아나킨에게 반해서가 아니라 그에게 상당한 액수의 돈을 걸었기 때문이었다.

아르노아는 피식 웃었다. 포커는 그녀가 아나킨과 대등하게 겨룰 수 있는 유일한 게임이었다. 체스든, 확률 게임이든, 아나킨은 순식간에 천재적인 지략을 펼쳐 상대를 꼼짝 못 하게 했다. 상대방의 표정을 읽는 자가 이기는 게임인 포커에서도 그는 대부분 상황을 완벽하게 읽으며 자신의 감정은 숨길 줄 알았다.

상대가 아르노아일 때만 빼고.

"폐하, 이번 판은 기권하셔야겠습니다. 제 패가 워낙 좋아서요."

아나킨이 황홀한 눈웃음을 흘리며 말했다. 짧은 순간, 아르노아를 응원하던 이들까지도 감탄의 한숨을 내쉬었다.

"어엇, 폐하. 아나킨 님이 이렇게 노골적으로 말씀하신다면 사실일 것 같은데……."

조금 전까지 아르노아를 응원하던 남자가 말했다.

"사실이라면 지금 접으셔야 합니다. 아까 딴 것이 있으니 여기서 끝내면 다음 판에……."

사활을 걸으랄 때는 언제고, 그는 마음이 흔들린 듯했다. 아나킨이 그만큼 자신만만해 보였던 탓이다. 아르노아는 아나킨의 얼굴을 힐끗 보더니 작게 고개를 저었다.

"……웃고 있는 보좌관의 눈매가 유독 많이 접힌 걸 보면."

그녀가 중얼거렸다.

"거짓말을 하고 있군."

탁-

아르노아가 칩을 내려놓았다. 그녀는 판을 접는 대신 판돈을 올린 것이었다. 그녀와 아나킨의 시선이 마주쳤다. 아나킨은 무해한 웃음을 흘렸지만 아르노아는 자신의 판단을 확신했다.

순간적인 지략으로는 그를 이기지 못하더라도, 그의 속마음을 꿰뚫어 보는 것은 제국의 누구보다 잘한다고 단언할 수 있었다. 아나킨도 그녀에 대해 같은 말을 하겠지만.

"오오오오! 대담하시군요."

"역시, 황제 폐하의 배포는 남다르십니다."

구경꾼들이 한 차례 술렁였다. 아르노아는 속으로 혀를 찼다.

언제는 디르한에서 온 촌뜨기 취급이더니, 도박으로 이렇게 칭송받을 수 있을 줄을 누가 알았겠는가.

"승부를 내자, 아나킨."

"진심이십니까?"

아나킨은 잠시 그녀를 빤히 바라보다가 다시 한번 미소를 지었다.

"좋습니다."

두 사람은 동시에 테이블에 카드를 펼쳤다.

촤락-

꿀꺽.

마른침 삼키는 소리가 곳곳에서 났다. 눈알 굴러가는 소리가 들릴 정도의 정적이 1초 동안 흘렀다.

그리고.

"아나킨 님은 9가 두 장! 폐하께서는 킹이 두 장! 황제 폐하의 승리입니다!"

누군가가 테이블을 탕 치며 외쳤고, 기다렸다는 듯 온갖 함성이 터져 나왔다.

"까아아아아! 폐하! 존경해요!"

"아나킨 님을 꺾다니! 폐하께서는 분명 성군이 되실 겁니다!"

"폐하 덕분에 어제 잃은 판돈을 다 찾아왔습니다!"

페넬로페와 루이제를 비롯한 한쪽의 젊은 귀족들은 기뻐서 탄성을 내질렀다.

"크흐흐흡! 이렇게 아나킨 님의 시대가 가는 겁니까?"

"'가면을 쓴 백합'이, '신비한 미소의 사나이'가, 포커에서 돈을 잃고 끝나시다니요. 믿을 수 없습니다!"

반대편의 사람들은 안타까워 미치려 했다.

누군가가 판돈을 아르노아 앞으로 밀어 주었고, 아르노아는 하녀를 시켜 이를 정리하며 싱긋 웃었다.

이겼든 졌든, 큰 그림에서 아나킨은 여전히 천재였다.

나이 든 귀족층은 보수적이고 빡빡해 아르노아에게 마음을 열지 않으니 일단 그들의 자녀를 공략하자는 의견이 완벽하게 들어 먹힌 것이었다. 확실히, 성숙하고 계산적인 듯 보여도 그들은 부모들보다는 순간적인 흥미에 더 끌리는 집단이었다.

아나킨을 보좌관으로 둔 것에는 별 감흥이 없었지만, 머리 좋기로 유명한 그와 카드 게임에서 대등하게 승부하는 이가 있다는 사실은 그들을 흥분하게 했다.

아나킨을 존경하던 이들은 아르노아를 더 대단하게 여겼고, 비밀스럽게 아나킨을 질투하던 이들은 오늘의 사건을 통쾌하게 여겼다. 어느 쪽이든, 아르노아는 작은 세력 한 축의 마음을 자신에게 돌린 셈이었다.

"제가 뭐라고 했나요, 황제 폐하께서는 어린 시절부터 현명하셨답니다."

물론, 데뷔탕트 이후 페넬로페가 물밑 작업을 조금 한 덕분에 이 모든 일은 더 쉬웠고.

"완패로군요. 부끄럽습니다, 폐하."

아나킨이 정중하게 고개를 숙이며 말했다. 입가의 미소를 보면 그다지 억울한 표정은 아니었다.

"모두 지치셨겠군요."

그가 구경꾼들을 슬쩍 보며 말을 이었다.

"정원에 메리골드가 활짝 피었으니 구경을 가시는 건 어떻습니까? 저와 폐하는 여기서 잠시 쉬겠습니다."

아나킨은 말을 마치며 페넬로페에게 눈짓했다. 그녀는 고개를 끄덕이고는 먼저 자리에서 일어났다.

"꽃이 가장 만발한 곳을 제가 안답니다. 함께 가 보도록 해요."

그녀는 우아하게 웃으며 구경꾼들을 이끌고 자리를 떴다. 나이를 생각하면 놀라운 노련함이었다. 물론, 사람들이 그녀의 말을 듣는 데는 목에 걸린 다이아몬드 목걸이와 '제국의 보물'이라는 별명이 주효했다고 봐야겠지만.

구경하던 남녀가 쓸려 나간 투왈렛 룸에는 이제 아르노아와 아나킨을 제외하면 두 명의 손님밖에 남지 않았다. 멀리 떨어진 곳에서 햇볕을 쬐며 조곤조곤 대화를 나누던 헤르만 백작, 그리고 아직 아르노아가 제대로 인사를 나누지 못한 젊은 남자 한 명이었다.

"조용해지니 좋군요."

아나킨이 숨을 돌리며 말했다. 그는 긴 손가락을 뒤로 뻗어, 목을 넘어 어깨에 닿을 듯 말 듯 한 자신의 백금발을 묶어 올렸다.

"승리를 축하드립니다, 폐하. 마지막까지 긴장이 되더군요."

"고마워. 네 조언이 옳았어. 그리고 돈은 잘 쓸게."

아르노아는 하녀가 미처 챙기지 못했던 테이블 위 금화 하나를 주머니에 넣으며 말했다. 아나킨은 피식 웃으며 그녀에게 가지라는 손짓을 했다.

"페넬로페랑은 이제 덜 불편한가 보지?"

그녀가 말했다. 방이 조용해진 덕분에 딩딜아 밀소리를 줄이면서.

"저희 사이가 항상 그렇게 나쁘지는 않았었습니다, 폐하."

그가 변명하듯 말했다.

"아주 어렸을 때는 제가 좋다며 쫓아다녔던 적도 있으신 분이죠, 영애는. 지금은 잊으셨을지도 모르지만 말입니다."

"그랬던가?"

아르노아는 페넬로페가 방에 없다는 사실을 알면서도 본능적으로 주변을 살피며 말했다. 그녀가 들었다가는 치욕스러운 과거라며 괴로워할 것 같아서였다.

"넌 리켈 가문의 사람들에게 인기가 많았지."

아르노아가 말했다.

"발란도 처음에는 네가 여자인 줄 알고 청혼했지 않나?"

그녀는 망나니로 커 버린 둘째 사촌을 생각하며 말했다. 아나킨은 좋지 않은 기억이 떠오른다는 듯 몸을 부르르 떨었다.

"그랬었습니다. 사실을 알고는 수치스럽다며 저를 괴롭히는 바람에 한동안 힘들었습니다."

그는 기억을 떨치려는 듯 머리를 휙 하고 털었다.

"지금 생각해 보면, 리켈 영애는 그에 비하면 훨씬 나았군요."

"예전에는 셋이서 놀기도 했던 것 같은데. 어떻게 됐더라?"

아르노아는 기억을 더듬어 보았다.

그녀가 리켈 공작가로 갔던 것이 여덟 살 때, 페넬로페가 그녀를 쫓아다니기 시작한 것도 그 무렵. 그리고 아나킨과 마주친 것은 그다음 해였다.

"제가 귀찮다고 몇 번 떼 났습니다."

그가 깔끔하게 인정했다.

"한 번은 숲속에서 숨바꼭질하다가 안 찾았다고 몇 시간을 우시더니 그다음부터 폐하만 찾았죠."

"아."

어렴풋이 떠오르는 기억에 아르노아는 이마를 짚었다.

"페넬로페가 생각보다 대인배였군."

그런 잔인한 일을 당하고도 아나킨과 지금 정도의 관계를 유지할 수 있다니, 그녀는 역시 사교계의 여왕이 될 재목이었다.

"사교계에서는 물 만난 물고기 같더군요."

아나킨은 그녀의 마음을 읽기라도 한 듯 말했다.

"아직 과거의 아나스티아 황후 폐하에게 미칠 정도는 아니지만, 젊은 귀족 상당수와 빠르게 친분을 쌓으셨습니다."

"나이 때문에 그 위 세대는 어렵다고 봐야 할까?"

몇몇 가문을 제외하면, 가문의 실권자는 모두 페넬로페의 아버지뻘이었다. 그들의 세계에 끼지 못하면 페넬로페는 그저 어리고 발랄한 영애 정도로만 기억될 터였다.

"윗세대에 영향력을 행사하는 이는 따로 있으니까요."

아나킨은 씩 웃었다.

"사교계의 여왕이라 불리지는 않지만, 실질적으로 가장 영향력 있는 여인은……."

그가 말꼬리를 흐리며 옆으로 살짝 턱짓했다. 거의 비어 있는 투왈렛 룸에는, 아직 창가에 앉아 대화를 나누던 두 사람이 있었다.

"……헤르만 백작을 잊었군."

40년이 넘도록 헤르만 가문을 지켜 온 헤르만 백작은, 젊은 시절부터 지금까지 사교계에서 가장 넓은 인맥을 자랑하는 이였다. 혼맥이 대륙 전역의 권력자들과 촘촘하게 연결되어 있음은 물론, 공연이나 예술 업계에서의 영향력도 대단했다.

"백작이 아실리에르 대공과의 관계를 끊을 일은 아마 없겠지?"

아르노아가 별 기대 없다는 듯 물었다.

"있었다면 제가 가장 먼저 그것을 시도했겠지요. 사업적 이익이 걸려 있는 한, 안 그럴 겁니다. 폐하와 리켈 공작가의 연대를, 그리고 두베르테 후작의 반응을 보고 나서 벌써 몸을 사리기 시작했으니까요."

그가 말했다.

"몸을 사려?"

"페넬로페 영애의 말에도, 굳이 정원에 가지 않고 투왈렛 룸에 남았다는 것이 그렇습니다. 조금은 거리를 두겠다는 의미이지요."

"……."

"애초에 대공을 무시할 수 있는 사람은 제국에 많지 않으니까요. 백작은 기회만 있으면 조카들 중 한 명을 대공녀와 결혼시키려 할 겁니다."

아르노아는 문득 아나킨을 빤히 바라보았다.

"왜 그러십니까?"

그가 눈을 깜빡이며 물었다. 길고 촘촘한 황금빛 속눈썹이 빛을 받아 반짝였다.

"……생각해 보니, 너야말로 대공녀에게 청혼을 받은 적이 있었던 것 같아서."

"……그랬죠. 폐하께서 떠난 후, 얼마 안 된 시점에서 그랬습니다. 전에 편지로 말씀드렸었죠."

아나킨은 빙긋 웃으며 인정했다.

"그때도 말씀드렸듯, 별 의미는 없습니다. 저로서는 깔끔하고 재미있게 끝났죠."

"그런가?"

"제가 받았던 다섯 번째, 아니, 발란 공자를 포함하면 여섯 번째 청혼이 었으니까요."

"여섯?"

아르노아가 눈을 크게 뜨고 되물었다. 여섯씩이나 됐어?

그는 이상할 거 없다는 듯 고개를 갸웃하며 손가락을 펼쳤다.

"발란 공자, 헤르만 영애들 중 한 명, 이름은 기억 안 나지만 또 다른 영애,

마법 아카데미에서 두 명…….”

“아카데미에서?”

아르노아가 그의 말을 자르고 물었다. 아나킨이 고개를 끄덕였다.

“왜 얘기하지 않았어?”

“그냥, 일상적인 일인 것 같아서 말입니다.”

그녀의 물음에, 아나킨은 당연하다는 듯 대답했다. 짧은 순간 아르노아는 미간을 찌푸렸다. 아주 가끔, 아나킨과 벨에게서 비슷한 재수 없음이 느껴질 때가 있었다.

“그냥, 평범한 여마법사였습니다. 독극물 제조에 관심이 많은 편이었고, 마력이 강했고, 성격이 조금 불같았고…… 한 명은 제가 받아들이지 않으면 저를 한 마리의 말로 변신시키겠다고 협박했지만…….”

“말?”

아르노아가 눈썹을 치켜올렸다.

하고 많은 동물들 중에 왜 하필 말인데? 보통 마법사들이 인간을 벌할 때는 쥐나 곤충 같은 것으로 바꾸지 않았던가.

“제 머리칼이 무척 아름다워서, 그렇게라도 가지고 싶다더군요.”

아나킨은 햇빛을 받아 반짝이는, 얇고 부드러운 금실처럼 보이는 백금발을 흔들어 보였다.

뻔뻔했다.

그럼에도 불구하고 그 마법사의 의도는 너무나도 이해가 갔다. 아나킨이 동물이 된다고 해서 그 금발이 세상에서 사라진다면 퍽 아까울 테니까.

“결국 그 협박은 공허하게 남았습니다.”

아나킨은 조금 아쉽게 됐다는 듯 덧붙였다.

“왜 그렇게 생각해?”

“지금은 마력이 전부 사라졌으니까요. 페르헨에 있지만 평범한 사람이나 마찬가지입니다.”

아나킨은 하녀가 가져다 놓은 잔에 든 음료를 한 모금 마시며 말했다. 아르노아는 눈을 동그랗게 뜨고 아나킨을 마주 보았다.

"마력이 사라져?"

강했다면서. 그런데 그저 평범한 사람이 되어 버렸다는 말인가.

"가끔 있는 일입니다."

아나킨은 익숙하다는 듯 말했다.

"전에 말씀드린 적이 있었죠."

"……."

아르노아는 아나킨이 아카데미에 있는 동안 전했던 편지들을 떠올렸다.

"마력이 그냥 사라졌다는 말은 없었고……."

그녀가 읊조렸다.

"사악한 마법사에게 마력을 흡수당한 이들이 있다고는 했었습니다."

아나킨은 술잔을 내려놓으며 그녀를 빤히 바라보았다. 설명은 할 만큼 했다는 의미였다.

"설마……."

아르노아가 미간을 찌푸린 채 말했다.

"마탑주에게 마력을 빼앗긴 이들이 있다는 이야기가……."

"맞습니다. 애초에 그 정도로 강력한 마력을 흡수하려면 웬만한 힘으로는 안 되니까요."

아나킨은 건조하게 대답했다. 아르노아는 커진 눈을 몇 차례 깜빡였다.

분명히 들었던 이야기가 맞는데. 들었을 때까지는 믿었던 것 같은데.

벨의 모습을 알게 된 지금은, 그때 들었던 마탑주의 모습과 벨의 모습이 묘하게 다른 사람인 것처럼만 느껴졌다.

"이유가 있었어? 어떤 이들을 대상으로 저지른 일이야?"

아르노아가 묻자 아나킨은 고개를 저었다.

"유독 마력이 강한 자들에게만 일어난 일입니다. 공통점은 그게 다였죠.

남녀를 가리지도 않았고요."

그가 대답했다.

"성격이 특별히 좋은 이들은 아니었지만 그건 마법사들 전반의 공통점이니 상관이 없었겠죠."

"……."

"폐하."

아나킨은 조금 멍해진 아르노아의 얼굴을 살피더니 부드럽게 덧붙였다.

"페르헨에는, 지난 15년 동안 강한 마력을 가진 마법사가 유독 적었습니다."

그는 하녀들에게 들리지 않도록 목소리를 낮추어 말했다.

"그건, 강한 마력을 타고난 신생아의 수가 줄어든 게 아닙니다."

"그 말은……."

아르노아가 말했다.

"그들 모두를 찾아낸 벨이 마력을 흡수했다?"

아나킨은 고개를 끄덕였다. 조금 전까지 눈가에 머금었던 웃음기가 거의 사라진 채였다.

"그저 마력의 증진을 위해?"

"강한 마력은 영생을 준다는 말도 있더군요. 그런 말 때문에, 과거에도 다른 이들의 마력을 빼앗는 마탑주들이 없지는 않았습니다."

아나킨이 말했다.

"……마탑주와의 친분이 위험하다는 말은 이유가 있습니다, 폐하."

그는 여전히 부드럽게, 그러나 경고하는 듯한 약간의 단호함을 담아 말을 이었다.

"가까이 지내면 다칠 위험은 언제나 있습니다."

"그건 알고 있어. 다만……."

아르노아가 대답했다.

"……내가 느꼈던 모습과 많이 다른 것 같아서."

그녀는 입술을 지그시 깨물고 생각에 잠겼다.

순진하게, 벨이 아르노아를 도와줬다고 해서 그저 선할 거라고 믿는 것이 아니었다. 그는 원래 종잡을 수 없는 사람이었다. 벨이 무슨 생각을 하는지 알 수 없을 때가 많았다.

다만, 벨이 무리해서 영생을, 강한 마력을 추구한다는 말은 어딘가 잘 믿기지가 않았다.

타인의 마력을 빼앗을 정도로 간절하게 영생을 원한다는 말은, 매시간 죽음에 대한 두려움을 가지고 산다는 의미나 다름이 없었다. 하지만 그녀가 보았던 벨은 두려운 것이 없어 보였다.

"……다른 가능성은?"

아르노아가 낮은 목소리로 물었다. 아나킨은 바로 대답하지 않고 그녀를 바라보았다.

"아나킨, 너는 신중하고 탐구심도 강하잖아."

그녀도 아나킨을 마주 보며 말을 이었다.

"남들은 다 그대로 믿는 소문을 쉽사리 믿지도 않는 네가, 마법사들의 마력이 한 사람에게 흡수당한다는 중요한 일에 대해 조금도 알아보지 않았을 거라고는 생각하지 않아."

아르노아는 빠르게 말을 계속했다.

"마탑주가 정말로 영생에 집착하는 사람이었다면, 애초에 내 곁으로 그를 보내지도 않았겠지."

처음 벨을 만나던 날을 떠올렸다. 그녀는 내기의 대가로 자신의 영혼석을 제시했었다. 마법사들이 흔히 탐낸다는, 마법의 도구로 쓰이는 카이시온의 영혼석.

아나킨도 이를 짐작했을 것이다. 아르노아가 이길 것이라고 굳게 믿었긴 했겠지만, 벨이 그렇게 탐욕스러웠다면 그녀의 영혼석이 언급되는 일 자체를 피하지 않았겠는가.

"……황제는, 페르헨의 일에 간섭을 하지 않는 것이 안전하다는 선대들의 가르침이 있었죠."

한참 동안 침묵하던 아나킨이 다시 입을 열었다.

"굳이 말씀드리기보다는, 그냥 벨을 멀리하시기를 바랐었는데……."

그는 작게 한숨을 쉬더니 빙긋 웃어 보였다.

"뭐…… 정확하지는 않지만 한 가지 미심쩍은 점이 있기는 했습니다."

"그게 뭐지?"

"마력을 흡수당한 이들이나 그 가족들이 벨에게 원한을 품었다는 말은 못 들었거든요."

"원한이…… 없어?"

아나킨은 고개를 끄덕였다.

"뭐…… 적어도 저는 그런 사람 못 봤습니다."

그가 말을 이었다.

"마력 없어도 아티팩트를 통하면 독극물 정도는 제조할 수 있는데, 페르헨 안에서 벨을 독살하려는 이들도 없었던 것으로 압니다."

"……."

아르노아는 잠시 아나킨의 말을 곱씹었다.

벨의 마력은 역대 마탑주들 중에서도 비슷한 이를 찾기 어려울 정도로 강하다고 했었다. 하지만 아무리 그래도, 마법사들의 목숨과 같은 마력을 다 빼앗긴 이들이 그를 해칠 시도조차 하지 않았다니?

심지어, 벨을 제외한 다른 마법사들이라고 성격이 좋은 것도 아니지 않은가. 조금 전, 아나킨에게 거절당하고 그를 짐승으로 만들어 버리겠다고 협박했던 마법사가 좋은 예시였다.

"제가 아는 건 그게 다입니다, 폐하."

아나킨이 자신도 아쉽다는 듯한 표정으로 말했다.

"아카데미에서 몇 학기를 보냈고, 적지 않은 연구를 하기도 했었지만……

마법사들이 좀 폐쇄적인 면도 있어서 제가 모르는 정보도 있었을 겁니다."

그는 다시 잔을 들어 그 속의 액체 한 모금을 넘기고는 말을 끝냈다.

"마법사들은, 그중에서도 벨은, 완벽하게 이해할 시도를 하지 않는 게 상책입니다."

길게 생각에 잠겼던 아르노아는 쓴웃음을 지었다. 복잡한 사정인 듯했지만 아나킨의 말이 맞았다.

벨은 냉정하면서도 다정했고, 잔인하면서 또 귀여웠다.

어느 것이 진짜 모습인지는 답이 없었다. 그 외의 결론은 없었다.

"그래."

아르노아가 말했다.

"페르헨을 제외하더라도, 제국에서 신경 쓸 문제는 많이 있겠지."

"당연한 말씀입니다."

아나킨은 화제가 전환된 것이 반갑다는 표정으로 말했다.

"선선대에 복속시켰던 국가들 중에서는 아직 제국에 융화되지 않은 곳도 있고, 귀족들의 세력도 황실에 집중되었다고 보기는 어려운 상황입니다."

"분열이 있긴 하지."

아르노아가 천천히 고개를 끄덕였다.

제국이 대륙 전체의 실질적인 주인으로 군림한 것은 이미 수백 년 전부터의 일이었다.

하지만 황성에서 먼 곳의 수많은 민족에게 자신의 국가를 유지할 수 있도록 어느 정도의 독립성을 허용했던 과거와 달리, 선선대, 즉, 아르노아의 아버지는 말년에 여러 작은 국가들과 전쟁을 해서 그들을 완전하게 복속시킨 바 있었다.

정확하게는, 아실리에르 대공이 그렇게 했었다.

말년의 선선대, 그리고 루시아노가 뚜렷한 자기 의견을 내세우지 못했다 보니 제국의 상황은 대부분 그가 원하는 대로 흘러갔다. 대공은 그렇게 해서 '전쟁 영웅'이라는 별명을 얻었다. 제국 내부는 오히려 한층 혼란스러워졌다고도 볼 수 있었지만 말이다.

"두베르테 후작은 황제 폐하께서 전쟁 영웅을 무시하고 위험한 마법사를 가까이하신다며 계속 투덜거리고 돌아다닌다더군요. 그 입도 좀 다물게 해야 합니다."

아나킨이 덧붙였다.

"참 귀찮은 짓을 많이 하는군."

아르노아는 헛웃음을 지었다. 딸 록산느의 영향력이 커졌다고 하니 두베르테 후작이 환심을 사려는 건 그쪽일지도 몰랐다.

"대공이 오기 전에, 편을 빼앗기지 않겠다는 의미가 되겠지."

"뭐, 결심은 그런 듯합니다. 실제로도 쉽지 않을 테고요. 다만……."

아나킨은 다시 한번 창가 쪽을 눈짓했다.

"폐하와 친분을 쌓으려는 자들도 있습니다."

헤르만 백작, 그리고 그녀와 함께 앉아 있던, 창백한 낯에 조금 병약해 보이지만 반듯하게 생긴 젊은 남자가 어느새 일어나 아르노아를 향해 오고 있었다.

"황제 폐하를 뵙습니다."

그녀 앞까지 도착한 남자가 깊숙이 고개를 숙여 인사했다. 헤르만 백작도 적당히 예를 취했다.

"아까는 사람이 워낙 많아서 제대로 인사를 드리지 못했습니다."

남자가 말했다.

"제 탓입니다, 폐하. 나이가 들고 기침이 심해지니 햇살이 좋아서 창가에만 있게 되는군요."

헤르만 백작도 덧붙였다. 말로는 몸이 안 좋아졌다고 하면서도, 그녀의 태도는 언제나 그렇듯 다른 이들보다 여유가 있어 보였다.

"멀리서 인사한 것은 보았소. 헤르만 백작도 마찬가지고."

아르노아가 말했다. 유독 정중해 보이는 남자는 겨우 고개를 들었다.

"폐하, 이쪽은 베사니엘 후작입니다. 동부에서 가장 기름진 영지가 베사니엘 영지이지요."

헤르만 백작이 사람 좋은 웃음을 흘리며 그를 소개했다. 충성심은 없으나 인맥은 잘 챙기고 보는 백작 특유의 미소였다. 아르노아의 눈이 조금 커졌다.

"베사니엘 후작, 평소 영지에만 있는 줄 알았는데…… 입궁한 줄은 몰랐소."

그녀가 말했다. 베사니엘은 그녀도 잘 아는 이름이었다.

헤르만 백작의 말마따나, 그는 다른 권력은 없어도 재력만큼은 제국에서 손에 꼽는 이들 중 하나였다. 왜 두 사람이 같이 구석에 있나 했더니, 사업을 논의했던 모양이었다.

"새로 즉위하신 폐하를 뵙고자 올라왔습니다. 지금은 황성의 저택에 머무는 중이지요."

그가 대답했다. 아르노아는 고개를 갸웃했다.

그냥 타고난 것이 인사성이 밝은가?

제국에서 손꼽는 재력을 가진 데다 영지가 황성에서 먼 귀족들은 보통 특유의 거만함 같은 것이 있었다. 황실도 결국 자신들의 세금이 큰 수입원 아니냐는 듯, 그들은 황제를 대할 때나 다른 귀족을 대할 때나 목이 뻣뻣한 편이었는데.

베사니엘 후작은 반대였다. 젊고 인상 좋은 얼굴에는 미소를 가득 띤 것이, 아르노아의 호감을 사려 노력하는 것처럼 보였다. 아르노아는 슬쩍 곁눈질로 아나킨을 보았다. 그는 뭔가 알겠다는 듯 미묘한 미소를 짓고 있었다.

아, 그래. 그냥 친절한 게 아니구나.

"저, 폐하, 괜찮으시다면 말입니다……."

후작이 긴장한 표정으로 입을 열었다.

"무엇이오?"

저 표정 지금 뭐 부탁할 거 있다는 눈치인데.

"폐하를…… 황성의 베사니엘 저택으로 초대하고 싶습니다."

그가 심호흡을 하고 말했다. 목소리가 살짝 떨리고 있었다.

"아…… 그게 다요?"

그녀가 묻자 베사니엘 후작은 고개를 끄덕였다. 귀족들이 황제를 초대하는 것은 종종 있는 일이었다. 굳이 이 정도로 긴장할 이유가 뭔지는 알 수 없었다.

"예, 그럴 수 있다면 영광이겠습니다."

아르노아는 다시 한번 아나킨을 보았다. 아까의 그 미묘한 표정은 그대로였다. 아르노아는 그 의미를 대략 짐작할 수 있었다.

뭔가 노리는 게 있긴 있구나. 근데 뭐 위험한 건 아니구나.

"좋소."

그녀가 말했다.

"날을 정해서 가도록 하지."

뭐 어떤가. 세력 있는 가문과의 교류는 새로이 황제가 된 입장에서 나쁠 것이 없었다.

"감사합니다!"

후작은 다시 한번 조금 과할 정도의 인사를 한 뒤, 헤르만 백작과 함께 방에서 나갔다.

"후작은 원래 저렇게 살가운 사람이었어?"

이제는 두 사람만 남은 방 안에서, 아르노아는 아나킨에게 물었다.

"전혀 아닙니다. 역사에만 빠진 학자 같은 사람이라 다른 이와의 교류를 썩 좋아하시 않죠."

아나킨이 대답했다.

"큰 저택에서 혼자 지낸다고 차가운 동부의 후작, 뭐 이런 별명까지 있었는데 요즘 갑자기 저렇게 된 건……."

그는 한쪽 손으로 턱을 괴고 창밖을 내다보며 장난스럽게 웃었다.

"뭐랄까, 봄이 왔다고 해야 하나……."

"봄이 와?"

아르노아가 다시 물었다.

"후작의 마음속에 말입니다."

아나킨이 그녀를 향해 고개를 돌리며 대답했다.

"그는, 지금 첫사랑을 하는 중이라서요."

\* \* \*

베사니엘 후작이 아르노아와 아나킨을 함께 초대한 건 바로 다음 날이었다.

"재력이 헛소문은 아니었군."

마차에서 내려 넓은 부지의 뜰을 지나며 아르노아가 아나킨만 들릴 정도의 목소리로 말했다. 쉬운 일은 아니었다. 그들이 마차에서 내린 순간부터, 곁에는 이미 후작이 안배한 하녀 여럿이 착 달라붙어 시중들 준비를 하고 있었으니까.

"원래도 부자이지만, 황성 안에서 유독 화려한 저택을 구입한 걸로 유명하죠."

아나킨이 대답했다.

"황성 저택 규모로는 헤르만 백작을 능가하고, 아실리에르 대공 다음이라고도 하더군요."

"연인을 위해서?"

아르노아가 묻자 아나킨이 고개를 끄덕였다.

"말씀드렸잖습니까, 열렬한 첫사랑이라고."

"비에델 출신의 평민과 베사니엘 후작의 사랑이라……."

아르노가가 중얼거렸다.

"열정이 없으면 진작 끝났었겠네."

아르노아는 며칠 전 아나킨이 들려주었던 소문을 떠올렸다.

'5년 전쯤 제국에서 복속시켰던 비에델 왕국을 기억하십니까?'

둘만 남은 넓은 방에서 그가 물었다.

'해변에서 시작해 여러 섬까지 이어진 나라였다고 들었어. 작아도 인구는 많다고.'

'맞습니다.'

그가 말했다.

'왕국은 사라지고 그 국민은 온전히 제국의 백성이지만, 몇몇 와전된 소문으로 인해 그들은 여전히 제국에 융화가 안 되고 있죠.'

아르노아는 고개를 끄덕였다.

비에델 출신을 만나 본 적은 없지만 그녀도 그들에 대해 어떤 소문이 도는지는 알고 있었다.

'이상한 신을 섬기며, 미워하는 이를 저주하는 비법이 있다.'

'그들이 제국으로 편입된 후로 폭풍우가 자주 쏟아진다.'

'함께 수영이라도 하면 물속으로 끌고 들어가 죽을 때까지 놔주지 않는다.'

물론 전부 헛소문이었다. 확인해 볼 가치도 없는.

소문의 원인은, 아나킨의 말처럼 여러 가지였다.

책임의 절반, 또는 그 이상은 아실리에르 대공 측에 있었다. 대공의 전공을 더 빛내기 위해 두베르테 후작이 일부러 복속 국가에 대해 음험한 소문을 퍼뜨리고 다녔던 것이다.

다만 비에델 출신들은 복속 국가 중에서도 유독 융화가 어려웠는데, 그 이유는 감추어지지 않는 독특한 외모 때문이었다. 바다의 신의 후손이라는 전설처럼 물빛 머리칼을 가진 그들은, 햇살 아래에서만 살아왔음에도 유독 창백한 피부에 옅은 이목구비를 가졌다고 했다.

숨길 수 없는 그 외양이며, 바닷가 특유의 생활 습관 같은 것은 제국인들에게 이질적으로 다가왔다. 이질적인 외부인들을 향한 것은 배척이었고.

"폐하 말씀이 맞습니다."

아나킨이 대답했다.

"차가운 동부의 후작은, 아마 자기 여자에게는 꽤 따뜻한 모양입니다."

어느새 두 사람은 후작저의 다이닝 룸에 도착해 있었다.

"폐하!"

테이블 한쪽에서 기다리던 베사니엘 후작이 반갑게 소리치며 자리에서 일어났다.

"제국의 태양을 뵙습니다."

그는 지난번과 비슷하게 머리를 깊이 숙이며 말했다.

"누추한 곳까지 왕림해 주셔서 영광입니다."

그가 말하자 아르노아가 조용히 눈을 굴렸다.

누추해?

높디높은 천장에 달린 샹들리에만 봐도 그의 말이 겸양인 것은 알 수 있었다. 천장이며 기둥을 촘촘하게 장식한 황금색 그림들도, 벽을 빙 두르고 있는 고급 태피스트리도, 그의 재력을 떵떵거리며 위시하고 있었다.

"차린 건 없지만 많이 드십시오."

후작이 다시 말했다.

아르노아는 작게 고개를 끄덕였다. 마음속 황당함은 여전했다.

차린 게 없어?

흰 식탁보가 정갈하게 깔린 테이블은 무엇 하나 놓을 자리도 없을 정도로 빽빽하게, 고급 음식들로 가득가득 채워져 있었다.

"후작의 성의를 기억하겠소."

아르노아는 형식적인 대답을 하고 자리에 앉았다. 그녀의 눈이 테이블을 다시 한번 훑었다. 예상대로, 한 명의 자리가 더 있었다.

"폐하, 송구하오나……."

후작이 주춤거리며 물었다.

"말씀하시오."

"혹시 저의 지인 한 명이 같이 참석해도 괜찮으시겠습니까?"

목소리가 조금 떨리는 걸로 보아, 그는 긴장한 듯했다.

"허락하겠소."

그녀가 고개를 끄덕이자마자 후작은 한 하녀에게 눈짓했고, 하녀는 번개처럼 튀어 나가 누군가를 불러왔다. 각 잡힌 행동이, 많은 준비를 한 듯했다.

잠시 후, 다이닝 룸으로 온 사람은 예상대로 젊은 여자였다. 처음 보는 연푸른 머리 색이 한눈에 들어왔다.

"폐하, 이쪽은 비올레타입니다."

"제국의 태양을 뵙습니다."

여자는 후작에게 배운 듯, 무릎을 살짝 접으며 깊숙한 인사를 했다.

"앉지."

아르노아의 말이 있고 나서야 그녀는 고개를 들고 후작의 옆자리에 앉았다. 테이블이 워낙 넓어 비올레타와 아르노아 사이엔 거리가 있었지만, 샹들리에 빛이 유독 밝아서인지 여인의 얼굴은 무척 잘 보였다.

그녀는 의심의 여지가 없는 비에델의 민족이었다.

100미터 밖에서도 보일 것 같은 물빛 머리 색에 유독 창백한 피부는 듣던 것과 비슷했다.

비올레타는 아름다운 사람이었다.

제국에서 일반적으로 선호하는, 이목구비 뚜렷한 미인은 아니었으나, 선해 보이는 미소가 인상적이었다. 뺨을 덮고 허리까지 내려와 물결치는 머리칼은 바다 그 자체 같았고, 하늘하늘한 옷차림이 더해져서인지 한 폭의 수채화처럼 보였다.

후작은 그녀가 앉을 수 있도록 의자를 뒤로 빼 주었다. 설명은 없었지만, 두 사람이 연인임은 분명했다.

"드십시오, 폐하."

후작의 말과 동시에, 옆에서 대기하던 하인 한 명이 큼직한 칠면조 구이를 한 토막 썰어서 아르노아 앞에 놓아 주었다.

"그리고 보좌관도."

그는 심지어 후작인 자신보다 아나킨에게 먼저 음식을 권했다. 사람이 아무 생각 없이 저렇게 친절하지는 않을 터, 뭔가 부탁하려는 건 분명한데. 일단 음식부터 먹이겠다는 의지인 듯싶어 아르노아는 군말하지 않고 고기를 입에 넣었다.

몇 마디 의미 없는 잡담이 오갔다.

날씨, 제국의 역사, 사업…….

아르노아는 적당히 고개를 끄덕이며 그의 말에 집중했다. 그래, 원래 식사를 하면서는 가벼운 잡담을 해야지.

……다른 사업, 제국의 더 옛날 역사, 흐린 날씨, 좋은 날씨, 바닷가 날씨, 제국의 옛날 날씨, 다시 역사, 다시 역사, 또 역사.

집중력은 30분도 되지 않아 흐트러졌다.

지루해.

처음에는 뭐라고 하나 보자 싶어 들어 주었으나, 아르노아는 중간부터 표정 관리가 되지 않았다. 지루해서 죽을 것만 같았다. 역사학에만 빠져 있어서 다른 사람과 교류를 많이 안 한다더니.

그냥 지루해서 사람들이 피하는 거였나?

"……그래서, 아무튼 300년 전 라스에나 5세, 아니, 7세였군요, 그분께서 화창한 날씨보다 비가 오는 날을 좋아하셨다는 기록이 역사서에 있다고 합니다. 그런데 재미있는 것은, 다른 역사서에 따르면 그렇지 않다더군요."

재미있는 것?

아르노아는 헛웃음이 나오는 것을 참았다. 이 사람은 재미가 무슨 뜻인지 모르나? 태어나서 가장 의미 없는 이야기를 가장 길게 풀어내는 것을 듣던 그녀가 문득 고개를 돌리자, 아나킨은 커다란 빵조각 뒤에 얼굴을 숨긴 채 하품을 하고 있었다.

오호라, 나도 저렇게 하면 되겠군.

"어머나, 신기해라. 대체 어떻게 된 일일까요?"

아르노아가 아나킨을 따라서 면적 넓은 빵을 집는 순간 부드러운 목소리가 들렸다. 그녀는 그제야 이 식사 자리에서 가장 독특한 사실 하나를 찾아냈다.

후작의 장광설을 함께 듣던 사람들 중, 비올레타만큼은 한 번도 다른 곳을 보지 않았다. 그녀는 후작의 이야기를 진심으로 즐거운 듯 시종일관 눈을 반짝이며 그를 사랑스럽게 바라보고 있었다.

그것은 거짓이 아니었다. 꾸며 낼 수 없는, 진정한 관심이었다. 아르노아는 진심으로 감탄했다. 표정을 보니 아나킨도 마찬가지인 듯했다.

그렇구나.

저런 이야기가 취향인 사람이 세상에 있었구나.

두 사람은 진땀을 흘리며 이야기를 이어 가는 후작의 음성을 한 귀로 흘리며, 대신 비올레타를 바라보았다. 그야말로 사랑에 빠진 듯한 모습이었다. 눈에서 꿀이 뚝뚝 떨어진다는 게 뭔지 알 것 같았다.

지루했지만, 한편으로는 보기 좋았다.

"너무 재미있어요! 이제 라스에나 6세의 이야기도 해 주세요!"

"오, 그분은 구름 낀 날 커피 마시는 것을 즐기셨다지."

……가 아니고, 이 커플은 민폐였다.

언제까지 부추기려고?

"폐하."

주제를 바꿔 가며 지루한 이야기를 하던 후작은, 식사가 거의 끝날 무렵 헛기침을 하고 아르노아에게 말을 걸었다. 그의 목소리는 조금 전 잡담을 하던 때보다 한 톤 높아져 있었다.

아르노아와 아나킨이 눈을 마주치고 안도의 한숨을 쉬었다. 말을 하지 않아도, 두 사람의 생각이 같음은 분명했다.

드디어 본론이네.

"폐하, 리켈 영애의 데뷔탕트는 참으로 인상적이었습니다."

아르노아는 고개를 끄덕였다.

"다행이군. 강한 인상을 남기기 위해 열어 주었던 거니까."

오랜만에 대화에 호응해 주는 아르노아의 모습에, 후작이 기쁜 듯 말을 이었다.

"황궁에서 열리는 데뷔탕트는 역시 무언가 다르더군요."

"고맙군. 주인공이 특별했던 까닭이오."

지루하던 와중에 다시 정신을 차린 그녀는 이 얘기가 어디로 흘러갈지 집중하기 시작했다. 후작이 침을 한번 꿀꺽 삼키고 입을 열었다.

"폐하, 청이 하나 있습니다."

"무엇이오?"

"그게……. 예로부터, 그러니까 제국이 시작되던 때부터, 곁에 있는 여인을 행복하게 해 주는 게 진짜 남자라고 했습니다. 루페온 1세는……."

아르노아는 미간을 찌푸렸다. 이 흐름 아까도 봤는데. 예감이 좋지 않았다.

"……많은 부인을 둘 수 있던 시기임에도 불구하고 평생 한 여인, 그러니까 에스네아드 두카리나 알레스 황후만을 사랑해서 그 사이에 일곱 남매를 두었고, 그다음 황제인……."

"후작님."

아르노아가 뭐라고 하기 전에 아나킨이 입을 열었다.

"역사 이야기…… 아직 안 끝났었던 겁니까?"

가면을 쓴 장미라 불렸던가. 표정을 감추는 데에는 도가 텄다는 아나킨의 눈에는 공포가 어렸다. 더는 견딜 수 없다는 얼굴이었다.

"아, 그게, 무턱대고 말하면 불쾌하다 여기실 것 같아서……."

"아니, 무턱대고 말하시오."

제발 무턱대고 말해 줘.

빨리 끝날 수만 있다면 그녀는 웬만한 부탁은 그냥 들어줘 버릴 생각이었다.

"폐하, 비올레타가 황궁에서 데뷔탕트를 치를 수 있게 해 주십시오."

후작이 눈을 질끈 감으며 말했다.

"……그게 부탁이오?"

더 이상 역사 이야기가 아닌 용건을 들을 수 있어 좋았지만, 그럼에도 아르노아가 작게 한숨을 내쉬었다. 안타깝게도, 그것만큼은 '웬만한'의 범주에 들어 있지 않았다.

"황궁에서 데뷔탕트를 여는 경우는 원칙적으로 둘 중 하나요."

"주인공이 황녀이거나, 아니면 여러 귀족 영애들이 단체로 데뷔탕트를 갖는 것이거나."

후작의 얼굴에 실망의 기색이 어렸지만 아르노아는 말을 계속했다.

"과거에는 돈을 내고, 아니면 다른 방법으로 딸의 데뷔탕트를 황궁에서 치르게 하는 귀족들이 있었지만, 나는 그런 예외를 많이 허용할 생각이 없소. 페넬로페 외에는 없을 거요."

페넬로페에게 황궁에서의 데뷔탕트를 열어 주었던 것은 그만큼 그녀가 특별하다는 의미를 부여하기 위함이었다. 이목을 집중시키고, 가족의 이름으로 리켈 공작가와 엮이기 위해서. 다른 이에게 같은 것을 허용하면 그 의미는 희석되기 마련이었다.

"연인에게, 특히 사교계에 연이 없는 연인에게 그런 자리를 열어 주고 싶은 마음은 알겠지만…… 후작이 부탁한다고 해서 아무에게나 그런 특권을 줄 수는 없소."

그녀는 말을 마치고 테이블을 둘러보았다. 아나킨은 당연한 이야기라는 듯 고개를 끄덕이고 있었고, 비올레타와 후작은 서로를 바라보고 있었다.

"후작님…… 폐하의 말씀이 옳아요."

비올레타가 조용하게 말했다.

"기대할 만한 일이 아니었으니 너무 상심하지 마세요."

하지만 그녀의 위로는 그다지 효과가 없는 듯했다.

"폐하."

후작은 울 것 같은 표정으로 자리에서 일어나더니, 비올레타의 손을 잡고 아르노아의 앞에 나란히 섰다.

"이야기라도 들어 주십시오. 이야기가 끝난 후에도 거절하신다면 다시 청하지는 않겠습니다."

"후작."

"부탁입니다, 폐하."

두 사람은 그녀 앞에 한쪽 무릎을 꿇고 앉았다. 비올레타는 크게 기대하지 않는 얼굴이었으나 순순히 후작이 하자는 대로 따랐다.

"……알겠소."

아르노아는 고개를 끄덕였다.

"마음은 알겠으니, 부탁은 일어나서 하시오."

그렇게 납작한 자세로 한 부탁을 다시 거절해야 할 수도 있다고 생각하니 불편했던 탓이었다. 후작의 얼굴이 조금 밝아졌다. 그와 비올레타는 다시 자리에 앉으며, 심호흡을 하고 입을 열었다. 식사하는 내내 보았던 익숙한 표정이 후작의 얼굴로 돌아왔다.

……잠깐만.

아르노아와 아나킨의 목덜미가 서늘해졌고, 아르노아가 다급하게 덧붙였다.

"그리고 나도 부탁이니, 좀 간략하게……."

후작은 그녀의 말을 듣지 않고 시작했다.

"제국력 353년, 비에델 왕국이 건설되고……."

"후작."

한계를 직감한 아르노아는 손을 들어 그의 말을 막고, 대신 비올레타에게 눈짓했다.

"그대가 말하게."

"하지만, 저는 후작님처럼 역사 이야기를 버무리지 못해서 너무 빨리 끝날 텐데……."

눈을 반짝이며 후작의 말에 빠져들고 있던 비올레타가 당황한 표정으로 말을 흐렸다.

"폐하께서는 짧은 이야기를 좋아하십니다."

그녀의 말에 아나킨이 반색하며 끼어들었다.

"어서 시작하시지요."

비올레타는 할 수 없다는 듯 이야기를 시작했다.

"아시다시피 비에델은 4년 전쯤 멸망하고 제국에 복속되었답니다. 왕족이 무능하고 부패해서 전쟁은 오래 걸리지 않았죠."

그녀는 후작이었다면 세 시간쯤 걸렸을 이야기를 간단하게 설명하기 시작했다.

제국군 총사령관님의 명으로, 비에델의 백성들은 전부 제국 내륙으로 이주해야 했다. 여기까지는 괜찮았다. 그들은 원래도 풍족하지 않았고, 문물이 발달한 제국으로 가고 싶어 하는 사람들도 많았었기 때문에.

문제는 그다음이었다.

어느 순간, 비에델의 민족에 대해 이상한 소문이 퍼지기 시작한 것이었다.

'사람을 유혹해서 바다로 끌고 들어가는 인어들.'

'주변의 사람들을 저주하고 영혼을 빼앗는다.'

'바다 악마의 후손이기에 머리 색이 파란 것.'

남다른 억양이며 외모 때문에 안 그래도 제국에 적응하지 못했던 그들은, 제대로 된 직업 하나 찾지 못하고 떠돌이가 되어 버렸다.

"저는 운이 좋았죠. 그러다가 후작님을 만났으니까요."

후작을 바라보는 비올레타의 눈에 사랑이 흘러넘쳤다.

"운이 좋은 건 제 쪽입니다. 감히 저 같은 사람이 비올레타를 만날 수 있었다니……."

후작이 말했다. 그의 입이 열린 것을 본 순간, 불길한 예감이 또 한 번 아르노아의 머릿속을 스쳤다.

"이건 아마 저희 조상님의 지혜로, 제국력 490년……."

"후작님은 저를 하녀로 받아 주셨고, 그 후에는 연인이 되어 달라고 하셨어요."

드디어 아르노아와 아나킨이 후작의 역사 이야기를 좋아하지 않는다는 사실을 깨달은 비올레타가 빠르게 그의 말을 끊었다.

"……그것이 다인가?"

아르노아가 비올레타와 후작에게 물었다. 나름대로는 애틋한 이야기이겠으나 그것만 가지고 황궁에서의 데뷔탕트를 허락할 수는 없었다.

"그다음은……."

비올레타가 머뭇거렸다. 힘든 기억을 떠올리는 듯, 그녀의 표정이 어두워졌다.

"그다음에, 베사니엘 영지에는 후작이 악마를 섬긴다는 소문이 돌았습니다."

후작이 말했다. 그 또한 표정이 어두웠다. 긴장하거나 기쁠 때는 눈을 빛내며 역사 이야기를 한다던 그는, 지금은 한층 더 진지해 보였다.

"……저도 들었습니다."

조용히 듣고 있던 아나킨이 말했다.

"정확히는, 악마의 후손인 인어가 베사니엘 후작을 유혹해 후작가를 집어삼키려 한다는 소문이었죠."

후작은 입술을 꽉 깨물며 고개를 끄덕였다.

"그런 말을 믿는 이가 많다는 말인가?"

아르노아가 묻자 아나킨이 그녀를 보며 말을 이었다.

"구체적인 소문이었습니다, 폐하. 인어의 목덜미에 악마의 상징이 새겨져 있다, 후작을 바다로 끌고 들어가는 모습을 본 사람이 있다……. 귀족들 중에도 이를 믿는 이들이 있습니다."

얘기를 들은 아르노아가 작게 한숨을 쉬었다. 어느 정도는 알았지만, 비에델 민족에 대한 차별은 생각했던 것보다 훨씬 심한 모양이었다.

제국에 편입되기 전부터 퍼진 소문의 영향은 컸다. 그런 와중에 기댈 곳 없는 평민인 비올레타가 베사니엘 후작의 연인이 되었으니 그녀는 몇몇 사람들의 시기며 질투도 함께 겪어야 했으리라.

"그런 와중에 후작은 끝까지 연인을 지켰단 말이군."

짧은 순간 그녀는 바이나스를 떠올리고 있었다. 국왕씩이나 돼 가지고, 마음은 라리사에게 두고 결혼은 아르노아와 하더니, 그는 결국 양쪽에 대한 믿음을 다 저버린 셈이었다.

그에 비하면 베사니엘 후작은, 역사에 관심만 좀 덜하면 꽤 괜찮은 남자라고 할 법한데.

"제가 비올레타를 지킨 것이 아닙니다."

후작이 그녀를 마주 보며 말했다.

"그녀가 저를 지켰습니다, 폐하."

그는 더욱 어두운 기억을 떠올리듯, 미간을 잔뜩 찌푸렸다. 아르노아가 눈썹을 치켜올렸다. 이번에는 아나킨도 이해할 수 없다는 듯 의아한 표정이었다.

"후작을 지켜……?"

"비올레타를 향한 비방은 비방에서 그치지 않았습니다. 투서도 있었고, 그녀가 타는 말에게 이상한 약을 먹이거나, 가짜 마법사를 찾아와 주술을 걸려 하는 이들도 있었죠."

후작은 설명을 계속했다.

"사용인의 소행도 있었고, 그냥 영지민의 소행이었던 적도 있었고, 간혹 저와 혼담이 오갔었던 집안의 심술이었던 적도 있었습니다."

그는 생각만 해도 끔찍하다는 듯 몸을 떨었다.

"작년 여름, 저와 비올레타는 그 모든 것에서 벗어나기 위해 해변의 별장으로 떠났습니다."

무거워진 목소리에서, 아르노아는 이야기의 끝이 다가왔다는 사실을 직감했다.

"둘이서 배 한 척을 빌려 바닷바람을 쐬고 있었는데…… 누군가가 배의 뒤쪽에 몰래 탑승했다가 불을 지르고 도망친 겁니다."

"방화를 해?"

아르노아의 눈이 커졌다. 배 위에 불을 지르다니, 살의도 보통 살의가 아니었다.

"비올레타는 배의 앞쪽에서 바다를 보고 있었고, 저는 선실에 물건을 가지러 간 상황에서 일어난 일이었는데……."

생각하면 울컥 화가 치미는 듯, 후작의 목소리가 떨리고 있었다.

"……화염에 휩싸인 건 후작이었겠군."

아르노아의 말에 후작은 고개를 끄덕였다.

"치솟는 불길을 보는 순간, 저는 다행이라고 생각했습니다. 그나마 비올레타는 살 거라고 생각했으니까요. 해변까지 멀긴 했지만……."

방 안은 어느덧 조용했다. 한 명 한 명이 그의 목소리에 귀를 기울이고 있었다. 누구 한 사람도 끼어들지 않았다.

"연기에 숨이 막혀 죽는다고 생각한 순간, 그녀가 불길 속으로 다시 뛰어

들어 저를 밖으로 끌어냈습니다."

"······비올레타가?"

"예, 폐하. 그녀는 저를 안고 바다로 뛰어들었습니다. 그리고 제 몸을 껴안은 채로 한 시간을 헤엄쳐 해변에 도착했죠."

아찔한 그때를 떠올리듯, 후작이 눈을 질끈 감았다. 비올레타가 조용히 그의 등을 쓰다듬었다.

"나중에 보니 이건 저와의 결혼을 생각했던 어느 가신의 집안에서 벌인 일이었더군요."

"······."

"배에 숨어 타 기회를 노리던 와중에 선실에서 뭔가 가져온다는 말만 들은 가신은, 잔심부름을 하는 건 당연히 비올레타일 거라 생각했던 겁니다. 저만 구해 주고 나서 이를 이용해 혼인까지 추진하려 했던 모양입니다."

"그들은 어떻게 되었소?"

"참수했습니다."

"제국법상 당연한 일이군."

방화로 인한 살인은 중죄 중의 중죄였다.

"쓸데없는 소문을 더 퍼뜨리기는 싫어서 빠르게 처리하고 묻은 일이지만······ 비올레타도, 저도, 영원히 그 일을 잊을 수 없게 되었습니다."

애매하게 말을 끝낸 후작의 눈에는 눈물이 고여 있었다.

"후작님······ 저는 정말 괜찮아요."

비올레타가 다시 한번 그의 등을 쓰다듬으며 후작을 위로했다.

"잊을 수 없다니, 그게 무슨 말씀이십니까?"

아나킨이 두 사람에게 물었다. 소문에 밝은 그는, 이렇게 큰일을 스스로가 모르고 있었다는 사실에 놀란 듯한 표정이었다.

"후작님 말씀은 이거예요."

슥.

비올레타는 쓸쓸하게 웃더니, 길게 늘어뜨린 연푸른 머리칼을 잡아 한쪽으로 넘겼다.

"……!"

아르노아와 아나킨의 눈이 동시에 커졌다. 검붉은 흉터가 그녀의 목덜미에 크게 번져 있었다.

"그때 입은 화상이에요. 보기에 무섭지만 아프지는 않답니다."

그녀의 목소리는 의연했지만, 이야기를 듣던 후작의 눈에서는 결국 눈물방울이 툭 떨어졌다.

방 안에는 다시 한번 정적이 흘렀다. 이야기는 거의 끝난 듯했다. 후작도, 비올레타도 한동안 다시 입을 열지 않았다.

"……그 목격담."

정적을 깬 것은 아나킨이었다.

"인어가 바닷속으로 후작님을 끌어당겼다는 말, 그리고 인어의 목에 있는 악마의 상징."

그가 비올레타의 목을 다시 한번 바라보며 말했다.

"그건 사실 별장에서 있었던 일의 와전이었겠군요."

"맞아요. 별장 건너편의 다른 해변에서 누군가 그 모습을 보고 좋을 대로 소문을 퍼뜨린 모양이에요."

그녀는 다 받아들였다는 듯, 작게 웃었다.

"저에 대한, 그리고 비에델 출신들에 대한 사람들의 인식이 그렇답니다."

말을 마친 그녀는 능숙하게 후작의 주머니에서 손수건을 빼더니 그의 눈물을 닦아 주었다.

"……데뷔탕트를 원한 건 그래서였군."

조용하던 아르노아가 입을 열었다.

"출신에 얽힌 소문 때문에 배척받는 비올레타가 단숨에 사교계에 이름을 알릴 수단이 필요했던 것, 맞소?"

아르노아의 말에, 손수건에 얼굴을 묻었던 후작이 다시 고개를 들었다.

"맞습니다. 폐하."

그는 여전히 코를 훌쩍였다.

"황성에 거의 발을 들이지도 않았었던 페넬로페 리켈 영애가 단숨에 주목을 받은 걸 보고……."

겨우겨우 진정한 듯, 후작은 말을 이어 갔다.

"비올레타도 그렇게 될 수 있다면, 그러면 지금까지 있었던 부정적인 소문이 다 묻히지 않을까 싶은 마음이었습니다."

"……."

"그녀가 사교계에서 자리를 잡으면, 황성의 유행을 따라가는 베사니엘 영지에서는 자연히 비올레타를 좋아하게 될 테니까요. 그렇게만 되면 결혼하려 했습니다."

길었던 이야기가 드디어 끝났다. 하지만 그 누구도 기뻐하지 않았다. 아르노아도, 아나킨도 잠시 말이 없었다. 그제야 아르노아에게 잘 보이기 위해 그토록 노력하던 후작의 생각을 알 것 같았다.

작위도 없고 가문도 없는 비올레타에게 뜬금없이 데뷔탕트를 열어 달라고 부탁하던 그 마음도.

하지만.

"후작, 황궁에서의 데뷔탕트는 안 돼."

아르노아가 말했다.

후작은 포기한 얼굴로 고개를 끄덕였다.

"잘 압니다, 폐하. 제가 너무 많은 걸 바랐……."

"아니, 이 문제에 대한 해결책으로는 좀 바보 같다는 말이오."

아르노아가 딱 잘라 말했다.

후작이 고개를 번쩍 들었다.

"바, 바보라니, 흡…… 폐하."

커다란 눈망울에는 다시 눈물이 고이려 하고 있었다. 비올레타가 다정하게 그의 등을 토닥여 주었다.

"생각해 보시오, 후작."

아르노아는 거침없이 말을 이었다.

"천하게 여겨지던 평민 여자가 후작의 사랑을 받았더니, 소문은 더 심해지고 후작이 악마를 추종한다는 소문까지 돌았다고 했는데."

"……."

"같은 사람이 전통을 다 부수고 황궁에서 화려한 데뷔탕트를 치르면, 사람들이 그걸 좋게만 볼지 진지하게 생각해 보았소?"

후작이 큰 눈을 깜빡였다. 진지하게는 생각을 안 해 본 모양이었다. 옆에 있던 아나킨이 한숨을 내쉬었다. 표정을 보아하니 그도 아르노아와 같은 생각을 하고 있었던 것 같았다.

"후작님에 이어, 황제 폐하조차도 악마에게 홀렸다는 소문만 돌 겁니다."

그가 말했다.

"상식적으로, 누군가에게 홀리지 않고서야 친하지도 않은 여인에게 그런 것을 허용할 리가 없지 않습니까."

아나킨의 목소리는 아르노아보다 한층 날카로웠다. 지금껏 들은 감동적인 이야기보다는 아르노아이 평판이 더 중요하다는 판단일 터였다.

"그, 그럼…… 방법이 없겠군요."

후작이 허망한 표정으로 말했다.

"비올레타가 아닌 여자와는 결혼을 생각할 수도 없는데, 이 상황에서는 도저히……."

"아니."

그가 다시 눈물을 쏟으려던 찰나, 아르노아가 후작의 말을 잘랐다.

"데뷔탕트 정도로 해결될 일이 아니라는 말이오."

그녀가 한 자 한 자 또렷하게 말했다. 후작은 멍한 얼굴로 다시 그녀를 바라보았다. 샹들리에의 빛이 반사되어서인지 알 수 없었지만, 아르노아의 새파란 눈동자에 이채가 어린 것처럼 보였다.

"베사니엘이 황성의 유행을 따라가는 거라면…… 사교계만 가지고는 안 될 일이지."

"그, 그럼 어떻게 합니까?"

"사교계가 아니라, 황성 전체가 두 사람을 지지하면 될 일 아니오?"

벙 찐 후작을 바라보며 아르노아가 빙긋 미소 지었다. 후작의 말을 들으며, 그녀의 머릿속에는 또렷한 계획 하나가 떠올랐다. 기발하고, 상황에 딱 맞고, 효과가 보장되고, 천재적인.

남이 한 번 써먹은 아이디어.

"……후작, 학자라니까 묻는 말인데."

그녀는 앞에 놓인 술을 한 모금 마시고는 베사니엘 후작에게 물었다.

"혹시 연극에 대해 조예가 있으시오?"

멍한 그의 얼굴을 보는 아르노아의 입가에 띤 미소가 짙어졌다.

'고마워, 에스테아 백작.'

그때는 짜증 났는데, 당신 생각은 기발했어.

지금은 감옥에 있을 테니 그 아이디어 내가 잘 쓸게. 로열티는 안 줄 거야.

\* \* \*

"그러니까."

아나킨이 상황을 정리하듯 말했다.

"그러니까, 디르한의 그자가 폐하의 평판을 떨어뜨리기 위해 사용했던 방법을, 베사니엘 후작가를 위해 사용한다는 말씀이십니까?"

"정확히는 딸의 평판을 끌어올리기 위해 사용했던 방법이야."

아르노아가 정정했다.

"내 평판을 끌어내리는 건 그 과정이었달까."

"예술 업계에 오래 있었다더니, 머리가 나쁘지 않은가 보군요."

아나킨이 고개를 끄덕였다.

"그래. 효과가 있었다니까? 디르한에서 라리사가 인기가 얼마나 많았는데. 다들 연극에 나온 노래에 이름만 라리사로 바꿔 부르면서 찬양하고 다녔어."

"구체적으로 어떤 계획이십니까?"

"꽤 간단해 보이지 않아?"

아르노아는 침대에 털썩 앉으며 아나킨을 바라보았다.

"푸른 머리칼을 가진 바다의 여신과 사랑에 빠진 후작. 그의 권력을 원했던 가신 가문, 그들의 음모에서 후작을 구해 낸 여신……."

그녀는 대충 치명적이고 가슴 절절하고 서로 죽고 못 사는 사랑 이야기를 묘사했다.

"뻔하군요."

아나킨이 눈썹을 미세하게 찌푸렸다.

그는 귀족 관객 위주의 극단에서 흔히 다루는, 조금 더 심오한 연극을 좋아하는 편이었다.

로맨스는 현실에서, 예술은 깊이 있게.

그의 철학은 대충 그랬다.

"민간 연극에서 많이 본 듯도 하고……."

"그래. 뻔한 게 인기가 많은 법이지."

아르노아는 부정하지 않고 고개를 끄덕였다. 에스테아 백작의 연극 놀음이 과했던 건 사실이었으나, 그녀도 인정해야 했다.

뻔한 사랑 이야기는 인기가 많았다. 그리고 솔직히 말하면 재미있었다. 황성의 시민들이, 그리고 사교계의 귀족들이 다 좋아할 수 있을 정도로.

아르노아 자신이 악녀로 등장하지만 않으면, 그녀도 즐겼을지 모른다.

"연극을 유행시켜 황성 시민의 인식을 바꾼다라."

곰곰이 생각하는 듯하던 아나킨이 팔짱을 낀 채 침대 기중에 기댔다.

"뭐, 제 취향은 아닙니다만……. 인기가 많아진다면, 베사니엘 후작과 비올레타는 확실히 제국민의 주목을 받겠군요. 유명한 극의 실존 인물이라면서 말입니다."

"물론이지."

아르노아가 고개를 끄덕였다.

말로 하지는 않았지만, 이는 단순히 후작과 비올레타에서 끝날 일이 아니었다. 제국이 포용하지 못했던 비에델의 사람들에게, 설 곳을 마련해 주는 과정이었다. 성공한다면 베사니엘 후작이라는 좋은 인맥도 하나 만드는 셈이고.

"폐하의 생각, 잘 알겠습니다."

보는 것만으로 여인의 정신을 잃게 한다고 알려진 아나킨의 입술이 아름다운 호선을 그렸다. 찬성이라는 뜻이었다. 아르노아도 환하게 웃으며 그를 마주 보았다.

"그럼."

아나킨이 다시 입을 열었다.

"누굽니까?"

"뭐가?"

"여신, 그리고 그녀와 사랑에 빠진 후작을 연기할 남자 말입니다."

그가 피식 웃으며 말했다.

"여자 쪽은 비에델 출신의 배우로 할 거야. 디르한과 조금 다른 양식이지만 노래나 춤이 발달했다고 하니까."

아르노아가 대답했다.

"남자는……."

그녀가 웃음 섞인 목소리로 말했다.

자신이 결정했지만, 다시 생각해도 황당한 전개였다. 그자와 다시 엮일 생각을 하다니. 심지어 이쪽에서 먼저.

"남자는 검증된 사람을 찾아야겠지."

"검증된 사람이라…… 제국의 유명한 배우들이라면 비에넬 배우와의 연기를 꺼릴 겁니다."

아나킨은 적당한 사람이 떠오르지 않는 듯 유려한 눈썹을 찌푸렸다.

"폐하께서 하라고 하시면 거절은 안 하겠지만……."

"……릭 타비엔이라고."

그녀의 입에서, 한동안 잊어버렸던 이름이 나왔다.

"요즘 일자리 없어서 고생하고 있을 배우 하나 있어."

* * *

"당신 바보지?"

황성의 어느 뒷골목에서, 주점 주인이 빽 소리쳤다.

"설거지 하나 제대로 못 해서 맥주잔 몇 개를 깨는 거야?"

"죄, 죄송합니다."

종업원의 복장을 한 금발 남자는 거듭 주인에게 고개를 조아렸다.

"제가 종업원 일이 처음이라……."

"그걸 자랑이라고 말해?"

주인은 속이 터져 죽겠다는 듯 가슴을 퍽퍽 쳤다.

"얼굴 멀끔하고 말 잘하는 거 보고 여자 손님 좀 몰리려나 싶어서 뽑았는데, 뭐 하나 제대로 하는 게 있어야지!"

"……."

"당신 배우였다며? 대사 못 외워서 잘린 거 아니야?"

그가 삿대질을 하며 소리쳤다.

"어제는 손님 셔츠에 술을 쏟질 않나, 오늘은 칠칠맞지 못하게 국물을 튀기질 않나…… 주문 제대로 받는 꼴을 본 적이 없어서 설거지나 시켰더니 이번에는 컵이나 깨고!"

"자, 잘못했습니다! 한 번만 기회를 더 주시면 이제 잘……."

"기회는 무슨!"

주인은 코웃음을 치며 윽박질렀다.

"당신 해고야!"

해고라는 말에, 남자는 세상을 다 잃은 듯한 표정으로 그의 소매를 잡고 매달렸다.

"그, 그렇다면 지금까지 일한 보수는……."

"보수? 보오수?"

주인은 황당하다는 듯 몇 번이나 되물었다.

"당신이 깨 먹은 컵에, 손님들에게 물어 준 세탁비 생각하면 내가 얼마나 손해를 봤는데, 배상 청구 안 하는 걸 다행으로 여기라고!"

쾅-!

남자가 더 애걸해 볼 틈도 없이 주인은 등을 돌리고 다시 들어가 버렸다.

"아, 안 돼!"

남자가 다급하게 문에 매달려 보았지만 때는 늦었다.

철컥.

혹여라도 남자가 다시 들어올까 걱정이었는지, 안쪽에서는 주인이 이중 자물쇠를 채우는 소리까지 들렸다.

"흑…… 흐아아앙!"

고운 외모이긴 해도 성인임이 분명한데, 남자는 길거리에 주저앉아 아이처럼 울기 시작했다.

"내가, 이 위대한 대배우가……."

그가 울먹이며 중얼거렸다. 지나가는 사람 한두 명이 그를 보았지만 슬슬 피할 뿐 아무도 도와줄 생각은 하지 않았다.

"디르한의 '함께 여행 가고 싶은 남자 1등'도 했었던 내가!"

그는 서럽게 울부짖었다. 나름대로 화려했던 그의 과거가 남자의 머릿속을 스쳐 지나기 시작했다.

남자의 정체는 릭 타비엔, 그러니까 디르한 출신의 배우였다. 불과 얼마 전까지 디르한에서 굵직굵직한 역할을 도맡아서 소화하던 그가 제국 황성 뒷골목에서 거지꼴이 된 데는 나름의 사정이 있었다.

국왕이 사랑했던 정부의 먼 친척이기까지 했던 그는, 하루아침에 국왕의 미움을 받아 일자리를 잃었다.

'나를 몰라주는 이놈의 나라!'

디르한에서 겨우겨우 감옥행을 면했던 릭은 아예 디르한을 벗어나자고 생각했다.

'기왕이면 큰물에 가서 헤엄치리라.'

큰 꿈을 가슴에 품고, 그는 한두 달 고생한 끝에 제국의 수도인 황성까지 오게 되었다. 한때 디르한에서 조롱거리가 되었던 왕비가 제국의 황제가 되었다는 소식이 들려온 것은 그가 황성에 도착한 이후였다.

〈사랑과 배신〉 공연에서 왕비가 심하게 눈치 없긴 했지만 원래 무서운 사람은 아니었기에 그는 큰 걱정은 하지 않았다. 다만 혹시 모를 보복을 생각해 릭은 자신의 이름을 바꾸기로 했다. 자기가 생각할 때 딱 들어도 고급진, 멋진 느낌은 다 때려 넣은 이름으로.

'루이 에드워드 발로니우스 레오나르도 아비게일 듀발론입니다.'

그러나 황성의 극단에서 첫 오디션을 보던 날, 그의 자존심은 처참하게 짓밟혔다.

'푸하하핫! 너 어디 왕이냐? 200년 전 귀족이야? 이름 촌스러운 거 봐.'

단장이 배를 쥐고 웃기 시작하자 다른 단원들도 웃음을 터뜨렸다.

'얘는 개그 담당인가 본데요? 생긴 건 느끼해 가지고.'

'이름 바꿔야 하는 거 아니야? 광고지에 어떻게 넣어요.'

릭은 발가벗겨진 기분으로 5분 동안 그들의 평가를 들었다. 놀랍게도, 결과는 합격이었다.

'좋아, 이제 새로운 시작이다. 내 미래는 온통 장밋빛이라고.'

라고 다짐한 지 겨우 며칠 만에, 그는 거리에 나앉게 되었다. 극단이 사실은 사기꾼 집단이었던 것이었다.

'안녕! 루이 에드 뭐시기 듀말롱!'

그것이 텅 빈 극장에 버려진 그에게 단장이 남긴 마지막 말이었다.

단장의 허리춤에는 릭에게 훔친, 그가 디르한에서부터 모았던 전 재산이 든 돈주머니가 짤랑거리고 있었다.

"흐어어어어엉! 내가 무슨 죄를 지었다고!"

그가 펑펑 눈물을 쏟았다. 연기할 때처럼 억지로 짜낸 것이 아니라 진짜 서러워서 흘리는 눈물이었다. 군화를 신은 한 무리의 사람들이 그 주변을 감싼 것은, 릭이 너덜거리는 소매로 콧물을 닦아 내던 순간이었다.

"……말 좀 묻겠네."

딱딱한 목소리에, 릭은 고개를 들었다. 대여섯 명 정도의 사람이 그를 둘러싸고 있었다. 붉은 제복에 딱딱한 군화, 각 잡힌 태도며 허리에 찬 무시무시한 장검.

"기, 기사?"

릭이 더듬거렸다. 그들은 기사가 틀림없었다. 그것도 권력이 좀 있는 집단 소속의.

선두에 있던, 잿빛 머리칼에 검은 눈을 가진 강인한 인상의 남자가 고개를 끄덕였다.

"자네 이름이 릭 타비엔인가?"

"예에?"

릭의 얼굴이 하얗게 질렸다.

왜 묻는 건데?

설마 그가 며칠 전 주점 주인 몰래 빵을 훔쳐 먹은 것이 걸렸나? 아니면 그 가짜 극단과 어울렸던 일이 이상하게 와전됐나? 그것도 아니면…….

"어떤 분이 보자고 하신다."

릭은 벙 찐 얼굴로 기사를 올려다보았다. 무언가 잘못되었다는 생각이 그의 머리를 괴롭혔다.

"내, 내 이름은 릭이 아니오."

그가 손을 내저으며 부인했다.

"나는 루이 에드워드 발로니우스 레오나르도……."

"촌스러운 가명을 보니 이자가 확실하군."

잿빛 머리의 기사가 말했다.

"허영심이 심해서 스스로에게 웃기는 가명을 지어 줬을 거라고 하셨다. 길고 촌스러울 거라고도 하셨지."

그가 나머지 기사들을 쓱 둘러보았다.

"데려가자."

"예!"

릭이 제대로 정신을 차리기도 전에, 기사들은 릭의 팔다리를 한쪽씩 잡고 어디론가 끌고 갔다.

"자, 잠깐만! 나는 아무 짓도 안 했어! 내 이름은 루이 에드워드……!"

"귀 따갑군. 어떡하지?"

"제가 처리하겠습니다, 단장님."

퍽.

"……발로니우스 레오나르…… 으헉?"

버둥거리는 릭의 뒤통수에 누군가의 손바닥이 날아와 꽂혔고, 그 순간 릭은 기절하고 말았다.

* * *

릭이 정신을 차렸을 무렵, 그는 이미 누군가의 손에 질질 끌려서 어느 방으로 들어서고 있었다.

"잡아 왔어?"

고개를 푹 숙이고 무릎을 꿇은 릭의 귀에, 젊은 여자의 목소리가 들려왔다.

"예, 저기 저자입니다."

"처리가 아주 빠르군. 경은 벤트 남작의 동생이라고 했나?"

"예, 모실 수 있어서 영광입니다."

다른 소리는 아까 그 기사였다. 발소리로 보아, 방 안에는 총 세 사람이 있는 듯했다.

"영광은. 기사단이 네 개인데 내 말을 재깍재깍 듣는 건 그대가 있는 4기사단뿐이군."

여자가 말했다. 시야에 언뜻언뜻 들어오는 드레스 자락으로 추정하자면 그녀는 무척이나 귀한 신분인 것 같았다.

"심려치 마십시오. 마음속으로 대공 전하와 대공녀님을 존경하는 자들이 좀 있기는 하지만, 곧 정신을 차릴 겁니다."

"두 사람은 승전의 영광이 그렇게 많으니 기사들의 우상일 수 있겠지. 이해해."

"제 주인을 몰라보는 군인은 아무짝에도 쓸모가 없습니다. 제가 기회를 봐서 한 소리 하겠습니다."

딱딱하게 말하며, 남자는 릭이 있는 곳으로 성큼성큼 걸어왔다.

"이제 이자가 정신을 차린 듯하니 분부를 내려 주십시오."

그는 털끝이 스칠 정도로 가까이 나와 말했다. 릭의 등골이 서늘해졌다. 대공이 어쩌고 하는 걸 들으니 여자의 신분은 정말로 어마어마한 것 같았다.

억울했다. 그는 제국에 온 후로 여기저기서 당하기만 했는데. 그걸로도 부족해서 이제 납치까지 당하다니.

"릭 타비엔, 고개를 들어라."

여자의 목소리가 방 안에 울렸다. 릭이 본능적으로 주춤거리자, 뒷목에 거친 힘이 느껴지면서 그의 고개가 강제로 들어 올려졌다.

휙-!

"으헉! 놓, 놓아주시오!"

"한번 말을 하면 바로 행동에 옮기도록 해. 난 오늘도 베사니엘 후작을 만나서 네 시간이나 붙잡혀 있었어. 너에게 차분히 상황을 설명할 에너지는 없어."

여자가 다시 말했다. 릭은 그제야 눈을 똑바로 뜨고 방 안의 사람들을 바라볼 수 있었다. 처음 보인 것은 찔러도 피 한 방울 안 나올 것처럼 생긴 기사단장이었다. 다른 쪽에는 장발을 긴 공단으로 묶은 백금발의 남자가 한 명 있었다.

'무슨 사람이 저렇게 생겨?'

배우를 했다면 아주 대륙을 뒤집어 놓았을 미모를 가진 그는, 잔잔한 미소를 띠고 릭을 내려다보고 있었다. 그들 사이에 선 여자가 보였다. 입고 있는 것은 바느질 한 땀 한 땀이 정성스러운, 릭이 본 적 없는 재질의 짙은 푸른색 드레스였다.

'부자구나.'

시선을 더 올리자, 깔끔하게 틀어 올린 머리칼에, 또렷한 이목구비도 눈에 들어왔다.

생각보다 젊은 여자였다. 반짝이는 은발이 묘하게 익숙했다.

'어디서 봤더라.'

한때 호흡을 맞췄던 상대 여배우들이 저런 비슷한 가발을 썼고, 실제로 은발을 가졌던 여자는……

"허, 허억?"

그는 숨이 턱 막히는 듯 기괴한 비명을 질렀다.

"아, 기억이 났어?"

"뭐, 뭡니까! 이게 대체 무슨 일……."

"기억이 났는데 인사는 안 해?"

여자, 아니, 디르한의 왕비였던 아르노아가 기사에게 눈짓했다.

퍽.

"꽥!"

묵직한 손길이 그의 뒤통수를 후려쳤고, 릭은 다시 고개를 숙인 꼴이 되었다.

"릭 타비엔, 내가 누군지 알아?"

아르노아는 더 이상 시간을 끌기 싫다는 듯 물었다.

"왕비님……이셨는데."

릭은 말을 더듬었다. 두들겨 맞고 기절했다가 일어나서인지, 갑작스러운 상황이 놀라워서인지, 그의 머리는 생각처럼 빠릿빠릿하게 돌아가지 않았다.

"이셨는데?"

"소, 소문에는 그 후에 이혼당했고……."

퍽.

"악!"

기사단장의 손은 다시 한번 릭의 뒤통수를 후려갈겼다. 이번에는 아르노아의 지시도 필요 없었다.

"말을 조심해라."

단장이 말했다. 말없이 서 있던 백금발의 남자가 한쪽 입꼬리를 올렸다. 비웃음 같았다. 릭은 아파서 눈물이 나오는 것을 참으며 다시 입을 열었다.

"그, 그다음에는 제국으로 돌아오셔서…… 어라?"

그러다 말을 멈추었다.

한때 디르한의 조롱거리였던 왕비는, 릭의 커리어를 슥삭 하고 끝내 버린 그녀는.

"······화, 황제, 아니 황제 폐하가 되셨다?"

릭은 그제야 완전히 정신을 차리고 상황을 이해했다. 동그랗게 커진 눈이 몇 번을 끔뻑거렸다.

"좋아. 어디 굴에서 살다 나온 건 아니군. 어때, 아나킨?"

아르노아는 어깨를 으쓱 하고 옆에 서 있던 아나킨에게 물었다. 릭이 벙 찌든 말든 별로 상관없으니 알아서 적응하라는 투였다.

"음, 머리가 좀 나쁜 것 같습니다."

그가 짧게 평했다. 아르노아는 부정하지 않고 다시 릭에게 물었다.

"내가 너를 왜 이리로 부른 건지 알겠어?"

"그, 그건."

릭이 머리를 굴렸다. 그가 본 아르노아의 모습은 거의 하나였다. 객석에서 떨떠름한 표정으로 연극을 보다가, 끝나면 남편이 시키는 대로 극 중 대사를 몇 마디 따라 하는 것.

다만, 그가 아르노아를 보았던 마지막 날만큼은 조금 달랐다. 자색 사파이어를 선물하고, 갑자기 그에게 애정 어린 표정으로 악녀 같지 않은 대사를 읊고······ 그게 잘못돼서 릭은 극단에서 잘렸고.

"호, 혹시."

릭은 퍼뜩 무언가 깨달은 듯 고개를 번쩍 들었다. 아르노아는 반가운 듯 눈을 반짝였다.

"아, 눈치챘나 보······."

"저를, 저를 마음에 두셔서?"

그가 떨리는 목소리로 물었다.

그럴 수도 있는 거 아닌가. 연극을 보다 보니, 여느 귀부인들이 그렇듯 릭에게 빠져서. 상황에 안 맞는 대사를 하고, 상황에 안 맞는 사파이어를—나중에 보니 가짜였지만—선물하고.

혹시 그를 너무 사랑해서 파멸로 몰아 버린 것이 아닐까? 그런 거라면 그의 인생은 혹시 다시 피어나는 건가? 황제의 정부로?

아르노아의 푸른 눈동자가 혼란스럽게 일렁였다.

아, 긍정의 표시인가.

릭의 얼굴이 밝아지는 순간 옆에 서 있던 아나킨이 풋 하고 웃음을 터뜨렸다. 노골적인 비웃음이었다.

아르노아는 천천히 눈을 한 번 감았다가 떴다.

이 얼빠진 자식이.

신사적으로 대해 주려 했으나 조금 전의 말은 듣기가 어려웠다.

'얼굴만 바이나스를 닮은 줄 알았더니, 왜 하는 짓까지 닮은 건데?'

릭의 헛소리는, 하필 이혼 전 가운만 입고 아르노아를 찾아왔던 바이나스를 연상시켰다. 릭으로서는 조금 불운한 일이었다.

"경."

그녀가 4기사단장에게 말했다. 목소리가 한층 차가워져 있었다. 그는 듣지 않아도 아르노아의 뜻을 알겠다는 듯 고개를 끄덕였다.

퍽! 퍽! 퍽!

"아야! 아오! 으아악!"

내리꽂히는 기사단장의 손길에 따라 릭의 비명이 방 안 가득 울렸다.

"아, 알겠습니다! 저 안 좋아하시는 거 알겠습니다!"

그는 고통 속에서 사실을 파악하고 외쳤다.

"그, 그냥 가르쳐 주십시오! 제가 왜 여기 있는지."

그가 목 놓아 외치자 아르노아는 그제야 한 손을 들어 올려 기사단장의 동작을 멈추게 했다.

"됐어, 경은 이제 나가도 좋아."

"예, 폐하. 밖에서 대기할 테니 다시 필요해지시면 부르십시오."

릭을 매질할 때는 매섭기 짝이 없던 기사단장은 아르노아를 향해 정중하게 고개를 숙이고는 큰 보폭으로 방에서 걸어 나갔다.

"좋아."

그동안 쭉 선 채로 그를 내려다보던 아르노아는, 그녀 뒤에 놓여 있던 의자에 털썩 앉았다. 아나킨은 자연스럽게 그녀 뒤에 서서 릭에게 시선을 고정했다. 물론, 입가의 비웃음은 떠나지 않은 채였다.

"릭 타비엔."

아르노아가 입을 열었다.

"나는 너를, 중요한 연극에 캐스팅하려 해."

그녀가 말했다.

"그것도 주인공으로."

방 안에 정적이 감돌았다. 릭은 여전히 눈을 끔뻑거리기만 했다.

"거 보십시오."

아나킨이 그럴 줄 알았다는 듯 고개를 끄덕였다.

"바로바로 반응이 없는 것이, 아무래도 이해력이 달리는 겁니다. 다른 배우를 고르시지요."

"자, 잠깐! 잠깐만요!"

릭이 다급하게 외쳤다. 그는 여전히 지금의 상황을 이해하지 못했지만, 이것이 어떤 드문 기회라는 것만큼은 느낄 수 있었다. 고생하고 울어서 부어오른 눈망울에 희망이 스치고 있었다.

"주인공이라면…… 어떤 역할입니까?"

그가 간절하게 물었다.

"애절한 로맨스의 남자 주인공. 황성에서 지금 유행하는 극과는 조금 다른 이야기지."

아르노아가 말했다.

"황성의 사람들 전부가 극 중 네 사랑을 응원하도록 만드는 게 네 역할이다. 디르한에서와 비슷하게, 하지만 훨씬 더 잘해야 할 거야."

릭은 전율했다. 무너졌던 하늘이 다시 솟아오르는 모습을 보는 기분이었다.

그는 두 손으로 바닥을 짚고 눈앞의 여인을 보았다. 반짝이는 은발이 갑자기 눈부셔 보였다. 후광이 보이고 배경음악이 들리는 느낌이었다. 천사. 그녀는 천사였다.

"가, 감사합니다, 폐하! 감사합니다!"

그가 울먹이며 외쳤다.

"좋아, 승낙인가 보군."

"당연한 거 아닙니까. 주점 종업원 자리에서 몇 번을 잘린 사람에게 일자리를 준다는데."

아나킨은 릭의 호들갑이 귀찮다는 듯 눈을 굴렸다.

"진짜 잘하는 거 맞습니까? 대사는 외우고요?"

"말했잖아. 이런 역할은 제일 잘한다고. 게다가 요즘 황성의 유명 배우들은 심오하고 철학적인 연극만 해서 이런 극은 잘 안 어울릴 거야. 하기 싫어할 요소도 있고."

"하, 황성에 이렇게 예술 인재가 없었다니. 저 정신머리를……."

아나킨이 혀를 쯧쯧 찼다.

"정신머리는 연극 연습을 하면서 고쳐 나가야지 뭐."

그녀의 시선이 다시 릭에게 향했다.

"잘 들어. 이 극을 할 극단은 이미 섭외가 됐어. 넌 주연이지만 단장이 시키는 건 다 해야 해."

한껏 들떴던 릭의 표정이 미세하게 가라앉았다.

"나…… 날입니까!"

"그래."

"제가 주연인데요?"

꽤 오랫동안 잊고 살았던, 주연 배우의 자존심이 그에게 돌아오고 있었다. 주연이면 모름지기 다른 사람이 떠받들어 줘야 하는 거 아닌가?

그러나 생각과 달리, 아르노아는 한심하다는 듯 릭을 내려다보고 있었다.

"맞아. 화장실 청소 같은 것도 시키라고 했지. 참고로 급료는 다른 배우들과 똑같이 주라고 했어. 먹고살 정도는 될 거다."

"또, 똑같이요?"

그가 물었다. 주점 앞에서 눈물 콧물을 쏟던 과거는 이미 흐릿해진 듯, 그의 마음속에서 작은 억울함이 고개를 들었다. 과정이야 어쨌든, 그가 유능해서 부른 것이 아닌가?

아르노아의 시선이 한순간 싸늘해졌다.

"아나킨, 네 말이 맞네. 정신머리는 갈 길이 멀어."

"단장이 무인 출신이니 잘하긴 할 겁니다. 힘센 거 외에는 기사로서의 소양이 없어서 기사를 포기한 사람이지요."

아르노아와 아나킨 사이의 으스스한 대화에 릭이 목을 움츠렸다.

"그, 그럼 상대역은 누굽니까?"

릭이 물었다. 황제가 직접 관여하는 연극이라면, 대배우를 섭외하는 것이 옳을 터. 한 명은 대배우 릭 타비엔이고, 나머지 한 명은 누구인가? 황성의 스타가 아니겠는가?

"아, 상대역은 신인이야. 노래와 춤에 능하지만, 이래저래 네게 배울 것이 많다는 의미가 되겠지."

아르노아가 대답했다. 릭의 얼굴에 작은 실망의 빛이 스쳤다.

"시, 신인이라면…… 어느 극단의 누구……."

"로라 델레스."

아르노아가 말했다.

"내 지인의 지인이고, 한때 비에델에서 무희였지."

"엥? 비에델?"

이번만큼은, 릭은 일그러지는 표정을 주체하지 못했다.

"비에델 여자와 함께 주연을 한다고요? 사람처럼 안 생겼다고 들었는데요, 소문에는 다들 악마의 피……."

"아나킨."

호들갑스럽게 뭐라고 떠들어 대는 그를 두고, 아르노아가 낮게 말했다.

"기사단장이 없으니까 네가 대신 해."

"싫습니다."

아나킨이 단호하게 고개를 저었다.

"저는 기사도 아니고, 누굴 때렸다가 제 소중한 손을 다치기도 싫습니다."

"하아……."

아르노아는 한숨을 쉬었지만 아나킨은 아랑곳하지 않았다.

"그리고, 솔직히 말하면 저 자식 안 씻은 것 같아서 가까이 가기 싫군요. 직접 하십시오, 폐하."

"저쪽에 아버지가 말년에 쓰셨던 지팡이 같은 게 있어."

"아, 그럼 알겠습니다."

아나킨은 언제 투덜거렸냐는 듯 활짝 웃으며 그녀가 가리킨 곳에서 묵직한 나무 지팡이를 가져왔다.

"……차라리 오디션을 새로 보지요. 제가 왕년에는 신인 배우들도……. 어라, 뭐 하십니까?"

여전히 분위기 파악을 못 하고 떠들어 대던 릭이 눈을 끔뻑였다. 아나킨의 손에 들린 무언가가 허공을 가르는 모습이 보였기 때문이었다. 그것도 아주 가까이서.

부웅―

"어라?! 저 이제 주연 배우인데, 그런 위험한 건……."

퍼어억!

지팡이는 커다란 타격음과 함께 릭의 등짝에 작렬했다.

"으하하하학! 아파! 이게 제일 아파!"

릭은 온몸을 감싸 안고 바닥에서 뒹굴었다.

"미안. 내가 기사가 아니라서, 힘 조절을 좀 못해."

아나킨은 우아하게 웃으며 그를 내려다보았다.

"하지만 적응하는 게 좋을 거야."

황금색 눈동자가 섬뜩하게 반짝였다.

"극단 단장이 견습 기사에서 잘린 이유가, 힘 조절을 너무 못해서였거든."

조금 전, 오랜만에 좀 교만해져 보려던 릭의 눈동자가 겁에 질려 흔들렸다. 조금 전 보였던 아르노아의 후광, 그녀의 배경음악이 음산하게 바뀌는 느낌이었다.

천사가 아니잖아.

그냥 악덕 고용주잖아.

# Chapter 6
## 연극

연극 준비는 많은 이들의 관심을 받으며 빠르고 매끄럽게 진행되었다. 그 과정에는 여러 배우들과 극단 관계자들, 리켈 공작을 비롯한 일부 후원자들의 노력이 있었다. 그러나 누구보다 진 빠지게 노력한 사람은 물론 주연 남배우, 릭 타비엔이었다.

이 놀라운 결과에 주효한 요인은, 역시 배역을 주던 날 아르노아가 했던 협박이었다.

'잘 들어.'

그녀는 지팡이에 맞고 바들바들 떠는 릭에게 말했다.

'넌 한 마디로 욕받이야.'

'예에?'

그가 억울한 표정으로 묻자 아르노아는 친절하게 설명해 주었다.

'물론 욕을 하는 사람은 관객이 아니라 나. 관객이 널 욕하면 넌 그냥 잘리는 거고.'

'과, 관객이 욕을 안 하면 제가 왜 욕을 먹어야 합니까?'

'상대역을 가르치는 것도 네 역할이니까.'

극단 배우들을 유능하면서도 친절한 이들로 구성했다고는 하지만, 아무 경험 없는 비에델 출신 주연 배우에겐 너무나 생소할 환경이었다. 그녀를 완전히 책임지고 지도할 사람이 꼭 필요했다.

'아, 참고로 네 연기는 느끼함이 지나쳐. 그대로 가르치지 말고 더 연구해서 가르쳐. 근데 잔소리 하다가 상대 배우가 상처라도 받으면 넌 잘릴 거야.'

그녀가 말을 계속했다.

'그리고 이건 그냥 내 취향 문제인데, 연기든 분장이든 바이나스 역할을 했던 때와 똑같이 하면 죽여 버릴 거야.'

'하, 하지만……'

지시 사항이 많아질수록 그는 울상이 되었다.

'상대역, 그러니까 로라 델레스가 연기로 지적받으면 그건 네 탓. 발성으로 지적받아도 네 탓.'

'너무합니다!'

퍽.

'악! 안 너무합니다!'

'비에델식 억양 때문에 못 알아들어도 네 탓인데 그 억양을 완전히 없애도 안 돼. 상대 배우를 아주 매력적으로 보이게 만들어야 해.'

그녀는 몇 가지 섬뜩한 경고를 더 남기고 그를 내보냈다.

릭은 그제야 극단으로 보내져, 억지로 겸손해진 태도로 단장과 상대 배우를 만났다.

"연습이 원활하다니 다행이군."

"모두 폐하의 덕분입니다."

바튼이라 불리는, 덩치가 산만 한 단장이 공손하게 말했다. 한때 황실의 견습 기사였던 그는, 거친 성격을 이기지 못하고 어느 기사와 싸움이 붙었

다가 상대를 크게 다치게 해 기사단에서 잘린 전적이 있었다. 다만 항간에
는, 그가 상대를 때린 이유는 취미로 하던 연극에 대한 비밀스러운 열정 때
문이라는 이야기가 있었다.

'덩치는 산만 한 게, 무대 무너지면 어떡하려고 연극을 해?'

상대 기사가 술에 취해 낄낄거리며 그의 취미를 비웃자 눈이 돌아갔다는
것이었다.

어쨌든 지금은 다 지난 이야기였다.

그는 필요한 벌을 다 받았고, 어느 순간부터 극단에 들어가 잔심부름을
하더니 나중에는 도박에서 크게 돈을 따 그것으로 '무대의 늑대들'이라는
극단을 설립했다.

연극에 반쯤 미쳐 있는 그는 파격적인 캐스팅을 하는 것으로 유명했다.
범죄자 출신부터, 자신처럼 귀족 가문에서 내놓은 자식까지, 그는 역할에
맞는 배우를 찾으면 극단으로 영입했다.

결과는 의외로 꽤나 성공적이었다. 그 극단이 커지고 커져, 결국 아르노
아의 귀에도 들어왔으니까.

"좋은 배우들을 소개해 주신 것도 감사합니다."

"오, 그래?"

"예. 남자 쪽은 평생 맞을 짓을 이미 다 저지른 놈이니 수틀리면 부담 없이
때리라고 하셨을 때만 해도 걱정이 많았는데……."

"많이 때렸나?"

"아뇨."

그가 고개를 저었다.

"안 때려도 성실하던데요."

단장이 흡족한 표정으로 말했다. 아르노아는 내심 감탄했다.

매가 약이라는 말이 정말 맞는 경우가 있었네?

"들어오십시오, 폐하."

그는 건물 뒤쪽 복도를 지나 무대 뒤 공간으로 안내하며 말했다.

"베사니엘 후작님께서는 이미 와 계십니다."

아르노아는 그가 걷어 준 막 뒤로 걸음을 옮겼다. 무대 위쪽에는 장치가 많아 불편한 차림이었다면 위험할 수도 있었으나, 페넬로페가 골라 준 평상복은 그런 것들이 거치적거리지 않을 만큼 편안했다.

"여깁니다."

철컥-

단장이 하얗게 칠해진 문 하나를 열고 그녀를 먼저 들여보냈다.

"제국의 태양을 뵙습니다."

"제국의 태양을 뵙습니다."

대기실에서 테이블 하나를 사이에 두고 앉아 있던 베사니엘 후작과 비올레타가 동시에 말했다. 두 사람의 표정은 지난 몇 주 사이에 눈에 띄게 밝아져 있었다.

"앉으시오, 다들."

아르노아가 손을 내저었다. 귀찮아서 호위로 따라온 4기사단장도 객석에서 쉬고 있으라고 한 마당에 인사치레를 다 하고 싶지 않았다.

단장을 포함한 네 사람은 포도가 든 바구니가 중간에 놓인 둥근 테이블 주변에 둘러앉았다.

"폐하, 어떻게 감사의 말씀을 드려야 할지 모르겠습니다."

후작이 떨리는 목소리로 입을 열었다. 상기된 얼굴이며, 입가의 미소. 기쁜 표정이었다.

"……짧게 하면 어떨까."

아르노아가 말했지만 후작은 들리지 않는 듯 장황한 인사를 시작했다.

"마치 제국력 172년에 기사 루시온이 마물을 물리치고 제국을 구했듯, 폐하께서는……."

"폐하, 후작님과 비올레타는 이번 일을 절대로 잊지 않을 거예요."

눈치가 더 빨라진 비올레타가 깔끔하게 정리했다.

"그리고 일이 잘된다면…… 비에델의 사람들 전부가요."

아르노아가 작게 미소 지었다. 처음 만났던 때에 비해 훨씬 행복해 보이는 비올레타의 표정이 보기 좋았다.

"리허설이 마음에 들었나 보군. 아직 보름도 더 남았는데."

"이미 연습이 많이 돼 있던걸요. 무대 장치가 없는 상태였지만 그래도 멋졌어요."

비올레타는 꿈을 꾸는 듯한 표정으로 말을 이었다.

"로라는 옛날 친구였는데…… 다시 공연을 하는 모습을 보니 가슴이 벅차요."

"그렇습니다. 훌륭하더군요."

후작도 적극적으로 고개를 끄덕이며 동의했다.

한참 동안 이야기가 오간 후, 단장이 잠시 자리를 비운 틈을 타 후작이 나직하게 말했다.

"폐하께서 이번 일을 도와주신 건, 저와의 우정이나 저희의 사연보다는 비에델의 일족 전체를 위함이었겠지요."

예상치 못한 말에, 아르노아는 대답 없이 후작을 바라보았다. 틀린 말은 아니었다. 그녀는 단순히 친절한 마음에서 그를 도와준 것이 아니다. 후작과의 사이에 우정이 있는 것은 더더욱 아니었고.

사연이야 안타까웠지만 그건 두 사람의 사정이니 이 정도의 귀찮음을 무릅쓸 일은 아니었다. 다만, 그 사연을 통해 강제 복속된 비에델의 사람들이 얼마나 크게 배척받으며 사는지를 느꼈을 뿐이었다.

아르노아는 맡은 일을 열심히 하는 사람이었다. 과정이야 어쨌든 황제가 됐으니 그녀는 문제 많은 제국이며 황실을 고쳐 놓는 일을 맡은 셈이었고, 이 연극은 큰 문제 하나를 해결하는 방법이었다.

"하지만 빚은 빚입니다."

후작이 말했다. 항상 병약해 보였던 눈빛은 웬일인지 결연해 보이기까지 했다.

"저는 정치에 큰 뜻이 없지만, 헤르만 백작이 그러더군요."

그가 말을 이었다.

"폐하와 대공 전하, 어쩌면 록산느 대공녀 사이에 갈등이 크다고."

"……그런 것을 백작의 말을 듣고서야 알았다니, 정말로 정치에 무심한 사람이로군."

아르노아는 헛웃음을 지었다. 아니, 정확히는 정치를 하지 말아야 할 사람이랄까.

"대공과 사업상 관계가 많다는 건 알고 있소. 이번 일로 내 눈치를 볼 필요는 없어."

물론, 솔직히 말하면 조금은 눈치를 보면 좋겠다고 생각하긴 했다. 다만, 아무리 황제라도 영주의 사업을 이래라 저래라 지시할 수는 없는 노릇이었다. 게다가 베사니엘 후작은 재산의 규모로 보나 전통으로 보나 관계가 복잡하게 얽혀 있을 수밖에 없었고.

"다만, 대공과 후작이 오랜 사업 파트너이듯, 나와 후작도 특별한 관계라는 사실을 기억했으면 하오."

그녀가 현실적인 요청과 함께 말을 끝냈다. 후작의 입가에 작은 웃음이 떠올랐다. 비올레타를 보고 있을 때가 아니면 잘 나오지 않는, 그런 미묘한 미소였다.

"황제 폐하, 제게 중요한 것은 비올레타입니다. 저는 단순한 사람이죠."

그가 비올레타의 손을 꽉 쥐며 말했다.

"그녀와 결혼할 수 있다면, 저는 모든 것을 버릴 수도 있습니다."

"모든…… 것?"

"이번 일이 잘 풀려 비올레타와 제가 결혼하게 된다면, 한 가지는 약속 드리겠습니다."

정말로 갈 시간이 다가온 듯, 후작의 말이 빨라졌다. 아르노아는 고개를 갸웃했다.

"어떻게 모든 것……."

"대공 전하와 진행하던 모든 사업을, 황실이나 폐하께서 지정하는 다른 이와 하도록 하겠습니다."

아르노아는 두 눈을 몇 차례 깜빡였다. 방금 뭐라고 했지?

"들으신 대로입니다. 전하. 저는 아쉬울 것이 없거든요. 사업 규모 좀 줄이면 뭐 어떻습니까? 베사니엘 가문에는 어차피 가까운 친척도 없어서 뭐라고 할 사람도 없습니다."

그는 아르노아의 생각을 읽은 듯 자연스럽게 대답했다.

"하지만……."

아르노아가 다시 입을 열었다. 베사니엘 후작의 사고는 정말로 단순했다. 그렇게 간단해?

"손해가 이만저만이 아닐 텐데?"

"비올레타를 얻는 게 어떻게 손해입니까? 어쨌든, 다시 한번 감사드립니다, 폐하."

말을 마친 후작은 정중히 인사하더니 비올레타의 손을 잡고 나갔다.

"하……."

아르노아는 헛웃음을 지었다. 그게 되는 거였구나.

그녀는 대공이 멀리 있는 사이에 제국을 좀 정비할 생각이었지만, 애초에 그렇게 크게 뜯어고칠 생각까지는 없었다. 리켈 공작가, 벤트 남작가까지는 필요에 따라 교섭해 볼 수 있었겠으나, 한 걸음 더 멀리 간다면 오히려 헤르만 백작까지를 고려하고 있었다.

베사니엘 후작으로부터 기대한 건 적당한 친분, 그것이 다였다. 대공과의 관계에서 적극적으로 그녀를 지지해 줄 거라는 생각은 없었는데.

"폐하?"

잠시 멍해진 그녀에게, 어느새 다시 나타난 단장이 말을 걸었다.

"아, 단장."

"무대 주변을 구경하시겠습니까? 배우들이 다시 연습하고 있는데."

"그러지."

아르노아가 단장을 따라 일어서 함께 대기실을 나섰다.

"저, 폐하께 감사 인사를 드려야겠습니다."

덩치가 산만 한 단장이 머리를 긁적이며 그녀에게 말했다.

아르노아가 고개를 돌려 그를 바라보았다.

"단장이?"

"시나리오가 아주 잘 나왔거든요. 폐하와 귀족들의 후원으로 진행하는 거지만, 이렇게 재밌을 줄 알았으면 사비라도 했을 겁니다."

그는 작은 눈을 반짝이며 말했다.

"친숙한 듯한데 또 신선하고…… 어찌 보면 파격적이라……."

말을 하는 그의 입이 히죽 벌어졌다.

"주인공도 주인공이지만 악역 캐릭터도 아주 마음에 들게 잘 나왔습니다."

그는 빠르게 수다를 이어갔다.

"라리아 네스티아와 그 아버지는 연극의 역사에 길이길이 남을 겁니다. 이름을 지어 주셔서 감사합니다, 폐하."

"별말을 다. 간단한 일이었네."

"무대 장치도 어마어마합니다. 공연 날 보시면 놀라실 겁니다."

"연습 분위기는 괜찮은가 보지?"

한참 동안 단장의 얘기를 듣던 아르노아가 물었다.

"배우에 대한 불만은 없는가?"

사실 그녀가 가장 걱정한 것이 이 부분이었다.

비에델 출신에, 황성의 극단에는 아무 인맥도 없는 주연 배우. 예술인이었다고는 하지만 이런 류의 연극은 처음 해 보는 사람.

그런 주연 배우에게 눈치를 주는 사람이 없을 거라고 기대하기 어려웠던 것이다.

"배우에 대한 불만……?"

단장은 그녀의 말뜻이 이해가 안 간다는 듯 머리를 긁적였다.

"아까 남자 배우는 잘한다고 말씀드렸는데…… 설마 로라 말씀이십니까?"

"맞아. 혹시 괴롭히는 이는 없던가? 남자 주연이라든가……."

"괴롭혀요? 로라를?"

아르노아의 대답에 단장은 한참을 곰곰이 생각하더니 무언가 기억난 듯 손가락을 튕겼다.

"아, 비에델 출신이라서요?"

그는 그런 것이 언제 문제였냐는 듯 껄껄 웃었다.

"뭐, 처음에야 놀라는 직원들도, 다른 배우들도 있었죠."

그가 말했다.

"하지만…… 폐하께서도 보시면 아실 겁니다."

그사이 복도 끝까지 도착한 그는, 말을 마침과 동시에 객석으로 향하는 문을 열었다.

철컥-

"자, 여기서 지켜보십시오, 폐하."

아르노아는 그의 안내에 따라 객석으로 발을 디뎠다. 천 석이 넘는 공연장의 객석은 빈 상태였으나, 중간에 아르노아를 위해 준비한 듯한 간이 테이블이 하나 놓여 있었다. 과일이며 케이크가 가득 담긴 접시들이 테이블을 아름답게 장식했다.

'미식가이기도 했다고 했나?'

아르노아는 괴짜 같은 단장의 또 다른 취미를 기억해 냈다.

극단 식구들에게 다정한 그는 손수 요리해서 식사를 차려 주는 걸 좋아하는데, 한편으로는 자신의 먹을 것을 건드리는 자는 가만두지 않는다고.

단장과 아르노아는 테이블 뒤에 앉아서 무대를 올려다보았다.

무대 위의 배우 두 명이 시야에 들어옴과 동시에, 한 여자의 목소리가 객석까지 울렸다.

"그대는 누구인가?"

한여름의 바다처럼 청량한 목소리였다. 아르노아의 시선은 그 주인공에게 꽂혔다. 비올레타와 비슷하지만 보랏빛도 섞인 듯한 연푸른 머리칼이 눈에 들어왔다.

긴 머리를 늘어뜨리고, 무대 장치 대신인 듯한 탁자에 올라간 그녀가 바라본 것은 그 상대역인 릭이었다.

"인간인가? 나의 바다까지 무엇을 찾으러 왔지?"

우아한 표정에 호기심 가득한 눈빛이, 보는 이를 순식간에 몰입시켰다.

"……그만. 여기서 잠깐만."

다음 대사를 하려나 싶었던 릭은 갑자기 손을 내저으며 멈추었다.

"하이고, 또 시작이군."

아르노아의 옆에서 단장이 클클거리며 낮게 웃었다.

"잘했는데 왜 저러지?"

아르노아는 미간을 찌푸리며 물었다.

"설마 상대역에게 못한다며 수모라도 주는 거라면……."

뭐라고 더 말하려던 아르노아의 목소리는 릭의 목소리에 중단되었다.

"저…… 목소리가 떨리면 안 됩니다."

그가 말했다. 아르노아의 눈이 커졌다. 릭의 말이 틀려서가 아니라, 그 말을 하는 릭이 너무나 정중해서.

"내가 그랬어?"

로라가 고개를 갸웃하며 물었다.

"누, 누님이 잘못된 건 아니고!"

릭이 당황한 얼굴로 소리치다시피 말했다.

"저도 그 장면에서 표정 연기가 유독 잘 안 돼서…… 부탁이니 딱 한 번만 더 해 주십시오, 누님."

그는 울상이 된 얼굴로 고개까지 숙여 가며 로라에게 말했다. 역할에 몰입했을 때와 달리, 조금 겁을 먹은 듯한 표정이었다.

"릭, 그런 건 부탁까지 안 해도 돼. 그냥 말하라니까."

로라가 한숨을 쉬며 그에게 말했다.

"맞아! 답답하게 로라한테 왜 그러냐!"

"진짜. 얼굴까지 창백해질 건 없잖아. 부담스럽겠다."

함께 무대에 올라가 있던 다른 배우들도 킥킥거리며 릭에게 말했다.

"그리고 말 좀 편하게 해. 존댓말 그만 좀 쓰란 말이야."

테이블에 반쯤 누워 있던 로라는 한숨을 푹 쉬며 다리를 접고 일어나 앉았다.

"잘 가르쳐 주면서 왜 그래? 그냥 지적하라니까. 내가 때린대?"

"하, 하지만 혹시라도 누님이 상처 받으실까 봐……."

릭은 여전히 겁먹은 듯 웅얼거렸다. 로라를 포함한 배우들이 동시에 깔깔거리며 웃음을 터뜨렸다. 따뜻한 분위기였다. 분명 연습은 순조로워 보였다.

"저놈이 첫날부터 로라 앞에서 설설 기더군요. 로라와 다른 배우들은 그걸 같이 놀리면서 친해졌습니다."

단장이 설명했다.

"아, 그런 거였군. 친해지기 좋은 환경이었어."

아르노아의 입가에 미소가 떠올랐다. 원래 누구 하나 놀리면서 쌓은 우정은 오래가는 법이었다. 릭을 두들겨 패 놓기를 잘했다는 생각이 다시금 들었다.

"열심히 하는 것도 사실입니다, 폐하. 어디서 혹평을 들은 건지, 시작할 때부터 사기 표성이 느끼하다고 지독하게 자책을 하더군요."

단장이 다시 릭을 가리키며 말했다.

"표정이 말인가?"

뜨끔한 아르노아가 물었다.

릭이 어디서 느끼하다는 말을 들었는지 알 것만 같았다.

"예. 안쓰러울 정도였습니다."

단장이 대답했다.

"열아홉이라 그런가, 허세가 있긴 한데 나름대로는 열정도 있어 보입니다."

"열아홉?"

아르노아는 깜짝 놀랐다. 열아홉이었어?

바이너스 역할을 하는 모습만 계속 봐 왔더니, 배우 나이를 그와 비슷한 정도라고 생각했던 모양이었다. 그간의 허세며 부족함이 어느 정도 이해되는 순간이었다.

"그리고 지금은 이 정도지만…… 무대 장치를 보시면 깜짝 놀라실 겁니다."

배우들을 흐뭇하게 지켜보던 단장이 말했다.

"의외네?"

아르노아가 말했다. 그녀의 시선은 단장을 따라 비어 보이는 무대를 오가고 있었다.

"처음에는 연출이 어려울 거라고 생각하지 않았었나?"

그녀는 초반에 단장이 곤혹스러워하던 모습을 떠올렸다. 바다, 바다, 바다만 나오다 보니 특수 효과가 끝없이 필요하다는 것이었다.

"모든 문제가 해결됐지 뭡니까."

"해결?"

"이름 없는 후원자가 나타났거든요. 이건 분명 대박의 징조입니다."

단장은 생각만 해도 흐뭇하다는 표정으로 무대를 바라보았다.

아직은 빈 무대를 올려다보면서도, 그의 눈 속에는 장치를 다 갖춘 휘황찬란한 배경이 있는 듯했다.

"이름이 없어?"

아르노아가 물었다. 예상치 못했던 이야기에 약간의 호기심이 생긴 까닭이었다.

"재력으로 보면 분명 귀족이거나 거상인데, 일단은 알리지 않겠다고 하더군요."

그는 벙긋벙긋 웃음을 감추지 못하고 말했다. 이상한 일은 아니었다. 예술계에서 이름을 밝히지 않는 후원자는 많았다.

"아티팩트를 지원한 건가?"

아르노아가 말했다.

단순한 기술력으로는, 단장이 원하는 수준의 무대를 할 수 있을 리가 없었다.

"단순한 아티팩트가 아닙니다."

단장이 눈을 빛내며 말했다.

"이 일을 하면서 저도 온갖 기술을 다 봐 왔단 말이죠. 합법 불법을 가리지도 않았고……."

"그러면 안 돼."

아르노아가 끼어들었다. 안 가리는 건 그렇다 치고, 그 얘기를 황제 앞에서 하면 안 되지 않을까.

"어둠의 경로로 조명 구슬을 사기도 했고……."

"큰일 나."

다시 덧붙이자, 단장은 잠시 눈치를 보다가 다시 슬쩍 말을 이었다.

"하지만 이번에 그 효과는, 대체 어떤 원리로 작동하는지도 모를 정도로 정교하고 화려합니다."

그가 감격에 몸을 떨며 말했다. 아르노아가 눈썹을 치켜올렸다.

"그 정도의 후원이라면 할 수 있는 사람이 많지 않을 텐데?"

아르노아는 의아한 표정으로 생각에 잠겼다.

베사니엘 후작도, 아르노아 본인도, 리켈 공작가도 아니라면 대체 누구란 말인가?

"저도 그렇게 생각합니다."

단장은 마침 반갑다는 듯 그녀를 보며 말했다.

"후원자가 누군지 궁금해도 별 단서가 없더군요. 유일한 단서는⋯⋯."

말을 하다 입에 침이 말랐는지, 그는 테이블의 과일 접시 위로 손을 뻗었다.

"⋯⋯어?"

테이블을 이리저리 더듬던 단장의 눈이 동그래졌다.

"잉?"

그는 갑자기 무대를 보던 시선을 테이블 위로 옮겼다. 아르노아도 마찬가지였다.

"⋯⋯원래 이랬나?"

아르노아가 조심스레 물었다. 조금 전까지 소소한 만찬이 차려져 있던 테이블에는 빈 접시만 나뒹굴고 있었다.

"뭐야, 또 없어졌어?"

조금 전까지는 행복에 젖어 있던 단장의 얼굴이 붉어졌다.

"이놈의 쥐새끼가 내가 차려 놓은 상을!"

"⋯⋯처음이 아닌가?"

망연자실한 얼굴로 부들부들 떨던 그는 아르노아의 말에 겨우 정신을 차린 듯했다.

"하⋯⋯ 들짐승 한 마리가 신출귀몰하게 극장을 오갑니다."

그는 하소연하듯 말했다.

"리허설 하는 날은 꼭 찾아오는데⋯⋯ 지 기념품이라고 생각하는지 꼭 과일에 뭐에 음식을 집어 갑니다."

"들짐승?"

별일이다 생각했던 아르노아의 시선이 무대의 한쪽 구석에 꽂혔다.

"······?"

아르노아의 눈이 커졌다. 한순간의 착각이었는지 모르겠지만 그녀의 눈에는 보였다. 무대 뒤로 삭 사라지는, 어디서 많이 본 것 같은, 풍성한 줄무늬 꼬리 하나가.

'왜?'

머리가 혼란스러웠다.

쟤가 여기서 뭐 해?

아르노아는 디르한의 사냥터에서 바이나스를 농락하던 너구리의 모습을 떠올렸다.

'원래 여기저기 쑤시고 다니기 좋아하는 사람이었나.'

스승이 사라져서 너무 심심했던 걸까, 아니면 이 극단의 과일이 그렇게 맛있나.

"걱정 마십시오, 폐하. 저놈을 꼭 잡을 거니까요."

단장이 씩씩거리며 음산하게 말했다.

"제가 어둠의 경로로 짐승 덫 5종 세트를 구입했습니다. 100년 전에 어느 미친 마법사가 흑마법을 써서 만들었다던, 걸리기만 하면 뼈가 가루가 되는······."

단장이 이를 으득으득 갈며 중얼거렸지만 그다음 얘기는 아르노아의 귀에 잘 들어오지 않았다. 생각지 못했던 장소에서 익숙한 모양의 꼬리를 보는 순간, 누군가에 대한 생각이 강하게 밀려왔기 때문에.

'······잘 있나?'

말 그대로 연기처럼 왔다가 다시 연기처럼 사라지는 벨이었다. 생각해 보니 그를 이렇게 오랫동안 보지 않은 것은 만난 후로 처음인 듯했다.

아르노아는 본능적으로 주머니 속에 가지고 다니는 묘안석 목걸이를 만지작거렸다.

"아무튼! 가죽을 벗겨 버릴 겁니다!"

단장의 으름장이 그녀의 생각을 끊었다. 아르노아는 다시 그를 보며 안쓰러운 표정을 했다.

단장, 바쁜데 고생이 많아.

그녀는 안쓰러운 표정으로 단장을 보며 한숨을 내쉬었다.

그거 다 헛고생인데.

쟤 안 잡힐 거야.

\* \* \*

"무대의 늑대들이 새 연극을 한다면서요?"

카드 한 장을 뽑으며, 루이제가 눈을 빛냈다.

"그렇습니다. 황제 폐하께서 직접 후원하시는 극이라더군요."

포커에 참여한 루이제를 응원하던 로날드가 열심히 고개를 끄덕이며 대답했다.

"황성 중심의 페리아든 극장에서 하는 연극이라, 전 이미 가장 좋은 중앙 좌석으로 두 장을 예약했죠."

그는 은근슬쩍 같이 가자는 듯 루이제에게 눈짓했지만 그녀는 싱겁다는 듯 웃을 뿐이었다.

"여기 있는 사람 중 아직까지 예약을 안 한 사람이 어디 있어요?"

그녀가 말했다.

"황제 폐하께서 직접 관람하실 연극인데, 뭐라고 평하실지 궁금해서라도 다들 가겠죠."

"맞습니다. 우리 황제 폐하께서 후원하시는 연극이니 저희 가문에서도 전원이 참석할 계획이죠."

지난번, 아르노아와 아나킨의 포커 게임에서 큰돈을 땄던 엘리엇이 카드를 한 장 뽑으며 열정적으로 대화에 끼어들었다.

"흐음, 저는 좀 고민이 됐는데 말입니다."

또 다른 이가 말을 붙였다.

"내용을 하나도 공개하지 않으니 검증이 제대로 된 것도 없고, 아직 흥할지 어떨지 알 수도 없고, 폭삭 망하거나 하면……."

자신은 다른 이들처럼 쉽게 넘어가지 않는다는 듯한 말투였다.

"데스테온 영식은 지난번 내기에서 져서 그런 말을 하는 거 다 압니다."

엘리엇이 받아쳤다.

"폐하께서 어련히 알아서 하셨겠죠, 뭐."

"아니, 성공인지 아닌지는 열어 봐야 아는 거 아닙니까? 황제 폐하께서 공연 보는 눈이 있다고 누가 그럽니까? 갔는데 공연장이 텅텅 비었으면, 간 사람들이 웃음거리가 될 겁니다."

"그럴 리가 없다니까요."

"있습니다."

"없다니까."

그들은 한참 동안 격렬한 입씨름을 했다.

몇 주 사이에, 젊은 귀족들 사이에서 아르노아에 대한 관심도는 꽤 높아져 있었다.

시작은 아나킨과의 포커였지만 거기서 끝난 것은 아니었다. 황제의 투왈렛 룸을 상시 개방해서 젊은 귀족들의 출입을 환영하는 것도, 황제가 잠깐씩이나마 직접 그곳에 들르며 그들과 인사를 나누는 것도, 사소하지만 병이 깊었던 루시아노 황제는 하지 못했던 일이었다.

그 외에도 아르노아에게 관심을 가질 요소들은 꽤 있었다.

케스만 전쟁과 관련해 두베르테 후작의 손에서 주도권을 빼앗아 왔다는 점에 대해서는 평이 갈렸다. 아무것도 모르면서 고집을 부렸다는 이도 있고, 원래 황제가 할 일이라는 이도 있었다. 록산느 아실리에르를 존경하던 이들은 이 부분에서 아르노아를 강하게 비난하기도 했다.

다만 젊은 귀족들은 먼 곳의 전쟁보다는 가까운 곳의 흥밋거리를 더 즐겁게 여겼다. 사교계의 총아 아나킨과 항상 붙어 다니는 것도, 페르헨 영지의 주인인 마탑주가 그녀의 뜻에 따라 다시 전령이 되었다는 것도 모두 그들의 호기심을 자극했다.

몇몇 운 좋은 사람들의 증언에 따르면, 마탑주는 성질이 더러워 보였지만 아나킨 못지않은 미남이라는 점도 화제에 도움이 되었다.

"첫 공연은 이미 표가 다 팔렸다더군요."

떠들썩한 젊은이들 한가운데에 앉아 있던 페넬로페가 입을 열었다. 모두가 약속이라도 한 듯 그녀에게 시선을 고정했다.

"파, 팔렸다고요?"

조금 전, 갈 생각이 없다던 영식이 눈을 크게 뜨며 되물었다.

"걱정 마세요."

페넬로페는 우아하게 웃으며 패를 한 장 내려놓았다. 표를 사지 않았던 영식의 눈에 한 줄기 희망이 스쳤다.

"저와 루이제 영애가 열심히 보고 후기를 들려드릴 테니."

데스테온 영식의 얼굴이 울상이 되었고, 엘리엇이 큭 하고 웃음을 뱉었다.

어느새 그들의 중심에 자리를 잡은 페넬로페는, 아르노아의 인기를 높이는 또 다른 요소였다.

황궁에서 데뷔탕트를 치르고 제국의 보물이라는 호칭을 받은 순간부터, 그녀는 모든 젊은이의 부러움을 샀다. 그녀와 황제를 가족으로 묶지 않는 이는 없었다. 자연히, 페넬로페를 따라 아르노아의 시녀가 되고 싶어 하는 이들도 늘어났고.

"흥, 안 가면 그만입니다. 곧 개막인데 주연 배우가 누군지도 모르고 내용도 모르는 연극이라니."

데스테온 영식이 다시 정신을 차리고 말했다.

"하긴, 전 갈 생각이긴 하지만 솔직히 재미는 기대하지 않아요."

어린 영애 하나도 말을 얹었다.

"듣자 하니 그냥 사랑 이야기라더군요."

그녀가 혀를 쯧쯧 차며 말을 이었다.

"삶과 죽음, 선과 악, 인간의 본성에 대한 고뇌, 이런 걸 다루어야 진정한 예술이라고 할 수 있는데 말이죠."

"민간의 연극에 더 가깝다고 볼 수도 있겠죠."

그들은 무대의 늑대들이 새로 할 연극에 대해 한참 더 갑론을박을 벌였다. 방의 건너편에서는 아르노아와 아나킨이 그 모습을 보고 있었다.

"저쪽은 다 오는 거고, 다른 쪽은 어떤 것 같아?"

아르노아가 묻자 아나킨이 피식 웃으며 말을 받았다.

"어른들을 말씀하시는 거라면."

그는 방의 다른 쪽 구석으로 시선을 옮겼다.

"아까 폐하께서 오시기 전에 로메란트 백작 부인과 루벨린 남작이 둘이서 머리채를 잡고 싸우더군요. 한쪽은 재미가 있을 거다, 한쪽은 역대 최악의 연극일 거다, 하며."

"여인의 머리채를 잡다니, 손버릇이 좋지 않군."

"머리채를 잡은 게 백작 부인, 잡힌 쪽이 루벨린 남작이었습니다."

"……."

"부인의 손아귀 힘은 유명한 편입니다."

아나킨이 덧붙였다.

"그래?"

"손버릇이 좀 험한 건 사실이지만, 그 전에 남작이 폐하의 험담을 좀 심하게 한 모양이더군요."

"앞에서는 주의를 주고, 뒤에서는 상을 내려야겠네."

군주는 좀 앞뒤가 다를 필요도 있다고, 오래전 아나스티아 황후가 가르쳐 준 적이 있었다.

"……헤르만 백작은 계속 안 보이네?"

계속해서 방을 둘러보던 아르노아가 다시 말했다. 아나킨도 고운 눈썹을 살짝 찌푸렸다.

"날마다 출입하던 황궁을 요즘은 오지 않더군요."

그가 말했다.

"……케스만 전쟁에 대한 회의 이후부터 발걸음을 조금씩 줄였던가?"

아르노아가 기억을 더듬었다. 온갖 소문을 꿰고 있는 헤르만 백작은 얼마 전 아르노아에게 베사니엘 후작을 소개해 준 후로 황궁에서 거의 눈에 띄지 않았다.

"유독 기침이 심해졌다고는 들었습니다. 다만……."

아나킨이 뭔가를 깊이 생각하는 표정으로 말끝을 흐렸다.

"기침병은 원래도 앓았으니, 그 핑계로 아실리에르 대공 쪽의 눈치를 보는 것일 테지요."

그가 아쉽다는 듯 말했다.

"완전히 예상을 못 한 건 아니었지만, 공연이 시작되기도 전에 발을 끊을 줄은 몰랐습니다."

"생각했던 것보다도 조심성이 많은 사람이야, 그렇지?"

대공 부녀가 멀리 있는 지금, 대부분 귀족들은 그들의 영향력을 알면서도 때때로는 잊어버리고는 했다. 그러니 사실상 아르노아가 지시해서 만들어 진 연극을 보러 가겠다고 서로 다투는 것이었고, 이는 아르노아와 아나킨이 기대한 그대로였다.

헤르만 백작은 조금 더 멀리 보았다. 머지않아 대공 측이 돌아왔을 때, 그와 록산느의 분노가 어디를 향할지 모르니, 일단 대외적으로는 몸을 사리 려는 듯했다.

아나킨은 고개를 끄덕였다.

"그분은 언제나 그랬습니다. 겉으로는 모두와 친분을 유지하지만 속으로는 모두를 경계하고 있죠."

"하아……."

아르노아는 아쉬움 섞인 한숨을 내쉬었다. 연극은 이미 어느 정도 성공이었지만, 사교계의 중심에 있는 헤르만 백작이 가지 않았다는 소문이 난다면 극에 대한 평가 자체가 떨어질 수밖에 없었다.

"포기할 건 포기하지."

조금은 아쉬운 표정으로 아르노아는 그렇게 말하며 일어섰다.

"어디 가십니까?"

"만날 사람이 있다는 게 생각나서."

그녀는 따라나서려는 아나킨에게 손을 내저으며 방을 나섰다. 연극에 꼭 초대하고 싶은 사람은 헤르만 백작뿐이 아니었다.

＊ ＊ ＊

황궁의 후원을 지나 남쪽으로 반 시간쯤 걸으면 작고 깔끔한 건물이 있었다. 황궁의 가장 조용한 곳에 있는 그 건물은, 여러 학자들이 거주하며 연구에 매진하는 곳이기에 '학술원'이라 불렸다.

그곳의 전문가들은 분야를 가리지 않았다. 문학, 역사, 예술, 심지어는 아나킨이 가끔 아티팩트를 분석하고 혼자만 읽을 논문을 쓰기 위해 사용하는 마법 연구실도 있었다.

수백 개의 연구실 중 하나의 앞에 선 아르노아는 천천히 문 앞에 새겨진 글자를 올려다보았다.

[의술 연구실 ― 루데스 박사]

아르노아의 입가에 작은 미소가 떠올랐다. 그녀는 손잡이를 밀어 묵직한 문을 열었다.

철컥-

들어서는 순간 강한 약 냄새가 훅 하고 아르노아의 코를 찔렀다.

"열심이네, 루데스 박사."

아르노아는 냄새의 한 가운데에서 유리병에 약을 따르는 여자에게 말했다.

"폐하?"

집중하느라 얼굴을 잔뜩 찌푸렸던 그녀가 고개를 들었다.

"제국의, 그……."

박사가 무언가 고민하며 고개를 갸웃거리다가 입을 열었다.

"맞다, 제국의 해를 뵙습니다."

표정은 반가운 듯했으나 인사는 어정쩡한 모습이었다. 문구는 당연히 틀렸고.

"……앞으로 인사는 생략하도록 해."

아르노아는 정정해 줄까 했다가 생각을 바꾸었다. 한 번 더 정정해 줘 봤자 소용없을 것을 알기 때문이었다. 의학과 약학에서는 그토록 놀라운 연구 결과를 냈던 그녀지만, 제국의 예법은 놀라울 정도로 외우지 못했다.

"황은이 망극, 아니…… 아무튼 감사합니다."

박사가 대답하며 고개를 들었다. 안도감이 섞인 표정이었다.

"오랜만에 보는군. 제국의 연구실은 아직도 마음에 들어?"

"예, 폐하."

아르노아가 묻자 박사는 어깨를 으쓱하며 고개를 끄덕였다.

"책도 많고, 다른 의학자들의 지식도 배울 점이 많더군요."

인사는 자주 더듬거리는 그녀였으나 태도는 항상 차분했다. 루데스 박사는, 아르노아가 갑자기 황제가 되었다는 소식을 들었을 때 놀라지 않았던 유일한 사람이었다.

'그럴 것 같았어요.'

소식을 들은 그녀는 말했었다.

'정확히 황위에 오르실 거라는 생각을 한 건 아니고, 그냥 왕비 자리에 오래 계실 분은 아닌 느낌이었달까요.'

함께 제국으로 가자는 말을 들었을 때도 그녀는 그저 덤덤하게 승낙했다.

'좋습니다. 동생들은 다 자립했으니까요. 단독으로 쓸 연구실만 주신다면 가겠습니다.'

도착한 이후, 그녀는 아르노아의 주치의로서 일했다. 간혹 후원에서 마주치는 길고양이들에게 음식을 챙겨 주는 취미도 그대로 유지하면서. 혹시 모를 암살을 대비하는 데에는 루데스 박사만큼 뛰어난 이가 없었다.

"박사, 페리아든 극장에서 하는 새 연극에 대해 들었어?"

아르노아가 물었다. 매일 하는 짧은 검진 외의 시간에는 박사를 보지 못했기에, 연극에 대한 잡담을 나눌 시간은 없었다.

"페리아…… 어디라고요?"

박사는 미안한 표정으로 되물었다. 제국어와 디르한의 말은 같았음에도 건물이나 사람의 이름이 조금씩 달랐기에 그녀는 이를 외우는 것을 어려워했다.

아르노아는 한숨을 쉬었다. 극장 이름을 모르는 걸 보면, 아르노아의 지시로 만들어진 이번 연극에 대해서도 아무런 소식을 듣지 못한 모양이었다. 아니면 들었는데 관심사가 아니라서 잊어버렸거나.

"그런 연극이 있어. 박사가 꼭 보러 와 줬으면 좋겠고."

아르노아는 짧게 설명했다. 베사니엘 후작과 얽힌 이야기를 해 봤자, 그녀는 아마 별 관심을 보이지 않을 터였다.

"꼭 가겠습니다, 폐하."

박사는 의외로 선선히 승낙했다. 관심사가 아니어도 아르노아의 추천은 받아들이겠다는 태도였다.

"좋은 공연일 거야. 황성에 사는 귀족들은 다 오는 공연이니 구경하는 재미도 있을 거고."

"황성의 귀족이…… 다요?"

할 말을 마치고 돌아서는 아르노아의 뒤로 박사의 의아해하는 목소리가 들렸다.

"……그게 왜?"

아르노아가 다시 돌아서며 물었다. 박사는 조금 전, 인사법을 기억해 내려 애쓰던 때와 비슷한 표정을 짓고 있었다.

"그…… 자꾸 저한테 자기 먼 친척을 소개하려고 하는 백작님도 오시나요?"

박사가 고개를 갸웃거리며 물었다.

"소개?"

아르노아가 미간을 찌푸렸다. 능력 있는 사람에게 혼담을 들이미는 백작은, 그녀가 알기로 딱 한 명이었다.

"헤르만 백작?"

"맞아요, 바로 그분."

박사가 고개를 끄덕였다.

"그분은 못 오시겠죠?"

"……헤르만 백작만큼은 아직까지 알 수 없네만…… 그걸 어떻게 알았지?"

백작이 오지 않을 낌새를 보인다는 사실을 아는 이는 별로 없었다. 박사는 귀족들과 그럭저럭 안면이 있는 정도의 사이였다. 연회나 만찬에 초대를 받았고, 아르노아의 진료를 위해 황궁 중앙 건물을 자주 오가다 그들과 안면을 텄으니까. 하지만 루데스 박사가 눈치로 그런 것을 짐작할 수 있는 사람은 아니었고.

"어디서 들은 얘기가 있는 거야?"

"들은 건 없는데……."

아르노아가 묻자 박사는 고개를 저었다.

"그냥, 보여서 말입니다."

그녀가 대답했다.

"보이다니?"

"병이 심해진 것이요. 기침도 그렇고, 안색도 그렇고, 얼마 안 남은 것 같습니다."

박사는 중요한 일이 아니라는 듯 툭 내뱉었다.

"얼마 안 남다니? 뭐가?"

아르노아가 의아한 표정으로 물었다.

"수명이요, 폐하."

박사가 다시 말했다. 그녀의 얼굴은 마치 날씨 얘기를 하는 듯 평온했다.

"병색을 보니까 곧 죽을 사람이에요."

아르노아는 잠시 멍해져서 아무 대답도 하지 않았다.

"……곧 죽어?"

한참의 정적이 흐르고 나서야 그녀가 말했다.

"헤르만 백작이?"

잘 믿기지가 않았다. 기침을 자주 하는 것은 사실이었으나, 불과 며칠 전까지 멀쩡한 모습으로 황궁을 드나들던 그녀였다. 의상이며 보석, 화려한 마차를 비롯한 가업도 도맡아서 진행하던 중이었는데.

"일흔이 넘은 노인인걸요. 흔한 일입니다, 폐하."

박사가 할 수 없다는 말투로 대답했다.

"……그 병이 그렇게 심각한 거였나?"

아르노아가 물었다. 대답을 기대한 것은 아니었다. 헤르만 백작의 정확한 병명을 아는 이는 없었으니까. 의사들도 원인을 정확히 몰랐다. 그저 멀쩡하다가 이유 없이 기침을 토해 내는, 귀찮지만 치명적이지는 않은 그런 병이라고만 설명했었다.

"히세릭 병이요? 심각하죠."

박사는 다시 유리병으로 시선을 돌린 채 말했다.

"완치는 없고, 치료는 귀찮고…… 과정은 좀 괴롭고. 의사 입장에서도 참 반갑지 않은 병입니다."

"잠깐만."

아르노아가 그녀의 말을 멈추었다.

"박사, 설마…… 설마 헤르만 백작의 병명을 알아?"

그녀는 동그래진 눈으로 물었다.

"히세릭 병이요?"

박사도 동그래진 눈으로 아르노아를 바라보았다.

"흔한 병은 아니지만, 다 아는 거 아니었나요?"

그녀는 뭐가 신기하냐는 듯 눈을 깜빡였다.

"아니야."

아르노아가 침을 한번 삼키고 말했다.

다 알긴 뭘 알아. 그냥 이름 없고 약도 없는 불치병인데.

"제국에서는 알려진 병이 아니야. 박사는 디르한에서 본 적이 있는 거야?"

"아, 그런 거예요? 어쩐지 돈도 많은 사람이 치료를 열심히 안 받는 느낌이 들긴 했는데……."

루데스 박사는 이제 자신이 더 신기하다는 표정으로 되묻고 있었다.

"디르한에서도 희귀병에 속하기는 합니다. 의사들 중에도 잘 모르는 사람들이 있기는 해요. 아마 풍토가 달라서 그런 건가 싶은데……."

박사가 추가로 설명했다.

"제가 유독 히세릭 병을 잘 보는 건, 저희 어머니께서 그 병으로 돌아가셨기 때문이죠. 왜, 폐하께서 치료비를 대 주셨었잖아요."

박사는 별로 슬프지도 않은 듯 말을 끝냈다. 아르노아는 여전히 벙 찐 표정을 감출 수가 없었다. 머릿속이 혼란스러웠다. 백작의 상태도, 그 병의 정체도 다 놀랄 만한 정보들인데, 이렇게 아무렇지 않게 막 뱉는 루데스 박사가 가장 놀라웠다.

"……박사."

이윽고 생각을 조금 더 정돈한 그녀가 말했다. 어지럽긴 해도, 지금 가장 중요한 질문은 하나였다.

"예, 폐하."

"박사가 생각할 때, 지금 헤르만 백작은 어떤 상황일 것 같아?"

"아."

박사는 들었던 유리병을 다시 내려놓고 머리를 긁적였다.

"힘들 겁니다."

그녀가 대답했다.

"오랫동안 별거 없어 보이는 증상이었다가, 말기가 될수록 폐와 심장에 대한 압박이 심해져서요."

"……."

"며칠 전 기침 소리가 심상치 않았으니까, 지금은 아마 침대에 누워 꼼짝도 못 할 겁니다."

"아무것도 못 하고?"

"최선을 다해서 숨을 쉬고 있겠죠."

"하아……."

아르노아는 눈을 지그시 감고 한숨을 쉬었다. 대공을 조심해서 아르노아를 피하는 줄만 알았더니, 전혀 잘못 짚었다. 그녀는 지금 죽음과 싸우고 있었던 것이다.

감겼던 아르노아의 눈이 다시 푸르게 빛났다.

"박사, 나랑 갈 곳이 있어."

그녀가 말했다.

"예? 언제요?"

무슨 상황인지 모르겠다는 표정으로 되묻는 박사에게 아르노아가 다시 말했다.

"헤르만 백작이 죽기 전에."

* * *

"제국의 태양을 뵙습니다."

백작저의 하녀 한 명이 아르노아를 맞으며 인사했다.

"일어나도 좋아."

아르노아가 대답했다. 말을 하면서도 그녀는, 그리고 함께 온 페넬로페는 고개를 갸웃했다. 이름 있는 가문의 황성 저택에서, 황제를 맞이하는 사람이 한 명인 것은 이상한 일이었다. 물론, 그 뒤에 함께 따라온 루데스 박사는 아무런 생각이 없어 보였다.

"……다른 사람은 없느냐?"

아르노아가 물었다.

백작가가 혹시 망했나?

쓸데없는 생각이 순간 머리를 스쳤으나 저택 안의 화려한 가구들을 보면 그럴 것 같지도 않았다.

"백작에게는 함께 사는 가족이 많은 걸로 알고 있었는데."

"사실입니다, 폐하."

하녀가 대답했다.

"소백작을 포함해 모든 분들이 백작님의 방에 계셔서 부득이하게 손님을 직접 맞지 못하셨습니다."

"전부가?"

아르노아가 묻자 하녀는 다시 고개를 끄덕였다.

"주인들이 그곳에 계시니, 고용인들도 거기서 대기할 수밖에요."

흔치 않은 일이었다. 갑작스럽기는 하나 황제가 방문하면 가족 중 누군가는 직접 응대를 하기 마련이었으니까.

"나도 들어가 볼 수 있겠느냐?"

아르노아가 조심스럽게 물었다.

루데스 박사의 말대로 백작이 고통스럽게 누워 있는 거라면, 황제를 만나는 건 꽤 부담스러운 일일 테니까.

"따라오세요, 폐하."

하녀는 의외로 순순히 승낙하더니 세 사람을 복도 끝의 높은 문 앞까지 안내했다.

"이 뒤에 계십니다."

철컥-

방문이 열리고, 아르노아의 눈에 백작가 안방의 광경이 들어왔다.

넓디넓은 침실 안에는, 중년부터 어린아이까지 서른 명이 넘을 것 같은 사람들로 가득 차 있었다. 넓게 퍼진 것도 아니고, 그들은 하나의 커다란 침대 주변에 바글바글 몰려 있었다.

"어머니, 지금 이 상황에 어떻게 손님을 맞습니까! 제가 시중을 든다니까요."

헤르만 백작과 묘하게 비슷하지만 훨씬 젊은 여자의 목소리가 들렸다.

"아니야, 누님은 가서 소가주의 역할이나 해요. 어머니의 시중은 제가 들 겁니다. 자, 어머니가 좋아하시는 과일을 깎아 드리지요."

비슷한 연배의 중년 남자의 목소리도.

"아니야! 함무니는 알린을 제일 예뻐해요. 내가 먹여 드릴 거야!"

또 다른, 어린아이처럼 들리는 목소리도 들려왔다. 곧 열 명도 넘는 사람이 저마다 비슷비슷한 주장을 해대기 시작했다.

"고모힐머니는 내가 제일 좋다고 하셨는데 무슨 소리야?"

"아무튼 전 안 갑니다."

"다 비켜! 어머니는 내가 만든 파이를 좋아하신다."

"그러면 일단 다 같이 여기 있읍시다."

누군가가 나름대로의 의견을 냈다.

"우리가 다 있으면 이모님도 편하지 않으시겠습니까?"

그가 꿋꿋하게 주장했다.

"아이들도 얼굴을 봐서 좋고 말입니다. 이모님의 시중을 들 사람은 한 명 한 명이 소중하고…… 물론 그 중에서는 제가 이모님과 제일 친합니다."

그가 꿋꿋하게 주장했다. 격해진 목소리에는 힘이 잔뜩 실려 있었다.

"어머니는 그런 것을 원하시는 게 아니다. 너는 어서 네 영지로 돌아가서……."

"저는 이모님 곁을 지킨다고요."

"아들인 내가 낫지, 조카가 뭘 지켜?"

"어허! 30년 전에 제가 그려 드린 초상화를 얼마나 좋아하셨는데."

"함무니, 알린이 책 일거 드리께요."

와르르르 말들이 쏟아지던 중, 갑자기 침대 한가운데에서 고성이 터졌다.

"이놈들아! 시끄럽고 정신없다!"

목소리가 방 안을 쩌렁쩌렁 울리자, 직전까지 싸우던 이들 전부가 입을 합 하고 다물었다.

"경중을 따지지도 못하는 바보들 같으니…… 콜록!"

헤르만 백작과 비슷한 목소리가 들려왔다. 방을 가득 울릴 정도의 소리였으나 기침이 섞인 쉰 목소리였다.

"콜록, 너희들이 내 자식이고 조카가 맞기는 하더냐?"

백작인 듯한 목소리가 혀를 쯧쯧 찼다.

"어, 어머니……."

소백작으로 추정되는 여자의 목소리가 울먹였다.

"드디어 말씀을 하시는군요! 너무 조용하셔서 걱정했어요!"

그녀가 기쁜 듯 소리치자 다른 목소리들이 왁자지껄 뒤를 이었다.

"봤습니까? 제 목소리를 듣고 정신을 차리셨다고요."

"헛소리! 내 파이 냄새를 맡으신 거다."

"함무니는 알린 보고 싶은 고야!"

혼란스러운 시간들이 더 이어졌다. 헤르만 백작이 다시 한번 소리를 빽지를 때까지.

"이것들아…… 콜록! 황제 폐하 좀 맞이하라니까!"

그녀가 외쳤다.

"다들 황제 모독죄로 사형당하고 싶으냐?"

서른 명이 넘는 사람들이 다시 한번 한 시에 입을 다물었다.

"……아, 맞다."

소백작이 말했다.

"하…… 어떡하지? 어머니 기침하시는 데 놀라서 깜빡 잊어버렸네."

그녀의 안색이 조금 흐려졌다. 헤르만 백작이 한숨을 쉬는 소리가 들려왔다.

"어머니 황제 폐하께서 오실 시간이 곧……."

"저, 소백작님."

그때까지 끼어들 틈을 찾지 못해 방 한 구석에서 조용하던 하녀가 입을 열었다.

"저…… 이미 오셨는데요."

"응?"

소백작, 그리고 침대 주변에 있던 사람들이 동시에 뒤를 돌아보았다. 어딘가 비슷비슷하게 생긴 서른 개의 얼굴이 동시에 아르노아를 향했다.

"……폐, 폐하?"

소백작이 사슴처럼 커진 눈을 깜빡이더니, 한 순간 정신을 차린 듯 무릎을 굽혔다.

"제국의 태양을 뵙습니다."

그 말이 신호라도 되는 듯, 서로 눈치를 보던 나머지 사람들도 한 명씩 예를 갖췄다.

"제, 제국의 태양을 뵙습니다."

"제국의 태양을 뵙습니다."

어른들은 물론이고.

"안녕하세요, 나는 알린이에요."

"야, 그거 아니야. 이브 고모처럼 해!"

"제국의 태양을 뱁습니다."

아이들도.

"하이고…… 내가 미치지, 미쳐."

헤르만 백작이 한숨 섞인 목소리로 말했다. 가쁜 호흡과 쉬어 있는 목소리로 보아 없는 힘을 짜내는 듯했다. 일어나기 위해 애쓰고 있는 듯, 끙끙거리는 소리가 들려왔다.

"괜찮으니 백작은 누워 있으시오."

아르노아가 말했다.

"하아…… 감사합니다, 폐하."

풀 하고, 백작이 다시 침대에 눕는 소리가 들려왔다.

"너희는 다 나가거라. 폐하와 이야기를 나눠야 하니."

아르노아가 뭐라고 말하기 전에 그녀가 가족들에게 지시했다.

"하지만……."

"저, 저는 남아 있으면 안 되겠습니까? 폐하 시중을 제가 들겠습니다."

"폐하, 알린 조용히 있을게요."

"말 좀 들어라, 이놈들아!"

백작이 몇 번 더 야단을 치자 그들은 그제야 아쉬운 표정으로 슬슬 방에서 나갔다.

"후우…… 내가 죽지."

한층 조용해진 침실에서 백작이 중얼거렸다.

"가족 간의 정이 깊은 것은 좋은 일이오."

아르노아가 말했다. 그녀는 페넬로페와 루데스 박사에게는 뒤편의 간이 탁자에 앉아 있으라고 손짓하고, 혼자서 소백작이 앉았던 의자로 향했다.

"……폐하께서는 저를 보고도 그러십니까?"

힘 빠진 웃음소리가 들렸고, 아르노아는 그제야 누워 있는 헤르만 백작의 모습을 제대로 볼 수 있었다.

"……이게 다 무엇이오?"

아르노아가 난감한 표정으로 물었다.

그녀의 눈에 들어온 것은 알록달록한 각종 옷, 그리고 장난감들이었다.

손재주는 없지만 정성이 넘치는 누군가가 손수 떠서 입혀 준 듯한 분홍색 스웨터, 비슷한 수준의 다른 사람이 만든 듯한 녹색 털모자, 쓸데없이 귀여운 곰 인형이며 어린아이가 직접 쓰고 그린 듯 삐뚤빼뚤한 글씨의 동화책까지.

그것들은 한데 뒤섞여 백작의 침대를 한 자리씩 차지하고 있었다.

"선물입니다, 폐하. 그놈들이 쓸데없이 이런 선물을 주었습니다."

백작은 수치스럽다는 듯 눈을 감으며 말했다.

"그놈들이라면, 백작의 가족들 말이오?"

아르노아의 말에, 여기저기 실밥이 튀어나온 녹색 모자에 파묻힌 얼굴이 고개를 끄덕였다.

"돈으로 주는 거 다 필요 없다고 했더니…… 그럼 정성이 필요한 건가 보다 하고 한 명씩 손수 만든 선물을 가져오지 뭡니까."

그녀는 한숨을 쉬며 천천히 손을 들어 올려 모자를 벗고 옆으로 치웠다.

"제국의 태양을, 콜록…… 제국의 태양을 이 꼴로 뵙게 되어 죄송합니다, 폐하."

"……."

침실에 들어온 후 처음으로 백작의 얼굴을 제대로 본 아르노아의 눈이 커졌다.

겨우 며칠을 못 본 사이, 그녀는 시체처럼 창백하게 변해 있었다. 볼은 살이 없이 움푹 패어 해골처럼 보였고, 모자를 겨우 벗는 손도 힘없이 덜덜 떨리고 있었다.

"……안색이 좋지 않군."

아르노아가 말했다.

"말씀을 참 조심스럽게도 하십니다, 폐하."

백작은 허탈한 웃음을 터뜨렸다.

"곧 죽을 사람 같다고 솔직하게 말씀하셔도 됩니다."

그녀가 말했다. 목소리는 또렷한 편이었지만 쉬어 있었고 힘이 부족했다.

"……연극에 초대하러 오셨습니까, 폐하?"

백작이 툭 내뱉었다.

"초대를 위해 직접 걸음 하시다니 황송합니다."

그녀는 다 안다는 듯한 표정으로 아르노아를 바라보고 있었다.

"……맞아."

아르노아가 대답했다.

"다만 그것 때문만은 아니오."

"그럼 무엇입니까?"

"백작의 건강이 우려되어 왔소."

아르노아가 말했다. 그녀의 말에 백작이 눈을 크게 떴다. 하지만 이는 아르노아의 솔직한 심정이었다.

헤르만 백작과 친분이 있다고는 할 수 없으나, 그녀는 백작의 몸이 상하는 것을 바라지는 않았다. 정치적으로 항상 중립을 지키며 계산적인 그녀였지만, 백작은 아르노아가 황제임을 알게 된 첫날부터 그녀에게 예의를 지켰다.

뒤로는 또 대공에게 뭐라고 했을지 모르지만, 이 정도면 미워할 사람은 아닌 셈이었다. 그 정치 수완을 신기해하면 모를까.

무엇보다, 수십 년간 황성 귀족들의 중심에서 밀려난 적 없는 그녀는 페넬로페의 귀감이 될 법한 사람이기도 했다.

"식구들이 많더군."

아르노아가 다시 말했다. 그녀의 시선은 백작의 발치에서 뒹굴고 있는 동화책을 향했다. 알아보기 힘든 그림이기는 했지만 표지에 그려진 알록달록한 형체는 아마 백작인 듯했다.

"친해 보여."

그녀가 작게 덧붙였다.

정성이 들어간 선물이라는 백작의 말이 맞았다. 서툰 솜씨이기는 하나 손수 만든 각종 선물들 속에 파묻힌 백작은, 귀족들의 가문에서 보기 드문 모습이었다.

"물론입니다. 제 목숨 같은 자식과 조카들, 그리고 손자 손녀들이니까요."

헤르만 백작이 말했다. 아르노아는 눈썹을 치켜올렸다.

"……조금은 의외로군. 백작이 그들을 그렇게 아낀다는 게."

그녀는 솔직하게 말했다. 아르노아는 억지로 꾸며 낸 빈말을 하고 싶지는 않았다. 병상에 누워 죽음을 기다리는 이에게는 더더욱.

"소문에 따르면, 백작은 자신의 핏줄을 내로라하는 재력가와 군주들, 그리고 그들의 권력과 재산을 위한 도구로만 본다고 하던데 말이오."

백작이 쉰 목소리로 웃음을 터뜨렸다.

"비슷하면서도 완전히 틀린 분석이군요."

그녀가 말했다.

"틀렸소?"

"제 핏줄들은 여러 재력가며 군주들의 남편, 부인, 정부로 들어가 있지만…… 콜록, 콜록!"

그녀는 얼굴을 찌푸리고 기침을 몇 번 하더니 말을 이었다.

"반대입니다. 그들이 도구인 겁니다."

기침 때문에 조금 일그러진 미소를 띠며 그녀가 말했다.

"……재력가와 군주들이 도구라고?"

"제 핏줄의 권력을 위한, 안위를 위한, 탄탄한 그 후대를 위한 도구이지요."

백작이 말을 이었다.

"단 한 번도, 아이들이 싫다는 사람에게 그들을 떠민 적 없습니다. 자기 운명을 제 손으로 고르지 않은 아이는 없어요."

"그런 것치고는……."

아르노아가 잠시 생각하다가 말을 받았다.

"혼사부터 연인관계까지 하나하나 전부 백작의 이해관계에 너무나 잘 맞지 않은가?"

의심하지 않을 수가 없었다. 자식이며 조카들의 혼사 등으로 헤르만 백작가가 챙긴 이득은 어마어마했으니까.

"폐하."

헤르만 백작이 너털웃음을 터뜨리며 아르노아를 불렀다.

"왜 그러지?"

"생각해 보십시오. 제 아이들이 조금이라도 얽혔던 남녀 중에서."

그녀는 여러 사람들을 떠올리듯 허공을 바라보며 말을 이었다.

"못생긴 이가 있었습니까?"

"……뭐?"

아르노아의 얼굴이 멍해졌다.

머릿속을 더듬어 보고, 아나킨이 전해 줬던 여러 정보를 다시 생각해 봐도 없었다. 헤르만 백작가의 사람들과 염문설이 뿌려졌던 사람들 중 못생긴 이가 없었다. 백작이 노렸지만 실패했던 이들 중에도 없었다. 아르노아를 포함해서.

"다들 저를 닮아 미남미녀를 좋아합니다. 얼굴만큼 중요한 건 아니지만 권력도 좋아하고요."

백작이 별거 아니라는 듯 말을 이었다.

"그러니 저는 권력도 외모도 다 가진 자들을 찾을 수밖에요. 그 후 가문에 이득을 가져오는 건 오롯이 아이들의 선택이자 능력입니다."

"미남미녀……?"

아르노아는 차마 말을 끝내지 못했다.

헤르만 백작의 말뜻은 단순하면서도 황당했다. 돈과 권력, 온갖 세속적인 것을 좇는 걸로 알려진 헤르만 백작가의 사람들은, 다른 어떤 것보다도 얼굴을 많이 본다는 것이었다. 침대 주변의 정성 가득한 선물들을 보았을 때, 아이들의 선택을 존중한다는 백작의 말이 거짓은 아닌 것 같고.

아나킨이 그중 누군가와 놀아났었다더니, 누군지 몰라도 땡잡은 거였구나 하는 생각이 아르노아의 머리를 스쳤다.

"독특한 가치관이로군, 백작."

아르노아가 다시 한번 진심으로 말했다.

"결혼한 후에도 백작의 건강이 좋지 않다는 이유로 우르르 돌아와 곁을 지키는 걸 보면, 그들이 백작을 사랑하기는 하는가 봐."

그녀는 아주 조금 그들이 부럽다는 생각이 들었다.

"당연한 거 아니겠습니까?"

헤르만 백작이 쉰 목소리로 웃음을 토했다.

"곁에 있는 사람이 제왕이든 거상이든, 내가 키운 아이들은 오직 헤르만 가문만을 가족으로 여깁니다."

그녀가 느릿느릿 말을 이었다. 힘없는 미소에도 자부심이 잔뜩 배 있었다. 아르노아는 헤르만 백작가가 부흥한 이유를 너무나도 확실하게 알 수 있었다. 그 구성원들은 대륙 전체로 뻗어나가 인맥을 형성하면서도, 한편으로는 헤르만 백작을 중심으로 제국 어느 가문보다도 견고하게 뭉쳐 있었던 것이다.

"그러니……."

아르노아가 뭐라고 말하려던 찰나 백작이 다시 입을 열었다.

"연극은 안 갈 겁니다."

그녀는 딱 잘라 말했다.

"……건강 상태 때문이 아니라 가문을 위한 결정이라는 의미로 들리는군."

아르노아가 말하자 백작은 다시 한번 웃었다.

"현명하시군요."

그녀가 말했다.

"그럴수록, 제 눈에는 아실리에르 대공과 공녀가 전쟁터에서 돌아오면 폐하를 얼마나 눈엣가시로 여길지가 보입…… 콜록! 커헉!"

그녀는 이번에는 꽤 오랫동안 기침을 토했다. 얼굴색은 더욱 창백해 보였고 기침에서는 피가 조금 묻어나는 듯했다. 백작은 누군가 억지로 품속에 넣어 준 듯한 샛노란 손수건으로 피를 닦았다.

"백작, 너무 무리할 필요는 없소."

아르노아가 넌지시 말렸으나 그녀는 계속 말을 이었다.

"연극 내용도 대충 알고 있습니다. 베사니엘 후작을 위해 대단한 준비를 하셨더군요."

"그건…… 어떻게 안 것이오?"

"제 인맥은 여러 곳에 미치기 때문입니다."

단장이 비밀 엄수를 그렇게 강조했는데, 완전한 비밀은 없는 모양이었다. 백작은 어쩌면 극단 내까지도 인맥이 충실히…….

"베사니엘 후작이 아무한테도 말하지 말라며 제게 자랑을 했답니다."

그녀의 상상을 깨뜨리며, 백작이 말을 이었다.

"보기와 달리 입이 싸서 비밀을 캐내기 쉬운 사람이죠."

아, 그랬었구나.

아르노아는 어이없는 웃음을 지었다. 이미지는 꽤 말끔한데, 의외로 사소한 단점이 많은 남자였네.

"연극은 성공할 겁니다. 제가 안 가도요. 하지만……."

백작은 단정하듯 말했다. 그녀의 눈빛에는 건드릴 수 없는 확신이 있었다.

"제가 가는 것과 가지 않는 것에 차이는 있을 겁니다. 첫 공연의 분위기도, 그 후에 소문을 듣고 찾아올 사람들의 규모도, 후에 회자될 명성도."

"그걸 아는 사람이 안 가겠다고 하니 안타깝군."

아르노아가 대답했다.

큰 기대는 없었다지만 막상 직접 거절하는 걸 들으니 아쉬운 건 사실이었다.

"공연장에서 자리를 빛냈다는 이유로 대공의 미움을 살까 두려운 것이오?"

아르노아가 묻자 백작은 눈을 감으며 한숨을 쉬었다.

"미움이야 사겠지요. 하지만 평소 같으면 그런 일에 대응하는 건 일도 아닐 겁니다."

그녀는 아쉽다는 듯 말했다. 말하는 중간중간에는 여전히 잔기침이 섞여 있었다.

"미움이야 다른 곳으로 돌릴 수도 있고, 거짓을 좀 섞어서 눈과 귀를 속일 수도 있고, 재물로 마음을 돌릴 수도 있겠죠."

"……."

"재미있는 놀음 같아서 저도 구경은 하고 싶었지만……."

그녀는 다시 눈을 떴다. 여유 넘치던 시선에는, 놀랍게도 깊은 우려가 어린 듯했다.

"아쉽게도, 그런 약삭빠른 대응을 해야 할 때가 오면 전 세상에 없겠지요. 미련한 아이들만 남긴 채 말입니다."

백작의 입에서 허탈한 웃음이 빠져나왔다.

"백작."

아르노아가 끼어들려 했으나 백작은 다시 고개를 저었다.

"폐하, 저의 아이들은 똑똑하지만, 제가 죽으면 그 충격으로 한동안 아무 것도 못 할 겁니다."

그녀가 말했다.

"대공과 무슨 원수를 지게 될지 알 수도 없고, 설령 나중에 회복하더라도 가문에 대한 타격은 있을 겁니다. 사교계에서의 역할을 딸이 수행하기는 어려울 테니까요."

"소백작이 백작을 완벽하게 대신하기는 어려울 테지."

"평소에는 똑똑해도 그 애는 제가 죽으면 한 달은 정신을 못 차릴 겁니다."

백작은 별안간 고개를 살짝 틀어 방 건너편에 있는 페넬로페를 바라보았다.

"제가 죽으면, 사업은 몰라도 사교계에서의 자리는 저 영애가 보란 듯이 가져갈 겁니다. 시대가 바뀌는데 제가 뭘 어쩌겠습니까."

그녀가 털어놓았다. 아직은 그 자리를 통째로 넘기기 아쉽다는 생각을, 백작은 숨기지 않았다.

"저는 그저 마지막 가는 길에, 가문에 위협이 될 무언가를 남기고 싶지 않을 뿐입니다."

백작은 모든 말이 다 끝났다는 듯 입을 다물었다. 몇 마디 말을 하는 것에 힘을 다 써 버린 듯 지친 모습이었다.

가만히 앉아 있던 아르노아의 입가에 작은 미소가 어렸다. 백작은, 그녀가 생각했던 것보다도 훨씬 재미있고 통찰력 깊은 사람이었던 것이다. 그녀는 백작의 이야기를 더 듣고 싶었다. 헤르만 백작이 왜 사교계의 중심으로 우뚝 섰는지 알 것 같았다.

다만, 지금은 이야기를 더 듣기보다는 아르노아가 할 말을 할 때였다.

"마지막 가는 길이라고 했던가?"

그녀가 물었다. 헤르만 백작은 말없이 고개를 끄덕였다.

"만약 그게 아니라면, 연극은 궁금하고?"

아르노아가 다시 물었다. 백작이 빤히 그녀를 바라보았다. 이를 수긍의 표시라고 받아들인 아르노아는 잠시 생각하다가 질문을 덧붙였다.

"사교계는, 계속 틀어쥐고 있고 싶고?"

백작은 다시 한번 고개를 끄덕였다.

"미련이 많이 남은 걸 보면, 삶이 꽤 즐거웠나 봅니다."

다만 눈빛은 다 의미 없다는 듯 풀려 있었다.

"그런 가정이 무슨 소용이겠습니까, 폐하?"

그녀가 물었다.

"의사한테 물어봐도 제 병이 뭔지 모르겠다고 했으니 말 다 한 거지요."

"……."

"글렀습니다. 치료제 같은 건 없다고 하더…… 콜록!"

그녀는 다시 기침하기 시작했다. 아르노아는 조용히 한 손을 들어 그때까지 뒤쪽에 조용히 앉아 있던 루데스 박사에게 손짓해 그녀를 가까이 불렀다.

박사는 조용히 자리에서 일어나 침대 가까이로 다가왔다.

"백작, 이쪽은 루데스 박사요."

아르노아가 말했다. 박사가 백작을 향해 가벼운 묵례를 했다.

"박사, 백작의 병을 진단해 줘."

"아, 압니다. 디르한에서 온 폐하의 주치의이지요. 전에 본 적 있긴 한데."

백작이 기침을 하다 말고 대답했다.

"폐하께서야 디르한에서부터 봐 왔던 주치의가 편하신지 모르나 이 병은 박사가 알 수 있는 그런 게 아닙니다."

그녀는 헛고생 그만하자는 듯한 표정으로 한숨을 쉬며 고개를 저었다.

"데려와 주신 건 감사하지만, 이 병은 수십 년 저를 봐준, 제국에서 가장 명망 높은 의사도 병명을 모르는 데다……."

"히세릭 병입니다."

"어떤 건강 관리를 해도 소용이 없는, 신이 내린 저주 같은 거라고……."

"젊은 시절 술과 담배를 마구 소비한 사람들이 흔히 걸리지요."

"아무튼 운명을 받아들일…… 잠깐만, 뭐라고?"

백작이 말을 멈추었다.

방 안에 긴 정적이 흘렀다.

백작은 귀를 의심하는 듯, 천천히 고개를 돌려 박사를 정확하게 마주 보았다.

"방금…… 뭐라고 했나?"

"젊은 시절 술을 퍼마시고 담배를 뻑뻑 피워 댄 사람들이 많이 걸린다고 했습니다. 아마 최근까지도 하셨을 것 같군요. 연세는 일흔이면서 말입니다."

"아니, 그거 말고."

박사의 쓸데없이 구체적인 대답에 당황한 백작이 말했다.

"앞에 말일세. 병 이름을 알아?"

"예. 디르한에서는 히세릭 병이라고 합니다."

박사가 한 치의 망설임도 없이 대답했다.

"희귀병인데, 그나마 황성보다는 조금 더 날씨가 건조한 디르한에서는 간혹 보이는 병입니다."

주름지고 힘이 빠져 반쯤 감겨 있었던 백작의 눈이 휘둥그레졌다.

"아니, 그……."

그녀가 말을 더듬었다.

"확실한가?"

박사는 평소와 다를 거 없는 표정으로 말을 계속했다.

"어머니가 그 병을 오래 앓다가 돌아가셨습니다."

"……."

백작은 혼란스러운 표정으로 박사를 마주 보았다. 공허하던 눈빛 속에 갑자기 수만 가지 생각들이 돌아다니는 듯했다.

"치료는……."

마침내 백작이 다시 조심스럽게 입을 열었다.

"치료는…… 불가능하겠지? 박사의 어머니도 결국 돌아가셨다면……."

애써서 기대하지 않으려는 듯, 백작은 일부러 부정적으로 물었지만 표정은 이미 달라져 있었다. 조금의 희망은 가지고 싶다는 듯, 그녀의 나이 든 눈동자가 반짝였다. 하지만 박사의 말은 냉정했다.

"예, 치료할 수 있는 병이 아닙니다."

"아……."

백작이 알겠다는 듯 한숨을 내쉬었다.

"하지만."

박사가 한층 더 또렷한 목소리로 덧붙였다.

다시 힘이 빠진 듯했던 백작이 또 한번 눈을 번쩍 떴다.

"하지만?"

"하지만, 당장 돌아가실 필요도 없습니다. 더 살고 싶으시면 그럴 수도 있죠."

박사의 말에 온 정신을 집중했던 백작이 다시 화들짝 놀라 그녀를 바라보았다.

"당연하지!"

백작이 참지 못하고 버럭 소리쳤다.

"아, 죽고 싶은 사람이 어디 있나, 세상에!"

"……."

박사는 더 말해도 되냐는 듯 아르노아를 바라보았다. 아르노아는 고개를 끄덕였다. 박사가 지금부터 하려는 이야기는, 그녀가 처음 히세릭이라는 병명을 언급했을 때 아르노아가 했던 질문에 대한 답과 같았다.

"완치가 불가능하다면, 그럼 어떻게 하는데?"

박사는 별거 없다는 표정으로, 듣던 중 반가운 소리를 했었다.

"연명은 가능하지요."

루데스 박사가 말했다.

"연…… 명?"

백작은 처음 듣는 단어라는 듯 박사의 말을 따라 했다.

"예. 완치는 불가능하나, 약을 먹으면 병세를 호전시키거나 통증을 완화시키는 건 가능합니다. 치료를 한다면 그 상태를 오래 유지하는 게 목표가 되겠지요."

백작의 호흡이 조금 빨라졌다. 그녀의 눈동자가 혼란스럽게 움직였다.

"어, 얼마나?"

그녀가 물었다. 다급함이 목소리에 묻어 나왔다.

"1년…… 아니, 몇 달이라도 좋네. 아직 정리할 것도 남았고, 조카들 중에는 멀어서 아직 못 온 녀석도 있고, 거동만 할 수 있으면 들르고 싶은 곳들이……."

"저희 어머니는 병을 발견한 후 10년을 더 사셨습니다."

루데스 박사가 건조하게 말했다.

"조금 더 젊은 나이기는 하셨지만, 병을 발견했을 때의 상황은 백작님과 큰 차이가 없었죠."

백작은 멍해진 표정으로 박사를 바라보았다.

"10…… 10년?"

그녀의 핏기 없는 입술이 떨리기 시작했다. 박사는 자신을 잡은 백작의 손을 무심하게 바라보고 말을 이었다.

"예. 약을 잘 쓰고 생활 습관만 고치면 거동도 얼마든지 가능합니다. 기침을 조금씩 하는 건 어쩔 수 없겠지만……."

"저, 정말인가?"

백작은 떨리는 손으로 박사의 옷깃을 꽉 붙잡으며 다시 물었다.

"박사가 내 수명을 10년이나 연장시켜 줄 수 있다고?"

그녀가 감격한 목소리로 말했다. 뺨에는 없던 생기가 다시 돌아오고 있었고, 눈빛은 어느 때보다도 힘 있어 보일 정도였다. 이미 일흔이 넘은 백작이었다. 10년을 더 사는 건 병을 몰랐을 때조차도 바라지 않았던 일이었다.

"어머니를 돌보며 겪었던 시행착오를 줄인다면 그 이상도 가능하겠지요. 술과 담배를 영원히 입에도 안 댄다는 전제로 말입니다."

"하, 할 수 있네."

백작이 말했다. 몸을 일으키려 뒤척이는 듯했지만 잘 일어나지지는 않았다.

"뭐든 잘 할 수 있어. 믿어 보게."

박사가 아르노아를 보며 작게 고개를 끄덕였다.

그날 제 할 일은 끝났다는 의미였다.

"백작."

아르노아의 부름에 백작이 다시 시선을 그녀에게 돌렸다.

"폐, 폐하."

그녀가 더듬거렸다. 병 때문이 아니라 새로이 주어진 기회에 흥분하고 있기 때문인 듯했다.

"박사를 제 곁에 둘 수 있다면, 폐하께서 허락해 주신다면······."

"그럴 생각으로 온 게 당연한 거 아닌가."

아르노아는 굳이 백작이 마구 던질 조건들을 듣고 싶지 않아 말을 잘랐다. 오늘의 목적은 재물 같은 것이 아니었으니까.

"하나만 약속하게. 앞으로 2주 안에 몸이 회복되면 페리아든 극장으로 와."

그녀가 말했다. 백작의 입가에 환한 미소가 번졌다. 조금 전처럼 허탈한 것이 아니라 진심으로 희망에 가득 찬 사람만이 지을 수 있는 표정이었다.

"그리고 하나 더."

아르노아는 몸을 틀어 자신의 등 뒤를 가리켰다.

"난, 당장 페넬로페가 백작의 자리를 대신할 수 있을 거라고 생각하지 않아. 그러니."

"……."

"그러니, 연극에 가게 된다면 페넬로페의 옆자리에 앉아 주면 좋겠군."

아르노아가 빙긋 웃으며 말했다. 그녀가 이렇게 말한 이유도 결국 백작의 영향력을 생각해서였다.

"대립이 아니라…… 제가 리켈 영애의 뒤를 봐주고 있는 것 같은 모양을 만드시려는 것이군요."

백작은 이제 알겠다는 듯 대답했다. 그녀의 시선도 방 뒤쪽에 얌전히 앉아 있는 페넬로페를 향했다. 준비라도 한 듯, 페넬로페는 백작을 향해 환하게 웃어 보였다.

"그래."

아르노아는 순순히 인정했다.

"아직 어린 페넬로페에게, 백작은 좋은 스승이 되어 주겠지. 그리고……."

"그리고 10년쯤 지나 제가 죽으면, 그때 리켈 영애는 자연스레 그 자리를 차지하겠군요."

백작은 그제야 다 알겠다는 듯 고개를 끄덕였다. 얼굴 전체에 번져 있는 환한 미소는 그대로였다.

"폐하."

한참 후, 그녀가 다시 입을 열었다.

"박사를 여기 남겨 주신다면."

아직 약을 복용하기 시작한 것도 아닌데, 그녀의 목소리는 훨씬 또렷해져 있었다.

"그렇게 해서 제 다리가 마음대로 움직이게 된다면……. 가장 먼저 무대의 늑대들을 보러 가겠다고 약속드립니다."

그녀는 몇 번 몸을 잘게 떨며 웃음을 토하더니, 다시 미소를 머금고 입을 다물었다.

"좋아."

아르노아도 비슷한 미소를 지으며 고개를 끄덕였다.

"그렇다면 백작을 위해, 객석 중앙 가장 앞자리는 비워 두겠소."

그녀가 말했다. 백작의 눈이 희미하게 빛나더니 아르노아의 푸른 안광과 마주쳤다. 그것이 대화의 끝이었다. 마지막으로 주고받은 시선에서, 두 사람은 이 약속은 분명히 지켜지리라는 믿음을 얻을 수 있었다.

\* \* \*

"오오, 사람이 꽤 왔군요."

로날드 알렌 소남작이 극장에 들어서며 감탄했다.

"많은 건가요? 황제 폐하께서 직접 관여하신 연극인데 이 정도 몰리는 건 당연한 거죠."

먼저 앉아 있던 리어든 백작가의 삼녀, 루이제 리어든이 그의 말을 받았다.

"폐하께서도 이미 도착하셔서 앉아 계시니, 아마 곧 시작할 것 같군요."

그녀가 고개를 살짝 틀어 2층의 특별석을 가리켰다. 편안하고 널찍한 소파와 간이 탁자가 놓인 그 자리에는 아르노아와 아나킨이 함께 앉아서 객석을 내려다보고 있었다.

"제목이 '바다'라고 하던데, 무슨 내용인지는 모르겠지만 분명 화제는 될 거예요."

"글쎄, 그런 겁니까?"

다른 청년이 고개를 갸웃하며 말했다. 그는 지난번 투왈렛 룸에서, 이

연극이 재미없을 수도 있다고 주장하며 로날드와 입씨름을 벌였던 청년이
었다.

"당연한 거 아닙니까? 딜런 경."

로날드가 의아한 듯 물었다.

"루이제 영애의 말처럼 폐하께서는 이미 자리하고 계시고, 저쪽에는 리켈
가문의 소공작께서도 오셨더군요."

로날드는 들어오자마자 객석을 둘러봤는지, 이미 도착한 귀족들의 이름을
술술 읊어 내려갔다.

"평소에는 영지에서 잘 나오지 않는 차가운 동부의 후작, 베사니엘 후작
께서도 일찌감치 오셨던데요. 저쪽에 앉아 계세요."

"베사니엘 후작님이 이곳까지? 그게 정말입니까?"

딜런이 예상치 못했다는 듯 되묻자 로날드가 고개를 끄덕였다.

"혼자서 말입니까?"

"아, 그건 아니고……."

로날드가 곤란한 듯 말끝을 흐렸다.

루이제가 상황을 안다는 듯 피식 웃었다.

"딜런 경은 못 들으셨군요. 요즘 베사니엘 후작께서는 혼자 잘 돌아다니
지 않으신답니다."

그녀가 말했다.

"그럼 누구와 다니신단 말입니까?"

딜런이 눈썹을 찌푸리며 물었다.

"설마…… 소문처럼 인간으로 변신한 인어와 다니는 것은 아니겠지요."

"인어니 악마니, 딜런 경이 그런 소문을 믿을 줄은 몰랐군요."

루이제가 코웃음을 치며 대답했다. 그녀는 특별히 마음이 따뜻한 사람은
아니었지만 근거 없는 미신을 믿는 것은 무척 혐오하는 편이었다.

"함께 오신 분의 다리가 두 개인 건 확실해요. 머리 색이 독특하다는 걸

제외하면 특이한 사항은 없더군요."

"어머, 꼭 그렇지는 않아요."

영애 한 명이 끼어들었다.

"화장으로 잘 가리긴 했지만…… 목덜미에 독특한 상처 같은 게 있더군요. 소문에는 인어의 표식이라고……."

"누가 봐도 화상이던데요."

루이제가 잘라 말하자 그녀는 곧 입을 다물었다.

"흐음, 그럼 목덜미에 화상까지 있는 비에델 출신 평민 아가씨라는 거군요."

딜런이 고개를 절레절레 저으며 말했다.

"하다못해 왕족이었던 여자도 아니고……."

그가 말끝을 흐렸다.

이번에는 아무도 대답하지 않았다. 다만 모두의 생각은 비슷했다.

베사니엘 영지민과 마찬가지로, 황성의 귀족들도 베사니엘 후작이 연인에게 홀린 것이 확실하다고 생각했다. 조금 미쳤다고 볼 수 있을 정도로. 신분도 맞지 않고, 이상한 소문만 많고, 영지에서 환영받지도 못하는 여인에게 그렇게 빠져 있다는 것을 이해하는 이는 없었다.

"하지만 온 사람은 온 사람이고."

딜런이 말을 돌리며 헛기침을 했다.

"아주 중요하신 분이 안 오신 거 아닌가 싶은데요."

그는 과장된 동작으로 주변을 둘러보며 말했다.

"헤르만 백작이 안 보이는군요."

보름 전쯤 루이제나 페넬로페를 비롯한 몇몇 사람들과 연극의 전망을 두고 입씨름을 했던 그는 여전히 고집을 꺾고 싶지는 않았다. 어쩌면 망할 연극일지도 모르니 티켓을 미리 구하지 않았다가 겨우겨우 웃돈을 주고 암표를 구해오기는 했지만, 어쨌든 자기 말이 옳았다고 하고 싶었다.

"흐음, 그러게 헤르만 백작께서 안 보이시네요."

루이제가 이번에는 수긍하듯 말했다. 딜런만큼 노골적이지는 않았지만 조금은 실망했다는 말투였다.

"대극장 연극 중에 오래 회자된 것들의 공통점은 헤르만 백작님이 첫날 공연에 왔다는 사실이었는데……."

"허, 그럼 말 다 했군요. 백작님은 여기저기 인맥도 넓겠다, 미리 정보를 들으셨겠죠."

딜런은 눈을 반짝이며 대답했다.

"좋은 연극이라면 안 오셨을 리가 없지 않겠습니까?"

그가 신이 나서 떠들자 근처에 앉아 있던 몇몇 사람들은 호기심에 눈을 빛내며 동조했다.

"기대했는데……. 하긴, 폐하께서 전문 연극인도 아니니 그럴 수도 있겠네요."

"연극은 전문가에게 맡겨야 하는데, 후원을 핑계로 지나치게 간섭을 하신 건 아닌지……."

기다렸다는 듯 혀를 쯧쯧 차는 이들 사이에는 두베르테 후작도 있었다.

"흠! 뭐 대단한 구경인가 하고 왔더니 아무래도 빛 좋은 개살구인가 보군."

그가 말했다. 딜런과 마찬가지로 뒤늦게 암표를 구해서 들어온 그는, 비싼 돈을 준 만큼 신랄하게 비난을 해 주겠다는 의지를 불태우고 있었다.

"조, 조용히 하십시오. 폐하께서 들으시겠습니다."

주변 사람들이 아르노아가 앉아 있는 곳을 가리키며 속닥거렸지만 그는 들을 테면 들으라는 듯 목청을 높였다.

"보다가 재미없으면 난 중간에 나갈 생각이오! 극이 다 끝나고 불이 켜질 때쯤 객석에 사람이 절반이라도 남아 있을지 모르겠군그래."

그가 둥근 배를 흔들며 껄껄 웃었다.

그와 친분이 있는 자들은 조금 더 소심하게, 하지만 표정만큼은 노골적으로 그를 따라 웃었다.

"헤르만 백작은 내가 잘 아는데, 잘 만들어진 연극이라면 사족을 못 쓰는 양반이오. 다만 까다로워서 재미없는 공연을 보면 시간 낭비라고 질색을 하지."

그는 침을 튀기며 말을 이었다. 최근 이 새로운 연극이 지나치게 관심을 끌자 괜히 배가 아팠던 후작은, 헤르만 백작이 보이지 않자 간만에 흥이 난 참이었다.

사실 그는 백작의 병세가 최근 급격하게 악화되었다는 사실을 잘 알고 있었다. 가문이 휘청거리기를 바라지 않아서인지 소문을 막고 있는 듯했지만 두베르테 후작은 여기저기에 눈과 귀가 있는 자였다.

그는 백작이 살날이 얼마 남지 않았다는 것을 알았다. 설령 기적적으로 회복한다 해도 연극 따위에 신경 쓸 정신이 없다는 것도.

겉으로야 친한 척 웃었지만 속으로는 그녀를 자주 견제했던 그였기에, 헤르만 백작의 건강 악화가 그다지 안타깝지는 않았다. 중요한 건, 그녀가 오지 않음으로써 황제의 체면에 조금은 손상이 간다는 사실이었다.

"내가 장담한다니까, 내용도, 출연 배우도 비밀로 한 건 다 이유가 있어요. 실력 있는 이들이 아무도 출연하고 싶지 않아 했다는 의미가 아니고 뭐겠느냐는 말이야. 저것 보시오, 제일 비싼 앞줄 세 자리가 예약조차 안 되고 비어 있군."

후작은 멈추지 않고 클클거렸다.

"적당한 때 여기서 도망치는 법을 알려 주지."

그는 내친김에 아주 중요한 정보를 주겠다는 듯 주변의 이들에게 모여 보라며 헛기침을 몇 번 했다.

"어흠, 다들 내 말을 한 자도 빠짐없이 잘 들으시……."

"어머, 저기 보세요!"

후작이 뭐라고 조언을 하려는 순간, 앞자리에 앉아 있던 루이제가 그의 말을 싹둑 잘라먹으며 어딘가를 가리켰다.

"응?"

후작을 비롯한 모두는 그가 가리킨 방향으로 고개를 돌렸다.

꾹 닫혔던 극장 문이 다시 열리고, 마지막 손님으로 보이는 세 사람이 들어서고 있었다.

"……백작?"

두베르테 후작이 인상을 찌푸리며 중얼거렸다.

앞서서 들어오는 이는 분명 헤르만 백작이었다.

"오, 헤르만 백작이 결국 왔군."

"어머, 백작님도 오셨었네요."

웅성거림 속에서, 헤르만 백작과 다른 두 명이 천천히 객석 중앙을 향해 걸어갔다.

"백작이 대체 왜……?"

두베르테 후작의 눈빛이 혼란스럽게 흔들렸다. 그가 놀란 이유는 총 세 가지였다.

첫째는 헤르만 백작이 이 연극에 나타났다는 점이었다.

지나가다 들렀거나 대충 구경이나 하자고 온 것이 아니었다. 나이답게 고급스럽지만 동시에 유행에 딱 맞는 옷차림에, 장신구 하나하나까지 손수 고른 듯 우아해 보이는 그녀는 분명 작정하고 차려입은 모습이었다. 사람들의 시선이 집중되리라는 것을 알면서.

둘째는, 그가 들은 것과 달리 그녀가 별로 죽어 가는 것처럼 보이지 않는다는 점이었다.

헤르만 백작은 언제나처럼 꼿꼿한 자세에 사람 좋아 보이는 웃음을 띠고 여유롭게 걸어 들어오고 있었다. 전보다 살이 조금 빠진 것 외에는 다를 것이 없어 보였다. 잠을 잘 자기라도 했는지 오히려 혈색은 좋아 보였다.

그리고 셋째는, 그녀와 함께 극장에 들어선 사람들이었다.

"뒤에 따라오는 분들이 누구죠? 여기서는 잘 안 보이네요."

누군가 답답한 목소리로 옆 사람에게 묻자 질문을 받은 이가 대답했다.

"두 아가씨 중 한 분은 황제 폐하의 주치의인 것 같은데…… 언제 백작님과 친분을 다졌는지 모르겠군요."

루데스 박사를 본 두베르테 후작의 눈이 가늘어졌다. 무표정에 재미없어 보이는 그녀는 분명 연구실에서만 주야장천 있었을 텐데, 뜬금없이 헤르만 백작과 친분이라니?

기이한 일이었다. 그러나 정말로 후작을 놀라게 한 것은 박사가 아니라, 후작의 다른 쪽 옆에 선 여자였다.

"……페넬로페 리켈?"

두베르테 후작이 중얼거렸다. 그 주변 사람들이 더 크게 술렁이기 시작했다.

"리켈 영애?"

"폐하의 시녀가 아닌가? 대체 어디서 뭘 하다가 이곳에 나타난 거지?"

"폐하께서는 다른 시녀들만 곁에 두고 계셨군."

후작이 눈을 가늘게 뜨고 아르노아를 관찰하며 물었다.

"이거 어떻게 된 일인지……."

"그것보다도."

루이제가 후작의 말을 끊었다. 성격이 시원시원하지만 한편으로는 조금 못돼 먹은 그녀는 종종 사람의 말을 끊어 먹고는 했다.

"지금, 헤르만 백작과 리켈 영애가 같이 들어왔다는 사실이 신기하군요."

"흐음."

두베르테 후작이 말했다. 몇 분 사이에 두 번이나 자신의 말을 끊은 루이제를 쏘아보고 있었지만, 사실 후작의 마음도 그녀와 같았다.

동시에 들어왔다?

수십 년 사교계를 주름잡았던 백작과, 이제 막 데뷔해서 주목을 받는 어린 여자가?

왜?

헤르만 백작은 살가운 듯해도 은근히 사람들에게 벽을 치는 사람이었다. 대공을 놔두고 리켈 공작가의 눈치를 볼 사람도 아니고. 역시 그냥 우연인 건가? 그냥 둘 다 비슷한 정도로 늦었는데 문 앞에서 마주친 건가?

후작이 열심히 머리를 굴리며 생각하고 있을 때, 그 질문에 대한 답이 주어졌다.

"백작님, 여기예요."

페넬로페가 다정하게 헤르만 백작의 팔을 잡으며, 객석 맨 앞, 황제의 특별석을 제외하면 가장 값비싼 자리로 다가갔다.

"어…… 두 분 친하신가 본데요?"

조금 전까지 두베르테 후작의 등을 두드리며 그의 말에 와르르 웃음을 터뜨리던 일당 중 한 명이 말했다. 그는 흥미 반, 긴장 반에 찬 눈동자를 이리저리 뒤룩뒤룩 굴리고 있었다.

"다들 모였군."

이윽고 자리 바로 앞까지 다가온 백작이 말했다.

"앉아요, 페넬로페. 박사도 함께 앉지."

그녀가 먼저 자리에 앉으며 말했다. 듣고 있던 이들의 눈이 휘둥그레졌다.

"방금, 헤르만 백작이 리켈 영애를 이름으로 불렀나?"

"가족이 아니면 호칭에는 엄격하신 분인데 어찌……."

"한쪽은 떠오르는 태양, 한쪽은 사교계의 녹지 않는 만년설 같아서 혹시 대립하지 않을까 싶었는데……."

객석은 한참 동안 술렁거렸지만 백작도, 페넬로페도, 그리고 남들이 떠드는 소리에 원래 관심이 없는 루데스 박사도 돌아보지 않았다. 그들은 마치 원래 친한 사이라는 듯, 다정하게 앉아서 연극의 시작을 기다릴 뿐이었다.

몇 분 동안 토론을 한 끝에 사람들이 도출한 결론은 하나였다.

페넬로페 리켈은, 명실공히 사교계의 중심에 섰다는 것.

황제가 동생으로 인정한 것에 이어 헤르만 백작 또한 그녀와의 특별한 친분을 인정한 셈이니 그녀는 앞으로도 쭉, 제국의 두 번째 보물 소리를 들으며 자리를 지킬 것이었다.

"허, 참! 허, 참! 세상이 어떻게 되려고!"

두베르테 후작이 한동안 못마땅한 듯 투덜거렸지만 그의 말에 귀를 기울이는 이는 없었다.


한 층 위, 모두를 내려다보는 중앙의 특별석에서 아르노아는 미소 지었다.

박사로부터 이미 들어 알고 있었지만 헤르만 백작은 정말로 건강을 웬만큼 회복했다. 대가로 얻은 것은 얼핏 작아 보였지만 그렇지 않았다. 아르노아의 최측근 중심으로 사교계가 움직인다는 것은 작지 않은 수확이었다.

'그리고 연극도.'

아르노아가 생각했다. 결국 그녀가 원했던 건 그게 전부였다.

데엥-

모두가 각자의 생각에 빠져 있을 무렵, 무대 뒤편에서 묵직한 종소리가 들려왔다. 아르노아는 소파에 기댔던 몸을 바로 세우며 무대를 내려다보았다.

드디어 시작이었다.

술렁이던 객석은 한순간 조용해졌다. 연극의 시작이 다 그렇듯, 단장은 곧 나타나 환영사와 극 소개를 할 터였다. 괴짜로 유명한 단장의 인사를 은근히 기대하는 이들도 많기에, 객석은 더욱 조용했다.

천 명에 달하는 관객이 모두 목을 길게 빼고 무대를 바라보고 있던 그 때였다.

팟-!

아무 예고도 없이, 객석의 불이 한꺼번에 꺼졌다.

어둠 속에서 아르노아의 눈이 커졌다. 객석의 불을 조종하는 것은 무대 뒤의 사람들이었다. 불이 꺼지는 것은 극의 시작을 의미했다.

이렇게 시작한다고?

인사도 없이 시작하는 연극은 들어 본 적이 없었다. 사고가 난 건가 했지만, 다음 순간 그러한 의심은 틀렸다는 사실이 드러났다.

콰과과과광-!

굉음과 번쩍이는 빛이 쏟아지고, 무대 위는 검푸른 천으로 뒤덮였다.

'바다……?'

무대를 덮은 수십 겹의 천은 각자의 결대로 출렁였다. 거친 파도와 같은 모습이었다. 천으로 바다를 표현하는 것은 흔한 무대 장치였으나 이번에는 조금 달랐다. 천을 잡고 흔드는 사람은 보이지 않는데, 그것들은 마치 각자 생명이 있는 것처럼 움직이고 있었다.

진짜 파도라도 되는 것처럼.

'무대 장치 후원을 한 자가 있다더니…….'

아르노아는 단장의 말을 떠올렸다.

그의 말은 과장이 아니었다. 이 정도의 특수 효과는 아마 암시장에서도 구하기 힘든 특수한 아티팩트를 필요로 할 것이다.

우르릉-

천둥소리며 번쩍 하는 번개, 점점 어두워지는 무대. 폭풍우인 듯했다. 무대 위쪽, 절벽을 표현한 듯한 곳에서 남자의 실루엣 하나가 움직이고 있었다.

"허억-!"

폭풍우에 길을 잃은 듯했던 그 남자는 절벽에서 발을 헛디뎠다. 그가 추락한 곳은 미친 것처럼 춤을 추는 파도 한가운데였다. 파도에 이리저리 휩쓸리던 그가 모습을 완전히 감추려던 찰나, 검푸른 물결 사이로 여자의 실루엣이 얼핏 얼핏 나타나기 시작했다.

"사, 사람 살려……."

남자가 마지막 외침을 뱉어 내는 순간 실루엣은 손을 뻗어 그를 살포시 안았고, 두 사람의 그림자는 어디론가 헤엄쳐 갔다. 그러자 천둥소리가 잦아들고, 무대는 조금 밝아졌다. 폭풍우가 끝났다는 의미였다.

여기저기서 한숨 소리가 들려왔다.

갑작스러운 시작에 놀랐다가 겨우 긴장을 푼 사람들이 동시에 호흡을 뱉은 듯했다.

아르노아는 문득 고개를 돌려 아래를 내려다보았다.

어두웠지만 얼핏 보이는 객석에서 관객들이 술렁이는 모습이 보였다. 다시 옆자리를 보자, 웬만한 것에는 감흥이 없는 아나킨조차도 감탄한 듯 눈을 크게 뜨고 있었다.

파격적인 시작, 그리고 충격적인 연출이었다.

'시작은 좋네.'

아르노아가 안도의 한숨을 쉬었다.

쏴아-

썰물 때 특유의 파도 소리와 함께 검푸른 천이 조금씩 걷혔다. 자연스럽게 드러난 것은 아름다운 해변이었다.

"콜록!"

얕아진 물 속에서 빠져나온 듯한 남자가 기침을 뱉으며 몸을 일으켰다. 객석 이곳저곳에서 다시 한번 한숨 소리가 들렸다. 이번에는 대부분 여자들이었다. 그도 그럴 것이, 아픈 듯한 머리를 붙잡고 일어난 남자주인공은 상당히 매력적인 외모였던 것이다.

어디 하나 모난 곳 없는 반듯한 이목구비에 반짝이는 금발, 모성애를 자극하는 앳된 얼굴.

릭 타비엔이었다.

같은 얼굴이지만 그의 분장은 디르한에서 자주 보았던 모습과 많이 달랐다. 나이에 안 맞게 제왕의 위엄을 살리겠다고 항상 묵직한 옷에 깔릴 듯했던 그는, 가볍고 하늘하늘한 셔츠 차림으로 병약하고 위태로운 얼굴을 하고 있었다.

'······잘하네.'

과거 바이나스를 그렇게 잘 따라 했던 릭은, 이제 베사니엘 후작의 특징을 완벽하게 살리고 있었다. 얼굴은 다르지만 표정이며 몸동작, 그리고 평소에는 잘 웃지 않아 차갑다는 소리를 들었다던 눈매까지 비슷해 보였다.

"아······ 머리 아파."

한숨이 반쯤 섞인 그의 목소리가 들리자 객석은 다시 조용해졌다. 하지만 목소리도 매력적으로 들렸던 건지, 들뜬 공기는 여전했다.

릭, 아니 극 중 주인공인 해변의 남자는 천천히 몸을 일으켜 바다를 바라보았다. 죽을 위기에서 어떻게 빠져나왔는지 이해할 수 없다는 듯한 혼란스러움이 표정에 묻어 나왔다. 이윽고, 그의 시선이 한곳에 멈추었다.

확실히 그는 좋은 배우였다.

대사나 효과음 하나 없이도 모든 관객의 시선이 그의 시선을 따라 이동했다. 그곳에는 아직 완전히 사라지지 않은 파도가 출렁이고 있었고, 그 안에 커다란 바위가 놓여 있었다.

바위 뒤에서, 연푸른색으로 반짝이는 머리칼이 얼핏얼핏 드러났다.

"······거기 누가 있습니까?"

남자가 말했다. 바위 뒤의 사람이 모습을 드러내지 않자 그는 얕은 물 속으로 걸음을 옮기며 바위 가까이로 향했다.

"나를 살린 사람이 그대가 맞습니까?"

이윽고 바위로부터 세 걸음쯤 떨어진 곳에 도착했을 때 그가 떨리는 목소리로 다시 물었다.

쏴아-

파도 소리와 함께, 바위를 둘러싼 검푸른 천이 다시 한 번 요동쳤다. 어느새 검푸른색에서 연푸른색으로 바뀐 바다가 바위 아래에서 잔잔하게 물결치며 독특한 음률을 만들어 냈다.

연푸른 머리칼이 물결과 섞여 한 번 흔들리더니, 그 주인이 천천히 바위 위쪽으로 모습을 드러냈다. 새벽 바다를 표현하는 듯한 은은한 조명이 그녀 위로 별빛처럼 쏟아져 내렸다.

"허, 허억……."

다시 한번 객석에서 탄성이 쏟아졌다. 여인은 놀랍도록 아름다웠다.

창백하다고 여겨졌던 피부는 조명 덕분인지 달빛처럼 빛났고, 청초한 이목구비가 서로 오묘한 조화를 이루고 있었다. 목덜미, 어깨를 지나 허리까지 흘러내린 풍성한 머리칼이 그야말로 바닷물처럼 연푸른색으로 물결쳤다. 가볍고 하늘하늘한 흰색 의상은 파도에 섞인 듯 흔들렸다.

눈이 튀어나올 정도의 외모였다.

'……이것도 연출의 효과인가?'

짧은 순간, 아르노아역시 다른 관객들과 마찬가지로 홀린 듯 그녀를 바라보았다.

분명히 한 번 봤던 장면이었는데.

그때는 비에델 출신인 걸 제외하면 특별할 거 없는 모습이라고 생각했었는데.

조명, 파도 소리, 연출에 극 중 상황이며 의상까지 다 더해지자 분위기는 전혀 달랐다.

그녀는, 인간보다는 바다의 정령처럼 보였다.

다만 관객의 시선이 집중된 곳은 단순히 여인의 얼굴뿐이 아니었다. 새로 등장한 여인을 보면서도, 한편으로는 맞은편의 주인공에게 사로잡혀 있었다.

정확히는, 그의 표정에.

놀란 듯 휘둥그레진 눈, 반쯤은 충격으로 얼어붙었고, 또 반쯤은 황홀함에 젖은 듯한 표정, 살짝 벌어진 채 떨리는 입술, 미세하게 거칠어진 숨결.

"……."

대사 한 줄 없었지만 그가 전달하는 감정은 강렬했다.

남자는, 사랑에 빠진 것이었다.

불꽃처럼 강렬하게 타올라, 한순간 그 자신을 삼켜 버릴 듯한 사랑에.

이 강렬한 감정은 객석까지 오롯이 전해져, 관중에게 묘한 경험을 선사했다. 남자의 표정에서 전달되는 감정을 느끼면서, 동시에 그 감정이 납득될 정도의 아름다움을 자기 눈으로 보게 된 것이었다.

순식간에, 관객들은 남자의 감정에 완벽하게 동화되었다.

주인공의 눈으로 보는 여인이 어떤 모습인지, 얼마나 충격적으로 아름다운지를 그보다 절절하게 느낄 수는 없었다. 한 마디로, 몇 초의 시간 동안 관객석에 앉은 모든 사람들은, 주인공의 눈을 통해 바닷속 정령 같은 그녀와 사랑에 빠진 것이었다.

여인의 에메랄드빛 눈동자가 남자를 향했고, 장밋빛으로 반짝이는 입술이 열렸다.

"그대는 누구인가?"

청아한 목소리가 극장 정체에 울려 퍼졌다.

"인간인가?"

그녀의 목소리는, 모습과 같이 우아했다.

"나의 바다에 무엇을 찾으러 왔지?"

웃음기 섞인 물음이 은방울 소리처럼 청량했다.

"신…… 입니까? 나를 구한 것이 그대입니까?"

남자가 홀린 듯 그녀 가까이로 걸음을 옮기며 말했다.

여인은 보일 듯 말 듯 고개를 끄덕였다.

"둘 다 맞혔군. 그대는 현명한 사람인가 보다."

"나는 데이먼 레사니엘. 레사니엘 왕국의 왕자입니다."

목소리의 떨림이 그의 마음을 전해 주고 있었다. 여인, 아니 여신이라는 그녀가 호기심 어린 표정으로 그를 바라보았다.

"그대의 이름을 알려 주십시오."

"……내 바다를 갖겠다는 이는 많이 봤지만, 내 이름을 알고 싶다는 이는 처음 보는군."

그녀가 여전히 웃음기 머금은 목소리로 말했다.

"바닷속 보물 같은 것은 관심 없습니다."

남자가 다시 말했다.

"나는 그대를 알고 싶습니다."

지켜보든 관객들이 손에 땀을 쥐었다.

그들의 마음은 하나였다.

데이먼 레사니엘에게 이름을 알려 줘.

이윽고 여인의 눈이 반달처럼 휘며 웃었다. 그녀의 입술은 작게 열리더니 생소한 이름 하나를 뱉어냈다.

"비올라."

"……비올라."

"그래."

데이먼 레사니엘 왕자가 멍청한 표정으로 말을 따라 하자 그녀가 고개를 끄덕였다. 에메랄드빛, 몽환적인 눈동자는 흔들리지 않고 그를 빤히 응시했다.

"그대를 구한 나의 이름은 비올라야."

연극이 시작된 지 겨우 15분 만에, 그 이름은 지켜보던 모든 이의 머릿속에 확고하게 각인되었다.

극의 진행은 빨랐다.

두 사람, 아니, 한 인간과 한 명의 여신은 서로 사랑에 빠졌고, 레사니엘 왕궁에서, 숲속에서, 바닷가에서 즐거운 시간을 보냈다.

무대의 장치는 꾸준히 놀라운 효과를 냈다. 봄날의 산책을 보여 줄 때는 수백, 수천 개의 꽃잎이 흩날리다가 다시 허공으로 흩어졌고, 왕궁에서는 화려하기 이를 데 없는 황금빛 조명이 쏟아졌다.

둘의 사랑에 위기가 닥친 것은 어느 대신과 그 딸의 시기심을 자극하면 서부터였다.

"왕비 자리는 우리 가문의 것이었는데."

대신 네스테아와 그 딸, 라리아 네스테아가 독을 품은 듯 중얼거리자 관객의 등골에 소름이 돋았다.

아르노아는 인정해야 했다.

사랑 연극은 역시 질투 많은 악역이 있어야 잘 굴러가는 모양이었다.

"라리아 네스테아, 저 나쁜 것!"

"그 어머니는 또 어떻고? 저 얄미운 표정 좀 봐."

"네스테아 저 가문 제발 망했으면 좋겠군."

배우들의 열연으로, 관객들은 극 중간중간에 그들에 대한 증오심을 아끼지 않고 표출하고는 했다. 알 수 없는 뿌듯함이 아르노아의 입가에 미소를 만들어 냈다.

이윽고 극의 마지막으로 접어들었다.

왕자와 비올라가 배를 타고 바다로 나간 사이, 대신이 몰래 승선해서 배에 불을 지른 것이었다. 아르노아는 이 무렵 긴장이 다 풀린 채 편안한 마음으로 극을 감상하고 있었다.

안 그럴 이유가 없었다.

사람들은 이미 주인공들의 사랑을 응원하면서, 한편으로는 작명을 기막히게 잘한 악역들을 욕하고 있었으니까.

하지만 그녀의 생각은, 무대 위에 불꽃이 나타나는 순간 완전히 바뀌었다.

"비올라! 오지 말아요!"

왕자의 대사가 신호라도 되는 듯, 불씨는 순식간에 커졌다. 조명과 그림을 가지고 하는 일반적인 연출이 아니었다. 파격적으로 진짜 불을 가지고 하는 위험한 연출도 아니었다. 불씨는, 작은 점 같은 형태에서 시작해 꽃잎처럼 퍼져 나갔다.

무대의 모든 장치가 붉게 변했다. 시작할 때처럼 천으로 연출되던 바다도 어느새 붉게 물들었다. 거기서 끝이 아니었다. 붉은빛은 무대 전체를 집어 삼키더니 순식간에 관객석까지 퍼졌다.

"어머!"

"아이고!"

곳곳에서 소리가 들려왔다. 비명이 아니었다. 그 빛은 뜨겁지 않았으니까. 아름다움, 그리고 소름 돋는 연출에 대한 순수한 감탄이었다.

불길은 바닥을, 의자를 매개로 하여 쭉쭉 번졌지만 실체는 없었다. 이윽고 극장 전체는 거대한 화염에 휩싸인 듯 보였다. 아르노아는 그제야 연출의 의미를 이해했다.

단장은 관객 전부를 화염 속으로 빨아들인 것이었다.

모두가 다시 한번 왕자의 입장이 될 수 있도록.

화염의 가운데에 앉아서, 아르노아는 눈을 크게 떴다가 몇 번이나 깜빡였다.

작게 시작한 불씨, 이를 중심으로 스르륵 퍼져나간 붉은색.

분명히 연극계에서 처음 있는 연출인데, 이름 모를 후원자의 영향이라고 했는데. 그녀는 어디선가 비슷한 것을 본 것 같은 느낌이었다. 디르한에서, 한 송이 푸른 장미의 색깔이 드레스로 뻗어 나가던 모습이 떠올랐다.

'쓸데없는 생각.'

그녀는 빠르게 머리를 저었다.

패션계에서는 간혹 사용되는 아티팩트라고 했지 않나. 그때의 기억은 무대와 아무 상관 없다고 애써 생각하며, 그녀는 애써서 무대에 다시 집중했다.

"데이먼!"

비올라의 목소리가 울리고, 화염 속에서 어렴풋이 연푸른빛이 나타나 데이먼 레사니엘의 몸을 감쌌다.

극의 시작과 비슷한 모습이었다.

그녀는 혼미해진 왕자를 안고 다시 바다로 뛰어들었다.

첨벙-

붉었던 무대는, 같은 효과로 순식간에 다시 푸르게 바뀌었다. 이번에는 극장 전체를 바다로 끌어들이는 듯, 물결치는 푸른빛이 객석까지 퍼져 나갔다.

'……?'

아르노아의 눈이 커졌다.

지금 극장을 삼키는 이 바다색은 시작할 때처럼 검푸른 것이 아니었다. 비올라의 머리 색이나 해변에서 보는 얕은 바다처럼 연푸른색도 아니었다. 사파이어처럼 짙은, 차가운 얼음 바다처럼 시린, 그런 푸름이었다.

"……폐하를 연상시킵니다."

처음부터 끝까지 한마디도 하지 않고 무대에 집중했던 아나킨이 조용히 말했다.

"뭐?"

"지금 이 바다 말입니다."

그가 무대에서 눈을 떼지 않은 채 다시 대답했다. 유려한 눈썹이 무언가를 깊이 생각하는 듯 찌푸려져 있었다.

"폐하의 눈동자를 재현해 놓은 것처럼…… 시리게 새파란 것 같습니다."

아르노아의 심장이 쿵 하고 울렸다. 이유는 알 수 없었지만, 아나킨의 말을 듣는 순간 벨의 얼굴이 떠올랐다.

그녀의 눈을 빤히 들여다보며 푸른색의 장미를 건네주던 그가.

출렁-

무대에서 시작된 푸른빛은 물결 모양을 만들며 번져 어느새 특별석까지 와 있었다.

찰랑-

환영 같은 물결이, 아르노아의 발치를 살며시 감쌌다.

"……응?"

원래 이런 건가? 그녀가 작게 감탄사를 뱉으며 아나킨을 보았지만 그의 발치에는 아무것도 보이지 않았다.

휘릭- 찰랑-

물결은 아무도 눈치채지 못할 정도의 크기로 그녀를 살며시 맴돌다가 소리 없이 빠져나갔다.

"하……."

물결이 빠져나간 자리를 본 아르노아의 입에서 헛웃음이 빠져나왔다. 파도의 환영 같은 것이 훑고 간 그녀의 발 아래에는, 전에도 몇 번 보았던 푸른색 장미가 흔적처럼 놓여 있었다.

'벨이었구나.'

아르노아는 그제야 단장이 말한 후원자의 정체를 깨달았다.

'왜 여길 오고 있는 거야.'

케스만에 있다가 먼저 돌아온 건지, 아니면 전에 그녀 앞에 불쑥불쑥 나타나던 것처럼 포털을 사용해서 양쪽을 오가는지는 알 수 없었다.

상식적으로는 그녀를 찾아왔어야 했을 터.

하지만 벨은 원래 상식이 통하는 사람이 아니었다.

'마탑주는 원래 그런 게 맞나 봐.'

발치에 고이 놓인 장미를 바라보는 아르노아의 입가에 미소가 번졌다. 의도가 무엇이든, 황당할 정도로 아름다운 선물이었다. 연극 외에 다른 어떤 생각도 하지 못하고 있던 아르노아의 머릿속에서, 모든 것을 다 밀어 내고 강력하게 각인될 정도로.

* * *

"와아아아아!"

막이 내리자, 한동안 여운에 젖어 멍했던 사람들이 흥분해 박수를 쳤다.

레사니엘 왕자와 비올라의 사랑 이야기는, 바다가 객석을 집어삼키면서 끝났다. 해피엔딩인지, 같이 죽은 건지 알 수 없는 열린 결말은 토론을 사랑하는 황성 사람들의 취향에 잘 맞았다.

"세상에, 이런 연극은 처음 봐요!"

"시작부터 끝까지 놓쳐서는 안 되는 순간의 연속이었소!"

객석의 조명이 켜지자, 사람들은 기다렸다는 듯 감상평을 쏟아 냈다.

"아아, 두 사람은 어떻게 되었을까요? 꼭 사랑을 이루기를 바랐는데."

"왕궁에서는 이룰 수 없었던 사랑이니 함께 바다로 갔던 것이 아니겠습니까?"

누군가가 결말에 대한 열띤 토론을 시작하자 너도나도 와르르 대화에 끼어들었다.

"죽었을 겁니다."

냉정한 루이제가 딱 잘라 말했다. 그녀는 여전히 무대 여기저기에서 꿈틀거리는 푸른 천의 세상에서 빠져나오지 못한 듯 눈을 떼지 못하고 있었다.

"복선이 있었잖아요. 비올라가 처음 왕자를 구했을 때, 신이 인간의 운명에 간섭한 이유로 목에 상처가 생겼었어요."

원망스러울 정도로 논리적이었다. 그녀는 연극을 좋아하지만, 유독 인물의 감정보다는 극 중 세계의 설정에 더 집중하는 편이었다.

"결국 둘은 오래 함께할 수 없는 운명이었다는 거죠. 아주 좋은 결말이에요. 솔직히 안 죽었다면 실망했을 겁니다."

"그런 부당한 일이! 둘이 좋다는데 말리는 사람들이 문제지, 그 둘이 왜 죽어야 하는 거죠?"

성격이 불같은 페넬로페가 받아쳤고.

"맞소. 목에 그 흔적은 그냥 상처가 아니라 사랑의 증표 같은 거였다니까."

품위를 지키던 헤르만 백작도 그녀의 편을 들었으며.

"크흡…… 몰라요. 난 저 두 사람이 어디서든 행복하게 살고 있다고 믿을 겁니다."

시작할 때는 분명히 재미없을 거라고 가슴을 탕탕 치며 장담하던 딜런은 로날드의 손수건을 빌려 코를 풀고 있었다.

마침내 배우들이 다시 무대에 나타나자 사람들은 다시 한번 극장이 떠나갈 정도의 갈채를 보냈다. 특히 주목받은 것은 비올라 역할을 맡은 신인 배우, 로라였다.

"저 여자배우…… 비에델 출신인 거지? 원래 그쪽 사람들이 저렇게 아름다웠나? 소문에는 악마를 닮았다 뭐다 하던데."

"글쎄, 생각해 보니 나도 직접 본 건 처음이라…… 여신의 후손이라는 말이 와전된 모양이지?"

"너무 아름다워서 인간이 아닌 것처럼 보였나 봐요. 머리 색 좀 봐……. 진짜 바다의 여신 같아요."

"비올라! 사랑해요!"

그녀를 보는 시선들은 따뜻했다. 꼬리표처럼 따라다녔던 소문들이 순식간에 사라지는 모습이 눈에 보이는 듯했다.

혜성처럼 나타나 관객의 마음을 사로잡은 젊은 남자 주인공에 대해서도 만족스러운 칭찬이 쏟아졌다.

뚜벅. 뚜벅.

배우들의 인사가 끝나고 등장한 것은 단장이었다. 시작 전에 단장이 무대 인사를 하는 대부분의 연극과 달리, 이 연극에서 그가 등장한 것은 지금이 처음이었다.

"감사합니다, 여러분."

단장이 우렁우렁한 목소리로 말했다. 상당히 감격한 듯, 그의 눈동자는 촉촉하게 젖어 있었다.

"'바다'라는 연극이 있을 수 있도록 도와주신 분들에게 인사를 드리고 싶군요."

그는 정중한 동작으로 아르노아가 앉은 특별석을 가리키더니 허리를 숙여 인사했다.

"진심으로 감사드립니다, 황제 폐하."

그가 말했다. 뒤에 서 있던 배우들도 그를 따라 허리를 숙였다.

"그 외에도 특별히 감사하고 싶은 한 분이 계십니다."

단장은 다시 한번 정중하게 객석의 한 부분을 가리켰다.

"바로, 레이먼 베사니엘 후작님. 후원을 떠나 여러 방법으로 이 위대한 이야기의 탄생에 도움을 주셔서 감사합니다."

단장은 그에게 잠시만 일어나 달라고 청했고, 관객석 한쪽에 앉아 있던 후작은 천천히 자리에서 일어섰다. 순간 모든 이의 시선이 그에게 집중되었다.

연극에 빠져서 넋을 놓고 있던 몇몇 사람들의 눈이 커졌다. 한 줄기 깨달음이 그들의 머리를 스친 것이었다.

"잠깐만…… 레이먼 베사니엘 후작?"

"저, 저 옆에 오신 분은…… 비에델 사람 같은데……."

천천히, 사람들은 극 중 인물과 후작 사이의 공통점을 찾아내기 시작했다.

"저 두 사람, 연인이라고 들었어요."

"서, 설마, 그럼 이야기의 실제 모델은 후작님과 그 연인이신 겁니까?"

"로맨틱하군요. 바다색 머리칼의 평민 여인, 그리고 그녀에게 모든 것을 주는 후작이라."

베사니엘 후작은 아무런 말도 하지 않았다. 그의 눈동자도 단장과 비슷하게 촉촉이 젖어 있었지만, 연습을 많이 한 덕에 눈물을 참는 데에는 성공했다.

절대로 불가능해 보였던 무언가를 이루어 냈다는 생각에, 그의 얼굴이 상기되었다. 그는 인사를 하고 자리에 앉기 직전, 아무도 모르게 아르노아가 앉은 특별석을 향해 고개를 돌렸다.

아르노아와 눈이 마주친 순간 베사니엘 후작은 고개를 끄덕였다. 특별석에 앉은 채, 어느새 주워 든 장미를 만지작거리던 아르노아는 그 의미를 이해할 수 있었다.

연극은 성공이었다.

이보다 더 확실한 성공은 없을 거라고 할 정도로.

사랑 앞에서는 뭐든 하는, 지루하고 올곧은 베사니엘 후작은, 이제 그녀와 했던 약속을 분명하게 지켜낼 터였다.

문득, 아르노아는 그녀를 바라보는 또 다른 시선 하나를 느끼고 고개를 돌렸다. 1층 객석의 한쪽 구석에서 연극을 관람하던 한 남자의 얼굴이 보였다.

"……어?"

아니, 얼굴이 아니라 가면이었다. 얼굴을 절반 정도 가린, 새하얀 가면. 어디선가 보았던 모습이 아닌가.

슥

남자는 그녀가 뭐라고 하기도 전에 다시 몸을 돌려 극장을 빠져나가 버렸다. 아르노아는 허탈한 미소를 지었다.

 또 이렇게 왔다가 가네.

 그날 밤, 아르노아는 자신이 특별석에서 한 생각이 절반은 맞고 절반은 틀렸다는 사실을 깨닫게 되었다.

〈다음 권에서 계속〉